南方遗事

吕新———著

作家出版社

图书在版编目（CIP）数据

南方遗事 / 吕新著. -- 北京 ：作家出版社，2018. 10
ISBN 978-7-5063-8700-2

Ⅰ. ①南… Ⅱ. ①吕… Ⅲ. ①中篇小说 - 小说集 -
中国 - 当代 Ⅳ. ① I247.5

中国版本图书馆 CIP 数据核字（2016）第 016193 号

南方遗事

作　　者：吕　新
责任编辑：赵　超
装帧设计：崔晓晋
出版发行：作家出版社
社　　址：北京农展馆南里 10 号　　邮　　编：100125
电话传真：86-10-65930756（出版发行部）
　　　　　86-10-65004079（总编室）
　　　　　86-10-65015116（邮购部）
E-mail:zuojia@zuojia.net.cn
http://www.haozuojia.com（作家在线）
印　　刷：三河市北燕印装有限公司
成品尺寸：148×212
字　　数：360 千
印　　张：12.625
版　　次：2018 年 10 月第 1 版
印　　次：2018 年 10 月第 1 次印刷
ISBN　978-7-5063-8700-2
定　　价：42.00 元

目
contents
录

手稿时代：对一个圆形遗址的叙述

一

曾经在许多书中反复出现过的阳光，一次也没有照耀过我们胸前和腿部的肌肉。那些不冷不热的阳光总是不失时机地提着裤子努力与时代同步，总是如现实一样不堪入目。整整一个冬天，我都在阅读一本名叫《落日传》的著作。这本书共有十四卷，二百一十三章。书中的每一页都向我们折射出许多不同的阳光。这大约是目前世界上出现的一本最虚幻的著作。这是一本描写古老的大师们的书，中心是描写河流以及流域附近的气氛，大师们在河边背水而立。直到读完这部书以后，我才发现我的身体已被书中的阳光舔得干干净净，然后就如同这著作本身一样平静地微笑着，徐徐上升，满脸霞光熠熠。

有关那些房子的颜色我们也已经再无法回忆起来了。红色似乎是为了我们的记忆，但在某些时候，总有叮叮咚咚的雨声流入那些本身平淡无奇的故事里。就说刻在青石上的那些古老的棋谱吧，从来都呈现着一种苍茫的时刻。每到夜里，那些棋子便如繁星一样，闪闪烁烁。

许多的故事之所以显得新奇，是由于我们同时总在不断地忘掉什么。新奇只是另外的一种遗忘。两支灰衣服的军队越过黎明时的许多丛林后，附近的河流变得十分空旷。

一些土墙还在。

这土墙因为经常在一些书里出现，就被磨蚀去了不少的棱角，生出一些细小的草来。在没有麻雀的时候，天空里总是安安静静地浮现着另外的一些东西。许久以来，我们一直不明白那是什么。有许多东西是属于永远也看不懂的东西，几辈人也看不懂。就说那阳光吧，阳光总是像手电光一样远远地打在这土墙上。

传说是一种穿黄衣服的印象。

一直传说这河流的附近有歌声。

其实，河流的尽头全是黑夜，到处扇动着一些红润的翅膀。最初的某一天，一群割草的女人从某一个名声不好的故事里走出来时，鬓角处的头发被扇得很凌乱。女人们的胸前圆鼓鼓的，明显地呈现出一些奶渍和汗渍，如残缺斑驳的月光。她们后来坐在一个能够望得见土墙、榆树、月亮及河流的地方，尖利的牙齿把手里嫩黄的萝卜咬得咔嚓作响。

几个名字在水流的过程中停住了。我下了车。那时候正是傍晚时分，蝙蝠不时地贴着耳朵的边沿一掠而过。后来我一直以为那天不是傍晚而是黎明时分。女人们看见一只黑色的狗脖子上套着一只圆环似的面饼。狗咬完一处以后就立即在脖子上转动面饼，重新咬另一处。山岗上立着一架年代不详的老式水车。一些路看样子许久没有人走过了，现在走在路上的全是草，一人高的草和半人高的草。几种风干后的白骨走在草的里面。

所有的这些都重复在很寂寥的天空下，并没有触及那个真正的包袱一样的故事。肮脏的沟水日夜盲目地在土地上流着。至于故事本身，小铃子一直探索了好多个年头，都没有任何结果。第一个名字已经在很远的地方像磷火一样开始消失，这是小铃子多年梦想的一次实现。

一刮风，就看见远处的山顶上裸露出秋天的颜色了。草很茂密很高大地摇来摇去。女人们弯下腰，把很肥大的臀部裸露在草尖上。草一倒下，女人们结实的臀部就像圆圆的石头或山顶一样出现在某一种视线里。

癸巳年清明节的傍晚，除了一只黄颜色的巨型包袱外，你还带来一辆能够装运草料的马车。这辆马车当时有四匹马或是五匹，可以是枣红色的马，也可以是几匹雪青的马，总之，它们的毛色都很漂亮。后来你就住在一个没有草的地方。眼看着太阳就要落山了，外面来了一阵风。

门晃了两下，你看见那把丢失了多年的伞原来一直好好地挂在门后的一颗钉子上，门背后还贴了一些写满了字的条子。

从那个日子以来，发生了那么多的事情。我几乎一次也没有赶上捕鸟的季节。那时候，天空里到处都是草的形象。我一直无法回忆起河流附近的那种气氛。草倒下一片后，都汗津津的。那些女人在草丛中脱下裤子撒尿时，小铃子当时并不在场。小铃子一直在一个故事的外面坐了两三年。小铃子伸手摸着那圆圆的草垛，感到故事里的阳光很烫手。小铃子看到一些离他很近的脸远在某一个朝代里，凡士林的味道从很远的地方发出来，路上到处都看得见逝去的模糊的背影。

背影很荒凉地伫立了多少年以后，才想起小铃子是个聪明伶俐的孩子。小铃子的妈把小铃子带回家里时，感到锅里的饭已经凉了。炊烟正从山川地理般的墙壁上悄悄升起。饭下到锅里的时候，是4月某一天的黄昏。到了夜里，有几个逃荒的人慢慢走上山岗，在一个干枯的水洼里坐下来吃干粮。小铃子的妈被一种很大的怀念弄得惊慌失措，面对着眼睛里不断蔓延的青草，她感到已无力再记住几十年前的一段历史，马车和村庄都已不再回来。她忧心忡忡地想道，小铃子能不能解开那个包袱，将里面的阳光释放出来，抖搂得干干净净。还没等小铃子回来，炊烟里就出现了骆驼的影子。第二天，她发现那支军队已穿过山谷里的乱石，后来才知道，军队是向南边的红色高原上去了。她一点儿也没有料到她宁静的生涯里会出现乱石和骆驼。她想她要做的最大的一件事就是去亲自观看一下那个巨型的故事是否还在。于是她就向后来的那段历史中走去。她觉得小铃子的胳膊又瘦又细，难以弄清那个故事的全部细节。在山岗上背风的草丛里丢弃着一些瓦片般的银圆，另外的几个逃荒的人离去时，扔下了一个死去的逃荒人。他的上衣口袋里揣着几封皱皱巴巴的家书。他的脸烂了，蔓延得像一个胸脯一样宽阔。

这个故事从一开始就显示出它的牛皮般的性格。最初的几个名字和最后的几个名字，由于连年的炮火和灾荒时的落叶使它们显得很渺小而黯淡无光，其实本应该是非常巨大的。大家对圆环里的死谜一贯呈现出的冷静的表情感到难以适应。

走动在这个故事外面的始终是一位拐腿的大汉。

小铃子一路上拽着母亲的衣襟，不断地把嘴里的一些唾沫啪啪地吐到四周的土墙上。小铃子反复这样做显然是没有任何目的。现在，脚步声里充满了无数密集的雨点，这次麻烦的试验将成为一种难以磨灭的记忆。在小铃子他妈到来的那时，小铃子听见故事里走出一位拐腿的大汉。小铃子的方向感一直不行，其实拐腿的大汉并不是从故事里走出来的，要是如小铃子所想的那样的话，这个故事本身就比现在深刻、残酷得多了。**拐腿的大汉其实并不是故事里的人物，他只是多年来一刻不停地在这故事的外面反复地转悠、走动，他有着不可告人的一些目的。但是现在，小铃子把拐腿的大汉当成是故事里的某个人物了，这就使后来多少年的历史变得十分麻烦而复杂了。

考虑到银圆的去向，某人便要求我分一半给他。这后来，他的胸脯就死了。临死的时候，他反复对我说，"我梦中经常见到"。他还说他生前曾经辉煌过一阵子，杀死了一些带枪的士兵。后来，就出现了你的那只伞。很红的伞像是一种翅膀。你反复说明尖顶的伞是不会将任何一个人刺死的。

说话的时候，某人一直在场。这样做是为了呈现出一种两袖清风般的表情。说话的地方一直有风，有众多的树枝和木柴。以前的一些雨点还挂在伞上，显得漫不经心。出于对事情的目击者的保护，那几个月来，我坐在马车上，河水一直猛涨。临近大雪封山的时候，你曾窃笑过几次。

第二天，拐腿的大汉出现了。

大汉的身上很酸，皮肤上的毛孔眼里哧哧地往外冒着气，不时还有水泡出现。小铃子看见圆圆的草垛被弄得发出一种窸窸窣窣的响动。

在关于流域的历史中，比较详细地记述了那次大雪封山的气氛以及整个事情的全部细节。记载里一再声称那个时候的确连一只鸟也没有。他们把遗失在草丛里的银圆给漏掉了，只记下了山岗上的古老的水车以及挂在黑狗脖子上的圆环似的面饼，并作了很生动的描写。至于那些马车和远远近近的红灯笼，我翻阅了整个流域的全部历史以及小铃子的全部生涯，都始终没有提到过。

所有的迹象都明白地表明：拐腿的大汉怀有一种不可告人的目的。他一直慢慢地在故事的外面极有耐性地走动着。当他后来转到故事的某一个侧面时，他就感到自己将要被某个人认出来，然后卷入到某件事情中去，永远地被从有水车的山岗上推下去。

水车在暮色中如一个巨型的罗盘。

月亮出来了。

月亮是很红地从远处的山顶上拱出来的。

二

一直传说那山顶上有东西。女人们在割草的过程中总是抽空直起腰将手搭在眉心处向那山顶上眺望一阵。黄昏时，她们的眼睛忽明忽暗。这个山顶，在某种时候曾经是血红色的。这种古老的强烈的色彩，使割草的女人们感到有些不安。山上有一些风化过后的木头。一刮风，土黄色的木纹便飞舞，旋转不止。女人们以为这种木头可以烧火，曾经在过去的一段日子里，强烈地盼望上山。后来她们才明白，这种木头如土，一直烧不起来。

这后来，女人们就结伴相约到丛林里去。她们几个人合伙搬开一些死去的士兵的尸体，将下面的木柴拣出来。前几天刚下过一场雨，那些士兵的尸体如石头一样沉重。在这种情况下，女人们想出了许多种获取木柴的办法。两个女人扯住尸体的胳膊，两个女人扯住腿，四个女人使两根杠子分别去撬尸体的背部和腿部。那些日子里，丛林里总是吭哧吭哧的，不时便响起"扑通""扑通"的声音。

有一年的冬天，你断断续续地叙述了一个较为完整的故事。这个故事的一半以上的内容已经一文不值了，某人一直隐瞒着他们家族的全部历史。在那种尘封的岁月里，除了一个保镖的死亡和一个奴仆的外逃外，其余所有的东西都成了一种永远也无法解开的死谜。所有的这些都发生在故事之外。告老还乡的那一年，小铃子一瘸一瘸地走在老家的天空下。老家的天空很阴沉。小铃子漫无目的地走过一些开满紫花的苜蓿地，感到腿部有些隐隐作痛。

我依靠着一块不太茂盛的苜蓿地，发现了小铃子他爹的一段岁月。其时，那些密集的军队已在黎明到来之前完全消逝了，苜蓿地的尽头有马车停留过的痕迹，这是因地上有数不清的漂亮的花纹。那时，大约还燃放过一些红色的鞭炮，丛林里的硝烟味始终很浓。这事出现在三十二年前的某个节日里。小铃子一直探索着的那个包袱实际上就是一种鲜红色的现象，在山岗上的水车旁边。乌鸦的顺序排列得就像某种令人不安的文字。但是那天并没有人割草，也没有看见有士兵的尸体。在西方的一种鲜红色的夕阳里，就包含着小铃子他爹的一段历史。这从平静的山顶上是看不出来的。我后来终于证实，夕阳与军队是没有区别的。小铃子他们家是在一次血腥的兵变中开始出现混乱的，并从此一直沦落下去。

我曾经十分仔细地观察过割草的女人们在夕阳中的变化，拐腿的大汉对那一段记忆非常清楚。这件事剩下的最后的几个名字都是铁一般的事实，有如割草女人的表情，无法出现虚构的东西。

4月以来，小铃子的爹一共活了四十几岁。但是据小铃子他妈反复回忆后说小铃子他爹至少活了有八十几岁。后来这出入很大的四十年中在流域的历史里也找不到半点有关的记载。就是说这四十年中连一个细节也没有留下。有关的记载中，只有几个地名是可靠的，那就是湖广、陈州一带活动着大量的惊人的大盗。对于十三年以前猝然出现过的一只青色的手，大家一直都刻骨铭心，没有忘记。在流域的后半部分，我们看到，由于连年的炮火和灾难，制造和出售铁锅的生意越来越不好做。为了竖起一家正宗的制造和销售铁锅的名牌作坊，大家在沸腾的油锅前等了整整一个春天。秤砣是4月初投进油锅里的，其时暮色十分苍茫，沿途的河水翻卷着浓郁的胭脂。小铃子的爹从油锅里将半熟的秤砣打捞上来以后，手和秤砣同时都掉到了附近的水沟里，手在当时是焦黄的。事隔多年之后，大家第二次看到那只手的时候，那手已经和书上记载的一样了，铁青色的。

拐腿的大汉在另一个夜里用一根女人头上的金簪子弄醒了正在做梦的小铃子。这后来，小铃子就用舌头舔破窗纸，趴在窗户上看外面的树丛。丛林里正在过兵，一队接着一队，灰衣服的和黄衣服的军队。枣红的，雪青的马跑得踢踢踏踏的。月亮从天空里泼洒下来，树影显得很斑驳。

芸芸直起腰看了一阵，以后便不再看了，重新弯下腰继续割草。芸芸旁边的女人问芸芸看见什么了，芸芸说什么也没有看见。女人听了就哧哧地笑。女人说女人一和男人一起睡了觉，以后就什么也看不见了，只能看见一些有关男人的情节。女人说她小的时候能看见，小的时候，那女人看见那山顶上常有一汪一汪的猪油，还有一些颜色漂亮的兔子经常在上面跑来跑去。芸芸听了，就笑。女人秀发如云，一弯下腰，就把很白的裤腰露出来了。芸芸用手分开一些直立的草，听见附近的河水流得很慢。芸芸是看见女人们全都脱下裤子、蹲在草里沙沙地撒尿时，才开始动作的。芸芸拣了一处草高的地方蹲下来，下面的草像很硬的胡须一样触到了芸芸的肉。在尿的过程中，她忽然想起了一个人，致使整个过程变得艰涩而不安。芸芸尿完以后，咳嗽了一声，就迅速地提起了裤子。

这件事情的结局只不过是一个寓言。有一天晚上下了雨，草垛湿漉漉的。拐腿的大汉问小铃子的爹是谁，小铃子说他爹叫众生。小铃子看见拐腿大汉时，马上感到他想起了某一个人，这个人经常在他的梦里反复出现。但具体到这个人是谁，生活在什么时候，小铃子还不敢肯定。小铃子感到时间是一种不知不觉的无情欺骗。二十七年前的某个仓库一直亮着灯，它建在河的一边，里面正进行着一场关于东西南北问题的无情无义的谈判。后来，八九年以后，穿灰衣服的人先昂首阔步地走了，后来又逐渐离去了穿黄衣服的人，一路上灯火辉煌，人语鸟言嘈杂成一片。秋天的时候，从河流的上游漂下了无数士兵的尸体。这中间，小铃子他爹接到过一封十分冗长的信，写信的人在一个名叫福星客栈的旅馆里等他。旅馆建在一处繁华热闹的地方，它的后院开满了各式的玫瑰花。在旅馆二楼的转角处，墙上有一颗生锈的铁钉，铁钉上挂有一只半新的草帽，草帽上的某个部位将暗示着小铃子他爹的去向和最后归宿。

在有关流域的记载中，这件事只记下了很简短的一笔，但那是关于旅馆老板的一些情况。在浙东一带，拐腿的大汉度过了几年动荡不安的岁月。他怀念家乡的某一个草垛，又习惯于日夜行军，他多次别有用心地观察一些夜间秘密行驶的船只。后来，一只鸟的啼叫声将他惊醒。他记起了那山顶上强烈的血红色已不再存在。

第二天，倒塌了众多的房屋和建筑。洪水从中原大地上漫卷过去。牲畜、人和士兵都坐在所有的路上，天上不停地流逝着各种各样的颜色。司令部的卫队从石头城里开出来，拦截了一些满载着盐巴、茶叶和鸦片的船只。一些名字在从前的日子里消失后，很久都再不会闪现。

到辛卯年，所发生的事情便十分令人麻烦了。一位闽南来的梅毒病患者纵身跳进了福星客栈后院的某个浴池里，与小铃子的母亲一道共同沐浴了几个时辰。那时，旅馆里玫瑰花的香气无孔不入。在整座旅馆里，到处都堆积着过时的书籍、海报和信件。在经过旅馆二楼的转角处时，小铃子的母亲感到浑身奇痒难挨。墙上转角处的铁钉早已被人拔去了，几条黄纸的标语覆盖了先前的那些事情。

三

我后来记起那只巨型包袱时，是一年中乌鸦最多的一个傍晚。我没有看到一个割草的女人，只看见被割走草的地方就像剃头刀剃过的头皮一样，一片青茬。在山岗上，有几条同样黑色的狗躺卧在古老的水车下睡觉。

有一具缺了一条腿的尸体大家谁也没有理会。到后来所以要去理会，是由于其中的一个女人发现这尸体的下面竟压着五六根很粗的木柴。女人们将尸体摆正以后，芸芸惊叫了一声，尸体原来是她的男人。两只耳朵一只都没了，像是被什么东西啃去的，胳膊上有一些很深刻的烙印。

　　小铃子曾经不止一次地梦见过这个年代，小铃子梦见山岗上古老的水车转动起来声音很大。几条黑色的狗脖子上挂着圆环似的面饼轻松地穿越一些麦地。这是某个深秋季节，小铃子对他与拐腿的大汉会面的年代一直感到有些不大真实。毫无疑问，在我梦见巨型包袱的某个夜晚，小铃子十分古怪地梦见了我。这事整整延续了一天。到第二天傍晚的时候，小铃子他们一帮人走到了一座城市的外面。他们已打听好城里的某个旅馆里还有八九个空位，当其他的人都走进城里以后，城门吱吱呀呀地关了，小铃子被留在了城外。城墙上的窟窿里住满了燕子、麻雀、红嘴鸦和一些蝙蝠。小铃子在城门外的一个乱草丛中睡了一宿，夜里，他听见城内笑语喧天，琵琶、丝竹之乐彻夜不休。城内正在杀猪，或者宰羊，宽大的锦缎衣袖舞动不息。天亮时，小铃子发现昨日的城市不知去向，他睡在一条江边，脚上的一只鞋早已被江水冲去。

　　至少有一点可以肯定，小铃子身边的这条江是真实的。小铃子在一些年代里几乎没有见过一条河，所以小铃子就把眼前的水认作是江。其实，这条江并不是一条江，它只是一条河。但是小铃子不知道这些，他不知道他身边的这条河就是秦淮河。

　　这天夜里，一个脸上有刀疤的人在黑暗中推开了芸芸的门。

四

　　另一个住在福星客栈里的人知道这人的右腿里有三颗步枪子弹，胸脯里还保留着一块红色的弹片。他住在这个很远的旅馆里，远在四十年之前。

　　他两眼乌青，脸颊消瘦，显然他是每天都在做梦。按梦中的情况来看，三百年以前，由云南乘船沿江北上的那个人，很有可能就是现在的福星客栈老板的祖先。这位祖先据推算应该是蓟北人，年轻时做过一段艄公，以后就不知去向。8月里的一天夜里，他将船停泊在一条很著名

9

的江边。夜里，有很陌生的人轻而易举地走进他的梦里。陌生人的无端出现致使这个安详的梦变得艰险而残忍。陌生人娓娓动听地对他说，明天有一个带着竹筒的人要来乘船，你要向他索价千金。如不肯出，就不要渡他。陌生人在临走时将他一脚踹醒，他感到臀部有些微痛。这个无端的梦使他感到有些不大真实。那时刚过三更，江面上十分平静。他重新入睡后，陌生人第二次走进他的梦里。陌生人依旧娓娓动听地对他说，明天有一个带着竹筒的人要来乘船，你要向他索价千金。如不肯出，你便写下这三个字给他看。陌生人写了三个字，陌生人将这三个字写到船舱的木板上以后便走了。他那时感到很吃惊，但一点儿也不认识这几个字，更无法知道字的意思。

第二天天亮以后，江面上的船只逐渐多了起来，渡船的人都等在岸上。一路上他一直都在留心注意乘船的人，但始终没有结果。太阳快要落山的时候，有一个人牵着一头黑色的骡子，骡子的背上驮着竹筒来到江边。他将船摆过去后，来人上了船。船至江心，他向乘船的人索价千金，那人听了觉得荒唐，一直笑他。关于船钱的问题他们整整讨论了一个时辰。后来，他拉过来人的手，用指头将"用、盍、履"三个字写在来人的手掌内。来人被惊得目瞪口呆，随即便消逝得无影无踪了。他仔细看时，见船舱的木板上只留下一摊水。他便打开那个竹筒，里面装着众多的小棺材，每一具棺材都只有手指那么长，里面都贮着一滴暗红的血。他数了一下棺材的数目，共有六万七千四百五十七个。在这整个过程中，船上再没有另外的任何人。前面说过，这事是发生在8月里。

到了10月里，吴三桂谋叛的事情败露了。吴三桂遗留在城中的党羽在一瞬间被全部杀死。六万七千四百五十七具尸体遍布原野。

一具棺材装一个人，这很像是事先安排策划好了的。毫无疑问，在整个事情中，自始至终有一个半神半人的预言家在操纵着一些时间，掌握着一些命运。在他的周围，聚集了大批来自四面八方的神工鬼斧般的制造大师。但是，究竟是谁预言了整个事件的发生并下令精心制造了那六万七千四百五十七具袖珍的棺材，我们永远无法找到一种令人满意的正确的答案。

一具棺材装一个人。那一夜，我对部分的东西的想法得到了证实。所谓的福星客栈就是三百年以前从城里消失了的九洲驿站的化身和复出。其时，福星客栈的老板正在芙蓉城里置办茶叶，准备运往北部地区。从4月以来，我们每天都能从报纸上看到福星客栈刊登出的一则寻人启事。启事的中心内容是寻找一位脸上有刀疤的北方口音的大汉，大汉的头上日夜戴着一顶六七成新的草帽。此外，这启事还有一个小小的细节，就是寻找一颗手指那么长短的生锈的铁钉，这颗铁钉多年来一直钉在福星客栈二楼转角处的墙壁上。在后来的某一个阴雨连绵的日子里，这铁钉被人下楼时顺手拔去了。

某一天，割草的女人们发现一支没有番号的军队在一瞬间毁灭了一座青砖的巨塔。这件事发生在庚午年春天，一片苜蓿地的附近。军官们和他们的士兵们原来一直以为这巨塔里有什么东西。但是，当塔被毁掉以后，他们发现里面原来什么也没有，空荡荡的，积满了灰尘。一座塔原来就是许多的砖堆起来的一个空洞的东西。割草的女人们沿着残砖走过去，发现塔身的下面长满了高大茂密的青草。塔倒下后，周围的地形有点像一个老式花园。这个花园有一种无法说清楚的气氛，总之，很强烈。但是，苍老的青砖和附近的苜蓿又表明这不是一个花园。女人们将塔身下面的草割完以后，都产生了一种迷路般的感觉。后来，她们看见山顶上的颜色红了，黄了，直至最后彻底发蓝。在山岗的另一面，出现了几个挖土坑的孩子。孩子们在土坑里挖出了一个又一个的洞穴，布置得像某个朝代的一座宫殿一样。许多的山岗都只有一条路，许多的路都指向一个山岗。乌鸦们跟在黑狗的后面在山岗上轻轻走动。八九个从南边的战场上逃下来的士兵从山脚下走过，他们裸露着瘦伶仃的腹部和生殖器，眼睛深陷。他们的行装像一种复杂的舞姿活动在他们的背上。一路上都是红颜色的山洞，他们漠然地看着，不动声色。山洞在后来越来越多，无数相同的山洞使他们意识到他们是走了一条重复不断的旧路。

到了第二年的暮春时节，小铃子在梦里得到了一本书。这本书自始至终都飘溢着一种茶叶的气息。全书每逢单页，便书写着一些巨大的黑色的名字。这些名字像沉重的翅膀一样令人不安地飞来飞去。书中共有二十四件著名的瓷器，每一件瓷器上的图案都用了一种连环画的形式叙述了一个发生在久远年代里的故事。一些房子里住着人，房子在天空下显得十分渺小。在第一百零四页的一片草地上，刮来了一阵风。先前的那些黑色的巨大的名字便都停止不动了，久久地落在一些岩石上。后半夜，几个黑色的巨大的名字将一只沉重的巨型包袱从书的第七十二页上挤了出去，沉重的巨型包袱顺着山岗上的舞蹈般的纹路一直向山下滚去。鸡叫二遍的时候，小铃子用手摸到了一个笔画很简单的字。

<h1 style="text-align:center">五</h1>

在夏天的某个日子里，我们曾经看到了《落日传》里的一百一十八幅插图作品。书的每一页的右下角都不同程度地描写了人们常见的那种质感粗糙的人生和冷漠的情分。从全书的背景和气氛来看，这其实显然是一本关于禁欲主义的著作。自始至终，在这件事情中，女人们都在反复不断地割草。至于女人们割草的目的和动机以及行为的本身，似乎并不重要。这件事情里最令人不安的一点是，芸芸的头发里住进了一窝鸟。除了一公一母两只老鸟外，剩下的全是七八只浑身还未来得及长毛的幼鸟。这件事似乎与周围的其他人无关。夏天以来，芸芸日渐觉得头发燥热奇痒。割草回来后的一个黄昏，她蹲在一条河边洗手。河水很清，远远地看见一只年纪很大的鸟嘴里叼着一支金黄的谷穗从天空飞回来。芸芸一直亲眼看着鸟匆匆地飞进她的头发里。芸芸伸手一摸，几只出生不久的嗷嗷待哺的幼鸟便一起在她的头发里尖叫不止。

对于这件事的突然出现，芸芸只是感到有些害怕。芸芸不是害怕死亡本身，而是对那些与死亡有关的全部细节感到害怕。这全部的细节从头至尾包括一开始的预言、笼罩、气氛以及将要来临的某种现象。从倒下后的草到永远消逝了的军队，山岗上一直没有出现过哗变的情况。

有一天，女人们在割草的时候无意间抬起头，发现山顶上站着一个石人。但是，这种现象只持续了很短的一段时间，以后就再也看不到了。

夜里，我梦见距离在忽长忽短地延伸。考虑到报纸的功利作用以及战线的南移，某人曾经反复劝说小铃子去进行一次远行。某人他所设想的开头比较简单，先让小铃子在福星客栈二楼的某个房间里住一段日子，再慢慢观察形势。据某人讲，他对小铃子提到的拐腿大汉的存在的真实性表示很大的怀疑。某人他认为世上已经没有这个人了，有的只是类似的另外一种相同的形象。某人说拐腿的大汉很有可能是某一本书里的一个人物。但是我们不能排除这样的一个假设，就是这个拐腿的大汉很容易也很可能会从某一本书里逃出来。他这样做表现了一种顽强和对时间的控制把握。多年来这个拐腿的大汉一直怀有某种不可告人的目的，在他没有实现这个目的之时，他不会无动于衷，不会坐在书页里不出来，更不可能轻而易举白白地死在某本书里。

大约在两年以前，我在你的住处发现了一段关于对割草的女人们所使用的砍刀和镰刀的生动描写。在这段描写的前面，他们杜撰了一个愚顽可恶的无赖般的民族，这一段文字毫无色彩，写得肤浅至极。每一个字都像一张僵死的面孔一样固守在各自的位置上，从笔画和字体上来看，这些文字毫无疑问都是正确的无可非议的一次书写过程。这段啼笑皆非的文字让我们很快地想起了某个时代的一次文人聚会。

那些孩子完全从山岗的另一面消逝以后，山岗上留下了无数座空洞而整齐的坟墓，有如六朝消逝后出现过的宫殿现象。

六

在小铃子擅自离开那个巨型包袱出门远行的第二年，那个巨型包袱在某一个黎明到来之时，发生了一种破裂的现象。包袱像是被谁割破的，又可能是自身产生破裂的，总之，包袱是破了，流出一些浓浓的黄色汁液，这中间夹杂有许多的血块。总之，巨型包袱露出了一种十分狰狞的面目。

一只石舫在7月初的一天出现在河岸上。

秦淮河依旧日夜翻卷着厚厚的胭脂和琵琶之音。小铃子的母亲是7月底进入到石舫里的，她浑身的肉都绽开了花朵一样的东西。从7月底到8月上旬的一段日子里，小铃子的母亲夜夜都梦见一些溃不成军的部队，河里漂满了大大小小的商船，密集的枪声不断地穿越一些油菜地。

经常有一些发红的消息从河的上游漂下来。

7月28日这天傍晚，一只青色的手伸进了小铃子的梦里。

小铃子听见一些士兵躲在屋檐下避雨、轻声谈话。士兵的烟被雨淋得十分潮湿，他们一支烟也点不着。茶馆里的四壁上贴满了通缉捉拿某人的告示，悬赏大洋五千元，悬赏大洋一万元，依次排列下去。

一些类似泪珠一样的东西从青色的手指间滴滴答答地滴入小铃子的梦里。

出于对历史的眷恋和某种目的，小铃子一眼便认出了这只多年以前的手。青色的手声音呜咽地告诉小铃子，多年来他一直生活在福星客栈二楼转角处的一顶草帽下。在须发皆白之年的某一天中，忽然被弄得无处栖身。

毫无疑问，报纸上刊登的福星客栈的那个寻人启事是由这只青色的手一手制造出来的。在关于流域的历史中，小铃子的这次远行作为一个细节被记载了下来，只是在记载中对福星客找的叙述多少有些使人不安。

我们不会把这些东西认为是历史，它只具有一种发生和不发生的可能性。这些东西是否在曾经很真实地展开过、发生过，谁也不大明白。

从7月底到8月上旬这段时间里，他们的记忆的领地上一直占据着数不清的阳光。在这样的年代里，小铃子的母亲一直微笑在石舫里。其实石舫的周围并没有令人发笑的东西。她笑得十分迅速，几乎不容易看出来。谁也没有发现她是在笑，谁也没有以为她是在进行着一种永久的告别。某人坐在一棵树下讲了一件丑闻事件，这是发生在一个老式花园里的故事的一种。出门远行的人是按照梦中人的指引的视线内消失了的。报纸在每个星期六的右下角都出现许多神话，这是一个禁区，人的感觉世界被完全尘封起来以后，剩下的可干的事情就是研究和传阅一些带花边的文章。

钥匙在当时只是一个地区，更确切一点来说它只是一个县。有几任公署专员在那里干过。这个地区一向是一个太平无事的地区。某人在钥匙里住下后才发现他对这个地区不断地重复出现的时间感到不能适应。他们在这里建造了一批数量惊人的建筑和距离，因而时间就总在这种相同的形状和数目中不断重复。某人曾经在一封信里真实而感人地叙述这一现象。他经常在白日里听见有一只狗在这个地区的外面叫。狗叫的声音不大正常，常使他觉得外面有鬼或是其他类似的可怕的东西。12月里的一天，一群衣衫不整的士兵从北部退了下来。其时，一种血气方刚的粉刺正从他的脖颈下蔓延到背部。他搭了一辆马车，在距离一个老式花园不远的地方下了车。赶马车的人住在山南的某个地方。在花园里，他首先看到了那块著名的上面刻着棋谱的青石。棋谱上隐隐地有哗哗的溪水声流过，不时还响起一两声老态的叹息。叹息如烟，他感到轻烟正由棋子的四周慢慢散去。附近的钟敲响的时候，他已将青石挪到了一边。青石的下面有一个洞。他摸索了一阵，有一个沉甸甸的黄油布包便从里面出来了。

这一下你可输了。

由于激动，他不禁有些结结巴巴地说。

在山岗的附近，我分别用几种不同颜色的笔写了几封信。后来，这几封信由福星客栈的四个伙计分别发出去了。大约一个星期以后，福星客栈在报纸上的第三版里登出了一则广告，说某人已经死了。内中有一封长达数十页的信是写给某人的。在信的第一页到第十三页之间，像留声机那样比较详细而真实地记录了某人的全部生涯。在第四十八页和第六十三页里，集中地叙述了他的相貌和身世。信的结尾写了一场梦。这个梦出现在很多年以前的战乱时期。某人后来所做的一切事以及他所到过的一切地方，都曾经在那一场梦里不止一次地出现过。某人听了以后，觉得又冷又热。后来，他就死了，他是在一张椅子上死去的。有人进来送茶时，发现椅子上的人已经不见了，消失得十分迅速，只有椅子背上留下了一滴血。在此之前的一个时辰里，送茶的人进来过一次。但某人说他不想喝茶，他坐在椅子上显得很不耐烦。送茶的人临出门时，听到某人坐在椅子上开始反复朗诵一首诗。

一首诗就可以使一个花园、一个故事永远地从世上消失掉。那一夜，山顶上不断变幻着各种颜色。对于巨型包袱以外的东西，我们一直无法把握。

那场漫长而艰辛的梦结束时，山下的草已被女人们割完了。她们计划着向别处向草多的地方搬迁。做那场梦的人是小铃子。与此同时，另一个远在异地的人在梦着小铃子以及小铃子的那场梦的全部过程。后来，旅馆后院里的玫瑰花开了。是玫瑰花的香气中断了那场梦的继续延伸。那个人被玫瑰花的香气弄醒以后，发现旅馆里先前的那些年轻的伙计都已告老还乡了，一批新来的学徒他一个也不认识。

12月的中旬，当小铃子一瘸一瘸地出现在拐腿大汉的视线里时，拐腿大汉并没有发现他看到了什么。在小铃子的身上，闪烁着一些模糊不清的往事。

拐腿的大汉问小铃子的爹是谁，小铃子说他爹叫众生。在这次谈话的过程中，所谈的内容和情节一直被不断响起的公鸡的啼叫声所涂染，谈话的内容被涂成血红色。在丁丑年冬天的第一个清冷的早晨，先遣指挥官问部队可否撤退，命令下来后已是第二天的傍晚，部队原地不动，整装待命。高级军官称赞士兵们英勇抵抗。无数具横陈的尸体使旷野构成了一种很独特的风景。

暮春时分，许多色彩艳丽的画舫都按照一种习惯停泊在岸边。

这在当时只是一种不太重要的背景。背景的内容是几个人拖着一具尸体在夕阳中远远地向海边走去。妈妈爱小铃子，爹也爱他。爹从出生以来就只留下一段回忆，一种无法把握的概念。爹飞越故事的过程，形成一种距离。我怀疑我们的故事里有不少虚假的气氛和细节。过河的那一天，他们手持着由伪总统签署的荣誉证和十字勋章，以及镶有绿呢的军刀。年代与年代之间的频繁断裂，并没有使大多数的人醒悟到什么。

我缓慢而安静地写作这一过程，左边的一大段空白无疑是留给小铃子的，1973年4月28日，小铃子的死亡，更证明了这种做法的必要性。至于右下角的一处空白本来是属于小铃子父母的，但由于他们为我们展现的是一种弱不禁风的生涯，他们为我们提供了太多的虚假的东西，我们的想象被无情地扼制了。这样，从四十年以后的一个黄昏，几个经历大致相同或近似的人开始陆续地出现在右下角的一小处空白里。这上面是炮声，是飞跑着的农具。下面是河流、丛林。山岗在接下去的几页内反复出现。这一年下的雨很多，所以山岗上总是湿漉漉的。七八页过去之后，是古老的石头城。抛开大批神圣的建筑和阳光不说，单就杂色的历史而言，这座城绝不亚于希腊。在希腊的每一块石头上，都有神写下的文字，以及神的声音。在这个地方，城墙倒坍以后，常有许多血红的年代被挖掘出来，无数的鸟如珍贵的瓷器一样，背上都刻有各种符号和有关的叙述文字。鸟翅下面潜伏着的阳光我们有些不大熟悉，但这种陌生和迷离为时不会太远。在某一天的某一页里，我们会发现时光表面上所呈现的舞蹈般的花纹，理解一部分简单的属于日常用语的暗语。但是，对于鸟背上所提供给我们的供我们阅读和使用的文字及其符号，我们永生都无法读懂。

对于那些手持声音的聋哑人，我们已司空见惯。

几支彩色的笔同时在记载上缓缓行走。山岗就在背后。有关战线的一段文字写得无可辩驳，不容置疑。女人们总在山脚下割草，她们的整个过程与报纸无关。一个在书里沉睡了四十年的瘫痪病人并不是这部书最初的原意，清晨的阳光透过树丛照在他的脸上，这是一张早已烂掉了的脸。这个北方口音的大汉，是一切事件的目击者，他愿意将一些有关的人变成梦。

小铃子一放下背上的行李，就发现他又回到了原来的这个地方。他沿着一个巨大的圆走了一圈。这个圆从某一个年代开始后一直在外面画了好多年，现在终于完成了，这种现象似乎做得十分完整，没有出现过缺憾的地力。小铃子对这个圆感到有些迷茫。在他的脑子里，从来没有过一种圆的意识和概念。在距离山岗不远的附近，他看到了一片人坐过的土地，土上面至今还呈现着人的痕迹和印象。在山岗的一个侧面，坐着几个蓬头垢面的人。一个人拨开另一个人的头发在里面仔细寻找东西。一个没有裤带的人自始至终都在十分费力地与旁边的人猜谜。山岗下有一些写满了字的纸片，但他们都没有看见。妈妈，我该去约她吗？我该买一件珍贵的礼物送给她吗？妈妈爱她的孩子，妈妈会对一切都做出回答。

几个人都用各自的方言在一起交谈。小铃子打开行李，仔细地抚摸里面的一套银具。这套银具是福星旅馆里的一个人送给他的，那人只收下了小铃子随身携带着的一本蓝色小册子。一把小银壶，使小铃子具有了一种初步的圆的意识和概念。去年冬天，在某个广场上，他遇到了一个自称是他兄弟的南方人。那个人很令人讨厌，像众多的南方人一样。那个人精心无比地为小铃子描述了小铃子家里的一切情景，包括住宅、摆设以及日常用语和一切习惯。他说得十分正确，他最后补充道，在房子的背后，挂着一只米黄色的斗笠，斗笠上的某一个洞用一根红线缝过，一共是十七针。在这个洞的不远处有一处十分焦黄的地方，那地方记载着曾经发生过一场大火，烟从山岗上漫过，附近的一些草被烧去许多。

七

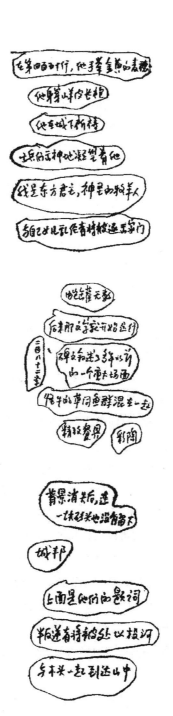

19

八

8月刚开始的前几天，在一个石拱门的附近，一位川军里的退伍军官将三套簇新的制服和一沓当时的报纸托人送到了福星客栈的二楼上。旅馆里新到不久的一个伙计接待了送制服和报纸的人。他们的谈话进行了半个下午。到傍晚的时候，来人就从旅馆里告辞了，他要搭乘一条当日夜里的船赶回去。必须赶回去，必须赶在天亮之前赶回驻地去。来人很坚决地说着离开了旅馆。

客栈的伙计后来回忆起那位不肯露面的退伍军官时，一直感到军官是一位脸色红润的人，眼睛细长，胸脯瘦削，说着一口地道的川北土话。这位军官在看书的时候喜欢从书的结尾处开始看起，然后一直看到开头和书的题目。他其实可以用好几种行业的术语写出许多不同的信。11月的某一天，一个从长江的木船上跑下来的人告诉福星客栈的老板说，川军的某个部队里发生了一次哗变，先前的那个退伍军官已经面色红润地死了，他的尸体与其他许多人的尸体都遍布在一座山的脚下。至于那个曾经来送过制服的人已经不知去向了。

当天夜里，旅馆老板命令伙计们都睡觉后，他一个人亲自动手，将那三套簇新的制服埋到了旅馆的后院里。

制服埋好以后，旅馆里的玫瑰花依旧生机盎然地在上面生长着。

对于这一段事件，小铃子从前似有所闻。灾难其实就是从那个石拱门的下面开始向外面逐渐延伸的。战争开始以后，小铃子参加了西北军团，他们驻扎在中原黄泛区。在一些著名的路口上，干旱和霍乱使许多曾经信誓旦旦的人丧失了能力和幻想。辽阔的空地已经被抽象了，原来一些被遗弃的狭长的地带成了信念的最后归宿，投降的白旗在黎明那时被风刮得有如流行的纺绸衬衫。短短的几个这样的季节连续过去以后，大家都变得互不认识了。

　　到处都是陌生而猛烈的脸。

　　他们这样回忆道。

　　那个石拱门借助了一些无根的花朵，才逐渐显示出它的不祥。12月的一个傍晚，我从一座铁桥上走过时，附近正游动着一些颜色暗红的翅膀。与此同时，小铃子望见天空里的云彩像无垠的沙漠一样，那是一种质感细腻的缓缓流动的印象。

　　谁也没有发现，这时候从铁桥的另一头走来一个头戴草帽的人，他举着一只青色的手，衣服上沾满了血迹。他使用的是一种浓重的北方口音，干燥的北方语言使他的锈发如草，衣服上的血迹像几个世纪以前的一件事情。

　　那天晚上，我们谈了很多的东西，小铃子也在场，他一边还为我们烧制鱼汤。他向我们谈起了一些漏洞百出的城墙，还涉及某一条河流。这条河流在七十年代末已经完全干涸了，成了当地居民倾倒垃圾的地方。

　　三分之二的话谈完以后，他想到了一件事。他缓缓地说二十八年前在苏州城里有一位姓沈的老板不知你们是否还记得他，那时候的苏州河像一道宁静的月光之河，苏纶码头上日夜都十分繁忙。那年中秋节的夜里，姓沈的老板家里出了一件十分震惊的事情。

　　小铃子在这时忽然把鱼汤端上来了。小铃子似笑非笑地说，夜深了，喝过汤，我们赶快睡觉。

　　汤后，他拿出一张折叠得很小心的报纸递给我。这报纸上比较真实地记载了当时沈家所发生的事情。我们先是注意事情的本身，之后才开始留心起文章所运用的语言。好像麻烦就出在这里，那种语言，那种让人眼跳的叙述方法和风格，终于不可避免地中断了我们的谈话。

那天晚上，我们所谈的许多内容都因此而结了冰，永远地尘封在一种遗忘中了。

临睡之前，他忽然对我说，我要寻找一种现象，这是我出来多年的唯一目的。我明知那种现象不大可能再重新出现，但我还是一直不死心。我曾经为无数的人查询过文字和姓氏，我以为这是一种途径。

一些黑体的黏稠的夜色正从他的耳朵里流出来。这种东西涂染了他的鬓发和脸颊，涂染了我们此刻所谈的事情。

他对我说，我老在回忆一个典故。不能完全肯定我要寻找的那种现象是出自这个典故，但至少它与这个典故有关。我们其实至今都说不清山的颜色是什么，我想谁也说不清这种现象。我们居住过的那座山，就在天边的附近。第二天，他死了。在他的身上我和小铃子发现了无数个细小的口袋。

出于对神秘的追寻，我们拜见了一位典故大师。他在给我们阐释文字的时候，提到了那座山，那是一个十分寒冷的地方，草木四季都呈现着白色，那里的人都习惯赤裸着身体在房子里走动。在他们的背后，生活着一群热爱战争的人。

典故大师平缓而安静地说，他们曾经用几百年的心血培植了一棵长寿之树，但是后来他们很快就把树毁掉了。砍伐的时候，许多的人都掉了眼泪。为什么要砍掉这棵树，他们认为长寿会使大家的痛苦无穷无尽地延续下去，而只有一种现象是最美好的、最令人愉快的，那就是死亡。

大师说这话的时候，这个地区的气候始终十分恶劣，忽风忽雨，雪还在有的夜间出现。事隔不久，小铃子就随军走了。这一段军旅生涯十分模糊，无头无尾，很难让人顺利地把握住。

他们从中原黄泛区出发，经过一个月零六天的长途跋涉，春天的时候开到了黔西南高原上。无垠的红土使他们重温了一次童年的故事。

1月14日，他们经过了一条狭长的洞穴地带，岩石上刻着唐人的故事和济慈的诗。唐代的舞姿让人想起与战争有关的现象。夜幕一降临，居住在附近的布依人就开始举行婚礼仪式。他们把新娘放到河里，让她的脸暴露在月光之下。不贞的女人会因月光而将脸全部烂掉。

那时候，我梦到一个人正跪在五丈高的城墙下祈祷。他旁边的河流上林立着烛台、铜车马，灯火辉煌。无数红色的石头耀人眼目。后来，城门从里边开了。

面对小铃子字迹潦草的家书，他们感到无法辨认。山顶上在这以前曾经居住过一个十分淫乱的种族。小铃子他们的一个上司喝了一个瓦罐里的水，不久便发疯而死。

典故大师曾经对漫长的日子忧心忡忡，他从一些高大的佛塔下走过时，我梦见了一个花园。花园里布满了复杂而凌乱的曲线。在我的身体还没有进入到花园里之前，我的眉毛最先获得了一种威胁的信息：它不洁，它的日期是13日，它是正宗的东方陷阱，古典式的坟墓。

九

芸芸摸到那根眉毛以后，发现那个人被几根树枝紧紧地缠着。这是一个锡兵，他死的时间是几个世纪之前，一个盛大的庆典仪式之后。

时间把一座粗糙的山磨得十分平滑。一条阴道的四壁被水珠浸得潮湿连绵，紫色的沟水日夜从脚下流过。

芸芸认得出他们，他们灰色的身影出来进去，重复着若干年来的种种现象。

寒冷的富人和穷人，同样都喝着时间之河的污水。

芸芸不知道这名锡兵在这里被绑了有多少个日夜。春天一开始，她们就目睹了无数的洞穴和尸体，她们再也找不到一处有草的地方了。她们曾经想到了山，但是山顶上反复变幻的蓝色使她们畏惧，不敢贸然跨上山一步。她们也记起了水边的沼泽，但月光总是真实地丑陋地描绘她们的身体。有一天，一位高级军官出现在山岗上。后来，又来了一群军官，他们斜披着战时的麦尔登呢军大衣，观察一种美丽的战后现象。

在失去草木的那些季节里，我几乎无处栖身。当我后来偶然地出现在芸芸以及其他女人的视线里时，她们把我认成是一种石器时代的草。她们激动不安的吵闹，使我一直无法入睡，夜夜失眠。

1月18日，山顶上出现了一个石头的头像。头像的两个侧面，在靠近耳朵的地方刻着一种沉默的语言。女人们在这个时候，都不可避免地失去了判断方面的能力和识别方面的能力。除了山顶上的那个头像外，周围的一切她们都看不见了。那时候，她们根本分不清她们手里握着的是草还是死者的头发。

但这种现象只持续了一瞬间，之后，石像就彻底消失了。

在女人们恢复视力的最初的时间里，我已经跑过了一条著名的河，正在向一种城墙前靠近。女人们只看见我的一条跑得不太及时的腿。

她们开始使用一种比较妩媚的语言呼唤那些消逝了的草。她们站在河流的上下，身体表现得过于丰满。她们的手指甲和脚指甲都没有用指甲花染过颜色，身上飘出淡淡的幽香，唇红齿白，面部清秀。军官们会在临死之前真实无比地回忆起她们。他们将在各自的墓穴旁将她们杀死，当作替身，以使自己能苟延一二年。

黎明使高大的城墙逐渐发黑、发蓝，最后显示出城墙原有的本色。我在那时初步有了一个认识，城墙不过是按照古老法则和遗训堆积起来的一摞砖。至于城墙的内外镶嵌着的粗杂的牛毛，早已再无任何人追究了。城墙上不允许造门，这话有人曾经说过。说这话的是一位教育家兼哲学家，并不是一位研究防御、掌管军事的指挥官。

谁也没有发现在一条古老的法则里会出现一至几个洞口。洞口内阴沉而潮湿，长满了众多的复杂的信念。我穿过一条由文字筑成的狭长通道，远远地便看见了一个巨大的圆形水坛。水坛的四周吹着风。这里有门，门的数目根据人的信念的多少而随时增减。在门的不断增减过程中，有关童年的东西如一把折扇一样花人眼目，一触即逝。

童年，隐秘的岁月。

童年，袒露的季节。

一种徐缓的苦心经营的语言，一直持续到日落黄昏。我曾经讲过一些使人发笑的事情，我这样做的时候始终提心吊胆，手脚冰凉。西边群山的颜色如一场战争后的遗迹，那无数的死去了的人，将他们的血都漫不经心地涂抹到天上，群山上。然后战争的双方都以失败而宣布故事已经到此结束。故事中的人都已各奔东西，都无声地埋入土里，然后由黑暗将一切覆盖。

女人们的一生都被柔软的草所覆盖。

在我的头顶上方，始终覆盖着一块圆形的天空，它空寂而无色。它像一块圆圆的草蒲团一样在原地浮动，但我觉得它可能是紫色的，我在缓缓写作的时候一直这样认为，我看见文字紫色的脸和腿始终徐徐而行，原地浮动，有如梦中的岛屿。

在一个三角形的地区内，存在着一种十分复杂的结构。在全书的关键章节里，这个地区惊人地繁殖着野马和大角的羚羊，还有数不清数目的男人和女人。城墙上辉煌的东西存在了没有多久，黑暗比河流还要更加古老。军官们佩戴着蓝色的臂章，在他们的面前他们看到了一个不愿意为自己的性命担保的人，看到了一个不再对任何的东西都产生兴趣的人。那天夜里，他们在一座雪白的房间里点起了火，唱完歌后又跳起了舞。但是，他一点儿也不激动，他彷徨不定地望着杯子里平静的酒。妈妈，这就是我多年来要寻找的那个无极的终点，它可能就在辽远的北方。他乞求军官们赐给他一个莫须有的罪名，然后流放到冰天雪地的北方去。军官们红润的面孔、青色的胡楂使他一直昏昏欲睡。他从一些肉色的女人的腿前走过，拉开门以后，他对着黑暗中雪地里的一些栅栏说道："妈妈，我是牧羊人，我来自寒冷的北方重镇！"

他们拒绝给他以罪名，他们希望他能在花丛中高声朗诵一首保罗的诗。

我不适时地出现以后，他们正在一个院子里研究某人的一册灰色日记。这是朱子的一种遗言。他们说他们一直没有发现周围有建筑物，原因是他们一直对建筑的尺寸和规则不得要领，无法把握。一些圆形的柱子不知出于哪一个年代，这种明火执仗的古老使人的迷茫不断重演。

十

一直传说那山顶上有东西。

2月里的一天，报纸上详细地介绍了一座著名的建筑物被盗的经过以及倒塌的全部过程。那时他正在整理一些战前的书籍。

他的孩子每天骑着驴上学。

他往前走了几步，整整是十八岁。那时候谁也不认识他，长条桌子上日夜堆积着垃圾般的书籍和笔记本。有一个女人在他墙上的镜框里非凡地笑着，相框的四周都镶了金黄的边。我是一个牧羊人，但是我无法接近山，以及所有长草的地方和一切河流。

他打开《落日传》，迅速地翻到第三百九十页。他记得《落日传》有几个版本，最早的古老版本有如小型的墓碑一样大小。而放在他眼前的这本，从形状和重量上来看，都极像城墙上的一块砖头。

兵匪、霍乱、墓穴、诗歌。"芝麻，开门！"记忆是橘红色的，屋顶上的横木在当初运来的时候，上面还带有一些形状如耳朵般的绿色叶片。他忧心忡忡地想道，如果我们大家都骑着驴上学，那么在不久的将来，我们都将会不可避免地成为兄弟或表亲。

他在日记里这样写道：

> 梯级和栏杆，悬空地贴着高大的墙壁，在圆顶上部的暗处
> 转了两三圈，没有通往任何地方便消失了。

后来他把这些日记演变成信，他不准备把这信寄给世上任何的人。他说，如果我的祖先们知道我的孩子每天骑着驴上学，他们无疑会发疯，还会将我杀死。但我对此毫不介意。

他在信里认真地写道：

她经常为我表演南方的歌谣和舞蹈，我们都把衣服脱下来挂在北方。那时，我经常在流域附近她的雪白的房子里横度一些绚丽的节日的夜晚。她有时也放一些鸽子在过道里。她用舌头舔着我的脸说，你的舌头绯红绯红的，如同秋天傍晚时的晚霞一样。那时我对她总是不满足的，她对我也有同感。她每次用探索的目光望着我时，似乎能从我身上发现一种以前没有过的东西。她说，你有迷人的黑色的皮肤，这肤色能使人销魂失魄，以致不守贞操。

　　后来，她就死了。她已经死去多年。最初的某一天，当有人从她的房子前走过的时候，发现她已经死去好久了。

　　她的脸部烂了，像一大朵盛开着的玫瑰花。

　　那时，他正隐藏在一个墓穴里。附近有几名高大的军官正在观察周围的地形。那条不息的河流显然使他们感到很棘手，于己无益。他们观察了整整一天以后，毫无任何结果。就在他们叹着气准备离去的时候，他们发现了那山岗。

　　山岗上的那几只黑狗都已上了年纪，老得不愿四处跑动了。黑色的狗蜷卧在古老的水车下，神情漠然地打量着激动不已的军官们。

　　军官们显然也看见这几只狗了。那时，挂在狗脖子上的圆环似的面饼早已吃完了。其中有一个三十出头的军官激动不已地说，瞧那几只狗，那么胖。一位年纪很大的军官冷冷地笑着说，那不过是一些石头雕成的狗而已。中尉，你的幼稚和无知，你的愚蠢和不成熟，将使我们军人的形象和荣誉一落千丈，变得一文不值。

　　军官们陆续走上山岗，认真地抚摸那架古老的水车。

十一

　　他拿起另外的一封信，上面用宽容和蔼的字体写道：

维拉，请在归去的路上等我。

　　写信的人有着一双北方人的眼睛和嘴巴。他一生中有将近四十年的时间被排除在他的生命之外。他一生长于计算，但是永远搞不清自己的全部经历。在流域的附近，经常有福星客栈的伙计领取到大宗的包裹和零星的信件。

　　在我以前居住过的那个北方小城里，每天邮政局的门一开，便有一位深色皮肤的人拖着他的两条假腿准时地走进来。他胸前的上衣口袋里并排插有二十几支笔，他用各种各样的颜色和字体为众多的不识字的人写信。他熟悉各种语气和名词宾语，他知道一件事情该怎样开头又如何结尾，他的特殊的写作风格很令人称赞。每次见到我时，他总是十分谦恭地问道，您刚从那边回来？

　　3月里的一天，我看见一个骑驴上学的孩子从驴身上摔下来后，被几只狗咬死了。

　　我到达邮政局以后，许多不识字的人都焦急不安地散布在门口。

　　写信的人今天没有来。

　　他知道今天是3月的第十二天。有一种可能是他回老家去了。

十二

　　春天以来，他开始致力于风光方面的描写。他描写了流域上下一百年间的风光和种种的自然现象。在一个行人稀少的黄昏，他绞尽脑汁涂改一行行的文字。我站在人群之外，旅馆的门大开着。最初，我以为他写的是一种抒情性的文字，但是他多年来沉默不语的姿态又排除了我的设想。

　　博尔赫斯说，在埃塞俄比亚，猴子故意不说话，以避免被迫的劳动。我认为，由此看来，他的沉默多年的姿态显然是要努力忘掉一些什么，他想把一切发生过的已经遥远了的事情都通过文字来化为乌有，只剩下一些模糊而连续的短暂印象在跳跃。他想建造一种没有记忆没有时间的世界，他觉得只有文字才具有这种非凡的可能性。时间过去很久了，学生们冒着雨从学校里回来，婢女们在暮色初降时刻第一次忐忑不安地在街上迈着新来的步子。

深夜的时候，我从一个老市区里出来，那时候，基本上没有看到什么灯光。虽然是这样的季节，但天空却红得有些过于夸张。

第二天，我了解了时间。军官们蒙着面，身上盖着军大衣安静无比地躺在担架上，等待汽车从远处开来。

那一天，我似乎理解了他的语言。所谓的建筑世界就是指一条静止不动的河流。他运用了文字以后，就再也不会看到这个无比具体、无比琐碎的世界了。到了郊外，我看见肮脏的水轮回着流动。

建筑、伟人，不朽的功绩，一个一个地接连消逝，消逝如烟。水是不动的，比起琐碎的生，死更令人想到快慰，想到温暖如初的洁净天空。

回忆多年以前，在一座高而窄的世人不留意的房子里，我缓慢而安静地写作了为数不多的远离时局与战争的文字。我写了有关石头城的故事，维拉的晚年的故事和上山砍伐的故事。在山岗的附近，我叙述了一些神话给她们，以观看她们每天出来割草。这种情景与山顶上出现过的幻影都不会进入到流域的历史之中，而且记载还有意地排除这些。

四十年代后期，北方的某个乡村里出现了一位长于预言的行吟诗人。在此之前，在他出生之前，另一位预言大师在临死前的一个夜晚观察到了这位后来人的种种生命现象。于是，大师吩咐家人为他弹奏一首曲子，大师躺在铺上。歌曲结束以后，他就微笑着走了。语言表明他已完全满足了，他只是有些累。

大师留下的最后一句话是：

我现在已经无比轻松，我提前走向幸福，我将第一个看到曙光之城。

据有人说，这位后来的行吟诗人在他二十七岁那年便找到了哀鸣山的地址。他在这里一口气待了有六十八年。后来的一些年中，大家便不再能看到他的影子。那里的建筑一直无法兴建起来，是由于他的神奇的叙述语言一直在哀鸣山的四周缓缓盘绕。

他拒绝一切具体的东西进入山中。他珍惜山中的阳光和水流，他忠告的事情就是维护山中的一切东西，使它洁净、崇高。

关于他的故事，我们只能简单地设想是一个巨型的圆环。

十三

两年以后的今天，一位中原地区的税务官骑在马上死掉了。最初，他骑着一匹别人进贡给他的小公马，他沿着这个城市转了一圈后，最后回到了城里，他在马上就死了。地点正好是这个城市的中心，一个很著名的广场，四周还有花园。

传说他是由于眼病复发。

他的眼睛几乎成了两条通道，从里面不住地流出铁青色的液体。

这事出现在2月底，到3月上旬的时候，城市的中心广场还被那种铁青色的汁液覆盖着，这东西像沥青一样，但更滑一些，行人走在上面就会被滑倒，鞋子一触即烂。那时，小铃子他们的军队正好从这里经过。一位排长果然滑倒了，他的两只手支撑着身体按在地上，手上沾满了铁青色的汁液。后来，部队渡过黄河以后，在一个黎明时分，排长死了。排长被扔在一条河边，他身上的气味使整个军营变成了一片沼泽。

这事把小铃子折磨了好多年。每天夜里入睡以后，小铃子都看见有两条铁青色的蛇由他的鼻孔里蹿进去。到黎明的时候，两条蛇又一起出来后，打着嗝走了。它们几乎形影不离，像一对同胞的兄弟。

4月8日上午，第七战区的参谋长委派一位处长审讯了小铃子。

处长问小铃子，她们现在什么地方？小铃子说：谁？处长说是两名女学生，好多人都看见了。小铃子那时觉得他被虚构在一个故事里面，四周拥挤的面孔使他坐卧不安。

第二天傍晚，她们来了。她们是姐妹俩，一胎而生。她们右脸颊的下面都有一颗红痣。她们告诉小铃子说她们都是国语专科学校二年级的学生。

她们是7月15日，放暑假的前一天夜里去世的。

我删掉了后面的两个章节以后，时间就变成第二年的7月15日。小铃子在傍晚时分敲开了她们的门。小铃子那天并不准备坐得太晚。但是后来，忽然下起了雨，小铃子又没带雨伞。这场雨对小铃子有利，使她们不得不留他吃饭，小铃子当然也决不会放弃这个良好的机会。那天晚上，他们谈了一些早已废弃了的建筑。后来，她们又读了一首魏尔伦的诗给他听。

她们的父母均在南方的教育委员会任职。委员会经常有信寄给她们，每年都如此，一次也没有中断。委员会那时还不清楚她们早已在前一年里去世的事。早年，她们曾迷恋于歌德叙述的故事。直到她们去世的前一年，一翻开书卷，就有一种魏玛时期的香水味浮现起来。

九年以后的7月15日，她们黑了灯，她们看见高高的语言已经完全消逝。

十四

16日的黎明，这个拐腿的北方人在河流的附近消失了。

冬季战争结束后的最初几个月里，我正好读到了这个民族的比较贪鄙的一面。时间以外的地方是无比洁净的地方，对于一个品质低劣的民族世代都无法从时间之河里跳出来。就是这个族类，他们永远都那么自以为是。

环绕在这个故事周围的一条河流，实际上就是一种能够缓缓而行的文字。战争使他们的记忆不断倒退。春天的一个早晨，他们看见一艘冥国的船出现在远处的海面上，船工用一种简单易懂的语言招呼他们。他们听不懂更为复杂一点的语言，虽然组成这种语言的文字他们自小就非常熟悉。

我见到她们的时候，她们正在为一只公羊涂脂抹粉。她们显得十分冲动地说，这显然是一篇很有趣的文章。对于听不懂语言的人最好不要期待在他们的大脑上做什么文章。说起战争，他们就理解成硝烟，他们整个种族的人都一致回答说在他们正准备要团圆吃饭的时候忽然听到了枪声。

对于我们的故事来说，他们的情况并不完整。他们并不是某人花费了几百年的精力要寻找的那种现象，而仅仅是一群庞杂无比的乌合之众。他们所有的人都从头到脚一身黑，只有不礼貌的眼珠子是白色的。我从古到今听到过许多关于他们的寓言和笑话故事。他们喜好高谈阔论，自以为是，他们捕杀动物又互相残杀，认贼作父，一副遗传多年的奴才嘴脸。

事情发生的时候，涉及了文字的顺序。夏季还没有完全开始，河流就已经全部干涸了。经过漫长的与人的接触，以及他们的种种习俗，大部分的语言已经开始松散、解体，逐渐消亡。我在五六岁的时候的夜晚里，经常听到人讲述的故事。故事的风光和环境都比较原始、混沌，故事的内容由世代的狐仙鬼怪相继重复。故事的内容每天都在重复，但他们能够出人意料令人耳目一新地改变叙述方法，能够用另一种叙述方法来描写故事发生时的环境和气氛。到我十岁左右的那时，就开始夜夜倾听人的故事了。这显然是一个十分有趣的内容，以人为内容的故事给了我很多的想象和启发。《黑罐里的豆芽》使我第一个感到人是不好惹的。《柳木棍和梦》《马放南山》使我知道人在不久之后说要死去。《他在板凳上打铁》说明人是不可交的。由于时间的不复回头，以前的一些漆黑如铁的夜晚都已经淡化成白天了。眺望那些发白的日子，几乎什么也看不到了，什么也听不到了。在多年以前倾听那些故事是一种十分自然的事情，但事隔多年之后，再去听故事就完全没有可能了。我们都坐在故事的某一个角落里，耳朵内乱哄哄的，什么也听不到。时间的河水虽然一直湿淋淋的，但是没有白白地流过去，这中间发生了许多复杂的事情。我们都已经不在了，离开了最初的那个地方，含着眼泪躺在了一个圆形故事的开头或结尾处的门板上。

尽管战争的故事迟迟不肯结束，但后来的人已比先前的人更长于心机，长于精细的计算。他们注意阅读报纸上某一句话的背景、出处和含义，侧重于地方色彩强烈的作品。小铃子是一位毛发早衰的老军人，七个纵队的九千余名官兵撤退到流域的源头时，北方的一次大风阻止了这次计划的进一步推行。漫天的黄尘挟带着沙粒和碎石把附近的天地搞得一片混沌，这是重演开天辟地时的那类故事。这样一幕历史后来遭到了完全的演义，曲意加工，口授与夸张的叙述，使人怀疑在地平线的尽头真的有一种什么东西在时间之外游荡过，寂寞无比地歌唱过。

演义后的文字这样写道：

> 士兵们的手里举着白薯，从他们安歇的四周听到了一种歌声。
> 数万人的合唱团。歌词中的几个单独的字一直在对面的房子里踽踽独行。
> 值日官从大衣里掏出手电。圆圆的手电光像某一年中的太阳一样徐徐从流域的每一个重要的地方滑过。
> 在这个清冷的早晨，先遣指挥官询问部队可否撤退，获命令后原地不动。高级军官称赞士兵们英勇作战，太阳在第二天会照常不误地升起。

这一段文字显然不是他们的初衷。在距离河水浩荡的两个月之前，他们把恼人的连阴雨换成了北方的黄风，把"遍地的血"写成是"漫天飞舞着的雪"。红色一次次地被白色所代替，演义就是在这样的无穷的反复中最后终于成书完结的。

窗户的外面仍然是那些过去的房顶，还有漫无目的的日夜流淌着的肮脏的沟水，这一切看起来使人觉得难以接受，不大真实。这一天在山中的历史里并无记载，它没有成为记忆，因为一切都寂静如初。

我觉得他们应该逃走，时间从几块圆形的银圆上面环绕着流过，银圆上的污秽已十分的厚重了。我反复察看了报纸上列举的所有的条款项目，对于他们，这有可能就是最后的一天了。

血很顺利地穿过树桩，在丛林里流着。

十五

十二岁那年的一个秋天，我看到他们的一个很著名的祖先行走在一条大道上。他告诉我说他此刻正行走在他讨饭归来的一条路上。他向我打听前面的建筑和居住在后面的人。他用十分污黑的手指蘸着罐子里的蜂蜜一遍遍地喂我。他有一双玻璃珠一般的眼睛，皮肤上涂满了大量的凡士林油膏。他站在路的左边回忆起了一种距离。他告诉我说那个圆形的水坛不见了。他的腿肚子上画着一个长满触角的面目狰狞的怪物，这是一条龙，他最初的祖先，一个偷了猪油后永生再不敢露面的人，人。他可怜地喃喃地说道，一只手轻轻地抚摸那些杂乱的触角。

我注意到他的背后有一个古老的口袋，口袋里有许多吃的东西。一只黑色的狗远远地跑过来，他抓了一把口袋里的淡红色的小麦撒在地上。望着这条黑狗，他说，这只可恶的时间。小麦的顺序被他搞得十分复杂，形成一种图案。他激动地喊道，对了，这是可以突破的一点，这就是以前我们住过的宫殿和花园。时间毁坏了它，但是我们现在在废墟上可以突破它了。天空里流逝着的一些颜色吸引了他，他把一把小麦放进手掌里，为我叙述了一张脸。他嘱咐我说你一定要想尽一切办法梦见他，他的名字就写在他脸的后面，那个地方都是墙，上面的砖头一不小心就会掉下来，好多的人都被砸伤了胳膊和腿。一个曾经自以为是的人被砸出了胃和苦胆。

我十二岁的秋天发生了这样的事情，它使这个年代里的其他的情节纷纷脱落。

接下来的事情是，他为我叙述了一系列语言的燎泡。

他说，有一个人在星期一的早晨发现了一条路。到了星期六的晚上，另一个人发现有一个人正行走在一条路上。星期日的夜晚，第三个人在无意间梦见了两个正在做梦的人和一条路。

第三个人死在3月5日的晚上，他直挺挺地死在了某一个人的梦里。鸡叫两遍以后，他忽然收到了一封情意绵绵的信。信中的字体是用左手写下的，可以说明写信人具有一个非凡的大脑世界。写信的人自称是一个牧羊人，住在螺形山上。写信的人用一种优美的字体表达了他的一种想法，他知道四十年前的那场著名的事件。在全信快要结束的时候，他出人意料地写了一句几乎谁也看不懂的话：

石母木不走了，风摸腿。

全部的信在最后的一行真实的年月日之后终于结束了。有人在后来查出来了，这封信是从福星客栈里寄出来的。这个旅馆坐落在中华路143号，是一个空前热闹的地方。左边是戏园子、报馆、天津寿衣经销处。右边是青楼院、翡翠饭庄和泰山镖局下属的赌场，以及《神州晚报》的广告部。

信是一个叫作禹的房客寄出去的，他住在旅馆二楼尽头的一间房子里。禹平日里总是头戴一顶灰色的兔皮帽，但从来不拖欠旅馆的房租。旅馆的年轻伙计们十分尊重他，他常把零星的钱找给他们。据茶童小顺子说，禹一般情况下从来不出门，总是在房间里吃饭，吃过饭以后就开始整理一些十分深奥的东西。

那个拐腿的人是3月6日下午来到旅馆里的。他提着一个十分沉重的鹿皮箱，他出示了证件以后，旅馆的伙计就带他走进了禹的房子里。天傍黑的时候，拐腿的人和禹都从房子里出来了，两人像刚吵过架，他们显然是在争论一件什么事情，双方都试图说服对方。禹灰色的兔皮帽子破了几个地方。两个人边吵边来到楼下，禹掏出一个黑色的皮夹子与账房上结算了房租和饭费以后，禹就一个人走了。

禹走后不久，拐腿的人也出了旅馆的大门。他在路边叫住一辆黄包车后，也走了。

车夫把一条紫色的毛巾搭在肩膀上后，回过头问他去什么地方。拐腿的人坐在车上不耐烦地挥挥手说，花园路9号，从第二个门进去。

福星客栈的老板在那天夜里梦到了一片三角形的血迹。

他讲完这些以后，从口袋里翻出一本没有封皮的书。许多的淡红色的小麦被夹在书页里。他捏起书的一端用力抖掉了书页里的小麦，他读了大约七八分钟的书以后，抬起头说，这件事的前前后后、从头到尾都只是一个梦，这个漫长的梦是由许多人共同完成的。

我十二岁的秋天一直比较凉爽，白天连着黑夜，所有的行政图和地形图几乎都用红笔精心地勾画过。在地图最为发黄的一角上，大量地繁殖着骆驼和驴。孤孤单单的烟从它们的背后升起来，化入秋天的山中。在人口密集的绿色地区，肮脏的水像镜子一样映出无数拥挤不堪的脸。

他告诉我说，那道明亮的水就是苏州河，至于那片绿色的地区，可以肯定它就是苏南平原，它总是像一片粘贴在门牙上的绿色的韭菜叶一样散发着饭后的某种气息。

由于某一个女人的突然造访，致使整个季节变得拖沓而十分漫长。我所遇到的女人当中，几乎没有一个不喜欢这种漫长而缠绵的方式。她们在蝉声不断的正午，能心情很好地始终如一地辨认扇面上的故事和基本的情节，精心地回忆人物的习惯和日常语言。她们不断地叨念起一些河边的刺绣厂和工艺美术厂。

在此之前，他已经走了。花费了整整一个上午的时间，他组织起这样一种古老的框架。手抚着老式的结构，他清晰无比地听到了时间的顺序。

他把一罐子蜂蜜遗忘在了我十二岁的秋天里。

十六

四十年以后，当我回忆起那个久远的秋天时，天空十分晴朗，路上的行人神色匆匆。我回忆起那一罐曾经喂养了我瘦弱童年的蜂蜜时，表面的皮肤平滑潮湿，舌苔的下面充满了蜜的感觉。我远远地眺望那只质地粗糙的蜜罐远在四十年之前的一个秋天里一动不动，罐子的四周长了草，蚂蚱成批成队地钻进钻出。修长的蚂蚱之腿，远在四十年前的秋天里就曾经呈现出一抹粉红色的印象。

回忆如烟。

整整一个秋天，我从故事的北部跑到故事的南部，找到了一大批数目惊人的地址和有关的背景。有一艘满载着尸体的大船，它行走的时候，河水自动地向两边分开缓缓退去，阳光使那些水手变得如同神话里的乐师，肃穆而专注。河的下游有一个羽毛加工厂，成千上万的羽毛都被粘在几个巨大的圆形铁桶上。我唯一的目的就是能够比较顺利地穿越时间，这路途不但坎坷而且遥远。第三个人去世的当天夜里，第四只涂满灾难的手正在盲目地按动门铃。他完全忽视了这个季节里的环境和周围的一切现实，门在他的眼前展示出皮肤一样的光斑和弹性。在经过一些仿宋体的碑文前的时候，我想到了从前在山岗上的漫步，在旅馆里花影下的睡眠。许多的事件都源于一个典故，出自一个玩笑。纪念性的言语都清晰万分地写在门的正反两面。

时间从蜜罐旁开始出发，到达中途的时候正赶上了一个著名的节日。我在这个名声卓越的年代里穿过一片山坡空地。这是一个荒凉寂寞的新式年代，仿佛是一本书的某一章节。湿漉漉的人物运动单调的步伐，迷失的脸还多多少少地保留着一些收割时期的残余的曙光。我看见挂在黑狗脖子上的圆形面饼早已吃完了，水车的顶端挂着几根羽毛。丛林里有帽子，一件褪色后的上衣挂在一棵树上，枯枝般的手指从空荡荡的袖筒里僵硬地伸出来。时间是一种不容易把握的颜色，遗忘了这颜色里的黑白部分就是迷路的预兆。

一双孤独的眼进一步下陷到了一口枯井的深度。

这个季节的一开始，到处都缓缓地飘动着金黄的民间草帽。谷穗被四十年前的太阳照耀过，一道锈迹斑斑的铁栅栏横在故事的另一端。我知道往事就是指那一扇扇曾经被人推开过的门。他看见我带领着我的手几十年如一日地行走，寻找我所认识的那个冬天。

他指出了一些需要说明的动作，他几乎是一针见血地对我说，他说我的两只手多年来一直没有地方可放，必要时磨磨刀、翻翻报纸，摸摸画在腿部的伤疤。

我从一些重复不断的房子前走过，大门口的两边都有相对而卧的石头狮子。四十年前的冬天，雪曾经提前落进山里，从铜号里面流出来的曲子有如连阴的雨。那个男孩哭着说，穿大衣的军官踢翻了盛蜜的罐子。

　　军官站在第二十八年的一个草垛旁，白发从耳朵的背后长出来。太阳照亮了瓷器上的老式舞姿，大衣的下摆被一根朱红色的毛笔画过。

　　某年某月的时候，我也是军官。手里的弹壳相互磕碰有如医生在用斧子拔牙，有如嗷嗷待哺的幼鸟。我背靠着地图上缓缓起伏的山坡，相当于写了一封语言流畅心情愉快的信。我没收了中尉们的全部军饷，批判了他们的言辞华丽的书面报告，我望着士兵们走向傍晚时的麦地，坐在全书的第一百零四页开会，原地等待命令。

　　士兵们站起身，悄悄地溜向第二十章的结尾处，在一个黑暗的拐角里撒尿，互相对火、点烟。由潮湿阴冷的文字组成的句型使"炮台"牌香烟不断发霉。士兵们手提裤子，望着起伏的麦地，诅咒天气。

　　我行走在地图边缘的铁桥上，河对岸的太阳四十年来一直光芒万丈，它曾经照耀过旅馆后院里发生过的那些不可告人的事件。我走下铁桥，看见了路边的没人要的空荡荡的蜜罐。客栈里年轻的伙计送给我一束早晨刚开过的玫瑰花，香气使睡在旅馆里的房客全部从梦里惊醒。禹生着气出了旅馆，消失在一片枪口下。他灰色的兔皮帽消失的时候，我感到深秋的凉意正在地图上形成奶渍似的痕迹。

　　拐腿的人找到了你的花园。他手提沉重的鹿皮箱，有如一个行动缓慢的长毛动物一般潜入到某个门洞里。他走过圆形水坛和围墙，走过雪和村庄，他看见四十年前的山岗一片碧绿，女人们的镰刀像天空里弯曲的月牙和士兵们孤独寂寞的眉毛。

　　我梦见了他腿肚子上画着的龙。四十年前的辽阔大道上正匆匆地走着一个人，他走在一条讨饭归来的路上。他七岁时偷了邻居家的猪油，换到了铁匠铺里打造的弓箭和盾。

　　浮华的文字在土地上平滑地流着，它缓缓地游动，有如他低头坐在门槛上反复冥想。帽子挂在枝头上，头顶上夜晚的月亮如遗忘在草丛里的最后一块银圆。

那个男孩哭着说，穿大衣的军官踢翻了盛蜜的罐子。

南方旧梦

　　起义者在一个夏日的拂晓时分占领了河对岸那座烟雨迷蒙的瓷器城。其时，守城的将军带着眷属及其部分随从早已逃之夭夭，留下了满街破碎的陶片。

　　码头上和火车站前的广场上一片废墟，到处都挤满了逃亡的人潮。昔日的一些在风中舞动过的旗帜都卷曲在泥泞的地上，深浅不一的马蹄声从上面纷纷越过。商人们的手里提着苦心经营了多年的皮箱，仓皇如鱼地穿过黎明时的广场，穿过由儿童和妇女组成的一道道人墙，逃亡在阴雨连绵的季节里。

　　从码头上望去，雨中的石级重重叠叠，正在重复增加。瓷器城青砖的城门高高在上，城头上的野草遮住了昔日的垛口。

　　城内的街角里，一部分奉命执勤的士兵荷枪实弹，冒着黎明中蒙蒙的细雨，在阴晦的紫红色的天空下面徘徊、观望。瓷器城古老的市井格局和水乡特征使那些来自北部山区的士兵们都大为惊讶，并由此对这个潮湿而陈旧的地方萌生了浓厚的兴趣。在一些临街的高而窄的窗户上悬挂着众多的陶瓷的面具和坚实耐久的古玩，城中的某些局部的地方让人想起旧式器皿上的那种光泽黯淡、意境玄妙的手工彩绘。

　　天光放亮以后，司令部的卫队开到了街上，执勤官操着浓重的太行方言，士兵们的脚下踏着满街零碎的陶片、玻璃和衣物，他们看见初现的朝霞使这座昔日的阴晦而年久的瓷器城蒙上了一种神话的色彩和意义。

一

几十年前的一个骨质疏松的夜晚，我的朋友梁邦在他的那间有着淡蓝色墙壁的厢房里去世了。梁邦永远地闭上了他的一双苍白的眼睛，因此，最初的一些情形已无法再现。

那天夜里，他喂养多年的那只画眉早早地睡着了，他的妻子夏淑云正倚在窗前读一本"新月社"的旧杂志。月光从对面拱形的屋脊上照进来的时候，有一只手正揽在她的腰间。那只手的指甲与她的开司米毛衣有着同样的一种颜色。夏淑云怀念昔日的旗袍和手镯，她总是频繁地日复一日地梦见《蝴蝶》开头的第一章和子夜时分的狐步舞。

梁邦去世后，有好多年我没有她的消息。曾听说她一直孀居在家，足不出户，每天只靠读书与睡觉打发时光。又听说她委身于一位声名显赫的将军，已更名为费丽夫人。这一准是那位将军的主意。

有一天，她忽然打电话给我，电话里传来她冰凉如水的声音。她说，给我说说南方吧，讲讲那里的事情，我现在厌倦了任何的书籍。

那个天气阴晦的午后，我见到了她——费丽夫人，她已不再是昔日的那个夏淑云了。她的隐现在一身黑纱裙里的肢体依然苗条漂亮。她与我说话的时候，手里一直摆弄着一块青色的陶片。后来，又换了一块黑色的。

她说这是她的习惯。

我记得以前的那些年，她从来没有过这种习惯。

晚些时候，她告诉了我很多事情。

她说几年前被囚禁于南方监狱里的那个刀条脸的人是梁邦的祖父。同室中的另一名囚犯刘文治在几年之后的一个黄昏里，曾经独自去造访过一个女人。刘文治始终清晰无比地铭记着那一带的地形和四周房屋以及树木的格局，最令人印象深刻的是那附近一座鸭蛋形的山岗，岗上是沉静的红色的沙子。时隔一年之后，当刘文治再次路经那里时，他发现眼前的一切已面目全非了。他现在看到的是一片摇曳着众多芦苇的水，水边有一位放鸭子的老太太。一年前的那些房屋和山墙，还有那座山岗上的红色沙子全都不见了。那一瞬间，刘文治觉得自己像是在做梦，做了一个为时一年的梦。梦醒之后，他站在水边，看着那位满脸皱纹的白发苍苍的老太太。他询问老太太，询问一年前的那些房屋和那些红色的沙子。他询问老太太的来历，他说他记得这一带当时只有一条细细的水沟，水沟里除了青蛙，再什么都没有了。他还记得水沟的后面有一些窄窄的房子，当他望着那些房子的高高的尖顶时，有人告诉他说那是一些骨牌制造者居住和工作的地方，每到深夜，便听到从那些房子里传出阵阵笑声和哗啦哗啦的洗牌的声音。

老太太心平气和地望着水面，望着那一群状如岛屿的鸭子。老太太告诉他说，她在水边生活了七十年了，从小到大一直在这里放鸭子，有时也去湖心里采一些红菱或莲子。老太太让他看看水边的那些低矮古老的木头屋子，木屋的里外部显示出一种颠扑不破的岁月的痕迹和标志。

一年前，那位清瘦如梅花的女人正在她的床上用一副扑克牌算命，她的丈夫原来是一名武官，但酷爱表演艺术，曾多次为濒临灭绝的"绿岛剧社"四处奔走，筹集款子。几年后，他患猩红热离开了军队。他的印章用蓝绿两种颜色的玉石构成，制造者就是那个"绿岛剧社"里的一名盲人琴师。琴师的妹妹是一个评弹艺人，一生怀抱一只琵琶浪迹于江南城乡。她的一位师姐为一名旅长生下一个男孩，不久之后，便削发为尼了，隐身于狼山之中的清风庵。其时，驻扎在盆地边缘的一支杂牌军发生了哗变，旅长青云直上。

那个白皙斯文的会弹钢琴的小男孩后来成了一名忠于职守的典狱长，终日衔着一支粗粗的雪茄，在高城与天空之间的那种距离中踱来踱去。有一年春天，一位珠光宝气、徐娘半老的妇人前来看他，那妇人言说是他的姑母，以前的那些年一直居住在海边的一座花园里。那天夜里，他看见姑母的两条雪白的腿，但皮肉十分松弛，这使他感到眼前的气候非常恶劣。他想起了狱中的一名丹凤眼的女犯，女犯的父亲在很多年以前曾经是一家花店的老板，那种温馨的情调和芬芳的岁月造就了他们一生的性情和趣味。当时，那个花店里有三名兢兢业业的来自乡下的伙计，其中的一位名叫金杏甫，十八九岁。另两名，一个在二十四岁那一年里死于非命，另一位告老还乡后在一个湖边以看守磨坊和船只为业，生前再不愿意看到一枝花。金杏甫在一个夏天的雨夜里为一家公馆送花出来后，看见路边停着一辆黑色的小汽车，一个穿大衣的男人将一个女人从汽车里拖出来后，扔给了那女人一只皮箱。雨雾使金杏甫无法看清那个男人的脸，只看见那女人的高跟鞋掉了一只，只看见那男人穿着一件灰色的麦尔登呢大衣，戴一顶爱尔兰式的圆礼帽。这以后，那辆汽车便亮着灯消失在雨夜里了。

金杏甫与那个不肯告诉他年龄的女人依靠着那只雨夜里的皮箱，一起生活了五六年。那女人的臀部有一片树叶状的黑痣，这种标志深深地刺激了他的某种神经和意识，以至于使他对那个符号终生难忘。

他们当时的邻居是一个精于茶道的老头，有七十岁了，但依然红光满面，虎背熊腰。老头的屋里摆满了各种各样的化妆品，还有上千张唱片，只在他的卧室里有一盆苍翠的剑兰。那老头平时很少出门，每天都有"望江亭"的两个十四五岁的小伙计挑着一日三餐和茶酒点心准时送来。

4月临近结束的一天，老头的一个侄子因公曾路经这里，他是一位桥梁设计师，他神色匆匆，他此行的任务重大而神秘，不久前的一天夜里，一位工兵专家炸毁了他几年前精心设计的一座江上大桥。

他的太太参与一个教育基金会的一些虚拟性的事务活动。某一天夜里，另一位绅士太太邀她去打牌。在牌桌上，她见到了刚从国外回来的大少爷——一个年轻英俊的欧洲博士。大少爷将自己从红海之滨带回来的一些图片呈现在她们的牌局中，这使得所有在场的太太们都大为惊讶，并从此滋生了某种模糊的对往昔岁月的嫌恶意识。那天夜里，开车的阿黄送法院院长的太太回家的途中，不时地从汽车的玻璃上望见前面的路上有一根一米左右的圆柱体的东西摇来晃去，如同漂荡在水上。他听说这一带以前曾经是一片风声鹤唳的旷野，行人至此常常迷失方向，不辨东西，最终都去向不明。很久以前的一位无神论者的儒生在这一带迷路后，正值一个漆黑的夜晚，四野无人。儒生后来走进一座庙中决定向出没在庙中的鬼怪打听道路时，鬼们都已熟睡，没有一个理他。儒生望见神像前的香案上有几支星星点点的香火，微弱而暗淡，不足与谋。

那位儒生流传于后世的只有几十首诗词，还有一部被称之为"淫书"的《樱桃道人》。其中的一首诗被人书写在"望江亭"酒楼的一面粉墙上。几年后，新主人改换门庭时，那面粉墙也被一同推倒了。

他们在那堆废墟中发现了一些陶瓷的碎片和一只青铜的战马，马背上的武士弯弓搭箭，一只眼睛已经瞎了，另一只凝视着某一件事物。有人曾设想了那种事物的轮廓背景和一些局部现象，其性质都是幻想的，在最大限度的颜色范围内，一面深色的镜子，一个三角形的平面，都足以重现最初的那种特征，都足以使一个时代的一切触角全部毁坏。

几年后，有人做了一个试验。开始的时候，他设想的方法比较简单，他把一个日常里极为熟悉的字写到一面墙上，经过了一些时间的流逝之后，他看到在那个孤单的字的周围突然增加了许多的出人意料的东西。就是那些虚实不定的事物，使他认识到思想原来是消瘦的，就像山羊的面孔，但同时又像泡沫和因子一样在不断地徒劳无益地繁殖和增多。这件事给他留下了一种难以磨灭的深刻印象，后来的一天，他把自己的妻子或妹妹的一张肖像挂到了那面墙上（周围什么也没有），几年之后，他发现那张肖像变得非常陌生，当他盯着她们的面部或身体的时候，他发现他已完全不认识她们了。更为难堪的是，连平日里使他和她之间相互关联相互亲密着的那种语言和行为方式也全都没有了。这种事实的真相令他吃惊而惶惶不安。他开始一次又一次地欺骗自己，他宁愿相信那一切都只不过是一个梦，一个非人的梦。他总说，我做了那样的一个梦，一个带有触角和尾巴的、不近情理的无情无义的梦。

这个做试验的人就是刘文治。

整整一个下午，我在她的冗长的叙述中忘记了自己的身份和此行的目的，她好像也同样忘记了她想听到的南方故事。她的近乎透明的四肢呈现在我的面前，我闻到了一个中年女人特有的那种气息。

傍晚的时候，天上下起了雨。附近一带的山路上浮动着一种微弱的红晕。我出来后，看见一个面孔红润的人正向那些古老的房屋之间跑去。

二

天空如此泥泞。

那个人的脚步声擦着刘文治的耳朵从他的脸前走过时，刘文治感到一阵夹带着血腥气息的风横穿草丛而来。腥风弄脏了刘文治的目光，脸前的草棵子东倒西歪地摇晃起来。刘文治看见眼前的那只棕黄色皮靴上缀有三个生锈了的小铁环，铁环随着那个人犹疑不决的步伐一起一落。马靴不断地将草地上的泥水踩响，纷乱的草枝和藤条使那个人的行进变得困难重重，脚步声烦躁不安。

刘文治那天始终没有看见那个人的脸。诡秘的身份和不良的品行使他将自己的头一直深深地埋在草丛里，并将一张脸紧贴在泥泞潮湿的土地上。他只在冥冥之中感到穿棕黄色皮靴的这个人的面孔比较红润，胡须短而密集，有一双灰色的眼睛。

地上的泥水这时散发着一种生菜的气息，这使他仿佛在千里之外的异乡目睹了那久已远逝的童年岁月。黏稠而无形的浓雾从河对岸的浅滩上飘移过来，大雾中，刘文治听到了几声沉闷嘶哑的汽笛声。

浓雾遮去了那双棕黄色的马靴，以及与此有关的一切附属的东西。

月亮从后面照过来的时候，刘文治看见自己的影子像一株开花的植物。与此同时，他看见那几个身穿皮大衣的军官正站在不远处的一座鸭蛋形的山岗上相互轻轻地交谈，其中有一个矮个子的人还在不停地打着某种含义不明的手势。他们的谈话使得一部分方言和术语在潮湿的夜风中向四处飘去，流散在河边和更远一些的树林子里。刘文治听不懂那些地方色彩浓烈的语言，包括那类方言的声调和包含在内部的和浮在表面上的内容，他只感到他们的种种表情和状态像一种难以逾越的障碍物—— 一些深狭的壕沟或冗长的无边无际的瓦砾之地—— 一样阻止着日后的行程，使得一切都困难重重。他甚至还设想自己可能会在某一天的午后或傍晚时分丧生于某一个水塘或一处浅浅的竹林之中，他的尸体将会被一个早起的农妇或野叟最先发现，也可能会被一群夜游的野狗所围困。他用手抹了一下自己的湿漉漉的脸，他的一只耳朵被饱浓的草汁染成了绿色。远处灰蓝色的河面上涌动着一种虚无缥缈、柔若无骨的白雾，部分尖利的檐角漆黑如铁。河两岸的一些村庄里不时地传来几只狗的叫声，声音里仿佛正在撕咬着一件什么东西。

天亮之时，刘文治神情恍惚地来到了一个名叫竹罗的镇上。在此之前的一段昏暗无声的时光里，他一个人蹲在一条只有渡船没有人影的河边认真地洗干净了脸上的血污和手中的一部分残骸。河水低吟着荡过他的皮肤和骨头，黎明时的这种片甲不留的洗涤使他不知不觉地忘掉了一些事情，包括最初的种种起因和几个过程。当他后来从河边站起来以后，他产生了一种如释重负的感觉。

接下来，他看见精巧而破落的竹罗镇在露水和晨雾中慢慢涌动起来。

在一座古旧的石桥上，有两个挑着蔬菜的佃农模样的人正在歇息，一老一小，像是父子俩，刘文治从他们的面前经过时，那个十二三岁的孩子一直都在很注意地看着他。那孩子的目光像一种牙齿尖利的小动物，刘文治在行走的过程中感到自己的小腿上的衣物和皮肉都被那种尖利的牙齿紧紧地咬住了，他感到腿部很疼，仿佛正在滴滴答答地淌血。

他出去没多远，刘文治就听见身后的那个孩子对那个老人说：

这个人很像是刘文治。

谁是刘文治？老人说。

就是下河湾的那个刘文治，开茶馆的那个，又会剃头，又会算命。那孩子说。

还说你眼尖呢，那个刘文治是个跛子，这个人的两条腿好好的。

我也是觉得奇怪，刘文治的腿怎么会不拐了呢，要不然，我早就叫住他，我让他给你算一命。那孩子说。

在这地方，他大概不会跟我们多要钱，没准还能白给你算一命。孩子说。

老人对孩子说，你别操闲心了，等会儿到了镇上卖菜的时候，你多长个心眼就行了。我这个年纪的人算不算都一样，反正离死不远了，好命歹命都有一死。

孩子说，得，又来了，成天总是死啊活啊的，就不能说点儿别的。你把菜卖完后给我两个铜子儿，让我今晚去镇上的书场里听一回《小五义》。再过两天，说书的人一走了，想听也听不成了。

老人说，不行。

孩子说，我就要两个，只要两个，你就是给我三个，我也决不会要。我用一个铜子儿听书，用另一个铜子儿买花生。我保证我不把花生都吃光，我只吃一半，另一半拿回来孝敬您。我敢说您一定没吃过那样好的花生。

那孩子说话的时候，一直还在注意着渐渐走向镇子里的刘文治。刘文治也感觉到了，他的躯体有一种被砍伐、被肢解后的痛苦，背影正在早晨潮湿的空气里熊熊燃烧。他知道那个孩子一直都在望着他，那种清澈的视线如一头幼兽在追逐着他的影子。

刘文治走进竹罗镇狭窄的街道和破旧的房屋中间，青麻石的街上走着许多挑担子的人。狭窄的街道两边排列着众多低矮幽暗的店铺和手工作坊、木工坊、竹器店、茶馆、货栈、药铺、寿衣店。刘文治走在一些屋檐下的时候，闻到了一种熟悉的烹煮青刀鱼的气息，他似乎被青刀鱼的那种气息渐渐地向老家的岁月里拖去，他感到自己有些力不从心。他看见一家当铺的门前围着一团乱哄哄的闲人，有两个人正在那里吵骂。其中的一个人裸着上身，脚下穿着一双破烂的草鞋。那个人古铜色的脊梁上泛着一层微微的绿意，如一件青铜时期的物品。那一群神色各异的人站在当铺黑色的铺面下，仿佛一出皮影戏的故事。刘文治混在人群里，他感到自己像一片满街飞舞着的枯叶。镇上的树顶、屋顶和塔尖都阴沉沉的，上面的天空亮一片，暗一片，斑驳而迷离。他在一个狭窄的点心铺里要了几只馄饨，一个人坐在门口淡而无味地吃着。铺子里的伙计问他要不要加胡椒。他看见一对手捧鲜花的男女慢慢地从街上走过，那个穿旗袍的女人很像他少年时代的一位女朋友，她的腰被身边的那个男人搂着，走起来如同漂浮在水面上一样。当刘文治后来追至门外时，那两个人早已不见了。他只隐隐地看见有一辆黄包车正在向远处驶去。在他观望的时候，一个年迈的行乞者颤颤巍巍地走进了他的视线之中，他望见了一颗白发苍苍的头，一身褴褛的衣服如一条条松散而恐怖的锁链。

转过了一个摆满了紫砂壶的街角以后，他看见那个卖菜的孩子守着两挑子菜茫然地坐在一家杂货店的前面。那个老头不知哪里去了，那孩子的一双眼睛在街上瞧来瞧去。孩子的左边是一个卖旧货的老妇人，守着一堆灰暗的散发着霉味和各种怪味的旧式东西，那些东西大小不等，品种古怪。最长的是一支古代作战时使用的长矛，银色的枪头，最小的是一些各种形状和颜色的玉坠子和石像。

刘文治把两个铜子儿摊开在那孩子的眼前，对他说道，给你两个铜子儿，今儿晚上听书去吧。

那孩子瞪着两只眼睛望着他，孩子说，先生，您想让我替您做什么事呢，我这会儿可腾不出手，伯父不让我离开。

他说，我没有什么事情让你干，我自己还是个闲人呢，我就是想让你今儿晚上去书场里听《小五义》。

那孩子对他说，先生，您长得真像刘文治，就是下河沟的那个刘拐子。

我敢说您肯定不是刘文治。孩子说。

他说，跟你一起来的那个人是你伯父？我还以为是你爹呢。

孩子说，瞧您说的，我哪会有爹，我爹要是还活着的话，我想要几个铜子，他会痛痛快快地给我几个。

他说，你爹死了？

孩子点点头，说，我跟伯父、伯母一家过，我伯母可凶了，我敢说像您这样的人见了她，也不能不怕她。

刘文治这时发现在不远处有两个穿黑衣服的人正向他这边眺望，他感到那两个人似曾相识，其中的一个红润面孔的人更令他触目惊心，久久难以忘怀。

三

现在，19世纪以前的浪漫主义情调依然如故地影响着整个花园。

这一年是辛丑年。

处于明媚阳光下的这座欧式花园，以意大利风景画为蓝本，在园境组合上追求一种纯正完美的画中之境。花园内摒弃了一切由人工修剪过的几何形花卉图案，并改变了以往用建筑来充当园林主角的方法，而只铺设大片起伏不断的草坪和自然生长的野花异卉，并在草坪的四周配置了无数高矮大小不一的各种树木。在那种沁人的郁郁葱葱的梦幻情调里，一些小型的姿态万般的建筑便点缀在其中，忽隐忽现，形成了一种浑然天成的效果。

花园中的水池，也突破了过去的古典主义的那种规则和格局，其表现形式采取开沟引河的形式，使明亮的水道曲折蜿蜒地在花园中穿行、消失、再现，达到了一种用少量的水流制造出大江大河的幻觉，令人流连忘返，恍若隔世，恍若再生。

花园的四周没有围墙，只有一道干涸的壕沟，壕沟的出现，分割了园界，又丰富了花园的空间，使园内外的景物互为一体，互为欣赏和注视的对象。

这一年以前的那些岁月里，这个花园以植物造境为主导，园中建筑的比例极少。花园内不强调轴线，没有直路，布局不对称，取消了几何形的花圃。树木成丛，成片，三三两两，疏密有致。园内的小道斗折蛇行地伸向远处的乔木林中。湖岸、河道柔和的曲线与四周的灌木交相呼应，湖水中的莲花迎风摇曳，岸边是中国式的假山和山洞。

景象层层推进，那些倒映在湖面上的飘浮不定的云层，表现着这一地区瞬息万变的自然景象和天气，以及风向。

后来的一年里，这座花园的主人陆文龙将军的儿子——二少爷陆苇从欧洲度假归来，他按照英国建筑家、造园家布朗的"园宜入画"的论点，将这座花园改成了一座典型的英国式的风景园林。

在这一年的这个季节里，费丽夫人正蜷伏在国内的一张白色的椅子上，躲避着从天空里洒下来的明媚阳光。医生戴堤昨天来出诊时，又一次对费丽夫人讲了阳光对人体的种种作用和意义，对她这种病来说，阳光将胜过那一张张的药方。戴堤医生是一位稳健精明、温文尔雅的大夫，早期曾受过严格而崇高的训练。费丽夫人那时对他温柔地笑过。在她认识的人当中，也许只有戴堤医生的话是最能使她无条件地接受的。早餐过后，她便来到了园中，虽然她生平不喜欢一切光亮的东西，但还是将自己无条件地暴露在阳光下。

她身旁的一张石桌上摊开着一本书，园中的阳光这时便照耀着书中的那一页文字和插图。石桌上原先还有一把扇子，每日折叠在一起，但自从戴堤医生嘱咐过不得使用扇子后，她便让沈妈收起来了。早餐她没有吃，她只远远地向铺着雪白台布的餐桌上瞟了一眼后，便算是完成了某一种仪式。

将军那时正手持一柄银匙在一只汤盆里漫不经心地搅动，那情形有如逆水行舟。她拖着裙裾窸窸窣窣地从楼梯上下来，她向餐桌作例行的短暂的告别仪式，这中间将军一直望着她，手中的银匙仍在漫不经心地搅动，但他没有说话。在她的身影从客厅里消失，一只脚已跨到门外，一只脚尚在里面时，她听见将军正在左边的那间餐室里对沈妈说话，他的声音很轻很闷，如一只蜜蜂。

草坪的那一端，有两个七八岁的孩子正在打板球。

草木上众多的露珠这时正在阳光里晶莹玲珑，闪闪烁烁。从花园外面飘进来的空气中，有一种爆竹的气息还弥漫在里面。

现在的时间是上午，太阳在头顶上面正处于一种徐徐上升的时期。清晨早在园丁修理花木的过程中便已结束了。

她选了一个既能沐浴阳光，又不致使脸部完全暴露在阳光下的姿势在椅子里面半躺半坐了下来，这种姿势及其效果使她十分满意，她一下子便感到心情愉悦舒畅起来，她独自喃喃地说了几个字（也许是一句话，也许是一个人的名字）。

沈妈的手里托着一件玫瑰红的披风，穿过平坦碧绿的草坪，向这边走来。

夫人，将军怕您受风，让我送披风给您。

沈妈站在她的背后说道。

你去吧。费丽夫人说。

她没有转身，也没有抬脸，凭着记忆中的种种印象和胸前以及腿部的感觉，她知道花园里的阳光现在正耀人眼目，如火如荼，有一种类似燎原的、洗涤一切的企图。她的那一声回答简短而轻巧，美丽而冰凉，如一只袖珍的蝴蝶一样玲珑万分地从她的口里飘了出去，栖落在她的身后，落在沈妈的眼前。

沈妈将手里托着的披风小心翼翼地放到了旁边的那张石桌上。面对光滑洁净的桌面，沈妈仍是用自己的白色纺绸衫的袖子揩了几下，之后才将那件玫瑰红的披风放了上去。沈妈在这个过程中看见了平摊在桌子上的那本书，书页仍如几天前那样一如既往。沈妈不识字，但认得画，她认识书中的那幅插图，早在几天前甚至更早的一些时候她便见过了，现在一切依然如故，沈妈于是就知道夫人几天来其实始终没有再往下看。沈妈离去的时候，看见夫人半躺在椅子里的情形如一张随时都会被一阵风刮去的画，沈妈那时候还想到了类似"昙花一现"这样的东西。

那两个打板球的孩子在草坪那端尖声叫着，他们都穿着短裤和白色的网球鞋，他们的声音滚动在阳光里，像遍地的果子。

卵形的花圃里有许多早年间栽种的花梗，从半中腰起就满枝都是团团的绿叶，有心形的和舌状的，远望时就如同一片静止的绿云从天空里垂落了下来，仿佛凝结了时间和环境，久久没有动过。几只蝴蝶在一簇簇红黄蓝的花瓣上周游、飞舞，不断地侵扰着花瓣上面的那一层金粉。那些花瓣都张得很开，如一张张鲜艳而芬芳的唇，当夏日情感沉郁的风吹来时，它们便微微掀动，体现着一种生命的冲动，扩散着软软的呻吟。花圃里褐色的泥土上面落英缤纷，光色四溢。阳光和树荫在花园里轻轻拂动，投下了许多摇曳不定的大小不一的斑斑驳驳的碎影。在车库的那一边，几株伞状的绿树构成了一种萧瑟的支离破碎的效果。以前的那些日子里，厨房里的几个女佣常在那一带悄悄地走动，穿着上白下黑的便装，与花匠们情投意合。眼下正是6月中旬，战争仍在进行，有一种时起时伏的气氛，有关战争的消息也忽远忽近，局势的色彩变幻得令人目不暇接，甚至难以置信。艺术与一些娱乐活动甚至娱乐场所都隐没在战时灰蒙蒙、蓝幽幽的层雾中了，如同一种柔软而巨大的织网，将一切全部笼罩了起来。那些身穿透明纱裙、热情奔放的姑娘在白日里都变得一本正经，判若两人，要么捧着一本书发呆，要么牵着一条毛茸茸的狗在草坪之间来回溜达。到了夜晚，她们就来了精神，通宵达旦地跳舞，在手风琴和钢琴声中高谈阔论，抨击狄更斯，热爱柯罗甚至雷诺阿。一些拥有遗产的老寡妇也乘着汽车或马车，急不可待地去干一些秘密的大事，事关国家甚至整个民族。现在想起来，年逾五十的徐太太已经有一个星期没陪她聊天了，她想不出究竟有一些什么样的事情会紧紧地将那位徐娘半老的寡妇太太牵住，但那些事情肯定本身就全具有某种摄人的能力，就像漂亮的服饰和优雅的起居室一样，令她倾倒不已。

现在，在花园北侧最边上，木兰花散发出浓烈的香气，一直向附近的中央广场上散去，直到香气散飘得无影无踪。

现在，那个男人正在向花园里边张望。他看见了在草坪的那边打板球的那两个尖声尖气的孩子，他看到了这边白色的太阳椅子和椅子里的费丽夫人，甚至看到了摊开在石桌上的那本书和那件玫瑰红的披风。

最初，他一直在花园外边的那道干涸的壕沟上溜达，他足蹬一双异常结实的黄牛皮鞋，手里提着一只同样颜色和质地的箱子，他的黑色的蝴蝶结已经有些歪歪扭扭的了，他的那种怯生生的模样像是故意装出来给人看的，具体地说，就是做给费丽夫人这样多愁善感的女人看的。透过稀疏的树影和花丛，他看到那位优雅的夫人正蜷伏在那张白色的椅子里，他看到她的两条长腿在柔软的半透明的纱裙里隐隐约约，轮廓分明。花园里的情景使他想起了一幅希腊名画。

一辆黑色的汽车从花园里碧绿如茵的草坪上徐徐地滑过。

四

回忆我的叔父刘文治，他生前和身后的许多岁月烟水苍茫、迷雾重重，他的一双貌似乖巧的招风耳时常在我的记忆里耸立、扇动，状如一只红色的翅膀。我记得他曾经语重心长、郑重其事地对我讲过许多十分深刻的话，我后来只记住了一两句，其余的那些都忘记了。

某一年的一个闷热的午后，我见到了那位解甲归田赋闲在家的旅长陆青云。这位昔日的野心勃勃的武官，现在以饲养鹌鹑来打发时光。其时，他正坐在一棵冠状如伞的树下看一群幼小的鹌鹑争食，他的两鬓遍染了时间的霜雪，一双眼睛灰蒙蒙的。

雨前的天空和大地潮湿而阴暗，鹌鹑乱哄哄的争食的场面显然使他十分开心。他脸上的笑容经久不散。他告诉我说，刘文治真是一个狡猾无比的东西，一个排的士兵昼夜不停地围剿了几天，结果竟然一无所获。谁都清楚刘文治那时就隐藏在那条河边的草棵子里，但就是难以见到他的踪影，连一种信号、一丝动静也捕捉不到。

我想起了那条匪盗出没、娼妓如云的河流，它从前只是一条荒寂无人的内陆河，是时间的流逝使它变得越来越重要起来，日趋繁忙和紧张。它岸边的一条民间大道在某些时候飞扬着弥天的尘土和疏松的人影。

大风将刘文治的衣角吹了起来，使他像一只灰蓝色的水鸟一样具有了那种振翅欲飞的姿势。刘文治从河岸边的一片草丛里站起身，他望见河面上漂浮着一些带血的羽毛。岸边的几个树桩子上面布满了水，这个现象使刘文治相信在他到达这里的不久之前，有人在那些树桩上坐过。那个人的身体湿淋淋的，他坐在那里的时候，衣服上的水就全部流到了树桩上。刘文治现在感到难以判断的是他不知道那是单独的一个人，还是几个人。也许，那个（那些）人此刻就隐藏在附近的某一只船中或某一棵树后，他的一举一动都已暴露在了那种阴暗而诡秘的视线之中。

丛生的疑虑使刘文治将一个绿色的东西扔进了河里，水面上荡开几十道波纹后，慢慢地又恢复了当初的平静。

远处，警备队的摩托和卡车从一些不显眼的地方里冲出来，油烟和尘土淹没了一部分树木和房屋的轮廓。

树下有一些夹着包袱的人。

一个和尚睡在一条水沟旁，瘦削的身体如一片卷曲着的树叶。

河边大道上的尘雾散去之后，刘文治戴着一副墨镜向一条歧路上走去。宽大的镜片使他的下巴和额头变得高深莫测。视线内到处都是歪歪斜斜的房屋和支离破碎的事物。霉绿的地方根多，如同一个又一个的秘密。

接下来，刘文治望见一些结构松散的农舍隐现在浓密的绿色的桉树叶子中间，人语和水声清晰可闻，探手可及。转过几道墙壁以后，刘文治看见一位妇人正在弯腰拾捡丢失在稻草堆中的一只只鸭蛋。妇人的长长的头发触及地上的稻草，她的两条圆润健壮的腿支撑着一个圆弧的胯，造型如同一道拱形的门。

刘文治朝那道拱形的门前走去。

在这个过程中，刘文治听到了那种微弱的鸭蛋碎裂时的声音。刘文治的一只手从妇人的两腿之间滑出来时，妇人惊叫了一声，一种黏稠滞重的汁液滑过她的手心，她的手心里很热很烫。刘文治深深地叹了一口气，一种穷途末路的感觉迅速地传遍了他的全身上下的每一个地方。妇人撩起衣襟擦着手，布匹滑动的时候发出了一种暗哑低远的声音。一部分被太阳晒干后的稻草窸窣有声。下面的那一部分稻草没有被太阳晒过，霉湿而发黑，长着一簇簇白绿的细芽。刘文治像一个孩子一样站在妇人的身边，他看见妇人惊惧的神色中泛出点点令人思乡的潮红。她的一只手臂像屋檐下饱满湿润的丝瓜一样下垂着，五个手指舒卷着使刘文治产生了一种倦慵和强烈的睡意。

刘文治听到自己的声音在面粉般的阳光里还在缓缓地飘走、游荡，距离遥不可及。那妇人的身体在他的目光里已不再成形了。一只鸭蛋在阳光里奔跑着，翅膀下的一团黑影如一座没有人烟的漂泊已久的岛屿。

你把我的蛋全弄碎了。

54

我的稻草。

刘文治听见那妇人声音模糊地诉说着，她不停地用衣襟擦拭着湿润的手臂和其他的一些部位。刘文治用手挡着自己的身体，他在妇人的面前显得很不好意思，十分害羞。他捂着自己的身体在地上转来转去。依附在妇人手上的那种汁液在阳光下亮晶晶的，分散了他的目光。地上纷乱的稻草不时地阻止着他的行程。慌乱使他一下子失去了所有的记忆。

之后，刘文治看见妇人从地上抓起了一把干燥的稻草，一些阳光被她从稻草中抖搂了出来。阳光向地上坠落的时候，刘文治听到一种清脆的陶瓷器皿的碎裂声——也许是一种金属或者绸缎的声音。

接下来，刘文治看见那堆暗红色的稻草垛后面站着一个矮个子的男人。那个人穿着一身厚重而紧张的黑衣服。刘文治看不见那个人的眉毛和眼睛，只看见那顶草帽下悬挂着一张十分红润的面孔，以及面孔上的半只鼻子。稻草和阳光拥挤着，使刘文治的眼睛几近失明，使他无法分辨出几步以外的东西。

穿黑衣服的矮个子男人手里握着一根粗粗的长满毛刺的竹竿从草垛后面走过来的时候，刘文治感到一阵阴风袭击了他的下半身，他的身体抖动了一下，便感到自己在不知不觉中尿湿了裤子。阴冷和潮湿使刘文治的脸上出现了一种浮躁不安的神色。

穿黑衣服的矮个子男人微笑着，露出嘴里的两排细碎而密集的牙齿，那张十分红润的面孔如同一朵正在绽开的芙蓉花。

鸭蛋不是我弄破的。

我只是有点口渴。

刘文治声音干燥无比地说着，他的话使那些稻草更加纷乱。之后，他看见那根骨节粗重的竹竿上出现了一些线索分明的缝隙，有几条浓艳的红丝线一样的东西蹿到了那根竹竿的上面。穿黑衣服的矮个子男人鼓起两腮，在刘文治散乱的视线里呸呸地朝地下唾着。最初吐出来的是一个肉红色的小东西，那个小东西在地上的稻草边连弹了几下后便不再动了。接着，穿黑衣服的矮个子男人又从嘴里吐出一个白色的形状十分古怪的骨质的东西。刘文治起初觉得那个白色的硬东西像一颗牙齿，后来又觉得像一只蜗牛的外壳，他听见它在落地以后发出了叮的一声硬响。

先前的那位妇人这时已掩住了胸怀。她提着一桶水，潮湿而沉重的木桶使她手臂上青蓝色的筋络毕露无遗。

我要喝水。

给我一口水喝吧，我已经两天没看见过水了，大旱之年真让人难熬。

刘文治向水桶走去。这时，他看见那妇人忽然在阳光里跑动起来，她的衣服和脸在稻草和树影之间反复闪现。

纷乱的稻草在她的两腿之间探头探脑。

最初的那种令人思乡的潮红早已褪浅，并消失殆尽。木桶中的一张脸肃穆而生动，他叹了一口气，用手弄脏了那张脸，弄皱了那张脸。他听见一阵哀叹之声在清澈的水面上徘徊、游荡，如一只无人无桨的小舟，四周飘散着的云彩如丰收之后的棉花。

木桶里没有水。

回首往事的时候，刘文治的一只潮湿不堪的手触到了一件硬邦邦的东西。起初，他以为是铁器，或者是一块骨头甚至陶泥。他的目光被一种含义不明的感觉牵引着，他看见那个穿黑衣服的矮个子男人仰面朝天地倒在一堆干湿不匀的稻草上，他的那张十分红润的面孔已不再如当初那样鲜艳，不再如当初那样逼真，变得灰白如土。

从瓷器城到竹罗镇，我在你的后面走了五十四天，我总算到家了。

穿黑衣服的矮个子男人说完之后，头向一边歪去，永远地睡了过去。纷纷攘攘的稻草不断地触动着他的脸和衣服。刘文治看见那些稻草像一些剪不断的髭须一样仍然骚扰着矮个子男人，使得从前那张红润的面孔难以平静下来，永远处于一种深深的不安和烦躁之中。

树篱后面的重重的茅舍不见了，水边的虫子在夜色里发出了疏朗的叫声。

灰蒙蒙的月亮升起来的时候，正值那天的夜半时分，刘文治听到那妇人发出了一声尖叫，之后便再没有任何剧烈的声音了，只有一种低远而微弱的东西在响动。借着外面苍白的夜色，刘文治看见自己的两只手上依附着一种类似胎衣一样的潮湿滑腻的东西，有一种浓重的血腥之气正回旋着向他的脸前逼来。

刘文治起身离开了那张吱吱作响的竹藤床，他触到了那只沉重的立在墙角的木桶，这使他产生了一种叶落归根的感觉。竹筒里的清水被他一饮而尽之后，他开始向外走。他的嘴里渐渐泛起了苦涩。他回味那个竹筒，这使他确信刚才饮下去的并不是水，而是一种药汁或鸡血。大旱之年的确难以见到那种清澈的净水。

屋里的一部分土瓷的器皿和陈设在夜晚里闪烁着一种幽暗的光晕。刘文治这时看到屋门口有一道蜷曲着的黑影，其中的一处高高地隆起着，另一些地方显得干瘪而下陷。刘文治的腿在跨越那个高高隆起的地方时，另一只脚却踩到了那些干瘪下陷的部分上。

他听到了一种类似猫的叫声。

最初，刘文治以为那是一堆物体的暗影，或者是盛粮食的口袋，刘文治没以为那是一个斜躺着的正在熟睡着的人。当他走出几步之后，他听到先前的那种类似猫叫的声音突然加剧。突如其来的叫声使刘文治出了一身冷汗，他知道自己出来的时候，一只坚硬的脚踩着了门口那个人的胃和另一段不太长的无精打采的东西。他听到那个从梦里醒来的人此时正在门口大呼小叫，嚷成一片。

有贼人！

那个人这样喊道。

刘文治在叫声之中看到身后的树影和房舍的轮廓平静如水。在苍白的月夜里，四周的景象如一幅吸水性很强的水墨图。他知道那个人刚才只不过是虚张声势地咋呼一通而已，实际上他并没有追上来。刘文治当时只是觉得那个人没有勇气，缺乏必要的胆识和力量，他那时一点儿也不知道他踩着的是一个跛腿的盲人。那个人事实上一直都没有站起来，仍如最初一样蜷伏在门口、像一个影子似的干叫了几声。被毁坏了的器官使他再无力号叫下去，一切都变得难以延续和持久了。

跛腿的盲人蜷伏在那里，两只手来回倒替着揉着自己身体下面的那一段不太长的无精打采的东西。剧烈的疼痛差一点儿使他双目开启，重见光明。他轻轻地用手揉着、捏着，独自在月夜里喃喃说道：

我的妈呀！

我的儿啊！

数十年失明的生涯使他此时无法看到面前苍白的月光和平静的树影，无法看到昔日村舍的结构和地上凌乱如麻的稻草，更看不到月光下的那个来历不明的形迹可疑的人，他只闻到了一种不大好闻的腥味。

接下来，跛腿盲人手中先前的那种动作停止了，他不再揉搓，任凭它一如既往地继续无力地垂下去。他现在突然感到事情多少有些不妙，有点儿不大对头。非同寻常的嗅觉使他感到一切全都变得复杂起来，不再如当初那样简单。这以后，他的一颗头在幽暗中转来转去，如一架无人看管的旧式的风车，他伸出两只枯藤般的手向四处触摸。

不久之后，他摸到了一件使他怀想已久的东西——一件柔软的妇人的器官。

他把那个柔软而阴性的东西放到唇边。这个失明了大半生的老盲人此时的口水和眼泪一齐涌了出来。

夜晚潮湿的空气里泛着一种深长的霉味，有如回味无穷的药酒和民间秘方，那是一种腐烂的令人深深不安的东西。

陈年的阴风穿堂而过。

天交五更的时候，跛腿的盲人渐渐地感到有一种依赖性极强的东西附在了他的手上。他先后舔了手掌和十指。

舌头告诉他，那是血。

五

花园里的树影和回廊重重叠叠，浆果和风声穿插在其中。

午夜时分，她听到将军独自一人在他的悬念林立的起居室里鼓捣出许多奇怪的声音，他似乎正在指挥着一场重大而著名的战役，交战的双方都以皮带和马靴为媒介，以双方的女人为目标。将军喘着粗气，半个世纪以来的戎马生涯使他将一些椅子一一地从原来的位置上挪开。他站在月白色的地毯上，挺胸收腹，目视前方。将军在这个万籁俱寂的午夜看见交战的双方最后都以失败而告终。

接下来，将军看见一件雪白的胸前插有红蓝铅笔的衣衫在空中迎风飘舞。衣衫上的纽扣如一些熟悉而陌生的眼睛。那时候，他感到自己无法承受那种充满了无限敬重和爱戴的视线的仰望。他听到晚归的钟声已经响起，水面泱泱，岸边四面楚歌，歌声如同团团的白雾和柔软的鹅毛。

曾经有许多个夜晚，他一个人颓然无力地蹲伏在抽水马桶上，久久不愿起来。他听到从前的一些尸体从河流的上游地段漂泊着顺流而下，在花园外面深狭的壕沟里团团打转，日复一日地徘徊着，在夜深人静的时候，与水声一起撞击着壕沟的两侧，绵延起伏的烽火使一些人变成了精神上的六指，使一些在以前岁月里几乎是水中捞月的事正一步一步地演绎为铁的探手可及的现实，使现有的种种渠道和脉络都遭到了粉碎性的堵塞和淹没，直至最后完全消失。他时常听到园丁和卫兵们的种种抱怨之声。他们时常会在花园的墙下或树影里拾捡到一些莫名其妙的东西，其中不乏那些令人沮丧、令人烦躁不安的灾难之物。有时候，一张白纸、一只雕花烟斗和一只血迹斑斑的手套，甚至一副陶瓷或塑料的面具，都会使他连续数日辗转反侧，失眠到天亮。他经常独自站在落地的镜子前久久地打量自己。长久的审视使他发现自己原来是一个十分陌生而难以相知的人，包括他的肖像和行为方式。他看见自己的灰蒙蒙的头发像一种陈年的积雪一样总是一成不变地覆盖在头上。这种状况使他的眉宇间多少有些抑郁和躁动不安，他时常诅咒自己眉宇之间的那种无形的却又难以驱散掉的东西，他常为一种不真实之感而所累所苦。曾经有一段日子里，每当面部瘙痒之时，他便操起了刷子。他觉得皮肤与靴子从根本上来说是一样的，都是最初的那同一种柔软的物质。使用不同的方法去区别对待它们，毫无任何意义可言。有一天深夜时分，他躬身在椅子下和床下寻找一枚红色的星形的纽扣，他意外地发现一些白伞黑褶的小蘑菇依靠着椅子的木腿生长了出来，它们的根须都留扎在地毯的下面。突如其来的植物使他回忆起了从前见过的一朵飘浮在他头顶上面的云彩和一片聒噪不休的树叶。

白昼和夜晚交替着出现，一遍一遍地重复增加着时间的数目。他梦到了一座凄冷阴森的古堡，里面住着一些毫无用处的漂亮女人和一部分阴险的告密者、窥视者。梦醒之后，他听见天上的雨水很整齐地落进了花园里，花砖的甬道旁积满了尘土般的雨水，树枝和花瓣都湿漉漉的，如一张张大汗淋漓的脸和女人的嘴，如一些令人郁闷的生活细节和令人尴尬的生活场景。

他梦见了一种活法——一种另外的活法和一种精神的故事，包括一个人的模模糊糊的背影。那个人穿过重重的水沟和树丛，那个人总是摆出一副无家可归的浪子模样，在大雨中长久地游荡，在寂寥的天底下日复一日地漂泊、逃亡。

其实，没有谁要追杀他，没有谁要将他赶出门外，背井离乡。梦醒之后，他嘲笑自己悬念林立的心地和一部分念头，他感到梦中的雨水正在漫过寂静的花园和整齐的地毯。那些白伞黑褶的小蘑菇渐渐地浮上来，被衬托在雨水的上面，如一群群纸扎的月亮。

午夜的流逝，使他的记忆开始渐渐消失，一些歧路上铺满了鲜花和大小不一的星形的标志。在某些时候，那些貌似细微的东西实际上就是神的一种象征，一种表里不一的事物。

午夜过去之后不久，他跟随着消失的记忆一齐失踪了，从他的那间铺着月白色地毯的房间里，从那座庞大而隐秘的花园里永久地消失了。此后的一些年中再没有他的任何下落和消息，没有谁再看到过他的影子。

其时，有一个人冒着深夜里的大雨站在一棵苍老的月桂树下。那个人的一张红润的面孔看上去如同一副精致而安详的陶瓷的面具，雨水使他的脸上像是永远地挂着一种不落的笑容，一种世上最简单的笑容。

他身后的一只石凳上蒙满了冰凉而淡黄色的水。他的手里有一块陶片，状如石器时代狩猎的斧子，他的视线之内有一道高大的灰色的雨墙。

六

再过几个时辰，这一天就要在寂寞和萧瑟中结束了，一座座灰暗的光线组成的移动着的岛屿和城堡从西北方向绵延过来，笼罩在镇子的上空。深重的潮气从各个角落里散落出来，一齐流荡在灰暗凄冷的街上。

咸肉店的老板娘——一个四十多岁的姿色正在流逝的女人，打开店门以后，一种锈迹斑斑的雨点立即依附在了她的皮肤之上，她看到那种东西像是密密麻麻的雀斑，又如同迷乱的湿疹。突然间发生的这种现象使她惊讶无比，并产生了一种奇痒难挨的感受。她的头发在脑后绾成了一个圆形的髻，她穿着一件白色的纺绸衫。她神色木然地站在低矮的铺檐下，对着阴雨连绵的天空仰起了那张光亮而肥胖的脸，又将一只掌心柔软有如鱼肚的松弛的手伸到铺檐之外，铜钱似的雨点一串一串地从天上坠落下来，又纷纷漫过她的胖胖的手指滑了出去。她低了一下头，之后又重新仰起来。

她感到有一些锈水流进她的内衣里去了。

咸肉店老板娘在这一天行将结束的时候，仰望镇子上阴雨连绵的天空，她脸上的表情既是听天由命的，又带有小孩子失望时的惊愕和缠绵。宽大而松软的白色纺绸衫使她的身子显得更加高大丰满，里面似乎贮积着无穷尽的浓汁和水分。雨雾中刮来的一阵夹带着烟草气味的风使她不由自主地打了一个冷战。她感到自己的头发十分麻木、松散，有如一张潮湿而漏洞百出的网。

铺檐下的灰暗的旧石板光滑而凸凹不平，这些石板与镇子街头上的石板一模一样，都泛着一种坚实耐久的绿锈。这种痕迹得自于风雨和一代又一代人在已逝时光里的重复的磨蹭，到如今已经难以洗刷清白了。这种类似的迹象还出现在镇子里的所有古旧的灰暗霉湿的地上，依附在屋里或厅堂中的一部分古董和土漆的日常陈设之上。

咸肉店的后院有三棵枝繁叶茂的泡桐树，树下并排摆放着几张宽阔而平展的案桌，是用来屠宰和肢解的，后院的一部分风景和陈设其实是一个作坊。平日里，那些被肢解后的色泽鲜艳的肉类都由一个一个的铁钩子串着，一条条地悬挂在树杈上，浓重而茶色的树影常将那些肉类衬托得异常美丽。

树叶在连绵的阴雨中一起一伏地飘荡着，状态有如众多绿色的安详宁静的蝈蝈，树上还闪现着几条鲜艳的布片或碎纸似的东西，淫雨和迷雾使它们的真相越来越难以辨认。

咸肉店老板娘第二次走出铺面之时，她的头发有些蓬乱，身子摇摇晃晃的。她的手上端着一只煎药的砂锅，她苍白着一张脸，朝街头和四下看了看。银灰色的雨线织满了空间和大地，远处南山寺红色的飞檐下传来了晚钟的声音，冗长而缓慢。雨水贴着街中石板的缝隙流过来的时候，咸肉店老板娘弯下腰将砂锅中盛着的那些乌黑的形状各异的药渣倾倒在门前的一只竹筐里。药渣中的一块黑褐色的陈皮跳入她的视线内之后，老板娘突然感到自己的目光有些肿痛，她想起了一件很久以前的事情，那件事情的大部分细节都令人异常难堪，令人无地自容，包括那种来龙去脉。

屋檐上淅淅沥沥的滴水使老板娘的脸从药渣和竹筐上移开了。她不明白自己这时候为什么会想起那件久远的往事，她站在屋檐下好半天没有动，什么也没干，一副无所事事的样子。她第一次感到记忆和场景是一种很奇怪的东西，在幽冥之中掌握着一个人的一切东西。这之后，在她无意之中转身的时候，她突然看见一个灰色的人影拱曲着身子冲出了咸肉店。那个人在阴雨的街上急匆匆地走着，形同一条平滑的短尾鱼。他的头和脸都深深地埋在肮脏不堪的衣领之间，脚步将青石板上的雨水踩出一片啪叽啪叽的声响。

咸肉店老板娘的身体摇晃了一下，黑色的砂锅倾斜在她的两手之间。

她的身体向后退着，躲避着铺檐上哗哗的流水，雨雾中的那个仓皇如鱼的背影挡住了她的视线，她感到眼前的事情出现了许多值得推敲的地方。灰暗中的那种越来越远的啪叽啪叽的踩水声消失了之后，她仍感到有一种东西继续遮盖着她的目光，堵塞着她的视线。她昏昏欲睡地站在店门口，阴冷的街风将她的白色纺绸衫和下身的黑裙吹起来，展现出了一截松软的皮肉和紧勒在大腿上的红色的吊袜带。

淅淅沥沥的雨水流进了那只倾斜着的砂锅里后，立即变得漆黑一团。

街对面的一间狭窄的阁楼上这时晃动着一个弓身曲背的人影。透过街面上灰蒙蒙的雨线。咸肉店老板娘望见了那个人的一整套费力而未必讨好的动作，每一个动作都是那样的滞重而困难重重，他的一张大汗淋漓的脸在隐隐约约之中因扭曲而变了形。韵律和节奏上的不连贯，有如恼人的淫雨天气，令人沮丧而无限绝望。在时断时续的动作之中，那个人最后终于直起了四分五裂的身子。一阵羽毛的潮湿的腥气这时从街上飘过，咸肉店老板娘望见那个人的手里捧着几瓣肉红色的花朵。紧接着，那个人便在阁楼内的墙壁之间来回跑动起来。在这灰蒙蒙的雨天里，咸肉店老板娘看见那个人在跑动的过程中，他的元气丧尽的脸上始终洋溢着一种赤裸裸的笑容。

雨中的时光平滑如水。

咸肉店老板娘站在低矮霉湿的店檐下，她感到手中的分量越来越重。起初，她以为是时间的重量，时间在流逝的过程中常将一些本身的重量搁置下来，停顿下来，形成途中的一些场景和风物。后来，她才发现是雨水贮积了砂锅的大半个部分。

她心怀失望地倒掉了砂锅中肮脏的夏季梅雨，水流漫到街上时，一辆卡车在雨雾中呼啸而过。车身上蒙着绿色的篷布，几条长满黑毛的腿从篷布的一角里伸出来，暴露在雨雾中。卡车消失之后不久，两个戴草帽的男人骑着单车从街上走过，低垂的帽檐使他们的眉目成为一种人为的暂时的秘密，单车上的两张脸一张红润一张苍白，都狭窄如刀条。

咸肉店老板娘望着两个在雨地里渐渐远去的人，这时她突然想到了什么，那只黑色的砂锅这时从她的手中悠然滑出，在门前的青石板上摔成了大小不一的几块碎片，但她并没有听到那种碎裂的声音。

她反身走回屋里的时候，店内幽暗的光线使她产生了一种类似迷路的感觉。咸肉的气味像行动迟缓的壁虎一样从各个角落里爬出来，又如同封闭的蛛网一样织满了整个空间。弥漫的盐水使她的皮肤有些隐隐作痛。她像一个腿脚不便的盲人一样伸出手摸索着一些平日里极为熟稔的桌椅和墙柱，但脚和腿却仍然不时地碰响了一些坛罐和瓦盆，她忘记了所有东西原来的位置和方向。乌木的桌椅闪烁着虚实不定的暗晕，这使她对昔日里熟悉的并赖以生存的店堂产生了一种幽深莫测的感觉，她现在已完全吃不准这店堂里的距离和空间到底有多大了，她只看见一些邪恶的悬念和龌龊的影子暴露在几处必要的位置上，成为一种障碍和势力。早些时候，她的身体的某一处一直处于一种润滑的状态中，现在她感到那个地方已渐渐干涸了，她感到了一种摩擦后的疼痛。她将身子倚在一架摇摇晃晃的屏风上，伸手撩起了她的黑裙——薄薄的黑裙如此沉重，仿佛灌满了劲风——松开了紧勒在大腿上的吊袜带，丝带将她的腿勒出了一条深重的印痕。

她第一次感到这个店堂内昔日的布局和陈设并非完美无缺，而是一塌糊涂，存在着数不清的不尽如人意之处。

沉重的丝质黑裙压迫着她的身体，使她在振作之时感到了一种强烈的倦惰和松软无力。昏暗中的一件影影绰绰的东西使她并拢着的两腿在不知不觉中向两边分开，她听到了一种呼啸着的声音。她想起了往日的时光，她疏漏了一些生活的细节和必要的背景，忽视了空白和场景以及道具的作用和意义。烦琐而循环的市井活动使她忘记了对于时光的精心梳理，与人说话时不能用适当的字句去形容天空的颜色、天气，是那天的什么时候，一张旧桃心木桌子上的污渍、街灯、马车、头发式样、精致而来历不明的绿色手镯。

她看见了那种没有深度的时光的故事。

昏暗之中，她的两只手摸到了一种冰冷而滑湿的东西。堆放在墙角里的两颗巨大的毛发丛生的猪头将她绊得踉踉跄跄、麻木不仁。她的黑裙载着她从那两颗猪头上面艰难地掠过。雨声像有条不紊的钟摆一样。

门口的一片光亮使她看见自己的雪白的纺绸衫已经污秽得面目全非了，衣服的下摆上有一片滞浊的斑痕，用手摸上去后听到了哧哧的一阵声响。她感到往日的时光里她见识过这种东西，只是有关的地点和人物全都记不起来了，只留下了那种无形的声音。

店堂的后院里寂静如初，格局和氛围一如往常，只是所有的一切都笼罩在一种铅灰的暗潮之中，案桌上的两把牛耳状的屠刀交错着放在一起，都被雨淋着，刀身上的雨水使那种宁静而冷峭的寒光变得雾蒙蒙的，往日的那种锋利的锐气全都没有了。

天气不好。

她独自喃喃地说了一声。她的目光离开空中以后，她看到了案桌上的两片苍白的指甲，像两片鱼鳞一样。只是厚度远远胜过鱼鳞，接下来，她看见了一小撮粘连在一起的短短的胡须——不过，她一直以为是一些没有收拾干净的猪鬃——三棵泡桐树之间早先相互联结着的藤绳断了一根，绳头无力而僵直地垂落在地下，垂落在雨水里。雨水使它变得僵挺而滑腻，难以捉摸和挽回。

这时，她听见自己站在肉案前似乎喊叫了一声，但院内及店堂里一片死寂，一点儿回声也没有听到，一个人影也没有在她的面前出现。死寂和宁静使她对这个后院和她自己本身产生了怀疑，她现在不知道也无法确定自己在刚才喊过没有。因为没有听到任何一丝回响，她觉得自己刚才并没有喊叫过。

我不曾说过什么。

这一次，她清清楚楚地听到了自己的语言，听到了自己想要表述的意思，这使她立即高兴起来，脸上洋溢出了一种松弛而懒散的表情。她像一个贪馋的孩子那样站在湿漉漉的肉案前，两眼紧盯着案子上的那些色彩鲜艳的乱七八糟的东西。雨水顺着她的头发和颈部流进她的胸脯里后她也浑然不觉。

之后，身后传来的扑通的一声闷响使她转过了身子，她看见一只灰色的小乌龟从一口大瓷缸里跳了出来。

大瓷缸早在很久以前便贮满了雨水。

灰色的小乌龟浑身水淋淋的，一瘸一瘸地向一个布满青苔的角落里爬去。它缓慢爬行的动作和过程有如一种冗长而深久的叹息。雨水在那些青苔的四周冒起一些白亮白亮的圆泡，有的转瞬即逝，有的久久不愿消失，在先前的位置上团团打转。

店堂前面的门这时被推开了一道不太宽的缝，一位薄施脂粉的少妇挟带着红粉和外面的风雨走了进来。

咸肉店老板娘看见进来的是东邻唐老板的儿媳，一位二十七八岁的少妇。

少妇向咸肉店老板娘讨借一把裁衣用的剪刀和木尺。少妇说她昔日的一位女友要帮她裁剪一件旗袍，少妇还告诉老板娘说她对那种云霞般的衣料已怀想许久了。

天这么晚了，不怕把衣料裁坏了吗？

咸肉店老板娘说。

不是刚过正午嘛，钟刚敲过十二点，还有整整一个下午呢。

少妇说道。

少妇的话使咸肉店老板娘的脸上立即笼罩了一种烦躁不安的东西。她听见少妇拿着剪刀和木尺窸窸窣窣行走在店堂外面的屋檐下，少妇边走边躲避着雨水。

远处烟雨迷蒙的河面上这时传来了一声沉闷的汽笛声。

咸肉店老板娘突然用手护住了小腹以下的部分，她感到自己的黑裙下面稀里哗啦的。

这时候，她仿佛看见了那种无所不在的时间，她感到一些事情在时间上出了毛病，并伴有种种的破绽和形形色色的漏洞。她试图用回忆来解释一切，证实一切的头绪和现象，但阴晦霉湿的梅雨天气使她丧失了几乎所有的记忆和经验，而已逝的那一部分时光又混乱无比，使她身心迷荡，手足无措。

时间在雨地里悄悄流逝。

最终，她放弃了回忆和猜想，独自摸索着向那死寂的空无一人的后院里走去。

她觉得有些事情根本不存在有任何的证据和背景，努力去寻找那种无形的东西，最终只能是徒劳无益，一无所获。她觉得事情就是事情，没有任何的起因和源头，一切都如转瞬即逝的时间一样来不及捕捉，更无法拖延和停顿。事情过去了，也就结束了，什么都不再有了。猜想和推敲是正常的，但丝毫不具有任何的作用和意义。一切的寻找和发现的过程只能使事情的迷雾越来越重，越来越深，变得艰辛而复杂。人为地造成的迷雾和困难往往比事物本身更为晦涩，更难以破译。

后院里的景色和种种迹象使咸肉店老板娘突然记起了一些古老而陈旧的民间故事。她熟知那些得心应手的工具和日常的物品，熟知与之相适应的背景和场地、气氛和位置，作坊里的所有内容和店堂中的诸多事情构成了她的极为庞杂而冗长的精神和物质上的时空。

冒着庭院中霏霏的淫雨，她一个人无悲无喜、不声不响地站在昔日的肉案前。她用手中的一团棉絮慢慢地擦拭着那两把牛耳状屠刀上的丝丝缕缕的血迹，她在这种时候感到了一种从未有过的空旷和荒凉、凄清和遥远。她找不到一个能与她说话的人。她现在一点儿也不想去猜想那些血迹的来历和种种过程，她觉得许多事情弄清了并不比不弄清好多少，弄清了或许更糟。她现在就一切都不想弄清，包括那些丝丝缕缕的血迹。

这时候，雨中的一种现象引起了她的注意。她看见一棵树上悬挂着两只长长的胳膊，另一棵树上悬挂着两条皮肉松弛的腿。那只下垂着的手上戴着一枚橘红色的戒指。树下的泥水里倒扣着一只棕黄色的木屐。

转过身，她看见一面烟雨迷蒙的粉墙上用木炭写着一行字：

刘文治到此一游。

辛丑年夏

她觉得这行字写得真黑，这使她马上想起了那种整齐而光鲜的、漆黑如墨的木炭条子，它能写出很好看的字句和话语。

七

黎明时的花园里涌动着一种冰冷的树木的气息，有一种低暗的苦味。

在她登上厨房的台阶时，她衣裙后面的一角破烂的地方被黎明时的风鼓荡着，飘动了起来。她的上半个身子萧瑟地哆嗦着，怀里的一捆柴火不时地掉出一两根来，落在脚下的台阶上。

她一面弯下腰去拾捡，一面在口里嘀嘀咕咕地抱怨着坠落的柴火和天气。

厨房里冷冰冰、静悄悄的。她生着了火。烟雾中响起了她的干枯生涩的咳嗽声。咳过之后，她小心翼翼地探出头望望，见周围仍如先前一样沉寂时，她终于放心了。吵醒了他，这一天就又别想好过了。她这样一个人自言自语地说着，一边开始干活儿。她在地上走来走去，将一条围裙扎在腰间。

那时候，她一点儿也不知道夫人其实已经起来了，她更不知道夫人这一夜又未曾合眼，一直失眠到天亮。按照以往的多年来的习惯和经验，他们这一家人都要在早晨完全结束以后才陆陆续续地慢慢起来。

穿着一身黑缎面棉睡袍的夫人这时就站在黎明时的楼梯口上，她的手里拿着一只红胶皮的热水袋。一种微光从灰暗的一扇窗户上透了进来。夫人站在楼梯的顶上，脸色苍白，声音平淡而冰冷地叫着她的名字，叫声落入了昏黑的枯井般的楼道之中。

沈妈应了一声，停下了手里的活儿，在她匆匆地穿越门廊的过程中，夫人的声音一直伴随着她的心情和步伐。那声音平静如水，如同一种一成不变的格局。

冷风吹乱了她的头发，她出现在那片灰蒙蒙的光里，身子看上去像是一件落地的老式的红颜剥落褪尽后的摆设。

知道了，一有了热水马上就给您灌，回去睡吧。她说。

我不知道这是怎么回事，我要是不起来，就没有一个人会早起。夫人说。

把它放下回去睡您的吧，我这就把水烧热。她说着，身子在那束光线里移动了一下，加深了那种灰暗的效果。

你不是不知道，早饭开迟了对大家都没有什么好处，你好像一点儿也不知道。

这声音从夫人的嘴里出来，像一股微不足道的气流，不带有任何的色彩和变化。夫人阴郁而冰冷地站在黎明时的楼梯顶上，像一尊沉静的黑釉瓷器。

您回去睡您的吧，我这就去弄早饭。

她说着，身子从那束灰暗的光线里慢慢地分离出来，向厨房那边走去。

夫人转身上楼，一只手捂在胸前，一只手下垂着，声音短促地诅咒着寒冷的黎明。

厨房里的门敞开着。

还没走进厨房，她便听到从里面传出一阵刺耳的叮叮当当的砍伐声，就是那种用铁器砍伐木头或骨头的声音。

十四岁的杂役米囤正在用一把菜刀砍削着一只粗粗的竹筒。

住手!

她挪动着年老的身子冲进厨房里。

你这有人养没人教的野种!

她说着，便上去夺那把菜刀，第一次没有看准，她扑了一个空。接着，她看准了，一把夺过了那菜刀。

米囤抱着那只削了一半的竹筒，看着她将菜刀举在窗户前的光线里。她将一张脸凑近刀前，仔细看着，鼻尖几乎挨着刀刃。

你要是弄坏了这菜刀，误了早饭，看我怎么收拾你，我保证我三天不让你吃饭。

她说着，用手在刀锋上来回试着。

您又大惊小怪了，我刚砍了两下，怎么会把刀弄坏，再说刀是铁的，这筒是竹子的，谁软谁硬这不是明摆着的嘛。米囤说。

她看看刀刃并无损伤，便放到了一边，以后不准你动我的刀。

她说着，重新挽起了袖子，嘴里哼哼着开始干活儿。

你是想把楼上的人弄醒吗? 夫人刚才已经起来了，你要是再弄出那种叮叮当当的倒霉的声音，把将军吵醒了，可有你的好戏看。你好像对这些从来就不知道。

她对米囤说着。锅里的水在她多皱的脸前升起了一丝微弱的热气，她的脸和手比先前那阵子柔和湿润了一些。

米囤的脸上笑着。

你还笑？

她惊讶而愠怒地说道。

我敢说将军这会儿肯定不在楼上他的房间里。

闭嘴。

你再胡说，看我不把你赶出去，你往后再也别想来我这儿烤火。她说。

不信您可以上去敲敲看。米囤说。

我可不会上你的当。她说，你上去了，将军一准会赏你一个什么稀奇古怪的东西。

将军每天夜里都要从他房间里的窗户上爬出来，再顺着窗外的树咔哧咔哧地溜下去。米囤说。

你又在胡说了，你是想让我把你从这暖烘烘的厨房里赶到外面去是不是？是不是？她说。

我没胡说，我干什么要胡说。又没人给我赏钱，我是亲眼看见的。米囤说。

你亲眼看到的？她问道。

信不信由你。米囤说。

你知道他要干什么？我不知道这是怎么回事，他干什么要从窗户上爬出去，他干什么不从楼上下来开门出去？她说。

米囤说，我哪会知道，好像是有一个人在什么地方等他。

有一个人在等他？她说。

就是这么回事。米囤说。

老天爷，有一个人在等他！她张大了嘴，哆哆嗦嗦地向窗户前走去。早晨冰凉如水的气流在外面寂静的花园里悄无声息地流泻着。

站在窗前，她闻到了那种甜丝丝的清晨的气息和冷风的气味。

八

刘文治走进那间陈旧的散发着浓烈的檀香气味的厅堂里以后,看见一盆疏松的黄水仙在正面的一张八仙桌上开得歪歪斜斜的,一副摇摇欲坠的架势。

姨夫蛐蛐的身子躺在一张红木床上,脸朝墙睡着,悄无声息。

其时正值一个天气闷热的午后,山色阴晦,水汽弥漫,到处都使人感到一种密不透风的淤塞和堆积。远处的菜地里有一个女人正在不住地起伏闪现,像是在地里拾捡一种什么东西。天地之间充斥着一种潮乎乎的湿气,一切的风物都暗淡而无声。

眺望朦朦胧胧的田野和远处模糊的茅舍的轮廓,残存在刘文治记忆里的一些事情使他疲倦伤神,久久不能安心。

他在那种潮湿而阴暗的天色里踏上了姨夫家门口那道布满了苔痕的石阶,随之而来的一阵冷风吹动了门前的一道纸符和一串风干了的苦瓜条,哗哗作响的苦瓜条如同一串清脆的算盘珠子,弥漫在堂门里面的深长的檀香味这时流泻了出来,这最初的情景和气氛使刘文治连日奔波的脸色变得十分难看。

刘文治东倒西歪地奔进姨夫的古色古香的厅堂里以后,倾斜的身体又一次失去了平衡,他伏在了一张桌子上,致使那上面的一只细颈大肚的宋代古瓷猛烈地摇晃起来,一种清脆的声音从古瓷瓶里传了出来——不久以后他才发现那里面存放着一些含义不明的镜花铜钱——他吃了一惊,仿佛被一根哗啦作响的锁链绕住了手脚。正面墙上的一幅《东山送米图》横幅也发出了响动。

平地而起的响声使面壁熟睡着的姨夫忽然翻身坐了起来,这位昔日的陶瓷工匠闪烁着两道灰暗无神的目光,眼睛里正游动着丝丝缕缕的复杂如鱼的血丝,出神地望着这个风尘仆仆的陌生人,表情黯然而迷茫。

刘文治努力地向神志尚不够清醒的姨夫笑了一下,疲倦的奔走和风雨的剥蚀使他想尽快结束眼前的这种场面，他渴望一张床，需要一段为时冗长而昏暗的睡眠时光。

但是岁月的流逝已使刘文治的容颜与昔日相比变得不尽相同，几近难以辨认了。于是，他将先前一度倾斜着的身体慢慢地挺直了。他声音沙哑地说道：

姨夫，是我，我是小金弟。

我就是从前的那个老爱生病的小金弟。

姨夫久久地望着他。这位昔日的陶瓷工匠在心里承认自己对眼前的这个久远的名字有一种模糊的隐隐约约的印象和记忆，但也就只是一个空空的概念而已，就像他平日里时常想起的淬火或者上釉那些字眼一样，一切对他来说都只是一个简单的字眼，一种虚泛的概念，并不具有任何的过程和指向，甚至也无法与淬火和上釉相提并论，后者毕竟还都是他所熟悉的。

小金弟？

你就是从前的那个经常往我的陶泥上撒尿的小金弟？

是的姨夫，那就是我。

人家都说我的陶器上老有尿臊味。

姨夫这时已渐渐地从先前的那种昏昏沉沉的睡梦中回转过来，眼神里增加了一些新的东西。姨夫说着，从那只红木的床上下来，走到一只铜盆前洗净了手。之后，姨夫又走到一个青瓷的罐子前，打开盖子，伸手从里面往出掏着茶叶。

在这个过程中，刘文治断断续续地说了一些岁月如烟之类的话。

刘文治慢慢地喝着茶，向外面眺望。窗含烟水，远山衔黛，几处茅舍旁边的喇叭花开得血肉丰满，重重叠叠。石桥上的一头牛久久地站着，一根鞭子渐渐地从牛背上升了起来，在空中划出一条黑色的弧线。

姨夫坐在他的对面，脸上的神色笼罩在檀香味中如同平静的瓷晕。

刘文治这时发现姨夫房舍内外的格局有些似曾相识，他怀疑自己迷了路，他觉得不久之前他曾经冒雨离开过这个地方，窗外的那些杂乱如麻的稻草和阴郁的树影使他深感不安，他发现一切都极为熟悉。

我又一次迷了路。

他端着茶杯久久地思索着这个问题，差一点将他的心思暴露在姨夫的面前。但虚冷的旅途和阴暗不均的漂泊生涯使他在不久之后便放下手里的茶杯，倒在姨夫刚才睡过的那张红木床上睡着了。他的脸冲着霉湿而斑驳的墙，身体蜷曲着，与姨夫先前睡着的那种姿势和情形极为相仿。

姨夫为他在床边点燃了一根艾条，用以驱散蚊虫和霉湿之气。沉睡之前，刘文治对于外面的如泣如诉的风声感到无比惊愕，雨水漫过一些茅舍和菜畦，在几座粮囤的四周环绕蛇行。几个月来的风雨将他的昔日的容颜毁蚀得干干净净，几乎不留一点儿从前的痕迹。

姨夫家青铜的门环在他的身后被弄响了一声，姨夫粗布的衣襟上淌着淡黄色的夏季雨水，雨水中的檀香味深远而持久。

他回忆起了从前岁月里的一部分事物，姨夫的影子在几座青烟缭绕的瓷窑之间来回穿插，起伏出没。那种时候，瓷窑上空飘舞着的紫红色烟雾和淡蓝色烟雾常常被天地之间织起的密集的雨帘所吞没、驱散。他眼看着一些泥土的模型拥挤着进入温暖的瓷窑。以后，一张张黑白原色的面具和彩绘的日常器皿依次一一地从窑里闪现出来，停留在苍白的稻草堆上，或被一辆辆的马车运走。风雨稀疏的时候，姨夫将一只黑白的面具戴在他的脸上，面具上烟火的气息依然清晰可闻。姨夫叫喊着小金弟的名字，领他到窑工们睡觉的地方去避雨。数年间的精心打磨和昼夜交替的焙制使一些窑工疲倦万分地倒卧在瓷窑四周，倒卧在日复一日的烟雨之中。雨时下时停，无数次地重复。在一堆高高垒起的废弃后的模具的后面，他看见姨夫在激动之余仰起了一张大汗淋漓的脸，一些脂粉在姨夫的脸上奔走、闪烁，流泻不止。那时候的雨水似乎失去了往日的声音，当初都弥漫着草籽和烟火的气息。另一种时候，他望见姨夫的手里拎着一只软缎的红绣鞋，心情颓废地向一条废水沟前走去。迎面走来的一名窑工注视着姨夫手中的那只软缎的红绣鞋，那个窑工的草鞋上慢慢地渗出一些细细的血。姨夫看见那些血渐渐地化入泥水之中，他一时忘记了自己手里拎着的东西和窑工的不怀好意的目光以及周围的一切。

水边的风不住地将姨夫的衣襟吹起来，暴露出皮肉上的一些青紫色的牙齿印迹和一处竖立着的黑毛。

姨夫用杯盘相撞的声音吵醒了他时，刘文治看到晚炊的烟雾已经笼罩了外面的树丛和几处茅舍的轮廓。

晚饭进行得昏暗而沉积。

悬挂在厅堂门口的一只灯笼被风雨扑灭之后，姨夫一直没有再站起身去重新点亮它。姨夫坐在一把黑亮的雕花木椅上，不住地翻看着一卷充满了皱纹的陈旧的黄纸，空气中飘荡着浓郁的檀香的气味。

傍晚时，潮湿的阴风穿堂而过。

刘文治看到自己的衣服和姨夫的衣服都一起在穿堂风中飘扬，作响，都有点儿形同那卷揉皱了的黄纸。在此之前的一段尚有光亮的时光里，刘文治从红木床上坐起来后看见一个跛腿的老盲人魂不守舍地坐在一盘潮湿的水磨上，水磨后篱笆边上的一枝湿漉漉的墨菊花探出他的枯朽的肩头。跛腿的老年盲人分开那两条瘦弱的腿枯坐在水磨上，长久以来的那些垂头丧气的内容使他苦不堪言，辗转难眠，他不时地在那盘水磨上发出一种类似猫的叫声。

晚间昏暗的过程显得无比冗长而冷落。姨夫放下手里的那卷黄纸后，拎起一只茶壶为刘文治倒水，热水落进杯中之时，刘文治听到了一阵清脆简略的断裂声。

姨夫也看到一条裂缝蛇行着迅速蹿上了杯口，桌面上这时早已有一片从杯中渗漏出来的水，水迹使姨夫的脸上立即乌云密布，阴暗如铅。数年之前，姨夫已不再摆弄任何的瓷器，不再留意哪一种花色。此刻，刘文治看见姨夫浮躁不安的影子在屋里的四壁之间晃来晃去，飘飘忽忽，行踪不定。这情形，不免使刘文治黯然神伤，他由衷地对眼前的这位昔日的炉火纯青的陶瓷工匠充满了深深的怜意。

于是，他便向姨夫询问久未谋面的姨母。

他们的谈话将晚间昏暗冗长的过程先后几次隔断，霉湿而阴冷的穿堂风又使得他们的一部分话语蒙上了一层不无苍凉的色彩。

姨夫告诉了他一个惊人而棘手的故事。

姨母在一个雨前的闷热的午后独自翻晒稻草的时候，被一名四处流亡的歹人强行奸污。其时，她正身怀六甲，身心倦慵，她翻晒稻草是为了日后能坐好月子。

刘文治这时听到姨夫的衣服像一张窸窣作响的麻纸，上面写着他所有的心事。他想起了那些散落在稻草堆中的河卵石一样的鸭蛋，想起了那道拱形的门和曾经依附在自己手掌上的那种湿润而滑腻的东西，想起了那种晶莹的汁液和那个穿黑衣服的矮个子的男人。

刘文治站起来对姨夫说：

天不早了，睡一会儿吧。

几件瓷器的影子出现在墙壁上，被风吹得叮叮当当，东倒西歪。悬挂在厅堂门口的灯笼一遍一遍地空转着，情形有如一个不久前才刚刚失明了的人，无法适应周围的一切。阴湿的风雨曾经扑灭了它，如今又驱使它无可奈何地摆出一副徒然的姿势，在漆黑的夜晚里反反复复地重复旋转。

姨夫在烛光后咳嗽了一声。

今晚我不能陪你一起睡了。

姨夫对刘文治说。

姨夫告诉他说收麻的季节快要到了，他得在这几天内将几件必要的工具收拾利索。白日里的时候，他曾经搓好了一部分弯弯曲曲的草绳，草绳如几十条僵硬的蛇一样浸泡在屋后的一个水塘里，几天以后便可以捞出来放在阴凉处晾干。姨夫告诉他说，这样做的目的是为了能够获得一种柔刚相济的韧性。

没有韧性的草绳易折。姨夫说。

现在，姨夫的手里拎着一把需要花大量时间重新磨砺的砍刀，要斩断植物的错综复杂的坚硬的根须以及那些芜杂的千丝万缕的枝蔓，没有一把砍刀是万万不行的，刀刃若不够锋利，手中纵有一把好刀，也形同乌有。

姨夫说话的时候，影子一直隐没在风雨里。当他后来转过身以后，刘文治看见姨夫的一张脸像一只红色的陶泥面具。

年老使他不胜酒力了。刘文治望着姨夫想道。

晚饭时，为了驱寒去潮，他们各自都不同程度地饮用了一部分三年前酿制的米酒，酒坛子深埋在一丛树藤的下面，潮湿的地气使它的表面冰凉如水，酒液则温暖如初。那时候，厅堂门口的那只灯笼尚未被风雨扑灭，光亮照射着墙上飘扬着的绳子和一堆盘根错节的紫荆藤，散发出阵阵森森的阴湿之气。

该死的农事！繁重的农事！

今晚我无法陪你睡了。

姨夫喃喃地说道。

夜晚中的姨夫像一只松松垮垮的蝙蝠，每当他在移动身体的时候，常常将一种古怪而腥甜的气味缓缓地传达出来，他的衣襟和衣袖都在共同振响着，翩然飞舞着。

远近村舍之间的狗吠声渐渐地消失了。其时，屋檐下那霍霍的磨刀声似乎也早已停了下来。雨点打湿了窗户和灯笼纸，水珠一粒一粒地从墙上渗出来，涌现出来，越来越多，形成了一片一片的灰暗的水渍。噩梦一样的连绵的阴雨使刘文治在昏昏沉沉之中睁开了疲倦的睡眼。

刘文治醒来后，用手抹了一把湿漉漉的脸，他的胸前也湿淋淋的，有一大片水渍。他分不清是自己的汗水还是口水，或者是雨水。他感到脖颈后面有些瘙痒，便用手去挠，然而，让他没想到的是，他的手刚一伸到脖颈上时，便十分意外地抓住了两个陌生而冰冷的手指头。

那时，他听到了一种低远的哀鸣声和一种苦不堪言的呻吟声。

刘文治抓着那两个陌生而冰冷的手指头，翻身坐了起来，红木床在这个过程中发出了一阵吱吱呜呜的晃荡声。

刘文治看见姨夫握着那把早已磨亮了的砍刀站在床前，刀刃如一排雪亮的牙齿。刘文治不知道姨夫的那张红色的陶泥面具似的脸此刻是在看着他，还是望着别的什么地方。

原来是姨夫。刘文治说。

我睡不着。姨夫有些茫然地说道。

我还以为我的身上长了湿疹。

76

刘文治笑着说着，说完后就放开了那两个陌生而冰冷的手指头。

我总是睡不着。姨夫说。农闲季节反而睡不着了，贱得就没办法。

天已经三更了，你睡得那样香、那样沉。

姨夫说着，看了一下那两个冷湿的手指头，它们都红红的，有些干瘪。

你应该去睡一会儿。刘文治说。

风雨把你弄醒了。姨夫说。

你真可怜，你如今比我从前见你那时瘦多了。刘文治说。

你多少去睡一会儿吧。刘文治说。

我睡不着。姨夫说。

我知道你心里有事。刘文治说。

我没事。姨夫说。

因为没有女人？刘文治说。

你恐怕弄错了，早在很多年前我就不再需要那种东西了。姨夫说。

她们不好吗？刘文治说。

见得多了，就无所谓好坏了。姨夫说。

你是因为她怀的那个孩子才睡不着觉的是不是？告诉我那个家伙是谁，是不是那个拐腿的家伙？刘文治说。

已经没有必要了。是我最后送她上路的，我觉得她该走了。当初也是我用一顶轿子把她接进门的。姨夫说。

事情发生的时候，窑工们正在点火，那些瓷窑的上空浓烟滚滚，附近所有的事物都被掩盖在那里面了。姨夫说。

你知道那种叫作欲盖弥彰的事吗？姨夫说。

我以前听说过类似的这种事情。刘文治说。

我多年研读典故，运用典故，我常把日子当作书画来描。姨夫说。

我迷恋这样的方式。姨夫说。

风雨使墙上的绳子和藤蔓又一次飘扬起来，沉闷的水磨的隆隆声在河对岸的黑魆魆的村舍里隐隐响起。

大雨在晚间重蹈覆辙，滂沱的雨水使刘文治又一次沉睡了过去。

豆大的雨点落在几枝迎风开放的晚香花上，鲜艳的花瓣坠落如泥。

一个鬼头鬼脑的人突然在雨中奔跑起来，形同一只地鼠，有一种难以言明的目光在暗黄色的斗笠下闪闪烁烁。河水擦着牛的腹部荡来荡去，牛毛如丛生的水草一般浮动在水面上。大雨将一些事物逼到近于走投无路，一部分土漆的陈设和器具在昏暗的微光中显示出最初的那种本色和底蕴。一些嘴在暗处，在阳光照不到的地方说着话，时启时合，头顶上的马灯飘曳在漫长的风雨之中。风雨吹开一些门窗，将里面将要发生和正在进行着的种种情形部分地呈现。雨季是一个极为阴暗的视角，站在雨中的任何一处，都能望见雨季以外的一些阳光奔放的地方。相反的时候，则一切的情形都无法再现。

梦醒之后，刘文治发现姨夫早已不知去向。那把雪亮的砍刀把屋里的所有的瓷器全部粉碎以后就丢弃在一堆碎片之间。

刘文治看见这座红顶的弥漫着深长的檀香气味的古老的厅堂里，陶瓷碎片的影子在墙壁上像雨水的波纹一样在轻轻荡漾，像姨夫昔日的笑容一样古色古香、无声无息。

九

那些年，我昼夜穿行在一条烟水弥漫的河边，它两岸边的那些破旧而颓败的风物常使我迷途难返。在漫长而阴晦的梅雨天气里眺望一些乌黑的船只和野渡上的人影，眺望荒草萋萋的烟雨楼，我的心情是复杂的。

有关那位陆文龙将军失踪的消息在附近一带的一些地方一直流传着种种不尽相同的说法，有些甚至是古怪而极其荒唐的，牵涉了一些生僻而不可知的内容和背景。

我在瓷器城和竹罗镇附近的一些乡下时，有人曾放风说，将军在从前的一次晚宴上误食了一种名叫"夫人指"的蔬菜。那种东西形同海蜇，野生于一些偏僻的湖心岛上的礁石之间。由于获取时的艰难和不易，其价值便理所当然地十分珍贵。那次晚宴，据说只有将军一个人有资格独享那种名为"夫人指"的美味。据说人食之后，便会迷途难返，沉湎于梦游和销魂之间。我怀疑这只是一种卑琐而贪婪的低劣想象，它颇能投合一些人的兴趣所好。

也有人说，将军因其属下的阴谋反叛而失利，最终又为告密者的阴魂所扰而致死。

我希望后一种说法的前半部分是真实的，传说者可以由此自圆。

我坐在那座轮廓庞大而结构复杂的欧式花园里，我脚下的花砖的甬道上、石凳和石桌下飘落着许多不同时期中遗留下来的树叶。昔日里那种古典的浪漫主义的精神现在早已灰飞烟灭了。昔日里曾经日夜活动在这座花园里的那些人物和他们的服饰以及各种各样的声音和影子如今也早已荡然无存了。

现在，平滑的石桌上不再有脂粉泛起，不再有红粉流苏，不再有沉默如雨点的棋子和摊开在阳光下的精美书籍，只有尘土和露水平静地滞留在上面，日复一日、年复一年地增加着厚度和一层一层的硬壳。

一年四季里，阳光和雨水中的那些森严整齐的百叶窗总是长久地封闭着，如一道道密集而沉默的古代城堡。窗户的颜色和格调一如既往。看到这些，便会使人想起已逝岁月里的那些生动的事物和众多的生活场景。

那时候，曾经有一个时期，为了躲避弥天的烽火和硝烟，每天的黎明时分都会有成群结队的鸟群由四面八方飞来，并长期地栖居在花园里，园中年久的树木和丛生的花丛使它们憔悴劳困的生命得以休养和安心。它们的啼叫和凋零的羽毛使园内变得虚浮和疏松，失去了昔日的安宁和沉寂、华丽与忧伤。

这座破败而颓废的老式园子满目苍凉，使我一无所获。

我离开的时候，一只衔黍而回的鸟正匆匆归来，慌乱中落下一根带血的羽毛。

十

那年秋天的一个空气湿润的晚上，我应邀去出席一个妇女界的联谊会，会议的中心是讨论妇女如何翻身的问题。

我对这个问题没有兴趣，我感到即使翻将上来，同样毫无任何的意义。

晚会上聚集了妇女界如云的名流和一些名媛淑女。许多的人都谈起了已逝的费丽夫人，包括她从前的美丽和善良。会议主持者是一位使馆官员的夫人。整个晚上，她那双美丽的眼睛里始终饱含着热泪。

后来的某一天里，我冒着天地之间的蒙蒙的细雨，终于在一个背景阴晦的村舍前找到了那位白发苍苍的老用人沈妈。其时，她一个人独自坐在一道低矮的旧门槛上。她背向居室，面朝着天井里的部分光亮。屋里昏黑的光线使人无法看清房中的格局和家中日常物品的轮廓，只望见她像一个漆黑的剪影一样孤坐在门口，聆听着无头无尾的雨声。

高而窄的天井里到处都密布着锈绿的苔迹，上面依附冰凉潮湿的水汽。

这个老式天井里的疏朗的格局，得自于那些透明而规范整齐的蛛网的结构。

眺望灰蒙蒙的细雨和天井里黑白均匀的光影，她告诉了我一些发生在从前的鲜为人知的事情。她的手里捏着一个干瘪的豆角，满头的白发如一种年深日久的木头花纹，她干柴似的声音使我的心情霉湿而泥泞不堪。我又一次看见了那个苍老的皱纹密布的豆角，它已经再挤不出一丝的水分了，它一会儿在她的手中跳跃，一会儿又宁静无声。那是一种伤心的舞蹈，一种沉湎于安宁和僻静中的失去了昔日一切声色的红尘之舞。

她说那个人一连好多日子总在花园外的壕沟边转悠，一派无所事事而又胸有成竹的样子。她说，他的那种状态，那种表情和样子使你不由得要反省自己，回忆自己在某种时候干过某些什么事精。他仿佛对一切都了如指掌，却又引而不发，他要你自己折磨你自己，让你总陷于反省和混乱的回忆中，让你与自己已逝的那些时光过不去，让你不断地剥蚀、揭起，直到最后你自己不由自主地坦露出你过去的甚至是最初的那些情形和秘密。

他的这一招非常厉害，真让人吃不消。

她望着绵绵的阴雨说道。

仿佛也是在这样的一个阴雨霏霏的日子里，他终于不再在花园外的那道壕沟边转悠了，也不再向花园里张望了——他以前经常站在外面偷看我们夫人，夫人常在园中看书——他走到铁栏外面，按响了花园的门铃。他的身上湿漉漉的，衣服上淌着水。那些水不像是雨水，倒像是从他的肉体上分离下来的一部分东西，这真让人莫名其妙。

他的手里摆弄着一块陶瓷的碎片，陶片是黑色的，也可能是红色的。总之，那是一块陶片，一块南方山区的陶片。他说他要亲自面见夫人，是夫人约他来的——这话让人难以置信——他曾是将军的部下，他从前的职务好像是一名副官或参谋。

他就是刘文治，这个名字好记，我从前的那个丈夫也叫这样的一个名字，不过，他早就在放鱼鹰的时候死在船舱里了。

一只鹅这时候悄无声息地出现在狭窄的天井里。鹅的一条腿上裹着一层红红的胶泥，羽毛上散发出一种潮腐的腥气。

鹅后来被她赶出去以后，她将一根针和一小团线递过来，让我帮她穿针引线。她的手里正缝制着一件黑颜色的大褂，她告诉我说是她自己的寿衣。

我问她说，这个地方的天气一直都是这样阴晦和霉湿的吗？不论任何时候，这个地方都像是处于一个傍晚时分。

她没有回答，两只手在那件尚未缝制完的黑大褂上弄出一些窸窸窣窣的声音。

我想起了来时看到过的这里的雾蒙蒙的田野和霉湿而阴暗的白色山墙，以及山墙上的那些高而窄的窗户。田野里一个人也没有，天空压得很低很暗。

她告诉我说，她至今也不知道那个人当时与夫人说了一些什么。她只记得他们两个人之间的谈话非常稀少而简短。那个人的手里始终都在摆弄着那块陶瓷的碎片，有时也做出一些含义不明的手势和表情。

那时候，她就一个人坐在厨房的门前择菜，准备晚饭，每隔一会儿，她便起身过去为他们倒一次茶。这中间，夫人曾经让她上楼去拿来一件披风和几种夫人当天要服的药片。

坐在厨房门前择菜的时候，她远远地望见夫人的表情时而激动，时而又十分沉郁。夫人穿着那件玫瑰红的披风。

他们当时的那种情形和阴冷而冗长的谈话场面，在日后曾让她猜测想象了很长很长的一段时间，虽然毫无任何结果。

将军后来回来的时候，那个人已经走了。离开了雨中的花园和外面的那条壕沟，消逝在了茫茫的雨季里。

她一点儿也不知道那个人是什么时候走的，那样迅速，那样无声无息，就好像他突然间化作雨水消失在花园里一样。

晚饭之时，夫人说了一句话，将军听罢不禁大惊失色。将军说，那个名叫刘文治的作战副官早在几年前就死了，当时的一场战争正在他的家乡一带进行。将军曾目睹了刘文治的尸体被埋葬在一片浅浅的竹林之中。当时天上也下着雨，士兵们的衣服上都滴滴答答地淌着水。竹林的附近有十几座青烟缭绕的瓷窑，一些窑工正在雨中出没。

我在天井中黑白均匀的光线里为她穿好了针线，递到她的手里，她在谢我的同时，口里不经意地滑出了一个英语单词。

我诧异良久。我没听清她说的是"门"还是"窗户"。

我问她刚才在说什么，她说她是在叫鹅。她说鹅是一种愣头愣脑的东西，常在大雨中会迷失方向，找不回家来。

雨雾中，远处隐隐地传来一声短促的蛙鸣和一头耕牛的叫声。

一个浑身漆黑的驼背之人这时从外面铅色的雨地里走过，地上的泥水被他踩出了响声，他头上的斗笠被细密的雨点敲打着。

对于后来的一部分往事的回忆和叙述，使她的面孔变得斑驳而迷茫。她苍老的身躯佝偻着，那件漆黑一团的寿衣拥在她的怀里。有很长的一段时间，我和她都在倾听着外面的无头无尾的雨声，都无所事事地看着那窄窄的天井渐渐地一点一点地暗下来。

她说，事情发生的时候，也是这样的一个异常寂寞的傍晚。她离开熄灭了灯光的厨房上楼的时候，看见一个庞然大物正堵在夫人卧室的门口，就是那种林中的庞大的长毛动物，它挪动的时候，脚下似乎总像是踩着一些厚厚的林中落叶。

临终之时，夫人说她看见那个人有一张十分红润的面孔，像一颗绽开后的石榴，又像是酒量过剩或不胜酒力。

那个人不是刘文治，那是一个陌生人。我对她说。

那个人就是刘文治。她说。

在刘文治的身后还有另一个人。我说。

我听见黑暗的天井里传来了一声呻吟。我看她时，她已抱着她的那件缝了一半的黑大褂死去了。

南方遗事

——遥望民间早期象征主义的磨坊

一

穿过二十里以外的稀疏的云彩，我望见了那种四季常青的语言之树。

语言下面是一个虚构的时期。

下面是明亮的稻田和茂密的芦苇，南方众多的水汪汪的河汉子遍布在一种烟雨迷蒙的历史中。最初的某一天，我坐在一辆蒙有绿色篷布的马车上，面对着的是河两岸星星点点的民间历史和传说。

整整几年，我们都在绚丽的五谷中经过。沿途是传说中的房屋和松散的歌谣。

正月初一，我站在一排模糊的警句和格言的后面，我听见民间的爆竹有如秋日的扁豆，初二早晨的墙角里残血点点。

我来时的路上，田野萧瑟，狂风大作，我听见天空里一直都在打雷，但始终没见下雨。从初一到十五，我跟在远去的旱船的后面，路上有失散的鞋，有短短的蜡烛和一些肉红色的胡桃。那时候，我站在舞狮者的后面，我听见红纸的公鸡啄食着干瘪的谷粒，在低远的村落里一遍一遍地啼唱。

一个背景有些苍茫的冬天，我望见吴发坐在水边钓鱼。

二

圆形的水有如我的呼吸和身世。我坐在一些年代里的蓝色丘陵上眺望，两边都是页码凌乱的民间著作。我想象水中的鱼，它们平滑的背部铭刻着早年的声音和梦想。后来的一些年，天气一天不如一天。夕阳西下染红了城墙，我腿部的树枝繁叶茂，黑木耳幽雅地挺着。

夜里，幽闭的红灯笼失眠至天亮。

我坐在夜晚的杂粮堆上，我记得吴发是一个脸色苍白的民间工匠。

吴发在最初的一个开头下着小雨的故事里想起了弟弟吴天。在吴天的小腹上日夜活跃着部分形体消瘦的白色曲线，如同先辈们的稀疏的白发。天气渐渐转暖，吴发连续许多日子都在用他的同一张苍白的脸久久地眺望着吴天。吴天是2月初生下来的，随同吴天一起到来的还有一株颜色鹅黄的药草。

我行走在2月的面粉中，我听见这个季节里有许多的小动物都在低声交谈，河流两岸的气氛寂静如初。

很早的时候，吴天就感到在寂寥的民间有一张苍白的脸在久久地向他眺望，他记下了一种十分流畅的语言。他初来乍到，2月的面粉使他恍若置身于一个混沌而无边的年代。

遥望早年间干净清澈的水，吴发已经推算出水中是一条年幼的鱼。吴发短暂的一生依附在一块发白的石头上，他发现河面上的船离他越来越远，四周的景色如古人的字画。他听见阵阵空洞无物的锣鼓声在一些久远的年代里响着，天光正在渐渐发白。

黎明抵达的时候，吴发钓上的那条鱼已经十分苍老了，有如吴发的爷爷。雪白的胡须，鱼骨和鳞片松动如晚年的关节和牙齿。鱼颤颤巍巍地坐进吴发身边的一只木桶里后，一抹鲜红的阳光浮出了水面。

其时，一种典型的规范化的语言清晰可触地呈现在附近的一些树干上。光影和水色使吴发对一切都感到异常陌生，飘拂的树影和银色的鳞片弄痛了他的眼睛。他看见吴天手举斧子的姿势有些幼稚吃力，甚至令人发笑。吴天用一种十分荒唐的姿势挥动斧子，披散在肩头的树枝斑斓无比地浮现着他的一生，水边回响着近乎荒唐的声音。那时候，吴天的一根金色的眉毛曾亮亮地在吴发的记忆里闪了一下。

某年某月，戏台子上刮着北风，我是吴发、吴天兄弟俩的舅舅，我感到天空是一匹马。（很多年以后的一个夏天，月光遍地，水边的房屋消逝，我们一起落马而死。）

三

2、3月交替的夜晚，月亮圆圆地挂在天上，镜子里虚构的树木纷纷倒下，又不断重新生长了起来。

我见过那些砍不完、老不死的乡村古树。我从一些没有碑文记载的年代里走过时，常听见树上的枝丫间传来鸟的啼叫，一种充满了无限距离的文字经常被书写在冬日黄昏的墙上。那些树总是站在墙外，犹如整齐的鱼骨。

语言的重复增加常使我感到夜长梦多。

我回到了阔别已久的虚构的乡间。

我站在那些过去的墙下，面对着的是墙上的一幅幅笔迹苍茫的水墨。在吴天后来制造的一起一落的巨大回音里，我望见乡村郎中汤丙鹿的弯曲的倒影正在飞越三十里金色的水塘，一朵莲花状的云彩穿过他身体的空隙。此后的岁月里，他种植了一株株鹅黄色的药草，他的袖口上落坠着一些粉红和鹅黄的美丽花瓣。

在河流两岸的那些星星点点的村落里，儿童们怀抱金色的公鸡安安静静地坐在一道道古老的门槛上。

三十里乡间阳光灿烂，字体碧绿。

四

乡间的人喝着圆形水坛里的明亮的水。

五

吴天的头枕在一颗西瓜上睡了一觉，醒来后他发现他一个人坐在西瓜地里，天空里什么也没有。那些低矮的瓜棚在他的眼前总是一闪而逝。从附近山上的石头前滑过。

吴天的一只手按着那只粗糙的布口袋，许多年来这口袋里其实什么也没有。吴天从左边口袋里掏出他的几根手指放进了右边的那个口袋里，放进去以后他又抽出他的手轻轻地拍了拍右边的口袋。这时候，左右两边的口袋都空洞无物，但吴天觉得左边的口袋是空的，右边的口袋里却充满了一些东西。山中的石头上长满了绿色的苔藓。田野里劳作的人在太阳下像一些黑色的虫子。

他翻开第一章，缓慢进行的时光中残留着昨夜的风声。成群的骆驼载着黑白分明的盐驮，正在艰苦卓绝地穿越虚构的乡土。

一只木船在河里缓缓走着，船头前晾出了湿漉漉的衣衫。

公主看见地上出现了几朵鲜红的梅花。公主看见那几朵梅花如几只眼睛一样，泪水盈盈。4月一开始，从公主的头顶上面便传来一种婴儿的肉色的哭声。此后的一些日子里，公主就一直行走在那种粉红色的记忆里。

公主一手举着灯盏，一手提起粗布的衣裙，一步一步沿着那架红木的梯子一直走上去。身后好像还悄悄地落着雪，也许是雨，经久不息的水声环绕着寂寞的山庄。

吴天骑在黑暗中的墙头上。

吴天的声音如同虫子，他轻轻地说道："公主，药煎好了，该用药了。"

公主走到高处的时候，感到梯子上的风很多。她想民间的风真大。她抬起宽大的裙袖护着灯，她觉得自己已经很久没有说话了。

风在那个时候显得很凌乱，一片一片的风仿佛太监或宫女们冰冷潮湿的舌头一样殷勤地舔着公主美丽的手臂和面容。

接下来，火苗逐渐减弱，变得又细又小，公主感到灯盏里的油好像不多了。公主以为快到了。身后似乎仍下着雪，雪把大部分的事物都掩埋了。公主顺着梯子往上走的时候，她空荡荡的袖筒里十分寂寞。大雪使她几乎失去了记忆，先前的那些旧人一个也想不起来了。黑暗覆盖了她的目光，使她无法看见地上的那些风化后的兵器和宫廷的碎片。

快到了。她这么想着，便抬起衣袖擦去脸上的泪。此前，她发现自己哭过。

吴天合上书，骑在黑暗中的墙头上低声叫道："下来吧，公主，从梯子上下来。"

"城墙豁口上有风。"

河里的那条船不走了。船妇从拱形的乌篷中钻出来，收起被风吹干了的那些衣衫。

六

昨夜的一场大雨将水边的部分蕙兰吹得东倒西歪。树丛后面的村庄里有人正在加固房舍，搜集被风吹散后的茅草。

我站在河边，河水如画。

河水冲刷着山中的石头，下山的路都隐显在乱蓬蓬的马齿草中间，山腰中可见那些倾散的谷物和失落的犁刀。

山下是虚构的乡土，恬淡而宁静。

我注意到了那些值得推敲的墙。很多的院落里都晾晒着陈旧的棉衣、渔网，湿漉漉的井绳、腊肉，风干了的辣椒和艾条。

有关那位流离失所的公主，她的故事在民间经久不息，她背井离乡的经历年年演义一回。

我推算公主的实际年龄，里面有许多难以圆说之处。这件事情在时间上面出了一些毛病，出现了一些令人无法把握的东西。

我感到这件事情里自始至终都有一位白发苍苍的老太太在暗中悄悄地走动着。时间的流逝使她的手上布满了无数褐色的斑点。有时候，岸边的灯火又会照亮她脸上的麻子。

七

夏日傍晚的河边，夕阳常将墙垣染成朱色。吴发牵着羊在河边饮水。他的嘴里说着一些凉飕飕的话吓唬羊，羊听了吴发的很锋利的语言之后，便乖乖地低下头喝水。吴发一边抚摸着肥大的毛茸茸的羊尾巴，一边打量着远处茅舍墙上的几枝夜来香。对于墙头上历代以来便栖落着的夕阳，他从来都熟视无睹。过了年以后，吴发就上了山，山中的空气使他耳聪目明，衣服如云彩一样飘飘拂动。

吴天从头至尾一点不漏地翻看着吴发的过去，绿林的品质使吴天在这种时候时常产生一种飞檐走壁的快感，而吴发飘拂的衣衫又常常将他的目光弄得十分红肿，这使他始终不得不与吴发保持着一种距离。

爷爷听说吴天在县立中学读完以后没有考入任何一所大学，又没有找到可做的事情，吴天一个人在县城的护城河边转悠着想死，爷爷就来了。爷爷站在火柴厂的排水沟的一边对吴天说："考不上就拉倒。死了吧，死了好，往后就可以跟爷爷一起种西瓜了。"

吴天现在回忆起来，护城河边造纸厂的机器当时似乎都不响了，爷爷说这话的时候像一束橙黄色的阳光。吴天想起世上的每一句话，都觉得很有道理。就像他从小站在鲜艳的桃符下面相信红纸是用人的血染出的一样。那时候，每次回家的时候，他都感到自己的身上流淌着一种浓浓的血腥气。在他以后绿林生涯里，充满了无数英勇的火苗。

那天的事情结束得过于迅速。造纸厂紫色的水和火柴厂黄色的水从对面的沟里流出来，缓重的彩色水流有如老年的哲学家在傍晚的山谷里徐徐而行。吴天看见爷爷的手里拿着一件七彩颜色的衣服，爷爷要吴天换上。爷爷对他说，换上它，你换上。吴天费了很大的力气也没有将那件七彩的衣服穿到身上去。爷爷站在他的对面仔细地看着他，对他说了许多鼓舞人心的话。爷爷那天运用了一种十分慈祥的语言，他把所出现的每一个句子都整理得井井有条，曲径通幽。后来，山中朱红色的钟声飘来之时，爷爷便转身一个人走了。突如其来的钟声使爷爷的长袍抖成一团，爷爷越过造纸厂排出来的紫色水流，花白的胡须在宁静的阳光里飘扬，在风中蜿蜒而去。

那时候，吴天正背水而立，他听见火柴厂的工人们正在那道黄色的水沟里洗涮炊具。

八

公主只睡了一个时辰左右，附近的鱼就把她吵醒了。

巨大的渔网将天空遮掩得密密麻麻。公主醒来后，吴发已经走得完全看不见了，他的后面出现了一大片空白的东西。公主的怀里抱着一只银瓶走得很慢，步履如水。

那时候，天还没有亮，那时候，所谓的亮色就是那一大片空白的部分。

沿路上都堆着一些白色的盐或雪。

九

第二天，雨过天晴，这是一个阳光彤红、地面潮湿的好日子，正值河对岸竹器店老板的儿子娶亲。白色的水雾四处延伸，河面上有船从远处划来了。

我从河边的那个茶叶收购站的大铁门里走出来后，那只娶亲归来的船只正好从一段残缺颓废的历史中驶出。

我没有任何的办法去描述那个茶叶收购站里所发生的故事，我所能提供的只是几个不大准确和真实的数字。那个临河而建的茶叶收购站里住着那么五六个或六七个人，其中一位面目模糊得十分不具体的白发苍苍的老太太，还有两位肖像酷似一人的年轻姑娘，也许是几个，也许就只是那一个。那天傍晚，天上下着很大的雨。沿着一种沉闷的气锤的响声，我在滂沱的大雨中看见了那个茶叶收购站的圆形的镶有黑色花栏的围墙。当我后来为了避雨翻墙跳进那个黑大门里以后，我就发现我自己生涯里的晴朗的日子已经所剩无几了。

一种古老的动静猝然而至。

我站在堆放着茶苗的一根木头柱子旁边，看见了雨夜里收购站内零零星星的灯火。我在那种时候听见了骨牌制造者和棋谱发明者的故事，他们的梦呓令人不安，他们多少年来一直用酒代替油点灯照明。我只想说那天夜里我看到的那种幼小的蓝火苗很美丽，如同蜡烛，它像一些温暖的念头和散淡的情绪，遍布在三十里美丽的乡土上。

后来发生的故事使我对这个临近河边的茶叶收购站萌生了一连串背景阴暗的幻想。骨牌制造者找到了那座埋藏在沙石下的死城。两个没有胡须的年轻人轻而易举地在茶苗旁边找到了我。他们看到我的时候，惊喜万分地说道："呀，舅舅来了。"

这是那个傍晚的一部分内容，连同后来发生的其他都出现在同一个雨夜里。有关那个茶叶收购站里的情节到这里便无法再进行下去了，这中间出现了距离，就是那种像时间一样无时不在无所不在的距离。我想我提供的这个故事的范围始终不会越过河边。我想说的是这很有可能是一场黑白相间的虚实难辨的梦与现实。在他们惊喜万分地将我带到那种幼小的蓝火苗前面时，我仍完好如初地一直呼吸着清新透明的乡间空气。

十

顺着那一株鹅黄色的药草，我找到了汤丙鹿的著名的中草药铺。

汤丙鹿蜗居在乡间的黑色柜台后面。

他的那些药草遍布三十里美丽的乡土。4月下旬，他拉开药铺里的一个抽屉后，一只枯老的金龟子掉到了他的衣服后面，他听见远处的一些高大无比的热带植物正在轰然倒下，顺着起伏的南方丘陵一直滚落至水边。他望见一些古老的木匠提着斧子在大地的边缘久久地徘徊，他们的身上刻满了线条迷乱的木头花纹，东方古老的朝霞里晃动着各种农具的形状和原始时期的尺寸，一些人骑着犁。他们坐在一种粉红色的树下，心情很好地回忆早年间的拥有七八个头的小麦和谷穗，他们平缓的语言越过木匠们注视着茫茫岁月过去以后的种种痕迹。早晨开始以后，具有蓝绿两种颜色的树叶纷纷坠落民间。他们坐在船舱里或圆圆的谷堆旁，说着一些神话故事和山林演义，后期的民间内容是带有肖像和插图的古代小说。

水边有一座蓝色的磨坊。

这是那古老土地上的种种现象之一。那天我坐在一个渔翁的旁边，我的身后是一大片金黄色的油菜地。我看见一辆蒙着绿色篷布的鼓荡人心的马车叮叮当当地奔跑在乡间晴朗如洗的南方大道上。

天空辽阔，鞭声遥远，六十一年前的一个炎热的夏日，乡村郎中兼药剂师汤丙鹿遇到了一位卖茶水的漂亮女人。

那是一个眉清目秀的吴越妇女，她像一片绿色的柳树叶子一样很瘦削地出现在那个炎热的夏日里后，汤丙鹿坐在一棵桉树下好像读了一节五代时期的游记体的碑文。女人的每一个眼神飘过来以后，汤丙鹿都能感到一片宜人的阴凉笼罩着自己。

那个女人从元宵节的灯火里走来，她的裙裾上还遗留着一些当时的雪花。几个月以来，民间的喜庆的锣鼓声一直形影不离地伴随着她走过了许多的地方，她总是沉浸在一些虚泛的往事之中。她听说广阔的民间五谷丰登、六畜兴旺，鲜艳的蔬菜和水果在人们的身边发出叮叮当当的叩门之声。她望见一些黄纸的桃符遍布在炊烟依稀的民间，遍布在幻影般的窗户和门楣上。她的目光被南方古老的水利工程阻隔着，她的视线内堆放着色彩艳丽的多种器具，包括焙制精良的彩陶和生铁模型。

她把挑子放在乡间的绿荫里，在一块平滑的龟背石上坐了下来。

汤丙鹿放弃了那棵美丽的蝉鸣不止的桉树，他开始喝着她的碧绿茶水。

他们之间几乎没有什么对话，绿色的水或炎炎的烈日消解了种种的语言。汤丙鹿默默无言地喝着她的碧绿的茶水，酷暑使他忘记了许多的东西。女人看着他。女人看见她的碧绿的茶水正穿越他焦虑的喉咙，水声疏朗玲珑。女人那时忽然感到这个夏天其实并不很热，燥热来自于另外的一些东西，女人感到凭空多出来的那些东西不可捉摸，简直无法把握。她注视着渐渐消逝的绿水，想起了一些苍茫有余的细节，有些部分在那碧绿的茶水里浸泡过不止一次。但一种色彩上的气氛和现象本身并不重要，并不能揭示那个夏天里的其他的一些东西，那类东西只提供了一种气候或场景的轮廓，它们在内容上只起到了一种涂脂抹粉的装饰作用。

重要的那种东西浮在茶水的后面。

汤丙鹿喝着那个女人的碧绿的茶水，他忽然记起了在黄昏时的墙上时常出现的种种锈迹斑驳的现象，包括一些前面带有复姓的名字。他在黄昏的情调中默默地阅读那种现象时有如他在诵读铸造时期的种种文体。他当时大约坐在一只漂亮的滑竿上，但他始终想不起此行的目的和四周的部分参照之物，他感到自己无法复述那些消逝了的面孔和声音，他的目光在白炽的阳光下几近失明。河对岸的村舍里传来一阵婴儿的哭声，他恍若看到一只粉红色的小手正在河对岸摇来摇去。远处乡间大道上稀疏的铜锣声在拂动的指间鲜明地凸起，几只渡河的鸟正栖落在附近的一口水塘边。

汤丙鹿喝完那种碧绿的茶水抽空去看那个女人的瘦削的形象时，他发现时间正在倒流。

　　我在这里必须重复地说，汤丙鹿喝完那种碧绿的茶水抽空去看那个女人的瘦削的形象时，他发现时间正在倒流。

　　这就是那个遥远的夏日里的最基本的实质和内容。多年之后，他不无顾虑地向我描述当时的那种背景。我也曾经不止一次地向汤丙鹿请教他那时看到的那种叫作时间的东西——这种事情常使我彻夜难眠，汤丙鹿对此一直感到难以名状，苦不堪言。他说他忽略了它们的尺寸。我想时间大约是没有尺寸的，至多具备一些无形的触角或其他的什么东西，或许它更像是一种妖术，云烟氤氲。我的这种想法使汤丙鹿大为惊讶。现在回忆起来，六十一年前的那个夏日的乡间从头至尾都十分均匀地泼洒着那种颜色碧绿的茶水。很多年，那个像绿色的柳树叶子一样的女人再没有露面。很多年，那种转瞬即逝的语言使汤丙鹿忘记了书写时的次序和格式，以至于他所开的药方常常令人三思而行，疑虑重重。

　　汤丙鹿就这样蜗居在空气碧绿、四季流水的乡间。他在这个虚构的地方种植了一望无际的鹅黄色的药草，他制造了无数的金龟子和六味地黄丸供远近的城市早晚服用。

十一

　　我来到这个虚构的乡间后，正是一天中的傍晚。河边吹着一种十分凉爽的风，我看见这个结尾的颜色很重。

　　河的对岸有一些稀稀落落的民间房舍，黑白分明的南方建筑使这个夏日的傍晚到处都飘扬着一种阴湿古老的灵秀之气。

　　我猜想所谓的人杰可能就是诞生在这样景致的地方。我那时站在一个背景安详的结尾处，眼前清澈的河水如一名纯情的乡村哑巴一样唱着歌，从我的面前缓缓流过，礼仪周全地向夜晚的深处流去。

　　我在那种灵秀的暮色中看到了一家淡黄色的纺纱厂，我闻到了那些浸泡在水塘里的陈年竹器的味道。

几只破旧的木船在绿色的桉树叶子中间摇摆着，慢慢地隐现出来。我在一块十分温热的石头上坐下来，我看见河水里绿色的浅草被水洗得蓬蓬松松、干干净净。我用这样的一种情绪记述这种图文并茂的岁月，是由于我对岁月的那种散淡的结构形式怀有极大的敬意。我注重时间的状态和形式，经常不自觉地忽略有关的内容，在一次又一次的漫不经心的飞越中，我听到了流传在民间的那种不死的东西。

第一行充满灵秀的遗言已经消逝。

我想象河边有关汤丙鹿的故事和几个重要的形式。十年前的一个草长莺飞的季节，天空中裸露出粉红的牙床一样的东西。沿着乡间的晴朗而绚丽的大道，我找到了晚年时的汤丙鹿先生。我看见汤丙鹿先生腐朽的背影在铅灰的暮色里凸现得像河边房舍上面的老式的烟囱。我听说在那些时候，北方乡村的打谷场上已经全面地铺满了丰收后的庄稼，他们在圆形的天空下轻轻地挥动手中的鞭子，激励着一匹雪青的马在质朴无华的农耕语言中缓缓穿行。与此有关的田野和窑洞前，日夜运转着那种形式十分抽象的生产制度。

我从一些农业的故事里走出来，疲倦地眺望烟水朦胧的南方岁月。

我听到了一些农业问题的哀鸣声。在那些青翠欲滴的山谷中，他们粉墙黑瓦的居所有如久远的庙宇，平静而颓败。在那样的岁月里，我明白了一些著作中所描述过的现象。所谓的庙宇主义所展示给我们的就只是几枝稀稀落落的红杏的残骸。在一些喜庆的年代里，我们一直都能清晰地望见农业的硕大的花朵。

第二年的春天，我沿河而行，我绕开了那些庙宇主义的墙，眼前的景色令人浮想联翩。破败的山门里夹着一些催人上路的钟声，钟声悠远而温情。上路的那一天，他们早早地就醒了，那时，民间的杏花开得正好。

那时，汤丙鹿已经挥手送走了一天中的最后一辆蒙着绿色篷布的马车。他平静地注视着暮色中渐渐远去的绿色马车，车上满载着他精心研制多年的金龟子和六味地黄丸驶向远方的一座城市。

马车完全从岁月里消逝以后，他在如铅的暮色里苍老地咳嗽了一声。

十二

傍晚一开始，那个年轻而纯情的哑巴就出来了。他是汤丙鹿唯一的一名徒弟。他熟知无数的形态各异的中草药的配制方法和使用过程，有关的一些事物在他纯净的记忆里呈清晰无比的网络状。他熟悉那种走法如同熟知家乡的曲径和古代阵图。

年轻的哑巴站在几间仓库的前面，他后面的背景就是那家淡黄色的细纱厂。他将一个黄色的纸包如期交到汤丙鹿的面前。汤丙鹿接过哑巴递来的黄色纸包后放在手掌中间掂了掂纸包的重量，又放到鼻子下面闻了一下，这后来，他就将那个黄色纸包揣进怀里。

"你的身后有没有人？"

南方铅灰而沉重的暮色使汤丙鹿的声音像古旧的青铜烛台一样沙哑而黯然。

年轻的哑巴怀着一种纯净的心情从一些著名的瓷器旁走过时，他看到了瓷器上精心焙制着的从前的太平盛世年间的一部分优美的舞姿，宽大而柔软的袖筒里抖落出那些朝代里特有的风景和日常用语，抖落出太监们的叹息和婢女们的红颜。灯影幢幢的年代里，他们把黑白两种颜色的梦想建造在河的两岸，夜晚的语言徐徐地从平静的河面上漫过，三十里乡土宁静而清纯，语言简洁，风范玲珑。

船和马车成了乡间引人注目的风物标志。

十三

那些蒙着绿色篷布的马车是5月的一个傍晚时分出现在乡间大道的尽头的。早些时候，旅途中的风声唤醒了一名沉睡的车夫，车夫的姿势使篷布多少有些凌乱。我与汤丙鹿都心照不宣地注视着那段烟水苍茫的水边历史及背景，不远处的河面上有一道弧形的旧日石桥，桥头上扔着一只麻底的旧鞋。我想象当年的那只鞋，那只脚。桥梁上那绿色的青苔曾经很辽远地铺展着，也曾覆盖过一切。

汤丙鹿对我说："你没有义务向别人描绘这里的一切东西。"

他的脸很老了，线条复杂的皱纹里仿佛开满了凌乱的花瓣，他茫茫的眼睛里缓缓地浮动着早年间的一些内容。

我看见他的视线很小心地越过一些山头。

五谷稀疏。多少形状鲜明的器具都逐渐黯淡了，一系列金色的池塘标志着六十一年前的乡村故事有如劫后余生。某年某月是一个气候宜人的好日子，我与汤丙鹿坐在他的乌黑的柜台后面，共同谛听年轻哑巴在后院里的一棵秀丽的树下不紧不慢地捣药。时值夜晚，哑巴头上的月亮很白很圆。

我们都在那个夜晚里听到了那种空寂而单一的捣药声，我们的谈话自始至终都夹杂着车前子和罂粟花的重重枝蔓。那时候，我们两个人都同时发现我们的谈话正在不断地陆陆续续地向后倒退，所谈的内容笼罩着青白的月色。那是一种内容和时间上的倒退。

汤丙鹿那天夜里背靠着一棵郁郁葱葱的大麻坐在那里，他留着一部巨著一样的经典式胡须，戴着圆圆的水晶石眼镜。他在一次著名的8月砍树事件中留给我的全部印象是散淡而冷漠，高傲而目空一切。

他后来轻轻地对我说道："你说的那种事情我明白。"

几年以后，我坐在税务署大门口的青石台阶上，眺望乡间碧绿的字体。

那只上面晾满了衣服的破木船是那年12月的上旬消失了的。以后，平静的河面上来往的船只一直很少。一些面目陌生的外省人在岸边走来走去，他们所呈现出来的种种状态和形式令人想起饥荒年月里的百姓和狗。

在距离那个乌黑的柜台九年前的一个日子里，劳动者的花朵发出了呛人的幽香。

汤丙鹿回忆起一片圆形的水。他听见整个民间都在下雨，黑白分明的房舍像浓墨泼洒出的一种图画。后来他说，也许不是雨，是附近的一些女人在夏日的河水里沐浴的声音。

那时，汤丙鹿常在河边的沙地上晒药，有时候，整整一个下午他都独自坐在水边，无言地注视着面前的流水。在那种情况下，他有可能重新回味了一段将近三十年的乡间历史。

当他发现在时间上有漏洞时，他几乎是不假思索地推翻了最初几年里的一些墙头。

十四

那些年里，汤丙鹿说他一直从事着上山采药的事业，生生不息的药材及其采集的过程都同样令他心情舒畅，他勤奋地度过了一段烟水浩渺的岁月，甘苦的药草和纯清的水潭常常使他不能自拔，从而忘掉了大量的往事。

我站在空寂无声的故事里，那个年轻的哑巴以一种千年不变的姿势在捣药，久长的药力漫过他的自相矛盾的脸，他身后的月亮有如北宋末年大量运往京城的青瓷挂盘。

在那一起一落的古老的捣药声里，汤丙鹿告诉我说，公主多年来一直日复一日地吃着他铺子里的草药。

公主每天派手下的一个小丫头准时来柜台前取药。有时，遇到下雨天或下雪天，小丫头来不了的时候，汤丙鹿就打发年轻的哑巴将公主当日内要吃的几味药全部送去。汤丙鹿曾经不止一次地向哑巴询问过公主所在的那个地方，但他随即又为自己的举动和语言而感到可笑。此后，面对可怜的哑巴汤丙鹿彻底放弃了有关的语言，甚至一些疑问。

"那个地方很远吗？"

我问汤丙鹿。

汤丙鹿说，从哑巴来回的时辰上来看，那个地方的距离似乎并不太远，说不定就在附近的什么地方。哑巴一般情况下总是早晨出发，到太阳落山就回来了。

"哑巴随身带着干粮和水。"

我问汤丙鹿，这么多年你就从来没有在暗中跟踪过哑巴一次吗？你至少应该跟着他看看公主到底住在什么地方。

汤丙鹿说："你有所不知，哑巴有踩水的本领，很少有人能追逐他，这方圆几十里几乎都是水路，他的这一身功夫对药铺的事业至关重要。再说，秘密跟踪一个人，只有那种品行恶劣的人才这样做。"

他说哑巴身上的颜色就是民间最普遍最不为人注意的那种极为常见的颜色，这种事情很容易造成那种真假难辨的惑众现象。

我问他："公主每天干什么？"

"养病。"汤丙鹿说。

"通常情形下，公主总在养病。另外，她像是在寻找一种什么东西。"

汤丙鹿若有所思地说着。突然，他一拍脑门，恍然大悟地说道：

"啊，对了，我想起来了，公主是在寻找一处房子，她父亲生前留给她的一处房子。哑巴曾在一张纸上给我画过那种轮廓和格式，我感到那是一座白色的宫殿。"

"宫殿？一座白色的宫殿？现在民间还有那种从前的宫殿？"

我惊讶地问他。

他看我一眼，他说：

"这件事令人难以置信。至于宫殿本身，更纯属一种神话。我活了这么大，从来也没有目睹过那种东西。"

这以后，他拉开一个抽屉，从里面取出哑巴画过的那张纸给我看。

那是一张极其平常的包装草药用的黄纸，哑巴在上面画了一些水墨似的线条和图案。除此以外，哑巴还在图案和线条的四周，在纸的边缘部分记录下他所看到的部分。

哑巴这样写道：

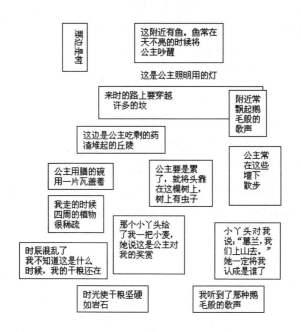

那边垂钓

这附近有鱼。鱼常在天不亮的时候将公主吵醒

这是公主照明用的灯

来时的路上要穿越许多的坟

附近常飘起鹅毛般的歌声

这边是公主吃剩的药渣堆起的丘陵

公主用膳的碗用一片瓦盖着

公主要是累了，就将头靠在这棵树上，树上有虫子

公主常在这些墙下散步

我走的时候四周的植物很稀疏

那个小丫头给了我一把小麦，她说这是公主对我的奖赏

小丫头对我说："蕙兰，我们上山去。"她一定将我认成是谁了

时辰混乱了我不知道这是什么时候，我的干粮还在

时光使干粮坚硬如岩石

我听到了那种鹅毛般的歌声

汤丙鹿将众多难以辨认的药草分门别类，多年来熟练的操作技艺使他产生了一种强烈的睡意。他的衣服里灌满了风，目光浮泛而分散。河边风车的转动声惊动了他，一名道士收回了几支伞状的竹签。

平静的捣药声使这位尝尽百草的中医第一次变得烦躁不安。晚些时候，在药铺后面的那个深幽的庭院里，汤丙鹿伤感的眼神使哑巴在慌乱中用斧子碰响了树干。汤丙鹿收起了笑容，他说他听到了树木的响声。

我进来的时候，哑巴正坐在一堆颜色纷乱的药草之间难以自拔。他用一种深长的妩媚笑容感染了我，这使我对他的性别萌生了疑云。

十五

住在河岸的当地人大都看见过公主手下的那个贴身的小丫头，她十四五岁年纪，从不与任何人打招呼、说话。

汤丙鹿坐在他的乌黑的柜台后面，他仔细地翻阅记录在账簿里的如烟的往事。他查阅到了一种现象，在公主吃完第一千四百服药以后，那个小丫头已经有很长时间没有来柜台前取药了。这期间发生了许多的事情。猝然中断的时间使汤丙鹿作出了一个困难重重的笑意。

我坐在河边如画的历史风光中，冥想着有关公主的故事。

我仔细地回忆公主的童年以及前半生的社会背景，我身边败落着许多温柔紫色的花朵，仿佛御史们无数沉重的不眠之夜。我乘坐汤丙鹿装运药材的木船顺流而下，沿河两岸的民间风物一直使我倍感亲切，流连忘返。我坐在船尾，视线内充满了青翠欲滴的稻田和金黄的一望无际的油菜花。

汤丙鹿合上账簿以后，他以为公主遇到了什么意外的事情，或者是那个小丫头患了严重的伤寒致使公主六神无主。于是，汤丙鹿便打发年轻的哑巴带着几天的药一起给公主送去。

哑巴那天捣完药以后，夜已经很深了。哑巴背靠树干坐在一只草蒲团上，他呼吸着浓郁醉人的桂花香气，毫无半点儿睡意。他看见一面颜色灿烂的铜镜，若干张绚丽而毫无生气的脸曾经在那镜子里闪现过，有些还曾长久地顾影自怜。哑巴睡觉的枕头下有我的一部小说，我把那部小说送给他的时候，书页上有我的署名和当时的具体年代。我的那部题名为《绳》的小说，正值民间载歌载舞、锣鼓喧天地庆祝一年一度的春节之时，我呼吸着漫无边际的香火和酒气，原野里网状的稻田和鱼塘清如明镜，使人回想起整齐规范的春秋战国时期的古老的封田制度。

哑巴那天夜里就一直坐在那棵挺拔的树下，双手捧着那部小说。青色的月光映照着书中的若干幅插图。他的思绪玲珑流畅，他身下的扁圆的草蒲团犹如一叶扁舟载着他飞越了民间众多的日常的夜晚。

哑巴上路的时候，天还没有亮，三十里乡间寂静如初。

十六

吴天骑在黑暗中的墙头上，他望见远处的几只红灯笼像水果一样很鲜艳地亮着，他的舌头在黑暗中飞快地跳动着。

　　吴天望到了一种使他心跳不止的现象，他望见西瓜地里有一把刀，就是民间常用的那种杀猪用的月牙形的刀子。这个发现使他的情绪久久难以平抑。吴天剃着光光的一颗头，两只大大的眼睛瞪着，他的腰带上拴着许多只黄白的钥匙，那是一大串徒有虚名的没有锁子的钥匙，住在河两岸的人一直将那些没有归宿的钥匙看成是一群光棍或浪子。钥匙没有锁子就如同男人没有女人，如同生命没有家园，吴天日夜兼程抚摸那串无家可归的钥匙犹如抚摸他自己的寂寞空洞的童年岁月。"那是一个十分听话的孩子。"汤丙鹿曾这样对我说起过吴天。回忆早年背景简洁、关系随意的乡间血缘，我是吴发、吴天兄弟俩的舅舅。我现在亮出这把刀子，可能意味着这故事将出现部分的险情或悬念。在不久的将来，你将目睹那种岁月里的一片紫红色的鸡血。

　　有关古代小说里卖关子的现象，一直使乡村里的人们感到焦虑不安，说书人一直令善良的百姓们着急上火。珍藏由沉静的鸡血烧制的著名瓷器是当时的一种广为流行的社会风尚。那时候，在那种兵荒马乱的年月里，不少的人几乎都拥有一些刀子或类似的器具。因此，对于目前西瓜地里出现的这把刀一直难以作出准确的判断。既不能随意地暗示这把刀是公主手下的那个小丫头失落的，也不能怀疑是吴发、吴天兄弟俩的爷爷送来的，当然，更不能说是汤丙鹿指使年轻的哑巴送来的。有一段时间，我怀疑那把刀子是从天上的某一个地方掉下来落到西瓜地里的。我这么说，只因我曾是吴发、吴天兄弟俩的舅舅，吴天看到的那把刀在后来的某一天忽然失手，砍去了有关吴发及其家眷们的所有的情节和细部。从此以后，那刀便在乡间流传广泛。

　　自然的现象无法回避。谁也没有发现，刀背的后面就是那条河，一条在当年的地图上比较著名的河。

　　需要回味一下那个傍晚的自然气候，许多的东西就包含在那种无法把握的气氛里。河两岸的人们至今还都记忆犹新地记得出现在那个傍晚里的一些颜色。天上的云彩稀薄疏朗，像是形影孤单的骆驼或公鸡。有一种粉红颜色的东西一直流泻不止。据他们后来回忆说，那个傍晚似乎发生了很多的事情，起因像是由于那天的天空里飘着许多柔软的被褥似的东西，因而天气似乎热过了头。

我怀疑这是一次并不存在的现象，他们虚构了一段历史。他们运用许多耸人听闻的词语制造了一些夸张色彩很浓的句子，这是一段被无情演义了的岁月。实际情况是，那是一个从头至尾都一直平静如水的傍晚。

黄昏降临，住在乡间的人都在清亮的河水里沐浴，吴发及其家眷们也在。

吴发那天的心情比较愉快，他自始至终都一直哼着一种极其温情的江南民间小调。他抬起头看见了天空里缓缓浮动着的柔软的被褥似的那种东西，他又看见大家浸泡在水中的身体都是蜡黄色的。他的手有时不小心滑到女人的腋下时，女人就情不自禁地想笑。

吴发为自己的女人搓过背以后，又开始轮流为他的孩子们洗头。

那天傍晚，吴天没有去河里沐浴，他一点儿也没有感到天气很热，他只是感到身上很空很累，嘴里有些干渴。

吴天一个人坐在南方戏园子里的台阶下喝茶。他注视着杯中碧绿的茶水。整个晚上，他先后付了三次茶钱。

透过那颜色碧绿的茶水，吴天清晰无比地看见了沐浴在河水里的那些人。这一瞬间，他感到这茶有一种特别的非同寻常的东西。他喝了一大口，接着又喝了一大口，但始终没有品味到那是什么东西。他看见卖水的那个苍白的老妇人正在旁边吸烟。

后来，他一抬头，便看见不远处站着一个人，一个身披红色大氅的人。

他的脸上有了一种颜色，他喊道：

"公主！公主！"

其时，南方戏园子里的锣鼓声响了起来，咚咚锵锵的鼓乐声预示着今晚戏剧的内容和最后结局。在一阵悠长悠长的胡琴声中，戏园子天蓝色的布景上出现了一座终年积雪的大山，白雪皑皑的山顶上一片寂静。

大雪还在纷纷扬扬地下个不停。一位年老的仆人带着落难的小姐正在急急忙忙地赶路。小姐戴着老仆人的粗布的手套，她们的四周白茫茫的，什么都没有。

十七

哑巴送药归来的时候，时间已经是一天中的傍晚了。太阳早就落山了，各种颜色的虫子飞舞着聚集在河面的上空。

河边停着一只静悄悄的乌篷船。

汤丙鹿坐在河边的一只白色石像前，他的手漫不经心地抚摸着石像的腿和腿上的疤痕。后来，远远地就看见哑巴踩着水轻飘飘地归来，他便站起身将哑巴带回了药铺。

早上，太阳升起来以后，哑巴已经把药送去了，这在时间上比往常提前了许多。但是，哑巴很快就发现公主和她手下的那个小丫头都不在，屋里空空的。哑巴以为她们去散步了，便坐下来等着。

哑巴看见了那只上面盖着瓦片的公主日常里用饭的碗，他掀起瓦片，看到碗里只有一些清水时，就又将瓦片重新盖了上去。

哑巴还看见一把紫色的木梳子上挂着一些白色的和黑色的断发。

哑巴那天就这样长长地等着，盼着。中午已经过去很久了，公主和她手下的小丫头还没有回来。

这时候，哑巴就看见一只黑色的狗正站在自己的面前。

哑巴不知道这只黑狗是从什么地方走出来的。他看见这只狗长着一双人的眼睛，一动不动地望着他。

自始至终，那只狗没有叫过一声，只是一动不动地望着哑巴。哑巴那时感到一种很冰凉的东西流遍全身，他发现他的头发和手指正在慢慢死去，衣服里空空的。他后来摸索着出门的时候，那只狗仍然一动未动。

过河的时候，他听到从东南方向那一带传来"嗵"的一声闷响，像是有人将一口袋米或面推倒了。

几个月后，我在河边找到了一种怀念色彩很浓的乡村语言。

一些被水冲刷过的青瓦如同一只只洗得发白的帽子，远远地在那里扣着。

十八

十三年后，当吴发及其家眷们的血染红了马车上绿色的篷布之时，在乡间的某一条背景昏暗的巷子里正蹲着一个爆米花的老头。老头背靠着巷中厚厚的青苔，孤零零地守着面前的一堆火，他身边的地上丢散着一些零零星星的雪白的爆米花。

潮湿而阴暗的风从巷子的尽头轻轻地吹过来，掀动了他的裤子，露出他的青铜的假腿和腿部的各种型号的螺丝。

河两岸的人们一直传说这老头的假腿里装有发报机，一直传说他的爆米花的钟表里有定时炸弹，但多年来，人们谁也没有发现，没有听到过那种爆炸时的声响。有一段时期，大家都觉得他的报话机或定时炸弹很可能是坏了，经常看见他一个人独自低着头在鼓捣那条假腿，估计他一直没有修好。

那只油污的压力表在火上来回转动，嘀嘀嗒嗒地响着，十分从容，一点儿也不急，那种状态仿佛一个阴谋的雏形。

十九

吴发是那种旧式家庭里长大的一个本分的孝子，早年间读过几天私塾，有关他的孝顺方面的故事，在乡间一直流传着，成为后来的人教育子女的风范和榜样。

那天天不亮的时候，吴发起来过一次。

睡梦中他听见了"嘭"的一声闷响，随后他就看见天上落雪了，下了很大很厚的雪。那雪片像洁白的羊皮一样从天上落下来，天地间雾蒙蒙、白茫茫的。这以后，吴发就听见村长的手里提着一面铜锣，一边沿街敲着，一边将百姓们喊醒。吴发听见村长说现在地上到处都铺满了几寸厚的面粉，村长要大家立即带上家里的面盆、口袋、水桶以及凡是能够盛东西的一切家伙出来，地上的面粉至少可以让百姓们度过三五个灾荒之年。

村长说完话以后，就立即提着铜锣回去了。

吴发想，村长一定也是回家找口袋去了。村长虽然缺了一只眼睛，却一向精明过人，善于和各种各样的人打交道。

那时候，村庄里叮叮当当的，人喊马叫，鸡飞狗跳。吴发听见一些人在慌乱中被地上深厚的面粉绊倒了，那纷纷扬扬的雪白的面粉便在转瞬之间覆盖了他们。

过了没多久，先前的那种乱哄哄的声音便没有了，一切都安静了下来。透明的空气里，偶尔响起一两声"嘭""嘭"的声音。

吴发重新入睡时，听见门外哗啦地响了一下，响声很轻、很近。

最初，他以为是风把厨房里剖鱼用的剪子刮下去了，所以他就躺着没动，装着仍在睡觉的样子，还故意打了两声呼噜，表示睡得很香。他这样做的意思是想让他的女人听见后出去看看，可是他听见女人一点儿反应也没有，依然如故地沉浸在昨日的梦里。他心里有些焦急，便闭着眼睛暗暗地埋怨那沉睡的女人。这时候，他听见院子里又哗啦地响了一下，还是方才的那种响动。这次他就感到身体下面湿漉漉的，他再也闭不上眼了。他的脑子里一下子像豆芽似的冒出了一丛丛颜色灰暗的古怪念头。那时候，窗户上已经有了一些亮光了。他匆匆地蹬了一条裤子，又将一件蓝布衫披在身上后，便开门到了院里。外面什么也没有，一切都和昨天睡觉以前的样子一样。他还专门留心看了看那把剖鱼用的剪子，剪子原来并没有让风刮下去，仍好好地放在厨房里的一块木板上面。那会是一种什么东西呢？他这样问自己。他觉得那是一种铁器发出来的声音，一直到现在，他的胸脯里还回响着那种令他耳热眼跳的嚓嚓的余音。夜里原来并没有下雪。他回忆起那满地雪白的面粉时，觉得肚子里很难受。仿佛大雾弥天，他产生了一种类似迷路的感觉，他在院子

106

里无所事事地站了一会儿之后，就感到身上有些发冷，两条腿像空荡荡的竹筒一样，许多日子以来，他一直闲着，几乎没有什么事情可做。他每天都起得很晚，每天都要看见太阳越过窗户以后才慢慢起来。

他紧了紧身上的衣服开始往回走。走到屋门口时，他忽然看见窗户下的石台上放着一件东西，是用麻袋片包裹着的。他看见那个东西后，心里便情不自禁地哗啦了一下。他从台阶上捡起麻袋片时，感到手里沉甸甸的。他的手抖动得厉害，像几支不听使唤的筷子。他一层一层地将麻袋片剥开，里面明晃晃地出现了一把刀子，就是人们常用的那种杀猪用的月牙形的刀子。他被眼前的这个东西吓得有些愣怔，他那时首先想到的一个问题就是很可能有人要杀他，这是警告或暗示。后来他又想到也许有人想请他去杀猪，但他从来连只鸡也不敢杀。每年冬天家里杀猪时都要请人来杀，平时杀鸡时，他的女人就自己干。每逢遇到类似的杀生场面时，他就躲在家里不敢出来，事情过去之后还总要病上两三天，不吃不喝，只是哭，只是昏睡不止。

眼下，他发现自己激动得有些异常，到后来便什么也想不起来了。他将那把刀子藏到一个草垛下面后就回了屋。他重新躺下后，女人还没有醒来。他看见女人的嘴大张着，女人的这种样子使他感到非常恶心。

这时候，天已经亮了，院子里一片苍白，河边传来了鸭子的叫声。

他听见院子的西厢房里传出了老式留声机的响声，声音沙沙的。他听到这种声音后就知道吴天已经醒来了。吴天一个人住在西厢房里。每天天一黑，吴天就钻进房里不出来了。吴发一点儿也不知道吴天一个人在那里做什么。有时候，他能听见那里似乎还有一个女人的声音，但当他进去以后，又发现只有吴天一个人在。后来，他就深深地感到自己的耳朵和眼睛都不如从前好使了。

他用手指捅捅身边熟睡着的女人，女人睡得很实在。他使用中指和无名指交替着一连捅了几下，女人才终于醒来。

女人闭着眼，声音模糊地对他说：

"夜里不是刚完了吗？我不干了，我困死了。"

他见女人又想到那上面去了，就急忙纠正说："我不是那个意思，

107

我告诉你，不好了，事情麻烦了。"

女人惊问道："怎么啦？"

他说："院里有一把刀。"

他说："不知是谁放的。"

女人一翻身便坐了起来，将被子披到身上，女人问他：

"切菜刀？"

他说不是。他说："不是切菜刀，是一把杀猪刀。"

女人坐着愣了半天后，又问他：

"夜里你没插大门？"

他说插了，他说他夜里把大门插得很牢。"问题不是出在大门上。刀放在院里还不一会儿工夫，我听见声音了，就是那么哗啦的一声。起初，我以为是风把厨房里的剪子刮到地上了，后来出去一看，剪子好好的，并没有被刮下去，还放在那案板上。我进屋的时候才看见它，用麻袋片包着，就放在门口的石台子上面。"他毫无底气地对女人说着，他感到自己说得淡而无味，一点儿意思也没有。

他说，那刀就用麻袋片包着。

女人说："你已经说过两遍了。"

"我说过了吗？我不记得了。"他说。

二十

我见到村长的时候，村长正在河边晒网。

在最初的一些混沌的年代里，村长几乎每天都要大量服用汤丙鹿先生的六味地黄丸。村长每年里总是用一半的时间打鱼，用另一半的时间晒网。村长的一只眼睛坏了，他的一生都被密集的网眼笼罩着。

我坐在一块废旧的船板上，努力帮助村长回忆那场铺天盖地的面粉运动，我看见村长的那只独眼里飘荡着一些鱼的身影。那时候，村长已经完全没有办法进入到那纷纷扬扬的面粉运动中去了。他说他一点儿也想不起有过那样的一种事情。最初，他以为我在骗他，玩他，一直都不理我。后来，大约过了很久以后，他才慈祥无比地对我说道：

"我什么也不知道，我真的什么也不知道，我的记忆里只有一些渔网。"

晴朗如洗的乡间大道上行驶着那些蒙着绿色篷布的马车，铃声叮叮当当。我看见村长用他的唯一的那只眼睛瞄着大道上的那些马车，他一副若无其事的样子，他的表情告诉我他对那些东西并不感兴趣。他望着它们，但与它们毫无关系。它们无论走近或走远时，他都是那种漫不经心的样子。

他告诉我说，他几乎每天都能听到一种霍霍的磨刀声，时间大约是一个时辰左右。

"知道是谁吗？"我问他。

他说不知道。说完之后，他又显得有些忧虑不安，他说：

"眼下的季节并不是杀猪宰鸭的时候，我不知道他每天那么霍霍地磨刀要做什么。"

"谁？"

"我是指那个磨刀的人。"

过了好久，他用他那唯一的一只宝贵的眼睛看了我一下，然后说道：

"天下不太平啊。"

一起一落的捣药声从那家淡黄色的纺纱厂后面传来，回荡在河流的两岸。村长全神贯注地端详着自己的手掌。

我问村长：

"听说你们去年在下河湾那一带打鱼的时候，捞上了一些别的东西，那些东西不是鱼。"

村长听了我的话以后，他的独眼猛地亮了那么一下，他吃惊地问道：

"你知道这种事？他们谁告诉你的？"

"我知道公主常派人去汤丙鹿的铺子里买药吃。"我对他说。

村长说，听说公主现在就流落在附近一带，但是没有人见过她。当初，她们从城门里逃出来的时候，城墙上守城的军兵们并没有发现她们。这以前的一切都顺利得让人惊讶。唯一的毛病就出在后来的那条江上。她们在江边上了一条船。她们一点儿也不知道那是一条贼船，也许不是贼船，倒像是专门停在江边等她们似的。在那条船上，跟随公主的几个老臣全部被毒死了。我从水里捞上来的东西就是那几个老臣的部分盔甲和一些零碎的衣物。

那条上面晾满了衣服的破木船就是12月的上旬从江面上消失了的，以后它再没有出现过。木船消失的那种状态，像一座虚幻的遥远的城池。在那些夜晚里，在河两岸的上空，总有一个红红的月亮。

我问村长道："你从水里捞上来的那些盔甲和衣物有人看见过吗？"

村长说："药铺里的哑巴好像看见了，我只是觉得我怀疑他看见了，他是不是真的看见了，谁也不知道。那天，我收网的时候，正遇上他采药归来，他踩着水，走得飞快。我隐隐记得，他好像那时朝我这边望了一下，谁知道他看到了什么。

"还有一个人就是吴天。你知道这孩子因为没有考上那所名牌大学，又不愿出去做事，早在几年前就疯了，变得谁也不认识了。他经常把他的哥哥吴发认成是他已故的爷爷。那天，他藏在路边的一棵树上，用手里的石头和弓箭袭击路上的马车。他几乎谁也怕，又谁也不怕。我路过那棵树下的时候，他正在树上坐着。他一直朝我笑着，他对我说：'我早就看见你了，你还不赶快拿出来。'他还说他在树上望见远处有一大片雪白的地方，像是宫殿。有两个人正在那里安详地下棋。

"我想，谁也不会相信他说的话。"

村长补充道。

村长说完话以后，就收拾渔网去了。

天色临近黄昏，西边的天空里颜色十分灿烂辉煌，绚丽无比。

有一张浸血的牛皮在西天高高地悬挂着。

二十一

那辆满载着女人们的马车是在一个早晨开始出发的。其时，药铺老

110

板汤丙鹿正站在河边的水车旁狠狠地教训赶马车的焦宝。焦宝是汤丙鹿手下的二十几个赶马车中的一个。焦宝那时候已经四十多岁了，他平日里从不与任何男人说话、打交道，他唯一的兴趣就是与女人们聊天。焦宝多年来赶着马车跑过许多数不清的地方，乡间的女人们很喜欢听他讲述外面世界里的一些新鲜的东西。那天，他讲到了外面正在兴起的一种葱绿色的可以做旗袍的布料，这件事引起了女人们的极大兴趣。于是，女人们都纷纷要搭他的马车进城去。

现在想起来，这件事最大的祸根还在于焦宝。焦宝那天的全部目的就是想让那些女人坐自己的马车，以消解他旅途中的单调和寂寞。焦宝让几个年轻漂亮的女人去向汤丙鹿求情，那二十几辆马车全部归汤丙鹿所有。唯一使女人们感到难以开口的是她们这么多年从没有见那些马车载过人。平日里，那些马车总是都严严实实地蒙着那种绿色的篷布。除了一个赶车的和一个押车的外，再没有出现过第三个人。押车的那个人总是坐在那种绿色篷布的里面，外面只有一个赶车的。

所以，当几个女人找到汤丙鹿要求破天荒地坐一次他的马车时，汤丙鹿立即便明白了，他明白这事与赶车的焦宝有关。汤丙鹿那天用了一种十分简洁而抱歉的语言对众多的女人说这事情不行，他感觉要出事。

"那么一车女人，全是女人，要不出事才是怪事呢。"

事后，汤丙鹿这样对村长说。

女人中间有一个白脸的女人，头发乌黑，身段匀称，这就是独眼村长的女人。汤丙鹿当时在人群中也看见她了。所以，当后来独眼村长亲自来向汤丙鹿说情时，汤丙鹿一点儿也不感到意外。他知道女人就是水，能溶化世上的一切东西。他知道任何一个地方里，只要出现了女人，那个地方便再也难以像先前那样宁静平和了，迟早总要弄出一些事情来。

村长那天没戴帽子，隔着老远，汤丙鹿就看见村长头上的那道粉红色的月牙形的疤痕了。这现象唤起了汤丙鹿多年来一直尘封在记忆深处的某些东西，有一些依稀的如烟似雾的事物从他的眼前闪烁而过。

村长对汤丙鹿说：

"就让她们坐焦宝的马车去吧，听焦宝说是城里有一种什么葱绿色的布料，让她们去吧，女人都那样。"

"你是村长，我一点儿也不骗你，会出事的，一定会出事的。"

村长说："可以让她们付钱，她们十几个女人都愿意付。"

汤丙鹿的脸有些微红，他说：

"我是为了钱吗？钱算什么东西，多少事都是钱无能为力的。我是不想看到事后的那种场面，我知道会发生什么事。"

村长说：

"就这一回，就这一回了，让她们去吧，这事都怪焦宝那个东西。她们没有到过外面，还以为外面是天堂呢，等她们将来看清了外面的一切，你让她们去她们也不会去了。你和我不就是最好的证明吗？"

汤丙鹿说：

"女人和男人不一样，女人不行，七十岁的女人也仍然永远处于一种被诱惑的状态中，是水就永远想流，哪怕是一潭死水。"

村长说：

"看在我的分上，就让她们再流一回吧。"

汤丙鹿说：

"你们都不相信我的话，我也没有办法，她们愿意就去吧。"

村长见汤丙鹿终于同意了，就微笑着告辞走了。汤丙鹿无言地注视着村长的背影。村长那时正行走在汤丙鹿的视线里，他们的中间是一道污黑而碧绿的水沟。

水沟里浮着几十只鸭子。

哑巴过来了。哑巴打着简洁的手势告诉汤丙鹿说车已经全部装好了。

汤丙鹿回过头。

他看见二十几辆满载着中药的马车全都蒙着那种绿色的篷布，停在乡间晴朗的大道上。

二十二

早晨一开始，那个爆米花的老头就挑起他的一副破烂的挑子，一瘸一拐地行走在空寂无人的乡间大道上。

他青铜的假腿长满了绿锈。

大约一个时辰以后，他看见了那座废弃在水边的圆顶的磨坊。

眼前的磨坊如墓，又仿佛流传在水边的一个神话。磨坊的前面有四只青石雕成的石龟。爆米花的老头将肩上的挑子放下来，随手掏出一把金黄的玉米。

运用那些沉默的玉米粒，他仔细地测试了几种时间，验算了几种结果。

几只黄鹂鸟从明亮的稻田上面飞过。南方古老而悠久的风物标志使他倍感亲切，使他老年的心境变得恬淡而舒畅。他想起了一些意境深远的古诗，几幅瘦竹似的插图从远处的一座石拱桥上——闪过。

他听到了他已逝生涯中的那些沉闷的令人欲哭无泪的爆米花的声响，仿佛他一个人站在一些久远的万籁俱寂的年代里咳嗽不止。很肥的猪从金黄的油菜地里拱落出来，一片芦苇，又一片芦苇，黑白分明的院墙上挂满了数不清的竹笠和葫芦瓢。爆米花的生涯，沉闷而寂寞的生涯，他生命的暗夜里曾经爆出了多少雪白的花朵他早已记不清了。遥望如烟的过去，他一生的全部内容都一片雪白，仿佛农夫独自站在自己的棉花中间。

"农业的故事常常牵涉农具。"

他独自喃喃说道。午时三刻，他目睹了马车覆灭的全部过程，他目睹了美丽纤弱的江南女子之血和吴发的状如竹筷的手指和阳具。那个时辰，与他运用玉米测算出来的结果完全一致，他复核出来的时间准确无误。他起身面向北方，朝那座废弃在水边的圆顶磨坊拜了三拜。然后，越过那些青石之兽，他毅然离去。

他听说早年间的那些营造宫殿和庙宇的木匠都提着各自的巨大的斧子，在苍茫的大地的边缘久久徘徊。一路上他看到和经过了无数个古老的铁匠铺和木工作坊，那些门口都摆满了众多的铁锅和椅子。

对于他要去的地方他曾经无数次地梦见过。一位端着菜叶喂鸭子的老太太告诉他，前面没有人烟，前面是一片白茫茫的盐碱地。

二十三

十三年前的那个春天，吴天读完了三义堂书社印刷的《水浒传》的前八十回。吴天装扮成一名剪径的绿林强盗，日夜出没在碧草连天、烟水苍茫的广阔乡间。

在一棵极大的绿杨树上面，他一粒粒地嗑着向日葵，他隐隐地听见那辆满载着女人的马车正由远而近，渐渐驶来。

他不知道那件事情是怎样开始的，当后来他发现女人们乌黑的长发与马车的轮子紧紧地纠缠在一起的时候，他才觉出事情有些毛病。这以后，他在一处爆过米花的旧迹上看到了吴发的状如竹筷的手指和阳具。

"爷爷！

"爷爷！"

他趴在吴发的脸前喊了半天，吴发一句话也没有对他说。

"爷爷！

"爷爷，你摸摸你的那些日常用的东西。"

吴发没有理他。

吴天望着吴发的脸，伸手在吴发的脸上扇了一个巴掌。那一瞬间，他感到吴发的脸很硬，像一块生铁。

那时，附近有轻轻的棋子的碰击声传来。吴天走过去，看到公主和哑巴在一个药渣堆积起的褐色丘陵上下棋。

面对驼色的棋子和平静如水的棋局，公主和哑巴谁也没有理会吴天。

吴天坐在几棵松节上，一边看他们下棋，一边一粒一粒地嗑着向日葵。他把金黄色的向日葵叶片撕下来，一片一片地扔在了那些褐色的药渣上，丢得四处都是。

二十四

下河湾一带曾经是各种农具的故乡。

我乘船到达下河湾的第二天傍晚，天上下起了小雨。在村长的一位远房侄子的带领下，我见到了那张绿色的篷布。

事情已经过去好久了，现在这张绿色的篷布归当地的棉花收购站所有。收购站里的人用它来苫盖收购来的棉花，遮风挡雨。多年以前的那场血流已使它由碧绿变成了紫红色，它像一张坚固耐用的牛皮一样，风吹不破，雨淋不透，结实而沉默。

傍晚的河水从我的面前缓缓地流去，河对岸鲜艳的南方蔬菜和水果叮当作响。

谁也不知道吴发后来是如何出现在那辆满载着女人的马车里的，对于这件已经过去了的事情，大家众说纷纭。有人说吴发是事先将自己与药品藏在一起的，他身上的皮肤就是六味地黄丸的那种颜色。有人说吴发本来就是一个女人，多年来一直装扮成男人的形象。

我希望前一种说法是真实的，正确的。

二十五

十三年前的那个春天风景秀丽，草木疏朗。在与乡间有关的背景后面，两个下棋的人一面嘴里吃着山中的桃子，一面作长久的期待。一颗颗粉红色的桃核被吐出到故事的外面，错落有声地散落在河边。

在下河湾的日日夜夜，我站在一排排各种各样的农具和古代兵器的面前，脑子里残存着一些废弃多年的圆形车轮。

河对岸的蔬菜和水果上挂着成串的露珠，日夜行走在草木连天的想象之中。遥望早年间的社会，记忆中的仓库灰尘如烟，稻田明亮，绿色的篷布缓缓地垂落下来。

在沿河两岸的那些星星点点的村落里，庄客们在乡间的空地上或打谷场上舞枪弄棒，披星戴月。早年的下河湾，沿袭着那种恬淡悠远的生活制度。

某年某月，一群砍柴归来的孩子在经过民间郎中汤丙鹿先生的墓前时，被几根桃树的枝丫纷纷绊倒在地，那附近还有许多矮小的粉红色的桃树。

那时候，炊烟依稀，河两岸的人们都在烧火煮饭。

那年十二月初四的那天夜里，河边的一处房子里开了一扇门，那门上绘有鱼的图案和竹林的幽深的暗影。一个人从那房子里走出来，没有人知道他出来要干什么。他没穿衣服，脚上套着一双木板鞋，走起来"呱哒、呱哒"地响着。那天夜里，他听到了一种读书声，朗朗上口的文字传达出一种淡远的碧绿的意韵，这种显现几乎持续了整整一夜。

十二月初七，读书声渐渐变得微弱无比，河边的打更声由远而近。

十一日清晨，河边飘起了浓郁的煮肉的气息。一些有亲戚关系和血缘相近的人互相赠送那种绿色的荷叶包裹着的肉食。

在河边的那座旧磨坊前，等待渡船的人排起了蛇形的长队。

那只上面晾满了衣服的旧木船是这天的黄昏时分出现在河面上的，其时，河面上十分安静。坐在河边，只能隐隐地听见从两岸的一些房舍里传出的轻轻的卜卦摇签的声音。

那天傍晚，我见到了一幅难忘的图画：

庄客们举着灯笼和火把，挥舞着形状各异的农具。他们的头顶上方是稀疏的云彩，脚下是遍布着茅草的赤红色土路，是三十里宁静而美丽的乡土。

二十六

日子一天天过去，田野里网络状的水渠重复着同一种画面。

中秋节到来的时候，村长正每天带领大家赶制月饼。他们把柔软的面团捏成了月亮的形状，用以寄托一种怀念和想象。

在我居住在下河湾的那些日子里，民间郎中汤丙鹿死了，他的药铺也因此而散了。村长一边用力揉着面，一边告诉我说：

"汤丙鹿临死的时候，一直叫着你的名字，他说他将永远怀念你。"

我看着排开在案板上的那些油汪汪的状如月亮的饼子，村子里的一些女人正在旁边烧火，相互间说着话。那红黄的中秋的火焰使我记起了以前的一些事情。

我问村长：

"他那时还说什么了吗？"

村长用沾满面粉的手指搔了一下眼眶，说道："好像没说，他别的什么也没说。看他的样子，像是想早一点儿离去，你不知道，他当时的表情一点儿也不麻烦。"

"你可以问问她们，她们当初也在场。"村长指着旁边的两个女人说道。

"他喝了一大碗绿茶，那时候，他的脸已经全都烂了。"

村长看了我一眼后说道。

村长把手里的一块面平放在案板上，用刀和竹签在上面划出了许多复杂而凌乱的花纹。紧接着，村长又指着那面团说：

"整个脸都烂了，就像这个样子。女人们都用新采回来的荷叶给他往脸上贴，但那时已经贴不住了，谁也止不住那种黄水，那黄水就从荷叶的四周往外溢。"

"我见的死人多了，但我从小到大还没见过那种死法。"村长说，"我爷爷死在船上，脚被水泡得又白又大。我爹死的时候没什么，只是两只耳朵肿了，又红又肿，像是冬天里的两个冻得通红的脸蛋。"

村长把一块面揉得死去活来。

他说："到现在我也不知道那事情是怎么发生的，我不明白那是什么，他的脸上肯定在事先就布置下了什么，或埋伏了什么。"

我问村长：

"那时你看见哑巴了吗？"

村长一惊，一根手指插进了面团里，好半天才拔出来。

"哑巴？你说谁是哑巴？"

我说：

"就是药铺里的哑巴，每天在后院里捣药的那个年轻人。"

村长十分茫然地说：

"你说是捣药？还有这种事？我是头一次听你说，你能给我形容一下那种捣药的声音吗？"

我说：

"就是那种咚咚咚的声音，只是听起来有些空，有些沉闷，声音中有一种距离。"

"我可以发誓我从来没有听到过你说的那种声音，还有那桂树。我是村长，从小在这里长大，我知道这一带绝对没有一棵桂树，下河湾东南面那一带也同样没有。"

村长望着我说道。

村长开始回忆那个月初四到初五之间的一些事情，他独自喃喃地说着一些什么，他回忆时的眼神如一个迷路的盲人。

第一炉月饼烤出来的时候，村长一点儿也不知道。女人们围在火炉旁边说着话。有的女人用手掰开烤好的月饼放进嘴里尝着。月饼被掰开以后，我看见一种白色的气流从那饼子里飘了出来。

河两岸充满了节日的气息。

村长说：

"我老了，我的记性不行了。好多事情都乱了，我什么也想不起来。

"晚上你来吧。晚上你来这吃饭，顺便看月。坐在这里看月亮里的

118

东西看得十分清楚，还能看见那里面的草。"

村长说着，拍打着沾满面粉的双手，用他那唯一的一只眼睛传达出一种意思，一种令人温暖、令人安心的东西。

二十七

吴天骑在黑暗中的墙头上。

他解下腰带上的那一大串黄白的钥匙，提在手里摇得哗啦哗啦响。

他轻轻地喊道：

"公主，我闻见你的药煳了。"

"公主，煎煳了的药就不能再吃了，人吃了就活不了啦。"

后来，他不知怎么就翻到了墙头的那面。他发现四周一个人也没有，眼前只有几块瓦，都是些很旧的瓦。

二十八

沿着三十里美丽的乡土，我从一些沿河的点着蜡烛的房舍旁走过。

夜晚里很大很圆的月亮照见了河边磨坊前的那几只石龟。

磨坊的两个侧面都是黑的。

村长已经事先为我准备好了一把橙黄色的竹椅。鲜艳的南方水果和芬芳的月饼堆放在我们的面前和身旁。

村长爱说五谷丰登这句话。

村长说：

"吃吧，这是一个五谷丰登的年代。"

坐在这个地方，容易产生一种虚设的效果，就如同坐在了月亮的附近。

"看见那车轮了吗？那么圆，上面全是一道一道的花纹。"

村长边说边用手指给我看。

"以前，这山上常有两个人在下棋。打鱼回来，站在船头就能看见那两个下棋的人，他们总在吃一种什么东西。"

村长越过鲜艳的水果对我说。

我回忆起汤丙鹿先生早年间优美典雅的书画艺术。村长说他对那些瘦削的舞蹈般的字体至今还记忆犹新，栩栩如生。村长还说吴天曾经十分愿意跟随汤丙鹿先生学习写字。这以后，他们相互之间见面的次数比以前越来越多了。吴天一直认为汤丙鹿先生写的字平滑如鱼，吴天在那些年老有一种类似木栅栏一样的感觉。某年春节之时，当汤丙鹿先生写完一幅唐人绝句之后，便问吴天说字写得好不好，吴天欣然答道，好，写得真好。汤丙鹿先生便问他好在什么地方，吴天说，写得真黑，那么黑。那年的春节之夜，河里漂满了无数大大小小的色彩艳丽的花灯。

鲜艳的水果正在渐渐消逝。

在月亮的附近，出现了一些式样古老的东西。许久以来，我们一直不知道那是什么。问村长，村长说是早年间的一些农具和兵器。

中秋之夜，那家淡黄色的纺纱厂里一片寂静。有关纺纱厂的仓库都建在排水沟的后面，夜晚，河水在月光下如同一条躺卧着的影子。那些柔软的被褥一样的东西又出现了，它们铺展在大河上面的天空里，很柔软地向远处一点点一点点地延续着。

"后来，不知是哪一年里，山里的花儿全开了，到处都红的红、绿的绿。你说那种捣药声是咚咚地响，我的耳朵不好使了，也许真的有过那种声音。"村长说。

"有过。"我对村长说，"声音咚咚地响，只是有些空，有些沉闷，还有一种距离。"

"距离？有一种距离？

"距离。我知道了，那种距离，我明白你说的意思了。"

村长的脸上有些凉意。

我告诉他说，有一回我热得不行，汤丙鹿看见了，就让我用手去摸一摸那棵桂树。他说摸过了，就不会再热了。

我听了汤丙鹿的话以后，就走到了他的那个深深的后院里。当时我看见哑巴正在那里一下一下地捣药。看见我来了，他抬起头冲我笑了一下，然后就低下头继续捣药。我感到奇怪的是，那天因为天气太热，我根本没有穿鞋，我是赤着两只脚走进那后院里的。哑巴那时虽然在低头捣药，但是他就知道我进来了。后来，我就按照汤丙鹿的嘱咐，把两只手放在树干上一下一下地摸。那棵树果然十分冰凉。不一会儿，我就不再发热了。

"我要说的是那棵树。你不知道也无法想象那棵树有多么光滑。两只手摸在树上，就如同摸在一个女人的一条大腿上一样。"我说。

"一条大腿?"村长惊异地问道。

"很光滑的一条大腿，像鱼那样? 冷冷的?"他问道。

"就是。"我说。

"你的描述使我想起了很久以前的一件事情。"村长幽幽地望着我，缓缓说道，"那件事情，它已经变得那么远了。"

"你注意过没有，你说那个哑巴他像谁?"村长突然问我道。

"像谁?"

"我注意了他好多年，我觉得他不像一个男人，他是个女人。"

"女人?"

"有一次我看见了他的腿，就是你说的那种很光滑的女人的腿。"

"你说哑巴是个女人?"

"我只是这么想。"

我想起了哑巴的那种很妩媚的笑容。那些日子里，他总是那样安安静静、一声不吭地坐在药铺后面的那个深深的庭院里捣着一批又一批的中草药。

村长说：

"你还记得那条排水沟吗? 它总是高高地横在我们的面前和中间，造成那么一种距离。"

我告诉村长说我记得那条高高的排水沟。我还记得有那么一个爆米花的瘸腿老头在河边的磨坊里住了一夜。第二天他走的时候，天空阴暗，整个民间都在下雨。

村长说：

"我听见了，那天的雨下得很齐。后来他在泥水里跌倒了。"

晚风里弥漫着浓浓的水果的香气，还有一种淡远的中草药的苦味。

"夜深了，我该回去了。一到深夜，我的腿就痛，老了。"村长对我说着话，之后就从那鲜艳的水果旁边消失了。

二十九

那年春天，一个阴雨连绵的日子，我站在河边的那座石桥上，一些满载着石头和干草的木船从桥下驶过。

黎明之时，我乘一条木船离开那条河。上船以后，我看见船上的女人正在船前烧火淘米，她的腰间扎着乡间的那种蓝底白花的布围裙。有两个男人正在舱里下棋，其中的一位有可能是她的丈夫。

船慢慢地行在水中。

那时，天还没有亮，两岸的人民睡得正香。

五里一徘徊

从前，我常在傍晚哭泣，傍晚时常刮风，有时下着雨。自从郭保长像废纸一样在街上飘来飘去以后，我重新油漆了门窗，漆色如瓦。我喜欢灰颜色，除了皮肤和食品以外，我喜欢灰颜色日甚一日，不能自拔。有一天我在一座桥上看到下面有两个女人，她们都穿着整齐的灰衣服。我想下去抓住她们，可没抓到，原来那是一个影子，我只在影子旁听到一阵水声。我从街上回到药铺，我看见铺檐下栽着一盆大麻，叶片郁郁葱葱，我感到奇怪。我走进店铺询问小峰，小峰正在柜台里面给一位老太太分拣药材。我进来后小峰看了我一眼，那个老太太也回头瞅了我一下。

我对小峰说，我以前从未见过那盆大麻。

小峰放下秤漫应道，大麻？什么大麻？

我说门口有一盆大麻，很绿，像是一盆洋葱。

小峰对那个老太太说，对不起，请您等一下。小峰从柜台里面出来，边往外走边说，我看看，早晨我摘下护窗板，可没看见有什么大麻。

我与小峰走出店门，那盆大麻不见了。有两个人走过来，朝店里张望了一下。

那东西在哪儿？小峰问我。他也像我一样到处寻找。

就在这里。我指了指脚下。刚才就放在这里。

小峰四下看了一遍，又狐疑地看看我，目光像松鼠一样。小峰对我说，少爷，回来吧，我把那位老太太打发走，这就陪您下盘棋。

我看着店门，感到身上很冷，两只耳朵却像是被人揪过一样灼痛。我们的药幌子在风雨中飘摇。

我说，小峰，她要买什么药？

小峰说，一个最普通的方子。

我跟小峰走回店里，那个老太太正在独自数钱。她从一只旧荷包里数出三块钱。小峰打包的时候，一枝当归忽然戳破了纸包，小峰又换了一张新纸。

小峰对老太太说，您给一块钱就够了。

老太太把那两块钱放回荷包里，她看着我，目光隐隐发灰。

我想起了孟繁漪，孟繁漪平时也像她这样看我，目光隐隐发灰，我不喜欢这种目光。我常想，要是孟繁漪能穿一身灰衣服就好了，说不定我真会把她娶过门，可她不喜欢灰颜色，她经常穿黑衣服或白衣服。每次当她活动在我身边时，我都感到我是在面对着过去，面对着一个亡魂。合欢庙里有一位老道告诉我说，孟繁漪命薄如纸，寿命不会很长。我其实根本不在乎这些，我在乎她能否为我呈现一种什么颜色。老太太走到门口，撑开一把黑伞，出去了。我的少爷，您把伞丢到哪里去了？小峰见店里没人，找来一条毛巾，帮我擦干净头发。这会儿，天空看上去像陈砖旧瓦。

小峰说，少爷，这会儿店里没人，我陪您杀一盘吧。

我说，我不想杀，我想看天气。

灰瓦、灰街、灰树，这一切都让我激动不安。我搬了一只凳子，坐到窗前。街上湿漉漉的。小峰在我背后说，我敢说这一回我肯定能把您杀下马来，有人教给我一种六亲不认的方法。街上有一个人拎着一条猪肉正在奔跑，我看了一下，我估计那条猪肉有十几斤重。郭保长在这个时候手里敲着两块瓦从街上飞过，他像一只盲鸟，不知道避雨。郭保长边走边唱：

打开你的谷仓，
脱下你的罗裙，
让我看看，
让我看看你怎样翻手为云，

让我看看你怎样覆手为雨……

　　此时警备队的摩托车从南门外开过来，雨雾使郭保长在转瞬之间无影无踪，我看不见他了，只能看见他仍在双手击瓦。我听见南门外这时正在演戏，雨水使锣鼓声听上去沉闷而霉湿。小峰递过来一把瓜子，我挡了回去。我不喜欢瓜子味。有一回，我在孟繁漪嘴上亲了一下，却沾了满口瓜子味，这使我无比恶心，无比灰心而沮丧，从此我再不敢认真看她，每当她面对我张开红唇，我都会迅速闭上眼睛。小峰端来一杯茶，他说，少爷，我敢说这些天您睡得很好，一定没做噩梦，我已经有很多天没听到您在夜里叫喊了。许多人在街上匆匆而过，他们都打着雨伞，使人看不清眉目。红伞、黑伞、花伞，只是没有一把灰伞，我感到索然无味。

　　我对小峰说，杀一盘。

　　早预备好了。小峰说着，摆好棋局，拿过一味药材让我放在鼻子下面边下棋边嗅。父亲天天要我这样嗅同一种药材，他说这样对病情大有裨益。我没病，可人人都认为我有病。连孟繁漪平时都说，你有病，我得让你三分。我有病吗？我有什么病？面对满盘整装待发的棋，小峰拿起一个棋子向前推去。

　　毒蛇出洞。小峰说。

　　小峰坐在我对面，摩拳擦掌，得意扬扬。

　　从出生以来，我住过许许多多幢房子。我不喜欢正屋，我向往那些背负夕阳的东厢房或西厢房，有些与我无关的人住在那里，他们经常会发生一些事情，传出某种声音。很久以来，当我因病从学堂里休学回家以后，我就想写一本书，书名叫《西厢房》。有一天，有一个女人从西厢房里抱走一个婴儿，婴儿被裹在一条毯子里，头尾不露，但你看见那条毯子后，你会肯定那里面是一个婴儿。又有一天，一个女人在西厢房里上了吊，一条雪白的绫子从天而降。这个世界上有许多事情常令我百思不得其解。我经常看见厨师王大头把生肉放在锅里煮，加入各种作料，有时还加药材。父亲曾说肉汤里加入药材犹如猛虎添翼，我不懂他

125

这种做法，也不明白父亲所说。我不知道她们为什么要把旧衣服放在水盆里反复搓洗，并且还要在太阳下晾干，我不知道这是为什么。

有一次，我对厨师王大头说，我不知道你为什么要把生米煮成熟饭？王大头笑着对我说，你当然不会知道，因为你是一个傻瓜。

我们隔壁有一家花店，花店里那个老头名叫安子玉，他经常和我在一起下棋。有一次我正在花店里喝茶，忽然进来一个人。那个人掏出一本书给安子玉，然后，看了我一眼，说，现在你别看，你这里不干净。安子玉说，他不碍事，他什么都不懂。那个人走过来对我说，小兄弟，你知道我是谁吗？我说，你是一个男人。他笑起来，说，你眼力真好，一下就看出我来了。我说，我每天都要服一剂桑叶和陈皮，耳聪目明。安子玉对那个人说，他们家开着十几处药房，买卖很大。那个人立即对安子玉嘀咕道，老安，这可是个极好的机会，你绝不能放过。安子玉说，我知道，我心里有数。

望着众多拥挤的鲜花，我对安子玉说，为什么花店里没有灰色花？

安子玉对正在一边插花的伙计大明说，嗯，怎么回事？怎么咱们没有灰色的花？

大明说，会有的，会有灰色花的。

安子玉也连忙对我说，会有的，以后会有的。

有一回，父亲对我说，孟繁漪是你的三姨。你总和她这样耳鬓厮磨算怎么回事，不要乱了关系，坏了门风。我说我不管，我就是爱和她在一起。父亲说，你懂什么，孟繁漪是一个放荡成性的女人，连我都怕她几分，她是在玩你，她的朋友多得数都数不清，警备队的刘队副就是因为她，与别人争风吃醋而被人打死的。

我不相信父亲的话。我对安子玉说，他们说孟繁漪是我的三姨，你说是吗？

安子玉说，你觉得是不是？

我说，我觉得她是我的好朋友，我身上发冷的时候就想找她。

安子玉说，是的，她是一个好女人，她经常来我店里买花，是送给你的吗？

我说，我不喜欢鲜花，我喜欢灰色的花，可你这里没有。

安子玉说，以后会有的，一定会有的。一等来了灰色的花，我就马上让大明，不，我自己亲自送到你的房里去。

这时，那个人要走，安子玉留他吃饭，那个人很坚决地说，不行，再迟了关了城门就出不去了。安子玉起身把他带到里间，他们把帘子垂下来，在里面说话。我看见那条帘子上绣着一道朱红色的回廊，几名穿红着绿的仕女坐在里面，回廊的深处能望见两三枝梅花，一个人侧身在地上，手里握着一张弓。

大明拿起一束白色的花插到篮子里，大明对我说，秦少爷，您吃过饭了没有？

我说，没有。

大明说，都什么时候了还不吃饭，八成是忘了吧？

我说，大明，我不想吃饭，我不饿。

大明又要说什么，安子玉和那个人从里面出来了，那个人出了花店，向城西走去。安子玉把那条帘子又撩了起来，我现在看不见帘子上的那道朱红色的回廊了，也看不见那几个仕女和那个弯弓搭箭的人了，我感到很难受。那个射箭的人穿着一件灰色的鼠皮坎肩。

我对安子玉说，我还要看那个人。

安子玉说，看谁？人家已经走了，过些天还会回来的。

我说，我要看那个射箭的人，他穿着灰鼠皮坎肩。

安子玉对大明说，怎么回事？你是不是又逗他了？

大明说，我可没有逗他，我敢惹他吗？我长了几个脑袋？

安子玉对我说，你要干什么？

我说，我要看那个人，他在你的帘子上。

安子玉笑了一下，将帘子垂了下来。现在，我又能看见那个人了，他的灰鼠皮坎肩上的茸毛被风吹着，他的箭搭在弦上，一触即发。

这时，有人来叫我，说父亲正在等我。我走出花店，听到大明对安子玉说，真是现世报。安子玉说，住嘴！你不想活我还想活呢，已经五点了，赶快把那几束黄玫瑰给周太太送去，周太太今天过生日，你不会白跑一趟的，对了，再搭上两枝水仙。

我回到家里，它像玩具一样从树后跑出来，脖颈上的铜铃叮当作响。它紧跑过来伸出粉红色的舌头舔我的手。这时，我听到西厢房那边传出一阵嘤嘤的哭声，是一个女人的哭声。我问身边的人，是谁在哭？她说，别管她们，让她们号去，老爷正在前厅等着你呢。可它把我的手舔得奇痒难挨，我笑出了声，把手缩回袖筒里，向里边走去。它跟在后面不住地咬我的鞋子。我听见她对它说，走开，走开，你这个东西，那是少爷的鞋子，你以为那是什么？

我走进前厅，看见父亲正坐在椅子上喝茶。桌上摆着许多大大小小的玻璃瓶子，还有几个纸包。我跑过去，抓起一个瓶子，问父亲，这是给我抓的蛐蛐吗？父亲哼了一声。父亲说他今天出去做客，一位日本军医给了他这些药粒，专治我的病。我对父亲说，我没病，我不吃药。父亲说，不让你多吃，每一只瓶子里的药，你每天只吃两粒就行了。我对父亲说，我想要一件灰鼠皮坎肩。父亲说，南边正在流行鼠疫，你不想把家里的人全部弄死，是吧？父亲又对那个老妈子说，黄妈，每天盯着他，让他按时吃药。黄妈说，是，我这就带他走。我坐在书房外面的一把椅子里，黄妈在一边为我赶蚊子。黄妈说，少爷，你回里面躺着多舒服，我也跟着能借点光，顺势躺一阵子。我说，我不想回去，你要想躺你就去躺吧。黄妈说，瞧你说的，我哪敢呀。你坐着，我躺着，这不是牛吃赶车的，颠倒乾坤了吗？

我翻阅着枯黄的书籍，其中的几幅工笔插图使我浮想联翩，我想起小时候，外祖父也常常捧着这样的一本书躺在床上，一边翻动书页，一边含糊不清地唱着，至今我都不知道他那时唱的是什么。外祖母对他说，天气这么好，柳树也都发了芽，你为什么不到外面去走走？对于外祖母的话，外祖父总是充耳不闻，视而不见，继续唱他的。我笑起来。黄妈对我说，少爷，这会儿该吃药了吧？我说，再等一会儿，我现在不想吃。黄妈说，好，那就等一会儿再吃。她的手里拿着一块绸子，正在穿针引线。一个女人急匆匆地从东院走来，她悄悄地从我的身后走过，对黄妈说，奶奶，快救救我。黄妈说，又怎么了？是不是宝柱又赌输了钱？我可没钱借给你去补天窗。那个女人说，不是的，奶奶，这回可不是输了钱，我家小三那个不成器的东西不知从哪儿带回一个野女人，不料人家是有主儿的货，这会儿，那男的一家子都找上门来了，要人呢，老爷正在发脾气，说要把我们小三送到警备队去，好奶奶，你快去找老爷说说，饶了他这一回。以后就是借给他三个胆子也再不敢了。黄妈冷笑一声，说，谁让你平时管教不严呢，这会儿才来抱佛脚，那天我让小三把东院花坛里的草拾掇一下，他答应得好好的，可转眼就不见了，结果没让老爷把我骂死。那女人说，奶奶，他是个猪脑子，您能跟他计较吗？黄妈说，这会儿我可没空，老爷让我侍候少爷吃药呢，你看看，你看看。黄妈说着，从身后拿出一大堆药瓶子。那个女人又像来时那样火烧火燎地往东院去了。这时我听到管家李启东正在前面的院子里鞭打一名私藏药材的伙计，伙计梦呓般的哀鸣声像一只受惊的鸟一样在空荡荡的院子里飘来飘去，声音越过高高的瓦脊，使屋檐上恐怖的兽头更加阴森。黄妈在后面摆弄着那块绸布。我扔掉手里的书籍，向前蹿出去，高声呼喊着孟繁漪的名字。黄妈从后面抱住我，她颤抖的身体使我束手无策，我碰掉了她掏出来的一只药瓶。我说，我不吃药，我要找孟繁漪去，她为什么这么多天不来看我？黄妈说，快来人哪，少爷又犯病了。我说，我没病，我要找孟繁漪。黄妈说，孟小姐事情很多，过几天就会来的。黄妈还告诉我说，那个私藏药材的伙计把药材卖给一位商人，那个商人是八路军的探子。这时，跑来四五个女人，她们七手八脚把我抬回屋里。后来，父亲过来了，父亲的脸色很难看。他在我床前看了一下，之后对黄妈说，黄曙碧，你还能干什么？让你生个孩子，十几年过去了，也没见你生出一根毫毛来；让你盯着他吃药，你又让他犯了病，你让我该怎么对你？黄妈低着头，几个女人悄悄地向外面溜去。我觉得父亲的话十分有趣，就从床上爬起来对黄妈说，黄妈，原来你叫黄曙碧，这名字真好听，你从前一定非常漂亮。父亲对我说，住嘴，赶快给我吃药。我对父亲说，你要是走开，我就给你吃药。父亲说，好，我走开。说着就走了。我说，黄妈。黄妈抬起头来，我看见她的眼睛里盈满了泪水。

有一个人名叫邓膺，已有很长时间没再露面了，但他的一双招风耳时常耸立在我的眼前。从前他经常上我们家里来，家中许多女人都会因此变得面色绯红。有一次我对他说，你是不是卖胭脂和桂花油的？他说，我是一只蜜蜂，每天都在人们脸前飞来飞去。我说，你见过马王爷吗？他愣了一下，说，谁是马王爷？父亲对我说，住嘴！出去玩。

有一天，正好是《条约》生效的日子，药铺放假。我正在街上散步，忽然看见了久未谋面的邓膺，他披着一件草绿色的军用雨衣站在一辆汽车上。我在人行道上的雨廊下向他招手呼喊，但汽车很快就开远了，我的一串声音被裹挟在尘雾之中。我说，喂，邓膺，我是秦越，我看见你了。正在这时，小峰从那边吃完油煎果子后摇摇晃晃地过来了。

小峰说，叫谁呢，少爷？

小峰将我抬起的胳膊放了下来，说，还举着干什么？不嫌累吗？

我把手放下，看见大街上飘着各种颜色的小旗。小峰在这时候碰翻了一位老妇人的菜篮子，并发出一声脆响。老妇人立即蹲下身子朝地上抓去，抓了两手黑色的酱油，十个手指像一排巧克力糖棍，竖在我的面前。

我回到家里，向父亲说起杳如黄鹤的邓膺。父亲把手里的茶杯盖碗向桌子上扔去，我看见那只青花的瓷盖像一个跳舞的女人一样从桌上旋转到了地上。

父亲说，邓膺，他是什么东西！流氓、骗子！他在哪里？

我告诉父亲说邓膺穿着一件草绿色的军用雨衣，被一辆烟尘滚滚的汽车拉走了。我说我喜欢他，可他没有听见。

父亲说，你喜欢他？你为什么要喜欢他？你这个没出息的东西，怎么我不喜欢的东西你都喜欢？你怎么回事？你根本就不像我，一点儿都不像！

我离开父亲走出来。自从《条约》签订以来，发生了那么多的事情，我经常看见一些不三不四的人在城里建立各种各样莫名其妙的组织，和尚们三五成群地在街上溜达，像一群饱食终日的游手好闲之徒。在妇女用品集中的钟楼街一带，行人总是像深重的潮水一样从一些门口漫进漫出。经常有一些头戴礼帽的人嘴里叼着长长的烟卷，手里提着女人们的衣服或围巾。有时候，从某个战区里飘移而来的硝烟像乳白色的蒸气一样笼罩着城市的街道和房屋，那么多的人都在白色的烟雾里钻来钻去，看上去像牛奶作坊或豆腐公司里的那些忙忙碌碌的伙计。所有的人都像是在梦里行走。

　　每天大部分的时间我都在家里看几个妇女在后院晾晒药材，她们把长的统统轧成短的，有时候轧得比手指还短。经常有一些挑担的人站在门外，最初我以为他们是卖柴火的，后来才知道那些人都是卖药材的。在我不想看妇女们晾晒药材的时候，我就对所有的报纸走马观花一遍，或者去一间秘密的房子里看几个白发苍苍的人把药材捣成细末，然后用蜜研制成一盒一盒的药丸。这个城市里所有的药丸都出自这几个满脸皱纹的人之手。有一个人经常往药末里吐唾沫，有时是一口痰，然后再用蜜滚成丸。有一次我问他说，你为什么要把唾沫或痰吐到药里？他说，因为我没地方吐。再说这样滚出来的药丸光洁而且有韧性。现在我总算知道父亲不让我吃丸药的道理了。那个人一边制药，一边对我说，怎么样，有兴趣没有？有兴趣你也来一口，来，往里面吐一口看看，随便什么都行。我说，现在吐不出来，除了牙齿和舌头之外，我嘴里什么都没有，空空如也。眼前的制药过程使我的喉咙异常发干，口腔燥涩，那时候我忽然感到自己像一只饥渴多年的鸟，飞遍万里关山，看到的都是弥天的沙土和累累的石头，见不到一滴水，所有的芽都渴死在我的目光里。

　　天近傍晚的时候，我看见管家李启东领着几个伙计，从药库里抬出一只鼓鼓囊囊的麻袋，麻袋里面的东西正在左右挣扎。我对李启东说，麻袋里面装的是什么东西？李启东说，是我刚派人从地里摘回来的冬瓜，要马上存到地窖里去。

　　我看不像冬瓜，像一头猪。我说。

　　李启东眼睛一亮，说，没错，是一头猪。你看出来了？真有你的。

　　那天晚上，它们突然成群结队地从远处飞来，在院子上空久久盘旋。它们有一半是白的，一半是黑的，看上去像巨大的阴阳太极图。仰望深重的夜空和空中密密麻麻的情景，我如同看到了一幕从前的傀儡戏。时隔不久，李启东提着一支枪出来，他眯起眼睛向它们瞄准，说，我要打死它们。我对李启东说，它们肯定是嗅到了什么气息，否则不会这样。李启东咬着牙说，它们是活够了，不是别的。枪声又一次响起，它们当中的一个带着血突然降落到我的肩膀上，我呼喊起来。当它们后来全被吓跑以后，许多凌乱的残骸仍在屋顶上和院子里飘来飘去。李启东喊来几个女人，她们拿着扫帚和簸箕，到处搜罗它们的羽毛。有两个妇女踩着梯子爬到屋顶上，一个人打着灯笼，另一个人战战兢兢地一根一根地拾捡着落在屋瓦上的羽毛。李启东在下面说，都捡干净，捡不干净就别吃晚饭。那天晚上，我闻到了那种空气。我像一只蝙蝠或乌鸦一样被那种不可名状的气息弄得在院子里到处乱窜。我高声喊道：有一种味道很难闻！与它们相比，我束手无策，我缺少一双它们的翅膀，因而我无法在院子上空和黑魆魆的屋脊上盘旋飞翔。那时，屋顶上的两个妇女还在李启东的监督下继续拾捡那些羽毛。李启东望着屋顶，对我说，少爷，你怎么了？我说，院子里有一种味道很难闻，我不知道那是什么。李启东对其他几个人说，快把少爷扶回屋里去，他又犯病了。有几个人立即上来扶我。这时，屋脊后的一阵风突然熄灭了那只灯笼，屋顶上的两个女人跌坐在屋瓦上，尖声尖气地叫起来。我听见其中一个女人的身体压碎了一块瓦。李启东说，号什么，你们这些臭娘们儿，该喊的时候你们像死猪一样谁都不喊，只会哼哼，不该喊的时候胡他妈喊。有人在这时已沿着梯子上了屋顶，重新点亮了灯笼。

　　黎明之前，我突然被一种声音从梦中惊醒。我睁大眼睛望着疏密有致的窗框和不时从窗外一掠而过的团团黑影，我知道它们又回来了。我轻轻推开窗户，看见它们正密密麻麻地在院子上空盘旋，像一片片飞舞的黑布，它们正在寻找那种使它们不安的气息。一阵风吹进窗户，我闻到了那种气息。我闻到那种气息像变质的糖或糜烂的包子馅。

　　第二天是个阳光灿烂的好日子，黄妈站在我的床边，使我久久不愿起来。她说，快起吧，饭都凉了。我说，我不起来，还想睡。黄妈说，都什么时候了，还睡？快起来。孟小姐今天没准要来，你还不起吗？我问她，谁说孟繁漪今天要来？你怎么知道？黄妈说，我知道，我估摸着她该来了。孟繁漪要到来的消息使我忘记了一切，我立即掀掉被子坐了起来。黄妈将我的衣服拿过来，突然发现床上的一小片湿渍，她用手摸了一下，立即皱起了眉头。她反身找来一条湿毛巾，对我说，你坐到一边去，让我来。收拾干净之后，我跟着黄妈走出房门，这时，我突然惊奇地发现后院的花坛旁并排坐着六个人，就是那几个在密室里用蜂蜜研制药丸的人。十几年来，我还是第一次看见他们从那间密室里出来，这使我感到非常有趣。在早晨灿烂的阳光下，他们的白发看上去更加苍白而柔软，脸上的皱纹有增无减。六个人谁都不说话，坐在那里像六尊石人，对于花坛里各种各样的鲜花无动于衷、视而不见。其中的两个人连眼睛都不愿意睁开，状如打盹。

　　我对黄妈说，他们怎么出来了？他们以前可从来不出来的。

　　黄妈也在看那几个人。她皱着眉头说，天知道，太阳从西边出来了。

　　我们走近花坛，萦绕在四周的一种气息使我停下了脚步。我抬起头，想对黄妈说什么，但什么也没有说出来。我看见黄妈正在发呆，我不知道她在看坛里的鲜花还是在看那几个白发苍苍的人。我向她的身边靠了一下，她的腰部和大腿都很硬，但她并未察觉。院子里没有杂人，除了我和黄妈，只有那几个白发苍苍的研制药丸的人。不久之后，李启东走来，给那六个人分发大烟土，每人四两。另外，每个人又都分别得到一副翡翠镯子。

　　我看见它一动不动地蹲伏在对面朱红色的檐角上，羽毛凌乱。我想起昨天夜里它们的翅膀曾经像恐怖的黑手一样凶狠地敲打过我的窗户，致使我的梦境半途而废、草草了之。一种劫后余生的灰烬之气在早晨的空气里到处溢来溢去，像厨师王大头手下漂浮的血沫或油星。我从地上捡起石子，一连投了三次，它在那里始终岿然不动。我投出又一颗石子后，黄妈说，那可是琉璃做的，你想打碎它吗？

　　我们去吃早饭。饭桌上的几个盘子里全是素食，黄妈将两只香蕉剥净后放到我面前的一只空盘里。我想起从前有一天孟繁漪来看我，她提来一袋香蕉和山东的大黄牙白梨。在饭桌上，孟繁漪与父亲唇枪舌剑、互不相让。几个烧火的丫头藏在厨师王大头的身后，透过厨房的纱门向我们这边偷看，谛听父亲与孟繁漪吵架。父亲对孟繁漪说，你还不过分吗？她尸骨未寒，你就做出这种没有人伦的事情，外面那么多男人你不找，却非要回来引诱他，他还是个孩子，你不知道吗？孟繁漪说，姐夫，你说什么呀，我一点儿也听不懂，我可是一直以你为榜样的。父亲说，出去，你给我出去。我对父亲说，我喜欢她。父亲说，住嘴，小心我掐死你。父亲说着，随手拿起桌上的一只盘子向纱门那边扔去。躲在厨师王大头身后的几个丫头突然尖叫起来，像是菜刀割破了她们的手指。

那天晚上，我把一根剥去皮的香蕉送到孟繁漪的面前，肉质黄白的香蕉迫使她流出了情不自禁的眼泪。她很难受地对我说，你不想让我得病，也不想让我死，是吧？我死了，没人再疼你了。

黎明之时，我把孟繁漪从梦中摇醒，我把披散在枕边的头发弄到她的脸上后，她就醒了。她说，你为什么还不睡？天亮了你又要犯病了，快睡吧，啊？

我从她的手臂中间钻出来。我趴在她的脸前告诉她说，它们正在外面飞翔，翅膀像一面面黑色的旗帜一样。

从前，我常在傍晚哭泣，每逢这时，便会有人来对我进行长久的或短暂的抚摸。从我记事起，我几乎每天都在别人的抚摸中慢慢地睡去或醒来。我经常在梦中发现许多极为熟悉的人会变得陌生而飘忽不定，无论多么长久的时间也丝毫不能增进一个人对另一个人的了解。那些气味不同的手总是黄昏之时如期而至，像一片温热的云彩一样覆盖在我的身上，傍晚时的各种声音也总是在我毫无防备的情况下依次闪现，逐渐裸露，这使我总把一天看作一辈子，把一辈子看作一天。我记得黄妈在枕边教我念过的诗：小时不识月，呼作白玉盘。以后，她又说：太阳暖似黄棉袄，明月圆如白玉盘。

我们院里的一些砖很硬。我踢它们的时候，它们也会毫不客气地踢我，我总是带着疼痛一瘸一瘸地跑开，它们依旧像墙一样耸立在那里，一动不动。它们不动是因为我们的仓库里有机关枪和掷弹筒，粗壮的掷弹筒总是散发着一种煤油的气息。我们的管家李启东动不动就对手下的人说，去，把机关枪抬出来。

有一天，我正在店门口东张西望，忽然看见我们家一个分拣药材的伙计坐着警备队的摩托车一溜烟地走了，车上的小旗像一只迎风颤抖的鸟。安子玉从花店里探出头，弥散的尘雾使他不久又将头缩了回去。一位穿白毛衣的妇女走进花店。接下来，我听到了安子玉的说话声，他的声音像是受了风寒的侵蚀。

我想起前几天那位私藏药品的伙计，我问小峰。小峰说那个人已被李启东打发回乡下老家去了。

我说，他走的时候你看见了吗？是不是背着行李，恋恋不舍？

小峰说，这是李大爷亲口说的，还能有假吗？

小峰边说边在几十个药柜之间走来走去，像一只陀螺。

我对小峰说，我一点儿也不喜欢喝金花茶。

小峰说，我每天被药熏着，什么味道都尝不出来。我就像王大头一样，王大头就从来不吃肉。

我说，为什么他还那么胖？手指像红肠一样？

小峰说，不知道，这的确很奇怪，好像不胖就不像厨师。

这时候，有人牵着一只猴子从店门前走过，猴子的脖颈上套着一个花环，几个小孩跟在后面，猴子不时回过头来，朝小孩们挤眉弄眼、招手致意。郭保长像一片乌云一样摇摇摆摆地从南门外飘过来，向一家铺子里跑去。

有一天，安子玉送给我一块表，让我挂在衣服里边，不要让任何人看见。很多天以后，我正在花店里与他下棋，他忽然对我说，你的表坏了，我给你修一修。

我说，你要干什么？

他说，你别怕，我不会要回去的，修好了我就还给你，我只是给你修一下。

我从身上摘下表，安子玉拿着走进里屋，鼓捣了半天。出来后，对

135

我说，修好了，戴上吧。

我回到家里。抬起头后，发现它蹲在我们的屋檐上看着我。我装作没看见，继续往里走。我关门之前，发现它仍在望着我。它这样已经很多天了，每天总是在天黑之前离去。

我已经在孟繁漪送给我的一个灰色笔记本上写下了《西厢房》的第一部分。小峰每天都送一把药材进来让我反反复复地嗅个没完。我喜欢把芹菜的叶子择去，把长长的菜秆插在一只瓷瓶里，隔一阵嚼一根。有一天，王大头给我端来一碗茶泡饭，父亲知道后把他狠狠训斥了一顿。王大头对我说，得，我这纯粹是没事找事，找气受呢。

每当我打开那个灰色笔记本，我的眼前就会渐渐地浮现出它的样子，我能闻见它身上的那种气味，依稀辨认出它行动的轨迹，但我碰不到它，就像我想在《西厢房》的第一部分里描述一束灰色的花以了却我多年的夙愿却始终做不到一样。住在西厢房里的那些女人经常把它用一根绳索吊在屋檐下，它们常在风中荡来荡去，并发出清脆的婴儿般的哭声。有一天，我从梦中醒来，一个布娃娃被压到我的身下，我听到一声奶声奶气的惨叫。

我曾几次让外出采办药材及布匹的伙计们替我打听孟繁漪的下落，但至今杳无音讯。在我怀想孟繁漪的那些时光里，每次黎明前醒来，我都会看到几个光洁如玉的婴儿坐在我的床前，他们赤身裸体，憨态可掬，光光的头上留着三片瓦。每次我都想抓住他们，可每次我的手臂总是伸得太短，一种看不见的距离使我焦急而沮丧。

夜晚的窗框看上去无比峥嵘。

一个天气阴晦的午后，我们的里外三层的院子里突然拥挤起来，很多的人都在无所事事地抚摸冰冷的门环和石桌。一个研制药丸的人站在密室外的回廊上注视着混杂的人声，他的白发和皱纹看上去模糊而遥远。那时，我无意中看见它蹲在我们的屋檐上，目光里流露出惊异和不安。不久，它不见了。其时，院子里又突然静了下来，冷冷清清。警备队的摩托车和宪兵队的卡车载着父亲和李启东以及十几名伙计向南门外的深水边呼啸而去。黄妈告诉我说，我们的一辆运载药品的马车在那里突然被洗劫一空，蒙在马车上的篷布像绿色的苔衣一样漂浮在水面上，随波逐流。

我站在空荡荡的院子里，期待着它的出现，但它一直没有露面，檐下的风铃轻轻摇荡。我走出院门之后，听到院内传来一声婴儿的惨叫。

我跑进花店，地上有几瓣金黄的菊花叶片。大明正俯身在记事簿上喃喃自语，声音有如梦呓。我走进内屋，安子玉躺在床上，一个女人坐在他的对面，正在弹奏琵琶。她的手指上下舞动，但我没有听到琵琶的声音。

我对安子玉说，她在干什么？是在抓蚊子吗？

安子玉说，想不想舒服一下？

我说，我够舒服的了，我不想再舒服了。

安子玉说，孟小姐多日没有消息，你能舒服到哪里去？跟我还来这个，你以为我是谁？

我说，你是安子玉，花店的老板。

他说，想起我来啦？

我说，它又来了。

安子玉说，谁呀？

我说，它。

我来到花店是想为《西厢房》补充一两个细节，我在第一部分里神差鬼使地描写了一个毫无用处的人，坠落的夕阳常常使他感到无所作为，虚有其表。我像一个不久于人世的老人一样观察着花店里的光线，其中的一束灰色的光线看上去犹如老鼠的背影。

那个女人倒在我的脚下，安子玉扯过一条毛毯盖住她的身子。我感到很累，对光线的眺望使我的眼睛肿胀而充满睡意。安子玉对我说，帮个忙。我听到我的一串不连贯的动作碰响了那只沙哑的琵琶。我的鼻子触到了安子玉的一只手，他的手上有一种生姜的气味。我咳嗽了一声，对安子玉说，我想喝茶。

安子玉说，是的，我也正想着它，这会儿大明说不定已经泡好了。

我看见安子玉的眼睑下有一道水渍，我以为是他流出的一行泪水，我用手去摸，才发现那不是泪痕，而是一条摸不到的光影。

安子玉瓮声瓮气地对我说，小心点，别老碰我。

那只喑哑的琵琶掉到我的脚上时，我听到南门外枪声如豆。

安子玉低声说道，出事了。

是的，我隐隐约约感到一种不祥之兆，我知道它此时正在盯着我，目光如毒药。

我抬起头，看见了它。

密室外的回廊上，一个研制药丸的人手扶着朱红色的栏杆正在呕吐，他的满头白发随着身体的剧烈抖动上下起伏，像鸟的羽毛一样纷纷扬扬。他扶着栏杆的手一点一点地下滑，看上去如同一个行将就木之人，丧失了全部的记忆和力气。

回廊内的风将他的衣服吹成一团。

它盯着我的时候，使我想起以前的一个旧人，我听见院中所有的房屋都一片寂静，往日的那些人都不知藏到了哪里，西厢房的一个窗口里飘出一缕煎得焦糊的药味。

它在屋檐下像一个婴儿一样荡来荡去，不断发出稚嫩的咯咯的笑声。

我想起小时候我们在一起荡秋千的情景，所有的男女用人都停下各自手中的工作，在一旁为我们热烈鼓掌。昔日的孟繁漪像一只美丽多姿的大蝴蝶一样在阳光下飞来飞去。那时候，我常常感到她的笑声像糖、像蜜，我永远愿意伸出幼年的舌头去一遍一遍地舔舐她的那种笑声。我以为我的舔舐像润滑的油膏一样，会使她的笑声如同车轮一样永远都在不断滚动或飞奔。

那个人慢慢地扶着栏杆重新站了起来，他的背影像颤动的芦苇。他撩起衣襟擦拭嘴边的残渍。在他离开栏杆、走向密室的时候，一阵风突然将他吹倒在地。

院中的石桌和石凳像一系列古老的信物或遗训一样阻隔着我奔跑的速度，我撅扯着院墙上星罗棋布的青藤古葛，石桌上码得异常齐整的骨牌纷纷四散。我在院中多年一成不变的格局中反复迂回，山墙与屋檐之间短短的距离使我感到路途迢迢、遥遥无期。我不断听见煎煮草药的砂锅在火上砰然碎裂，一匹匹色彩鲜艳的布匹绸缎被锈迹斑驳的剪刀划破、剪断，碎片纷纷洒落。

它一声不吭地望着我，它的沉默的表情像学堂里那位不苟言笑、冷酷无情的先生。我在恍惚中看见他扔掉书本，拂袖而去，独自一人在无数密密麻麻的古文字和盘根错节的典故中渐渐远去，永不再回来。

我曾经耐着性子听过花店老板安子玉保存下来的一千多张唱片，我不喜欢听音乐，但其中有一张唱片使我百听不厌。假如音乐也有颜色的话，那张唱片上的音乐就是一种灰色的音乐，它使我倍感亲切，热泪盈眶。它不是那种斑斑驳驳的喧嚣浮躁的灰色，而是一种极其干净整齐的灰颜色，它的质地犹如平展洁净的天空或水面。每次当安子玉摇着唱机，放出那种灰色的音乐时，我的眼前都会出现无数森严整齐的中国民间瓦房，除了袅袅上升的炊烟之外，灰色的屋瓦上永远都平静如水，没有一个人会出现在那些瓦上，只有夏季的雨水和冬天的大雪，阴雨绵绵或白雪皑皑。

从我出生至今，我无数次用胆怯而渴望的目光注视所有灰色的事物。在我的目光略感疲倦之后，我就专心地构思《西厢房》的故事，反复琢磨居住在东西厢房里的女人和她们的丈夫及孩子。有一天，我见两个女人正在偷偷摸摸地将一张刺猬皮炒干后准备研成末，我进去后，一个女人立即用一件紫花夹袄将那张刺猬皮盖了起来，并一屁股坐到了锅上。我到药铺里询问小峰。小峰说，谁要用这种药？这可不是好兆头。我说，它是治什么病的？小峰说，少爷你打听这干什么？那种东西专治妇女血崩。我返回西厢房前，正遇一个妇女出来倒水。我对她说，对不起，我刚才不是故意的。这时，另一个女人从里面出来，站在门口。我此时才发现她脸色蜡黄，弱不禁风，很勉强地笑着。又有一天，我从安子玉那里回来，见一个四五岁的小丫头，手里拿着一块锁阳，在院子里四处乱跑。我招手想叫住小姑娘，但一回头，发现它正在不远处望着我，我立即打消了那种念头，急忙回到屋里。不多时，我听到了那个小丫头的哭声。我推开门，见一个嘴边有黑痣的妇人将那个小丫头扯回到东厢房里。接着，又紧紧地闭上了房门。

每当我打开那个灰色的笔记本，孟繁漪身上那种熟悉的气息便会迅速地弥漫在我的眼前。现在想起来，我已经有半年多时间没有看见她了。黄妈总说她快要来了，可总不见来。父亲告诉我她出了远门，也许这一辈子都不再回来了，我不相信。我曾几次去她的住处去看，可每次总是没人在家。

每当我想好一个人物并写在纸上以后，我都会听到它的声音。它一直就在外面。

我在《西厢房》里写了一束红得异常可怕的花，它有时候栽在一个白色的罐子里，里面的清水能看见人的倒影，有时候又会被人插在一只细颈大肚的瓶子里，女人手中的拂尘常在它的周围飞舞。这束花是我想出来的，是一种幻想。有一天，我专门为此到西厢房里看了一次，里面并没有那样的一束红花，连其他的花也没有，东厢房里同样没有任何一种花。我转了许久，一个女人为我搬来一只凳子。又将一块棉垫放在凳子上。

我对一个正在缝制衣服的妇女说，你们屋里为什么不栽一束花呢？红花、白花都很好看，安子玉那里多的是。

那个妇女说，少爷，你真抬举我们了，你看我们是那种能栽花赏花的人吗？我们何尝不想，是花就好看，我们也想来着，想一想也就够了。

我说，等有空我给你们要几枝回来。

那两个妇女一齐说，我们没看走了眼，少爷你可真是个好人。

有一个女人站在我身边说，不给你倒茶了，知道你也不喝。

我对那个女人说，给谁缝衣服？

她说，是李总管的一件皮袍子。说着，举起来让我看。雪白的狐皮领子堆积在她的胸前。

我回到屋里，立即删去了那一段有关红花的耸人听闻的描写，从此我不再大肆渲染任何一件事物，不再对家具以及器皿的光泽作仔细的观察。我只记载我听到的声音。

夜里，我睡下后，它突然来到我的窗前。

我熄灭了灯，侧转身注视着它的影子。不久，它走了。

我把头蒙在被子里，我听见墙上的道道青藤像僵而不死的蛇一样低声蠕动，我能想象出大部分的青藤暴露在灰白色的月光下时所呈现出来的那种颜色，但我们的院子里没有蛇一类的东西。四处弥漫的中草药的气息使所有的虫子都无以栖身，不能存活。有一次，孟繁漪对我父亲说，你以为我愿意来你这里？你这里有什么好？连人的表情都是苦的，无论看谁一眼，都会苦在心里、涩在眼里。现在，苦味四处弥漫，我听见黄妈在外间的床上不停地翻身，松散后的头发甩来甩去。不久之后，我听见她起来倒水，但很快又躺下了，我没有听到她喝水的声音。她在床上整理什么东西，声音像绸布或柔软的纸张。一种撕扯东西的粉碎声突然响了一下，过了很久以后，又传来轻轻的一声，以后便再听不到那种撕扯声了。我感到她此时正在用手揉着什么，她的床发出了轻微的吱吱的响动。这以后，我听见她重新下了床，把水倒在地上（是刚才的那一杯水吗）。她在地上走了几步后又停住了。我不知道她是在注视着窗户，还是在向四处张望，好半天没有一点儿动静。我把被子拉到脖子以上的部位，窗外灰白的月光照进来，使屋里的两张椅子看上去又黑又硬，椅背上的雕花深不可测。曾经有一瞬间，我怀疑黄妈也看见了它，否则她不会这样翻来覆去，徘徊不定，她可能透过窗户看见了它在外面的影子。我不知道黄妈会以为它是什么。她拉开一只抽屉，又关上另一只抽屉，我能感觉到她的手连同身上披着的薄薄的衣服都在暗中不停地颤抖，它的样子使她深为恐惧或不安？我在这时突然听到了黄妈擦火柴的声音，但没有擦着，外间依然没有出现亮光。她把火柴放回打开的抽屉里，又开始轻轻地走动，传来一阵轻轻的落叶般的簌簌声。她站在灰白的月光里，柔软的身躯肯定遍体漆黑，只有两只眼睛是亮的。它站在她的窗外，甚至有可能贴到窗户上，始终没有离去的意思。我感到黄妈此时此刻距离她的床榻越来越远，她视线内的东西密密麻麻，或者一无所有，空空荡荡。她远远地望着自己的床，以及床上凌乱的被褥和换下来的衣物、枕上的根根断发，一遍一遍地打量着窗户上的机关，而机关和缝隙又是如此的模糊不清。

我望着窗前的两只瓷瓶。最初我以为瓶中栽着两束没有花朵的枯枝，后来才想起那是昨天中午小峰给我送来的两把药材，我没有工夫去嗅，才随手插到了瓶子里。现在，瓶中的水使一股清淡的药味渐渐挥发出来。药材的枝丫像一种金属的剪影，像《芥子园画谱》上那些工整平直的花卉图案。

黄妈碰响了一种东西，温热的气流从她的嘴里缓缓而出，她正在用手揉她的腿或腹部。这时候是她忘记窗户及床榻的时候，突如其来的疼痛使她在短时间内忽略了它的存在。

这时候，我忽然睡着了。

第二天早晨起来，黄妈进来为我整理床铺。我极其吃惊地看到了昨夜的痕迹，看到了依旧停留在她腮边的一丝罕见的红晕。

王大头为我送来一只鸡。王大头对我说，你最好能把主要的部分都吃了，这是我用十八种药材熬出来的。

我一直目送着王大头的背影消失。我坐在桌前回忆出现在黄妈脸上的那一丝罕见的红晕，我原以为她早晨起来一定会两眼乌青，头发散乱，我没想到她的脸上会出现一种难得的光泽。许多出乎意料的事情总是那样使我措手不及，神思恍惚。一阵交谈声传过来，父亲与宪兵队指导官西宫喜一从里屋出来。父亲对我说，把汤都喝了。西宫喜一在我的肩膀上拍了一下，说，你的，脸色大大的坏了坏了。他们穿过回廊，一同向外面走去。当我正开始举起汤匙的时候，忽然听到了它的声音。我起身走到门口，看见了它。我返回来坐下喝汤。不知从什么时候起，我非常不愿意让它看见我，我感到它的目光和表情都不怀好意。我宁愿与西厢房的那些绣花、淘米的妇女聊天。黄妈像一只上足了油的车轮，步履轻捷地在我的四周穿梭来往。有人正从院门外往里搬运麻袋和长条的木头箱子，早晨的空气使门外的两匹马像伤风的病人一样不住地打着响亮的喷嚏。

一个在街外清扫马粪的老人领着大明进来。大明告诉我说，安子玉现在有事找我，让我立即去花店一趟。

黄妈对大明说，什么阿物儿，也敢来这里指手画脚，我们少爷还没吃早饭呢。

大明说，那我就回去了。

我说，我已经吃过了。

我跟着大明向外走，黄妈在后面说，勾魂鬼。东厢房里的一个女人正在院里晾衣服，我们走过时，她站到了衣服的后面，衣服上的水珠滴滴答答地落在地下。隔着展开后的衣服，我看不见她的眉目和身体，只能看见她的头发，只能看见她的鞋。

那些绿色的长条木箱子看上去异常沉重，两个抬箱子的人都弓着腰，气喘吁吁，走起来两条腿像一道拱形的门。我回头向西院张望了一下，发现它正在远远地注视着我，姿势如同我已逝的祖母的遗像。

两名女学生正在店里挑选花束，其中的一位小腿很粗，戴着深度的近视眼镜，她的脸凑在花上。大明迎上去问道，两位小姐要什么？是要玫瑰花吗？

近视眼镜说，我要一束黄水仙，可你这里没有。

大明说，小姐，黄水仙不就在你的鼻子底下吗？

近视眼镜向后退了两步，惊呼道：上帝呀！

我走进里间，安子玉正躺卧在床上翻阅一本薄薄的小册子，他皱着眉头，脸上的肌肉显得浮肿。我坐下后，他扔掉手里的小册子，对我说，把那块表拿出来，我想它可能又坏了，我再给你修一修吧。

我把表掏出来递给他。他接过表，戴上老花镜，边揭表壳边说，我一看就知道它哪儿出了毛病。他打开表壳，拨拉了一阵后，突然抬起头对我说，你把表让什么人看过？

我父亲。我说。

什么？

我的话使安子玉立即从床上滚落下来。他躺在地上用两只脚将墙壁踹得咚咚直响，之后又半跪在床边，伸手撕扯一块毛毯。我在这时发现他刚才戴过的那副老花镜早已不翼而飞了。我对他说，你怎么啦？找不到眼镜了吗？

祖宗，这回我可是真的完了，我算是毁在你的手里了，天哪！我怎么会把大事寄托在你的身上？啊？难道我不知道你是谁吗？

他扔掉手里的一角毛毯，俯身从床下拖出一只皮箱。他打开箱子，我看见他先把一条裤衩放进箱里，之后又拿出来，狠狠地扔到一边。他啪的一声关上箱子，接着又猛地打开。他望着我，说，我要干什么？啊？我想干什么？

我说，你是不是想把换洗的衬衣和皮带都放进你的箱子里去？

他说，不，你胡说。

警备队的摩托车在花店门口突然熄火之后，安子玉的头像一块大磁铁一样紧紧地吸在箱子上面，久久不愿起来。我伸手扶他几次，都扶不起来，他连动都不动一下。他比我有力气，我已经看出来了。我立即对自己感到非常沮丧而泄气。但就在这时，我忽然在无意中看到了他的那副老花镜，就在他的腿边。我激动不安地弯腰把它捡起来，有一块镜片已经不见了。我一手拿着老花镜，一手摇着他的头对他说，哎，我找见你的眼镜了，就在你的腿边，你真是骑着毛驴找毛驴。给你，你看看，已经让你压坏了。安子玉像睡着了一样。这时，有三个人站在门口，三张红润的面孔像挂在门上的三只陶瓷面具。我看见他们皮带上坚实的铜扣幽幽发亮。

晚上。一阵清晰的洗骨牌的声音远远地传来。李启东带着两个人将安子玉的那一千多张唱片搬到我的屋里时，我正在笔记本上鞭打《西厢房》里的一个馋嘴的女人。

李启东对我说，少爷，这都是你的了，从此以后，你想什么时候听就什么时候听。那两个人将唱片放下后摆好。

我说，安子玉为什么不要这些唱片了？他不想听了吗？他保存了几十年，他每天都掸一遍。

李启东说，他现在没工夫听这些，他听蛐蛐叫去了。

旁边的一个人给李启东点燃了一支烟。

我说，我不要，我不喜欢听音乐，我嫌它吵。

李启东说，别犯糊涂了，这里边有一部分花钱都没地方去买，其中有几张堪称千古绝唱。

我说，我只要那张灰色的。

还有呢，说着话，李启东从另一只纸袋里取出五张唱片对我说，这是西宫喜一指导官特意送给你的，上面都是日本民谣，好听得很哩。说完他们就走了。几天以后，西宫喜一派一个人来，说要重金购买我的唱片，那个人带来五十块钱，除了那张灰色的唱片之外，几乎拿走了所有的唱片。父亲对我说，反正你也不喜欢音乐，就当是送给他的，还能落个人情。

我视父亲的话如一阵风，我视那些唱片如一张张干硬的牛粪。得不到孟繁漪的消息或下落，我干什么都没劲。假如她从此一去不复返，我想在《西厢房》的第二部分里编造一个美丽的穿灰衣服的女人来顶替她的从前，呈现女人的传奇。我想把一切的地点和事件都涂染成我所喜欢的灰色，我要一笔一画地描绘出几个白发苍苍的老人，他们的呼吸像尘埃一样令人难以察觉。他们坐在冰凉的石凳上，像古代的神仙一样默不作声地对弈，泛着绿意的青草在他们的脚边根根直立。他们把口中的稀少的分泌物化作一颗颗肉红色的桃核，化作赖以行走或飞翔的手杖。洗衣的妇女和淘米的妇女像种种相沿成习的风物标志一样布置在他们的四周，一起一落的悠远的捣药声经久不息地回荡在他们渺茫的视线之内。那些终年足不出户的妇女正在门前染布、喂养孩子，她们盼望晴天就像日夜思念久久不归的男人一样。公鸡不但在黎明前突然啼叫，有时在早晨或中午也会啼叫不停。手握古老的尺寸，明亮如银的剪刀在布匹与绸缎之间像水一样循序渐进，一路而来。她们喜欢把一些永恒而吉祥的标志绣在上面，有时甚至完全镂空，状如可以眺望的门扉或廊窗。她们沐浴后的水流通过水道，暴露在光天化日之下，呈白色或粉红色。远远望去，鞣制皮革的一整套动作与接生婆惯常的姿势几乎难以区分，而檀香的气味和清晰的叩打门环敲门的声音才使人感到有些真实可靠。多少卖柴的人东张西望地从檐下走过，多少只摇摇晃晃的灯笼被屋后的阴风扑灭后又被重新点亮。几个人常在黎明到来之前没完没了地咳嗽，几个人一看见灯光便都迅速隐匿起来，屏声敛气或装神弄鬼，呜咽不休。我知道是谁在早晨到井边打水的时候不慎将随身携带的麝香荷包遗失，连续多日魂飞魄散，惶惶不可终日。我知道谁曾经被绑在朱红色的廊柱上，不久之后便突然下落不明，像屋顶上袅袅的炊烟一样消失得无影无踪。我知道有人曾经为一件难以启齿的事情一步一挪地移至厨房内，之后被厨师王大头断然拒绝，使案子上的杯盘刀叉响成一片、乱作一团。

我见过漆黑的锁链和桃色的亵衣。

我见过安子玉花店的门户上贴着的那些白纸的封条，它们像英雄披挂过的绶带一样，只是颜色有所不同。经常有一个人坐在花店外青石的台阶上专心致志地捕虱。

许多鸡鸣狗盗的事情屡屡发生，许多婆婆妈妈的书籍使我的耐心逐日丧失。

我时常目睹那些游手好闲的和尚，他们可以到处化斋，像水一样随意渗透，无孔不入。在他们不化缘的时候，在他们心满意足的时候，就拼命地在人群里挤来挤去。

所有那些被秘密溺死的婴儿都裹着土织的白布，在阴暗的下水道里随波逐流。有一次，西宫喜一的儿子西宫太郎的一只羽毛球被我不慎打落到入水口里，一个下去捡球的伙计抱上来一个二三斤重的婴儿，轻飘飘的羽毛球早已被流水冲走，漂到了郊外的某一条壕沟里。

我在孟繁漪送给我的那个灰色的笔记本上记满了铺天盖地的语言和文字，记满了我的幻想和经验。中途辍学使我对六朝以前的文章一片迷茫，因此我常到东厢房或西厢房里去，看她们小心翼翼地擦洗瓷器，看她们煮牛奶、煎草药、织壁毯、贴膏药，看她们挽起袖子在金色的铜盆里洗手，看她们蹑手蹑脚地将观音脸上的尘埃拂去、倒掉灰烬、点燃香烛。

站在倾斜的街角里，我能看见她的微微凸起的腹部和潮红的面容，从前我常见她终日坐在西厢房的窗下，没完没了地给一件又一件的衣服绣花、缀边。有一次，东厢房里的那个嘴边有一颗黑痣的女人突然对她破口大骂,她低着头,手里的针线一直在不停地颤抖。现在,她站在另一家药店的柜台前,手里托着几块钱,药店老板的头摇来摇去。过了许久,老板带着她向里面走去,拍着她的肩膀。

"天元泰"的老穆骑着一辆自行车,手里摇着一只牛皮拨浪鼓,东倒西歪地出没在我的视线内,街风吹动他的衣衫,像一件鼓荡起来的肥大的道袍。街上白尘茫茫。

这是一个收购羊毛的季节,每天都有不少负重的人穿过城门,出来进去。郊外河两岸日夜都旋舞着丝丝缕缕的白絮,犹如低垂而破碎的云彩。有时候,我会站在岸边,茂密丛生的草木遮掩着昔日的那条繁华而危机四伏的古老驿道。那是一条缓慢而萧瑟的河流,仿佛一位孤独的老人在晚年时的夕阳下独自徐徐而行。时间的流逝使它在四十年前显得繁华如梦、至关重要,又使它在三十年后变得毫无作用。我常望见一些云鬟蓬松的洗衣妇神色松懈倦怠地跪在岸边,慢慢地将浸在水中的衣服一件一件地捞起并展开在黄昏时的夕照里。放牧的人戴着宽边的草帽,无所事事地打量着水中模糊的人影和披泻的马鬃。

运载着粮食和药品的马车在郊外尘土飞扬的大道上日夜狂奔。

小虎跟着我的舅舅来到我们家里以后,邓膺已被人从圆柱上解开绳索,让李启东带出去了。闪烁在院子里的十几只灯笼使舅舅风尘仆仆的脸上现出了一丝疑虑。舅舅走上前对父亲说,德公,发生了什么事情?

父亲拉着舅舅的手一同往里走。父亲对舅舅说,出了一点儿小问题,一个家伙从暗中先后搞走了我的不少药品。

舅舅说,像老鼠偷油那样吗?

父亲放声笑起来,对,就像老鼠偷油那样,孟兄,想不到这么多年过去了,你还是从前的那个孟繁水。你是不知道,我总在想你呀。

小虎从那间尘封已久的蛛网密布的空房子里吭哧吭哧地拖出一匹褐黄色的落满灰尘的木马,让我与他一前一后骑上了马。小虎还回头告诉我,让我抓住他的裤带,我们要从这里出发,穿过几处院子,去远处打仗。小虎挺了一下胸,对我说,和那些将军相比,我只是缺少一根正式的皮带罢了。我伸手抓住了他的裤带。小虎告诉我说，这是一匹很厉害的马，性情异常暴烈，几乎没有人能够驯服它。小虎唱着"五花马，金络脑"，褐黄色的木马在他的频频吆喝声中开始艰难地旋转，木制的脚与地面摩擦时发出了阵阵艰涩的吱吱扭扭的声音，使人牙根发酸。不久之后，我突然感到手中一阵空虚，手上的力量仿佛顺着手指全部流了出去。小虎的裤带被松开了。

那时候，我听到了它的讪笑。人仰马翻的情景一直使我难忘，困扰多年。

西宫太郎和小虎并排着躺在我的床上，黄妈把一盆水放在脚边，从瓶子里掏出酒精棉球清洗他们奇脏无比的手和脚。我站在后面，黄妈的动作使我有些忘乎所以，我不停地笑着，抬起腿一下一下地撞击着黄妈的背部。黄妈将一个用脏了的棉球扔到一边后对我说，你去那边休息一下吧，让我一个人慢慢来，这事马虎不得，也急躁不得。我说，我不想休息，我想看，我觉得你像医院里的那些护士一样。黄妈说，护士算什么东西？你真没良心。

有一瞬间，西宫太郎被黄妈的手弄得很痒痒，他情不自禁地笑着，想翻身坐起来。黄妈抬手在他的头上打了一下，说，老老实实躺着，不准起来，里面的沙子还没弄干净呢，你不想长大以后变成个废人吧？太郎把身体躺平不再动了，他说，我当然不能成为废人，我要为天皇的圣战流尽最后一滴血。

黄妈说，住嘴，我要往出弄沙子了，你得多少忍着一点儿。

小虎说，我的呢？我的也没弄干净吗？

黄妈说，没有，都没有呢，都给我老老实实躺着，谁也不许乱说乱动。

小虎说，我觉得我的里面好像没有沙子，我一点儿也不难受。

我说，你为什么不难受？你应该感到你很难受，是不是，黄妈？

黄妈对我说，祖宗，你去那边躺一会儿多好，你这样站在我的背后，让我头很晕，我简直没办法把他们收拾干净。

我说，你尽管干你的，我没看你，我在看小虎和太郎。

太郎说，快动手吧，我不想成为一个废人。

我看见黄妈的手像捉蚂蚁一样，慢慢地蠕动，不断地改变着方向，她专注的神情使躺在那里的太郎像是熟睡了一样，好半天我没有听到太郎的叫声，我只看到他的鼻翼正在可怕地不动声色地向外扩张、振动，他的样子使我猛然想起了我那因抽风而半路夭折的弟弟。黄妈的身体微微前倾，她的又圆又大的发髻像一只正在遭受袭击的鸟巢。有什么东西在这时候忽然滴到了水盆里，平静的水面顷刻间荡开数十道匀称而曲折的波纹。

这时，与太郎并排躺在一起的小虎突然问道，我现在可以起来了吗？

黄妈没有回答。我看见她的一副溜肩膀正在一起一落地耸动着，就像她平日里独自呜咽抽泣时的那种样子。小虎不安分地躺在那里，两只小眼睛不停地眨来眨去，我知道他是在期待黄妈的回答，但黄妈也许根本就没听到小虎的声音。

小虎说，我能起来了吗？

水盆里又一次荡起了那种匀称而曲折的波纹，我望了一下，发现盆里原来一直清澈如镜，并没有看到那种能够引起波纹的东西，只是水的温度远不如刚端来的那时候。那阵子，热气大面积地弥漫，熊熊如炽地向上升腾，而此刻，差不多已完全是一盆凉水了。

那我就起来了啊，你们谁也不说话。

小虎说着话，突然挺身坐了起来，他一头乱蓬蓬的头发看上去像一只被雨淋过的鸟。我说，小虎，躺下。

这是怎么回事？我怎么还不能起来？

小虎不情愿地重新躺下，他两眼望着屋顶，反复说，我没有沙子。

屋顶上有云蒸霞蔚的古老景象，我在平时经常断不了要仰望几次。对于人工图案的注视，常使我能够在一段时间内忘记外面它的存在。屋里所有绚丽的木纹都昭示着吉祥和永恒，所有的陈设之物都能不同程度地激起人长久抚摸的愿望。现在，小虎像一个等待接受治疗的病人一样，直挺挺地躺在我的床上，而黄妈仿佛早已将他遗忘。我注视着黄妈的潮红的手指和小虎腹部上涌起的鸡皮疙瘩，黄妈的手上闪烁着一种奇异的光泽。太郎像一只被追赶的兔子，胸脯和腹部不停地起伏。小虎说，太郎，太郎。

太郎睁开眼睛，说，我听见沙子响了，像豆子那样来回滚动。

我说，太郎，我还以为你死了呢，你真像我从前抽风的那个弟弟。

太郎说，我要做一个好人。

黄妈一如她平日里在观音像前烧香叩拜时的那种表情。她迅速地从水盆里撩了一点儿水，淋到太郎的身上。太郎浑身一激灵，连声说，凉死我了，凉死我了。

院里响起说话声和脚步声。

小虎对黄妈说，我现在能起来吗？躺得我骨头都疼。

黄妈说，你要是真的没有沙子就起来吧。

小虎挺身坐起来，急忙穿好衣服。黄妈把许多雪白的小棉球都扔到水盆里。黄妈对我们说，今天的事谁也不许乱说，知道吗，老爷可不喜欢脏孩子，小心他剥了你们的皮。

黄妈的话使我感到她多少有点儿强词夺理。我对她说，你为什么不给小虎清洗沙子？小虎说，我不洗，我没有沙子。小虎边说边捂着肚子向墙角跑去。太郎在黄妈关注的视线里穿好衣服，又系上鞋带。

黄妈说，还疼吗？

太郎说，不疼了，我头晕。

我打开门，院里没有人。这时，我看见它正在若无其事地打量着我们这边的一排排窗户，像一个偶尔停下来的过往行人。

我现在经常回忆起舅舅带着小虎到来时的那个傍晚，早先活动在院中的人全部散去之后，它们突然从远处降临，密集而无边。灰色的屋瓦吱吱作响，像是有人踩着积雪在行走。我问小虎那是什么，小虎看了半天，用试探性的语气说道，那不是云彩吗？

我不相信那会是云彩，我们一起去问舅舅。灯光把我们的影子像薄薄的纸一样钉在墙上。小虎说，你看，我的头看上去比你的头大多了，虽然你比我高出一截。我把小虎往身后一拉，小虎的那个顶着一个大脑袋的影子就立即不见了。小虎在后面拽紧我的衣襟，说，我要出来，我要看到我的大头。这时，东厢房那边的一扇门打开了，一个女人出来倒水，我看见她穿着一条肥大的猩红色的灯笼裤，手中的白色搪瓷盆在门前闪闪发亮。小虎从我的身后向前蹿去，他的头看上去像一只摇摇晃晃的行将破碎的坛子。

舅舅在灯下画出一排又一排的坚不可摧的水泥涵洞，大量的水流都被他完全忽略不计，暗暗隐去。他把涵洞画得又圆又多。

我忽略了水的存在。舅舅说。

不久前的一天夜里，舅舅为之倾注过大量心血的一座江上大桥突然被一位著名的工兵专家全部摧毁。那位工兵专家被从前线调回，携带着新婚燕尔的妻子。舅舅在第二天中午才得到大桥被摧毁的确切消息。

眺望残垣断壁般的大桥遗迹，舅舅看到集结在江对岸的一支几万人的部队正像蚂蚁一样在原地蠕动，徘徊不前。营地里纷乱无比，人喊马嘶，仿佛一场致命的伤寒正在广泛流行。

回忆那些坚实的涵洞和挺拔的桥梁，舅舅感到自己的躯体内布满了无数危机四伏的蚁穴，奔泻的水流总是在他毫无防备的情况下将他的视线全部淹没，导致一幅寸草不生、茫茫无际的洪荒图景。预想中的事物一无所有。

其时，那位工兵专家在完成摧毁江上大桥的任务之后，又如期奔赴前线，他率领的工兵营像不留痕迹的鸟群一样在一夜之间消失得无影无踪。那些被称之为遗留物的硝铵和水泥使浑浊的江水更加黯淡无光。

舅舅看到江对岸那些被困阻不前的士兵每隔一支烟的工夫便朝天空开上几枪，而积累在他们头顶上的乌云却像堆积的棉被一样越来越厚。很多的人都在艰难地咳嗽、喘息，都感到正常的呼吸来之不易。

我望着舅舅在一张白纸上画下的无数密集而异常规范的水泥涵洞，这位失意的桥梁专家如今走投无路，在灯光下看上去更像一位屡试不中的古代举子，满脸晦气，看不到一丝一毫的喜庆的征兆。此时，舅舅给我留下一种手无缚鸡之力的不良印象，那支黑杆的绘图铅笔在他的面前显得异常沉重。

小虎突然说，爹，你的头发烧焦了。

舅舅说，它可以再长出来，旧的不去，新的就不来。

我说，舅舅，你可以重建一座大桥。

舅舅说，我现在早已忘记了所有的尺寸和规格，每当看见堆积的水泥和钢材，我就浑身发冷，我想不起它们的配方和用途。

我想起那些不眠的日子，每天天不亮之前，舅舅就像一个行动迟缓的但有良好的早起习惯的老人一样摸索着下了床，之后穿过沉睡的庭院和冰凉的廊柱，慢慢地向郊外走去。对于支离破碎的大桥遗迹的无休止眺望，常常使他瘫倒在露水丛中，久久站不起来。那些住在郊外的早起的蔬菜商贩和纺织工人时常能望见他的湿漉漉的皮鞋和裤管，他像一位因饥寒交迫而倒毙在路上的行商或乞丐。他躺在潮湿的泥地上，看着灰暗的天空渐渐变白，看着初升的朝霞像虚拟的胭脂一样一点一点地将东边的天际慢慢染红、涂亮，看着飞鸟的翅膀由蓝变黑，看着呜咽的江水把一些与人有关的生活用品或人的本身弃置在沿途的岸上。他趴在乱草丛中，努力寻找那些并未遗失的塑料直尺和刻有英文字母的绘图铅笔，寻找他的炙手可热的烟斗和雪白的手帕。他的动作常常使草丛一片狼藉。

每当太阳升起来以后，父亲便会迅速派人把舅舅从郊外抬回来。四名家丁像舞台上的古代轿夫一样摩拳擦掌、蹦蹦跳跳，他们首先分头把舅舅的湿漉漉的皮鞋找到，套在他的脚上，然后用一条毛毯把舅舅像裹婴儿那样紧紧地裹起来。有时候，他们也会带来一双大号的套鞋，套在皮鞋的外面。我们家里没有人喜欢穿套鞋，有时候，黄妈让我在下雨天或下雪天穿上套鞋，我总是设法把它藏起来，藏到一个谁也找不到的地方。舅舅在毯子里使劲挥舞着胳膊，大声斥责那些家丁：把我放下来，你们这些汉奸！我的桥马上就要完全浮出水面了。

父亲对舅舅说，孟兄，你不能再这样了，你看你都瘦成什么样子了，与你的生命相比，一座桥又算得了什么呢？

舅舅说，你不知道，我并不是在白等一场，它马上就要浮出水面

152

了，我已经在水中望见了水泥的颜色和钢筋的骨架。

父亲说，我知道你在期待什么，你一直都在幻想着一种完璧归赵的结局。

舅舅说，是的，我从不认为它是一座永远消逝的城池。

父亲说，这只是你的幻想。

舅舅说，我从不幻想，我的工作不允许我好高骛远。

父亲说，孟兄，你为什么现在变得这样一厢情愿？你以前可不是这样的。

舅舅说，我深信它迟早会浮出水面，它没有被打烂，它只是暂时沉没。

东、西厢房及厨房里的人都在为舅舅的身体而忙忙碌碌，黄妈每天都要热十几次驱寒的汤。东厢房里的女人们把舅舅的皮鞋洗刷干净后晾在窗户下，又重新擦亮。

有一次，我正在院里看一群鸡争食，正遇见厨师王大头抱着一罐蜂蜜过来。我让王大头去厨房里给我抓一把米来，王大头急匆匆地对我说，我现在可没工夫逗你玩儿，你舅舅的伙食问题把我搞得四脚朝天、焦头烂额。

舅舅对父亲说，德公，老三还是没有消息吗？她到底去了哪里？

父亲说，没有，我其实一直都在派人打探她的消息，可至今仍然一无所获。

舅舅说，我们孟家兄妹三人，看起来如今只剩下我一个人了。

父亲说，所以你要格外保重自己的身体，否则连列祖列宗都对不起。

我知道他们说的老三就是孟繁漪，另一个是我已逝的母亲。我能回忆起孟繁漪的笑声，但想不起母亲的容貌，我只知道她的灵柩至今依然寄放在郊外的清风庵里。有一年清明时节，孟繁漪带着水果和香烛领我去庵里祭奠母亲。在那座平缓的山上，我看到几个身材矮小的老尼在母亲的灵前诵经，为她超度。山上的所有树叶都像是用颜料染过一样，给人一种不真实的印象，一部分树枝看上去像一支支祭奠或照明用的蜡烛。一只年幼的鹰反反复复地在我们的头顶上空盘旋、飞翔，阵阵山风使几名老尼的袍子不断膨胀，她们按住一角又会卷起另一角。孟繁漪打开袋子，请几位老尼品尝城内的水果，她们都摇头谢绝。孟繁漪含着眼泪对她们说，等我死后，我的灵柩也要停放到庵里，到时还望师父们费心，为我诵经超度，我的在天之灵定会感激不尽。眼泪使她的话潮湿而感伤。几名女尼一齐说，小姐说哪里话，小姐正值青春妙龄，前程锦绣，我们几个都是行将就木之人，万万不可同日而语。

不久之后，天上下起了小雨。

几个女尼请我们去禅房里避雨。我想去避雨，但孟繁漪不想去。之后，孟繁漪撑开一把伞，我们开始下山。

我又看到了那些虚假的树叶及其赖以生存的条条枝丫，周围的环境使我如同置身于一场梦中。我对孟繁漪说，我还没顾上跟母亲说一句话呢，这就下山了？孟繁漪没有说话。她挽着我的胳膊，在蒙蒙细雨中，她的体温透过薄薄的丝绸衣服传到我的身上。我看见几只慌不择路的鸟，细雨使山下的城门变得灰蒙蒙的，不像平日里那样高大而巍峨。一些人在城外的大道上急急忙忙地奔走，城楼上的旌旗像一卷枯萎的菜叶。

孟繁漪忽然对我说，你知道吗，你父亲他时刻想除掉我。

我说，为什么？

孟繁漪说，为了你，为了你能够更好地、更健康地成长。

我说，你那么美丽，他下不了手。

孟繁漪说，你以为他是第一次干这种事情吗？只有最美丽的东西才是被屠杀的对象。

走至半山腰时，我回头眺望，看见那只鹰落到了矮矮的庵顶上。

整整一个下午，院子里一直断断续续地回荡着舅舅的哀鸣声，几乎所有的人都能听到那种凄惨的声音。他像是在做梦，像是在极其认真地对待出现在梦中的某一件事物，他的呼喊使人感到他正在面临一件异常棘手而无比痛苦的事情。东西厢房里的女人们三三两两地垂手站在窗户根下，正在井边打水的人提着水桶呆站在那里，忘记了手中的重量。

下午五点钟的时候，舅舅不再呼喊了，他半睡半醒，发出鼾声和呻吟。一段时间以来，他经常从睡梦中一跃而起，偷偷摸摸地逃往郊外。他的脑子里连续出现往昔生活的乱七八糟的片断，从回忆的角度来说，这类已逝的图像无疑是动人的，而作为噩梦，它又使人疲倦和不安。他现在不知道休息意味着什么，他像受到追赶似的从小时候跑到现在，从他设计过的一个涵洞逃进另一个同样的涵洞里，最终逃到现在的这张宽大的床上。他抱着头躲避在自己的桥上，骤然断裂的桥身使他惊醒过来。

今晚他无法入睡了。

他听到有人在窃窃私语。屏风后面，一种药味使他恶心，天花板上晃动着一些七长八短的人影。一个女人在说话。类似的声音还出现在不久以前的另一天夜里，她捡到了他的一只皮鞋。博士证书、水泥、扬起的抛物线、硝铵、手电筒、监制日期、蠕动的部队……所有的细节都纠缠在一起，他依然没有获得任何意义。

黄妈端着一碗枣羹走进我的房里，她看着碗里的东西，对我说，你舅舅，他的情况好像不大好，你知道，他什么都咽不下去。她说着，把银制的汤匙递到我的面前。我挡开她的手，走到窗前。我说，我嫌你的手脏，我不吃你做的东西。

我的手，手怎么了？她的脸顿时变得通红。她看着碗里的枣羹，脸又由红变白。我说，你的手摸过太郎的沙子，就是这样。我看着窗外，有人在院里奔跑。

你不能这样待我。她努力想把话说清楚。她打开手帕，机械地在手上来回擦拭。之后，突然跑出我的房间。

一个医生穿过回廊，向外面走去。接着，又有人领进一位医生。走掉了的那个是一位年老的中医，正在走进来的这一位是身材瘦削的日本军医，他的眼镜片看上去像两个小小的白点。我想起他曾经生硬地捏起我屁股上的肌肉，狠狠地就是一针。

我来到后院，墙里的树枝后隐藏着一架梯子，一根粉红色的丝带挂在梯子的木刺上，被风吹着，像一只原地飞舞的蝴蝶。

小虎趴在一口废井边。

我说，小虎，看什么呢？

小虎听到我的声音，抬起头，一只手撑在地上，一只手向我招呼。

过来，快过来看。

我跑到废井边，蹲下。小虎说，看见没有，里面有一个人。

我把头探出去，一池散发着古怪气味的积水首先映入我的眼帘，水面上浮着一堆长长的头发，像枯死后的水草。在井壁与水面相连之处，伸着一只纤细的手。

好像是个女人。我说。

小虎说，这是怎么回事？是谁在那里面？你见过这个人吗？

没见过。我说。我到现在还不知道她是谁，我第一次看到这口废井。

小虎说，我去把姑夫叫来吧？

不仔细看，根本看不到那只贴在井壁上的手，我现在感到自己的手像下面的那只手一样，指甲里面塞满了泥沙，手指异常肿胀。

你说，下面会有老鼠吗？

小虎问我，他的两只眼睛滴溜滴溜转个不停。我去把姑夫叫来吧。他说着，从地上爬起来，向前面跑去。

父亲过来时，李启东领着两个伙计也跟来了。父亲根本就没有到井这边来，他站在后院的入口处，对李启东和那两个伙计说，一群废物。李启东对那两个人说，去把井填了，填满。他们举着铁锹走过来，我站到一边，看着他们把周围的杂草和泥土推下井里。

一个女人出现在后院的入口处。

老爷，孟先生不好了。

她的喊声使两个正在埋头填井的伙计抬起头来，射过三道惊异的目光（那一个是独眼）。

日本军医在屏风后面喝茶。

舅舅突然伸出手臂，在自己的脸前做了一个狂乱无比的动作，把在场的人都吓了一跳。之后，他的手在被子上面犹如两只正在吃力行走的螃蟹。他感到有人正俯身探到他的脸前，对方嘴里呼出来的气息使他愤怒：

走开，我不要你，婊子。

孟兄，是我，我是想帮你振作起来。父亲对舅舅说。

舅舅充满怨恨地看了父亲一眼，又闭上了眼。下午以来，长时间的呼喊已使他的力气越来越少，他的声音再也划不破寂静的院落了。有人穿过房间走来，他听到了爆炸声。

父亲站在床前，用和蔼可亲的语调在舅舅的耳边说道，孟兄，今晚你只是略感不适，我知道你不会抛下这个世界。哪儿不舒服，我看看，让我来看看，你可知道，你现在正一步一步地渡过难关，是的，正在渡过。

舅舅睁开眼，怔怔地望着站在自己面前的这个扯谎的人。

父亲继续在他耳边说，不停地说，……振动……幻想……桥梁……汽油……浮力……是的，你什么也不用担心，因为你的身上并没有任何的伤口。啊，医生诊断的结果令人满意，技术是可信的，它不允许我们怀疑，你也没有权利害怕。什么样的人才会害怕，才有权利害怕？是的，那不是我们。

父亲把小虎拉到床前，拉着小虎的手去碰舅舅的手，舅舅立即好像挨蜇那样缩回了自己的手。父亲的手抓着小虎的手停在空中。小虎猛地抽回了自己的手。

小虎从人群中挤出来，他的头上淌着汗水。我说，怎么样，他认出你了吗？

小虎摇摇头，不知道。

舅舅又一次呼喊过后，脸上的汗珠变得像油星一样滑溜，因而那些汗珠并没有在他的脸上停留多久，纷纷滑进了他的衣领里，他的嘴闭上后又迅速地张开，但没有声音。

父亲说，好了，又过去一关，他已经没有多少力气可以呼喊了。

突然，舅舅的两只手在胸前做出一种异常猛烈的划船的动作，他的身体正在向床外移动，身上的被子像附在茅草上的积雪一样开始卸落。

必须减轻他的痛苦。父亲对在场的人吩咐道，你，你，还有你，到那边去，抓住单子，不要碰他的腿，你，找一根绳子来，对，最结实的绳子，不能撩他的被子，连床单一起抓起来，你，到那边去，那边。

舅舅躺在床单与被子之间，几个人像女人缠毛线一样把床单与被子捆在一起，他们喘着气，看到舅舅的身体不再乱动了。他的脸一片蜡黄，一有汗珠出现在脸上，马上就会一刻不停地滑进衣领下面去。

晚上十点钟的时候，有一部分人在屏风后面休息，日本军医早已离去。舅舅睁了一下眼睛，他看到一盏古怪的灯将屋里的陈设和几个角落映照得有点儿生机勃勃，他笑了一下，但脸上并未出现有关的笑容。当他再次合上眼睛之后，我知道他的视线固定在一个地方。

最后一孔涵洞在他的注视下，正在缓缓地向下沦陷。

游园惊梦

一

园丁龚大头暴死的那大早晨，宋从良错过了与启明先生会面的机会。启明先生启程北上，利用中途换车的时间，在这里作短暂的停留，他们曾事先约好在车站会面。

那是一个泥泞的雨天。尽管天色晦暗，似明非明，但宋从良还是早早地醒来了。宋从良是个心里藏不住事情的人，自从接到启明先生的信以后，连日来他一直惦记着这次会面。此次会面，尽管时间短暂得令人不免仓促，但仍然充满了意义。分别八九年来，这是他们的第一次见面。地点选择在凌乱的车站，背景多少有些糟。昨天晚上，宋从良提前躺在床上，但几乎彻夜未眠。后来，他打开一本书，读了启明的几篇文章。黎明时分，他终于昏昏沉沉地睡了一会儿。

宋从良穿好衣服以后，望了一眼墙上的挂钟，再过一个多小时，启明先生乘坐的火车就要驶进车站了。一想到即将来临的会面，宋从良不禁周身上下充满了激动之情，一条腿竟不由自主地颤抖起来。他低声骂了自己一声，坐进椅子里，点燃一支烟。腿不再颤抖了，只留下一种劳累的酸楚而舒遥的感觉，像是跑步后的那种感觉。这时，宋从良发现自己对启明先生是十分敬重而喜欢的。以前，他也曾以这样的方式会见过别的一些人，包括几位关系亲密的女士，激动之情也是有的，但情形却远不如现在。他转念又想道，假如今天来的不是启明，而是其兄长豫才

159

先生，那将会更令他不知所措。

　　宋从良望了一眼墙上的钟表，从椅子里站起来。外面的阴雨几乎一夜未停。雨声落在花丛里，落在宽大的桐叶上。宋从良常为那种充满幽古情调的声音所痴迷。时间差不多了，该去车站了。宋从良从衣架上摘下围巾，边系边向门口走。这时，他忽然听到外面的回廊里响起了一阵纷乱而急促的脚步声，声音由远而近，突然在门口消失了。

　　宋从良打开书房通往回廊的门。园中的两名厨师和一名花工站在门外，三个人的衣服都湿漉漉的，惊喘未定。

　　"发生了什么事？"宋从良问道。

　　三个人异口同声地告诉了宋从良一个消息：园丁龚大头死了。

　　两名早起的厨师在天刚亮的时候就起来了，他们从厕所里走出来以后，开始去生火，准备早餐。在走向厨房的过程中，他们忽然看见一名巡夜的花工正在阴雨连绵的园中跌跌撞撞地奔跑。花工跑在甬道之外，几次被地上的雨水滑倒，从地上爬起后又跑。花工的那种异常的举动使两个早起的厨师感到奇怪而有趣，他们停下来看着。厨房就在眼前。

　　一个年轻的厨师望着奔跑中的花工，对身边那位年老的厨师说："这家伙要不是疯了，要不就是看见鬼了。"

　　年老的厨师向不远处喊了一声，喊的正是那个花工的名字。

　　那个在园中四处乱窜的花工听到喊声，犹如看见了黎明时的救星，跌跌撞撞地向厨房这边跑来，边跑边喊：

　　"龚大头死了——"

　　……宋从良领着三个人来到外面。一夜的雨水使园中的花木焕然一新，铺陈在甬道上的红、白两种颜色的石头被冲洗得干干净净。早晨的空气潮湿而清冽，隐隐地泛出一种生铁的气息。宋从良不相信这三个人所说的话，他们的那种惊慌失措的样子更像是在梦游。昨天晚上，宋从良驱车从书局里回来的时候，路过园中的花房，他还看见辛勤劳作了一天的园丁龚大头正在一盏油灯下独自喝酒，手里举着一只啃了一半的油光发亮的猪蹄髈。这样的一个人怎么会在一夜之间突然死去？如果情形属实，死亡也太容易了。宋从良边走边想着，将围巾拉到脖子上。那三个人在他的身后瑟瑟发抖。宋从良回头看了他们一眼,出现在厨师的雪白的帽子上的几个泥点使他感到生气而好笑。

龚大头的尸体就在园内西边的墙垣下,一株柳叶桃被压在他的身下。

不多时,有人从那边抬来了龚大头的尸体。宋从良匆匆看了几眼。年纪六十开外的龚大头,在这个园子里干了五十多年,他的突然死亡使宋从良感到难以置信。经过花工的那阵奔跑与狂呼乱喊,除了宋从良的太太,园内大部分的人这时都起来了,花木的轮廓逐渐明朗起来。

宋从良抬起手看了一下表,一片焦躁不安的阴云迅速蹿上他的额头。启明先生所乘坐的火车已进站了。

宋从良在人群里找到自己的内弟谢光世,让他代为料理一下这里的事情,自己去车站看一下后,立即回来。但谢光世不答应。谢光世披着睡衣,对宋从良说:“姐夫,这里死了人,你丢下不管,却又要去什么车站。有什么大不了的事,还有比死人更大的事情吗?我告诉你,休想把这一摊子推给我,我可不管。”

爱管不管吧,这个吃里爬外的东西,流氓,无赖。宋从良极为愤怒地看了谢光世一眼,不再说什么,转身向外走去。

这时,一个衣衫单薄的姑娘突然哭喊着跑过来,跪在地上,紧紧地抱住了宋从良的腿。宋从良低头一看,是园丁龚大头的女儿龚巧云。

宋从良说:“龚姑娘,快起来,别这样,地上全是雨水。”

龚巧云抱着宋从良的腿,泣不成声。龚巧云说了一大通做主、报仇申冤之类的话。宋从良把她从地上扶起来,但龚巧云很快又跪到了地上。龚巧云的双手紧紧地抱着宋从良的腿,斑驳的泥水抹在宋从良的大衣上,使宋从良感到心烦意乱。龚巧云哭着要宋从良捉拿杀害其父的凶手。宋从良对龚巧云说:

“你怎么知道他是被人杀死的?”

龚巧云说:“明摆着的事,他活得好好的,怎么说死就死了?他为什么要死?”

宋从良说:“你知道是谁杀了他?”

龚巧云说："我怎么知道，我要知道就好了。"

宋从良说："龚姑娘，你先起来。龚师傅在这里干了五十多年，你以为我不难过吗？我和你一样难过。你先回去。我出去一下，马上就会回来的。"

龚巧云说："你不答应，我这就死给你看。……我爹还等着吃我的喜酒呢，他不想死的。"

宋从良说："好吧，我这就去报警。"

两个女人扶起哭哭啼啼的龚巧云，向西面的花房里走去。

……宋从良驱车来到车站以后，月台上冷冷清清的。临出门时，他看见园内二楼的窗户开了，妹妹采春站在那里，冷眼看着楼下乱糟糟的人群。

启明先生换乘的火车早已北上开走了。一个捡破烂的老妇人正冒着早晨的细雨，在空荡荡的月台上追赶一只被风刮跑了的空罐头盒。在一个背风的墙角里，一名巡道工正拿着烟丝与纸条，用唾沫卷烟。宋从良漫无目的地走过来时，那个巡道工狠狠地盯了他一眼。

二

几天以后，宋从良致函给北上的启明先生，信中充满了愧意与不安，满纸负荆言，一把辛酸泪。启明对此事似乎不怎么在意。过了一段时间，宋从良突然收到了玉堂先生的一封来信。宋从良没有想到玉堂先生会在那个阴雨连绵的早晨与启明先生同时北上。早先的时候，启明在信中只说是与一位朋友同行，但宋从良没料到那个朋友是玉堂先生。林氏的信件，一如他平日所作的文章。事后，宋从良想，假如那天早晨园子里没有出事，车站上的相会，将会是另一番情形。……龚大头……淫雨……哭声……湿漉漉的花木……令宋从良感到苦不堪言。

每当生活中出现裂缝的时候，宋从良总是迅速把自己置身于对往事的回忆之中。一段时间以来，一些昔日的脸，一些早已逝去了的声音，时常莫名其妙地重现在他的眼前。往昔的图像尽管残缺不齐，但也足以使他触目惊心。每一个夜晚的睡眠，对他来说，已不再是一种轻松的放倒与休息，而是意味着一种力不从心的对抗，一种徒劳而持久的搏斗。在梦中的时候，他时常看见自己头破血流、遍体伤痕。夜鸟的翼下挟带着腥甜而潮湿的气息，犹如园中腐烂的花木。

这天早晨，宋从良醒来以后，他的太太谢蕙丛早已梳妆完毕，正在换衣服。宋从良点了一支烟，继续躺着。连日来，天气比较晴朗。早晨的阳光涂满了窗棂，洒在床上。宋从良躺在床上，深感阳光虽然明亮，但毫无暖意可言。谢蕙丛坐在镜子前，正在抱怨断发，抱怨脂粉。在宋从良的视线里，昨夜的那种气息仍然附丽在女人光洁的身体上，早晨的光线使它变得有些虚实不定。谢蕙丛几乎每天都要防风、防晒，时常抱怨脸上的肌肤不像身上的肌肤那样光洁白皙。她常幻想一张光彩夺目的脸，那样一来，她将会被人惊为天人。对谢蕙丛的这种设想，宋从良感到不可思议。这个女人，几乎一天一个想法，变化之快，令人吃惊。……现在，谢蕙丛从衣柜里抽出一条裙子，又抽出一条，都随手丢在一边。抽出来的几条，都不是她想要找的，她的头伸在衣柜里，背部的肌肤微微发红。

宋从良说："你早就起来了？"

"我睡不着了。"谢蕙丛漫应着，没有回头，一双手继续在衣柜里翻来翻去。衣柜的门敞开着，一部分柔软光滑的丝织衣物从里面滑落出来，堆积在她的脚边。宋从良躺在床上看了一阵，想起昨夜的疼痛，对谢蕙丛说道：

"不就是一个普通的生日宴会吗，你起这么早干什么？"

谢蕙丛拿起一件衣服，在胸前比画了一下，又扔到一边。她若有所思地站在柜子前。她的头发时而飘至脸前，时而又摇到背后，这使她感到分心而烦恼。"你看见我那条裙子了吗？就是上个月刚买的那条？"

宋从良说："我怎么会看见？什么都问我。你扔在地上的那两条不就很好吗？"

谢蕙丛说："你懂什么，今天是她的生日，我要是穿了去，董太太

163

会不高兴的。她已经四十五岁了，她不喜欢别人比她年轻。"

"太复杂了。"宋从良说。

谢蕙丛说："你起来帮我找一找。—— 你真的不去吗，人家好不容易一年才过一个生日，你说不去就不去了？"

宋从良说："什么叫一年一个生日，谁一年过两个生日？我不能去，我得去见那个陈邦彦，约好了的。"

"听说这个人是周先生推荐来的？"谢蕙丛问道。

"是的，"宋从良说，"他很可能还随身带着周先生的亲笔信，所以我必须去。董太太那边我就对不起她了。"

"别又是一个骗子。"谢蕙丛说，"上次那个人不是打着胡先生的旗号来的吗，你们书局还大张旗鼓地宴请了一番，结果呢？"

宋从良说："你哪壶不开提哪壶，这不是一回事嘛。找你的衣服去吧。"

"历史的经验值得注意。"谢蕙丛说。

真要是周先生荐来的人，不会是一个混饭吃的白痴，宋从良躺在床上，自言自语道。书局里的力量还算可以，但人心不齐，互不通气，新旧作家之间的分歧到了一种红白相见的地步。几年前，宋从良读到了林琴南老先生翻译的《茶花女》，行文的确拗口。后来，又读到一册《恶之花》，译成了七言律诗和五言绝句的格式，几近令人不忍卒读。在宋从良看来，那些缜密而有趣的过程，常常与许多人擦肩而过，失之交臂……谢蕙丛脱下晨衣，从宋从良的脸前扔到床上。宋从良恼怒地看了她一眼。谢蕙丛说道：

"别在那里算计了，我知道你的心思。"

谢蕙丛的话使宋从良的脸变得通红，他像是被人从背后猛击了一下。半晌，宋从良才说道："你怎么说出这种话？你有什么根据？你知道什么？"

谢蕙丛说："待会儿到了董家，董太太问起来，我可不替你打圆场。"

现在，她终于找到了两件令她满意的衣服。浓烈的香水味迅速弥漫过来，使宋从良忘记了吸烟，长长的一截烟灰落到枕边，但他毫无察觉。谢蕙丛系好带子，提醒宋从良说：

"小心，别给我烧了被子。"

她窸窸窣窣地起身离去。

三

这天下午的时候，刘东东回到家里。走进寂静无声的院子里后，他把手里的水罐放到门前，扶起了倒在院子里的两把椅子。椅子蒙着一层薄薄的浮土，印出一只带花纹的脚印。一片紫色的花茎在刘东东的视线里颤抖着。刘东东找来扫帚，将院子里的落叶扫到一起。之后，他抬起头，看见红、黑两种颜色的墨水溅在窗户上，太阳已经把它们晒干了，窗户上一片斑驳。花坛前有一只鞋。几只鸟从附近的一棵树上突然一哄而起，匆匆地从房前飞过。刘东东听到响声后，吃惊地向门口望去。街门仍然虚掩着，没有人进来。刘东东在窗前独自站了一阵后，从屋里端出一盆水，开始上下擦拭窗户上的那些墨渍。精雕细镂的窗户，使他的动作充满了艰辛与努力。午后的阳光照在他的身后，他感到自己的头发很热。如水的阳光照在凸凹有致的窗骨上，刘东东看到自己的影子在窗前晃来晃去。他突然想起了那个久无音讯的杨庄。杨庄是父亲的朋友，在南城书局编书，曾经编选过十几本唐诗宋词，还负责为每一句诗词撰写注释。每一部书里，注释类的文字占去了四分之三。刘东东记得，杨庄平时就是这么摇头晃脑的。……屋里有一只粉红色的蝴蝶结，是妹妹的，这会儿它看上去湿漉漉的，毫无生机，像一朵开败了的花。那些红黑的墨水大部分从窗户上消失不见了。剩下的一些遗留在雕花的缝隙里面，刘东东擦了几次，仍然无法触及它们。刘东东停住手。这时，他忽然看到一个四五岁的孩子，怀里抱着一只板凳。

"东哥哥，"孩子向前走了两步，说道，"这是你家的板凳，妈妈让我还给你。"

刘东东接过板凳，对孩子说："小虎，你是什么时候进来的？像只老鼠一样。"

小虎说:"东哥哥,这几天街上有妖精,妈妈不让我出来。"

刘东东说:"小虎,东哥哥现在有事,不能跟你玩了。"

小虎说:"有人来敲你家的门,我说没人,可那人还是敲个没完。"

刘东东伸手拍着孩子的头说:"小虎真是一个乖孩子,等过几天,哥哥领你到广场上放风筝去,放一个最长最大的。"

小虎感激而讨好地看着刘东东,从口袋里掏出三颗花生,递给刘东东,说:

"给你——"

刘东东说:"哥哥不要,你自己吃吧。快回家去,妈妈在等着你。"

小虎一蹦一跳地走了。

刘东东掩上街门。隔壁的院里这时传来了泼水的声音。

乔日清正在高声朗诵李白的《静夜思》。

屋里弥漫着潮气。刘东东走在潮湿的木制地板上,听到脚下传来阵阵沉闷而悠远的回声。在刘东东的视线里,窗帘如同舞台上时启时合的帷幕,但看不到其中的动作与身影,表里如一的帘子,它的内外两层都没有演员,锣声与马蹄响在街上,与此有关的事件蓄谋已久,并非一场草草的设计。刘东东拎着扫帚,把散落在地上的纸片扫到一起后,低头捡起一张印有绿色横格的卡片,卡片的正反两面都有父亲写的字。刘东东把卡片拿在手里,上面写道:

八月十二日　雨

上午。在王谢书店喜见藤本《红楼梦》,唯缺其中一册。欲九折购之,店主不允。复以原价购回。

午后,等苏德培来。

颦颦,颦颦。"西方有石名黛,可代画眉之墨。"

至晚,苏兄仍未来到。

八月十三日　阴

晨起，忽觉疼痛异常。左肋下似有一坚硬之物。

德培兄是一守信之人，若无有意外，不会不来。

傍晚，闻听有人敲门。开门，但来者不是苏德培。

看过之后，刘东东把卡片放好，又把门外的那只鞋捡回来。是父亲的一只鞋。刘东东曾听父亲说，苏伯伯家里有一个与自己年龄相仿的小女孩，叫小寒，是小寒那天出生的，比刘东东小五六个月，是一个很爱哭的小姑娘。

受潮后的门扉，发出一种怪声怪调的声音。门楣上有自下而上的一道一道的印记。记载着刘东东成长的过程与确切的日期。每隔一段时间，父亲就要让刘东东站在门边，然后在他的头顶上面画一道印记。过一段时间，又画一道，看他长高了没有。在印记徘徊不前的时候，父亲就说，怎么还和两个月前一样啊？一点长进都没有，快长……算了，还是不长大为好。

刘东东扶起地上的衣架后，将一件碎花的衣服放在脸前闻了一阵，衣服上传来了母亲的肌肤的气息。之后，他把手里的衣服挂到衣架上，又将两只平日插花的瓶子里都灌满了水。贮满了清水的瓶子，看上去和空瓶子并无两样。刘东东看了一阵，来到外面。街对面的树影与灰色的屋瓦显映在窗户上。

刘东东低头坐在小虎送来的那只凳子上。一队黄色的蚂蚁从他的脚下蜿蜒而过，还有几只拖着米粒的蚂蚁远远地落在最后。在一滴水珠前，那几只负重的蚂蚁停了下来，踟蹰不前，刘东东帮它们刮掉那滴水珠后，几只蚂蚁却早已四处逃散了。

街上有人正奔跑，呼喊。刘东东走到外面后，只看见一阵尘土。

隔壁的院子里升起了一架梯子，一个老太太出现在墙头上。

"东东，还没吃饭吧？"

老太太说着，探身递过一个纸包。刘东东搬着凳子来到院墙下，他站在那只凳子上，接过老太太递来的油纸包。

"乔奶奶，我今天看见宝玉姑姑了。"刘东东仰起脸对老太太说。

"快吃吧，还热着呢。"老太太说，"家里有开水吗？"

刘东东摇摇头。老太太叹了一口气，说，过这边来吃吧。

老太太的院子里有一张染血的帆布，暗红色的血迹使那张帆布变得又粗又硬，像一张风干后的牛皮。刘东东走进院子里的时候，老翁乔日清正在门口霍霍地磨刀。乔日清抬起头看了一眼刘东东，又低下头去继续磨刀。

屋里的墙上有一只镜框，照片上的一群人穿着长衫与棉袍，有一半以上的人都戴着圆形的眼镜。少数的三两个人留着胡子。老太太把水端来，然后坐在一边，看着狼吞虎咽的刘东东。乔日清从外面进来，对老太太说：

"我出去一下。"

"你不要走远了。"老太太说。

"就你啰嗦，难道我不懂吗？"乔日清不耐烦地说着，扬长而去。

窗外传来了风吹帆布的声音。乔日清裹着被吹成一团的长衫，消失在门外。风中的茅草时起时伏，重叠的窗扉在刘东东的视线里变得层出不穷。老太太正在整理一些零碎的绸布、呢料，刘东东低声对老太太说：

"乔奶奶，我看见宝玉姑姑了，我叫她了，她没有听见。"

老太太把一些颜色相近的零碎布料叠到一起，接着又打开另一只梳妆用的漆盒。刘东东眼花缭乱地看着里面的东西。老太太缓慢而有条不紊的动作，使刘东东在吃饱喝足之余感到有些百无聊赖，并渐渐产生了一种昏昏沉沉的睡意。窗外，一根长长的青藤不时从墙上飘至窗前，像一根柔软的辫子一样抽打着窗户。

刘东东好半天没有说话，老太太回头看了他一下，摘下花镜，问道：

"东东，吃饱了吗？"

"饱了。"刘东东说着，点点头，这会儿，他的脸红扑扑的，他感到身上很热，衣服像医生的手套一样紧紧地贴在皮肤上。

"东东，奶奶告诉你一件事，你可要记住，不要对别人说……"

刘东东坐在老太太的身边，老太太搂着他。不久，老太太的话使刘东东的睡意消失得荡然无存。

四

街上只有一盏灯。

那个人面无表情地站在街灯下，青灰的灯光使他看上去面色如土，并隐隐约约地泛出一种微微的绿意。

刘东东一个人贴着高大的墙壁走了一阵，后来忽然停下了脚步。他听到前面不远处的黑暗中传来了两个人的说话声。

一个粗浊的声音说道：

"我告诉你，别惹我，惹火了我，小心我把你射出去。"

另一个声音说：

"看你说的，你这个人，你怎么能射我？你又不是一张弓。"

那个粗浊的声音说：

"谁说我不是一张弓？谁说的？我弯曲如弓，我能在最紧要的时候把你射出去，让你措手不及，溃不成军。"

不久之后，刘东东听到第三个人的声音，这个发现不禁使他大吃一惊，他原来一直以为只有两个人在那里说话，却没有料到还有第三个人在场。那是一种比较微弱的低语，像一个久病在床的人发出来的那种异常吃力而又黏稠暗哑的声音。那个人似乎用那种弱不禁风的声音讲述了一个笑话，刘东东听到那个粗浊的声音竟情不自禁地笑出了声。后来，三个人便都不作声了。那个人似乎说了一件很有意思的事情。刘东东这样想的时候，那三个人已在黑暗中说着话，渐渐地远去了。

刘东东背靠着青灰的砖墙，他看到了正在向前行走的那两个一高一矮的人影，他们的旁边并没有第三个人。刘东东一度怀疑自己的耳朵与眼睛出了毛病。砖墙上残留着白日里的余温，墙根下长着草，蟋蟀在其中叫着。临街的一道高而窄的窗户里，现在还亮着灯光。

河水在远处流着。

刘东东举头仰望着寂寥的夜空，天上繁星点点。有一次，乔日清问刘东东，你见过北斗星吗？刘东东说，没有。乔日清说，没见过也好，你别以为它很神秘，它没有什么了不起，其实它更像一把捞饭用的家常的勺子。刘东东从来没有在天上看见过乔日清所说的那种勺子，他无法把天上的星辰与人间的炊事器皿联系到一起。乔日清说他没出息，缺乏想象力。乔日清对刘东东说，你这个孩子，一点儿想象力都没有，要是谁都不去想，历史还能前进吗？历史其实就是瞎想出来的。乔日清这个人，敢于想象，经常说一些不着边际的话，刘东东与他在一起的时候，总是把他看作是一个著名的妖人……整个晚上，刘东东望到的，只是那些一盘散沙似的群星，天上没有勺子。

一个戴口罩的人从对面走来，街灯把他的影子变得又细又长。那个人的身边拖着一根木制的假肢，走得很慢。

远处传来了玄机寺缥缈的钟声。

刘东东把手伸进口袋里，触到了那张纸，那张纸发出一阵窸窸窣窣的声音，如一件小巧的衣服。刘东东从口袋里伸出手，奔跑起来。

临近午夜的时候，刘东东顺着来时的路，向家里走。

在这个一无所获的夜晚里，刘东东听见自己的拖沓不前的脚步声如同一个行动迟缓的老人，他走过那些已陷入沉睡中的房屋前时，心中漆黑一团。有一段时间，他把那张纸揉成一团，扔到街上。向前跑了一阵后，又回头重新捡了起来。在他的印象中，一张苍白的脸，自始至终都在伴随着他徘徊、奔跑。

来到家门前，刘东东伸出一只手，碰响了铜制的门环。

附近传来一阵清晰的撕扯布匹的声音。

五

乔日清回到家里的时候，外面已一片漆黑。乔日清摇摇晃晃地走进门里，脸上挂着一种掩饰不住的笑意。

老太太正在准备晚饭，乔日清的头碰在门框上的时候，她受到了一阵惊吓，但乔日清本人却浑然不觉，依旧笑着。老太太望着乔日清脸上的笑意和满身清凉的夜露，疑惑地问道：

"你又干什么缺德事了吧？"

"胡说什么。"

"那你笑什么？"

"我就是想笑，我忍不住。"

乔日清说着，又一次趴在一只椅子上笑出了声。之后，难以抑制的笑声使他突然咳嗽起来，椅子在他的身下开始左右摇晃，吱吱作响。老太太走来，用力拍着他的背，对他说：

"你怎么能这样……"

"我怎么啦？"

"你看见什么了？"

"我什么也没看见。"

"你的身上有一种味道，去洗洗吧，啊？"

"我不洗。"

"我刚烧开的水。"

"我就不去。"

"你总是这样自暴自弃——"

"我没有。"

老太太的手继续拍打着乔日清的背部。乔日清突然离开椅子，来到床上，将脸埋在毯子里，发出一连串哧哧的窃笑。笑声使他的两只肩膀抖成一团。老太太跟着来到床边，伸出一只手按在他的颤抖不止的肩膀上。老太太的努力并未奏效，反而事倍功半，乔日清的身体抖动得更加厉害了，窃笑声变得扭曲而抽搐。老太太缩回自己的手，生气地说道：

"你已经是七十岁的人啦，不是小孩子了，你让我操心操到什么时候？"

"胡说！"乔日清突然从毯子里伸出头，对老太太说道：

"离我七十岁的生日还有两个月呢，我现在才六十九。"

"老东西，你是不是趁我不在的时候，偷偷看过黄历了？"

"嗯，我看过了。"乔日清得意扬扬地说道，"霜降那天，正好是我的生日，这一点，我是蛮清楚的，谁也休想瞒我。"

"谁瞒你了。"

"这几天，我正在设想一件事情。"

老太太对乔日清说："你过生日的时候，我想打扮打扮，你看我穿什么好？"

"我看，你最好什么也别穿。"乔日清说着，放声大笑起来。

"你一年比一年下流了。"老太太说。

"你一丝不挂，我真高兴。"乔日清的脸埋进毯子里，发出一串沉闷的笑声。

"亏你想得出来，闭上你的嘴。"

乔日清说："我经常想，要是人人都不穿衣服，光着身躯在街上走来走去，那这个世界该有多好，一个透明的天下，既省略了农桑，又免去了女红之苦。"

乔日清的大胆设想，使老太太的脸上情不自禁升起了红晕。"你要死了，这是人说的话吗？"老太太说着，向门口走去。

乔日清从毯子里露出头来，对老太太说："你回来，你不理我了？"

老太太说："你又气我。"

乔日清说："我是想让你高兴。"

"你又笑了，你别那么笑。"老太太说。

"有一件事很奇怪，你的手怎么会变得越来越有劲了？"乔日清说。

"我给你弄吃的去，你别那么笑了，你把毯子叠好。"

"我要吃大米……西瓜……还有猪肠子，我要吃。"

"你喝粥吧，啊？"

"我不喝粥。你又让我喝粥。"

"你看见什么了？"

"你又那么笑，你别那么贱。"

六

刘东东翻了一次身,被子无声地滑落到地上。那时,梦中所呈现的房屋的位置开始相互错乱,马车从潮湿的砖地上驶过,碾碎了分散在砖地上的憧憧人影,刘东东听到了一种凄厉的惨叫。灰白的太阳悬浮在午后的天上,一个人从一家药铺跑出来,抱头大笑,狂奔而去。

早上起来,刘东东提着水罐来到外面。站在早晨灰白的光线里,他回想着昨夜的梦境,坐落在后街的王府一带的房屋像雨前的云彩一样纷纷涌过来,不容分说地占据了前面的位置。前面的那些房屋只剩下了窗户,所有的门都被封死了;夹竹桃腐烂在石阶前,酥烂如泥。

一个三十多岁的陌生人牵着小虎的手走来。小虎穿了一双新鞋,鞋面上分别绣了两只小鸡。小虎对刘东东说:

"东哥哥,我要到外婆家去了,我舅舅来接我,我们乘车去。"

"小虎,这就走吗?"刘东东说。

"东哥哥,我外婆那里有猪和菊花,还有黄颜色的谷仓。"小虎说。

刘东东手里提着水罐,朝小虎的舅舅笑了一下,但那个人并没有看刘东东。他放慢脚步等小虎说话的时候,显得心不在焉。他面无表情地打量着沿街两边青色的瓦房,时而又抓耳挠腮。不久,就牵着小虎的手走远了。

这天上午,刘东东在帅府路一带看到了那个女人。女人穿着一件黑色的大衣,致使刘东东不敢上前相认。刘东东跟在她的后面,走了很久,那个女人不断地出入于一些茶楼与皮货店之中。在刘东东疲倦的视线里,她裹着皮靴的小腿如同行走中的马腿。整整一个上午,这个女人一无所获。刘东东暗中跟在她的后面,也累得精疲力竭。在一个小食摊前,刘东东买了一只芝麻火烧。他刚把烧饼咬开一个缺口,再找那个女人时,已经不见了。

七

宋从良赶到书局以后，《国风》副刊的一群人正吵成一团。《国风》副刊计划要连载徐枕亚的《玉梨魂》和程瞻庐的《唐祝文周四杰传》，意见分成明显的两种，一派主张连载，另一派则坚决反对。宋从良听了一阵争执，起身问了几个人，都说没有一个叫陈邦彦的人来找他。宋从良暗自生了一阵气。整整一个上午，他无心阅稿。一部书稿放在眼前，每一个字看上去都有程度不同的重影，所有的笔画都是双重的。宋从良坐在椅子上发呆，《国风》副刊那边，一群人仍在争吵。宋从良想，早知如此，还不如去董家大嚼一通，来一个一醉方休。这个陈姓的君子，既是来谋事做的，竟这样没有信用。眼下，《国风》副刊里的几个人正在振振有词，巧舌如簧。宋从良对他们没有什么好感。就是这几个人，一年前，竟然在《国风》副刊上登出了包德顺、陈月蕉等人的结婚喜报，弄得沸沸扬扬。他们所喜欢的就是这种局面。他们的那种轻浮的天性让他受不了。

宋从良喝干了昨日的半杯残茶，起身到楼下去闲逛。昨夜的一场风雨，使眼前的花坛变得憔悴不堪，南城书局颓败失修的建筑，此时看上去像一位人老珠黄的妇女。宋从良站在凋零的花坛前向书局的楼上张望，二楼、三楼的一部分窗户敞开着，里面的盆花与衣物隐约可见。再往上看，宋从良不禁皱起了眉头。四楼的一个窗户里伸出一根竹竿，竹竿上赫然挑出一条红色的内裤，此时正像一面鲜艳的小旗一样在轻轻飘动。

宋从良仰头看了一阵，对正要上楼去的一名同事说道：

"上去告诉那位冯先生，把他的亵衣赶快收回去。这也太过分了吧，太不像话了吧，成何体统？青楼院里也没有这样的景致。"

……

陈邦彦是在午后才来到南城书局的，他的腋下夹着几本大小不一的期刊。南城书局吱吱作响的楼梯和桌椅使他在初来乍到之际感到有趣。他在走上三楼之后，复又返至一楼，重新上来，为的是再聆听一次那种陈年木板的吱吱乱响的声音。老鼠灰色的身影在楼板之间忽隐忽现。陈邦彦哼着歌曲来到楼上。

其时，宋从良正在椅子上打盹。

中午的时候，书局里大部分的人都回家去了。宋从良听着一群人吵吵嚷嚷地下了楼，心中略感清净一些。后来，编译组的两个人过来邀他一同去街对面的馆子里吃饭，宋从良言说胃疼，没有去。他就那样无所事事地在椅子上坐着，坐着坐着，不知不觉便睡着了。

陈邦彦上来后，赔了一通不是。陈邦彦说话的时候，嘴里浓烈的酒气扑面而来。眼前的情形使宋从良感到多少有些不快。他把椅子的距离尽量拉开一些，问陈邦彦说：

"周先生可好吗？"

"好，好，只是近来更瘦了。"陈邦彦一边说话，一边拖着椅子要坐到宋从良的面前。宋从良见状，暗暗叫苦之余又急中生智，他指着自己的茶杯，对正在趋前的陈邦彦说："喝茶，请用茶。"

陈邦彦看了一眼手边的茶杯，终于在椅子上坐下了，说：

"他每天还是工作到深夜，甚至通宵。"

宋从良对陈邦彦说：

"先生的信呢，我看看。"

信？什么信？陈邦彦用一脸疑惑的神情望着宋从良。宋从良说：

"先生没让你捎信来吗？"

陈邦彦说："噢，是这样，临行之前，先生要写一封举荐信让我带来，是我不让他写的。我说，不用了，何必多此一举。我去年在《太平》旬刊上主持了一年的专栏，我想，天下谁人不识君？宋先生也是知道那个专栏的。"

宋从良的脸上掠过一道不易察觉的阴影。现在，他忽然感到眼前的事情颇有些棘手。这时，他又听陈邦彦说道：

"这里的气候不错，阳光灿烂，杭州不行，杭州这几天阴雨霏霏。"

宋从良一惊，说道：

"周先生不是在鹭城吗，你怎么又说起杭州？你是从杭州来的？"

"是的，"陈邦彦说，"我从鹭城到了杭州。在杭州，我天天与广达在一起，他刚从日本归来，心情不好，时常醉倒在湖边，他要我陪他沿着富春江一路东行，去天台山，去浙东山区，我没时间了，不能陪他。正好有交通部的两位官员要陪他去，还有福堂、秋原几个人。说实话，广达的心情很糟呀。"

宋从良在这个多少有些闷热的午后，听到那只年久失修的椅子在自己的身下吱吱作响。透过眼前的团团烟雾，他看到此刻坐在他对面的陈邦彦满脸憔悴与困顿之色，陈邦彦的两颗牙齿遭到了虫蛀，在他开口说话之时，宋从良常望见那口里是黑洞洞的一片。蝉在窗外不停不歇地叫着。在那布满灰尘与黑暗的楼道里，不时传来一阵异常拖沓的脚步声。送牛奶的工人在楼下的便道上尖声叫着，声调时起时伏，形同一只滑上滑下的轮子。

午后，当书局里出去吃饭的人陆陆续续地走进楼里以后，宋从良惊愕地发现陈邦彦竟趴在椅子里睡着了。

陈邦彦睡得很熟，鼾声如雷。宋从良失手打了一只杯子，都未能将他惊醒。

八

谢蕙丛换了一个姿势，侧身躺着，分开一条腿，说道：

"这边。"

刘东东离开椅子，坐到床边，一双手轻轻地捶着谢蕙丛的腿，目光在房间内悄然无声地四处乱窜。平静的窗帘像一带倒悬起来的海水，熏香炉里的青烟细如丝竹。谢蕙丛闭着眼睛，两道修饰过的眉毛似蹙非蹙。

刘东东说："丛姨，昨天我在街上看到一个穿黑衣服的女人，我跟着走了半天，原来她不是你，我看错了。"

谢蕙丛说："怎么会看错人呢，你连我都不认识吗？这些天，我四处托人找你，——这里，再往上，捶捶上边。"

"我就在家里。"刘东东说着，一双手向上移动着，他望着谢蕙丛平坦而柔软的腹部，绿色的丝绸使他的手不时滑向下边。

谢蕙丛说："我去找过你两次，有一次是在晚上，旁边的树枝还挂破了我的衣服。你们邻居的那个老头真可恶。"

刘东东说："他就那样，其实，他是一个蛮好的人。"

谢蕙丛喝多了酒，酒液使她的脸色变得一片绯红。董太太的生日冗长而热烈，经久不散。酒宴进行之中，外交部的一位官员突然不见了踪影。直到生日临近尾声的时候，一名端茶的侍女才在一张桌子下面发现了他。就是那一位不胜酒力的官员，在生日宴会开始不久，频频与人干杯，不管认识的还是不认识的，都一律谈笑风生，言语间流露出一派如释重负的神情。谢蕙丛摆脱了一个向她大献殷勤的人，但不久之后，那个人就又一次来到她的身后。谢蕙丛被弄得心意迷乱，她后悔不该穿了那么一身轻薄的衣服。她心猿意马地端起酒杯，用目光在大厅里四处搜寻盛装的董太太，但那天她一直没有看见董太太的身影。酒宴进行的过程中，她看见董家的两个鬼鬼祟祟的侍女，一会儿从楼上下来，一会儿又噔噔地上去，萨克斯的肮脏而穷极无聊的声音在大厅里反反复复地回响着，令人昏昏欲睡……

不知什么时候，刘东东停住了手，他的一双手感到又酸又困。谢蕙丛忽然睁开了眼睛，她对刘东东说道：

"东东，上来躺一会儿。"

刘东东来到床上，轻轻地躺下，谢蕙丛搂着他。谢蕙丛的细微的散发着幽香的呼吸，像低远的暖风一样从刘东东的脸上轻轻吹过，刘东东感到脸颊很痒，他缩了一下脖子，忽然笑出了声。谢蕙丛在枕边低声说道，东东真是一个听话的孩子，我就喜欢像你这样的孩子。

刘东东说："丛姨，你身上的气息和我妈妈身上的一样。"

"不好吗？"谢蕙丛扬了扬眉毛，问道。

"好。"刘东东说。

谢蕙丛摘下自己的耳环与珠子、链子，放到一边。刘东东这时忽然想起了什么，他仰起脸对谢蕙丛说道：

"丛姨，那天晚上我回家的时候，听到了附近传来撕扯布匹的声音，我不知道是你，我不知道树枝挂破了你的衣服。"

谢蕙丛说："东东，给你看一样东西，你想看吗？"

刘东东说："什么东西？"

"你想看吗？"

"想。是玉吗？"

"比玉可好多了。"

"是连环画？"

谢蕙丛笑着，轻轻地在刘东东的头上拍了一下，起身脱掉了身上的一件丝绒坎肩。

九

陈邦彦是在这天的黄昏时分遇见乔日清的。其时，乔日清正在街口一带看别人打架。围观的人挤成一团，水泄不通。乔日清站在人群之外，只听到一阵打骂声，却看不到事情的真相，乔日清急躁不安地踮起脚尖，拼命想挤进人群里去。陈邦彦就是在这个时候把乔日清从人缝中拉出来的。乔日清愤怒地挥动胳膊，打掉了陈邦彦的手，大声地说道：

"别拉我。我还什么也没看见呢。"

乔日清说着，转身又要往人群里挤。陈邦彦在后面对他说道：

"乔老爷，我是陈邦彦。"

乔日清听到喊声，回头愣了一下，不再往人群里挤了。人群里忽然飞出两块砖头，众人作鸟兽散。陈邦彦拽着乔日清来到一个僻静处。

陈邦彦从口袋里取出几张照片，还有几册旧日的期刊。期刊是昔日著名的《白虹》杂志。陈邦彦对乔日清说：

"乔老爷，我查访了许多地方，今天终于在这里找到你了。"

乔日清说："说什么傻话，我不是什么老爷。"

陈邦彦说："我知道你这些年不容易，与梁老爷的论战，使你身败名裂。"

乔日清说："我饿了，我要回去吃饭。"

陈邦彦说："梁老爷是什么人？那场论战，虽长达六年之久，但失败的当然只能是你，你太血气方刚了。"

陈邦彦说着，拿起那几张照片。照片上的十几个人全都穿着长衫与棉袍，一半以上的人戴着圆形的眼镜。陈邦彦说：

"乔老爷，这不是你吗，后排左起第二个人是我，前排正中的是周先生。"

乔日清打量着照片上的那些人。这位昔日的诗人，白虹社的发起人，面对已逝的情景，显得有些不知所措。照片上的季节介于秋、冬交替之间，站在最后一排的丁永昌提前戴上了清代的兔皮护耳。耿一泓的小胡子威风凛凛……那是我吗？那就是我？乔日清看着昔日的照片，突然爆出一阵大笑。

天色渐渐地黑了下来。陈邦彦收起照片与杂志，要送给乔日清，乔日清不要。摩托车与汽车从他们的眼前飞驰而过，街上的烟雾越来越厚，行人渐渐稀少了。

陈邦彦对乔日清说："不久前我路过苏州，南庄的人正在虎丘聚会，他们还提起你，而你从前却不屑与他们为伍。"

乔日清说："你说完了吗？我要回去了。"

陈邦彦说："你怎么能这样？我好容易找到你，你不能这样对我。"

乔日清说："我告诉你，别惹我，惹火了我，小心我把你射出去。"

陈邦彦说："看你说的，你这个人，你怎么能射我，你又不是一张弓。"

乔日清说："谁说我不是一张弓？谁说的？我弯曲如弓，我能在最紧要的时候把你射出去，让你措手不及、溃不成军。"

陈邦彦说："那边有一个孩子，好像在听我们说话——"

"不管他。"

"你这个人——"陈邦彦说话的时候，突然感到口中灌满了夜晚的冷风。

<h1 style="text-align:center">十</h1>

老翁逾墙走，
老妪出门看。
……

刘东东刚读了两句，忽然听到隔壁的屋里传来了老太太的哭声。刘东东放下手里的书，出门之后，老太太的真切而凄婉的呜咽之声又传入他的耳中。街上，一个烧纸的女人在升起的烟雾中轻轻地咳嗽着。刘东东走进屋里后，看到老太太拥着被子坐在床上，老泪纵横。

刘东东说："乔奶奶。"

乔日清这个老不死的东西，趁老太太熟睡的时候，竟然扒光了她所有的衣服，然后像一个盗贼一样逾墙而走了。老太太醒来后，发现自己浑身上下一丝不挂，失声痛哭起来。她日常所穿的衣物全部被乔日清拎到了屋外。

老太太让刘东东去外屋找回她的衣服。刘东东看到老太太的衣服放在一只很高的柜子上面。刘东东踩了一只凳子，才将老太太的被束之高阁的衣服取了下来。老太太在被子里一边窸窸窣窣地穿衣服，一边流着泪。

刘东东劝慰道："乔奶奶，别哭了，他是和你玩儿呢。"

老太太说："有这样玩儿的吗？他只图自己快乐，才不管别人呢。"

去年冬天，一个天色晦暗的日子里，刘东东跟随母亲去吉修园赴宴。在刘东东的记忆里，刚刚升任南城书局老板的宋伯伯瘦削得令人吃惊，他坐在一张椅子里，手边放着一册线装的《食货志》。刘东东的母亲与谢蕙丛见面后，则激动地拥抱在一起。她们都穿着十分近似的衣服，形如一对同胞姐妹。事后，由于饮酒过度，两个女人的脸色都变得一片绯红，目光迷离而散乱。谢蕙丛对刘东东的母亲说："让东东做我们的干儿子吧。"谢蕙丛嘴里的酒气使刘东东不久便挣脱了她的怀抱。刘东东离开酒气与脂粉弥漫的房子里，来到外面。冬日的吉修园，景色十分荒芜，只有两三种耐寒的植物开着不红不白的花朵。视线所及之处，到处都是灰褐色的枯枝败叶，白色的墙垣在铜枝铁干般的树丛后面悄然透迤。寒风吹着落叶，在藤萝遍布的园内簌簌作响，随意滚动。这个园子，共有六架秋千，十几处石桌、石凳，眼下，它们的上面都不同程度地蒙满了灰尘。

刘东东荡了一阵秋千，冷风吹进了他的袖口。他捂着被冻得通红的耳朵从秋千上下来。这时，他发现不远处的亭阁里，有一个人正在望着他——在刘东东最初的印象里，那是一个不畏寒冷的人，一个面色灰白的女人。

此前，冬日寒冷的园景曾使刘东东放弃了继续游荡的念头。他从园中折了一根白树枝，兴冲冲地跑回大厅里的时候，发现宋伯伯正在与他的太太谢蕙丛争吵。刘东东的母亲坐在一旁，酒意使她看上去醉眼蒙眬。

当然，他们很快就不再吵了。

刘东东悄悄退出大厅，又来到外面。……

一个浇铸糖公鸡的民间艺人正在园门口窜来窜去。刘东东出来后，艺人说，小孩，要一只鸡吧。没等刘东东说话，艺人便蹲下来，打开微暗的炉火。艺人在浇铸黄色的糖汁的时候，说了一些"雄鸡一唱天下白"之类的话。

午后，天空里飘了一阵零星的雪花。仰望阴暗的天空，刘东东看到飘洒的雪花如同稀疏的米粒，从空中落下来以后便不见了踪影。刘东东在萧瑟的园内四处奔跑，从厨房的纱门里，不断地扔出一根又一根的肉骨头，一只狗在纱门外欢腾跳跃。那只狗像一名训练有素的球手，每一次都能将掷出来的骨头准确无误地接住。刘东东看了一阵，天空里的飞雪这时已停止了，但天色仍然阴晦不晴。一只白色羽翅的鸟落在园中的假山上，水道里的清冽的冷水发出一种铁器一样的声音。丑陋的假山，每年夏天的时候，常有一些女人由此向上攀登，彩裙飘舞，笑声缠绵而矫饰，犹如黏附于山上的植被。

不久之后，刘东东开始往家里跑。有一个人躺在那里。那个人熟睡的样子使刘东东感到害怕。

十一

如果不是大夫亲自上门来，宋从良这会儿恐怕仍然滞留在睡梦中。梦中的某些事情总是拖泥带水，常常令他不能自拔。一段时间以来，他对自身的感觉非常不好，越来越糟。与梦中的某些事物进行持久而松懈的搏斗，常使他感到力不从心，难以招架。谢蕙丛的话说得没错，江南历来盛出唇枪舌剑之士，而东晋王室的南渡，似乎是一切事物的开端。书局里少数人的马虎与别有用心，给宋从良带来了很大的麻烦。尴尬人常遇尴尬事，宋从良生平第一次卧病在床，即遇上了一位谈病色变的大夫。这位看上去文质彬彬的大夫，善于用一种夸张的，有时甚至是极其玄奥的语言渲染人体的器官与内脏。他几次上门出诊，宋从良被他说得忐忑不安。白日里的言谈有时会投射到夜晚的睡眠之中，宋从良曾数次梦见自己的身体在如同咒语般的医嘱中变得分崩离析，不成体统。这个大夫，一脸的书卷气，没准也能写出几本书来，让他弃医从文，或许更接近他的秉性。

去年年初，书局里的一名姓倪的职员，擅自扣留了沈先生由上海寄来的一份急件。倪一直不吭不哈，没事人一般。事发之后，宋从良大为光火，将倪姓职员清除出南城书局。

2月底至3月初，宋从良的好友、"红学家"刘建昌的专著《东西二府》交付南城书局，全书二百八十页。

3月，川岛在《语丝》上发表《又上了胡适之的当》。

3月中旬，《济慈诗选》《飞鸟集》开始印行。

不久，刘复（半农）发表《徐志摩先生的耳朵》。周作人发表《狗抓地毯》。

3月20日，外文组编辑徐勉被捕入狱。教育部助理谭退之莅临书局。

4月，许小屯（化名）由河西辗转来到南城书局，携二长篇《敌后》《边区的太阳》。翌日晨，教育部助理谭退之偕同燕京大学邵女士复来。

许小屯在宋从良的园中隐匿数日后离去。

5月端午节，书局三楼楼梯被暗中抽掉，戴近视眼镜的苏德培、韩玄山二人失足下坠，损面、折骨，伤势甚重。

5月底，周湘江在家中病逝，所译著作《复活》未竟，由其妻陈淑岩接替。

6月，《呐喊》重印。

流亡青年徐烨写成长篇小说《暗杀》，遭峰峰书局退黜，改由南城书局出版。南城书局出版的《暗杀》，其开本如同小型的墓碑。《暗杀》出版之日，宋从良携样书去光大旅社看望徐烨。徐烨在旅社中已溘然长逝。饥饿与肺部的阴影夺去了徐烨的生命。宋从良赶到光大旅社后，恰遇旅社老板命人将徐烨的尸体由房中抬出，徐烨被裹在一张苇席内。

徐烨时年二十三岁。

6月底，陈盛友将军派特使来南城书局。陈部为书局捐资五百大洋，发展文化事业，出版《陈盛友诗选》《陈氏兵法》《古代之阵地战与现代之游击战》《皇家火枪队》《手榴弹的几种不同的用法》。

以上著作均为陈盛友将军所著。

一个阴雨连绵的夜晚，陈部属下的一名姓汪的士兵翻墙进入宋从良的园中，被巡夜的家人截获。后该士兵被送还陈部。

连续几日，厨师一再向宋从良抱怨，厨房中的食物，常常在第二天早晨不翼而飞。宋从良起初并未留意，以为是几只家犬所为。稍后，厨师将几只家犬用铁链系在花房一侧，但丢失食物之事仍一如既往。

一天晚上，宋从良由书局回来，听到园内传来一阵琅琅的读书声，是《历代文选》中的章节。宋从良在园中搜寻了许久，花木中未见读书人的身影，所到之处，都是风吹树影的声音。

7月，胡先生由海外致函宋从良。

8月12日黄昏，宋从良首次面见萧才女。

稍后，谢蕙丛与宋从良大吵大闹。

8月下旬，宋从良在忧郁之中开始着手修缮荒败多年的吉修园。未几，一名木工与一名泥瓦工在蓬草丛生的园内走失，下落不明。

9月，园内的一株橘树突然开出黄、白两种颜色的菊花，张芸女士携其子东东来观看。谢蕙丛请来一位著名的妖人。妖人来自山东。

在此期间，宋从良曾数日彻夜不归。

那位著名的妖人，在重阳节的早晨，挥剑斩断蓬发的枯树，树下的蚁穴令人瞠目。

10月里的一天，"红学家"刘建昌在返回家园的途中偶感风寒。数日后，竟至卧床不起。消息传来之时，正值一个晚上，宋从良无比惊愕。晚饭之前，他刚刚送走刘建昌。整整一个下午，他们都在一起饮茶，眺望园中的寒烟枯枝。刘建昌直到日落时分才起身离去。

本月的最后一天，海派作家王玉王完成了《护光》一书。

这个王玉王的出现，仿佛是一个命中注定的偶然事件，宋从良至今都说不清其中的原委。虽然至今都无从解释，但对于宋从良来说，至少是不吉祥的，它在冥冥之中阴差阳错地使宋从良错过了一连串百年不遇的佳期。

时间进入腊月里以后，天气时好时坏。有一天午后，外面下着大雪，宋从良在睡梦中听到有人附在他的耳边，低声对他说：

"你走吧，已经没你的什么事了。"

宋从良睁开眼，看到谢蕙丛裹着玫瑰红的羊毛披风站在门口，外面的飞雪正越过谢蕙丛的身体，向屋里旋舞。宋从良从床上欠起身，对正在远眺的谢蕙丛说道：

"你刚才对我说什么？怎么只说了半句？你说的是后半句。"

谢蕙丛正在门前眺望外面的雪景，午后的一段难熬的时光使她感到无所事事，她没提防宋从良会在这个时候突然醒来。她刚进来那阵子，宋从良睡得正好，他的酣睡很使她惊羡。午饭之后，谢蕙丛睡不着觉，独自出来在外面闲逛。她在盲目漫步的过程中，听到宋从良的房间里传出了一阵热烈而亲切的交谈声，她以为又来了什么客人。她踏着雪走过来时，听到房中一片寂静。她推开门，看到宋从良一个人正在睡觉，脸冲着墙，姿势异常吃力。现在，对于那种隔着雪地传到她身边的亲热而密集的谈话声，她完全归咎于自己的耳鸣。

宋从良听完谢蕙丛的一番陈述后，脸上的神情像一个七八岁的孩子，他望着谢蕙丛被吹得略显蓬松的头发，低声说道：

"是这样。"

谢蕙丛说："我近来时常耳鸣。我吵醒你了吗？你再睡吧。"

宋从良说："我不想再睡了。"

谢蕙丛说："咱们下一盘棋吧，好不好？"

宋从良说："难得有这样一个既宁静又无事的下雪天，咱们饮茶吧，夫妻对饮，不用下面的任何人侍候，我们自己烧火，自己挑选茶叶，把红泥火炉开起来。"

谢蕙丛说："大夫多次嘱咐我，这一段时间不能喝茶。"

宋从良讪讪地说道："那就算了。"

十二

雨越下越大，从房檐上流下来的雨水如同一道垂悬下来的透明密集的帘子。刘建昌怀里抱着书，焦躁不安地在王谢书店的砖地上踱来踱去。刘建昌几次想冒雨赶回家中，但都被热情的店员挽留了下来。刘建昌是王谢书店的常客，这里的几个店员对他都十分熟悉。刘建昌几次欲走不成，倒是门前的雨水使他的眼镜变得水雾迷蒙，模糊不堪。当刘建昌将眼镜擦拭干净，重新戴上以后，忽然看到乔日清站在自己的身边。乔日清是来王谢书店购买《万年历》的，但这里没有。

一个店员对乔日清说："我们店是面向知识界的，前面路口那个店里有各种历书，还有八卦、气功一类的书。"

乔日清说："雨下得太大，看不清路，我走错门了。"

刘建昌对乔日清说："我床下有一本历书，回头送给你。"

乔日清看着刘建昌怀里的书，说："刘先生，你拿的是什么书？怎么这么厚？像城砖一样，有七八斤重吧？"

"没有那么重。"刘建昌笑着说，"这本书叫《红楼梦》。"

乔日清说："是做梦的吗？"

"可以这么说。"刘建昌说。

乔日清说："这一定很有趣。"

"比较有趣。"刘建昌说，"不，也许不如《水浒传》有趣。"

"太厚了。"乔日清摇着头说，"这样的书也不知几年才能看完。那么多有趣的字都集合在一起，恐怕比一座皇城都大。没准那里面有一块磁铁，把一切有意思的字都吸到一起了。"

刘建昌说："没有磁铁，只有一块石头。"

乔日清听说，自顾放声大笑起来。两个店员拨拉着紫红色的算盘珠子，正在核对账目。刘建昌伫立在窗前，圆形的眼镜片水蒙蒙的。书店门口，栽着两株三尺高的白海棠。

一个孩子在刘建昌的视线里奔跑着。

那个孩子拎着一只水罐，跑在雨中。缠绵不休的蛙声前后呼应。此情此景，使刘建昌情不自禁地重温了昔日的一种褪色的画面……

去年春天，刘建昌带着两名学生来到这里，他选择原织造府附近的一个地方，作为自己的下榻处，他想在这里作一次短暂而有目的的滞留。当天夜里，刘建昌冒雨拜会了另一位"红学家"桂永祥。桂永祥卧病在床，形容枯槁，刘建昌见状，不禁大为惊愕。一段时间以来，金陵十二钗的彩色的裙裾常在他的眼前飘扬，有时竟拂天而过。桂永祥原在私塾里教学，现在则终日躺在床上。有一次，他的女儿刚刚为他端来草药，桂永祥突然睁开眼睛，一把拽住了女儿的衣袖。由于用力过猛，女儿的衣服被撕破了，药碗碎裂在床前，那时候，桂永祥以为自己抓住了

186

十二钗中的某一钗，突如其来的兴奋使他的喉咙里一瞬间塞满了东西，很快便昏迷了过去……

刘建昌在冬日的夜晚冒雨赶来，桂永祥奄奄一息的脸上竟释放出一种罕见而稀薄的光泽，桂永祥哽哽咽咽地对刘建昌说道：

"难得你还记着我。你看我如今这个样，只求速速一死，把那个风月镜给我——"

刘建昌说："桂兄，我深夜冒雨来看你，不想从你的口里听到这种话。快吃药吧，我此番前来，有一件事……"

桂永祥摇摇头，苦笑着说："建昌老弟，我不想瞒你，我这病与林黛玉林姑娘的病一样，岂是几服药能起作用的?"

刘建昌在登门之初，便早已看出来了。眼前的桂永祥，将不久于人世。桂永祥清贫一生，临终却又是这样的下落，刘建昌感到心内如焚，他像一个孝子一样站在桂永祥的床前。屋里的景象凌乱不堪，中药的气息四处弥漫。桂永祥仰卧在床上，他的正前方是他的视线能够所及之处，有一个书架，书架上整整齐齐地排列着十几种不同版本的《红楼梦》，包括早年间的《石头记》的刻本。……藤本……王本……金本……甲本……脂本……戚本……乙本……本衙本……刘建昌研究《红楼梦》，始于桂永祥的鼓励与引导。十八年前，一个桂花飘香的夜晚，书生意气的桂永祥告诉刘建昌，"兰桂齐芳"纯属谬言……

桂永祥在床上喘息了一阵，渐渐缓过神色，拉着刘建昌的手，问道："去过袁山了没有?"

刘建昌说："还没有来得及去，刚住下，就来看你。过两天去。"

桂永祥说："不去也罢，什么也不会看见。"

刘建昌说："来一次，难过一次。"

桂永祥突然伸出一根手指朝刘建昌的脸前指了一下，刘建昌听到桂永祥的喉咙里又传来了一阵响动。桂永祥将身上的被子拉至头顶，盖住头脸，剧烈地咳嗽起来……

大雨中的袁山……才子佳人……工匠如云……刘建昌站在袁山的遗址上，昔日分布在其中的亭榭楼阁，包括那个印刷厂都早已不复存在了。附近的一个卖茶的老妪告诉刘建昌说，袁山一带如今时常闹鬼，每到黄昏或夜晚时分，就没有人了。曾有人望见那一带灯火闪烁，人影憧憧，有时还传来女人的娇饰的笑声和断断续续的丝竹之音，俨然再现了当年的情景。园中有众多的妻妾、女弟子们饮酒赋诗、骑射、歌舞……在大雪封山的日子里，寂静的雪景里会隐约传来萧萧辚辚的马车声。对于那种只闻其声、不见其形的车马之声，刘建昌记忆犹新。他曾几次引颈眺望，结果都是一无所获。

短暂而感伤的春日之行，使刘建昌心力交瘁，往事模糊而斑驳，有时又面目全非。去年12月里的一天，西北风卷着一条色彩褪尽的裙子，在袁山的遗址上长久地旋舞……

一天夜里，刘建昌在睡梦中突然听到有人逾墙进入院中。他起来掌灯去看时，发现是自己的睡枕掉到了床下。

之后，墙垣上忽然露出乔日清的一张笑脸。乔日清笑着对刘建昌说道：

"刘先生，还没睡吗？还在用功？鸡都叫了二遍了。"

刘建昌胡乱地答应了一声，回到房中，掩上门后，忽然打了一个冷战。

十三

张浚在前线战死的消息传来已经几天了，宋从良一直积压在心头，无法将这一消息告诉妹妹采春。前线的守军进行悼亡纪念，宋从良在一份阵亡军官的名录上看到了张浚的名字。妹妹宋采春与张浚从中学时代起即成为恋人，多年来一直书信不断。张浚曾来过吉修园几次，恰逢宋从良都不在家。宋从良第一次，也是最后一次见到张浚，是在去年秋天的一个晚上，张浚即将随军南下，前来向宋采春辞行。宋从良在那天晚上见到了张浚。晚饭之前，宋从良刚刚送走好友刘建昌，整整一个下午，与刘建昌饮茶、谈话，使他的良好的心情一直持续到深夜。灯光下的张浚看上去英姿勃发，此前的一段时间里，他一直在楼上听采春弹琴。琴声如诉。宋从良在送走刘建昌、返回园中的时候，听到了妹妹的琴声，傍晚的花园，凤尾森森，龙吟萧萧。晚饭正在进行之中，外面下起了小雨，张浚穿着草绿色的军用雨农，在宋采春的琴声中越走越远，渐渐融入无边无际的黑暗之中。

宋从良坐在园中，回想着近来所发生的一些事情。大约一个月之前，两名园工在疏浚园内的水道的时候，发现了一只被水泡得十分肿胀的脚。园工顺藤摸瓜，在园墙外面找到了那个死者。死者的脸上凝固着一种掩饰不住的笑容。两名园工的叫喊引起了谢蕙丛的注意，她一眼便认出死者是住在刘建昌家隔壁的那个姓乔的老头。谢蕙丛几次去找刘东东的下落，姓乔的老头都嬉皮笑脸地在一旁冷嘲热讽，还对谢蕙丛的衣着服饰评头品足、指手画脚。

此事过后不久，一条颜色褪尽的裙子蒙蔽了宋从良的眼睛。其时，宋从良刚从书局回来，坐在园中休息。在明亮的阳光下，那条裙子仿佛从天而降，落在宋从良的脸前。宋从良从脸前扯开，侧身向四周搜寻，谢蕙丛常爱搞一些这样的恶作剧。但四周没有人，只有一名花工在远处锄草，一丛白色的花朵怒放在他的身后。

谢蕙丛从外面回来后，宋从良已经在椅子上睡着了。谢蕙丛径直走过来后，忽然看到了旁边石桌上的那条裙子。谢蕙丛看了一阵，叫醒了宋从良，对他说道：

"这怎么会在这里？"

宋从良说："是你的吗？"

"是我的，难怪我一直找不见。"谢蕙丛说着，又里里外外看了一遍，对宋从良说，"可怎么成了这个样子？我一次都没穿过。告诉我，这是打哪里冒出来的？"

宋从良说："从天上掉下来的。"

谢蕙丛听说，立即转身走去。宋从良的话使她很不高兴，她不喜欢别人这样说话，这算什么，僧不僧道不道，非驴非马。模棱两可。一段时间以来，她已变得毫无情调可言，心中仿佛长满了芜杂的荒草，藤萝攀援，莠草丛生，记忆中的美好的居所依次坍塌，土崩瓦解，秃头的夜鸟在无人驻守的窗户飞进飞出。成年的男人、有教养和无教养的男人都统统令她深恶痛绝，而一个未成年的童稚的男孩也同样不尽如人意。就在刚才不久，刘东东又惹她生了一回气。这个孩子，真把她气得够受。她期望他能够迅速长大成人，但又深为可怖。他一旦成长起来，会不会像所有的男人那样卑污而不可信赖？……临别之时，她亲了东东一下，东东忽然将头扭向一边。东东对她说：

"你的嘴里有烟味。"

园内如此寂静。宋从良坐在椅子里，突然听到了自己的微弱的心跳。往日里那些啁啾鸣声中栖落在树丛中的鸟雀如今不知哪里去了，阳光穿过空寂的枝丫，一览无余地照射下来。现在看起来，园内雇用的几名花工简直形同虚设，他们所侍弄出来的花圃常给宋从良一种莫名其妙的感觉，白花不像白花，红花不像红花，海棠不是海棠的样子，芍药没有芍药的气息，一切都那么不成体统。

眼下，园内缺少的正是采春的琴声，宋从良突然想起来，已经有很久没有听到妹妹的琴声了。张浚阵亡的消息使他深感棘手，难以倾吐，采春尚蒙在鼓里。谢蕙丛说，纸里包不住火，迟早她都会知道的，看你能拖到什么年月。谢蕙丛对他的指责不无道理。宋从良不难听出来，采春的琴声里充满了抑郁与不安的躁动。也许她已经知道了事情的真相？也说不定，要那样反倒省事了。采春住在二楼上，她的窗户极少有打开的时候。宋从良每次驱车从书局回来以后，都要首先向楼上张望一下，那里的窗户一直紧闭着。园丁龚大头暴死的那天早晨，乱哄哄的人声吵醒了采春。她推开窗户，站在那里打量着阴雨中的花园与园内的人群。

一名女佣端着茶走过来。宋从良接过茶杯后，随口问道：

"小姐这几天怎么样？有没有出去过？有什么人来看过她吗？"

女佣说："先生，不瞒您说，小姐已有好几天没下楼了。"

宋从良说："病了吗，请大夫没有？"

女佣说："我们都叫不开门。小姐的门从里面反锁着。"

宋从良说："小姐这样，有多久了？"

女佣说："三四天了。"

宋从良心里一惊，立即从椅子上站起来，边往里走边说，为什么不告诉我？说着，已进入楼下厅中。女佣跟在后面，喘着气说，我正要告诉来着，可您总是那么忙……

宋从良说："我不在家，不是还有太太在吗？为什么不对她讲？"

女佣说："太太说这事她管不着，'嫂子管小姑子，纯属狗拿耗子'……"

宋从良来到楼上。女佣的脸变得煞白，她叫来几个人，随后也跟到楼上。楼梯上的一盆花被撞了下来，泥土撒在红色的地毯上。

宋从良命人打开门，走进房里。

宋采春吊死在房中。一条雪白的绫绢长长地拖至地上。

所有的琴弦都断了。

十四

前来吊唁的人很多。有的穿着雨衣，大多数的人打着雨伞，从高处望去，如同一块块漂浮在园中的礁石。连绵的阴雨从早上一直持续到午后，淅淅沥沥，无休无止。刘东东被夹在人群之中，慢慢地向灵堂前接近。许多表情木然的脸，像悄无声息的鱼一样，从一丛丛湿漉漉的花瓣前缓缓游过。那时候，刘东东在人群中闻到了浓烈的油漆的气息，雨水冲荡着宽大的叶片，树枝上一只鸟也没有。一个打着黑伞、身材瘦削的女人走在刘东东的前面。女人里面穿着裙子，外面穿着大衣，裙子下摆的莲叶状的花边暴露在大衣下面。

终于接近灵堂了。

刘东东看到灵堂的正中位置上悬挂着宋从良伯伯的两幅遗像，一幅穿着长衫，系着红色的围巾，另一幅穿着西装。照片上的宋伯伯一如既往。一张照片笑着，另一张没笑。灵堂里摆满了从各处送来的花圈。

这天中午的时候，刘东东在人群里看到了"红学家"苏德培。在灵堂里，苏德培的花圈与小周先生和钱先生等人送来的花圈摆在一起。苏德培走出人群中，向刘东东招手，示意他过去。刘东东走过去，苏德培说：

　　"东东，过这边来。"

　　刘东东对苏德培说："苏伯伯，你告诉我，我爸爸和妈妈是不是都死了？"

　　"那是谣传。"苏德培说。

　　刘东东说："苏伯伯，我去那里看过几次了，哨兵守着门，那里面响过枪声。"

　　"东东，"苏德培说，"东东是个乖孩子，等一会儿送走宋伯伯的灵柩后，跟苏伯伯回家吧，小寒妹妹经常念叨你呢，以后，你就住在苏伯伯家里，与小寒妹妹一起上学，好吗？"

　　刘东东点点头，对苏德培说："小寒妹妹是几月的生日？"

　　苏德培说："她生在冬天。你是7月生的，对不对？"

　　刘东东说："苏伯伯您的记性真好，我爸爸从来记不住我的生日。我妈妈常说他，他只能记住曹雪芹死在大年三十晚上。"

　　苏德培伯伯牵着刘东东的手，刘东东感到苏伯伯的大手此时正在细雨中颤抖不止，他的手背上淌满了雨水，眼镜片雾蒙蒙的。去年，苏德培伯伯左腿骨折，住进了医院。后来的一天，他突然拄着拐杖出现在一个残阳如血的黄昏里，他的笑容如同瓷器上的水纹……昨天夜里，刘东东做了一个梦，梦中的街道狭窄而冗长，衣冠楚楚的父母正在街上仔细挑选水果。杏黄色的街道，琳琅满目的瓷器，大雾中的日常用品形影幢幢，状如古代的兵器。一个袅袅婷婷的女人从雾中走来，在一道临街的窗户下面，女人的脸突然变得通红。

　　紫色的花茎在细雨中轻轻颤动。两名花工带着工具，从人群后匆匆跑过，开始疏浚园墙下淤塞的水道。

　　一名女佣带着刘东东走进楼下的厅中避雨，谢蕙丛正在揩干被雨淋湿的头发。尽管丧事的阴影笼罩着她，但悲伤却使她显得比往日更加年轻。刘东东看着她的雪白的脸和身上的黑色的衣服，一种蛊惑人心的光斑正在眼前逐渐放大，仿佛睡梦中肿胀的十指。谢蕙丛擦干头发后，对刘东东说："是我让她们叫你回来的。"坐下后，刘东东又听到谢蕙丛说，你一个小孩子跟着闹什么。谢蕙丛说着，向后面叫道：

"翠花，领东东去洗澡。"

一名女佣应声出来。刘东东从沙发上站起来，对谢蕙丛说道：

"我不去——"

"为什么？"

女佣笑着对谢蕙丛说："太太，您别看他小，他还怕羞呢。"

刘东东说："我羞什么？我不羞。"

谢蕙丛说："不去就算了，我真拿你没办法，你哭过了？"

前来吊唁的人在中午的时候，开始渐渐离去，只留下少数的一些人护送着宋从良的灵柩到达墓地。阴雨一度停了下来，灰黑厚重的云层里出现了一片明亮的光线。整整一个上午，园中的花木在阴雨中失去了芳香，现在，一部分花瓣重新张开了湿漉漉的嘴，喷香吐玉。

一名女佣端着客人们用过的茶杯，穿过园中的花圃，向楼前走来。走上被雨水冲刷干净的甬道之后，女佣忽然抬起了头，她听到了一种声音：楼上的一扇窗户打开了。

"小……姐……鬼……"女佣突然失声尖叫起来。

十五

"好了，他终于醒过来了。"

刘东东睁开眼，一阵尖叫声将他从睡梦中惊醒。一位医生站在床前，刚才说话的正是这个人。刘东东听到母亲说，东东，你没把我们给吓死。母亲又问医生说，大夫，他不要紧了吗？医生拉过刘东东的手，把了一阵脉。

母亲见医生笑了，立即也笑着问道："大夫，没事了，是吧？"

"没事。"医生笑着说。

父亲对医生说:"您笑什么?您说什么有意思?"

医生说:"不过是做了一个梦。"

"一个梦?"母亲抢着说道。

"是的,就是一个梦。"医生笑着,开始收拾器械。

医生的话使他们在惊愕之余又深感不安。母亲对行将出门的医生说,大夫,真的是一个梦吗?我知道你是在说笑话。

"真的是一个梦。"医生说完话,笑着走出门外。

父亲在医生出门后,过来在刘东东的头上试了几试,之后,放心地走到一边。母亲坐在刘东东的床前。母亲告诉刘东东说,今天早上的时候,宋从良伯伯和谢蕙丛阿姨看他来了,外面下着雨,他们的衣服都被雨淋湿了。他们刚走进院子里的时候,隔壁的院子里突然升起了一架梯子,乔日清嬉皮笑脸地出现在墙头上。谢蕙丛看到乔日清以后,立即晕倒在宋从良的身边……

刘东东在母亲娓娓的叙述中拉上被子,蒙住了头。后来,雨停了,娓娓的声音消失了。

缁　衣

农历八月十二。黄昏。

七品知县刘文炳怀着一腔愁郁的心情离开阴暗的大堂，连日来发生在东山地界上的几件毫无章法的无头案使他几近陷入绝境。午后，当着满堂公差和几名原告的面，一个不祥的消息又由门外送至他的面前。据差人回报，东南方向的天空里出现一片移动的红云，这将预示着有大批的蝗虫正在迅速向东山县境内迁徙，蜂拥而至的蝗虫……这无疑是一个需要封锁的消息，传出去，必将人心惶惶，后果难以设想。刘文炳捧着奏折，感到自己的手中一片潮湿。整整一个下午，刘文炳在大堂上如同置身于一场泥泞的梦中，梦中所现的淫雨冗长而无声，遥遥无期。面对背井离乡的百姓，他感到自己已山穷水尽，无计可施。状纸一张张地呈上来，形形色色的内容，粗俗不堪的或咬文嚼字的语言，白纸上斗大的黑字使他深为恐惧或不安。奸杀……世仇……遗产纠纷……谋财害命……他慢慢抬起头，眼中一片迷茫，他听到有人在堂下低声抽泣。刘文炳向下面问道：

"是谁在下面哭泣？"

大堂里沉寂下来。不多时，一名执勤的公差走到刘文炳面前，说道：

"回禀老爷，据小人观察，没有人在下面哭泣。这是公堂，不是灵堂。他们不敢。"

"胡扯什么！"刘文炳断喝一声，执勤的公差立即跪倒在案前。怎么回事？是我耳鸣，听错了吗？昨夜他曾提早入睡，但一夜未能合眼，凌乱的树枝毫无道理地纠缠在窗外，致使他连续盗汗，在帐内蜷曲成一团。

黄昏终于来临。

几位诉讼者的面孔开始在刘文炳疲倦困顿的视线里逐渐模糊遥远起来，有的甚至远在衙门之外的大街上、护城河上。椅子和刑具在这时候显出了最初的那种轮廓，释放出木头和铁器的本色气息——至少在刘文炳看来是这样的。守候在大堂门口的几名卫士，他们的衣衫被风吹成一团。一只燕子在门前飞来飞去，反复徘徊。

再过几个时辰，天就完全黑了。

刘文炳离开座椅，起身向后面走去。从后堂的一角处闪出一个人来，早已将两扇屏风移开，形成一条通道。刘文炳回头看了一下推屏风的那个人，面生得很，似乎从未见过。他停住脚步，回头随便问道：

"你是谁？是新来的吗？"

那个人急忙走到刘文炳面前，低声说道："老爷，你不认识我了？小人一直在这里管后堂的屏风和门户，已经两年多了。"

刘文炳哦了一声，脸上显出一片迷茫的神色："你是小安子吧，我记得你原来很瘦，你叔叔他现在还好吗？"

那个人的脸变得通红："老爷，我叫李小珠，是冯捕头引荐来的。"

刘文炳快步穿过后堂，朝院子里走去。他感到有些羞耻，甚至无地自容。完了。他情不自禁地在心里长叹一声。我老了吗？昔日良好的记忆哪里去了？现在竟然会如此颠三倒四，张冠李戴。他想起了那些使人烦躁不安的诸多事务。在大堂上的时候，他常常会变得语无伦次，有时甚至将两个互不关联的命案牵扯到一起。任何一条来自乡下的消息，对他来说，都是灾难性的预告。乡下有良田万顷，但仍然难以逃脱歉收的厄运，农田的歉收总是直接导致其他各类事物的严重衰败和突变。入夏以来，血溅粉墙的事情时有发生，刘文炳的轿子时常来往于那些山间草棚与高门大户之间。在那些地方，他不止一次地目睹过死者暴突的眼睛和紫色的尸体，甚至鸡飞狗叫的殴斗遗迹，目睹过赤身裸体的女人、同室操戈的兄弟、惨死的继母、奄奄一息的义子。有些眉目简单的事情，由于僧道之流的介入，致使事情本身变得更为复杂而晦暗，迷雾重重。天门寺里住着一名擅写艳情诗的僧人，几年前曾用隐匿的姓名写过一本淫邪色情的小册子，流毒甚广。那本名为《东门》的小册子共有三十二回故事，那个淫荡无比的故事在第二十八回的时候戛然而止，后四回是对于房中术的纯粹的技术方面的指导和理论性的探讨。

后门没关，留着一条缝。刘文炳推开门，来到长长的回廊里，一股潮湿的水汽迎面扑来。众多绕墙而生的草本植物使这个庭院里的景色多少有些阴森、冷清。一只灯笼亮着。在回廊的尽头，还有另外一只灯笼也亮了起来。有低低的女人说话的声音从某一间屋子里传出来，刘文炳的心头忽然掠过一丝暖意，仿佛正午的阳光在他的五脏六腑之间穿行而过。刘文炳在回廊里向前走了几步，突然无比惊愕地看到东墙上晃动着一个清晰的人影。他停下来，一手扶着一根栏杆。东墙上那个高大而粗壮的影子，酷似县衙捕头冯玉堂，但冯玉堂已在半月之前奉命外出，带着马队和囚车，缉拿两名府衙通缉的凶犯，至今未归。

一阵风吹灭了吊在墙上的灯笼，影子不见了。刘文炳情不自禁地打了一个冷战。经过客厅时，他没有进去，只是透过窗户朝里面张望了一下，他看到了闪着团团幽晕的中堂和桌椅，巨大的铜烛台，鲜红的蜡烛粗壮如小孩的手臂，盘中拥挤的水果，一名丫环正伏在一张椅子上打盹。正墙上的一幅《东山送米图》在烛光的映照之下充满了暖意，画面上的内容是他毕生的目标，他常常在臆想中看到附近的百姓携带着米袋，三五成群地向他走来……

穿过客厅，刘文炳向自己的居室前走去。里面亮着灯。

刘文炳推门走进去。他的夫人正在镜子前有条不紊地化着晚妆。两个月前，西城孔千户的夫人派人送来两盒上等的质地细腻的矿物白粉，刘文炳的夫人对此欣喜万分，爱不释手。现在，她正将用过后的一盒白粉重新封好，在镜子前左顾右盼，流光溢彩。

屋里萦绕着某种令他倍感生疏的气息。瓶子里插着一束水灵灵的花。刘文炳摘掉纱帽，和衣倒在床上。连日来的公务使他茶饭不思，睡眠中时常呈现出恐怖而夸张的噩梦。无声的睡榻，低垂的帐幔，短短的时间之内，竟然发生了那么多的事情，这种现象使刘文炳经常想起那种所谓的劫数。

现在，刘文炳感到背后一阵温热，一只白皙的手出现在他的脸前。不知什么时候，他的夫人已从镜子前离开，偎依到他的身后。她身上的香气令他多少有些头晕。刘文炳的身体向床里移动了一下，她立即上了床。

"这么晚了，把脸弄得那么白，要去哪里？"刘文炳心不在焉地问道。

他的话使她明显地有些不悦。她伸手轻轻地在刘文炳的脸上、胸前抚摸，渐渐下移，她低声说道："我知道你这些天很烦躁。"刘文炳把身体转过来，两个人脸对脸躺着。

接下来，短暂而失败的床笫之欢使刘文炳变得昏昏沉沉，脑子里一片空白，像一个四肢风瘫、行将就木的老人，时间实在是太短暂了，刘文炳懊恼万分地埋怨夫人，不该在这种时候向他发出那种信号。他的夫人意犹未尽，白皙的脸上现出片片绯红。

"我睡着了，不要惊动我。"刘文炳说着，闭上了疲倦的眼睛。

"知府姚大人的寿辰快要到了。"夫人突然在一旁说道。

"什么时候？"刘文炳如梦方醒，重新睁开眼睛。

"你不提醒，我险些忘了。"

"后天，八月十五。"夫人说。

在冯玉堂最初的记忆里，那个人浑身上下罩满了灰尘，他从马上滚落下来的时候，一支摇摇晃晃的箭杆突然从他的蓝色衣襟下伸出来，颤颤巍巍地暴露在冯玉堂关注的视线里。

来人是府衙里的一名特使，他此行的任务是迅速跑遍各个州县。他在弥留之际向冯玉堂传达了一个惊人的消息：炉笼关总兵宋秀仁突然率部哗变，叛军已将府衙团团围困，水泄不通，知府姚大人弃城而逃，现在去向不明，生死未卜。

府衙使者充满怨艾地望了冯玉堂一眼之后，伤痛和饥寒使他又一次昏迷过去。冯玉堂命人将他背部的箭头拔出来，鲜血立即喷涌而出。路边柔软的青草迎风起舞，使者的身体就放在那里，脸上显出一种微微的绿意。

东山县捕头冯玉堂在这个秋日的黄昏里，站在三省交界的岔路口上，举棋不定，去意彷徨。他手下的兵勇像一盘疏密有致的棋子一样散布在他的四周，晚风中挟带着阵阵不可名状的寒意。最后一批大雁正在向南飞去，黑色的队列，天空中漫长的迁徙，它们的出现，短暂地点缀了黄昏时的天空。

冯玉堂微微将头侧向一边，面对着正在坠落的夕阳，使者身边的鲜血染红了路边的青草，使冯玉堂烦躁不安，十分恶心。在夕阳中，他抬起一条无所事事的胳膊，看到了自己透明的手掌和微微发红的手指。那边，一名中年的农夫在收割过后的田野里点燃了一堆秸秆，耕地上空浓烟滚滚，农夫咳嗽着，从烟雾中抱头逃出来，朝耕地一侧的几件农具前走去。

府衙使者的身体在青草上缓缓蠕动，他有时伸出一根手指，有时又将一只手握成一个松散无力的拳头。大约一个时辰以后，他流尽了最后一滴血。那时，夕阳已完全沉落下去了，天边一片玄黄，山脊剩下了最后一点红色，看上去像一种成熟已久的野生果实。

在确信使者真正死去以后，冯玉堂带着手下的马队和临行前配备的两辆空荡荡的囚车，向东南方向飞驰而去。秋日的树木和树丛后面的房舍、村落依次向后闪去，大道上飞扬的尘土，重现了多年以前的一个弥天大谎。

昨天晚上，天上下起了小雨。

冯玉堂的妻子陈氏领着七岁的儿子毛头来到县衙，向刘文炳打听冯玉堂的消息。冯玉堂离家已半月有余。

再过几天就是一年一度的中秋佳节了。在刘文炳的直接干预下，东山县今年的瓜果行情令人满意，一些多年不见的水果也出现了。但这种兴旺景象伴随着另一种不良的现象：大街上到处是腐烂的水果和蔬菜，每当有风吹过时，那种腥甜的发酵后的气息便会越过窗户，飘进屋里。那是一种容易使人迷醉的气息，距离浓郁的滔浆，仅仅一步之遥。

陈氏走进细雨中的县衙。街上有一个人停下来，探头探脑地向里面张望。

刘文炳把陈氏和她的七岁的儿子毛头让进客厅，陈氏在靠近窗户的一张木椅上坐下，毛头靠在她的腿边。这个二十八九岁、高挑身材的女人，来这里的不久前似乎刚刚哭过，她穿着一件湖绿色的绸衫，脑后梳着一个大大的圆髻，脸上薄施的脂粉遮去了依稀的泪痕。

透过木椅上镂空的雕花，七岁的毛头怯生生地打量着刘文炳和客厅里的一切。一名丫头将盛水果的盘子端至毛头的面前。毛头伸出手，丫环朝他笑着，毛头拿了一颗葡萄。

面对刘文炳如水的笑容，陈氏向他询问起冯玉堂的归期，她的话语听上去幽咽凄婉。已经半个多月过去了，冯玉堂与手下的几十名捕快仍然杳无音讯，刘文炳的期待的心情与陈氏的心情并无两样。每当有急促的马蹄声从衙门外传进来时，他都以为是冯玉堂带着缉拿在案的凶犯如期归来了，但他的狂喜的心情一次次落空，有时在深夜时分，他会被大街上隐隐传来的辚辚的车声从梦里惊醒，他总以为那是载有凶犯的囚车来到门外……刘文炳注视着叙述中的陈氏，这个女人有一副很好的身段，这使他立即想到了自己的夫人。……梳妆的早晨……手镯……微风……凌空的姿势……湿润的大街上的重影越来越多，护城河上的吊桥在风中摇晃不定，四起的鸡声令人难以置信。

"我近来总是眼跳。"陈氏颇为不安地对刘文炳说道。

刘文炳用一种梦游般的目光注视着窗外，陈氏后来说的那些话他丝毫没有听进去。接下来，他向陈氏描述了几起互不关联的悬案，其中包括凶手的可怖的嘴脸和几条最为常见的逃亡之路。陈氏在刘文炳绘声绘色的渲染中，恍惚看见一些无风的夜晚和扭曲的人影，草木彬彬有礼，锦帐内凌乱狼藉，到处都是三角形的血迹和梅花状的手印，到处可见扁平的脸和狭窄猥琐的背影，绝望的呼喊，凄厉的呻吟。一个惊恐万状的人隐伏在床下，另一个人突然举起了手中的大刀。

那些放荡而凶残的事件使陈氏在观望的过程中不寒而栗。现在，她感到自己光洁平坦的小腹上凭空布满了冷汗，汗珠贴着起伏的皮肤正在向下渗漏、流泻。陈氏突然夹紧了双腿，脸变得通红。

刘文炳走过来，拉着毛头的手，说："想爹爹吗？"

毛头望着刘文炳，不说话，身体向陈氏的身后躲着。

"他认生。"陈氏红着脸对刘文炳说道。陈氏想把毛头从自己身后拽出来，孩子的身体在这时候出现了明显的抵制。刘文炳看了一会儿，低声对陈氏说道：

"算了，他不出来就算了。"

"葡萄呢？你把那颗葡萄藏到哪里了？"陈氏转身问毛头。毛头伸开一直紧握着的拳头，那颗葡萄只剩下一撮干瘪的皮，碎裂的水汁将毛头的手掌涂染成一片紫色，看上去如同某种灼痛的伤痕。刘文炳看了一眼，一丝不祥的阴影从他的脸上轻轻掠过，转瞬即逝。

送走陈氏以后，刘文炳一个人在光线昏暗的回廊内流连忘返。一只蜘蛛正在廊檐上有条不紊地织网，从这头踱到那头，又从那头沿袭到这头。借着冥晦的暮色，刘文炳看到一架梯子，搭在花园的入口处。花园的门虚掩着，能看到里面的一种白色的花朵。

周围一片寂静。

送给知府姚大人的生日贺礼早已启程上路了。如果不出什么意外的话，那三辆垂挂着绿色帘子的马车很快就要行进到吉水河畔了。运送寿礼的马车由县衙的师爷吴文兴亲自押送，一名善使暗器的剑客随车同行，他是刘文炳的内弟。此去府衙，路途迢迢，山重水复，七百里的路程，需要两天两夜的时间。在穿过吉水河畔之后，还要途经玉井、炉笼两大关隘，最终到达府衙。

那时候正值黎明时分，像往年一样，贺寿的车马在刘文炳的注视之下，离开县衙，萧萧辚辚地驶入弥天的晨雾之中。

守门人关了大门。刘文炳重新回到床上，想继续睡觉，但眼前却浮现出那三辆还算华丽的马车，他在床上恍惚看到马的鬃毛和马车上翠绿的帘子在晨风中飘飘欲飞，他还看到了师爷吴文兴那张苍白瘦削的脸和一把枯黄而颤抖的胡须。太阳升起来了，弥天的晨雾渐渐退去，马车的影子和人的影子投映到路上，看上去支离破碎，像一堆废弃多年的农具或兵器的残骸，刘文炳惊出一身冷汗……旁边的夫人向帐里翻了一下身，将一条肥白的腿伸到被外。刘文炳看了一眼，悄悄掀起帏帐的一角，溜下了睡榻。他感到口中焦渴无比，抓起桌上的半杯昨夜的残茶一饮而尽。

潮湿的晨雾正在散去。县衙内外静悄悄的，不同于往日的情形。刘文炳离开卧室，四处转了一遍，多少感到有些异样。晨雾使视线内的一切都变得湿漉漉的，仿佛注入了更多的重量和成色。一名丫环端着一只热气升腾的铜盆向夫人的卧室里走去。夫人已经起来了。

刘文炳前后走了一遍，他只看到一个抱着扫帚、清扫台阶的衙役。那个衙役似乎上了年纪，帽子下露出一片白发。他拖着扫帚，在台阶上时走时停，似在回忆一桩什么事情，他把自己罩在一片尘埃里，浑然不觉。

刘文炳轻轻走到台阶下，抱着扫帚的衙役首先看到了刘文炳的一双黑色的靴子。衙役的心事被搅乱了，停顿下来。继而，他抬起头，被站在台阶下的刘文炳唬了一跳：

"老爷……"

"我四下走了一遍，连个鬼都没见着。"刘文炳说，"人都哪去了？都死绝了吗？"

年老的衙役用一种慌乱无比的动作驱赶着适才扫帚荡起来的尘埃，这会儿，他十分悔恨自己由于一时的疏漏和懒散而忘了在台阶上洒水。对于灰尘的驱打，使他的动作一次次扑空，他的一番努力显得笨拙而不适。他一边扑打灰尘，一边气喘吁吁地对刘文炳说：

"老爷，后天就是八月十五了，按照往年的惯例，人们都提早回家置办过节的东西去了，听说今年的猪肉稀少得让人吃惊。"

刘文炳恍然大悟。焦虑而紊乱的心情使他忘记了这一古老的习俗。事情太多了，许多令人不安的事情常常会在不知不觉中被忘诸脑后，而另一些无关紧要的事情却总在脸前晃来晃去，挥之不去。刘文炳在台阶下来回走了一阵，突然生出一股无名的火气。他大声对那个站在一旁的年老的衙役说道：

"去，把他们都叫回来，我要上堂。把所有的人都叫回来。"

年老的衙役面有难色地发出一串含糊不清的声音后，说道：

"老爷，这……"

"我要上堂，我不上谁上？"刘文炳说，"强盗正在奸淫你们的妻女，掘取你们的祖坟，你们还有心思过八月十五？"

停了一下，刘文炳又说道：

"我看你们都应该过七月十五，七月十五才是你们的节日。"

年老的衙役在一旁婉转地提醒道："老爷，七月十五是鬼节。"

刘文炳重重地哼了一声，说道："我说的正是它，我说错了吗？"

年老的衙役抱着扫帚，慢慢向门口走去，一些地址开始在他的记忆里泛起阵阵泡沫。他由衷地感到，自己能记住的东西已经不多了，所有那些街道和房屋的颜色及轮廓，像他的记忆一样，正在急剧地衰败、褪浅。有限的几棵枯树固定在他的记忆里，所有的门窗、孩子的哭声与狗的叫声，都是那样的千篇一律，清一色的，令人难以区分，无法辨认。

刘文炳忽然在后面说道：

"回来。"

年老的衙役停住脚步，急忙折回来。"老爷，小人这就挨门挨户地去把他们叫回来，八月十五算个什么呢，它和九月十九没有任何两样，月月都会有十五的。"

刘文炳说：

"算了，不用去了。"

"老爷，小人年老体弱，有所怠慢……"

"你也回去吧，准备一下过节的东西。回去后向你的妻儿老小替我问声好。"

"老爷，我孤身一人，无家可归，衙门就是我的家。"

"你叫什么名字？"

"小人姓崔，在家排行第七，崔七。"

"你是崔家堡的人吗？"

"是的，老爷去过那里？"

刘文炳沉吟不语。片刻之后，他向崔七打听一个人的下落。

"崔大鹏如今还在吗？他靠什么为生？"

"老爷怎么会认识他？"崔七的脸上掠过一丝惊异的神色，"他死了，崔家堡的人拍手称快。最后，一个寡妇埋葬了他。"

"是那个金寡妇吗？"

"是的，老爷连她也认识吗？"

"金寡妇，崔大鹏……"刘文炳喃喃地说着，登上台阶，向里面走去。

崔七提来一壶水，轻轻地洒在台阶上，然后将台阶上下清扫得干干净净。

早饭之后，刘文炳略感不适。

一匹快马送来一张请柬，邻县的赵县令的女儿出嫁，邀刘文炳去庆贺，赵家小姐嫁给了孟江太守纪伯麟的公子。一次完美的联姻。刘文炳看过请柬，吩咐下面立即送上一份礼单。二十年前，刘文炳与赵县令同时考中进士，之后又都在毗邻的两县为官，交情不薄。接下来，又是一份请柬，本县富商古某在城南兴建起一座带有回廊和湖泊的花园，特邀刘文炳为新建的花园命名，并在园内各处题诗题字。刘文炳把题诗的事搁置在一边，来自西城的一条消息使他不免有些心惊肉跳：由于一条来历不明的白色手帕，致使沿街一带的五名男女并两名顽童连续丧命，命案发生之后，那条白色的手帕突然不翼而飞，附近的街坊邻里谈则色变。眼下，天一擦黑，那一带的所有住户便都紧闭门窗，街上几乎看不到一个行人……

其时正值八月十三的上午，刘文炳在听过几条梦幻般的消息时，忽然感到腹中一阵难耐的绞痛，他扶着椅子站了许久，他想起了早上下床后，冒冒失失地喝下的那半杯昨夜的残茶。流逝的年华看来已不允许他重复当年的某种意气和动作，腹中连续不止的绞痛使他的脸变得发黄而灰暗，毫无生机可言。

夫人带着请来的大夫走进来的时候，刘文炳已在别人的帮助下离开那张椅子，回到了床上。他蜷曲在床上，时而脸冲着墙，时而又将头埋到被褥之间，致使床上一片狼藉。那位走进来的大夫，身上混合着一种水果和药渣的气息，处于绞痛中的刘文炳立即对他产生了一种颇为不良的印象。"一个相当糟糕的家伙。"刘文炳这样想着，慢慢地转过身体，伸出一只手臂，接受他的摸索和诊断。

……焦虑、风寒、抑郁、不洁之物、睡眠、惊吓……大夫说出一连串发病的原因，然后停下来等待刘文炳的首肯。刘文炳暗暗感到好笑而嗔怒，简直一派胡言，不就是半杯隔夜的残茶吗？大夫此时已打开随身携带的一个小包，开始针灸。作为一名本县的臣民，他仿佛正在为床上的县令分担一部分绞痛，他的手在颤抖，额上也像刘文炳那样出现了粒粒汗珠。

"你是否主营水果，兼营行医？"刘文炳睁着一只眼睛问道。

刘文炳的话使大夫的脸立即变得通红，他伸手捏住一根银针，停顿在刘文炳的手臂上，一副害羞而迟疑不决的样子。刘文炳的夫人在一旁急忙插话，她说：

"他是城南大药房的，是康老先生的长子，医道不在康老先生之下。"

刘文炳唔了一声，一颗悬着的心放了下来。旋即，刘文炳问道：

"你父亲，他身体还好吗？"

"还好。"

"他为什么不来？"

"家父有事去了孟江。"

刘文炳说："很久没看到他了，等老人家回来，我要去看他。"

"那要等八月十五以后了。"大夫说着，充满感激地望了刘文炳一眼，目光中流露出受宠而不安的神色。临行之时，他在门外与刘文炳的夫人低声说了几句话。刘文炳在床上听到了那种窃窃之声，但一个字都没有听清。夫人重新推门进来的时候，刘文炳问道：

"他跟你说了些什么？"

夫人笑着说："让你从今以后忌口，忌吃鸡鸭一类的东西。"

刘文炳急躁不安地说道："他让我忌吃鸡鸭，我为什么要忌吃鸡鸭？我又没病。他的医术比他父亲差远了，我不忌吃鸡鸭。"

夫人说："他这样说，肯定有他的道理，不能不信。"

天近正午。刘文炳从床上下来，在地上走了几步，上午以来的那种令人难挨的绞痛奇迹般地消失了。疼痛已然散去，他的脸上晴朗起来。"自己长着一双青光眼，还说别人有病呢。"刘文炳走着走着，想起了那个容易脸红的大夫。之后，刘文炳怀着一种欣喜的心情，从墙上摘下一把宝剑，一个人在屋里挥舞了一番。

午后。

刘文炳闭着眼睛躺在床上休息。外面的天气变得阴暗起来，空洞的雷声在天上到处回响，仿佛一辆载重的马车在空中狂奔。风中传来树木的沙沙沙的声音，使刘文炳久久难以入睡。透过床边低垂的纱幔，他看到了窗户的轮廓和外面的枣红色的回廊。午饭之时，他不顾夫人的劝阻，执意饮用了一壶几年前的陈酒，这会儿他在床上感到面酣耳热，心跳不止。

空洞的雷声渐渐远去之后，外面并没有安静多久，又传来一阵吵吵嚷嚷的声音，其间伴有阵阵咴咴的马匹嘶鸣声。纷乱的人马之声使刘文炳的心跳急剧加快，他想到了可能是捕头冯玉堂由外地归来。他再也无法像先前那样平静地躺下去了，他急于提前看到那两名凶犯的本来面目，府衙规定的时间早已越过，木笼囚车虽然逾期归来，但仍可挽回一切。

刘文炳掀起纱幔，正要下床，这时有人推门进来。刘文炳手扶床榻，一只脚穿着鞋，另一只脚仍然光着，他迫不及待地向推门进来的人连声问道："是冯捕头回来了吗？囚车里共有几名凶犯？我要亲自讯问。"

然而，来人的回报令他颇感失望。外面传来的那种纷乱的人马之声并非是冯玉堂擒贼归来，而是乌山庄的唐员外在知府姚大人的寿日前夕，派人送来五斗金色的贡米和十二件玉器，这会儿正在外面等待刘文炳前来亲自查点。刘文炳听完来人的话，在床前呆立了半晌，忘记了披衣穿鞋。简直不可思议。运送寿礼的马车早已在师爷吴文兴的带领之下启程在路上了。这个唐员外，依仗乌山庄出产朝廷用的贡米，向来有恃无恐，总是干出这样一些令人哭笑不得的马后炮的事情，而事后又总是振振有词，漫天说理。

刘文炳脸色晦暗地来到外面，乌山庄的管家递过唐员外的一张帖子。刘文炳无心细看，只是伸手抓了一把今年的贡米，在手中看了半天，眉头渐渐皱了起来。

"这是贡米吗？"刘文炳问道。

乌山庄的管家急忙说道：

"敝庄今年春夏以来旱情严重，又遭了虫害，这是最好的米了。"

"亏你们拿得出来，喂鸡还差不多。"刘文炳冷冷地说道，"本县没什么说的，只要姚大人满意就行了。"

管家说："老爷，我们员外……"

刘文炳打断他的话，说道："送进皇宫里的也是这米吗？"

乌山庄的管家没有说话，脸上红一阵、白一阵，渐渐低下头去。

刘文炳将手中的米扔回去，吩咐乌山庄的管家迅速上路，尽快追上那三辆运送寿礼的马车。按照以往的经验，师爷吴文兴带领的人马，将在吉水河畔一带稍事休整，补充草料。如果不出什么意外的话，乌山庄的人马在这一段时间之内赶上他们，是不成问题的。

八月十三，上午。

在通往萍水城的一条大道上，冯玉堂及其手下的数十名捕快正在依次策马而行，充满寒意的秋风使冯玉堂肩上绛红色的斗篷变得膨胀如鼓。此次出行，非同以往。无论从哪个方面来看，冯玉堂都有一种出师不利的感觉，许许多多无形的征兆令他深为不安。在路上，他觉得自己更像一名啸聚山林的流寇，终日干着打家劫舍的罪恶勾当。远处有三三两两的妇女，秋风拂动她们舒卷的长袖和裙裾，看上去如同一些降临人间的神仙。

冯玉堂突然勒住马，停在路中央。他身后的几个人毫无防备，纷纷从他的身边越过，向前面跑了一阵后，也停顿下来。

远处，萍水城青砖的堞垛已隐约可见。

冯玉堂望见了几面飘扬在城头上的旌旗，他胯下的战马在风中团团打转。在大道的一侧，几个人正在修理其中的一辆木笼囚车，突然脱落的车轮使他们感到一筹莫展，束手无策。马队在大道上一停下来，一名捕快便发现了这个不祥之兆，但他并未呼喊，只是像一头疲惫的耕牛一样发出一声哀鸣。

冯玉堂在马上阴沉着脸，他在队伍的中间听到了那种声音，凄厉的哀号使他想到了干燥的草料和黄昏时分的宿营地。在冯玉堂看来，临行前配备的这两辆木笼囚车纯粹是一种累赘，除此之外，再别无他用。现在，其中的一辆已在风中毁坏，另一辆……一路上，他们与其说是狂奔，其实倒更像是一次漫长的迁徙。冯玉堂没有看见那种所谓的速度与前景，更多的时候，他看到的是一天一天的时光，时光像一群群拖儿带女、背井离乡的百姓一样，每天悄无声息地从他的身边流过，如同沿途的某种风景。对于那种现象的长久注视，使冯玉堂时常感到有一缕一缕的白发从耳边不知不觉地生长出来，隐藏在盔甲下的皮肤变得干燥而多皱。远处的萍水城从轮廓上去看，像是一座安静而陌生的城池，但其间的街道与客栈，牌楼与厢房，已被他的想象渲染过多次，水榭楼台，窈窕淑女，朔风怒号的校军场，穿朱衣戴皂巾的守门人，石像前的严刑拷打，密室中的温文尔雅，有关的一些门户正在傍晚的风中时启时合……

几个人从路边站起来，拍打着身上的浮土。他们修理的最后结果是，那辆毁坏在风中的木笼囚车彻底不能走了。

冯玉堂抚弄着马的鬃毛，如同在妻子的身后轻轻地梳理她的头发，他的脸上现出一丝苦笑。他的口中感到一阵难耐的焦渴。在大道的两侧，有一些长短不一的水沟，沟中明亮的水像可疑的水银一样静止不动，只有一条肮脏的河水在郊外轮回着流动。远处有一匹白色的马，时走时停，看上去像一个无所事事的闲人。

午后，他们来到萍水城外的时候，得到了一个消息：朝廷派出的一支军队，在一代元勋、大将军商震的率领下，正日夜兼程向炉笼、玉井两大关口逼近。现在，炉笼关总兵宋秀仁已放弃对府衙的围困，屯兵在孟江南岸。

萍水城内正在杀猪宰羊，凄厉的叫声响彻云霄，城头上出现了颜色缤纷的彩旗，紧闭的城门打开了，商贾、小贩、妇女、儿童，纷纷鱼贯而入。萍水太守贺守林的轿子，一段时期在城内的大街上时走时停。贺守林在轿子里掀起一角帘子，露出半张脸和一只手，缓缓地向两旁的行人颔首微笑，招手致意。

冯玉堂的马队走进城里，出现在繁华的骑楼街一带时，街上出现了一阵短暂的骚乱。

一名膀阔腰圆的僧人站在一家药铺的檐角下，微微笑着，露出满口金牙。午后的一抹阳光落在红色的檐角上，使那位僧人的牙齿看上去无比耀眼。含笑的僧人打量着冯玉堂。冯玉堂注视了片刻，突然从马上栽落下来。

午后。

踏着满地枯黄的落叶，陈氏回到家里。稀薄的阳光竟然使陈氏走出一身热汗。在她看来，私塾先生叶文昌的嗓音有些过于沙哑而含糊。这个风烛残年的老人，他膝下的十几名学龄顽童使他颇伤脑筋，他不得不用更严厉的办法来对付那些不谙世事的孩子。

七岁的毛头是这年春天开始的时候，被陈氏强行送入学堂的。起初的一两个月内，毛头每天总是提前从学堂里逃回家里。毛头坐在最前面一排的位置上，一般情况下，私塾先生叶文昌的书本就放在毛头的桌子上。毛头告诉陈氏说，叶文昌在说话的时候，嘴里总有一股怪味，像是腐烂的菜蔬。陈氏听后，掴了毛头一个耳光。此外，衰老的年龄又常常使叶文昌在课堂上发出阵阵老年人的鼾声，一种闭着眼睛，但并未入睡的虚实相间的鼾声。叶文昌的口水流到毛头的书页上后，毛头就抬起衣袖仔细擦去，而叶文昌对此毫无察觉。

叶文昌在接过陈氏缴纳的毛头的学费时，一双瘦骨嶙峋的老手突然神经质地凭空颤抖起来，陈氏把钱放进他的手里，叶文昌的那只手像漏勺一样，只接住其中的一半。本月的学费早已付清，陈氏现在送给叶文昌的，是毛头下一个月的学费。叶文昌俯身捡起了地上的钱。

"不好意思，真是不好意思。"叶文昌说着，脸变得通红。

陈氏将脸微微转向一边。叶文昌嘴里呼出来的某种气息使她难堪而如坐针毡。窗外，传来几个孩子尖声尖气的叫声。陈氏环顾了一下叶文昌的住处，屋里堆满了书，桌上摊开着一册发黄的《墨子》，书页上遗落着几颗干硬的饭粒和几根灰白的断发。窗前有一朵枯朽的黄花，插在一只盛有清水的罐子里。

私塾先生叶文昌在与陈氏说话的时候，两只眼睛里一直都在无声地流淌着一种稀疏的泪水，昨夜的一阵突如其来的风沙使他在临睡之前饱受了侵袭与折磨，他放下《论语》，捡起《周易》，接着又打开一册《荀子》。他听到外面的风沙正在毁坏一切的枯枝败叶，远处传来隐隐约约的叩打门环的声音和泼水的声音。最后，他放弃了所有的典籍，独自来到窗前，低声朗诵了一遍李白的《静夜思》。紧接着又重复了一遍，终于安然睡去。诗太短了，短得让他有些虚脱，令他难以瞑目。他像一个风尘滚滚、饥寒交迫的行人那样，在临睡之前，饮用了一杯又一杯淡而无味的水。

陈氏离开学堂，回到家里。街上，一些人手里拎着节日的礼品，另一些两手空空的人，在秋风中抱头鼠窜。

陈氏小心翼翼地拂去观音像上的浮尘，将点燃了的三支香烛插在前面。这时，屋子里突然黑暗下来。她推开门，来到外面。头顶上面积累着的黑色的云彩已完全遮掩了先前那种耀眼的光芒，附近的街坊邻里看上去一片昏暗。仰望乌云密布的天空，陈氏感到自己的呼吸变得急促起来，一种潮湿而略带凉意的东西落在她的脸上，她伸手抹了一下，却一无所获。几只鸟躲避在附近的一棵树上，正在低声喧哗。天色如同傍晚时分一样，到处都湿漉漉的。陈氏站在屋檐下，突然闻到一个人的气息。她惊恐不安地回过头，身后的门扉正在左右摇晃，时启时合。陈氏走进屋里，关紧了门。

屋里的轮廓和光线使她颇感生疏而意外，她仿佛一个初来乍到的生人，在不经意间闯入了另一个人的家里。她恍惚看见许多忽长忽短的距离无中生有，向各个角落里依次延伸而去，缓坡和拐角几乎随处可见，伸手可触。陈氏走进屋里以后，立即情不自禁地产生了一种迫切的弯曲而舒卷的感觉，一些尖利的触角从窗户上、墙壁上、帷帐里纷纷向她伸出来，一部分立在她的腹前，一部分竖在她的身后。她抬了一下手，宽大而轻柔的衣袖竟然沉重异常。她喘着气，逐渐一一地放弃了一些极为平常的念头。仿佛是在一瞬之间，许多的东西都显得过分而无理。陈氏靠在一扇门扉上，屋内幽深莫测的格局与前景令她踟蹰不前。不久，她感到自己的眼前湿润起来，无形的捷径与通道早已混为一谈，屋里稀薄的空气使她的身体又一次变得弯曲而舒卷，她的两只手举在空中，之后又无力地垂下，那些浅显而缭乱的手纹使她不堪重负，难以承受。她无比吃惊地望着自己的一条腿，雪白的肌肤下面，寂静无声地蠕动着几条蓝色的血管，渐渐逼近的一种潮湿的气息使她干燥无比、焦渴异常……之后，她忽然远离身后的那扇门扉，向里面走去。所有的障碍与黑暗都像柔软的青草一样，依次向两边闪去，轻而易举的行走令她在心里暗自庆幸。柔软的木头，长驱直入的瓷器，她的脸上泛起了片片潮红。她谛听着身后传来的那种淅淅沥沥的水声，水就在她的脚下，载着她随意流动，起伏沉浮。她感到自己像一个柔情似水的水鬼，身上的水珠到处泄漏，金光闪闪，星星点点。宁静而琐碎的日常生活，有条不紊地从她的面前一一闪过。她听到了坛子与罐子的相撞之声，鲜艳的丝绸正在迅速剥离，自动脱落。明亮的剪刀并非惊心动魄，它温顺得像一根根柔弱的羽毛。她看到婚后的被褥像坍塌的山丘一样，正在轰然倒下，轻纱的帐幔猎猎飘扬。有人坐在她的梳妆台前长久地微笑，但自始至终无话可说。在墙上，她看到了自己的影子，头发乌黑，四肢透明，惹人怜爱地蜷曲在一堆巨大的黑影下面。镜子里面，她的乌黑的头发越来越长，并伴有阵阵滴漏之声。其间，她闻到了一只手的气息，并听到一阵秘密的耳语。那种低语轻轻地擦着她温热的耳畔，使她极度眩晕。她的两条腿载着她，走过桌椅稀疏的厅堂，昔日的陈设闪着种种不可捉摸的幽晕。

晚些时候，外面下起了瓢泼大雨。

陈氏的脸上一片潮湿。她回过头，外面整齐的雨声和灰白色的雨线使她感到无比惊愕。

大雨在晚间重蹈覆辙。

刘文炳在椅子上打了一个盹。但好景不长，正在房内收拾几案的丫环失手打碎了一只茶杯，刘文炳被那种巨大的碎裂声突然惊醒，吓出一身冷汗。那个脸色煞白、手足无措的丫环在刘文炳的注视下，开始用一种慌乱无比的动作收罗地上的碎片。尖利的瓷片使她的手指流出了鲜血，她低低地呻吟了一声，几乎不易察觉。刘文炳从椅子里站起来，走到丫环面前，拿起她的那只手看了一下，低声说道：

"快去包一下。以后干活小心点儿，啊。"

丫环的眼里涌出了泪水。这个长着一双细长的丹凤眼的姑娘，抖动着瘦削的肩膀，满怀敬意地给刘文炳鞠了一躬，之后便端着那些碎裂的瓷片出去了。她在外面轻轻地将客厅的门带好，刘文炳听到了她的渐渐远去的脚步声。

刘文炳重新回到椅子上坐下，但已睡意全无。他开始回忆刚才过去的那一幕短暂的梦境。梦中的沙滩潮湿而狭窄，所有的器皿以及家具上都垂挂着一些透明的水珠，晶莹欲滴。在通往河边的一条小路上，刘文炳被一条肉色的女人的腿突然绊倒在地，他挣扎着爬起来以后，看到远处的紫、绿两种颜色的藤蔓互相攀援，紧密而无情地纠缠在一起，从其间的空隙和漏洞处，能看到天的颜色，坚硬而光洁的天空，犹如薄情而冰凉的瓷器。刘文炳侧着脸，似在谛听什么。一阵急促如水的呼吸声在他的身边不断地萦绕、涌动。出于某种需要的驱使，刘文炳感到自己的身体变得弯曲如弓，但周身毫无倦意，他的最初的几个动作含糊得如同一段语焉不详的谈话。

那种罕见的姿势令刘文炳欲罢不能。他抖动着湿漉漉的袖筒的时候，清晰地感到夏日的暑气正在迅速感染他的唇齿与面颊，暖风扑面，并由他身体的空隙处轻而易举地穿越而过，肿胀而麻木的手指离他的身体越来越远，眼前的情形令他倍感目眩。

需要追忆的是一种温热而秘密的低语。丫环打落茶杯的那一瞬间，那种温热而秘密的低语像一只胆怯而害羞的羔羊一样，突然从刘文炳的身边跑开了，转眼间消失得无影无踪……

夫人突然推门进来，她的贴身丫环跟在后面，手里托着杯盏和折扇。夫人在对面的一张椅子上坐下后，眼睛望着刘文炳，说道：

"想不到你满脸倦意。"

"我刚才做了一个梦。"

刘文炳眼睛盯着地上的一块方砖漫应道。夫人的突然到来，使他变得有些烦躁而局促，他感到十分不快。他像一个大病初愈的人那样安安静静地坐在椅子里，一切的言辞与行为都需要足够的斟酌与深思。丫环把一杯茶送到他的面前，他毫无察觉。

"这里太阴冷了，你该回到房里去睡。我在那边等了你好久，但你一直没去，后来我就睡着了。"夫人语调平静地说道。

"我梦见一个水鬼。"刘文炳说着，他的目光遥远而不可捉摸。

"—个美丽的、柔情似水的水鬼？"夫人充满醋意地说道。

刘文炳抬起头，吃惊地望着自己的夫人。她红光满面，而每日必不可少的矿物白粉又使她的面容看上去冷若冰霜，难以亲近。在刘文炳看来，她的裹在美丽丝绸下的体态似乎时常能释放出某种光泽。她几乎是毫不费力地、一语道破了他的满腹心事。现在，刘文炳又一次低下了头，望着自己的一身便装。在那张熟悉的雕花木椅里，他周身燥热，手脚冰凉，如坐针毡，一种在大庭广众之下，被突然扒光所有衣服的羞辱之感，渐渐袭上他的心头，蒙住了他的双眼，他感到心中的泪水犹如傍晚时分的那场滂沱的大雨。

"我知道你想抓到她。"

坐在对面的夫人，出其不意地说道。

什么？刘文炳抬起那张茫然若失的脸。她的话仿佛一个远在千里之外的不祥的消息，她的脸色和眼神平静得令他有些不寒而栗。她仔细地饮着茶，似在斟酌一件什么事情，而白皙的面部却毫无任何迹象。水并不太烫，但她却极有耐性地微微地吹着气，温热的蒸汽渐渐使她的面部变得湿润起来。

她好像在等待什么？

刘文炳这样想的时候，夫人将茶杯放到桌上，她又一次问道：

"我知道你想抓到她，你抓到了吗？"

"没有，她跑了。"

刘文炳的话脱口而出。之后，他抬起那张颜色晦暗的脸，继续说道："她胆小，怕羞，她像一只雪白的羔羊一样，突然从我的身边跑开了。我顺着河水，找遍流域两岸，全不见她的踪影。"

那边，夫人突然将杯盏弄得叮当作响，她的动作完全紊乱而缺乏条理。刘文炳无言地注视着，眼前的情形使他无话可说，不胜心寒，昔日的种种景象在那种叮当乱响的节奏之中已越走越远，丧失了所有的轮廓与颜色，剩下的只是一些窸窸窣窣的日常起居图像，飘移的裙裾，莫名其妙的手势与微笑……更多的时候，在卧室里、在餐桌上，在其他任何地方，刘文炳感到自己其实更像一个例行其事的公差。一切都井然有序、彬彬有礼、温文尔雅，紊乱与惊愕总是短暂得让人来不及回味便已转瞬即逝了，所有的过程都是体面的，有时甚至流光溢彩，充满了粉饰……

现在，夫人已停止了对杯子的摆弄，屋里顿时沉寂下来。她说：

"从前，每当我沐浴之后，你总说我像一个美丽的水鬼，柔情……"

"我不知道你怎么了，我只是在对你说一个梦，我并没有说其他的事。"刘文炳迷惑不解地对她说道，但她突然放下杯子，离开椅子，哭着跑了出去。寂寥的庭院夸张着她的足音。

刘文炳离开客厅，出去走了一遍。外面青灰的天色使他失去了对时光的判断与把握。他很想找一个人问问，现在是一天中的什么时辰，但里里外外没看到一个人影。所有的阶梯与花坛四周都清扫得干干净净，里里外外的院子里都挂出了灯笼，数目比平日多了几倍。刘文炳一个人走在异常寂寥清冷的院子里，几只灰色的鸽子落在对面红色的檐角上。一些窗骨的颜色正明显褪浅，几只庞大而笨重的钟鼎形的香炉坐落在院子中央，遍体锈迹斑斑。

转过二门前的时候，刘文炳忽然看到一个常在后院里走动的丫环正与一位身着布衣的老太太在门口低声说话，老太太满头白发，手上挽着一个蓝色的包袱。那个丫环站在老太太的对面，用手揉着一双红肿的眼睛。她们的谈话过于低微。刘文炳咳嗽了一声，走了过去。

那两个人都被突如其来的一声咳嗽吓得回过头来。那个丫环看见刘文炳后，急忙伸手拽着那个老太太要她跪下。老太太的身体摇晃了几下，俩人一齐跪到了刘文炳的面前。

"老爷……"

刘文炳说："这是怎么回事？都起来。"

那个丫环跪在地上说："老爷，是门口的崔大爷放我们进来的。"

"你不是一直在后院里做事的吗？"刘文炳对那个丫环说道。

"老爷好记性，我叫小翠。"那个丫环说着，指着跪在她旁边的那位老太太说："这是我娘，她从乡下来看我，今天，天刚一亮就来了，一直在门外等了整整一天。后来，门口的崔大爷就放她进来了。求老爷开恩。"

刘文炳说："是崔七吗？"

小翠说："正是他老人家。"

刘文炳说着，走近前，要她们都从地上起来，那个老太太却死活不敢起来。小翠站起来后，拉着她的衣袖，对她说道：

"老爷让你起来，你就起来，你再不起来，老爷会生气的。"

那个老太太一听，慌忙从地上站了起来，勾着头，眼睛盯着她的那个蓝布包袱。刘文炳对小翠说：

"你娘来了这么久，为什么不让她进屋里去说话。乡下离这远吗？"

"不远不远，才四五十里。"老太太说道，"我们娘儿俩在这里说一会儿话就够了。这是个多好的地方，眼前有花，后面有亭子，池子里还有鱼。明天就是八月十五了，我怕小翠这孩子吃不惯城里的月饼，就在家里做了几样，顺便过来瞧瞧她。"

刘文炳笑着说："她在县衙里，还怕没有月饼吃吗？"

小翠在一旁说："老爷说得是，我也是这么说她的，可她偏要跑几十里路来，人又老了，哪能比得上从前呢？"

老太太好半天没有说话，站在那里，一只衰老的手在那个蓝布包袱上来回抚摸着，仔细地听着刘文炳和小翠说的每一句话。

刘文炳说："老人家，能让我尝尝你的月饼吗？我想看看你的手艺。"

老太太听到刘文炳的话以后，突然将手中的那个蓝布包袱紧紧地抱在怀里，身体明显地向后躲着。"老爷，这千万使不得，它硌牙……我们在家里粗淡惯了，万一吃出个好歹来，我们就都别想活了，不……"

刘文炳说："怎么，难道里面放了毒药不成？我是真心想尝一下。"

小翠与老太太互相推搡了一阵。老太太走过来，扭怩着，一层一层地打开那个蓝布包袱，她的手颤抖得十分厉害。刘文炳看到里面摆着十几个不同形状的月饼，旁边还有两只石榴、几缕彩色的丝线。老太太刚想伸手去拿，忽然又停了下来，只是凭空指点着包袱里的东西，对刘文炳说："老爷，您若不嫌弃就尽管尝，这是瞧得起我们，这是豆沙的，这是玫瑰馅的，这一种带花纹的，里面是空的，什么也没放。"

刘文炳伸手拿过一个月饼，上面绘制的某种含义不明的图案，模糊得令人无法辨认。刘文炳抬头向上仰望了一下，脸上的表情立即变得像此时的天空一样阴暗。从早上开始，甚至从八月十三下午开始，天色就一直阴沉沉的，从来没有过任何晴朗的蛛丝马迹。从远处吹来的风，潮湿而冰冷，毫无任何暖意可言，这样的天气，令人的心情和身体都极为不适，除了饮食与睡眠，似乎再无事可干。而对于刘文炳来说，失眠与噎食又时刻伴随着他……

"老人家，你看今晚会出月亮吗？"刘文炳向老太太询问道。

"我看不会出来了，这阴天，这雨。"

老太太说着，目光掠过宽阔的庭院和凌空的飞檐。亭榭那边，两座不太高的白色玻璃塔的造型让她仔细端详了许久。之后，她用一种带有协商与肯定意味的口吻对刘文炳说道："老爷的府里，上上下下挂了那么多灯笼，还怕它不出来吗，它出来不出来都不要紧，不像我们，夜间走路需它做伴，需要它照亮。"

"有理。"刘文炳心不在焉地点点头，转身向一边走去。

八月十四，夜晚。

掌灯时分，一名风尘仆仆的公差从马背上滚落下来，紧紧地抱住刘文炳的双腿，号啕大哭。公差身上的无数片三角形的血迹，使刚刚用过晚饭的刘文炳感到异常恶心，他摆脱了公差的缠绕，一个人跑到墙下的树丛里开始尽情地呕吐。所有的丫环与仆役都出来了，他们都听到了知县老爷的那种痛不欲生的声音，他们三三两两地站在一起，注视着院墙下的那一带茂密的草木。他们吃惊地看到那些草木，在知县老爷的直接插手下，正在轻轻摇晃，颤动不止，并发出阵阵簌簌沙沙的声音，仿佛有人正在其间隐蔽、逃亡、狂奔不止。刘文炳呕吐过后，回过头来，眼前的情形令他大惊失色。他从椅子上醒来，房间里只有一根蜡烛。

原来是南柯一梦。

八月刚开始的头几天，尚在病中的刘文炳，有一天忽然接到东城太守杜成章的一封密信。此后一两天之内，刘文炳日夜蜷缩在床上，连续盗汗。第三天正午，一群人由外面来到门口，为首的一位二十多岁，穿一件宝蓝色长衫，像一名破落户公子。使刘文炳略感惊讶的是，这位胸前搭着一条白狐皮领子的破落户公子，竟然也像自己一样面带病容，不时地掏出手帕捂在嘴边，轻咳一阵。旁边有人通报，公子姓钱，祖籍也是孟江人氏。此后，姓钱的公子及其手下的人，在县衙的对面租用了一处过去的旧宅，做起了颇具规模的药材生意。每天，门前的车马越来越多，胜过县衙。八月初十下午，刘文炳在办完一桩公案后，忽然心血来潮，带领师爷吴文兴走进对面的旧宅里。里面空无一人，痕迹皆无，只见灶房下有一堆白骨，无数黑、黄两种颜色的蝼蚁在上面爬来爬去，纷纷攘攘。刘文炳看了半晌，感到眼前一阵发黑，师爷吴文兴在一旁急忙伸手托住了他。

没过多久，东山境内四起的事端使刘文炳不得不带病出巡，一名大夫随同前往。有一天，刘文炳出巡归来，在县衙门外，他走出轿子后，突然无比惊愕地在对面那道古旧的宅墙上，清晰地看到了自己的影子，他的胡须以及他的衣服的褶皱，在他的视线里轻轻拂动。远处及周围看不到人影，但有星星点点的灯火。那天夜里，刘文炳将脸埋在夫人的怀里，像一个昏迷的出疹的孩子一样长睡不醒，梦呓联翩。

黎明时分，阴湿的夜风将一名老妪的哀号从远处送至刘文炳的耳边。刘文炳微微睁开眼，看到夫人雪白的肌肤被自己的肢体压出许多褶皱。帐外亮着灯。灯一夜未熄，这是刘文炳的意思，昨晚临睡前的种种征兆使他对熄灯后的那种黑暗充满了恐惧，他战栗不止地低声请求夫人将灯移到近前。夫人走进帐内后，脱去衣服，露出两只玉色的臂膀。刘文炳对她说道：

"不要熄灯。"

夫人没有说话，脸上只掠过一丝清澈的笑容，她卸去头上的金簪钗环、珠子冠子，在睡榻上躺下，目光停留在对面的一只纸鸢上面。过了片刻，她对刘文炳说道：

"你睡吧，你睡熟以后，我再熄灯。"

"不，不要熄灯，我睡熟以后也不要……黑暗……我无法入睡……"

刘文炳感到自己的身后被濡湿了一片，他不知濡湿源自何处，身上莫名其妙的虚浮使他无心去探究眼前所发生的一切。今晚，外面又没有月亮，连续几天来，几乎每一个夜晚都漆黑无边，空气中停留着夜露与草木的森森阴气。这座回廊曲折、暗度陈仓的衙门，五十年前，它曾经是一位巡抚大人消夏用的私宅，先后有十数名待字闺中的小姐与她们的丫环在这里悬梁自尽，雪白的绫绢上下翻飞，日夜飘扬。这样的情景发生在已逝的那些时光里，但是遗留在庭院深处和水边的那些长长的叹息却经久不息，它们像稀薄的水泡一样转瞬即逝，时起时落，令人不安而又难以捕捉。刘文炳转过身体，用手蒙着脸，想象外面整齐青色的屋瓦与那些日夜纠缠不清的枝丫。公文、快马、风声、遭遇，许多命中注定的东西都无须矫正，一次次的矫正，只能使事情的结果变得更加可笑而荒谬，令人哭笑不得。

臆想中的一幅完整的画面猝然碎裂之时，刘文炳惊骇无比地转过身来。他看到身边的夫人已先他入睡了，一丝凄苦的睡意停留在她的脸上。帷帐内的光线一片橙黄，庭院内外寂静无声。刘文炳坐起来，注视着熟睡中的夫人。这个一向十分注重晚妆的女人，她的睡眠的姿势竟然充满了倦意，看上去吃力而憔悴。刘文炳伸出一只手，轻轻地放到她的腿上，柔滑的肌肤使他感到自己的手掌异常灼热。她的昔日平坦光洁的

218

腹部，现在看来多少有些松弛。这个精明的女人，经常与众多的医生甚至江湖术士频繁来往，每逢那种时候，她的精神总是显得过于亢奋而盎然，脸上的红晕久驻不散。她不再懒散，不再倦慵，那种源自内心深处的喜悦之情在她的眉宇之间藏头露尾，时隐时现。

刘文炳感兴趣的，正是那些缜密的忽明忽暗的蛛丝马迹。

八月十五，上午。

这是一个天气晴朗的好日子，刘文炳感到自己浑身上下神清气爽，十分畅快。起床之前，这一对几十年的夫妻，在这个阳光明媚的节日的早晨，像一对久旷的男女，使帷帐之内变得一片狼藉。在整个过程中，刘文炳的所有动作显得有些过于凶猛而几近残忍。太阳已经升起很高了，院子里传来婢女们轻轻的走动声和说话声。醉眼蒙眬的夫人，脸上桃红点点，外面婢女们的声音使她多少有些不敢畅意。

"怕什么？"刘文炳说着，俯冲下来。

夫人咬紧牙关，屏声敛气。

那只蓝色的纸鸢在帷帐之内飘飘欲飞，昨夜的蜡烛倾倒在地上。

夫人睁开眼，对刘文炳说道：

"医家讲，清晨盘桓，犹如一把刮骨的刀。"

刘文炳说："休听他们胡说！他们哪有一句正经话，全是骗人的。"

不久之后，他们夫妻双双来到餐桌前。早餐已然备好，四名婢女分别站在餐桌的两头，两人手里托着方盘，两人手里执着小银壶。早餐过程进行得宁静而有条不紊，象牙的筷子在桌面上空优雅地划过，齐楚的食物，彬彬有礼的杯盘，几只喜鹊在门前的树上聒噪不休。

早餐结束之后，刘文炳接过婢女递来的一杯苦茶，漱了口。之后，穿过几道寂静的庭院，来到县衙大门之外。

街上行人很多，一些高门大户张灯结彩。挑着担子、拎着食品的男人，挽着包袱、挎着竹篮的女人，在街上来往不绝。虽然时令已近中秋，但一些游手好闲之徒，仍然摇着扇子，穿着绸衫，漫无目的地在街上走来走去，空洞的目光到处窥视，随意泄漏。几个人正在一家临街的肉店前吵吵嚷嚷，站在柜台里的那个屠夫袒露着肥硕而多毛的肚子，一只狗卧在柜台外面，仔细地拨拉着自己的一排奶头。

刘文炳在县衙门口站了一阵。不久，他发现附近有人看他，三三两两地指点着，他们的眼神中充满了敬畏与无限的距离。刘文炳转过脸去，把背影留给他们。在这个明亮而温馨的节日的上午，七品知县刘文炳的心头不时掠过阵阵使人安心而舒畅的得意之情。

连续多日，捕头冯玉堂依然杳无音讯，刘文炳焦虑万分，失望至极。

现在，刘文炳期待着师爷吴文兴的归来。往年，他们总是在八月十四的上午如期归来。可是眼下，已整整过去了一天。但无论从哪个方面来说，一世沧桑、老谋深算的吴文兴，都不会令刘文炳过于担心，对于他来说，刘文炳总是充满了足够的信心与把握，他相信吴文兴不至于出事。

昨天晚上，乌山庄的唐员外派来两个人，打听乌山庄管家的消息。刘文炳闻知后，心头不禁为之一震。那样一伙乌合之众，带着朝廷的贡米与十二件玉器，在沿途遭逢什么不测，是完全在情理之中的事。对于唐员外在臆想中所遭受的打击，使刘文炳体察到一种狂喜的快感与趣味。这个家伙，也该他倒霉一次了。弹丸之地的乌山庄，区区的几顷水田，区区的一袋贡米，竟然使他将周围的官员全不放在眼里。乌山庄的那两个人在外面等了很久，刘文炳推说有病在身，没有接见他们。

现在，大街上阳光如水。远处，天门寺一带传来的钟声迟缓而悠扬。临街一带的住户洞开了门窗，他们的日常用品与生活格局暴露无遗。奶孩子的妇女，饮酒的男人，倚门而坐的孤独的老人……一根根晾晒衣物的绳子轻轻晃动，笔直的炊烟从平静的屋顶上脱颖而出。

午后。

刘文炳正在床上睡着，突然被人叫醒。

师爷吴文兴浑身血污，牵着一匹白马，站在他的面前。吴文兴高声说道：

"狗官，事到如今，你还有心思在床上把玩玉佩？昏……"

师爷吴文兴的话使睡意笼罩的刘文炳大惊失色，他立即正襟危坐，抖动宽大的袖筒，一块绿色的玉佩忽然坠落在地上。

"师爷，如何弄成这个样子？我们的……寿礼？"

刘文炳颤声问道。

师爷吴文兴向前走了几步，秋风吹动他的满头白发，犹如飘散的马的鬃毛。他身后的那匹白马唊唊地叫着，蹄印如碗。

八月十三黎明。运送寿礼的马车离开县衙驻地，行走在东山县境内。其时大雾弥漫，十步之外难辨一切。

早晨过后，弥天的大雾开始渐渐消散。马车行驶在晴朗而潮湿的大道上，沿途能望到那些耕作于田野上的农人。

马车行驶途中，一名姓张的衙役突然面色蜡黄，腹泻不止。在一个名叫双罗的集镇上，师爷吴文兴命众人作一次短暂的停留。

随后，双罗镇的一位瘸腿的郎中应邀赶到，开始例行公事地望、闻、问、切。（其他人在这一段时间内，在师爷吴文兴的督促下吃饭、喂马、饮水，整理行装，等待上路。）

两个时辰后，姓张的衙役基本恢复正常，面色渐显红润。按照师爷吴文兴的吩咐，姓张的衙役骑在一匹白马上，继续赶路。

运载寿礼的马车行至巴公关一带，一名身材矮小的老人正在路边休息。老人头发散乱，面色黝黑如马背，一副苟延残喘的样子。（事后，刘文炳暗自猜想：巴公关前的那位身材矮小的黑面老人，从诸多特征上来看，极有可能是乔装改扮的、尚在逃亡途中的知府姚大人。）

运载寿礼的马车到达吉水河畔之时，天近正午，四周柔软的青草迎风起舞。师爷吴文兴吩咐人马停下，稍事休整。之后，吴文兴独自一人来到风景如画的河边。往年，号称"十里画廊"的吉水河中常常游动着众多美丽的红鱼，而今的景象却令风尘仆仆的吴文兴颇感失望。数十年来咬文嚼字的刀笔生涯，使吴文兴此时此地生出诸多感慨，昔日的一些诗句与片断开始在他的心中翻飞涌动。不久之后，他面对流逝的河水，不禁老泪纵横。

在手下的那些人看来，师爷独自伫立在河边观望的过程，多少显得有些过于冗长。在此种状态下，他们当中的少数人开始打盹，渐渐产生了强烈的睡意。所有的马匹都在极为安详地吃草。有人坐在车轮前，有的躺卧在草地上。吉水河畔一带的民舍稀稀落落，又低又矮，远远望去，像是多年以前的一些帐篷或迁徙之后的遗址。

马车刚到吉水河畔时，刘文炳的内弟——那位善使暗器的剑客，向师爷吴文兴提出一个要求，去对面的吉水城里看一位旧日的朋友——另一位剑客。吴文兴面有难色，踌躇了片刻，最终答应了他的请求。但人去已久，至今未归。

马车重新上路之后，颠簸得异常厉害，致使同行的每个人——包括吴文兴自己——都变得昏昏沉沉，睡眼蒙眬，但马车的左右摇晃以及巨大的倾斜程度，又使每个人都难以真正进入踏踏实实的睡眠状态。叹息声时起时落。艰辛而坎坷的路途，不时荡起阵阵风尘。

八月十三下午，沿途的草木渐渐地稀疏起来，巍峨的炉笼关已遥遥在望。

师爷吴文兴走下马车，脸上露出了较为舒心的笑容。

雄关、栈道、旌旗、墙堡，依次从眼前闪过。此去府衙，可谓一路顺风。一些比较像样的房舍开始进入人的视线之内，关隘之下横陈着几十顷明亮如镜的网络状的水田，一些做工的银匠、酿造与染布的老人，都赤裸着上身，在错落的房舍与树木之间来往不断，时隐时现。

师爷吴文兴看了一阵，重新回到马车前。有人打起帘子，吴文兴以一种显而易见的老年人的姿势，颇为吃力地钻进车里。车身或许太高，吴文兴在上车的过程中，听到了一种清晰的衣服被撕破的声音，这个发现使一丝不快从他的心头短暂地掠过。他的脸因吃力而微微发红。此后，一种日薄西山的情绪一直笼罩着他。

这时，炉笼关总兵宋秀仁麾下的一名副将，突然出现在他们的面前。
……

刘文炳呼喊着，从床上跌落下来之后，吴文兴与那匹白马已消失得无影无踪。刘文炳的夫人与几名丫环闻声跑进来，她们从地上抱起了刘文炳。刘文炳像一个受了委屈的孩子一样，发出一阵伤心欲绝的哭声。

夫人坐在他的身边，抚摸着他的身体，反复劝慰他说：

"老爷，你只是又做了一个噩梦。"

有人端来水，拿来汗巾。刘文炳看了一下，又闭上了眼睛。夫人为他擦拭灼热的额头与脸颊。一段时间以来，他的身体明显瘦削，躺在床上的时候，形同一根颤动的芦苇。

有人缓缓启动门扉，轻轻地向外面走去。眼前与周围一片寂静，只有低微的风吹窗纸的声音传来，如同阵阵喑哑的琴弦。

这天黄昏时分，刘文炳在床上醒来。他感到腹中饥肠辘辘，口干舌燥。午后以来的那些臆想的图像已被他渐渐遗忘，片甲不留。他端起床头上的一杯茶，一饮而尽。不久之后，在他的吩咐下，有人送来一只鸡、一只鸭子、一壶酒。刘文炳撕扯着盘子里的东西，漫问道：

"夫人呢?"

"到孔千户府上打牌去了。"有人小声在一旁回答说。

外面的天色半明半暗，树木嶙峋的枝丫显映在窗纸上，如同一种黑纸的剪影。屋里燃着茅香，白色的烟雾在门前盘旋。

刘文炳对侍立在一旁的一名丫环说道："把这只鸡，给门口的崔七送去。"

丫环应声去了。

饮酒的过程中，刘文炳问身边的另一名丫环，他对她说：

"你看今晚会出月亮吗?"

"不知道，老爷。"丫环垂着头答道。

"今天是八月十五。"刘文炳说。

"奴婢记得小的时候，每到这一天，都少不了那个又大又圆的月亮。"丫环说着，眼睛里忽然闪烁出一些晶亮的泪花。她急忙掏出怀中的手帕，捂在脸上，擦干了眼泪。

刘文炳说："你叫什么名字? 多大了?"

"奴婢叫小红，十六。"丫环说。

刘文炳放下手中雪白的空酒杯，拍了一下小红的肩膀，低声说道：

"不要难过，今晚会有月亮出来的。比你小时候看到的那个大多了。"

时间一点一点地过去。刘文炳吃尽盘子里所有的东西以后，天完全黑下来了。小红与另外的一名丫环，吹灭茅香，点燃了红烛。

门口的一个人进来回报，在西城一带打牌的夫人回来了，轿子停在门外。

或许是牌运有些过于兴旺，夫人的眉宇间跳荡着一种难以抑制的喜悦之情。

夫人走出轿子的时候，正值刘文炳气绝身亡之时。在弥留之际，刘文炳伸出一只手，指着外面的晦暗下来的天色。里里外外的宫灯与明烛，使刘文炳的脸看上去微微发红，一副不胜酒力的样子。

天上没有月亮。

夫人刚走进前厅，屏风那面，忽然传来了婢女们清脆的哭声。

……

那场血腥的叛乱，是从八月的一个黎明时分突然开始的。

其时，十九岁的孟江秀才刘文炳正在一个朋友家里借读，准备参加来年的规模宏大的殿试。昨天晚上，朋友约了三四名相好，在花亭里饮酒、赋诗，一直持续到三更天以后。正在房中苦读的刘文炳被强行拉去，不容分说地端起了夜光酒杯。四周的花木都湿漉漉的，如同一张张鲜艳的嘴唇，释放出阵阵冷森森的香气。几个回合过后，不胜酒力的刘文炳便昏昏沉沉地被人扶回了房中，一名书童服侍他上了床。

三年前的那个秋天，一场突如其来的大雨，使年少聪慧的刘文炳延误了乡试的日期。在那条浊浪排空的河边，大水使岸边所有的小舟全部脱缰而去。几天后，刘文炳认识了一位刺绣的妇女，她的房子里有一张罕见的《凌烟阁功臣图》，图前终日燃着几支香烛。

大雨过后的一段时间内，那位妇女足不出户，在门前刺绣。刘文炳坐在墙下，日复一日地晾晒那些被雨水浸湿了的发黄的书籍。这位刺绣的妇女名叫紫英，对于年少好学的刘文炳来说，她的真实年龄与身世，不啻于一册线装的典籍。倒是这位文静贤淑的紫英，常常在穿针引线期间，向专心晒书的刘文炳提出几个简单的问题。刘文炳对她充满了好感，并隐隐地滋生出一种难以排遣的依恋之情。刘文炳觉得她像自己从前的一位姐姐，刘文炳喜欢看到她脸上飞起红晕时的那种模样。

三年一度的乡试已然结束，此前的一切都像流逝的河水一样，永不再回来。在门前众多的夹竹桃之下，十六岁的刘文炳辛勤地翻动着每一张书页，耳边回响着紫英丈量丝绸的窸窣之声。晒干的书籍像一位老人的手掌，每日洞穿他的思念与睡眠。一个雨后的黄昏，紫英对着坠落的夕阳，展开一幅美丽的织锦，刘文炳惊讶地看到紫英将他的一首五言律诗绣到了上面。刘文炳起身，扔掉了手里的古籍，紧紧地抱住了紫英的双腿……

在他们的附近，住着一位驼背的老人，饲养着大量的鸡鸭。老人每天坐在树下，无比开心地注视着鸡鸭相互争食的乱糟糟的场面。一把米，几片菜叶，时常使他开怀欢畅，乐不可支。每逢紫英午睡之时，刘文炳便会夹着一本书，轻轻地来到那棵大树下。但对于刘文炳的贸然闯入，老人仿佛毫无察觉，他的眼里只有他的那一群无法无天的鸡鸭。他笑容可掬地望着它们，像是在看着自己的一群纷纷攘攘的儿孙。刘文炳坐在树下，时常有雪白的或漆黑的羽毛突然飘来，落进他的书页里，打断他的阅读与幻想。

日子一天天过去。刘文炳读书的位置与老人之间的距离越来越近。终于有一天，刘文炳放下手里的书本，惴惴不安地对老人说出了那句久藏于心间的话，但话一出口，他便立即感到有些追悔莫及、覆水难收了。

"老人家，你是在玩物丧志。"刘文炳说。

老人的手里捧着一把米，正在认真而漫不经心地抛撒，他膝下的几只鸡，被他的那种神出鬼没的手势引逗得咕咕乱叫，像几个被宠坏了的孩子，纷纷耷着羽毛，怒气冲冲，急躁不安。老人笑着，微微张开一道指缝，向地下漏出一线米后，问刘文炳道：

"何为志？"

"文能安邦，武可定国。"刘文炳说完之后，感到自己的脸已全部涨红。

刘文炳的话使老人发出一阵笑声，其神态与声音更像一个神情倦慵的女人。老人笑过之后，又微微张开一道指缝，漏下一线米去。

周围的鸡鸭挤成一团。

老人说:"在这河的下游,有一种耳状的草,终年寄身于水面之上,无根无蔓,水流则死,水静则活,水大则隐,水小即出,此草名曰:人中。"

"人中……"刘文炳掀动书页,望着其中的团团重影,树后潮湿的阴风从他的身边擦肩而过。那边,老人缓缓抬高手臂,将手中的米粒全部扬弃出去,所有的鸡鸭趋之若鹜。

紫英后来告诉刘文炳说,那位饲养鸡鸭的老人,从前曾是一名失意的太尉,他在位的几十年里,不断遭受弹劾与罢黜,几经挫伤,终于回归故里,家道一落千丈。

一度中断的秉烛夜又重新开始了。乡试给刘文炳形成的阴影逐渐为紫英的手势与柔情所驱散。在摇曳的烛光下,门前的几道青藤时常在夜晚的墙上飘扬拂动,紫英的影子忽远忽近,有时含糊得令刘文炳浑身战栗。这个十六岁的少年,喜欢在那些繁复的典籍中寻找一切的答案和所有的方式,包括简单的辞令与流动的音律。某些时候,当紫英外出之后,他会独自坐在窗前苦苦地回忆那场大雨的全部经过,但留在他记忆中的只是一些微不足道,甚至毫无瓜葛的细枝末节。更多的时候,浮现在他眼前的仍然是那种滂沱的雨水与灰色的泥路,岸边的那些舟楫像一块块毫无重量可言的瓜皮,在雨后的河水中上下波动,渐渐沉没、远去……有人穿过院子走来,他听到了低远的流水声。

这几天,紫英显得有些忧心忡忡。她时常在刺绣的过程中,停下手中的针线,望着刘文炳读书时的背影。刘文炳的某些童稚未脱的习性或是单薄瘦削的身体,使她在注视之余发出几声叹息。

有一天,紫英正在一面镜子前望着自己的青丝与红颜,正遇刘文炳从外面的树林里晨读回来,他像一个早出晚归的孩子一样,身上挟带着潮湿的露水和浓郁的草木气息。走进屋里后,刘文炳的头越过紫英的身体,冒冒失失地朝镜子里的紫英打量了一下,镜子里的那种柔软的青丝与含羞的红颜,在他看来再正常不过。之后,刘文炳把手中的书藏到背后,对紫英诉说了这天早晨他在外面遇到的一件事情。

"姐姐,告诉你一件事情……"

刘文炳对紫英叙说的是一串带有浓重夜露的散发着死亡气息的数目。这天早晨行将结束之际，刘文炳夹着书本从一座稀疏的树林里出来，一路慢慢地走着。这次为时短暂的晨读仿佛使他一下子明白了不少道理，他像一个心事满腹的人那样，缓慢地移动着身体，眼前这种过于明显的变化，令他在吃惊之余感到了一种从未有过的欣喜。从今天早晨算起，他已经是个大人了，昔日的那个毛手毛脚的孩子，随着乡试的阴影一起远去了……刘文炳这样想着，不久，他就望见了那棵枝叶扶疏的大树。

　　树下静悄悄的。刘文炳是走到树后才忽然看见那个老人的。但老人没有发现他。老人躬身曲背地坐在刘文炳的视线里，如一截年久发黑的吐根露须的树桩。老人正在摆弄他的那些垂死的鸡鸭，一种含糊不清的声音时断时续地伴随着他的痴呆的面孔与一连串紊乱的互不关联的动作。在他的四周，大部分鸡鸭都已死去。

　　紫英极为平静地听着刘文炳的叙述，那些与死亡相关的数目在刘文炳的陈述中不断重复增加，但紫英并没有流露出丝毫惊讶的神色。感到吃惊的倒是刘文炳自己，他无法探明眼前的这位姐姐为何如此安详，闻风不乱？有一瞬间，刘文炳终于发现，在端庄文静的紫英面前，自己永远是个奶声奶气的孩子。这个发现所直接导致的一种灰色的情绪，一直伴随他度过了整整一天的时光。

　　午后，天气开始炎热，紫英坐在床边为刘文炳缓缓地扇着扇子。刘文炳读了几页书后，闭上了眼睛。但他并未入睡，想起了大树下的那位老人。老人目光散乱，拖着衰老的躯体，在那些一动不动的羽毛之间独自爬行、观望，尚存下来的几只禽类奄奄一息，正在死亡线上挣扎、退缩。粗糙而莫测的死亡之线，在这个早晨里晃动得像一根风中的绳子，一个女人的呼吸与叹息之声远远地传来。

　　紫英张开了她的关怀而丰满的羽翼。在她的温情的庇护之下，躺在床上的刘文炳感到自己像一缕虚有其表的尘埃。

　　昨天晚上，临睡之前，外面的风雨声使刘文炳无比惊愕。他起身走到外面，看到满腹心事的紫英独自坐在门口，望着风雨中左右摇晃的团团花簇。紫英把她的床让给刘文炳后，自己弄了一个地铺，她的织机摆在一旁。刘文炳悄悄地站在紫英的背后，一个穿青色衣衫的女人披头散发地跑动在外面银灰色的雨线之下。

雨中的胭脂酥烂如泥。

刘文炳在那种寂静的时候听到了自己的呼吸声。每当合上书本以后，书外的一切总是那样令他不胜惊讶。有人牵着一头牛，从湿漉漉的花簇前走过。紫英慢慢回过头来，刘文炳看到她脸上的肌肤近似透明，低声问道：

"姐姐，你好像有什么心事？"

紫英粲然一笑，对他说道："快去睡吧，明早还要起来温书呢。"

刘文炳站在紫英的身后，众多明亮的水泡在外面的雨地里缓缓游动，之后又依次破灭。水泡的树木不断增加，重复再现。

刘文炳说："姐姐，我知道你今天又绣了一整天，身上很累，我来给你捶一捶吧。"未及紫英答话，刘文炳的轻捷的手势已像雨点一样出现在她的背上。紫英低下了头，身体突然战栗起来。过了一会儿，她回过头，脸上流露出十分憔悴的神色，对刘文炳说道：

"天不早了，快去睡吧，啊，不然明天又要起不来了。"

刘文炳回到床上，吹灭了灯，屋里一片漆黑。紫英说他这些天来似乎对学业不再上心了，这使他感到难过。外面的雨声听起来遥远而缥缈。刘文炳屏声敛息，但始终没有谛听到紫英的动静。这以后，他慢慢地进入了梦乡。

梦中所现的河水清澈文静得像一位深闺中的淑女。来自省内各地的数百名考生驻足于河边，湿润的微风轻轻拂过，露出某些人腰间的猩红的信物和绿玉的坠子。生员中悬殊的年龄令人吃惊，他们之中的一些人看上去形同父子。十六岁的孟江才子刘文炳被挤在人群之后，他身边的一位考生正踮起双脚，向远处的烟雨迷蒙的河面上引颈眺望，他的相貌与年岁使刘文炳想起了自己的一位品行不良的本家叔公。那位日常偷鸡摸狗的叔公，他在世时留给刘文炳的最后一个印象，是一具坦荡无羁的男性的躯体，他把自己的死亡之地选择在一个女人的坟前，他临终的遗容轻松而满足，安心得令人难以置信……

从早晨到现在，天色时明时暗。在此期间，刘文炳感到神情倦怠，无心读书。他取过一沓纸，信手填了几首诗词。但不久之后，纸上的语言便令他颇感失望而无限乏味。外面传来紫英抖动织锦的窸窣之声。刘文炳凝神谛听了一阵，重新打开读本，面对孟子的一段兴国之论。

午后不久，一阵急促的脚步声由远而近地传来。刘文炳抬起头，看到一个三十多岁的男人正朝屋前走来，那个人有一副红润的面孔，手里还提着一件什么东西。

接下来，刘文炳听到正在外间刺绣的紫英离开织机，站起身来。在紫英整理一匹锦缎的过程中，刘文炳听到了那个男人的一阵隐秘的窃窃之声（在刘文炳的想象中，那个人的身体出现在门口，严重地遮掩了外面照进来的光线，使屋里的某些东西变得闪烁飘移，不可捉摸），此间伴随着椅子和其他物件的零星的响动。那个人的声音像金属，像蝉，刘文炳现在担心的是紫英柔滑的肌肤，以及她的那些美丽的织锦和升起在她脸上的点点红晕。

现在，刘文炳听到紫英扔下了手里的锦缎，推着那个男人一起向门外走去。（那些锦缎像无形的灰烬一样，悄无声息地落到了光线黯淡的地上。）

那个人摆脱了紫英的推搡，向里间探进半张脸，看到了刘文炳。

之后，他们走出屋门。刘文炳听到那个男人向紫英问道：

"那个念书的孩子是谁？"

紫英没有回答。

刘文炳再抬起头时，紫英与那个人已离开屋门，走远了。

午后的阳光，骨质疏松。一只鸽子从远处飞来，落在窗外，发出一阵咕噜咕噜的叫声。刘文炳对着它望了许久。后来，刘文炳伸手去取一本书的时候，鸽子突然飞走了。

刘文炳起身来到外间，外间的凌乱景象与他臆想中的情形相去不远。几匹尚未完工的锦缎悄无声息地垂在地上，一只白鹤只绣完一半，雪白的羽毛初具雏形。一只椅子倒在紫英的织机前，织机上的几缕瑰艳的丝线蜷曲成一团。

刘文炳在一种冥晦的光线中时走时停,紫英遗留下来的那种气息使他流连忘返。织机上、墙壁上、窗骨上,到处都有紫英的那种深浅不一的气息,仿佛灵魂出窍……

这天的傍晚时分,紫英出现在刘文炳的视线里。其时,刘文炳正在外面看一群孩子的游戏。紫英走过那棵大树前时,回头对那棵树注视了一阵。刘文炳感到自己的眼睛湿润起来。

他们一同回到家里,点亮了灯。刘文炳紧紧拉着紫英的手,说:

"我以为你再也不回来了。"

夜幕降临之后,风中传来流水和蛙鸣之声,门前的青藤拂动如初。整个晚上,刘文炳不再读书,一直紧紧地跟在紫英的后面,不断地进进出出。紫英后来对他说:

"你怕我跑了吗?"

刘文炳停住脚步,露出一脸纯真的笑容。之后,他问紫英说:

"那个叫你出去的人是谁?"

"一个熟人,一个做丝绸的捐客。"紫英淡淡地说道。

"我很怕他。"刘文炳说。

晚饭进行的过程中,从外面刮来的一阵潮湿的风吹灭了桌上的灯。刘文炳起身去点灯,在经过紫英的身边时,他感到紫英的身体正在轻轻发抖。他重新将灯点亮后,问道:

"姐姐,你怎么了?"

"我,没有……"紫英说。

"把窗户关上吧?"刘文炳说着,用一种征询的眼神望着紫英。紫英点点头。"我去关。"说着,他起身关上了屋里所有的窗户。

"快吃吧,饭都凉了。"紫英说。

"姐姐,"刘文炳说,"等将来我殿试归来,我先来看你。即使你搬了家,我也要找到你……"

"我一生就在这里了。"紫英说。

晚饭进行得多少有些萧条而冷落。刘文炳不时地抬起头望着桌子对面的紫英，她吃得很慢、很少，带有一种明显的斟酌、拖延、期盼与回味。在她的那种缓慢得近乎停滞不前的神情与动作里，刘文炳恍惚感到时光仿佛正在倒流，沿途偶然的事件与种种习俗令人目不暇接。

晚饭之后，他们在灯下相对而坐。紫英的一只手在灯影下看上去异常寒冷。刘文炳把那只手拿起来，放在自己的两手之间。

"跟我说几句话吧。"

紫英看着刘文炳，恳切地说道。

"姐姐，"刘文炳说，"我真怕你不回来，你要是今天不回来，我真不知该怎么办。姐姐，昨天夜里，我梦见你死了。"

"真的吗？"紫英说。

"我没敢对你说，我一直在四处奔跑。"刘文炳说着话，突然感到口里焦渴异常。他艰难而小心翼翼地说道：

"那时候，我看见你从水中出来，背朝着夕阳，我看不见你的脸，你像一个水鬼。"

"梦是反的。"紫英笑着说道。

刘文炳望着灯影中紫英的脸，目光变得越来越远。昨夜的梦境又一次重现在他的眼前。……梦中沙滩潮湿而狭窄，沿途的一切都垂挂着透明的晶莹欲滴的水珠。在通往河边的一条小路上，刘文炳被一件东西突然绊倒在地。他挣扎着爬起来以后，看到远处的紫、绿两种颜色藤蔓互相攀援，紧密而无情地纠缠在一起，从其间的空隙处和漏洞处，能看到天的颜色，坚硬而光洁的天空，犹如薄情而冰凉的瓷器。刘文炳侧着脸，似在谛听什么。一阵急促的呼吸声在他的身边不断萦绕、涌动。出于某种需要的驱使，刘文炳感到自己的身体变得弯曲如弓，但周身毫无倦意，他的最初的几个动作含糊得如同一段语焉不详的谈话。那种罕见的姿势令他欲罢不能。他抖动着湿漉漉的袖筒的时候，清晰地感到夏日的暑气正在迅速地感染他的唇齿与面颊。暖风扑面，肿胀而麻木的手指离他的身体越来越远，眼前的情形令他倍感目眩……

"我说过了，梦是反的，你还担心什么？"紫英笑着对他说道。

"我不知我怎么了。"刘文炳说,"我好像中了邪,尽做这样的一些不三不四的梦。姐姐,你知道吗,我本来是想好好做一个与殿试有关的梦,但你突然出现在其中,使我毫无防备。我觉得这一切都很不好,像一种……不祥之兆。"

"说点别的吧。"紫英对刘文炳说,"你会讲故事吗?给我讲个故事也行。"

刘文炳想起河流下游地段的那种名叫"人中"的怪草。在他有限的几次猜想中,那草的枝叶稀疏而寥落,通体碧绿,有的甚至只有唯一的一张叶片在每天的傍晚时分,显露出微微发红的原始本色,喧哗在水中。

"他是在逗你,说笑话给你。"紫英对刘文炳说,"下游根本没有那样的草。"

此刻,刘文炳在自己的模糊的陈述中,听到了一种隐隐约约的滴漏之声。一段时间以来,他一直想在夜晚与河流之间,能够物色到一种可以耳鼻共用的东西,用以借助或衔接,而眼前的重复陈述却使他的声音变得更加弱小,难以察觉。他惴惴不安地望着灯影里的紫英,像一个做错了事情的孩子。他不知道那位饲养鸡鸭的老人现在何处,或许他此时正在低矮的家门前远眺那种下游的怪草"人中"?或许正在漆黑的或雪白的羽毛之间独自穿行,匆匆而去?对他的短暂怀想,使刘文炳感到自己的四肢变得一片冰凉。他情不自禁地向紫英的身边靠去。

临睡之前,紫英对刘文炳说:

"明早我不能叫你了,你要自己起来,不可荒废了学业。"

此后,刘文炳昏昏沉沉地进入了睡梦之中。半夜里的时候,他睁开眼,看见外间依然亮着灯,紫英刺绣的声音隐隐传来。他凝神倾听了一阵,那些瑰艳的锦缎在紫英深夜时分的手中,变得飘飘欲飞,变得温驯而柔情似水。

黎明。

……满河烟水,满河弥雾,四处奔走的刘文炳向每一个过往的行人打听去往京城的船只和日期,但他所遇到的每一个人都只是一个僵直而

232

匆忙的背影。从京城一带传来的有关战乱的消息使这个年少的生员如焚如灼，心灰意冷。他反复地徘徊在岸边，在他的萧瑟的视线之中，一个女人这时出现在水面之上……

附近，一只鸟的悲啼将刘文炳从梦中惊醒。摸着潮湿的脸颊与头发，他从床上起来。外间寂静无声，花团锦簇的丝绸低垂漫卷。

刘文炳夹着书本向外面走去。在这个充满寒意的秋日的早晨，最先映入他视线之中的，是那棵枝叶扶疏的大树。那位老人与众多鸡鸭的消逝，使树下显得空寂而倍加冷落。

不久，刘文炳看到了紫英的悬吊在树下的身体，一根雪白的绫绢仿佛从天而降。

刘文炳扔掉书本，在空旷的岸边狂奔起来。多年前的一幅湿漉漉的画面垂悬在他的面前。

十年前的一个碧草连天的春天，一个六岁的孩子坐在一条潮湿的河边，搭起了一溜矮小的宫殿与一处花园。

不多时，一队骑马的人过来，他们在行进的过程中，夷平了那些不起眼的宫殿与花园，之后，一路溯流而上。

在那条河流的上游，朝廷的军队正在平定一场叛乱。

从早晨开始以来，这个名叫刘文炳的孩子就一直坐在河边。太阳初升之时，孩子在清澈如镜的河水中找不到了自己童稚的面容。那时候，河里明显地出现了另外一种多余的成分。面对满河微微发红的流水，孩子的眼前浮现出一幅幅杀猪宰羊、喜气洋洋的民间节日的景象。

上午，一个袒露着上身的男人出现在河的对岸。在孩子清澈的视线里，他像一名辛勤的农夫，躬耕于葱绿的垄中。他的每一个动作都会程度不同地扬起条条黑影。孩子坐在一截发黑的树桩上，入迷地望着对面。那些被毁坏夷平的宫殿与花园，已被他遗忘得干干净净。

一些传递消息的战马频繁地来往于流域的上下。在孩子的印象里，有三匹白马、一匹黄骠马，还有两匹是黑马，也好像是一红一黑。多数的时候，孩子看见那些骑马而来的人都把身体伏在马背上，像一套衣服或盔甲，经常滴滴答答的东西从马的身上一路泄漏着。

孩子看见对面的那个辛勤耕作的农夫，此时挥汗如雨，四周凌乱，绿色枝丫纷纷簇拥着他的下身。有时，他会俯下身去。这时候，河对面青色的远山就会在孩子的视线里变得一览无余，那山间的婉转的鸟鸣声使孩子在那截树桩上坐卧不安，激动万分。

之后不久，孩子忽然看见一个女人的一头长长的黑发在对面轻轻地飘扬了一下，此后便再没有出现。那头长长的黑发像是浸到了河里。孩子想到眼前的河水很脏、很红，可惜了那一头好看的长长的黑发。

河里没有船只。

孩子望着他的那一溜被摧毁后的矮小的宫殿与花园，现在，那上面清晰地印着几个马的蹄印。孩子看着那些马的蹄印，想起了自己平日吃饭用的几只小小的木碗。

有好长一段时间，孩子没有看到对面的那个辛勤耕作的农夫，那个人，连同他的劳动工具一起，仿佛从对面突然消失了。

远处，出现了几缕炊烟。

这时，孩子又一次看见了对面的那个女人。她的那头长长的黑发又一次异常缓慢地飘扬起来。对于头发的注视，使孩子忘记了眼前的某种距离。不久，那个女人像一个水鬼一样出现在水面上，向这边走来。

孩子急忙闭上了眼睛。

荒 书

西望京城之一

董相如醒来以后，发现自己睡在一道潮湿的台阶上，雨不知什么时候已经停了。时光似乎已过了午后，明亮的树木在午后的阳光里披泻着湿漉漉的青翠欲滴的枝叶，大道上隐隐传来了辚辚的车声。董相如撑着石阶上的苔痕坐起来，眼前一阵发黑。不远处有一个人正在高声朗诵白居易的《琵琶行》，董相如睁开眼后，耳边只听到了全诗的最后三句。那个人一边朗诵，一边用眼睛不时地向董相如这边瞟着。这会儿，他忽然看见董相如坐了起来，急忙走过来，向董相如深深地施了一礼。

董相如大梦初醒。眼前的这个人年纪与董相如相仿，眉清目秀，翩翩而来，手里掂着一把扇子，董相如隐隐闻到他的衣服似乎用香熏过。看到董相如苏醒过来，他的脸上露出一片舒心的笑容。董相如心里轻轻一动。这个人似乎从前在哪里见过。董相如向四周环顾了一下，几棵稀疏的杨柳之中隐现一个朱顶的亭子，眼前这座客栈的大致轮廓多少勾起了他的一点儿模糊的回忆，他用充满感激的口吻说道：

"是你救了我？"

"我叫高长卿，"那个人说，"你也是上京赶考的吧？我怕你误了考期，一边温习文章，一边在这里等你，我的几个朋友已先期走了，此去京城，已经不远了。"

"我是不是在这里睡了很久了？"

董相如拉着高长卿的手，感激之余又不禁有些黯然神伤。他不知道自己是什么时候入睡的，又怎么会睡到这里，记忆中最清醒的那段时光里，外面正下着滂沱大雨，他焦虑不安地注视了一阵灰色的雨雾，之后便失去了知觉。现在，临睡前的那场大雨早已收场，记忆中的许多凌乱的杯盘也已全部撤走，不知去向了。太阳出来了，暖融融的光芒照耀着潮湿的大地，那些一度被雨雾淹没了的屋脊重新现出了原有的轮廓和色彩，山墙上遍布着斑驳的霉点。

　　"你好像喝多了酒，"高长卿说，"你醉得很厉害，不省人事。"

　　"高兄，昨夜是谁把我灌醉的？"

　　高长卿摇摇头。他们几个人是今天早上才路过这里的，旅途的劳累使他们几个人在这个路边的客栈里稍事停留，吃饭、喝茶，为随行的马匹饮水，添加草料。高长卿从马上下来，刚走进客栈的前院，便看到了醉卧在台阶上的董相如。最初，高长卿以为是一个死人。

　　"你醒来就好了。"高长卿说，"你曾一度灼热，呓语不断。"

　　董相如一惊："我说什么了？"

　　高长卿微微一笑，没有下文。客栈里现在显得空荡而冷清，大雨之前曾经滞留在这里的一些人现在大都走光了。院子里拉起了几道绳子，客栈里的一个伙计走进走出，正在往绳子上晾晒受潮的被衾，几乎所有客房的门窗全都大开着，里面熏着香烛，午后的阳光使那些空荡荡的房间看上去雾蒙蒙的。

　　董相如从台阶上站起来以后，感到腰部一阵阴湿，阳光晃着他的眼睛，他空洞无力地咳嗽了几声。他在睡梦中说梦话的毛病看来是改不掉了，他不知道高长卿听到了什么，无非是旅途之累、思乡之语。客栈内外，到处可见许多豪放不羁、龙飞凤舞的题诗题字，都是在这里住过的客人的手迹。远处的农田在微风中起伏动荡，白炽而明亮的湿气从地上泛起，慢慢地蒸腾而灭，到处都是一派烟笼雾锁的情景。

　　董相如正在向远处眺望，身边忽然传来高长卿的一阵笑声。高长卿伸出一根手指点着，让董相如看那些晾晒在院子里的被衾。董相如顺着他手指的方向浏览着，不久，忽然看到一张褥子上赫然印着一大摊水渍，董相如笑了。

"不知是哪一位饱学之士留下的天书，"高长卿说，"这种尿床的秀才，将来难道也要若无其事地做官吗？"

"应试看的是文章，又不验身。"董相如说，"只要人家对答如流，官是做定了的，说不定将来还是你我的上司呢。"

高长卿说："也未可知，将来你我的职责就是每天替他晾晒被褥，早上抱出来晾晒，晚上再收回去。"

"万一遇到阴天，没有太阳，怎么办呢？那就糟了。"董相如说。

"晒不干老爷的被褥，那就只有掌嘴，"高长卿说，"大刑伺候——"

白雾渐渐散去，雨后的大道上，行人与车马来往不断。那些匆匆赶往京城的人与从京城里出来的人，常常在途中擦肩而过，驶向京城方向的马匹个个肥硕丰壮，车辆华丽夺目。对于从未出过家门的董相如来说，京城是一个遥远的需要长久眺望的地方，与高长卿结伴一同赴京，董相如感到安心而踏实。高长卿对京城是极为熟悉的，京城四通八达的大街小巷在他的心中如同一张清晰的阵图，他知道太师府坐落的位置，知道皇宫的正门朝哪一个方向开着。高长卿还告诉董相如，他已得到确切的消息，今年担任主考官的是曾任过督学的郑大人。

董相如说："郑大人是谁？"

"郑润萧，礼部的。"高长卿说，"往年都是王安一手遮天，如今老匹夫坏了事，年初已被逐出京师了。"

王安垮台了？这个曾经位极人臣、权倾天下的宰相，突然像一棵枝繁叶茂的大树一样轻而易举地倒下了，树倒猢狲散……高长卿随口说出的这个消息，使董相如感到身边一阵阴风习习，不寒而栗。高长卿说，王安犯的是死罪，朝廷看他年事已高，才勉强留了他一条活命，从这个意义上来说，朝廷也够意思了。想到自己的前程，董相如感到眼前一片虚空，考期眼看就要到了，十年寒窗，会不会毁于一梦？连日来的经历不堪回首，真像是南柯一梦。现在想起来，梦中出现的所有那些历来被民间视为吉祥之物的东西纷纷与他擦肩而过，如凋零的羽箭一样不知去向。那是什么？出师前的不祥之兆？荒谬的无稽之谈？……旅途中的风声暂时是听不到了，但泥泞与不祥仍然时时伴着他。

眼前的这座掩映在树丛中的红顶的亭台，正是高长卿刚才朗诵唐诗的地方，里面的两根朱色的圆柱上刻着后人模仿张旭手迹的一副对子，亭内的凭栏处有一把撕毁了的扇子，几处白色的鸟粪像珠宝一样醒目。这个亭子地势较高，从中可以俯看四野，是把酒临风的理想所在。从亭内向外望去，远处的农舍与石桥一衣带水，雨后晴朗的民间大道上白云如盖。

一只鸽子从亭顶上飞起，在附近盘旋了一阵后，落到了客栈的灰色的檐角上。这时，客栈里的伙计打起帘子，招呼他们吃饭。店堂里几张乌黑明亮的桌子擦得一尘不染，光可鉴人。正面的墙壁上有一幅长卷的《游春图》，图中裙裾飘舞，落红点点，柳叶状的透明的小舟像鱼虾一样倒映在水中。伙计送上了菜。

董相如在清澄的酒液中看到了自己苍白的面容与一双失血的耳朵，杯中的人影分明是一个久病在床之人。董相如懊悔自己的记忆，他忘记了昨天是谁把自己灌得烂醉如泥？又是谁把自己从酒桌上抛弃到那道冰凉潮湿的石阶上？重重的苔痕使他呓语不断，噩梦连连。他努力回忆，但毫无结果，几乎什么都想不起来。与高长卿的突然相遇，使他暂时中止了那种毫无眉目的回忆。萍水相逢的高长卿，若没有他的一腔侠肝义胆，董相如说不定真的会永远地在那道阴湿的石阶上长睡不醒，成为一个无人问津的异乡之鬼……

这会儿，高长卿已经高高地举起了手里的酒杯，送至他的脸前，要求一饮而尽。董相如端起了自己的杯子，倒映在酒浆中的一副病容看来已不容置疑，更无须掩饰，这哪里像一个十年寒窗、胸有成竹的赴京赶考的举子？分明是一副不久于人世的表情，分明是一种弥留之际的倒影。

高长卿突然说道："董兄，谁是三妹？你在昏迷中一再提起——"

什么意思？我把她暴露了吗？她已被纳入了别人的视线之中？董相如的脸微微发红，像是不胜酒力，他的一只端着酒杯的手正在轻轻地不断颤抖。桌子对面，高长卿的那双美丽迷人的眼睛望着他。董相如不知道那种眼叫桃花眼，他只感到自己此时无法承受那种充满柔情的注视，他把头伏在桌子上，听到外面的大道上传来一阵马匹的嘶鸣声。向晚的夕照透过店铺整齐的窗棂，疏落无声地洒泻进来。跑堂的伙计听到马的咴咴声后从店堂里出来，站在微微发红的夕照中向外面张望。不久，马匹的声音消失了，伙计看了一阵，讪讪地向里面走去，在门口与客栈的老板撞了个满怀。

老板问道："有客人来了吗？"

伙计说："走了，看样子，根本就没打算进来，他娘的。"

老板说："你别这么垂头丧气的，我就见不得你这晦气的样子，你要是不愿意干，我找人让你叔叔来，把你领回去得了。"

伙计说："瞧您说的……"

老板撇开伙计，向董相如与高长卿所在的桌子前走来，笑容可掬地询问他们饭菜是否顺口，董相如与高长卿一齐点头称是。高长卿斟了一杯酒递给老板，老板笑着谢了。老板说小店风水甚好，每年都有各地的秀才在此留宿，由此上京的，大多能衣锦还乡、光照故里。看董、高二位公子的气度，此番进京，定能高中。高长卿在老板的诉说中笑逐颜开，摸出一锭银子掷了过去。老板收了银子，欢天喜地正要走，高长卿又叫住了他：

"明早我们要早起进京，预备热汤、热水，提前叫醒我们。"

老板说："放心吧，您哪。"

直到在酒桌之上，董相如才吃惊地发现，高长卿竟生得如此美丽出众，唇红齿白，目若秋波，艳丽照人，堪称一位优伶。此情此景，使董相如不免有些自惭形秽。董相如想起以前别人对自己的称赞，现在看来，全是一片廉价的阿谀之词。高长卿端着酒杯的那双手更是修长白皙，十指玲珑，在饮酒过程中，阵阵沁人心脾的奇香不断从他的衣袖里徐徐而出。刚才，客栈老板站在酒桌旁时，也曾目不转睛地望着面带酡红的高长卿，老板的那种痴迷的神态太忘形了。

酒后，天色已晚，他们各自回到房中。不久之后，高长卿便慵慵睡去。这样一个男人，腮含嫣红，入睡后竟然呼吸如丝，连鼾声都没有。

他的削肩蜂腰也同样令人不可思议。这样的人，是吃粗粝的五谷长大的吗？是父母所养吗？真是一位出众的伶人，连睡觉也这样雅致，将来不知什么样的官职才适合于他。翰林学士？中书舍人？……董相如独自在房中想了一回，又读了一阵书，腰部有些隐隐作痛。房中的光线渐渐暗了下来，墙上的字画一片模糊。伙计敲门进来，点亮了灯，又在门后燃了一支茅香。董相如合上书，发出一阵空洞的咳嗽声。

月亮升起来以后，董相如感到酒意略有消散。他推门出来，院内一片寂静，南窗下亮着两只灯笼。董相如在门前站了一阵，听到高长卿住的房间内悄无声息。院内传来一阵低低的水声，董相如循声望去，见那个伙计正在门口燖洗一只公鸡，面前放着一盆水，盆边有拔下来的鸡毛和一摊血迹，这会儿看上去是黑糊糊的一片。伙计正在低头开膛。

董相如走过去。伙计听到人声，忽然抬起头，举着两只血手站了起来：

"公子，想要热水吗？"

董相如说："高公子还在睡觉吗？"

"对，还没醒呢。"伙计说，"他好像喝多了酒，趴在桌子上睡，姿势真不好受，我又不敢动他。前几天，也来了几位上京赶考的公子，有一位也是喝多了酒，趴在桌子上睡着了，我看他挺不舒服，让他到床上去睡，您猜怎么着？他睁开眼，什么都不说，给了我两个耳光。末了，老板还说了我一通，差点儿没把这吃饭的家伙给砸了。您说这做好人多难呀，这年头，怎么秀才也学会动手了？——您不进去看看他吗？"

董相如说："那是你看错了人，高公子可不是那样的人。"

伙计说："对，我早看出来了，那位，人好，心也善，会体贴人。"

董相如被伙计的话逗笑了。这是客栈的后院，上下两层，董相如与高长卿都住在下层的客房里。后院连着前面的店堂，再前面还有一溜简易的马棚，拴马的桩子，贮放草料的仓房，一排饮水的石槽。后院的台阶下栽种着两株天竺，绿得疏朗而阴森，映衬着青砖的甬道。楼上的一扇窗户前，挂着一盏小小的红纱灯。

老板来到后院时，地上的血污和腥气使他皱起了眉头，他对伙计说，这是客人们读书休息的地方，你越来越没规矩了，快弄出去。

伙计说："我在陪公子说话呢。"

"就没见你有过理亏的时候。"老板说着，瞪了伙计一眼，走上前来向董相如问寒问暖。董相如告诉老板说，你的这个伙计很精明，开客栈，需要的正是他这样的人。董相如的话使老板的脸上浮起一层浅显的得意之色。伙计在那边也听到了，心里一高兴，手上平添了几分力气，鸡头突然被拧了下来，伙计失声叫道：

"糟了——这鸡卖不出去了。"

老板没有责备伙计得意忘形的冒失行为，只是与董相如相视笑了一下。之后，他离开后院，走进了前面的店堂里。

外面来了一主一仆两位客人。

这天夜深时分，董相如在房里读了一阵书，正在昏昏欲睡之时，忽然听到外面传来一阵嘤嘤的女人的哭声。起初，董相如以为是梦中的一种情景，及至他披衣推门，来到外面以后，那种哭声仍在断断续续地持续着。董相如站在门前的石级上听着，哭声哀怨凄婉，似在附近，又仿佛很远。院中原来的两只灯笼灭了一只，光线比先前锐减了许多。那个伙计正在关门，准备睡觉。董相如立即叫住了他：

"你听——"

伙计说："什么？"

"附近好像有一个女人。"

"我知道。"

"你知道？发生了什么事？这里还有别的人住着吗？"

"公子，我忘了告诉您，"伙计说，"一年前，我家小姐去世了，每到这个时候都要回来哭一阵的。您睡吧，不打紧，过一会儿就不哭了。"

董相如说："你家小姐……"

伙计告诉董相如，小姐已定了亲，有了姑爷，本来说好去年中秋的时候来迎娶过门，可后来来的不是什么花轿，而是一个失魂落魄的报丧的人，那位没福气的姑爷得暴病死了。此后，秋风四起，霜露遍地，小姐从此忧郁成疾，不久也故去了。

董相如说："你家老板知道这哭声吗？他怎么办？"

伙计说："他这会儿一个人正在房里听着呢，他什么都知道。"

董相如心中似有所动，他问伙计说："你们小姐多大了？"

"十九。"伙计说，"您是没见过我们小姐，那长得真叫……她要是不死，与您可真是天造地设的一对。——您看见楼上挂红纱灯的那扇窗户了吗？从前，那就是我们小姐的绣房。这会儿，门窗都封死了，谁也不许进去。"

董相如说："你家小姐的名字叫崔玉婴，又叫采春，对吗？"

伙计张大嘴，吃惊地望着董相如，半晌才说道："公子，您怎么知道？"

董相如在伙计惊愕而不安的视线里转身走上台阶，回到房里不久以后，他听到了吱吱呀呀的关门声，锁子也随着落下了。

董相如坐在床前，夜晚的房中有些阴冷。垂下帐幔之后，昨夜的梦境又一次浮现在他的眼前：树丛后面传来了清脆的笑声，笑声从他的头顶上漫过，石榴红裙在后花园里迎风飘舞……

西望京城之二

两个瓜农在路边争抢地盘，一个瓜农刚刚举起手中的扁担，另一个瓜农的额上突然冒出了鲜血。眼前的情形使唐宣赞感到奇怪而有趣。简直不可思议。那股鲜血是怎么冒出来的呢？书童含墨在旁边扯了一下唐宣赞的衣袖，低声说，我看得清清楚楚，他并没有打他，他怎么就流血了呢？唐宣赞说，这事的确很奇怪，我也看糊涂了。这时，远远地有一位农妇，一路哭喊着，向人群这边跑来。唐宣赞转身去看那个妇人，围观的人群开始松动。含墨拉着唐宣赞走到一边，对唐宣赞说，公子，小心他们的血溅到你的身上，就在这里看吧。

离家已半月有余了。

一路上，唐宣赞带着书童含墨穿州过县，跋山涉水，每到一个地方，唐宣赞都要逗留一天半日，四处游玩。含墨急得乱跳，不时从怀中掏出一张纸，照纸宣读，催促唐宣赞收起游兴，加紧赶路，他们的行程与日期在纸上写得明明白白，一清二楚，日程一天挨着一天，刻不容缓。而唐宣赞对此毫不理会，一离了家门，便把什么都忘了。沿途的一切都使他感到有趣，随便一个村庄、镇子，他都想进去看一看。星罗棋布的城堡、庙宇、牌楼，此村姑与彼少妇身段相近，面貌殊异，此石桥与彼石桥隔代而建，大同小异……"公子，不能再住下去了，老太太让咱们初三之前务必赶到冯县，初五过孟江，初六……"

　　唐宣赞说："你到底是听老太太的，还是听我的？你要干什么？"

　　含墨说："在家听老太太的，出门在外当然听你的，都得听不是。"

　　"既然如此，你就闭嘴，我到哪里你就到哪里，不要再烦我。"

　　"话虽这么说，可我还是怕误了考期，我担当得起吗？"

　　"掌嘴。"

　　"不说了，再不说了，这是何苦来着。"含墨伸手在自己的脸上抽了几下。

　　唐宣赞看着抓耳挠腮的含墨，不禁露出一丝笑容。含墨伶俐过人，但毕竟还是个童稚未尽的孩子。横渡清河的时候，他们在中途遇上了风浪，所乘的木船险些沉没，汹涌的河水将唐宣赞随身携带的一些书籍打得精湿，令唐宣赞感到心灰意冷。上岸后，含墨从箱子里取出被河水洇湿的书籍，一册一册地晾晒在岸边的阳光下。湿漉漉的书籍令人惆怅，唐宣赞不想看那些书，想看一些开心的事。他站在岸边，仔细眺望沿河一带的景色。含墨小心翼翼地翻动粘在一起的书页，如同一个在烟雾弥漫的市井里察看火候的小伙计。沿河一带，房舍错落，人影憧憧，旅途中的风声使他们在不久之后便将那些尚未完全干透的书籍草草地收拢在一起，装入箱子，又匆匆上路了。在竹罗镇，他们先雇了一头骡子，驮着书籍与包袱，不久又换了一匹马。面对乌黑而细长的马的鬃毛，唐宣赞一路上兴致勃勃，赞不绝口。唐宣赞不断地抚弄着马的鬃毛，目光里流露出一种少见的柔情蜜意，他边走边对身后的含墨说："瞧瞧，这像不像女人的长发？美丽的长发。"含墨的身影在马背后出没，一脸诡异的笑容。出门多日，他有时偶尔会突然忘掉自己的身份与职责，原野上空的浮云与纸鸢使他的目光变得辽阔起来，时常可以看见有人在河边或返青的田野里练习飞翔，一次次的飞翔，一次次的前赴后继。潮湿的衣衫在沿途的风光中渐渐被吹干了，隔不多久，他就从马后转到唐宣赞的身边，十分婉转地提醒唐宣赞千万不要把那位程太爷的信丢了，丢了什么东西都不要紧，包括把他这个书童丢了都行，就是别把那封信丢了，程太爷写得一手漂亮的小楷，那封举荐信整整花了他一个上午的时间，信中的有关的措辞斟酌来斟酌去，举棋不定……

"什么程太爷，"唐宣赞说，"我上京赶考，要他的信干什么？"

临行之前，家里的人做了充分的准备，上上下下忙成一团。春天一开始的时候，唐家的人就打听到了一个比较确切的消息，今年掌管全国举子会试的主考官是郑润萧郑大人，程太爷与唐家是多年的世交，早年又曾做过郑润萧的老师。老太太的想法是，有了程太爷写给郑大人的举荐信，唐宣赞此次进京应该是如鱼得水、顺理成章的。老太太的想法比较简单，在唐宣赞看来，还多少有些可笑和不洁。离家不久之后，他们主仆二人走在路上，唐宣赞告诉含墨说，他已把那个狗屁程太爷的信揉成一团，扔到河里去了。含墨听了，忽然放声大哭起来，哭声惊动了路上的一些行人。一个大叔模样的行人过来问含墨为什么事哭泣。唐宣赞笑着说，家里给他娶了一个媳妇，我带他出门，他忽然想媳妇了，不肯走了，闹着要回去。那个人仔细打量了一下含墨，发现他还是个孩子，就说，还不到那个时候嘛，这么一点年纪就懂得相思了？真是怪哉。含墨听别人这么说他，立即破涕为笑，他抱怨唐宣赞说：

"你撕它干什么，还不如把我撕了算了。"

唐宣赞说："你真的以为我会名落孙山吗？"

"天地良心，我巴不得你得了头名，我跟着也威风。"

"这才是个好孩子。将来选个好姑娘配给你，给我生他一堆，十个八个的都不嫌少。程太爷他那双肮脏的手什么没摸过？我能要他写的信吗？"

"公子，我听我老舅说，苏东坡也是一个……"

"闭嘴，你老舅是谁？不知道就不要乱说。早先，我听家里的奶妈们说，你是从葫芦里剖出来的，是真的吗?"

"是谁这么说的？打死我也不信。我爹从前是种葫芦的，这是编派我呢，我的小名就叫葫芦。我爹要是一个木匠，她们就敢说我是从墨斗里生出来的，我爹要是一个陶工，我就成了瓷窑里烧出来的了，这些人。"

快到冯县了。沿途的房屋稀稀落落，树木参差不齐。明亮的流水又细又长，水边有几个浣纱的妇女。一打听，才知道现在已进入了冯县境内，前面不远有一个城镇。唐宣赞想在冯县留宿。临行之前，唐宣赞查阅过《冯江府志》，昔日的公孙策与王维都曾在这里居住过一段时期，当地的人常以此为荣，这是他们的旧址得以保存下来的一个原因，但摩诘之字画已形同地图。含墨听说，急得拦至马前，苦苦哀求，不能再在这里住了，京城还很远哪。唐宣赞说，你想累死我吗？你回去吧，我一个人走得了。含墨说，说得容易，我能回去吗？老太太见了我，不吃了我才怪。唐宣赞说，这一路上，我让你管制得束手束脚，风景不能看，客店不能住，好像你忽然成了我的主人。含墨说，好歹咱们也得先到了京城，不能总停留在路上，京城多么繁华，有皇帝有公主，要什么有什么，到京城里再玩吧……一位汲水的村姑从他们的旁边经过，荆衣布裙，面带嫣红，几个孩子在附近的一片浅水里洑来洑去。

远远地逶迤着一带城墙，隐隐发灰，那是冯县的城墙。沿途点缀着桃花，白云与树木倒映在水中，一个人正在路边兜售香扇与纸鸢。唐宣赞买了一把扇子，扇面上题写着一幅今人仿造顾恺之的书画，画的色彩瑰艳无比。

这天傍晚的时候，他们远远地望见了一座客店，店门前冷冷清清，卧着一头黄牛。含墨用一种征询的神情望着唐宣赞，唐宣赞抖了一下衣袖，不假思索地说，不用这样看我，说什么也不走了，今晚就在这里投宿了。

含墨没有说话，侧脸谛听着什么。店门前的那头黄牛忽然慢吞吞地从地上站起来，在门前走了一阵后，又无声无息地卧下了，整个过程像一位身患绝症、行动迟缓的老人。现在，牛的颜色在唐宣赞风尘仆仆的视线里呈现出一种极为常见的酱色，质感如一座刚刚浇铸不久的蜡像。

那是一头牛吗？唐宣赞注视了一阵，在心里询问自己。那不可能是一头牛，这样的天气，这样的暮色，最容易使人的眼睛看错什么了。身后传来了风吹秋千的声音，秋千上没有人，轻轻地荡来荡去。唐宣赞开始催促含墨上前去叫门，他无法设想眼前这个客店里的大致情形，但愿能够天遂人愿，好好地住一夜。含墨摇着头说，这附近好像有一个女人在哭。

"不管她。"旅途的劳累使唐宣赞变得烦躁不安，"快去叫门。"

含墨敲响了客店的门。出来开门的是一个十八九岁的姑娘。

一个苍老的声音从里面传出来："采春，快请客官们进来——"

飘动的奏章

郑润萧看得清清楚楚，圣上刚才还是眉开眼笑的，现在忽然变了脸色。当着大殿上文武官员的面，圣上忽然将一本写满了诗句的小册子扔到了殿下，大殿上一片死寂。

圣上说："你以为你是谁，敢用诗词来讥讽朕，朕是你所说的那样吗？"

圣上说话的时候，并没有看任何人，眼睛瞟着大殿上的龙凤图案，似乎是对屋顶说话。郑润萧心跳得很厉害，他不知道圣上是在说谁，看来，又有人要……这时，文职官员的行列中忽然有一个人跪倒在地，连滚带爬地去拾捡那本写满了诗句的小册子。郑润萧偷眼一瞧，不禁大惊失色，那个人正是自己的好友、翰林学士梁永桢。郑润萧心里暗暗叫苦，他不知梁永桢怎么得罪了圣上，不知他哪个地方出了毛病，竟敢与虎谋皮，冒犯圣上。

这会儿，梁永桢爬到阶下，捡起了他的那本小册子，一页一页地翻动着，他想在大殿上当着文武官员的面，读几首诗，以表明自己清白的心迹。梁永桢刚吟出一句，郑润萧偷偷地望了圣上一眼，只见圣上不耐烦地将脸转向一边，显然无心倾听。郑润萧感到自己的手潮湿起来。

一直站在圣上身边的孟太监从阶上走下来，来到梁永桢面前，压低声音对他说："你这是干什么呢？待会儿回家念去吧，啊，不要念了，陛下这会儿不想听。你们这些人哪，总是心血来潮，好好的官不做，写什么诗呢，几首诗就能救得了国，洒家明儿也要学着作诗了，一天作他一百首……"

早朝没有商议什么事情，不久便在一种不欢而散的气氛中草草地结束了。

退朝之后，文武官员们从大殿里鱼贯而出。郑润萧抢先走在最前面，他知道在这个时候避免与梁永桢见面，是非常必要的。如果还像往日退朝后那样，两人并肩而行，圣上无疑会把他与梁永桢看成是一丘之貉。这时，吏部的一位官员从旁边拍了一下郑润萧的肩膀，郑润萧吓了一跳，脸色都变了。待看清楚后，才不自然地冲对方笑了一下，临上轿前，郑润萧忽然看到梁永桢远远地落在所有官员的后面，茫然的眼神四处张望，不知在看什么。郑润萧怕梁永桢看到自己，急忙钻进轿里，垂下了帘子。他别是在到处找我吧？郑润萧回想着梁永桢的那种眼神。这时，轿子已启动了。

郑润萧回到府里，里面的衣服几乎湿透了，口干舌燥。全是吓的，全是由于紧张所致，他在心里这样对自己说。有人端来茶，他刚举起茶杯，喘息未定之际，孟太监忽然率领两名小内侍前来传旨。郑润萧放下手里的茶杯，命人点亮纱灯，大开府门，迎接孟公公。灯光下的孟太监，看上去像一位心宽体胖、面如满月的老太太，宣旨完毕，也不吃茶，即刻回宫复命去了。

郑润萧在走向后庭的过程中，感到自己的四肢有些麻木而不听使唤，两名侍女扶着他，府中的人影与花影他几乎视而不见。今年春天以来，他在朝中的地位忽然扶摇直上，短短的两个月之内，连升三级。莫名其妙的擢升使他百思不得其解，他不明白是谁在暗中保佑，是祖先的阴德？是皇上？是阴错阳差？

郑润萧在床上刚刚躺下，府里的管家悄悄地从外面进来了。管家告诉他，今天一早，有两名外地来的举子，来到府门外，要求拜见郑大人……郑润萧说，不好好在客店里温习功课，找我干什么，找皇上也没用。

管家说："卑职已把他们打发走了，不过，他们说抽空还要来……"

郑润萧闭上眼睛。这些天，各地的举子已纷纷云集京城，准备参加会试。作为本年度的主考官来说，郑润萧的公务无疑是最为繁重的。现在想起来，他已经有很久没有看到自己的儿子了，那个不学无术的纨绔子弟近来不知怎样，似乎也没听说闹出什么太大的乱子来，有朝一日看到他，非得问问清楚不可。想当初，他们举家从外地调任京师的时候，他还是一个腼腆而胆小的孩子，繁华的京城对他来说是极其陌生的，充满了惶恐与不适，没有家人的陪伴，他不敢出门，他曾闹着要回老家去（去放牛，吹笛子）……但时过境迁，短短的几年，他忽然变成了京城里的一大恶少，那种近乎脱胎换骨的变化令郑润萧感到吃惊。随着郑润萧的不断升迁，京城在他的眼里也变小了。郑润萧曾隐约听说，自己的儿子与湖广总督的儿子过从甚密，这两个不肖之子，觉得京城与湖广已放不下他们，曾企图乘商船出海，遨游蛮夷之邦，后来不知什么原因，他们终于未能成行。

昨天晚上，郑润萧没有吃饭，早早就躺下了。他吩咐下人熄灭了灯，关好门后，自己爬进了帐子里。帐子里有一种暖意，他把自己脱得赤条条的，浑身上下一丝不挂。他不知道为什么这样想袒露自己的身体，他找不出丝毫的理由。不久，他又从帐子里钻出来，点亮了一支蜡烛，漆黑一团的房间使他感到极度不安。

昨天下午，郑润萧突然奉旨进宫。他不知道发生了什么事，一路小跑来到宫里。圣上看见他后，立即问他说：

"你看梁永桢的诗怎么样？"

郑润萧说："陛下……"

"他想做当朝的李太白。他做不了李太白，朕也不是李隆基。"圣上笑着说，"朕喜欢陆放翁的'红酥手'。"

这是什么意思？郑润萧退出来以后，心头飘满了团团疑云，他不知道圣上到底要说什么，圣上的话一如他平日所作的诗词文章，含蓄有余而明朗不足，常常令人不知所云、难以捉摸。有的老臣一生出入于宫中，尚且对皇上的性情一知半解，何况我呢（我才来了几天）？每逢此时，郑润萧总是这样宽慰自己。

去年春天，陆弓良拄着一根竹杖来到京城，原想献诗给皇上，但在皇上面前却备受冷落，不久就听说他又回去了……秋天里的一个上午，圣上带着郑润萧与左侍郎谭非突然来到翰林院，看望在那里日夜编修前朝国典的学士们，其时，主持国典修撰的正是梁永桢。中午，圣上在翰林院命人献诗，梁永桢当即献了一首。郑润萧转手呈给圣上后，诗中的一句"不才明主弃"，使圣上阅后龙颜大为不悦。圣上酸溜溜地对梁永桢说，你作诗只是作诗，为何要无故诋毁于朕？朕并没有抛弃你呀，你这样做，是你自暴自弃罢了，与朕何干？……此事发生之后，圣上明显地不再喜欢梁永桢了，梁永桢于忧郁与忐忑之中写下的一些诗词，圣上也懒得翻阅。墙倒众人推，一时间，一些惊人的消息在朝廷中不胫而走，都传说梁永桢的诗中充满了对当今朝廷的敌意，他的一首曾经广为流传的七言律诗涉嫌于此。郑润萧把梁永桢那首极为熟稔的诗重新在心里默念了一遍后，觉得所传之言荒唐是荒唐了一点，但若要人为地赋予它某种色彩，也是完全可以的。此事尚未了结，郑润萧的另一位旧友、将军府的王灵又突然遭到罢黜。圣上念王灵早年率部平叛有功，特派他回冯县看守皇家坟茔。圣上的祖籍在冯县，先帝最初从冯县起兵，有几代君王、娘娘的陵墓都在那里。

午后，郑润萧正在榻上昏睡，府门外传来的一阵纷乱的车马声将他从睡梦中惊醒。郑润萧睁开眼，周围静悄悄的，身边一个人也没有。他正在寻思，手下的一个人在门外回报道：

"老爷，陈大人来了。"

陈大人？郑润萧眨动着眼睛，脑子里一片虚空，他想不起来人是谁。这时，他听到门外响起一阵洪亮的声音：

"郑大人，一向可好？"

声音未落，风尘仆仆的边塞诗人陈品钦已经大大咧咧地推门进来了，郑润萧急忙从高高的睡榻上翻身下来，吃惊地说道：

"陈大人，什么时候回来的？"

"郑大人，我是奉旨回京的。"陈品钦落座后，伸手端起桌上的一杯冷茶一饮而尽。郑润萧冲门外喊道："看茶。"陈品钦放下茶杯，一边擦拭脸上的热汗，一边对郑润萧说："圣上这样十万火急地召我回京，不知有什么事情？"

郑润萧一愣："噢？"

"一天之内，连降三道圣旨，"陈品钦说，"边关的将士们都议论纷纷，不知朝中发生了什么事情，大人您……"

"你见过圣上了？"

"还没有，我是骑快马回来的。"陈品钦说，"我在朝中没有什么熟人，只有郑大人您，刚一到京城，我就直奔大人的府邸而来了，我想先探听清楚，然后再进宫面圣。"

"陈大人，"郑润萧焦虑不安地说道，"不是老夫多虑，你这样做，太冒失了，一旦被谁瞧见……不妥啊……"

"大人可曾听到什么风声没有？"

郑润萧摇摇头。陈品钦由边塞突然回京，使他感到一种不祥正在渐渐逼近，他在恍惚中看到一道阴影尾随在陈品钦的马后，一路跟踪而来……据他所知，圣上对陈品钦不感兴趣，陈品钦曾经写过一些醉卧沙场、马革裹尸、汉家明月一类的诗章，圣上很不高兴。现在他却被突然从边关调回，难道是……想到这里，郑润萧来到陈品钦面前，压低声音问道：

"你在回来的路上，遇到过什么人没有？你的身后，你的前方？"

陈品钦想了一阵，说未曾留意，一路上他只顾埋头赶路，快马加鞭，无暇顾及什么，似乎没看到有什么人。

"想不到你还是那么粗心。"郑润萧说。

陈品钦轻描淡写地说道："管他呢，难道谁还要暗算我吗？"

"我担心的正是这一点。"郑润萧说，"你会吃亏的。"

陈品钦忽然说道："哎，我想起来了，我在路上遇到梁大人了。"

"梁永桢？"

"是的，他看上去好像有点儿不对劲。"

郑润萧长叹一声。天下真有如此巧合的事情，陈品钦奉旨从边关回京之日，正值梁永桢被勒令离京之时。梁永桢父母亡故，他没有回乡守孝，此事触犯了国法，梁永祯已是覆水难收，谁也救不了他了，郑润萧正为此心焦。

"你们两个，一进一出，朝廷里看上去还是原班人马，一个也不少。"郑润萧说。

"梁大人他……出事了？"陈品钦惊讶地问道。

"他恐怕再也不会回来了……"

眼下的情形似乎越来越糟了。梁永桢在离开京城的前夕，含着泪写了一首充满伤感色彩的言志诗，托郑润萧转呈给圣上。诗中用忧伤而温情的语言描述了京城一带的太平繁华景象，又表达了他对当今圣上的一片至诚之心。诗的最后两句说他不管将来流落到何方何地，故国的明月永在他的心中，只要朝廷一声召唤，他就算是听到了天籁，如同游子回到了母亲的怀抱，迫切而渴望的心情令人想起那种"千里江陵一日还"的受宠若惊的情形。郑润萧在最初读过之后，觉得自己被这首诗打动了，他流出了老泪。他要是皇上，会把梁永桢重新召回来的。郑润萧把梁永桢的这首诗呈给了圣上，但几天过去了，看圣上的样子，好像早把这事给忘记了。郑润萧不敢声张，只暗暗焦急。

昨天下午，圣上召集朝中的文职官员说，朕其实对你们不薄，当初，汉高祖常在洗脚的时候召见天下文人，一边在水里搓脚，一边询问他们的学业与文章。与刘邦相比，朕还不至于那样傲慢，朕是礼贤下士之君，朕经常彻夜不眠，在书房里展读你们的诗词文章，这难道还不够吗？还要怎么样呢？你们的妻儿老小、兄弟姐妹也不见得就那样喜欢你们的文章，朕比他们要强多了。

一段时间以来，郑润萧隐隐约约地感到有一道黑影时常在宫廷内外徘徊，它类似于午后的某种光线，有时泛出一种灰蒙蒙的颜色。它又类似一种很特殊的人。有一种人，头上没有白发，脸上没有皱纹，皮肤保养得十分光滑，但无论如何都不给人以年轻的印象，一眼看去，便知他老朽不堪，这多少有些奇怪。郑润萧近来发现的那道黑影正属于此。每逢上朝之时，在穿越林立的铜柱与重重的宫门的过程中，郑润萧时刻感到那道影子正在紧随其后，或出没于左右。在他看来，那些终日守候在宫门两侧的武士，简直形同虚设。

郑润萧曾写过一首诗：《春日上早朝雾中偶遇邓国公》。邓国公是前朝时期的一位老臣，戎马一生，战功卓著，几年前在朝廷议事的大殿上突然触柱而死。

一天早上，郑润萧来到午门外时，只见满城大雾，午门隐现在雾中。正在行走之中，郑润萧忽然看到，披头散发、征袍微敞的邓国公正迎面而来。郑润萧急忙闪到一边，并跪倒在道旁，像往日那样让老国公先行通过……弥天的大雾经久不散，午门内突然传来阵阵沉闷的鼓声，早朝的时间已到。郑润萧从地上爬起来，雾中回响着急促的脚步声。他一边向里面狂奔，一边喃喃自语：

"糟了，陛下又该说我了……"

典州的炊烟

繁重的农事开始了。

王凤龄守候在火前，望着火上的那只黑色的砂锅，已经过去一个时辰了，锅内的草药还没有开始冒泡、翻滚起来。受潮的木柴在灶内不断地发出哗哗的响声，院子里浓烟弥漫，王凤龄的身体被笼罩在烟雾中，不停地捂着嘴咳嗽着。这些日子以来，父亲服用草药似乎上了瘾，王凤龄每天至少煎煮两次，在火边冗长的等待不知耗去了他多少时光，深长的药力像一些令人不安的消息，他的耐心正在被焦虑取代，他开始有些魂不守舍了。

邻居的顾大嫂悄无声息地穿过烟雾，突然来到他的身旁。呛死人了。顾大嫂用手驱赶着脸前的烟雾，拿出一封信让王凤龄帮她念。她的丈夫是一个朝奉，终年在外。顾大嫂探头向屋里张望了一下，王凤龄立即用眼神制止了她。王凤龄打开信，顾大嫂站在他的身旁，身体紧紧地贴着他。王凤龄向里面望了一下，低声对她说道："现在不行，他正在里面呢。"

顾大嫂撇着嘴走到一边。从她一进来那时起，王凤龄就明白了她的意思，她哪是来让他帮着读信呢，眼前的这封信，王凤龄至少已经读过十几次了。王凤龄揉了一下被呛出泪水的眼睛，望着这个高大丰壮的女人。火上突然传来咻咻的声音，药锅开了。王凤龄走过去，掀起盖子，轻轻搅了几下。之后，他小声对顾大嫂说，昨天晚上……顾大嫂瞪了他一眼。王凤龄说，这会儿我真的脱不了身，火上还煎着药，午后好不好？午后他要睡觉，我到你那里去。

不怕你不来——顾大嫂说着，穿过来时的烟雾，出去了。

里面的父亲听到了院里的动静，问王凤龄是谁来了。王凤龄告诉父亲说，是邻居的顾大嫂，她的丈夫来信了，她来让他念信。父亲在里面嘀嘀咕咕地说，她的丈夫对她可真好，隔不了几天就寄一封信回来，一个女人活到这种地步，也算是有福气的了。王凤龄心不在焉地站在烟雾里，支支吾吾地漫应着。他听到父亲似乎要从里面出来了，急忙朝里面说，药已经煎好了，我这就端进去。

好吧。里面传来了父亲的声音。他没有出来，似乎又躺下了。

午后。

王凤龄悄悄地走进隔壁的院里，门虚掩着，顾大嫂正在堂屋里梳头。王凤龄走进去以后，她立即放下手里的梳子，插好门，屋里的光线突然昏暗了下来。她张开湿润的唇：

"我把两个孩子打发到娘家去了。"

傍晚，王凤龄来到河边。

连日来下了几场春雨，一个月前他在这里种下的一片豆角儿和蔬菜已经拱出了地皮，尽管长势并不良好。典州这个地方穷山恶水，土地贫瘠，当初，王凤龄的那种梳头一样的耕作方法，引起附近几位农妇的笑声，她们从来没有见过有人居然会这样耕作。她们当中就有后来的顾大嫂。当王凤龄后来红着脸从地里抬起头以后，一眼便注意到了这个丰满健壮的女人。不久以后，其他的几个女人都陆陆续续地走了，她仍站在河边，她的一片菜地也在这里。她来到王凤龄面前，对他说，我就住在你们隔壁。

越过一片稀疏晦暗的树林，王凤龄注视着出现在远处大道上的一些传递消息的快马。作为贬谪之地的典州，民不聊生，没有多少官员愿意来这里。不久前王凤龄偶尔听到一个消息，这一年来，典州刺史的人选如走马灯似的频繁更换，先是一位朝中的大臣被贬到这里，上任没两个月，忽然又被重新起用，一道圣谕召回了京城。接着到任的是一位名叫曹沛的儒士，工词赋，长于丹青，曾做过太师府里的幕僚。王凤龄还没有来得及将这一消息告诉染病在床的父亲，那位新到的刺史大人便不幸死在了任上。真是一个没福气的人，一辈子仰人鼻息，手中刚刚有了一点权力，却又无缘消受，快快死去了。此后几个月内，典州刺史的空位一直无人承袭。农桑之余，王凤龄三天两头出去打听有关的消息，结果总是一无所获。他曾听街上的人传说，一位年轻的刚及第的进士即将到任，出任新的典州刺史，但传说只是传说，很久过去了，新官却一直迟迟不见到任。几个月前，他们一家离开京城，母亲郁郁寡欢，悲恸不已，不久便染疾死在路上，她的寒碜简陋的葬礼甚至不及一位村妇的后事。经过长途跋涉，他与父亲来到典州。一到典州，父亲就病倒了。

远处传来了沉闷的雷声，雨前的田畴上忽然燥热起来。王凤龄离开河边，开始向家里走。来到田边的一条大道边上时，他忽然看见了停在路旁的一顶华丽的轿子，紧接着，他发现了一些三三两两地散落在附近的官兵，看样子他们正在路上休息。王凤龄愣住了。

一位年轻的官员突然从轿子后面走出来，含笑打量着刚从田里回来的王凤龄。

风雨吹开窗户的时候，王安坐在茅屋的窗前，借着闪电的亮光，他看清了外面的那些像金属一样锃亮的树木……湿漉漉的枝杈……银币似的叶片……他无法判断它们与茅屋之间的距离到底有多远。儿子外出还没有回来，闪电中他在田畴上猛然看到的那个戴草帽的人肯定不是他的儿子。这会儿，雨水浇在外面的木柴上，哗哗的水声传来，像是……他突然夹紧了双腿，感到下身一热……小便失禁的毛病已经有好几个月了，他一直不敢让儿子知道。

雨地里传来一声牛的哀哞。

茅屋里到处都在滴答。王安拖着虚弱的身体，手里掌着灯，四处察看，雨水贴着墙壁，在斑驳的泥痕中渗漏，昨夜他写在墙上的几行诗已被冲刷得一片模糊，无法辨认了。

近一段时间以来，他总是梦见一处坐落在路边的客店，包括那位店主的一片笑容，那座客店遥远得如同一处青苔密布的古墓，可疑的梦中景色使他感到惊愕。自从来到典州以后，他这个垂暮之年的老人，已连续几次在郊外众多参差错落的民舍之间迷失了方向，找不到自己的住处。最初的一些日子里，他很少出去，一旦出去了，就会因找不到回家的路而在外面滞留许久，四处徘徊，反复辨认周围的某些标志。有好几次，他恳求附近的几个儿童将他领回家中。儿子曾三令五申，不让他随便出去。但像他这样一个垂暮之人还有什么需要顾虑的呢？一切的阴谋与伎俩都与他失去了瓜葛，没有谁再会算计他了，连民间的毛贼都不愿多看他一眼。

就在一次又一次的迷路之后，他开始梦见那座青草簇拥的客店了，梦中的客店是肮脏而潮湿的，每天都有大量的被衾需要从房间里搬出来，一一地晾晒在院里的阳光下，那些被衾灰暗、霉湿，毫无生气，上面明显地留有客人们遗精、尿床的痕迹，有时甚至还血迹斑斑……客店里的店主笑容可掬地向大家解释说，被衾上偶尔出现一星半点血迹是正常的，那是跳蚤和蟑螂的血，不要小题大做，误认为是人血。

王安忽然停下脚步，将灯举在脸前，凝神谛听着。他在屋里四处察看的过程中，猛然听到一种什么声音，不是雨水的滴答声……他举起手里的灯，吃力地向外面望去。窗前有一束暗红色的花，花茎在雨中颤抖着，此刻，那几片暗红色的花瓣，像一张微微启动的湿润的嘴，正在不动声色地向屋里喷香吐幽。

王安昏昏沉沉地来到床前，这会儿他已在雨水中清晰地分辨出了那种幽暗的花香，他感到有些头晕。他在床上躺下，手里的灯忽然打翻了，屋里变得一片漆黑。

刚一闭上眼睛，他猛然又一次看到了那座青草簇拥的客店，那里的阳光像夏天，前后院里所有的门窗都在向他敞开着。……秋千……马厩……亭台……酒幌……被衾……草料……王安长叹了一声，没想到多少时间过去了，它还像最初那样安安静静地坐落在通往京城的路上……

那座不祥的客店，难道是他最后的归宿吗？一道闪电忽然划破漆黑的雨夜，王安惊恐万状地从床上坐了起来。

王凤龄坐在青草摇曳的田垄上，注视着远处的大道。他的心猿意马的神态，不久便引起了一个人的注意。那个人放下手里的工具，从一片青麦中间穿过，来到王凤龄身边。

"你好像在等什么人吧？"

王凤龄心里一惊，回头看去，这个看上去有点阴阳怪气的人很不起眼，却一语道破了他的心事。王凤龄觉得这个人似乎在哪里见过，不久他忽然想起来了。几天来，这个人一直在附近一带干活儿，疏浚水渠，往田垄上培土，王凤龄每天到河边的菜地里来，都能看到他。

王凤龄没有搭话，继续注视着远处的那条大道。这时，那个人忽然又说道：

"你等不到那顶轿子了，你中午回去吃饭的时候，巡抚大人的那顶漂亮的轿子已从这条路上过去了，他们在路上停留了一阵，后来就走了，你们都错过了对方。"

王凤龄吃惊得差一点从田垄上一头栽下去。毫无疑问，身后的这个阴阳怪气的人已经看出了某种名堂，难怪连日来他的勤勉的身影一直准时而持久地出现在附近一带，现在看起来，他在那里培土、锄草、疏浚水渠，全是一种装模作样。王凤龄感到不寒而栗，难道这个人已发现了我与巡抚大人之间的某种瓜葛或蛛丝马迹……王凤龄渐渐镇静下来，冷冷地说道：

"我没看见什么轿子，我在这里锄草，这是我的菜地。"

锄草？

那个人突然在王凤龄的身后放声大笑起来。王凤龄低头看到自己手里抓着的并不是田间的杂草，而是一把刚刚长出来的蔬菜的禾苗……王凤龄羞愧不安地扔掉手里的菜苗，心猿意马使他变得良莠不分，昏头昏脑地在菜地里乱抓一通，难怪那个人一眼便看出了其中的破绽。

中午，王凤龄回到家里以后，只见柴门虚掩着。他在外面叫了几声，父亲不在。屋里有一种浓重的药味，那位大夫似乎又来过了，父亲会不会与那位大夫一起出去了？王凤龄出去问了周围几个邻里，都说没见。

王凤龄站在门前向远处眺望。曾几何时，父亲变得像个孩子一样，越来越让他操心了。小时候，他让父亲操心，现在轮到父亲让他操心了，时光好像在重复着什么，好像在节节倒退。

那位大夫先后来过几次，父亲服用的草药，加上大夫的诊费，一共是四两银子。大夫说，先不用忙着还我，治好了病再说。大夫离去以后，父亲一筹莫展地看着王凤龄，说，这可如何是好，去哪里找这四两银子呢？把我们所有的家当都折卖了，恐怕也未必够。

郊外的墟落里升起了暖暖的炊烟，到处可闻忽长忽短的呼儿唤女的声音。王凤龄站在门前，隔壁忽然传来了顾大嫂说话的声音，王凤龄的两条腿不由自主地颤抖了一下。这个久旷的女人，她的高大丰壮的胴体仰卧在床上的时候，王凤龄常感到自己面对着的是一座巨大的郁郁葱葱的山，她的源源不断的泱泱之水曾使王凤龄忘记过自己的身世与遭遇。王凤龄常对她说，我们应该细水长流，不能暴饮暴食，这又不是一天两天的事。但顾大嫂是一个不喜欢半途而废、细水长流的人，她说，不行，我哪有工夫等待细水长流，火上还煮着粥呢，我想痛快一点……

王凤龄在屋里生着了火。父亲仍不见回来。中午黄色的炊烟漫过树林，像绵延起伏的山岭一样缓缓向上延伸，它的余脉倒映在附近的水沟里。远处，有人正在翻晒雨后霉湿了的柴草。火生好以后，王凤龄抱头从屋里跑了出来，满屋的烟雾呛出了他的眼泪，并使他不断地咳嗽。他在门外喘息了一阵后，打算出去搜寻久出未归的父亲。对于父亲来说，民间无疑是一个陌生的去处，他的口音与衰老多病的身体又将使他不可避免地遇到各种各样的麻烦或不测。近来，官府发出公文，正在缉捕三名率领农民起义的头领，为首的一个叫刘玄，白脸，长须，读过几年书，粗通文墨，善于蛊惑人心。另外的两名一文一武，武的那个叫田虎，原是一个卖肉的屠户，手中的一把杀猪刀龙飞凤舞、神出鬼没。另一个名叫唐宣赞，世家子弟，虽满腹经纶，多年来却一直屡试不第。

他们的手下有三五万人马，并配备有数十门土炮，常年啸聚在光武山一带。这个刘玄，王凤龄从前在京城里的时候，似有所闻。告示上声称，这一队人马已全军覆灭，只逃脱了这三个首领。

王凤龄回头向家里望了一眼，一行凄楚的泪水不禁悄然滚落出来。是的，家徒四壁，一无所有，根本无须锁门。之所以称它为家，只是因为有几面墙壁（漏风的）和一个茅草的顶子，还有两个活人在其中居住、喘息、说话、睡觉，这个连民间的窃贼也不愿意多看一眼的家，不能不使王凤龄流出伤心的泪水。父亲，一个权倾天下几十年的宰相，如今竟然为筹措四两银子而四处奔走、彻夜不眠。

这时，父亲忽然回来了。

一个六七岁的孩子牵着父亲的手，像牵着一个行动迟缓的盲者，父亲在这个孩子的正确引导下顺利地回到了家里，看来没出什么意外。王凤龄放心了。父亲的一只手里拎着一小捆青菜，走进柴门之后，那个孩子松开了他的手。孩子在院里瞪着眼睛瞧来瞧去。

王安将手里的青菜放到一边，指着那个孩子，对王凤龄说：

"是他领我回来的，他是小虎，七岁了，爹娘都是卖豆腐的。"

王凤龄走过来摸着孩子的头，说："小虎真是个好孩子。"

"你们家真穷。"

孩子穿过柴门，向外面跑了。

王凤龄对父亲说："您怎么又出去了，我说过多少遍了。"

王安乐不可支地对王凤龄说："看见那捆青菜没有？又嫩又绿，他要十文钱，我只给了他七文，他以为我不懂呢，我其实早把市上的行情摸清了。"

王凤龄看了一下，那几棵菜，至多不超过两文钱，父亲却出了七文，还自以为得了便宜。王凤龄拎起菜，对父亲说：

"果然便宜。不过，这种买米买菜的事，以后还是让我来吧。"

"什么话？"王安说，"为什么不让我来？我闲着没事，再说，他们也骗不了我，我发现买米买菜是一件很有趣的事情。"

王凤龄盛水、洗菜、开始准备晚饭。几天前，街坊里的一位姓周的老太太答应送给他几棵夹竹桃，他移了过来，安置在向阳处，早晚浇水、松土，结果却只活了两棵，其余的几棵叶子都黄了，又黄又干的叶子，用手一碰，像纸一样发出一种脆响，又像烤干的烟叶。王凤龄过去请教周老太太，他不明白为什么没有养好，凭自己的那一番苦心，那些夹竹桃至少也应该成活三五棵才对。周老太太对他说，我看你文静秀气得像个姑娘似的，你怎么连个花儿也不会侍弄呢，隔天我过去看看，别是水浇得过于勤了，花儿这东西，你用的心思多了也不见得就好，根本不管不问呢还不行，和人一样。周老太太的话听起来似有道理。现在，父亲又给那几棵花浇水，父亲对这一行其实根本不懂，但如今却对事事都喜欢参与。王凤龄怕父亲把水浇得太多了，就让父亲去剥一棵葱。父亲果然离开了花丛前，走到门外剥葱去了。正是晚炊的时辰，从街坊邻里们那里飘出来的饮食的气息千奇百怪，各种味道混杂在晚风里，令人难以分辨。父亲剥完葱进来，无所事事地垂着两只手，望着王凤龄。

后来，父亲对王凤龄讲起了集市上的情形。对于几十年从未摸过钱的王安来说，市井里的种种名目繁多的交易使他感到耳目一新，倍觉有趣。多数时候，他会长久地驻足于一些店铺前或摊点旁，看别人交易。不久以后，他知道一只生蹄髈需要二十文钱才能买到手，卤煮的熟驴肉则需三十五文钱。一把普通的香妃竹扇三十文，扇面上题有名人字画的则不可估量，价格如水，随意升降，又如月之阴晴圆缺。两只满月后的白兔，可换瘦小的羔羊一只，或染布二丈。一般来说，一个普通的四口之家，在过年的时候，如果全家每个人都缝制一身新衣服，有三丈布匹就足够了，而且还是几身稍微像样的衣服。那些抱着下蛋的母鸡在市井出售的妇女，多半是急等钱用的，王安曾看见过她们当中的某些人在背地里偷偷抹泪。穷妈妈抱着病孩子。一服清热解毒的草药需要多少钱？八吊，甚至十吊。几根草棍竟然要卖这么高的价，王安感到奇怪。

这天晚上，一顶华丽的轿子在距离茅屋不远的地方停下了，谁也没想到那是一乘空轿。

不久以后，王凤龄走进轿里。

后 花 园

现在算起来，表兄董相如已离家数月有余了，然至今音讯皆无。临行前，皇英隔着青帘，看到董相如带着书童，一步一回头，穿过春天的庭院，恋恋不舍地向外面走去。远行的马匹拴在门外的下马石上，马背上驮着书籍与包袱。以后，那匹白色的马，常在每个月的初一和十五这两天的时候，扬蹄闯进皇英的梦里，发出一阵短暂仓促的咴咴的叫声。

苍白的马，苍白的骑手。

昨天晚上，她的一块旧日的罗帕突然不翼而飞了。上午的时候，她曾将它从箱子里翻出来，洗干净后晾到了窗外，到晚上的时候，那块石榴红的罗帕就突然不见了。她让小霜出去收回来，小霜在外面找了半天没有找到，最后两手空空地回来了。那时候，厨房里的几个女人正在厅堂外的黑暗处嘀嘀咕咕，似乎在议论一件什么事情，后来看见皇英带着小霜出来四处寻找帕子，便都住了声，垂手而立，不久便一个一个地悄悄散去了。皇英与小霜站在花园的入口处，看见花园里树影婆婆，湿气弥漫，修长的竹子发出青白的冰冷的颜色。小霜对皇英说，是不是让风刮跑了？她们看了一阵月色，正要回屋里去的时候，前院里的一个老婆子慌慌张张地跑来对皇英说，刚才她看见皇英四处寻找帕子，她回去后忽然想起来了，午后的时候，那个叫什么云深的和尚来过一次，后来又走了，姑娘的帕子没准是让他顺手牵羊给抄走了。老婆子还没说完，小霜对她说，你乱说什么？你怎么就知道会到了和尚的手里，除非是你偷去给了他。小霜的话使老婆子变得急躁不安，对天起誓，天地良心，姑娘可别冤枉好人哪，姑娘别小看了那些光头，我是知道他们的，什么事做不出来呢，姑娘的香帕……皇英说，宋妈妈，没想到会惊动你，那块帕子已经旧了，找不到就算了，小霜不懂事，才嚷起来的。皇英说完，带着小霜回了屋里。那个老婆子在花园门口寻思了一阵，不久也走了。

今夜又是十五，满园的花木在清淡的月色里流泻出弥天的幽香，湖水映出园中的小亭与螺髻形的山丘，一只夜鸟在水边扇动着翅膀。皇英坐在窗前，月色透过窗纱洒落进来，她的衣服与头发看上去含霜带雾，虚渺而失真。一段时间以来，那匹苍白的马如同一个恋家的人，不堪远行，从某些迹象来看，它似乎每天都要回来一次，悄无声息地站在门外，它在等待什么？夜深人静之时，马蹄下的青草忽明忽暗，每当小霜打开门后，外面已没了马的骨架与轮廓，只有一种轻微的不可名状的呼啸声拂天而过，似乎是飘扬的已远去了的马尾。小霜说她从来没有见过这样的马，一匹羞羞答答而又缠绵悱恻的马，它好像天天想家，泪流满面，却又唯恐暴露在别人的视线里，每当有人注意它时，它就会像风中的某种信号一样立即消失得无影无踪。董相如离家一个月后，有一天来了一位姓杜的公子，自谓是杜甫的嫡孙，是在几年前的一次乡试中认识董相如的。皇英的案头上曾有一幅杜甫的画像，远道而来的杜公子的确与昔日的杜工部异曲同工。姓杜的公子访董相如不遇，缺憾之情溢于言表，他在花园里的石凳上坐了一阵。远远地眺望着董相如平日读书的地方，那里仿佛流泻着浓密的绿烟，埋藏着幽深莫测的梦魇与略显脆弱的精神。这位神情恍惚的杜公子，他的某些大胆的设想使连日来一直郁郁寡欢的皇英感到十分开心，几次笑出了声。他渴望与自己的祖先杜甫出现在同一个王朝的天下，与他一同逃避战乱，一同登高远眺，一同黎明即起，看挥舞于民间的虹影剑器。"剑外忽传收蓟北，初闻涕泪满衣裳"，这一段诗被他背得滚瓜烂熟，仿佛他自己的一首旧作，但他忽略了杜甫被俘后解送长安的消息。年头岁尾，他在一条流淌着金粉红颜的河边，遇到了李龟年的一位后人，那位李氏传人正在一只瑰艳喧闹的画舫里踩着碎步粉墨登场，改头换面，吹拉弹唱，咿咿呀呀，一抑三顿。有人扮演失去晚节的古代圣贤，有人扮演隐姓埋名的良家妇女。是谁逼良为娼？那个乔装改扮、冒名顶替的人是谁？那个三分像人，七分像鬼的角色又是谁……

贴身的侍女小霜挑帘进来，给皇英的身上披了一件衣服，皇英回过头。小霜是从什么时候起成为她的影子的呢？一段时期以来，皇英就是在这个很会察言观色的姑娘的亲密陪伴中度过的，皇英想什么，她都知道。刚才她在窗前看了一阵月亮，当夜晚的寒意渐渐袭来的时候，小霜已将衣服披到了她的身上，小霜总是这样提前填补了她尚未成形的需要。这会儿，小霜剪着烛花，对她说，姑娘也该睡了，明儿一早还要去进香呢。

"今天是十五——"皇英说。

小霜告诉皇英，她刚才从外面打水回来，在经过下房的时候，听到几个老婆子在里面说话，吵成一团。一个老婆子说她早起去园子里的时候，看到董公子正在藤墙下读书，长衫上满是潮湿的夜露与绿色的草浆，看情形，仿佛彻夜未眠。另外几个人说她看见了鬼，谁不知道公子在一个月之前便已离家赴京了，这会儿说不定已重新踏上了回乡的路……皇英吃了一惊。小霜随意道出的这个消息与她昨日的一场梦境是那样的相似，也是在那个园子里，在那道花枝颤动的藤墙下，远远地传来董相如在病中长久吟读的声音，一篇辞藻华丽的圣贤文章听上去竟有些文理不通、离题万里。园子的上空浮动着厚厚的云彩，雪白的云彩，灰色的模样，如同一堆堆旧年的棉絮，在春暖天晴之日被替换下来，等待雨水的漂洗。很久以后，董相如的声音变得微弱而缥缈，一度徘徊的身影似乎贴到了墙上，绵延的墙垣，它下面的淙淙的水声代替了琅琅的书声。从某种意义上来说，那些在水中挣扎、翻滚、随波逐流的落叶与残红很像是书中的细节与词汇。趁着天黑，皇英在小霜的怂恿下出去走了一遍，透过下房里昏暗的灯光，皇英看到那几个老婆子有的在灯下坐着，有的歪在炕上，她们的张张老脸时而聚到一起，时而又各自分开，仿佛远在千里之外。她们在外面看了一阵，小霜要推门进去，盘问那个传小话的人，皇英如同做了羞事一样转身往自己的房里走。黑暗中，小霜从后面跟了上来，低声叫道，姑娘，姑娘——皇英回到门口，对小霜说，别叫我，我不是你的姑娘。小霜说，姑娘生我的气了？皇英说，我长这么大，今儿个还是头一次站在窗户外面看人家，开了眼了。小霜说，姑娘也太多心了，咱们又不是谋他什么，我看清那个满口胡诌的老婆子了，上次有人送来两只鹅，她在一旁见了，非说是鸽子，我猜是她的眼神不够用，把黑的看成花的也未可知。

……由远而近的马蹄声渐渐传来，季节像戏里的天气一样，轻而易举地变幻着，沿途的青草回黄转绿，路上的行人互不相识，纵横交错的驿道是多么的广泛而又互不通气。冬天过去了，某些附属了一段时期的东西突然以另一种情形流露出来，完整而得体地呈现在越来越清晰的日子里，上一个月在满地湿气中早已蒸发掉的，这时却依然峥嵘毕露、声如金石。紫气未瞻，彩符忽降，鸡鸣西度，匪夷所思……苍白的马匹载着十五的明月越来越近，皇英在一阵短促的吠吠的叫声中迎出门外。

傍晚。树木在闪光、融化。

靛青色的天空，橙红色的余晖，路上的人马与车辆在忽明忽暗的光线中看上去三分像人、七分像鬼，隔壁的房间里传来了含糊不清的读书声，字里行间充满了嗡嗡作响的回音，如同渐渐低垂下来的暮色。董相如耐心地听了一阵，他试图在这种心猿意马的谛听中努力使自己平静下来，那块被濡湿了的罗帕展开在他的眼前。夕阳西下的时候，树下的秋千突然断裂了，一阵尖叫声将董相如从午后的昏睡中惊醒。他打开门，向树下走去。周围没有人，几根飘零的羽毛落在一匹马的背上，丝丝缕缕的炊烟，灰黄两种颜色的烟柱如同杂交在一起的丰收在望的玉米。董相如在树下徘徊了一会儿，傍晚的天气是阴暗的，围墙边的碎石路一直通向那边的拱门和柱子，甚至更远处的院子。附近山上的石头被掏空了，露出了一种类似牙床一样的岩层。董相如空荡荡地走了一回，就在他要返回客栈之时，忽然捡到了那块石榴红的罗帕。上面湿漉漉的，像是不久前刚刚有人用它揩过眼泪——谁在附近一带哭泣？

董相如在宁静的晚炊里四处寻找有关那种香消玉殒的蛛丝马迹，从诸多情形来看，有一种东西在这个雨后的傍晚里不知不觉地钻进了他的心里，致使他的手指与面部泛出一种微微的绿意。如此迅速的涂染，是什么东西？

昨天午后，董相如正欲掩卷而眠，店主的女儿崔采春忽然推门进来，手里握着一块石榴红的罗帕，她的话语中不时出现"花轿""红装""迎娶"之类的鲜明意象，董相如是从什么时候发现自己面有赧色的呢？这个携带着胭脂与露珠的姑娘的到来，驱散了他的昏昏倦意，外面驿道上的近在咫尺的车马之声听起来是那样的遥不可及，仿佛一种远在前朝里的标本式的风景，一个与己无干的传说。崔采春站在门内，午后的一段时间里，她曾薄施脂粉。董相如局促不安地站立在床前，问题出在她那舒卷宽大的锦袖内部，阵阵芳香犹如暖风扑面，徐徐而来。崔采春是在树下荡完秋千以后到这里来的，其时，附近的崇安寺里青烟缭绕，诵经声响成一片。崔采春进来之前，董相如在掩卷之余听到一种淅淅沥沥的残漏之声，虽然这是一个阴沉晦暗的时刻，但并未下雨，那种突如其来的残漏多少有些令人奇怪。后来，越来越浓的倦意掩盖了一闪而逝的疑虑，后来，崔采春的芳香与叹息又驱走了他的睡意。这个出水芙蓉一样的姑娘脸色绯红地站在他的身后，扬起了手中的罗帕……

最初，董相如以为是一朵云彩从傍晚的窗前轻轻飘过，是那种偶尔流泻在空中的令人想入非非的云霞，不久之后，他感到眼前一阵黑暗，这使他在顷刻之间又迅速回到了粗糙潮湿的地面之上。有人从窗外走过，霉湿的足音如在耳边。有人推开位置错乱的桌椅，向他的身边走来，灼热的呼吸扑面而来。

这天傍晚时分，一队官兵拥进客栈。董相如从树下回来之后，看到了滞留在外面的马匹与轿子，两辆木笼囚车。几匹马的身上冒着团团热气，蒙在轿顶上的浮土意味着一路的颠簸与风餐露宿。客栈里的伙计忙得四处乱窜，为几匹马添草、饮水，拂拭轿子上的尘土。里面传来了喧闹而疲惫的声音，屋顶上的飞禽仓皇惊起。夕照下的客栈，山墙与屋檐微微发红。

那位心事重重的官员是谁？伙计说是一位北路来的太守，上京路过此地。

月之典州

  又是一天过去了。早在天未黑之前，我已命人在府内各处点亮了纱灯，又亲自查点了各处执勤的人数。这些人，我是熟悉他们的，我掌握着他们的名姓与家世，谁也休想从我的眼皮底下混过去。每当夜幕降临之后，这个临时的巡按府就变得像一座无人的空宅，到处都静悄悄的。我每天都要在早晚两头告诫下面的人，谁也不得大声喧哗，不得随意走动。巡抚高长卿大人不喜欢喧闹的声音，从离开京城出发之前，他就一再对我说，没事的时候，任何人都不得在他的身边晃来晃去，别人在他的身边走动，他会感到头晕。起初我不甚明了，觉得这事很怪，后来终于发现了其中的原因，高大人并非对所有的人都不喜欢，他感到头晕的是那些相貌庸常而丑恶的人，对于像王凤龄那样貌美的人，他是求之不得的。惺惺惜惺惺，高大人自己长得很美，喜欢比他更美的人。

  昨天晚上，王凤龄不知为什么没有来，高大人一直都在期盼着，后来时间越来越晚，王凤龄还是没有露面，高大人突然变得心绪烦乱、火气冲天。我躲在屏风后面，眼看着他在屋里乱扔东西，我知道在这种时候去劝慰他是十分不恰当的，他会把我放在眼里吗？这个时候只有王凤龄突然从外面进来，才能使他的怒气云消雾散。这个时候我能做什么？我只能在心里埋怨王凤龄，有什么大不了的事情使你不能分身前来呢，高大人像望夫崖上的石像一样等了你整整一个晚上。我想起以往的日子，王凤龄每天晚上总是如期而至，我在一旁早早地熏好香炉，点燃红烛，侍候他们沐浴更衣……

  整个晚上，我一直候在屏风外面，我肩负重任而又无所事事。我在想我是否应该悄悄出去把失约的王凤龄找来，可万一大人有事唤我该怎么办，我不知道这样做算不算擅作主张？据我所知，几乎每一位大人都不喜欢他手下的人擅自行事……谯楼上三更已过，夜越来越深了，这时，我听见高大人发出一声绵长而无力的叹息。他好像离开了椅子，在地上走动，又停在了镜子前。

我从屏风后走出来，低声对他说："大人，天已三更了，大人该歇了。"

高大人从镜子前转过身，望着我，突然问我："你说，王凤龄为什么今晚没来？他是不是厌倦我了？"

怎么会呢，我安慰他说，王凤龄肯定是被什么突如其来的事情缠住了身，难以自拔了，他的父亲不是三天两头常犯病吗，以往他一直都来，明晚他肯定会来的……我的话似对他起了某种作用，临上床前，他说：

"我也在想，他负我是不对的。"

现在，夜色已经浓重，根据以往的经验，按照时间来看，王凤龄该到了。我在府内前前后后察看了一遍后，特别吩咐守门的人，王凤龄一到，马上进来通报。

我回到室内，高大人正在对镜自览。每次王凤龄到来之前，高大人都要长久或短暂地在镜子前打量着自己。高大人粉面丹唇，美目流盼，多少年来，他几乎每到一个地方，都会在众多的女眷们中间引起不小的骚动。我跟随他数年，这种事情见得多了。通江府的一位姓梅的小姐，在见过高大人一面之后，一直念念不忘，不久竟然郁悒而死。最初的时候，在朝廷的金殿上，他的容貌引起了圣上的注意与怜爱，皇后娘娘也很喜欢他。紧接着，他青云直上，虽然遭到了朝中大臣裴非、张古等人的反对，但仍无济于事。那一阵子，京城里四处流传着高长卿靠美貌夺魁天下的事……然而，自从出任朝廷钦差巡察各地，自从来到典州见到王凤龄以后，他常常自惭形秽。有一次他告诉我说，他是人中之花，而王凤龄则是花中之王，王凤龄简直非人间父母所养，更像一幅幻想中的美人轴……

我熏好香炉，备足热水以后，王凤龄来了。

一道低垂的帐幔轻轻拂动了一下，王凤龄从后面走了出来。眼下正是深秋时节，王凤龄仍然穿着一身十分单薄的衣衫，这使他看上去更显得楚楚动人。眼前的情形，连我这样的人也不免引动了某种恻隐之心。我曾提醒高大人，是否该为王凤龄置办几身像样的衣服？高大人说，他不会接受的，我不想伤害他。这时，高大人从里面迎出来，他们拉着手，一起坐到绣榻上。我看见高大人的脸上流光溢彩，他声音很轻地对王凤龄说话。王凤龄向他解释昨晚失约的原因，高大人说，不必说了，不必说了。王凤龄说，家父的情形有些不大好，我煎了药，刚刚服侍他吃下去，这就来了。

我掩好房门，垂下所有的帐幔。这会儿，我想他们该沐浴了。

现在想起来，父亲对自己的外出是十分牵挂的，父亲问他每天出去干什么，他说是替巡抚衙门抄写公文。父亲听后，点点头，没再说什么。

王凤龄曾经询问高长卿，不知新的典州刺史将何时到任？不知来人是谁？高长卿说，管他是谁呢，一个小小的刺史算什么，你在我的身边还不够吗？高长卿希望王凤龄长期留在自己身边，王凤龄未置可否。父亲身为贬谪之人，是断然不能回到京城去的，他自己也一样，京城何人不识君？想瞒过别人的眼睛是不可能的。到这个月的月底为止，高长卿奉诏出使典州的期限已到，月初回京，不久又巡察孟江一带。王凤龄恨自己不能分身，他无论如何不能扔下年老多病的父亲不管，又不能辜负了高长卿的一腔深情，进退不能。

高长卿说："你别愁坏了，有我哪，我已替你想好了姓名——"

姓名？王凤龄望了高长卿一眼，低下头去。他在脚下的一只三足的水盂里看到了自己的倒影，浓郁的酒浆使他的双颊隐隐灼热，脸色一片绯红。高长卿在他的耳边喃喃低语。

昨天上午，父亲拎着一条瘦小的鲢鱼，从集市上归来，在距离家门不远的地方，失足滑进了一条水沟里，多亏顾大嫂与附近的几个妇女将他救了上来。父亲的身上沾满了树叶与泥污，手中的那条瘦小的鲢鱼也不见了。顾大嫂和几个妇女伸手在那片浑水中仔细摸了一回，竟然踪迹全无。整整一个中午，父亲为失去了鲢鱼而长叹不已，蔚为惋惜。王凤龄对父亲说，找不到就算了，一条小鱼能值多少钱，再说，你以前从不吃鲢鱼的。父亲听了王凤龄的话，看了他一阵，似想说什么又终于没说，和衣到床上睡觉去了。顾大嫂与另外两个女人进来过一次，见老人已入睡，说了一阵话出去了。

午后，父亲的喘息开始变得十分频繁，他一次次从床上坐起来，大张着嘴，又一次次重新躺下，不间断的喘息使他无法合上自己的眼睛，后来，他从床上下来，自言自语地说道，唉，不睡了，不让睡就算了，何苦还要喘成这样。

目睹喘成一团的父亲，王凤龄却丝毫插不上手，他多想代替父亲喘息一阵。王凤龄对父亲说，外面太阳很好，出去坐坐吧，晒晒太阳，白天睡多了也不见得好。中午，父亲因为鱼的事情而没有吃饭，王凤龄也只喝了一碗清汤，一段时间以来，他感到胸前堵得慌，不再像刚来典州时那样饥肠辘辘。

王凤龄扶着父亲来到门外，他们看见红蓝两种颜色的蜻蜓在阳光下盘旋，神出鬼没，远处的耕牛在青枝绿叶中无声地奔走。刚才，在床上的那一小会儿时间，父亲做了一个梦，他年轻的时候与裴尚书一道上京赶考，途中夜宿在一家客店里。将要入睡时，听到窗外传来一阵笑声，一个姑娘正在月下荡秋千……是店主的女儿……崔采春……

闻官军收河南河北

数月之前，梁永桢听到了范选俭失利的消息，范选俭率领残部退居蜀中，固守一方。不久之后，陆弓良逃到范选俭门下，这两个人忙里偷闲，一唱一和，互赠失意的诗词。

远在江南的黄二春穿上了染血的征衣，听说他已很久没有握笔了。

这些似是而非的、零星不断的消息，像旅途中的风景一样，点缀着梁永桢的行程。

昨天晚上，梁永桢在酒醉之后误入一座庭院之中。夕阳西斜，青砖红树，门前穿梭不息的紫燕使梁永桢最初以为自己来到了一座寺院之中。他背靠在一尊峥嵘的假山石上，不久便昏昏沉沉地睡了过去。

不知睡了多久，梁永桢忽然被一阵风吹醒，他感到脸上浸满了凉意，睁开眼后，发现自己躺在一个湖边，湖水澄明碧清。梁永桢正望着湖水寻思，湖中传来一阵轻响，平静的水面上荡起了层层涟漪。不久，湖中又是一阵轻响，水纹比刚才扩散得更大，重重叠叠，似有无数的螺髻。梁永桢循声望去，看到湖那边的桥上站着一个姑娘，正在心不在焉地向湖中投石子。桥上的姑娘看上去心事满腹，似乎根本没有注意到水面上的清澈的涟漪。梁永桢虽然看不清那位姑娘的容貌，但知道她一定很美。

我这是到了什么地方？

不管怎么说，从眼前的情形来看，绝不是一个寺院。梁永桢一边打量着周围的布局与景象，一边将自己的身体向旁边的树丛里蠕动，他担心桥上的那位姑娘在猛然看到湖对面的他的散发着酒气的身体时会突然受到惊吓。我这是在干什么？像做贼一样。他不知道自己怎么会来到这里。看上去这是一个很大的园子，有的房子隐现在树后，只能看到某一个檐角。距离桥上那个姑娘不远的地方，有一道很长的圆形回廊，一排烟绿纱窗的房子，远远看去，像是窗户上布满了茸茸的青苔，如云似雾。

梁永桢将自己的身体隐蔽起来，眼前浓密而翠绿的枝叶和花茎不但挡住了来自湖边的光线，桥上的那位姑娘也完全看不见。梁永桢躲在花下，脸前溢满了沁人的芳香，从湖水不时的响动中，他知道那位姑娘此刻仍然站在那道桥上，仍像方才那样心事重重地向湖中投着石子。这时，一只蜜蜂突然来到梁永桢脸前。

蜜蜂嗡嗡地飞着，蜻蜓点水似的在梁永桢的鼻子上碰了一下，接着，又在梁永桢的额头上轻轻划了一下。梁永桢挥手驱赶着这只突然不知从哪里飞来的蜜蜂，他多少感到有些恼怒而奇怪，自己浑身上下散发着浓烈的酒气，而这只蜜蜂却饶有兴趣地围着他的身体不停地旋转，游戏似的飞舞。梁永桢在晦暗的花影下低声呵斥道：

"走开，到那边去，我的身上没有蜜，别围着我，到那边去——"

飞翔的蜜蜂低声鸣叫着，在梁永桢的脸前飞来飞去。这时，梁永桢忽然听到从湖边的一排房子里传来一个女人的笑声。

不久，梁永桢又听到了另一个女人的声音。是两个姑娘，正在里面说话：

"真是怪事，一块罗帕能跑到哪里去呢，它总不会自己飞了吧？"

"咱们旁边的那个小花坛你去了吗？上个月，我的一条绫绢就让风刮到那里去了，咱们却在屋里到处乱翻一气。"

"小花坛那边我去过了，要是在那里，我还不拿回来吗？"

"都怪我，早上我从箱子里翻出来，洗净后就晾在了这纱窗外，我要是不把它翻出来，不晾在外边，能有这事吗？"

"姑娘，你可千万别生气，你看你的书去吧，这事就交给我了，啊。"

"我真是没用。"

"姑娘别这么说，怎么这样说呢，要说没用，那就得是我了，我劝姑娘别操这心了，有我呢，你还不放心吗？"

"小霜……"

"我就不信找不到它。我这就去下房里找那个死老婆子去，姑娘难道忘了，她刚才胡诌什么来着？咱们随便问了她一句，她却说了一大堆，什么和尚啊道士呀，她这是什么意思？姑娘，你先到床上躺一会儿。"

"你千万别去找她，宋妈妈那样的人，是好惹的吗？你要去找她，还不如先把我杀了。"

"姑娘，难道……就这样算了吗？"

"一块帕子，丢了就丢了，嚷出去有什么意思。本来我也不准备用它，只因闲着没事，才把它洗了出来……"

"姑娘真是好性子，这要换了别人，不定要闹得有多大呢。"

"别在嘴上抹蜜了，快给我打水去，我要洗脸了。"

"姑娘，该歇了。"

"今天是十五——"

梁永桢在花木丛里伸展了一下近乎麻木的四肢，他的一条腿在不知不觉中已伸到了外面，但他浑然不觉。这会儿，他在很认真地琢磨那两个姑娘刚才说过的话。

远处忽然有一群人吵吵嚷嚷地向这边走来，纷乱的脚步声沿着一条斜斜的石径下来了，穿过林边的回廊，向露台下的甬道上走来。

梁永桢突然意识到，这群人会不会是冲自己来的？一定有人看到他了。

人群越来越近了，已走上了湖堤。一个尖细的声音大声说道：

"……没把我吓死，我一看，就知道是个醉鬼，他就那样躺在湖边，把我绊出老远，盘里的几个杯子都打碎了。"

一个女人讥讽地说道：

"谁让你走路从不看下面，只管往高处瞧，人家绊的就是你这号人，该绊。"

"别吵了，都住嘴，先看了再说。吵得一窝蜂似的，什么都听不见。"一个苍老的声音说着，带领众人向湖这边走来。

他们在湖边没有看到什么人影，众人转来转去，面面相觑。

"人呢，你说的那个醉鬼在哪里？"

"刚才还在这里，怎么一转眼就不见了呢？他睡得很死的——"

这时，有人忽然看到了梁永桢那条不慎露在花丛外面的腿，一个女人惊叫起来。梁永桢心里一惊，这个时候想把那条腿缩回来，已经不可能了，十几双眼睛都在盯着它。

"藏在这里，莫不是死了？"

"这是个什么人？"

"不管他，捆起来去见官。"

"我平时让你们精心照看园子，你们都当成耳旁风，这不，瞧见了吧，随便一个什么人都能混进来。除了这里的这一个，你们敢保证园子里其他地方再没有第二个、第三个了吗？"那个苍老的声音说着，众人都住了声。"张瑞呢？叫几个人先拖出来，看看到底是干什么的，先别忙着送官。其他人到别处去搜搜。"

有人立即附和道：

"对，老爷说得有理，先弄出来看看，看看他到底在搞什么名堂。"

一个人在那条腿上踢了一脚，梁永桢把那条腿立即缩了回去。那个人吓了一跳，急忙惊叫着向一边跑去。

梁永桢突然从花木深处站起来，笑着对那位老爷说道：

"董尚书，一向可好？"

梁永桢做梦都没有想到自己在酒后糊里糊涂地贸然闯入的这个地方，竟然是前任尚书董谦的庄园。早在几年前，梁永桢在翰林院的时候，就已听说朝中的礼部尚书董谦告老还乡了，董谦辞官的时候，才刚刚五十多岁。刚才，梁永桢在花木深处听到那个苍老的声音后，从花枝间一望，立即便认出了董谦。

酒席之上，董谦对梁永桢说，这叫有缘千里来相会。董谦见到梁永桢后，感到很高兴："你把我们的魂都吓飞了。"

梁永桢说："我以这样的方式来到府上，传出去，必将成为笑柄。"

酒宴进行到夜深以后，其他的人都散去了，只剩下董谦与梁永桢还在对饮，推杯换盏，云山雾罩，谁都听不清对方在说些什么。

董谦喝多了酒，开始胡言乱语。不久，他命人打着灯笼，从东、西两边的内室里把自己一年前新讨的两位年轻的小妾叫了出来。两个女人来到董谦身边，董谦伸手搂着她们的腰，醉醺醺地对梁永桢说：

"看看，看看我这两个宝贝，新得到的。这是什么？夜明珠——夜明珠啊……"

两个艳丽多姿的女人来到梁永桢身边，开始频频为梁永桢斟酒……渐渐地，梁永桢感到自己的舌头变得十分僵硬，不听使唤了。他醉眼蒙眬地趴在酒桌上，对董谦说：

"你……你他娘的，快入土的人了，干什么不好，娶了这么两个如花似玉的女人，还称为夜明珠，你还能干得动吗？"

"干不动，看看也好嘛。"董谦笑着说，"你以为我把她们看作什么？我只当她们是我晚年的一种风景，我愿死在风景里。"

董谦与护国禅师日晷法师交情甚笃。董谦告诉梁永桢，据不久前刚从东瀛国讲经回来的日晷法师说，京都有一位九十高龄的文职大臣，曾做过江户时期的枢密使，晚年他几乎每天都要召见一两个女人，命她们裸卧于榻上，他自己手执茶杯，坐在一旁，用年老的目光缓缓地自上而下、自下而上地浏览、抚摸她们的身体。他从不动手去碰她们，当他的目光略感疲倦与混沌之时，就命她们穿好衣服出去休息。"多么文雅，多么彬彬有礼。"日暮法师的介绍，使董谦听得心猿意马。董谦告诉梁永桢，他现在有时发作起来，偶尔还能像老牛一样动一动，等再过几年，彻底动不了的时候，他唯一能做的就是效仿那位九十高龄的枢密大臣。

"你过得真好。"梁永桢说。

窗外树影婆娑，酒桌上的重影越来越多。董谦在酒宴行将结束之前告诉了梁永桢一个消息：陆弓良死了，《剑南诗稿》已不知下落。董谦说完之后，看到梁永桢流出了伤心的眼泪。在董谦看来，那是一串兔死狐悲的泪水，稀疏的泪水一滴一滴落进酒里，董谦感到很开心，一切看上去都像是一种宜人的风景，关键在于你用什么样的眼光和心思去看。

梁永桢说："这恐怕是误传——"

"怎么会呢，我府里的师爷和几个家奴都是会稽人，"董谦说，"消息绝对可靠。"接下来，董谦开始安慰梁永桢，陆弓良活了八十岁，他也该知足了，世上有几个人能一口气活到那个年纪？你我能否活到那个时候，目前看来还是一个难题，一个很大的疑问，因为，那种把握并不在我们的手里。

"我们的把握在谁的手里？"

春天以来，随着季节的回黄转绿，瑰艳绚丽的宫廷色彩开始在他的记忆中渐渐褪浅。在美丽的吉水河畔，数百年前的虞世南的手迹，在今天看来只是几道风雨的印迹，部分先驱的身姿伫水而立，雪白的须发纷纷扬扬。梁永桢一路访友，但被访者不是去世了，便是下落不明。经常有逃离灾荒与战乱的百姓像消融的雪水一样淤积在路上，有钱的人四处转移家产，深埋珍宝。国家的版图在忽明忽暗的烽火中随意伸缩，形同丝绸。一天晚上，梁永桢正与众人在董谦的花厅里饮酒赋诗，从很远的地方忽然传来了朝廷的大将军徐城在北部战死的消息，消息多少是令人惊讶的，但并不出人意料，只是来得过于突然。徐城将军以身殉国，使花厅里的聚会变得黯然失色，相形见绌。

从前院的暖阁里传来一阵琅琅的书声。不久，读书声化作一阵空洞而虚乏的咳嗽声。一个姑娘慌慌张张地向暖阁前跑去。

住在暖阁里的是董谦的独子，那个饱读诗书而体弱多病的儿子成了董谦唯一的一块心病，他几乎月月生病，天天服药，他住的暖阁与这边的花厅隔湖相望。

梁永桢最初来到董家以后，迎面看见一座黑色的山丘，后来才知道那是一些堆积多日的药渣，都是董公子吃过的。

那个姑娘是那位董公子的表妹，梁永桢前日在湖边听到说话的正是她。那位卧床不起的表兄，使她的婚事变得遥遥无期，而且越来越渺茫了，形同泡影。梁永桢看过董公子在病中填的一些词牌，字里行间游动着一种与生俱来的阴森森的死气，梁永桢当然不会把这些不祥的征兆告诉任何人，在他看来，董公子的夭折是命中注定的事，而且为时不会太晚。那位聪慧的表妹难道对此会毫无察觉吗？

一个春天的晚上，梁永桢突然接到了朝廷召他回京的圣谕。诏书是紧急的，刻不容缓的。梁永桢几夜难以入眠，在感遇之中写下了一些复杂而貌似沧桑的诗篇。他有时心不在焉地徘徊在春日的花间，有时注视着外面驿道上来往不断的车马。彤红的太阳出现在远处树林的上面，云开天晴，路边与山上的积雪开始消融，常有运载辎重的马车深陷在春日的泥泞之中。田野里显露出生机，河流自始至终贯穿在其中。赵广文将军在身染重病的情况下，一举收复了中原一带的几个重镇，遥远的消息透过国土上的团团迷雾传来，令人振奋。染布的工匠在颜色深重的河边流连忘返……

雪后明火执仗的天空下极缓地蠕动着某种东西。一段时间以来，负载粮草的船只与运送丝绸和瓷器的马车相互错位，霜露中的树影与花茎日夜簌簌作响。

赴京的日期越来越近了。

上路的那天，梁永桢早早地就起来了。天还没有大亮，但驿道上已隐约有了零星的车马之声。董谦率领众人在路边相送，那些带有阿谀与勉励性质的临别赠言，现在听起来是那样的亲切而顺耳。初升的太阳照亮了附近沉睡的树林与河流，红色的飞檐在树后若隐若现。连续几天来都是晴天，视线内忙碌的身影越来越多了。

仰望雪后泥泞的伸向远处的大道，泪水渐渐地模糊了梁永桢的目光，京城上空的明月还是像当初那样皎洁无瑕吗？这个有着黄昏一样的色彩的脆弱的王朝，她的众多的寂寞无主的花园，她的明亮的网络状的稻田，是那样的令人眷恋而忧伤……

西望京城之三

八万秦家军在惊蛰的前一天弃舟登岸，渡过淮河，一路北上。此前的几个月里，他们在洞庭湖一带连续作战，剿抚并行，致使敌部溃不成军。

洞庭湖战役的特征是：大量使用奸细。

三五名奸细，就可以使一支军队在一夜之间土崩瓦解，这个获胜的秘方由前任统帅传给秦飞，秦飞推而广之。秦家军挥师北上的途中，大量的奸细随军同往。

塞北的一个傍晚，秦飞的战马在风中团团打转。午后，趁着弥漫的黄沙，一批经过乔装改扮后的奸细先后离开营地，在最高统帅的注视下，他们像水一样四处渗透，无孔不入。

昨天下午，雁门太守姚墨做了一个噩梦，他在水边行走的时候，突然被人推进河里，柔软的水草像一张网一样缠绕着他的四肢……梦醒之后，姚墨在床上抖成一团，脸上与背部一片潮湿。回忆梦中的征兆，不知是凶是吉。这时，有人进来回报，在秦家军的围剿之下，活动在周围一带的最后一股草寇已被荡平。就在刚才他睡觉的时候，流寇首领刘玄在清河边投水自尽，时年四十二岁。

刘玄的尸体从水中打捞上来后，割下了首级。姚墨注视着刘玄的尸首，想起了午后的那个噩梦，看来是真有人落水了，但不是我，而是他，是眼前的这个身首异处的曾叱咤风云的刘玄。他看了一阵，急忙打道回府。

275

傍晚，捷报又一次传进太守府，秦家军活捉了另外两名首领田虎与唐宣赞，至此，草寇全军覆灭。姚墨在府中张灯结彩，大摆筵宴，恭迎秦家军凯旋。当天夜里，姚墨写了一道奏折，命人星夜送往京城。不久之后，朝廷下旨，命姚墨亲自解押田、唐二犯并刘玄的首级，迅速赶往京城。

　　临行前，姚墨亲自察看了木笼囚车的结构与可靠程度，在太守任上以来，这是他第一次使用木笼囚车，以往用的都是绳链棍棒、刀枪剑戟，这回不同了，这回要押解两个大活人进京。田、唐二人均是钦点的要犯，谨慎行事是必要的，此事稍有纰漏，后果将不堪设想。姚墨不放心手下的任何人，他觉得除了他自己以外，任何人都有放走二犯的可能，多次亲自察看，仔细核对。类似"捉放曹"一样的玩笑简直太大了，他开不起。有时半夜里从睡梦中醒来，他也要披衣下床，命人跟随，再去察看一次。那天晚上的庆功宴上，秦飞曾半是玩笑半是提醒地对他说，我把人给你捉来了，你可不要在解送进京的途中让他们跑掉啊。秦飞的酒后之言是什么意思？带着明显的轻蔑与不信任，这样说话太生分了，太伤他的心了。他当即尴尬万分地说道，那是，那是，那样的话，我还有脸回来吗？即使我自己跑了，也绝不能让他们两个跑了。

　　去年春天，升任太守之后，姚墨喜得一子。此前，他娶了秦城豪绅孔仪的女儿为妻，孔家小姐只有一只眼睛，但孔家富足天下。婚礼上，孔仪陪送给女儿的嫁妆绵延十里之许，娶了孔小姐，姚墨在一夜之间也成了富户。后半年的时候，他在太守衙门后面修筑了一个园子，取名"墨园"——那天晚上，秦飞为"墨园"题了字——当地的陶瓷工匠将一幅巨大的《洛神赋图》烧制在园中的亭壁上。有一天，姚墨处理过几桩公务，正在园中散步，假山下忽然突如其来地喷出一股泉水，姚墨被浇得目瞪口呆，猝不及防，此后一连数日高烧不退，呓语联翩。

　　眼下，虽然经过公堂上的几度审讯与拷问，田虎的下肢已在杖下彻底瘫痪了，插翅难飞，另一个文弱书生唐宣赞也已身染重创，根本不足为虑，但姚墨仍然不敢懈怠，反而更加小心了。一段时间以来，他的左右两只眼睛跳得十分厉害，像是有马匹在上面奔跑，这使他常常坐卧不安，彻夜难眠。近来，园中又常常传来一些怪声怪气的响动，他在各处加派了兵卒，日夜巡察，响动是没有了，但那种不可名状的气氛仍然久驻不散。他不知道那是什么？

昨天晚上，他刚刚躺下，正在胡思乱想，还没有来得及闭上眼睛的时候，手下的一名官员突然带着两名神色慌张的狱卒来了。两名狱卒虽然其貌不扬，但带来了一个惊人的消息：罪犯之一的唐宣赞面色如土，呼吸如丝，已经两天水米未进了，这会儿口中只有出气没有进气，好像快不行了。

狱卒带来的消息使处于蒙眬中的姚墨立即从睡榻上滚落下来，眼前的几个人被太守的异常举动吓了一跳，他们急忙把姚墨从地上扶起来。姚墨被放在床上，又翻身坐了起来，眼前的重影层层叠叠。他问狱卒说，那一个呢？那一个怎么样了？都不行了吗？狱卒回答说，那位好，这会儿睡得正香，鼾声如雷，大人还不知道吧，那个姓田的，一顿吃四个窝头呢。姚墨说，四个什么？狱卒说，本来一人两个，可那个姓唐的不吃，都让姓田的吃了。姚墨说，到底是屠户出身，直肠子，能吃能睡，不像读书人那样可厌。狱卒说，大人所言极是，那些读书人的心眼窄得令人吃惊。姚墨吩咐说，立即准备车马，今夜就启程进京，不能让他们死在这里，知道吗？他们一死，我们都得赔进去，谁也脱不了干系。

这天晚上，姚墨钻进了事先准备好的一顶轿子里，率领众人向京城进发。四十余名官兵，骑马的骑马，持刀的待刀，两辆木笼囚车被簇拥在中间。有人抱着一只黑色的木头匣子，里面盛放着贼首刘玄的首级。

旅途是黑暗的。一种接近于疯狂的声音在夜晚里回荡着，从上路之初，那种声音就一直伴随在左右，那是什么？苹果树坚硬的枝杈？遍地的夕烟？几个没有夜行经验的轿夫深一脚浅一脚地向前运行着，姚墨在轿子里咬着牙，忍受着冗长的夜行与无情的颠簸。是的，为了少出纰漏，早日进京，一切该忍的他都忍了，某些不堪承受的，也照样挺过来。从上轿到现在，一幅驱赶不掉的画面一直在他的眼前化入化出，几次闭上眼睛，再次睁开眼后，那种令人不安的画面仍然尽收眼底。姚墨被眼前的画面折磨得烦躁而精疲力竭，画中的内容是一场哄堂大笑。

姚墨在轿子里不知不觉地红了脸。他们笑什么？如此放纵而明火执仗的哄堂大笑，是在笑我吗？我有什么不对的地方？这时，一名侍卫的佩刀突然碰响了他的轿子，他感到一阵心悸，急忙命人停下轿子，从里面出来，来到载有唐宣赞的那辆木笼囚车前。有人照着亮，掀起帘子，唐宣赞昏迷未醒，事实上，一路上这个经不起折腾的文弱书生一直都在昏睡。姚墨看了一阵，低声说道，祖宗，你可千万别给我死在路上，很快就要到京城了，到了京城，奏知圣上以后再死也不迟，万一圣上赦免了你，那是你的造化。之后，他又走到另一辆囚车旁，有人刚要揭起帘子，里面传来了田虎的沉重而冗长的鼾声，姚墨摆了摆手，在黑暗中颇为安心地笑了一下，转身回到了轿子里。

此去京城，沿途埋伏着长短不一的虫鸣，远处一带肃静的黑压压的树木，如同正在班师回朝的重兵。四更天的时候，姚墨在轿子里感到了一种彻骨的寒意，他悔恨当初没有多带几件衣服，太仓促了，太草率了，本来是一次威武而舒畅的仪式，现在看起来倒像是一次噤若寒蝉的仓皇出走，一群慌不择路的惊弓之鸟。传出去，必将遭人耻笑。他走的时候，夫人已经入睡，她的两名贴身的侍女吹灭了屋里的红烛，到外间做针线去了。好好服侍夫人，你们也睡吧，针线就不要做了。他嘱咐两个丫头，他的颤抖不止的语音使两个丫头意识到发生了什么不吉利的事情，她们脸色苍白地放下了手里的针线，不安地靠在一起。临上轿前，他听到城内的谯楼上正打二更。

轿子在沿途浓重的霜露中随意颠簸，如同漂浮在水上，兵士与衙役们的脚步声极其紊乱而匆忙，轿夫的喘息声近在眼前。一种孤立无援的东西渐渐向姚墨袭来，实际上，自始至终，这条黑暗的路上一直都是我一个人在走，这群没出息的东西，慌里慌张的样子像是去偷人，带着这样的一群乌合之众进京面圣，实在太煞风景。他想起了能征惯战的秦家军，那些人好像天生是打仗的料，从娘胎里一爬出来，似乎就熟知兵法与剑器，胸有成竹了。庆功宴之后，他在一旁看秦飞题字，说实话，秦飞的字比他手中的那杆神出鬼没的长枪差远了。洞庭湖的钟松是什么人？贼寇领袖，一个著名的妖人……不知为什么，一路上他一直合不上眼睛，他想起了一个女人的身体。

不久之后，在那种晃晃悠悠的行进之中，他终于睡着了……一个阳光灿烂的天气里，远处的沙地一片潮湿，空留着几行马蹄印，远看如同一溜整齐的雁阵。在一个朱顶红的亭子里，传来了唐宣赞的琅琅入耳的读书声，几只白发苍苍的鸟栖落在附近一带的翠绿的枝杈上。彬彬有礼的鸟，温文尔雅的水，姹紫嫣红的花卉，透明的阳光，一切都那样光滑而令人满意。公子在学问上的日渐长进，使他在得到一笔赏银之余禁不住欢欣雀跃，他在亭子外的草地上不断地翻着一个又一个的跟头，如同一只善解人意的惹人怜爱的毛茸茸的小狗。树丛后面，彩裙飘舞，阵阵清脆的笑声传来，如同穿过枝叶的阳光，是什么瑰艳芬芳的东西挂在树上，金钗？凤鸟？昨夜的梦魇？

"大人，天亮了。"

有人在他的耳边低声轻唤。姚墨睁开眼以后，看见一缕明亮的光线已照进了轿子里，轿顶上浮动着一片吉祥的红光。他从轿子里下来，早晨的空气在他的脸上化作了一线疲倦的笑容。他询问站在身边的人：

"到了什么地方了？"

"回大人，已进入冯县境内。"

姚墨向远处望去，有嘈杂的人声隐隐地传来，那里好像有烟火，并有车马之声。这时，前面的人传话回来说，那边果然有一个集镇，镇内青色的瓦舍与黛青色的街道给人以坠入阴曹地府之感。这句耸人听闻的话就是这么传过来的，有的人没听见，姚墨听得清清楚楚。他不知道传话的人为什么如此不懂事，信口开河，什么话都敢说？

那个胆大妄为的家伙是谁？姚墨此时无心追究。大队人马一路而来，很快进入了那个烟雾缭绕的集镇里。姚墨命人停下轿子，众人在这里吃饭、喝水。姚墨让人拣了两盘食物，给囚车中的田、唐二人吃。不多时，去的人回来了，手里拎着一只空盘，另一盘食物又原封不动地端了回来，向姚墨回禀道，田虎的已经吃完了，唐宣赞仍不肯进食，不知他紧咬牙关为哪般。

这个冤家，他是存心要置我于死地呀。姚墨叹了一口气，命人把唐宣赞的盘子又给田虎端去了。田虎这个人虽然比较粗糙一些，但真是省心，狼吞虎咽，能吃能睡，真让他感到可爱。早知姓唐的这样难侍弄，当初还不如让秦家军把他杀死呢，那样会省去多少麻烦。

"大人，他这是要咱们好看呢。"一名阴阳怪气的兵卒挑拨道。

吃过早饭，又开始上路。临上轿前，姚墨最后一次向街心里打量了一次，他想起了那个别有用心而又冒冒失失的传话的人，看来他说的多半是实情。眼前的这个镇子的确有些古怪，非同寻常，街道以及沿街两边的整洁的瓦舍，都是黛蓝色的，许多的迹象都在表明它是一个阳光终年无法照耀的地方，街上的行人稀稀落落，互不理睬，连个打招呼的也没有，每个人看上去都心事重重。离京城不远，居然途中还藏匿着这么一个地方，姚墨以前闻所未闻。接下来，他不无惊异地发现视线中的街景轮廓与某些显著的特征竟有些似曾相识……

离开镇子不久，一名刑吏从后面跑上来，站在轿前，惴惴不安地对姚墨说，唐宣赞好像没气了，推一下动一下，不推就不动了。刑吏说完之后，站在轿前等待太守发话，但姚墨似乎没有听见刑吏的话，也没注意到有人站在他的轿前，他一手撩起帘子，痴迷地向远处眺望。刑吏朝路上望了一下，有些不知所措，他不明白太守在看什么，这样致命的消息他都听不见？什么东西转移了他的心情与视线？漂亮的女人？太守并非一个好色之徒，这从他对自己的那位独眼夫人情有独钟的表现上便可见一斑，那么，排除了这些，又会是什么？

此次进京途中，姚墨可谓开了眼界，长了心眼，太玄妙了，一切都意味着颤颤巍巍，犹如脆弱的随风而折的花茎，由此看来，几乎没有什么能够经得起折腾，可怕的折腾，反复无常的情节。一路上，除了仓皇如鱼的百姓与商贾之外，经常可以看到那些被逐出京城的官员，有的举家放外，妻儿老小愁云满面，有的独自一人，形单影只，随风飘零。面对此情此景，姚墨在观赏之余又不免有些心惊肉跳，太悬了，简直就是在刀尖上行走，类似的那种凶险莫测的厄运随时都会突然降临到任何一个人的头上，满门抄斩、血染家族的故事并非只发生在前朝，它随时可以重复再现。去年中秋时节，兵部侍郎王建正在合家团聚，饮酒赏月，突然出现的御林军将他的府邸围得水泄不通⋯⋯

天近中午，姚墨在轿子里听到手下的几名官员突然嘈杂起来，他们在行进的过程发现了当朝诗人梁永桢。最先看到梁永桢的是姚墨手下的一位幕僚，这位小有文名的幕僚，数年前还在宫里唱和，曾亲自聆听过大学士梁永桢献给皇帝陛下的颂歌。现在，他突然看到衣冠不整的梁永桢之后，不禁大为震惊。梁永桢临水而立，似要投水⋯⋯幕僚急忙来到轿前，征询太守姚墨的意思。幕僚说，不久前他刚刚被召回京师，怎么又被贬出来了？要不要叫他过来？卑职的意思是⋯⋯

"不管他。"姚墨从轿子里向外望了眼，立即打断了幕僚的话，皇上刚把他扔出来，咱们又把他捡起来，你有几个脑袋？再说，天下的读书人有的是，死了一茬，还会有一茬，李白不是死了吗，死就死了，多少年后又出了一个苏子瞻，苏子瞻也死了，死就死了，以后还会有人出来的，陆弓良也死了，梁永桢就不该死吗？再说，国家的兴衰，与他们何干？继续赶路。

姚墨说完，垂下帘子。幕僚刚才的话使他很不高兴，这个人，太不会说话了，难怪在宫里立不稳呢，一大把年纪了，竟如此幼稚而又不省心。良材难觅啊！

这天傍晚，天色渐渐阴暗起来，虽然还没有下雨，但空气中已出现了雨的气息。路上的行人已经不多了，黑色的耕牛与农夫在雨前阴暗的田畴里奔跑，闪烁。

姚墨打起帘子。远远地看见路边有一座客店。一个姑娘正在树下荡秋千⋯⋯

刺　客

董相如回到房里以后，外面的天色已晦暗如夜。关上房门之后，他在灯下展开了那块石榴红的罗帕，仔细端详着。不多时，客店里的伙计进来送水，董相如急忙将罗帕收了起来。伙计告诉董相如说，天要下雨了，夜里小心着凉。这时，隔壁的房间里传来了高长卿的诵吟：

> 岐王宅里寻常见，
> 崔九堂前几度闻。
> ……
> 座中泣下谁最多，
> 江州司马青衫湿。
> ……
> 春宵苦短日高起，
> 从此君王不早朝。
> ……
> 大弦嘈嘈如急雨，
> 小弦切切如私语。
> ……
> 贾氏窥帘韩掾少，
> 宓妃留枕魏王才。
> ……
> 诚知此恨人人有，
> 贫贱夫妻百事哀。
> ……

　　董相如打开一册书，坐在灯下。雨前的征兆使归来的燕子变得惊慌失措，不时地将窗户触响。不久，董相如合上书，来到高长卿的房里。看眼前的情形，天气越来越坏，丝毫没有晴朗的迹象，难道还要在这个客店里继续滞留下去吗？还要滞留多久？大考的日期眼看越来越近了，他担心的是天气，明天一早能否启程进京……

　　董相如颇感吃惊的是，高长卿此时竟然对天气的变化毫无兴趣，很不以为然，对于明天一早能否启程进京，更是只字不提，置若罔闻，仿佛与己无关。高长卿向董相如讲述了他刚刚做过的一个梦：

梦中的高长卿，深受皇帝陛下与皇后娘娘的庇护与怜爱，陛下仁慈的声音如同五彩的祥云一样出现在高长卿的头顶上方。接下来，他看到了皇后娘娘的优雅的手势与如水的笑容。正当高长卿披上猩红的蟒袍、山呼万岁之时，大殿上突然传来了宰相的声音，宰相针锋相对的谏语使正在行跪大礼的高长卿如坐针毡。宰相对圣上说：

"陛下千万不可以貌取人，此次大考，高长卿的名次……"

"直说无妨。"

"微臣实在羞于启齿。据主考官郑大人讲，高长卿名落孙山。"

此言一出，大殿上下为之哗然。高长卿伏在地上，听到宰相仍在陈述：

"微臣以为他是一个胸无点墨、游手好闲的市井无赖，陛下万不可被他的美貌所迷惑，如此一副臭皮囊，将来必定祸国殃民……"

宰相后面的一席话触怒了皇帝陛下与皇后娘娘，宰相后来是什么时候退出大殿的，高长卿已经记不起来了。接着，有人过来扶起了长久跪伏的高长卿。皇帝陛下说，虽然你名落孙山，朕还是喜欢你的。陛下好像就是这么对他说的，皇后娘娘还说宰相是个疯子。

一天晚上，两名化装成刺客的大内高手秘密潜入相府。其时，宰相刚刚下朝归来不久，正在灯下读书。烛花砰砰爆跳着，宰相放下书，正要叫人，忽然感到眼前一阵发黑，夜晚的阴风穿堂而过……

三日后的金殿上，刚刚被召回京师的翰林大学士梁永桢面圣谢恩。梁永桢指控：钦差大臣高长卿阴谋策划，派人行刺宰相，一名刺客当场身亡，死者是朝廷大内的夏公公。

梁永桢指控之日，钦差大臣高长卿已奉旨离京，正在典州一带体察民情。

"这真像一个梦。"董相如说。

高长卿沉浸在梦境之中，面含喜色。他对董相如说，陛下是喜欢我的，这会儿，梁永桢恐怕早已又被逐出京师了。

董相如说："他不是奉诏进京的吗？"

高长卿说："那又怎么样，进去了，就不能再出来了吗？这是报应，是天意。"

高长卿告诉董相如说，梦醒之后，他感到四肢倦怠，印堂灼烫，一种潮湿的血腥之气在他的身体四周萦绕，久驻不散。

董相如听罢，立即笑着说：

"刚才店里的伙计在院里杀了一只鸡，你闻到的是溅出来的鸡血味。"

鸡血？

董相如拉着高长卿来到庭院里。店里的伙计此时正在收拾地上的那摊血迹，老板刚才为血迹的事大发了一通脾气。伙计一边收拾，一边低声嘟囔着，一把年纪的人了，火气还是那么大。鸡已经煺洗得干干净净的了，这会儿放在一只木盆里，四周有飘零的鸡毛，有的黏附在地上。入夜后的庭院，凉气袭人，墙边的一带树木低微地簌簌作响。伙计后来抬起头，看到高长卿与董相如都出来了，正站在屋檐下的台阶上看他收拾残局，急忙说道："公子醒了？要热水吗？我这就得了，我知道你们明儿一早还要赶着上路呢，这鸡汤就是给你们二位预备的，主人吩咐过了。"

怎么回事？难道是行刺宰相，未获成功？高长卿注视着伙计手上的血迹，从台阶上下来。太意外了，一切都令人始料不及，为什么一件圆满的天衣无缝的事情会弄到如此地步？破绽重重，漏洞百出，是谁在从中作梗？一个青面獠牙的术士？一名慈眉善目的老人？那猩红的鸡血仿佛是突然从地上渗出来的一种极为平常的霜露，它的冰凉程度丝毫不容置疑，把它与一条性命联系在一起，是不是有些过于唐突而牵强附会？霜露就是霜露，为什么要说成是鸡血？为什么不说是一摊人血，某人的一腔所剩不多的热血？这个每年为京城容纳、输送大量举子的客店，初看起来倒也有趣。事情果然败露了吗？根据是什么？拿凭证来——

董相如注视着楼上的纱灯，崔小姐生前住过的闺房几天来一直是宁静的，一如她从前在其中相思、熟睡、伤心落泪。出于对高长卿的狂躁情绪的缓解与抚慰，出于对结伴赴京的憧憬，董相如把自己几天来掌握到的、有关崔小姐的那些一鳞半爪的事情耐心地讲给高长卿听。……整整一个夏天，崔小姐一直都在凭栏远眺，期待着前来迎娶自己的花轿从大道的尽头翩翩而来。在相思切的崔小姐看来，婚礼上许多累赘的不必要的东西都可以省略不计，包括那种象征着喜庆与吉祥的欢快的鼓乐之声。花轿如期而至，这就足够了，其余的一切附设与礼仪都会因此而黯然失色，别无一用……时间进入秋天，距离预定的迎娶的日子越来越近了，湛蓝的秋高气爽的天空里时常回响起令人莫名其妙的闷雷，栖居在栋梁之上的燕子开始举家撤退，向南迁徙。那些天，崔小姐的房中几乎夜夜都亮着灯光，灯光总是持续到次日天亮之后才最后熄灭。婚期的渐渐临近，使崔小姐突然结束了以往的凭栏远眺的习惯，她整日待在房里，几乎很少下楼。她开始貌似安详地在床前描红绣金，整理旧日里的某些闺阁之物。谁不知道她近来平静如水，谁不知道她此时早已心猿意马，思绪乱成姹紫嫣红的一团？

中秋时节的一天，一匹飞驰的白马出现在大道的尽头，在客店的门前，一路而来的白马发出一种短暂而沙哑的咕哝声之后，一个人翻身下马。骑马而来的这个人披着一袭长长的青麻，跌跌撞撞地走进店堂里。来人泪流满面地向正在筹划婚事的崔家的人报告了一个不幸的消息：崔家未过门的姑爷，已于昨日下午暴病身亡了……

董相如讲述的故事并没有打动高长卿，高长卿事实上根本就无心倾听，他仍沉浸在对梦境的回味与推敲之中。在董相如缓缓陈述的过程中，高长卿心中忽有所动，似已初步理出了某些头绪，其中的几处细节使他不禁恍然大悟，不寒而栗——

"这件事，好像在时辰上出了一点毛病。纰漏就出在时辰上。"

外面下起了小雨，雨中传来了一阵清晰而急促的叩门声。

高长卿说完之后，立即回到房里，仰倒在床上，眼睛望着白色的帐幔。董相如站在门前，他听到客栈的前院里响起了辚辚的车声与马的嘶鸣，并伴有嘈杂的人声。不久之后，阵阵煮酒的气息越过黑暗而狭窄的门廊，一直向寂静的后院里飘来。

伙计提着热水来到后院，董相如从伙计的口中得知外面来了一位太守，带着大队的人马，还有两辆木笼囚车，车上有两名垂死的钦犯。

阶下宽大的桐叶在细雨中变得幽深而墨绿，闪闪发亮，青黛的屋瓦发出阵阵清音。西边的一间厢房里透出灯光。傍晚的时候，有远道而来的一主一仆两位客人住了进来，旅途的劳累使他们看上去意气消沉，疲惫不堪，这会儿，主仆二人正在房中说话，董相如听到他们寥落的话语中笼罩着强烈的睡意。不久以后，房间里的灯熄灭了。廊下的细雨犹如夜半的琴声。

董相如来到高长卿的房中之时，高长卿不知什么时候已经睡着了。熟睡后的高长卿，脸上仍然扭结着一种怏怏不快的神情，眉峰紧锁，双颊赤红。董相如在床前注视了一阵，叹了一口气，轻轻地将帐幔放下。

不过是一个梦，他却信以为真了，除了在时辰与次序上稍有纰漏外，他认为一切的细节都是真实的。董相如在走向自己房间的过程中，想起了高长卿融入梦境后的那种可怕的状况，他不明白高长卿为什么如此冥顽不灵、执迷不悟？难道他不打算启程赴京了吗？任凭那个荒唐的梦继续泛滥下去？毫无疑问，是后院门前的那摊散发着腥气的鸡血使高长卿的心情变得一落千丈，坏到了尽头，此前，经过一阵短暂的睡眠之后，他已恢复了体力与精神。自从看见那摊血迹以后，他的神色就开始不对了，眼睛里闪烁着一种令董相如极为罕见的东西。还有那几根四处飘零的鸡毛，仿佛在一瞬之间构成了他梦中的余音与重影。董相如想起自己小的时候，有一次正在午睡，淘气的表妹拿着一根彩色的鸡翎来到他的床前，将他弄得浑身奇痒。眼下，高长卿会不会也因浑身奇痒而不能自拔？要知道，没有几个人能够承受住羽毛的那种若有似无的骚扰，高长卿一副女人的容貌与身段，他能够例外吗？这个客店里的老板真是个多事之人，好好的偏要煮什么鸡汤呢，难道他也是心血来潮，鬼使神差？

都疯了。

董相如回到自己的房里，傍晚时分打开的窗户还未关上，房间里明显地隐藏着一种潮湿的寒意。床、杯子、书籍、帷幔，一切看上去都湿漉漉的。客店的前院里这时传来了猜拳行令的喧闹之声，杯盘相撞，酒气四溢。

仿佛也是这样的一个夜晚，无声的细雨随风而入，董相如从床上坐起来，无比惊愕地看到门前的黑色的药渣堆积如山，几乎堵塞了他的一切去路。那是我吃过的药吗？我什么时候吃了如此多的药？夜已经很深了，没有人告诉他事情的来龙去脉。就在那种时候，他突然听到远在厨下的药锅从灶上跳起来，发出了一阵清脆的碎裂声……完了……可是，天已经这么晚了，谁还一直守候在火前煎药？那未煮好的黑色汤汁要送到哪里去……

　　第二天早晨，一阵急促的风雨吹开了窗户，董相如从惊悸不安中醒来，外面大雨滂沱。大雨似乎整整下了一夜，客店的后院里已经积满了水，除了台阶高出地面之外，其余的地方已无处下脚。现在，一个忙碌的身影正在发黄的雨水中穿梭，客店里的伙计正在疏通水道。

　　董相如从房中出来以后，发现高长卿早已起来了，此时正站在廊下看雨。董相如向他走过去。眼前的这场先后酝酿了多日的大雨终于下来了，启程进京已成为妄想，至少还得在这里滞留一天，甚至几天。董相如忧心忡忡地看到高长卿的脸上也布满了类似的难以驱散的愁云。回避昨夜的话题是必要的。董相如在看到高长卿以后，这样提醒自己。

　　高长卿盯着董相如的脸，问道：

　　"你昨夜哭过了？出了什么事？"

　　高长卿的话听起来多少有些莫名其妙，无边无际。董相如摇摇头，心中不禁为之一惊：他想说什么？难道又要提起昨夜……

　　"你的脸上有泪痕。"高长卿说。

　　这时，西厢房的门开了，住在里面的一主一仆先后走了出来。一夜的睡眠，使唐宣赞的精神重新振作了起来，书童含墨跟在他的身后，这个稚气未尽的孩子，望着眼前的大雨竟欢呼了一声。众人通报姓名之后，唐宣赞说自己昨夜睡得幽深莫测，甚是平稳，竟丝毫没有听见外面的大雨下了一夜。

　　董相如看了含墨一阵，对他说，好小子，昨夜我梦见你做了太守，一路上车马夹道，摇旗呐喊，好不威风。

　　含墨红着脸说，公子太夸奖我了，我是那块料吗，能给太守牵牵马，我就谢天谢地了。之后，又指着唐宣赞，对董相如说，将来，我们这位爷做了太守，我就是牵马的、研墨的。

高长卿对唐宣赞说，瞧他这张嘴，到宫里做一名能言善辩的宦官是绰绰有余的。

这天上午，含墨在唐宣赞的吩咐下，去前面的店堂里置办一桌酒席。萍水相逢，天赐良机，唐宣赞执意要与董相如、高长卿在一起饮酒赋诗。下雨天留客天，是天要留人。

外面风雨交加，往日喧闹的大道现在空无一人。不多时，老板派出去采买的两个伙计都冒雨回来了。时近中午，酒席已备好了。

众人落座之后，唐宣赞首先站起来，一夜良好的睡眠使他变得才思敏捷，出口成章，率先吟出了席间的第一首诗。

琵　琶

昨夜的一场风雨使皇英一直失眠到天亮。她时睡时醒，在黑暗中睁着眼睛，外面的雨太大了，天似乎破了，空中仿佛布满了破绽与漏洞。京城那边也在下雨吗？

早上起来，她感到四肢倦怠，头重脚轻，外面的雨水似已有所收敛。在对镜梳妆的过程中，她看到了出现在眼眶下面的乌青的幽晕。她的那种郁郁寡欢的神情，很快就引起了小霜的注意。

"姑娘昨夜没睡好吗？"

"他今天就要上京赴考走了，我这个样子，怎么出去送他呢？"皇英说。

小霜一听，乐了，对她说，姑娘敢情是忘了？从过年至今，董公子一直都在病中，他门前的药渣都快堆成山了。昨天，我去打水的时候，看见那位姓白的大夫又来了，听说他这几日常整夜整夜地咳嗽，竟比先前又厉害了。

我昏了头了。皇英想，要不是小霜提醒，我还在痴人说梦呢。他那

288

个样子，连自个儿的性命都保不住，还能上京赶考去吗？他前后吃了那么多药，没想到还是无济于事。眼看考期越来越近了，不知他在想什么？

小霜压低声音说，姑娘不知听说没有，老爷和太太前天流了半夜的泪，商量着要给他准备后事呢。

皇英听说，立即摇摇晃晃地从镜子前站起来，她刚跨出门庭，眼里的泪就禁不住无声地淌了下来。

——前院的暖阁里，传来了董相如空洞而持久的咳嗽声。

小　姐

一

去年深秋时节，一辆马车将沈倚虹从京城送回老家。临行之前，沈倚虹没有见到父亲，连日来，父亲每天在校军场上阅兵，披星戴月，奔走在鼓声与号角之间。

马车行至鱼城一带的时候，一位年轻的、屡试不第、名落孙山的秀才吊死在路边的一棵枯树上。其时正值一个天色晦暗的午后，四野无人，满天黄叶，几只黑炭似的鸟在附近的水沟与树林前飞来飞去，叫声粗嘎而悠扬，如同一种遥远的回声。押车的欧湘濂望着眼前那些飞来飞去的、漆黑一团的东西，轻轻地来到车前，隔着帘子，向车内的沈倚虹说道：

"小姐，听到那种叫声了吗？那就是乌鸦。小姐不想看看吗？"

沈倚虹没有见过乌鸦，此次还乡的路上，她很想见识一下。欧湘濂没有忘记小姐的吩咐，一路上始终在留意着。刚才，马车走到一片树林边时，欧湘濂远远地就听到了那种嘹亮而悠扬的叫声，他的目光突然跳了几下，他知道听到什么了，虽然由于树丛的遮掩，他还没有看到它们的影子，但那种越来越近的叫声似乎已说明了一切。果然，当马车转过那片树林以后，他一眼便看到了它们栖落在水沟边顾影自怜的那种样子，旁边的几根树枝上也有它们黑色的身影，它们在那个穿着一身青布衣衫的吊死鬼的脸前飞来飞去，嘎嘎地叫着。

这会儿，欧湘濂站在马车前，一手抚着腰间的剑器，目光在远处的河流与山岗之间仔细地搜索着。午后的天空像沿途那些盖着筒瓦的屋脊一样又低又暗，似乎不久就要倾圮下来，完全贴到地上。远处的河流看上去像没有源头的死水一样一动不动，河面上闪着一种瓷质的亮光。一阵微风从欧湘濂的脸前拂过，他回头看了一下，马车上的帘子已经掀起来了。

　　沈倚虹在车窗上向外面张望着，一抹似喜非喜的红晕停留在她的腮边，她的头发多少有些凌乱，几缕青丝在脸前飘来飘去。不久，她仿佛自言自语地说道：

　　"我原以为它像燕子那么小。"

　　"比燕子大多了，小姐。"欧湘濂说道，向水沟那边瞥了一眼。

　　"像鸡一样大，小姐，"车夫在前面插话说，"它们可能吃了，个个都是饭桶，它们的肉是酸的，因为常吃死婴……"

　　"得啦，朱三，"欧湘濂大声对车夫说道，"闭上你的嘴！跟小姐说这些，不是成心惹她犯呕吗？昨天在那个客栈里，你没有看到小姐吐得那么厉害吗，从今天早上到这会儿，还没吃一口呢……"欧湘濂说到这里，仿佛想起了什么似的，回头对沈倚虹说道：

　　"小姐，要不要吃点什么？车子颠簸得这么厉害——"

　　沈倚虹摇摇头，对欧湘濂说道："让他说吧，我不恶心。"

　　"不恶心也不能让他说。"欧湘濂说着，看了一眼朱三的背影，冲他说道："检查一下缰绳、鞍子。我说过多少遍了，你不能把那个装马料的皮口袋挂在马肚子下，迟早会丢掉的，我看你拿什么喂它们？"

　　"我总不能像抱孩子一样，一路上都抱着它吧？"朱三嘴里嘟囔着，在前面忙碌起来。"我还得腾出手来赶车，观察地形，辨认方向，上坡下坡，水深水浅……"

　　"朱师傅，"沈倚虹对朱三说道，"你怎么知道它们的肉是酸的？"

　　"哎，算了，小姐，咱们不说这些了。"朱三把一只手伸进那个皮口袋里，仔细地摸索着，脸上挂着一种幽深莫测的、满足的神色。不久，他将皮口袋重新系好，寻思着一个适当的位置。"说说京城里的事吧，我听说相府门前的那对狮子眼睛会转……"

"胡扯！"欧湘濂打断他的话，"那不过是一对玉石狮子。"

"京城里的人都这么说，"朱三说，"要是一对真的，那还能称奇吗？世上的事奇就奇在：假人能干出真人才能干的事，真人像泥胎一样不吃不喝，不笑不怒……"

……

在水沟旁边的那棵不祥的树下，一名僧人赤裸着粗硕健壮的臂膀，正在专心致志地——捕虱。沈倚虹手里抓着飘动的帘子，突然听到了自己的心跳声……那个人的罗汉一样的身躯，长有黑色长毛的肚脐，像女人的乳房一样隆起的胸脯，深陷的胸沟……清晰地映入她的眼帘，她脸上绯红，急忙垂下了车上的帘子。

朱三吆喝了一声，马车在午后阴晦的天气里飞奔起来。

炊烟、河流、寺院、村庄……马车似乎变得越来越颠簸不平了，朱三坐在车辕上，声音显得仓促而简短，上气不接下气。坐在沈倚虹身边的紫珠在颠簸中睁开了似醒非醒的眼睛，昏昏沉沉地对沈倚虹说道：

"小姐，出了什么事？"

"你真能睡，"沈倚虹对她说，"真出了事，你这会儿睁开眼也晚了。"

"我梦见我们家的菜园子了，小姐，"紫珠强打起精神，睁开眼睛，"园子里开了五颜六色的花……蝴蝶、蜜蜂都来了……我和姐姐正在里面给黄瓜掐花儿，突然来了一阵风，好大的一个葡萄架被吹倒了……"

"我白疼你了，"沈倚虹说，"不陪我说话，只顾自己做梦，还是在自家的菜园里。梦见花轿了吗？"

"小姐。"紫珠的脸变得绯红。

"想睡就再睡吧，再做一个梦。"沈倚虹说，"有事我会叫醒你。"

"我并不想睡，可是不知怎么，一不留神就睡着了。"紫珠说。

沈倚虹想起了那个祖胸露臂的僧人，不明白他为什么那样专注于自己的事情——那些虱子。他坐在那棵枯树下，似乎根本没有发现有一辆马车从他面前的大道上经过，也没有意识到吊死在树上的那个自寻短见的落第秀才，那个人的两只垂下来的脚几乎就要蹭到他的裸露的肩膀上了，他竟然毫无察觉，如同坐在那棵树下的另一个死人。事情看上去有些不可思议。沈倚虹想起了一年前的现在见到过的那个人。

……一年前，也是现在这样的一个秋风萧瑟的季节里，一个名叫王猛的人来到沈家。其时，沈倚虹正在一个亭台里与紫珠下棋，四周簇拥着芬芳袭人的白菊花和白海棠。

王猛坐在沈家廊下的门槛外，一边脱下衣服捉虱子，一边与沈倚虹的父亲讨论天下大事，追溯历代王朝兴衰之根源。

"你看那个人，小姐，"紫珠贴在沈倚虹的耳边，低声说道，"还讨论天下大事呢，先讨论讨论他身上的那些虱子吧。"

"别胡说，"沈倚虹对紫珠说道，"小心让他听见。"

她们的笑声从那个建在高处的亭子里飘出来，回荡在园子里，她们用目光瞟着那个人。但王猛似乎压根就没有听到那种笑声。那时候，王猛不知说出了什么出奇制胜、令人茅塞顿开的话，沈倚虹的父亲兴奋不已地拈着胡须，赞叹不已。他命人给王猛搬来座椅，将王猛面前的茶杯换成酒杯。王猛不坐，半倚在朱红的门槛上，他的那两条粗硕健壮的赤臂似乎不是皮肉，而全是力量……此后的一些天，在父亲的书房里，在花园深处，在阴雨霏霏的校军场上，父亲与王猛无所不谈。王猛住在沈家，他食量惊人，厨房里的一个管事的女人告诉沈倚虹说，王猛的一餐，需要吃掉五斤面粉或三斤牛肉，不包括酒茶与蔬菜，一日需要吃四餐，有时甚至五餐。

不久后的一天，父亲奉旨率兵北上，王猛随军同时北上。

初战告捷。

在茫山一带，他们出人意料地大获全胜，轻而易举的胜利使三军将士在欢呼之余都感到有些莫名其妙，难以置信。一名携带着敌将首级凯旋的将军在马上嘟囔道，这仗也太好打了，比行军还要容易。

王猛站在中军大帐之外的一片空地上，一边将手伸进衣服里搓着胸脯上的汗泥，一边看着他眼前等待命令的几位将军，心不在焉地对他们吩咐道：

"上去——消灭他们。"

敌军阵地上的军士像一些蜡制的假人一样站在那里，这边的人马还未到达，那边已像秋日的麦子一样纷纷倒下一片。沈倚虹的父亲从马上下来，他有些看呆了。

"大帅，"一位神色不安的谋士来到他的面前，用手指了指王猛的背影，"这个人……不会是妖怪吧?"

"住嘴!"沈倚虹的父亲低声呵斥道，"瞧你吓得这个样子，真给我丢脸。好好看着，看看人家是怎么打的。"

谋士满脸委屈地退到一边，偷眼向对面张望。"奇人哪，我朝的江山无恙了。"沈倚虹的父亲兴奋地说着，来到王猛身边。王猛的一只手从胸前伸出来，手指间拈着一撮黑色的汗泥，他放到眼前看了一下，又放到鼻子上嗅了一下，立即扔掉了。王猛拍干净双手，转身对沈倚虹的父亲说道:

"大帅，可以开饭了。"

那些日子里，上至最高统帅，下至打柴烧火的士卒，几乎人人都被一种不可名状的光芒烘托着、笼罩着，如同置身于一个水土不服的梦里，茫山上空一带微微发红的天色映昏了他们的头脑。

王猛利用一场微雨，使棘手的战局发生了本末倒置的变化。

事情的大致经过是这样的:

在短暂而貌似松弛的战争间隙里，敌对双方的阵营里都有一位老谋深算、呼风唤雨的占星学家被及时地派上了用场。沈倚虹父亲手下的那位占星学家是第一个观察到天气变化的人，他的那种敏锐的能够洞察一切的目光曾使很多的人感到心悸。

一天早上，茫山上空的那种突如其来的颜色使多年来惯于黎明即起的占星学家感到无比惊愕，他是在走出帐篷，呼吸了几口早晨清新的空气以后，才猛然看到那种现象的。目睹过后，他忘记了对面的敌营以及营地里那些大呼小叫的像见了鬼一样的士兵。太不可思议了，眼前的景象也使他在突然之间忘记了数十年如一日的在晨光中缓缓漫步的日常习惯。他感到不安，开始在原地团团打转。

"我的天，那是什么——"

在这个秋天的早晨，这位一生与天谋事、晨思暮想的占星学家，突然发现自己积累多年的经验与智慧正在失灵，一切的常识与计谋似乎都不管用了，眼前的情形令人难以阐述，无法回旋与接受。他短暂而不安地注视了一下早晨的天空之后，立即拖着年老的身躯，跌跌撞撞地向隐蔽在一片树丛里的中军大帐跑去……

微微发红的天空悬在头上，像是被人用如椽的朱笔精心地描过，是少女的红晕？历代相袭的胭脂？……营地里略带潮湿的晨风吹乱了占星学家雪白而飘逸的须髯。在一个阵脚里，他看到两名执勤的岗哨正在拼命争夺一件什么东西，像是一件什么宝物。占星学家在奔跑的过程中匆匆瞥了一眼，看清楚原来是一根尚未煮熟的带肉的牛骨头。他重重地哼了一声，这些该死的士卒，按照他以往的一贯性情，发觉这种不良现象后，他会毫不含糊地给这两个家伙以应有的惩处。但眼下，这种小人式的、见利忘义的小打小闹显然已使他无暇顾及，他急于把自己刚刚观察到的那种令人不安的异常现象尽快向指挥这场战争的最高统帅及诸位谋士陈述清楚。是的，必须尽快告知他们，向他们说清楚，以使他们明白。不管怎么说，那种东西太突然了，不祥之兆？灭顶之灾？都有可能。军中待他不薄，俸禄、名望、自由，一切都应有尽有。他十分清楚，对面的敌营里雇用的那位占星学家也并非一名饭桶，用不了多久，那一位也会观察得到。

占星学家神色慌张地奔进中军大帐里以后，最高统帅——沈倚虹的父亲——与几位谋士刚刚在黎明前入睡，他们围着地图与阵图度过了又一个绝望的夜晚之后，终于在曙光初现之时合上了沉重的眼帘。大帐里如今只有王猛一个人在，他睁着眼睛坐在那里。

占星学家站在大帐的入口处，顿时犯了踌躇。翻飞的帘子拍打着他的身体，像是在对他施加刑法。他不知道王猛是什么，官居几品，沈大师此次离京北上，突然领来这么一个人。在他看来，王猛在军中的身份十分的不明确，像一段语焉不详的文字……他正在斟酌之时，忽然听到王猛问他发生了什么事。

该不该对他说呢？占星学家心猿意马地打量着悬挂在大帐中的佩剑与弓弩，大刀和铜锤。这些杀人见血的武器，在它们偶然闲置下来的时候，看上去竟是那样的精巧祥和，如同一件件可以养性颐年的稀世珍宝。他这会儿真想走上去亲手摸一摸它们，试试它们各自的质感与温凉程度……占星学家这样想着，立即迈动两腿，小心翼翼地向里面走来。

"看来你也是彻夜未眠。"

这时，王猛突然说了一句话，占星学家吓了一跳，立即停住了，仿佛失去了行走的能力。他迷惑不解地看着坐在大帐中央的王猛，他没听清王猛说了一句什么。王猛指了一下面前的一张棕黄的狗皮褥子，示意占星学家休息一下。

"不，我不睡……"

年老的占星学家听到自己的声音在这个清冷的早晨里充满了夸张的成分与失真的色彩，简直语无伦次，一派胡言。

"你怎么了？"王猛哈哈大笑起来，"你好像看见了鬼？"

"是的……"

"外面的天还是那样红吗？"王猛止住笑声问道，"朱砂一样的天色……"

二

春天的时候，我跟随小姐出游。在大明宫附近的一条街上，我们遇见了一个不三不四的人，那个人的目光像两条缓缓蠕动的蛇。我把一条从未用过的丝帕递给小姐——不知她想不想擦手。自从遇见那个人的那种不洁的眼神之后，我的两只手心里一直有一种驱散不掉的滑腻腻的感觉，我不知道这是怎么回事，这很怪，好像我的手握过他的那种目光似的。我用我的一块石榴红的罗帕擦了儿遍，手心里还是不那么洁净清爽。小姐没有擦，她手里拿着我递给她的那块丝帕，眼睛看着别处。也许，小姐压根就没有看到那个人，没有看到他的那种又湿又滑的目光？

那真该谢天谢地。

我们从一座青砖青瓦的庭院外经过，门口不断地有人出来进去。小姐告诉我说，这是我们家乡的人在京城里开办的唯一的一个会馆，家乡一带的商贾、赶考的举子来到京城后，都住在里面。听小姐这么说，我望着那个门口，看了半天。小姐对我说，想什么呢，看你傻呆呆的样子，想进去认个亲人吗？

我是从什么时候发现那个人不再尾随我们的呢？过了帅府街以后，天上的太阳又白又黄，光芒像露水一样。持枪带戟的御林军擦着沿街低矮发黑的铺檐跑来跑去，街上不知发生了什么事。川流不息的人群曾经混乱过一阵，不久之后平静了下来。我拉着小姐的手站在一家药铺的雨廊下，对面街道上的一位老妇人正在弯腰拾捡滚到地上的热腾腾的包子。刚才，有人在混乱中撞翻了她的蒸包子的笼屉。这会儿，老妇人捡一个包子，口里念一声佛，捡一个包子，口里念一声佛。

这样好的天气里，郊外到处可以看见踏青的人，王孙嫔妃如在画中，嫩绿的柳枝看上去像是从天上垂下来的柔软的绸带。在一座短小的石桥上，有一位老妇人在卖扇子，还有一位老妇人在卖五色的丝线。我们走过去后，小姐看中了那位老妇人码在一只篮子里的五色丝线，不知她又要绣什么，我付了钱，卖丝线的老妇人牙都掉光了，很像我从前的一位乳母。

我们站在桥栏前，小姐看上去无所事事，空空落落。我问小姐想绣一个什么东西，小姐说不想绣什么，这会儿还没想好，她买丝线只是觉得那些丝线很好看，也许以后会派上用场。以往这类针线都是由我动手，小姐只要在一旁说明她的意图就行了。再说，夫人也不让小姐整天绣啊绣啊，因为，时间一长，小姐就会头痛，连续几日吃睡不香。只要小姐有一个意图或轮廓，我就能绣出各种各样的东西。按照小姐的意思，我从前绣过碧云与黄花，绣过清澈的湖水与烟罗纱帐，牡丹与芍药就更多了。去年夏天，在小姐的指点下，我绣了一个在回家途中迷路的人，小姐看后，说那个迷路的人，他的呼吸看上去急促如水，几朵瘦小的黄花在他的脚边似启似合，像暗夜里的灯盏一样忽明忽灭——躲躲闪闪……

　　走过石桥，我想起了夫人的叮咛，夫人是让我陪小姐出来散心的。这个春天以来，小姐的身体变得很让人担心，每天夜里都要醒来好几次，有时喊我端水，有时不惊动我，醒来后就一个人睁着眼睛一动不动地躺着。她总是那样睡不踏实，不能持久，像婴儿一样容易受到别人的惊扰。现在想起来，她可能是府里睡得最晚的一个人，也是醒得最早的一个。

　　眼下的季节，虽然阳光明媚，但仍然春寒料峭，有些耐寒的树木还是一树铜枝铁干，毫无绿意。人群中有一位踏青的小姐还托着一只手炉，不知是出来观光，还是为了取暖。临出门前，我替小姐拿上了她的斗篷，但小姐发觉后却不让带。不带就不带吧，我不能惹她生气。

　　这会儿，我对小姐说，走了很久了，我们是不是该回去了？

三

　　昨天晚上临近熄灯之前，我忽然听说小姐很快就要从京城里回来了，就是这几天的事，小姐乘坐的马车这会儿已经在路上了……我闻听之后，立即变得昏头昏脑的，慌乱之中突然撞到了一个人的身上。我一看，是家里的一个厨子，他端着一钵汤水，正往屋里走，被我突然一撞，汤汁溢到了他的手上，他烫得大叫起来，对我说，瞎撞什么？没长眼吗？

　　我没有工夫理他，这会儿更不想与他拌嘴。说我没长眼，我看他才没长眼呢，不知道小姐就要回来了吗？要不是得到小姐回来的消息，我饶不了他。我忍了，还偷偷笑了一下，只要小姐平安地回来，我什么都能忍。

　　阿弥陀佛，这真是天大的喜事。

　　早上的时候，我听见几只喜鹊在对面的树枝上叽叽喳喳地叫个没完，那时候我觉得似乎有什么事情要来了。小姐就要回来了，我多少总该有一点儿感应吧。别人一个个都像木头似的，他们当然不能和我一样。一晃十几年过去了，小姐也不知长得有多水灵了，不会是当年的那副小模样了。我原以为今生今世再也不会见到她了。这些年来，我常常以泪洗面。我知道京城远在天边，我是去不了的，更何况家里的一摊子事根本抽不出身，谁都能走开，唯独我走不出去。我要照料那么多事情，鸡啊羊啊、仓房、园子，没有一处不让人操心。

我梳好头，换了一身干净衣服，将十个鹅蛋放进一只篮子里后，去找宋老四。这个人，不给他些甜头，他是不会跟你说什么的。昨天晚上，我们小姐即将还乡的消息，就是他带回来的。他常年跑京城，贩卖布匹、棉花什么的，有时还贩卖鲜姜、香烛一类的东西。今年春天的时候，忽然有人告发他在棉花里掺沙子和白灰，知县大老爷将他捉到公堂上，一连审问了三天，最后听说没事了，放出来了，整个人像大病了一场似的。不知他掺沙子的事是真是假，我没有买过他的棉花，家里有两个专门出门采买的人，这些事情不用我张罗。

我来到宋老四家里的时候，他像是刚起来不久，正要出去。我拉住他，不让他走。我让他跟我说说我们小姐的消息，说说她乘坐的马车，几时才能到家。

宋老四像是心里有鬼似的，不肯坐下，又不详细地告诉我，在地上团团打转。他对我说："你这个老婆子，小姐要回来，你疯张什么？好像你也成了小姐。放开我，让我出去，我得赶紧去找一个债主，他快咽气了。"

瞧他说的，我当然不是小姐，一个人是什么，那是命中注定了的，不在于你想不想，是你的不想也成，不是你的，终究也是白搭，只不过是做了一回梦，空欢喜一场。我取出篮子里的鹅蛋，个个都像拳头那么大，宋老四看到后，眼里放了一下光。但只过了一小会儿，那光便消失了，他愁眉苦脸地对我说：

"祖奶奶，开开恩，让我走吧。我得赶紧去找那个债主，他快咽气了。再迟一会儿，他一蹬腿，欠我的那些布匹钱就全完了。他只有一个瞎眼的老娘，我找谁要去！"

"你在路上，"我说，"看见我们小姐了没有？"

"我没见，"他说，"小姐的身子，我想见就能见吗？那还叫什么小姐？不知道，我什么也不知道，什么也没看见，我只知道那个人……他就要咽气了，我得赶紧去——"

……

今天夜里，我会在入睡以后见到我们小姐吗？我知道我老了，耳朵很背，要想听到那马车的声音是很难的。

我原封不动地把篮子里的那十个鹅蛋重新拎了回来。宋老四没告诉我什么，我当然不会将这么大的鹅蛋白白留给他。他要是能告诉我一两件有关我们小姐的消息，我是不会在乎这些东西的，比这再好的我也乐意出手。我拎着篮子出门的时候，宋老四狠狠地剜了我一眼，叹了一口气。一甩手，他也出去了——去找他那个快要咽气的债主去了。

上午，收拾妥当之后，我打开一个封锁了多年的木箱子，里面收着的大多是小姐小时候穿过的衣服。另一只箱子里放着她从前用过的被褥与玩具，风筝、陀螺、布老虎、布猪、桃符、小钗、小环、珠子、镯子……每次看见这些叮叮当当的小玩意儿，我的眼前就禁不住潮湿模糊起来。小姐的那些衣服与被褥都是我一针一线亲手缝制的，老爷和夫人从来对我的手工都很满意。有一年忽然传说四起，几乎所有十二岁以下的孩子都须穿戴杏黄色的衣衫以驱妖避邪。当小姐穿着我亲手缝制的绣有一只虎头的杏黄色衣衫去夫人的房里请安时，老爷和夫人都喜出望外、赞叹不已。老爷高兴地对夫人说，你看看，有这样一只勇猛的老虎常伴常随，谁还敢动她一指头！……那一年，小姐才三岁，也许是三岁半或四岁。

一晃十几年过去了，如今，我当然不指望小姐还能记得这些，因为所有这些事情都是那样平常、琐碎、沉闷、漫长，小姐还要读书、抚琴，总惦记着这些事情，她会长不大的。十几年的京城生活，小姐说不定早已变成另外的一个人了，这会儿，她要是突然站在我的面前，恐怕我也不敢认她了……我一直记得当年小姐离家赴京前的那个晚上，家里来了众多的客人，老爷奉旨入朝，正在前厅里与前来送行的客人话别。

那天晚上，到处灯火通明，花香四溢，夫人让我收拾小姐的行装。那时候小姐有多大？好像是五岁，对于明日一早启程上路的事她还一无所知。夫人先不走，要等到秋天的时候才正式进京。我在收拾小姐的日常所用之物时的那种错乱的神情引起了夫人的注意。这么多年来，我头一次变得笨手笨脚、颠三倒四。在收拾小姐的一部分夏季衣物的时候，我突然犯了踌躇，手脚僵直地站在一排柜子前，感到一筹莫展，我忘记它们都放在哪里了。后来，我去问夫人。"那些东西不是一直都由你收着吗？"夫人说，"怎么倒来问我呢？"是的，夫人说得对，不单是这一部分夏季衣物，小姐所有的东西一向都是由我一手经管的，可我把它们放到什么地方去了呢？我东找西找，到处翻动搜寻，打开一只只箱子，敞开所有的衣柜……

"你怎么了？"太太说，"一整天都失魂落魄的，丢了什么东西？"

"小姐，"我说，"明天就要离家了，她才五岁。"

"我知道你离不开她，"太太说，"她去京城住一段日子还会回来的。家里实在走不开，不然小姐进京，哪能没有你呢。老爷在京城里给她找了一位老师，她也不小了，该读书了。"

我忍住眼泪，看着那些小巧的、散发着阳光气息的夏装、秋装，小姐的黄棉袄和玫瑰红的发带。是的，她已经长大了，该读书了，不再需要吃奶了，不再需要我每夜搂她睡觉了。从落生那天起，她是吃着我的奶长大的，迄今已有五年了，她夜夜睡在我的身边，她的那种安详的呼吸声至今想起来都使我战栗不已。现在，她该到京城里读书去了，我跟着干什么呢？……所有前来话别的客人都相继离去了，接下来的一个夜晚在我的伤心的泪水中越来越模糊了，匆匆地省略掉了，我提前看到了小姐启程的那个早晨……

数年前，起于北部山区的战乱是那样的频繁而令人惶惶不安。我的一个侄子在一个雨前的午后突然逃到了这里，寻求庇护。他是从一条树丛下的水沟里爬出来的，村庄已被一路袭来的骑兵全部夷平。站在门前，只要凝神仔细听一阵，就不难会听到牛角的呜呜声，他们把它吹得那样响，听起来像是寺院里传来的声声佛号……不久，朝廷的一支大军很快平息了那一带的战乱。我曾听人说，带兵的那位大人正是我们老爷，听说他剿抚并行，弹压有方，又听说他的人马缺粮缺草，被困在一座叫作卧槽的山谷里……

老爷的右臂上曾有过两处箭伤，不知如今可曾复发？有一年夏天，老爷的伤口化脓，整天疼痛难忍地在病榻上翻来翻去，性情变得极为暴躁，动不动就骂人，似乎看谁都不顺眼，骂手下的人，骂郎中和北地的反贼。有一天夜里，竟然骂了……皇上，醒来后吓得大汗淋漓。一天午后，我从街上的药铺里取药回来以后，一位大夫正在替老爷疗伤。那时候小姐已开始学着认字了，小姐拿着字谱上一个不认识的字去问老爷，老爷从病榻上坐起来，看了一眼那个字，脸色苍白地告诉小姐："这个字是箭，弓箭的箭……毒箭的……箭……"

四

马车穿过一条清澈的小河，车身重重地颠簸了一下，仿佛陷进了深谷之中。沈倚虹坐在车里，看到车轮下溅起的河水洇湿了车上的帘子，一阵湿气迎面而来。紫珠在沈倚虹的身边惊叫了一声，掀起帘子，探出头去责问赶车的朱三。沈倚虹听到了朱三沙哑而抱歉的声音。河里的石头似乎很多，马车经过时，周围发出一阵咕噜咕噜的声音。

"好啦，好啦，"朱三在车前手忙脚乱地说道，"马上就得了。没把小姐颠痛吧，紫珠姑娘？"

"还说呢，"紫珠探出头去，冲着那个前倾的有些微驼的背影说道，"也不知你长没长眼睛，再不坐你的车了。"

"紫珠，"沈倚虹放下那道被紫珠掀起的帘子，将紫珠的头拉回车里，脸色愠怒地看着那张满含得意之色的脸，低声说道，"你什么时候学得这样轻狂？"

马车湿漉漉地走出河道，开始沿着一道缓坡爬行。

"姑娘们，"朱三喘着气说道，仿佛他自己驾着马车在爬坡，"多担待一点吧，道不好走，咱们走的可是近路。"

"朱师傅，"沈倚虹隔着帘子说道，"别听这丫头胡说，尽管走你的吧。又想图近，又想平坦，哪有十全十美的好事？"

"小姐真是个明白人。"朱三自言自语地说着，嗵的一声从车前跳下来，走在车旁，轻轻地在头顶上方挥舞着鞭子，他吹了一声口哨，口哨粗糙而暗哑，透着一丝尖音。

"别吹了，别吹了，"欧湘濂对朱三说道，"小心招来老鼠。"

朱三回头白了欧湘濂一眼，不知不觉地合上了张开的嘴唇。沈倚虹和紫珠在车里互相看着，偷偷地笑了一下。

朱三怀里抱着鞭子，十分寂寞地朝坡上走着。早在马车经过鱼城一带的时候，他就发现自己开始有点儿不喜欢欧湘濂这个人了，浮华轻狂，自以为是，早知一路上与这样的人结伴同行，任凭给多少钱他也不会干的。

"你也挤对他，"沈倚虹在马车里对紫珠说道，"你看他是一个多么老实的人，一路上够辛苦的了。"

"小姐，"紫珠辩白道，"我里外不是人，我是怕把你颠坏了。我不怕颠，我最喜欢让人颠我，就像坐轿一样。"

"这个丫头，"沈倚虹说道，"怎么就不知道害臊呢。"

不久前在路边的那棵枯树下看到的那个祖胸露臂的僧人，会不会就是一年前到家里去过的那个王猛呢？难道他没有跟随父亲一起出兵，一起北上吗？沈倚虹感到奇怪，她觉得自己刚才没有看错。像他那样的人，会给见过他的很多人都留下深刻的印象，单是他那种不分场合、不计时间，一坐下来就脱掉衣服，专心致志地捉虱子的习惯行为，就足以使许多人终生铭记，难以忘怀。沈倚虹每当想起这些的时候，总会情不自禁地感到浑身奇痒。王猛这个人，总的来说，太恶心了，似乎从出生以来就没有洗过一次澡。沈倚虹的父亲曾经打算要带着王猛去金殿上谒见皇上，向朝廷保举这个旷世奇才。沈倚虹那时真替父亲担心，她并非怕皇上看不上父亲保举的这个人，而是唯恐王猛在金殿上当着皇帝的面，脱下衣服捉虱子，担心他身上的那种气味将包括皇帝在内的文武百官全部熏倒——不省人事地昏厥过去……幸好，他们后来并没有去谒见皇上，不是父亲没有履行诺言，而是王猛不愿去金殿上山呼万岁，行跪拜大礼。王猛对沈倚虹的父亲说：

"算了，这会儿我不想见他。咱们的时间不多了，抓紧北上吧。"

于是，他们厉兵秣马，整装待发。沈倚虹的父亲在考虑给王猛一个合适的位置，否则，王猛在军中的身份是模糊的、不明确的。沈倚虹的父亲对王猛说道：

"……你的官职，应该明确一下，否则，不然……"

沈倚虹的父亲的潜台词是：不然，你的身份就会像一个私生子一样令人莫名其妙，你必须有一个公开的官职。

"没关系，"王猛不以为然地说道，"不明确就不明确吧，就当我是一只老鼠，就当我是一个私生子……这支军队的私生子。"

……

沈倚虹不知道父亲与王猛之间发生了什么令人不快的事情，为什么王猛现在独自一人？王猛是什么时候脱离那支军队的？他们之间的隔阂与龃龉究竟是谁的过错？是父亲对王猛有所怠慢，王猛赌气离开了他？王猛不像是一个凡事计较、意气用事的人，那么，一定是父亲的过错了。父亲戎马一生，能征惯战，他的那种性情不是每个人都能够容忍的，很多人是慑于他的兵权才忍气吞声、卑躬屈膝。很多手中有权的人都爱发脾气，但王猛显然不是他们撒气的对象，他当着父亲的面，脱下衣服，专心致志地干自己想干的事，父亲表面上虽没表示什么，心里难保不计较。……这样的一个荒凉而阴晦的天气里，王猛一个人袒胸露臂地坐在那棵不祥的枯树下干什么呢？那个心事满腹的年轻的吊死鬼的双脚垂到了他的肩上，青麻的鞋底像石头一样粗粝生硬，他无可奈何地垂吊在那里，像一种秋天的风景。王猛安安静静地坐在他的身体下面，背靠着毫无生机的树干，如同那死鬼的一位闻讯赶来的兄长或父亲，如同一位沉浸在悲恸与麻木中的守灵人……

也许，茫山上空的那种突然出现的朱砂一样微微发红的天色，从一开始，从最初酝酿之时，就是一种不祥之兆，甚至是一种惑乱人心的假象。成千上万的将士都被那种温柔的颜色冲昏了头脑，少数心急火燎的人甚至以为是一种庆贺胜利的炫目的仪式，是一种规模盛大的杀猪宰羊、犒赏三军的繁忙景象。

阵地上的烟霞越来越多了……那种时候，没有几个人能闻到他们身体四周的那种越来越清晰的血腥气息……天色看上去像是人或家畜的裸露的牙床，渐渐逼近的霞光意味着那是一个毫无出路的多事之秋——

父亲彻夜未眠，曙光初现之时刚刚迷糊了一小会儿，不久便被一阵纷乱无序的马蹄声惊醒了。不久以后，睡在他身边的诸位谋士与将军一个一个地都各自睁开了疲倦而缺乏耐性与热情的眼睛。在早晨腥甜而潮湿的空气中，山下传来的薤露之歌飘入他们的耳中，他们吃惊地注视着火中的身影与绝望的奔跑，面面相觑，喃喃自语……

五

晚上，我点亮几根蜡烛以后，烛花一直噼噼啪啪地爆跳不停，光影摇曳散乱，很让人心里不安。我拿来一把剪子，正在外间的一张桌子前剪烛花，里面忽然传来了小姐的声音。我放下剪子跑过去，小姐一手掀起帐子，让我给她倒一杯茶来。

小姐的脸上没有睡意。这半天来，我以为她早睡着了，她床前的帐子一直安安静静地垂着，一动不动，帐子里面也静悄悄的。她终于睡着了，我的心踏实下来。小姐能够入睡，那是她的福分，也是我的造化。我在外间屏声敛气、轻手轻脚，一旦吵醒她，她这一夜就别想再合眼了。可是现在，她忽然起来要茶喝，她根本没有睡着，一直睁着眼躺在帐里。

我端着茶来到小姐身边，她伸出手接过杯子的时候，我感到我的手被她的手烫了一下。我吓了一跳，她的高烧又开始了？午后，她的体温也是这样的灼热，持久不退。那位姓宋的大夫来看了一阵后，说没有什么事，只不过是有点儿心神紊乱、焦虑上火。我不明白大夫的话，我不知道小姐上的是什么火，有什么事情使她日夜焦虑、虚火攻心……我取出几天前预备好的冰片、薄荷，问他是不是这就给小姐服下，姓宋的大夫瞟了我一眼，阴阳怪气地说道："用不着，用不着，哪里就用得上这些啦。我说紫珠姑娘，不是我说你，你有点儿小题大做了。小姐没病。"

我小题大做？小姐灼烧成这样，就差没说胡话了，这个大夫竟然说我小题大做……我压下心头的火，对他说：

"小姐一直在发烧……"

"发烧？"他飞快地眨动了一下那双无神的眼睛，像是要努力回忆起什么。"谁不发烧？"他反问了我一句。

我没有回答他。

"事实上，"过了片刻，他开始说道，"每个人都在发烧，烫得像沸水一样。这世上本来就没几个凉快的人。"

"紫珠姑娘，"他尖声细气地说道，嗓音像朝廷大内的那些公公一样。这会儿，他伸出一只白皙的手，啪啪地拍打着自己光洁的额头，要证明什么似的，对我说道：

"你瞧，紫珠姑娘，我也在发烧——烫得像沸水一样。"

是的，我想，他是在发烧。小姐让我给他三两银子，我觉得他不配得到这么多，我从中扣出一两，放进一只盒子里。他的眼睛一直瞟着那个盒子，当发现我看他时，立即将头转到一边，脸变得通红。我把二两银子给他，他接过来，嘟囔着装进了袖筒里。

我该打发他走了。

走到门口时，他忽然又折了回来，踮起脚尖，轻手轻脚地来到我的面前，像说悄悄话似的压低声音对我说道：

"夫人是不是也病了？紫珠姑娘，带我去看看她？"

"夫人没病，"我说，"她好好的。"

"好好的？"他疑惑地看了我一眼，转而又说道："好好的，好，那就好，那就好，我多虑了。我走了。"他说着，很快便一溜烟地在门外消失了。

……

我把帐子向两边分开，钩好，在床前坐下。小姐的身体移过来，靠在我的胸前。我端着茶杯，要喂她喝水。小姐说："别这么殷勤，像天塌了似的，我还有力气，还能端得动这一杯茶。你让我靠着就行了。"

我的眼泪止不住流下来，胸前感到一片灼热，仿佛坐在暑天里的火炉前。我说："小姐，你又烧起来了。"

"你又哭了？"小姐听到了我的抽泣声，回过头看着我，用力朝我这边靠了靠，对我说："我这不是好好的吗？"

"这会儿好像比下午还热。"我说着，悄悄抹去泪水。

"那个大夫说得对，"小姐说道，"'谁不发烧'，每个人都在发烧，世上本来就没有几个凉快的人。"

"小姐，"我说，"他那是胡诌，他的话你也信吗？他是不懂医道，才那样说的。张太医就从来没有说过那种混账话。"

小姐的头无力地靠在我的胸前，头发蹭着我的脸颊。我把茶杯放到一边，一杯水她只呷了两小口。这会儿，她像是睡着了，好一阵没有听到她说话。我直挺挺地坐着，不敢动弹一下，唯恐将她惊醒。我的目光落进睡榻里，瞄准了一张薄被，想试着拽过来盖到小姐身上。我的手还没有伸出去，小姐的头忽然在我的胸前摇了两下，接着对我说道：

"紫珠，你刚才在外间做什么来着？是不是又绣了一件什么东西，你去取过来，让我看看，我想看看。"

原来小姐并没有睡着，这一阵子她没有开口说话，似乎是在重新积蓄力气，积蓄的目的，是为了继续说话。

"我在剪烛花，小姐。"

"我听着不像。"

"那几个烛头不停地跳来跳去，噼噼啪啪地响着，我怕它们吵醒你——我以为你睡稳了，拿着剪子剪了几下。"

"这么说，你没有在刺绣？"小姐回头看了我一下，又转过头去，继续靠在我的胸前，"我要是能睡着就好了。"

"小姐想要绣什么？"我说，"小姐说一声，紫珠一夜就绣出来了。"

"这会儿先不说了，"小姐说道，"上午的时候，我已经想好了几件，等我病好了，咱们就绣，绣他一大堆。"

"再绣一个'鸳鸯戏水'？"

"还绣'鸳鸯戏水'？你这个丫头，有够没够？我记得你已经有了好几块那样的罗帕了，这会儿怎么又想起来了？"

"哪里是我想要，"我说，"这回是给小姐你的。"

"我恐怕不需要那些东西了。"小姐说完之后，停顿了下来。我问她还要不要喝茶，她摇了两下头。这时候，我把那张松软的薄薄的被衾拽过来，盖在她的腿上。她的身上似乎不像刚才那么热了，我感到一阵高兴，对她说："小姐，你好像退烧了。"

小姐伸手摸了一下自己的额头，又摸摸我的手，对我说道："也许，你也像我一样都热起来了，我传染了你。这世上又多了一个发烧的，少了一个凉快的。"

"我好好的，"我说，"我可不想发烧，谁想烧烧去。"

"越说越刁钻了。"

夜深了。外间的烛花又噼噼啪啪地暴跳起来，声音传进里面，小姐凝神听了一阵。"是烛花在跳吗？"她问我道。

我点点头："我去剪。"

"不要剪它，"小姐忽然兴奋地说道，她的脸上出现了一种光泽，"我听人说，烛花一跳，准有喜事临门。"

"喜事？"

"喜事。"

"罪过。"我想起我不久前在外间的那张桌子前，拿着剪子，来回逡巡，剪去了那么多烫手的烛花，它们落在桌子上以后，又被我全扔进了香炉里，扔进了白色的灰烬之中。难道……我把那么多的喜事……剪掉了？

"你猜猜看，"小姐的脸上荡漾着一片憧憬的亮色，正是那种使她激动的光泽，"会有什么喜事？一件？两件？"

"至少五件。"我不假思索、憋气十足地说道。

六

早上，一阵急促的叩打门环的声音吵醒了我。我从窗户上看到，天刚刚放亮，这么一大早就有人来叫门，不会是小姐乘坐的马车回来了吧？我一边匆匆穿衣服，一边胡思乱想，不管怎么说，我是不能再睡了，我得马上出去瞧瞧。阿弥陀佛，我真希望是小姐在外边叫门，而不是别的什么人。

天亮是亮了，但这会儿太阳还没有出来，外面的情形铁青铁青的，看上去像是一个阴天。穿过长长的冷冷清清的院子，我刚一打开街门，一个人就像一只口袋一样栽到我的脚边，我立即吓了一跳，躲到一边。

天哪！一个浑身血污的人。

刚才在外面叩打门环的难道就是这个人？这会儿他一动不动地趴在地上，像是死了，他的小腹压在门槛上，头和上身已栽进院里，两条腿还搁在门外。

我的喊声惊醒了睡在东院里的几个男人，他们手里举着七长八短的棍棒——他们以为大清早来了贼人——跑过来时，也被地上的血迹吓了一跳，门槛也被涂染了。我不敢上前去动那个人，只站在一旁看着他们扔掉手里的棍棒，开始摆弄他。我听到他们说他还有一口气，我不像开始时那么害怕了。我对他们说，问问他是谁？为什么会一大早跑到这里来叩我们的门？天哪！要不是我活了大半辈子，见多识广，真要给他吓死了。天哪！

"不用问了，"我们的管家老张说，"我已经知道他是谁了！"

"谁！"我绕过那摊血迹，来到老张面前，"他是谁？"

"瞧你，"老张后退一步，看着我，"好像要一口把我吃了。"

"啐！"我啐了他一口，"我吃你？你也不自个儿照照，我打小就是一个很爱干净的人，我会吃你？"

"祖奶奶，"老张软了下来，对我说道，"饶了我吧，您回屋里歇着去吧，这儿有我们哪。"回头对另外几个人说道：

"别相面了，先把他抬回去瞧瞧再说。有人路过，还以为咱们在杀人呢。"

他们把那个人抬进东院里去了，留下一个人，铲来黄土，清扫门槛四周的血迹。太阳出来了，树枝、山墙和屋脊上的光线越来越亮了，不久前一直笼罩着院子的那种铁青的颜色也不见了。我回到院里，我喂的那只公鸡像一个游手好闲的懒汉，这会儿才无精打采地从西边的鸡舍里踱出来，百般委屈地啼了一声。

"啐！"我朝它啐了一口。这个挨刀的鬼，从今年春天的时候，我就开始不喜欢它了，该它啼鸣的时候，哪里都找不见它的影子。每到吃食的时候，它总会不招自来，准时出现在你的面前，扬着脖子，抖动翎毛，像那些不知羞耻的人一样。我想在八月十五的时候杀了它，我一直这么想着。这会儿，我等不了那么久了，小姐一回来，我就让人杀了它，给小姐炖汤喝。小姐要是不喝，我会分给厨房里的几个老婆子，让她们瞧瞧——我不是那种把什么都放在眼里的人。

吃过早饭，我去东院里看那个人。我进去的时候，他们正在给他清洗伤口，一盆血水，又一盆血水。他脸上的血污已经清洗掉了，这会儿正在擦他的胸脯、手臂。他像是从树林里钻出来的，身上的衣服丝丝缕缕。

"嬷嬷，"老张走过来，对我说道，"你认出他是谁了吗?"

"天哪！白致富！"我惊叫了一声，眼前突然模糊起来。……十几年前，老爷在卢陵任总兵的时候，这个白致富就在老爷手下做事，老爷提升，调入京城以后，他一直跟在老爷身边，十几年没有回来过。现在他突然回来了，却是这样一副大难未死的模样……我用不安的目光望着老张手上的血，难道……

"是他，"老张伸出一根手指，在脸上搔了一下痒，脸上立即留下了一个血印子，"在门外的那阵子，我就认出他来了，不然，我也不会随便把他弄回来。"

"他像是被人一路追杀回来的。"这时，我看见他睁了一下眼，向我们这边瞅了一下，又闭上了。我对他们说："天哪，他好像吓傻了——已经不认识我们了。"

"他不能说话了。"老张说。

"不能说话？为什么？"

"为什么，为什么，"老张绝望地说道，"他的舌头没有了——让人割去了。"

"天哪！舌头……"

"我知道他，"看管谷仓的双喜倒掉一盆血水，回来后说道，"他早就是军官了，一直跟随老爷——沈大帅在北边作战……"

"天哪！"我转向老张，想从他的眼睛里看到一线什么，但只看到了他低垂的眼帘、松弛的皮肉，他也老了，好像比我还要老。"难道……是老爷派他回来的？"

"天哪天哪，"老张抬起头，瞪着我，似乎是我把白致富弄成这个样子的，"你老说'天哪'，我最怕你说'天哪'。"

"天哪！"我对他说道，"家里突然回来这么一个人，你让我说什么？"

"天哪，你说吧。"他泄气地说道，瞟了那个白致富一眼。

"嬷嬷，"双喜对我说道，"您先到那边去坐坐，会有办法的。"

"谁也不要说出去，"老张在屋里来回逡巡着，走到这个人面前看一看，又走到那个人身边瞧一瞧。"走漏了风声……"他说着，来到我的面前，嘴角向一边咧开。

"天哪！你瞧我干什么？"

我这么一说，他立即转身走开了。他像是被人窥破了心中的某种秘密，一直坚持不朝我这边看。"我在想……"他自言自语地说着，望着白致富，"他怎么办？"

"你，去找一张纸来，"我起身走到老张面前，他不敢看我，我倒要看看他，我对他说道，"白纸就行，再找一支笔。"接着，我又对站在一旁的双喜说道：

"你，去取一块砚台来。"我从腰间解下一把钥匙，递给双喜，"这是老爷书房里的钥匙，砚台在老爷的书房里。"

我来到那个白致富的身边，他闭着眼睛，几乎听不到他的呼吸，只看见他的鼻翼在微微振动，像一种透明的翅膀。他们清洗了半天，血腥的气息好像仍然停留在他的身上。

"让他写，"我对身边的几个男人说道，"看看他能不能写出几句什么话来，他写出来，我们就懂了，知道是怎么回事了。"

"嬷嬷，"双喜惊讶地说道，"您老不是诸葛亮吧？太妙了。"

"天哪！"老张大胆地看了我一眼，情不自禁地说道，"你这个老婆子，这主意真好。快扶他起来——让他写。"

七

马车停在一片树林前快一个时辰了，沈倚虹从车上下来后，一直站在一个山岗上向远处眺望。视线里所见的许多迹象都在表明，这一带距离家乡已经不远了，山的轮廓、树木的疏密程度、石头和土的颜色，都与不久前经过的地方大不一样了，风中夹杂着草籽和浆果的气息，挟带着像井水一样的凉意。在很高很蓝的朗朗的天空里，那些看上去如同一件件黑色衣衫的鹰在一声不响地盘旋着，忽上忽下地飘扬着。

紫珠拿着一件红色的披风，站在沈倚虹的身边，不时地向那辆停在树林边的马车张望一下。山岗上的风吹拂着沈倚虹的头发与裙裾，那件红色的披风几次被吹落到地上，紫珠捡起来拎在手里，对沈倚虹说道：

"小姐，该上路了。"

……

远处的山谷里飘起了炊烟。马车行进途中，沈倚虹听到对面也来了一辆马车，铃声叮当作响，那辆马车走得很慢，车上似乎满载着辎重。一个洪亮的声音说道：

"兄弟，你们是从京城一带过来的吗？听说贼兵……"

"是的。"欧湘濂答道。

"路上好走吗?"那个洪亮的声音说着,渐渐地向这边走过来,压低声音对欧湘濂说道:"文太师他老人家好吗?"

"文太师?"

"文太师的寿辰快到了,我们赶着往京城里送贺礼,"说着,伸手向身后指去,"在下这一干人都是陈太守手下的……这一路上提心吊胆,既不敢快走,又不敢耽搁。听说,这条路上……"

"有惊无险。"欧湘濂说道,"我们是三日前离开京城的。"

"哦,哦。"洪亮的声音变得低沉下来,好奇的目光打量着眼前的马车,转而小心翼翼地试探性地问道:

"兄弟,你们一路扶柩而来,不知要到哪里去?"

"回归故里。"欧湘濂说道。

"是……老夫人的灵柩吗?"

"……"一阵风从车前吹过,欧湘濂的话仿佛被席卷而去。

"可惜啊,青春年华……"那个人叹息道,在地上转来转去,显得束手无策、一筹莫展。忽然,他向马车前走来,伸出一只手,掀起车上的帘子,飞快地向里面张望了一下。这时,他忽然听到身边传来"嗤"的一声,仿佛有什么东西被撕破了。

"不可造次,兄弟。"

欧湘濂似乎用什么东西钩住了他的衣服,将他的身体拽了回来。"对不起,失礼了。"他回过头来,拱手抱拳向欧湘濂赔着笑脸。那一位似乎动了怒容。

"啊,真没想到,"他用一种不太洪亮的声音感慨道,"真没想到小姐的神态如此安详,啊,就像平常睡着了一样……啊,我是说……她看上去一点儿也不让人感到——害怕,只可惜红颜薄命……"

什么意思?沈倚虹在车里暗自思量。他在说什么? ……扶柩而归?红颜薄命?这些没头没脑的话听起来是那样的不着边际而又令人疑窦丛生,老夫人?小姐……像平常睡着了一样? ……什么东西让他感到害怕?刚才,在马车上的帘子突然飘起来的那一刻,她看到了一副珠宝商人的面孔,一双狱卒一样的眼睛,听到了一声木鱼声一样的感叹,这个看上去无所事事的人使她感到一阵隐隐约约的不祥，他心急火燎地在马车前团团打转，若有所失，似有所待。欧湘濂的一只手一直按在剑柄上。紫珠歪着头睡着了，平稳地呼吸着，四周传来徐徐的流水声……

……父亲率领大队人马出发北上的那天，沈倚虹尚在睡梦之中，早上起来的时候，父亲已经走了。头一天晚上，皇帝陛下突然召见父亲，旨意传来之时，父亲正在书房里与他的先锋官商议沿途的粮草。一旁在座的还有王猛。父亲接过圣旨之后，立即更衣，前往宫中面圣。慌乱之中，他碰倒了前厅里一扇屏风。王猛见状，笑着对父亲说道：

"你这样赶着去见他，他能给你什么好果子吃？据我看来，他什么也没有，最多给你吃一只老鼠而已。"

"先生，此刻不是取笑的时候……"父亲尚未把一句话说完，系好腰带，立即策马向宫中而去。

父亲来到宫中以后，没有见到皇帝陛下的影子。朝廷大内的刘公公带着他来到葵心阁，很多人都在那里。东宫娘娘昨天晚上做了一个奇怪的梦，梦见有一个人伸出一根手指头，指头对着她两眼之间、鼻梁上方那一片部位，指头虽然没有触及她的皮肤，却使她的眉宇之间感到奇痒难挨。东宫娘娘是从睡梦中突然笑醒的，醒来以后，她仍然不停地用手蹭着两眼之间、鼻梁上方那个部位。

"万岁，太痒了。"东宫娘娘说道，"臣妾从来没有那么痒过。"

"真是有趣，"皇上缩了一下脖子，抬手在自己的眉宇之间轻轻蹭了几蹭，"你这么一说，朕的这个地方好像也痒起来了。朕这会儿想起来了，朕小的时候，朕的哥哥就常用这种办法捉弄朕。"

东宫娘娘请来一个擅长圆梦的人，在葵心阁里问卜吉凶，皇帝陛下也要来听听，看看是怎么回事。沈倚虹的父亲在大内刘公公的引导下来到葵心阁的时候，那个替东宫娘娘圆梦的人已经不见了，皇帝陛下与东宫娘娘正在吃茶，几名宫女凭栏而立。

"臣叩见陛下。"沈倚虹的父亲说道。

"在这种地方，不用叩了。"皇上说，"留点精力，对付贼兵吧。"

"谢陛下。"

"沈卿，此次出征，需要多少兵马？"

"二十万，不，"沈倚虹的父亲说道，"三十万，四十万，五十万……"

"有必胜的把握吗？八成？九成？"

"启奏陛下，臣心里没底，不敢说八成九成，不过……"

"什么？"

"也是我朝之幸，臣得到一个奇人，他叫王猛……"

"奇人？"

"是的，臣以为，有他同行，我军将无往而不胜。"

"有这样的人？抽空将他带来，朕要看看他。"

"回禀陛下，陛下还是不见为好，此人甚是肮脏，简直……不堪入目。"

这时，一名宫女端着一只御制的食盘来到沈倚虹父亲的面前，盘子里放着两只烤得焦黄的小动物，他看了几眼，没有认出是什么东西；惭愧不安地说道：

"臣无功受禄，怎么好随便食用皇家的东西。臣看看就行了，心满意足了。"

"客气什么？"东宫娘娘说道，"陛下让你吃你就吃吧。"

他刚把盘子端起来，忽然听到皇上的座椅下传来"吱"的一声，像是什么东西在尖叫。他吓了一跳，急忙放下手里的盘子。

"吃吧，趁热吃吧。"皇上说，"凉了就不好吃了。"

皇上轻松地若无其事地笑着。沈倚虹的父亲端起盘子，吃完一只后，朝皇上看了看，那边投来一道近乎鼓励的目光。于是，他立即吃掉了第二只，抹了抹嘴。

"味道好吗？"皇上问道。

"甚好。"

"前天，"皇上说道，"王丞相来的时候，朕给他吃了两只，今天你又吃了两只。还有一些，那是留给文太师、宋翰林和于将军的。"

"陛下，这是……"

"这是不久前两广巡抚进献来的，朕一直没舍得动。"

"两广巡抚？"

"他们那里叫'玉锁'，"皇上说道，"其实就是耗子。"

"耗子？陛下……"

……从宫中回到家里以后，父亲一边呕吐，一边喃喃自语。十恶不赦的广东人，有朝一日……将他们夷为废墟，让他们都见鬼去……呕吐声惊动了王猛，王猛从花园深处循声而来。事情果然被他不幸言中了，他怎么知道皇帝陛下要给我——一个三军统帅吃老鼠？父亲眼泪汪汪地从一只三足的水盂上抬起头，望着王猛——这个未卜先知的……妖人。

花园深处的蟋蟀声消失了，脆弱的花茎不时被轻而易举地折断。踏着满地皎洁的月光，沈倚虹来到一棵树下。不久以后，她看到了高处的一扇窗户，攀援在窗户四周的一些枝叶像是里面不慎泼洒出来的墨汁，疏密不匀地溅在墙上。高大的山墙，在月光下看上去显得更加苍白而倾斜。墙外传来了隐隐约约的流水声，沈倚虹正在谛听之际，忽然看到一个影子一样的人，吱的一声钻进了父亲的书房里。

"老爷，"影子低声说道，"钟家派人来了，钟树声公子好像病得不轻。"

"什么病？"

"伤寒？"影子似在自问自答，"不，听说是一种顽症。"

"到底是什么？"

"他没说清楚，不过，奴才以为是伤寒，还有什么比这更厉害的呢？"

"人呢？"

"奴才已把他打发走了。"影子得意地说道，语调里饱含着独立完成一件了不起的事情之后的沾沾自喜，"奴才的意思是……"

"乱弹琴！"父亲说道，"你的意思你的意思，你有什么意思？"

"是，老爷。"

"白致富有消息吗？回来后命他立即北上，我在玉井关等他。"

"老爷，小姐的婚事……"

"知道你该干什么吗？"

"奴才知道，管好自己的嘴，不到处乱说……缄默不语，不要像漏勺一样。"

缄默不语。就当什么也不知道，一切都不曾听说，闻所未闻。沈倚虹离开树下，往回走的时候这样安慰自己。紫珠从一条通往后院的石径上走来，她正在到处找她。沈倚虹看到紫珠的脸上尚存着一线依稀的泪痕，她口里叫了一声小姐，从那道微微倾斜的石径上走下来，身体轻飘飘的，像一片绯红的花瓣。

紫珠告诉沈倚虹，不久前，她在纱窗下刺绣的时候，眼前绚丽迷幻的丝绸织锦仿佛一个妖冶艳荡的鬼魅，勾走了她的魂，她不知不觉地伏在绿色的纱窗下打了一个盹。就在那阵看起来非常短暂的时光里，她做了一个梦，她像是灵魂出窍，毫无重量可言的身体像晚间的思念一样追逐着一辆马车——在乡村和城镇的街道上狂奔不止，如入无人之境……

傍晚的时候，天上下起了小雨。沈倚虹听到有人在车外唠叨，一边抬头仰望灰色的天空，看起来眼前的这场雨好像是今年最后的一场雨了。他们站在渐渐湿润的路边，如同在告别，又像是期待。细雨打湿了车上的帘子，车外的景色幽暗无边。马车似乎停在一座宅院的门前，沈倚虹听到里面传来一阵开门声。

欧湘濂来到车外，隔着那道潮湿的帘子，低声说道：

"小姐，到家了。"

八

昨天晚上天快黑的时候，我从西边的灶房里出来，手里端着小姐的药。本来小姐应该在午后服药，然后睡觉，可第一次煎好以后，灶房里的刘嫂在门前的一只凳子上打了一个盹，等她惊醒过来以后，满屋子都飘溢着焦煳味，药锅里的汤汁已经不多了，正在迅速收水。刘嫂手足无措，她不敢去告诉我和小姐。我后来走进灶房里的时候，刘嫂正在往药锅里重新兑水，她试图用这种偷懒的手段补救她的过失，真是欲盖弥彰。我在走向灶房的过程中，已经闻到了那种飘散出来的焦煳的气息，越往里走，焦煳的气息越变得清晰浓烈。我在刘嫂的身后大声喊了她一声，她手里的水瓢忽然掉到了地上。接着，她向门口这边转过身来，她的脸色红得有些让我害怕，我盯着那张脸。我想，这个时候感到害怕的应该是她，而不是我，但不知为什么，我的脸也在隐隐灼烧。

"紫珠姑娘……"

刘嫂慌乱不安地叫了我一声，我没有理会她，径直来到那只黑砂的药锅前，里面已掺了水，一些黑乎乎的药渣像大火烧焦的木头一样死气沉沉地漂浮在水面上。

"你想害死小姐吗？"我的脚下踢响了那只湿漉漉的水瓢，突如其来的响声吓了我一跳，刘嫂也被吓得脸色煞白，她急忙朝门口看去，以为外面来了什么人，望了片刻，她回过头来对我说道："紫珠姑娘，我该死，我只在门口那张小凳上迷糊了一小会儿，锅里的水还有很多，我没想到会突然、一下子烧焦……"她说着，停顿了一下，似在回忆什么。"求求你了，紫珠姑娘，千万别把这事说出去，老爷要是知道……我这就洗锅，重新煎煮。"

我找了一张椅子坐下。在我的注视之下，刘嫂倒掉了里面的东西，仔细地将药锅洗涮了两遍。这会儿，她看上去已不像方才那么慌乱不安了，脸上恢复了湿润和几颗稀稀落落的雀斑。她端着药锅，走到一个柜子前，取出几个药袋，刚要往锅里放药材，回头看了我一眼，见我在注视她，立即改变了打算，将药锅端过来又仔细洗了一遍。够干净的了，我想。小姐这会儿说不定已经等急了。

从灶房里出来的时辰，天已经快黑了，燕子在庭院上空飞来飞去，树枝籁籁作响，上面似乎挂满了风声。走到一道影壁面前时，我忽然看见了宁陵，这个小鬼头惶惶不安地躲在一棵树后，似乎在等什么人。我心里一惊，不知他是怎么进来的。两年前，我第一次见到他的时候，他还是一个孩子。作为钟树声公子的书童，宁陵看上去比他的主子更为狡黠，我们小姐最不放心的就是他的那张嘴，他像黄鹂鸟一样能说会道。这会儿，天这么晚了，他一个人躲在这里做什么呢？难道钟公子也来了？

宁陵的脸从树后闪现了一下，接着又缩回去了，他看到我了？我正欲喊他出来，这时，一个人突然从影壁后面走了出来。天哪，是我们帅府里的一位管家，我常见他往老爷的书房里走动，只是不知道他的姓名。宁陵找他有什么事呢？他们鬼鬼祟祟的声音从树后传出来，在傍晚的暮色里显得模糊而零碎，令人难以捉摸。他们在说什么？至少与我们小姐有关，我是这样想的。钟树声、宁陵，这一对薄情寡义的主仆，不知在搞什么名堂，来到帅府，躲着我和小姐，暗中与他人见面，难道……这时，我看到宁陵的蓝布衣衫在树枝后面闪现了一下，一溜烟地跑了。管家朝四处看看，咳嗽了一声，沿着一道斜斜的石径向老爷的书房那边走去。

我端着药钵回到房里，小姐不在屋里，床榻上空着，梳妆台前也空无一人，我从镜子里看到我的脸变得通红。

我找出绣针和几团丝线，来到纱窗下。几天前，小姐让我仿照前厅里隋人展子虔的《游春图》，再绣一幅，挂在她的睡榻旁。今年春天以来，她一直断断续续地生病，几乎很少出去，如今让我绣一幅《游春图》，或许是为了弥补什么。

在明媚的光线里，澄碧的湖水泛起粼粼细波，雪白的马鬃在远处的青山红树中隐现、出没……仿佛也是这样的一个季节里，我从府里出来，远远地看见钟树声在一座朱顶的亭子里焦虑不安地踱来踱去，手里拿着一封写给我们小姐的信，像握着一块火炭似的。那时候，四周没有人，只有他的书童宁陵牵着一匹马坐在附近的一棵树下。我来到亭子里，钟树声立即迎过来，叫了我一声"姑奶奶"。算起来，这是我第三次为他和我们小姐飞鸿传书了。有一天晚上，我在后花园里的藤蔓深处架好梯子，掌灯以后不久，钟树声像一只狐狸一样顺着梯子溜了进来。他从婆娑的树影中钻出来，脸上除了斑驳的幽晕与慌乱之外，还沾满了花粉与草浆。"好一个采花贼。"我喊了他一声。他受到了惊吓，立即伏在阴湿的地上——小姐后来知道这件事以后，责备我不该让他在湿地上趴那么久，他的身体算不上强壮——我从花丛后面跳出来，他看见我后，喘着气说道："姑奶奶，吓死我了。"他的胆量竟这样小，还不如一个女人。四周的草木湿漉漉的，轻轻颤动着，我告诉他，待在这里别动，万一被府里巡夜的人发现了，那就没命了。他朝我点点头，想说什么却又没有说出来，嘴里仿佛被什么东西噎住了。之后，我回去叫小姐。小姐扭怩了半晌，终于还是出来了。……那天晚上，小姐从花园回来以后，在梳妆镜前坐了很久，腮边的酡红一直久驻不散。我来到镜子前，小姐忽然起身到床上去了，随手放下了帐幔，将自己罩在里面，不让我看她的脸……

我走进亭子里，钟树声迎上来，跪倒在我的面前。他的这个突如其来的姿势吓了我一跳。他的书童宁陵这时正仰起脸朝这边张望。我让他起来，他声音急促地对我说道：

"紫珠，可把你盼来了，你要再不来，我的头发就要白了。"

这个人，上一次见面的时候，他就说他的头发快要白了，这一回又在老调重弹。我告诉他说，我这样千辛万苦，全是为了我们小姐，不然，我是不会来的，用轿子也抬不来。

"对，紫珠姑娘，"钟树声说道，"难道我不是吗？我也是为了你们小姐。"停了一会儿，他又神色黯然地说道：

"我爹爹正派人四处搜寻我，扬言要打断我的腿呢。"

我从他的手里接过这封信，转身要走的时候，他忽然从下面抱住了我的双腿，他把我箍得那样紧，使我难以脱身。紧接着，他的脸、嘴贴到了我的裙裾上，我感到下面一片温热，那个朱顶的亭子仿佛正在飘荡而去……

此事若被小姐发觉，我就没有任何出路了，只有一死。

……

我从通向前厅的那条石径上走来的时候，看见小姐脸色苍白地站在一棵树下。我告诉她药已经煎好了，她似乎没有听见。在回房里的路上，我想起刚才在纱窗下绣《游春图》的时候，不知不觉打了一个盹。就在那阵十分短暂的时光里，我梦见一辆华丽的马车载着小姐，在秋日的旷野上飞奔，小姐坐在马车里，浓妆艳抹，芳香袭人，像是一位正在出阁的新婚娘子。千里姻缘……那辆马车看来只有跑够一千里以后，小姐才能款款地从车上下来，走进红装与高烛之中……

小姐听完我的梦境之后，注视了我一阵，忽然对我说道：

"想出嫁了？"

"谁想出嫁了？"我说，"我梦见的那个盛装的丽人是你。"

"你知道不知道？"小姐说道，"梦是反的，你看见你自己出嫁的情景了。"

快到屋门口的时候，小姐停下来，对我说道："再别提这出嫁的事了，到时候，我给你操办就是了，倾其所有。"

谁想出嫁了？是我吗？小姐真是得理不饶人，她从前可不是这样的。我只不过是一个丫头，能嫁给谁呢？我从来没有做过那样的梦。她嫁给谁，我跟着过去就是了，谁让我是她的贴身丫头呢。

秋天里的一个早晨，太阳升起很高了，小姐还没有起床。我拎着水壶，浇完门前花坛里的几丛菊花以后，回到屋里。我想让她多睡一会儿，就轻轻地掩好门，去西边的灶房里看刘嫂煎药。我对刘嫂说，小姐很快就要起来了，梳洗完毕以后就要服药了。刘嫂一边撩起围裙擦手，一边对我说，药马上就得了。

前后左右的屋脊在早晨的空气里闪烁着一道道耀眼的光芒，甬道两旁的花丛和绿云似的草木看上去青翠欲滴。我端着煎好的药走出灶房的时候，刘嫂还在数落她那个酒鬼男人，昨天晚上他又喝醉了酒，醉倒在通往校军场的一条路上，一队巡夜的御林军发现了他。有人认出他是帅府里的一名三等买办，连夜将他送了回来。

小姐还没有起来。我将药钵放到外间的一张桌子上，来到她的床前。

"小姐，该起来了。"

我叫了几声，轻纱帐幔里静悄悄的，我看到了小姐的安详的神态。

老爷自从率兵北上以后，至今杳无音讯。这些日子以来，我们一直瞒着小姐，说老爷近来一直在校军场上阅兵，每天早出晚归，府里的其他人都很难见到他。小姐闻听后，有几个晚上睡得很好。

午后，我来到夫人的房里。夫人躺在病榻上，她说她早就预料到会有这一天的，几天前她做过一个不祥的噩梦，一直闷在心里，她宁愿使它腐烂，也不愿将它说出来，说破。我告诉夫人说，小姐看样子是黎明时分才断气的，那个时辰正是御林军在外面叫门，将刘嫂那个醉鬼丈夫送回来的时候。

夫人说，告诉管家，立即将他们夫妻打发出去，是他们把街上的恶鬼带回来了。夫人说完，又一次伤心地昏厥过去……

……

秋天里的一个早晨，我们护送着小姐的灵柩离开了京城。

由此还乡，有一千多里的路程。帅府里的护卫白致富离家数月，至今未归，夫人命另一位护卫欧湘濂一路上护送小姐的灵柩。

马车行至鱼城一带的时候，一位年轻的、屡试不第、名落孙山的秀才吊死在路边的一棵枯树上，其时正值一个天色晦暗的午后，四野无人，满天黄叶，几只乌鸦像黑炭似的在附近的水沟与树林前飞来飞去，叫声嘹亮而悠扬，如同一种遥远的回声。

在那棵不祥的树下，坐着一个袒胸露臂的僧人……

九

大约晌午时分，我听说白致富死了。

我来到东院，双喜告诉我说，老张把白致富抱起来，将一支笔塞进他的手里，老张把着他的手让他在纸上写字，白致富刚在纸上涂了一个黑点，便断气了。

怎么这么巧呢，原指望他能写出点什么，让我们这些耳不聪、目不明的人多少知道一点儿外面的消息，因为，就凭他那副垂死的奄奄一息的样子，无论他是从老爷身边来的，还是从小姐身边来的，都是一种不祥之兆，谁会想到他连一个字都没有吐出来，就这么利索地死了呢。

天哪，他像是前世也修了福，死得这样仓促而不容分说，连眼睛都不眨一下。

老张手里拿着那张纸站在门口，我凑过去看看，老张忽然生气地对我说道：

"都是你出的馊主意，让他写什么字呢，你怎么会想出这么一个馊主意呢？让他休养两天，说不定他就缓过来了。"他说着，将手里那张纸在我面前抖得哗哗直响，指着上面那唯一的一个黑点，对我说道：

"你看看，他写的这是什么？这是字吗？这是四不像，连一个蜘蛛都不像。这能说明什么？什么也没有告诉我们。"

天哪，瞧他说的，好像是我把白致富给活活害死了。这些男人，与他们打了一辈子交道，很多时候我仍然不明白他们为什么一个个都如此……混账。岁月不饶人啦，要是在从前……我瞟了老张一眼，这会儿我不打算与他计较，既然没有得到小姐的一点消息，我还在这里做什么呢，我转身向门外走去。

"神气什么？"老张忽然在后面冲我的背影说道，"不就是小姐小时候吃过你几滴奶吗？"

"天哪！几滴奶？"我回头望着这个蛮不讲理、不通人情的人，他说得多么轻巧，几滴奶……我挺着胸脯，朝他走过去。"是的，我是有几滴奶，你有吗？"

"我当然没有。"他说着，向后退去。旁边的几个人轻声笑了起来，他匆匆瞥了我一眼，脸变得通红。

"我还以为你也有呢，你也喂养一个孩子让我瞧瞧。"

我早就说过，这不是什么好事，一家人分成两个摊子，这边一摊子，京城里一摊子，相隔上千里地，来一回去一回就像上天入地一样费事。平时，我带着针线在家里的桃树林子里做活儿的时候，耳边常常会传来阵阵笑声，似乎是从那些疏密的枝丫之间传过来的。只要一闭上眼睛，就会有一个摘桃子的姑娘出现在近前，睁开眼后，仍然是满园桃花。我知道，那就是我们小姐。

我站在街门口的青石旁，抬手遮挡着晌午的光线，向远处眺望。一个孩子从街对面的巷子里跑过来，对我说："马车来了。"这些天来，他们都知道我在日夜期盼着小姐乘坐的那辆马车，常有人来捉弄我。昨天黄昏时分，我正在屋里收拾几个盛放衣物的箱子，一个十四五岁的孩子从外面跑进来，上气不接下气地对我说："我看见马车了，向这边来了。"十四五岁的孩子不该说谎了，我扔下手边的事，急忙随他来到门外。是有一辆马车渐渐朝这边来了，可是，天哪，那是一辆什么样的马车，车上满载着出窑不久的瓷器，瓷碗、瓷盘、缸子、盆子。一个红脸的人走在车辕一侧，边走边吆喝，一双小眼睛四处搜寻。这时，再找那个十四五岁的孩子时，不知什么时候已经不见了。

　　几天前，我听看园子的老赵说，刘家庄的土围子外面来了几个行动不便的伤兵，他们说是从一个叫作卧槽的山谷里逃出来的，都是沈大帅军中的士卒。沈大帅不就是我们老爷吗？第二天，老赵放下园子里的活儿，又去刘家庄那个土围子外面打听消息，那几个伤兵已经不见了，在他们曾经停留过的地方，留下一些干草和几摊发黑的血迹。那几个一瘸一拐的伤兵会走到哪里去呢？

　　我在前厅里点燃香烛，三拜九叩，求上苍保佑小姐平平安安地回来，保佑老爷得胜凯旋。从前，这是一个多么热闹的地方，宾客盈门，话语不断。东院里的墙垣下面已长满了几尺高的野草，我对他们说了不知多少遍，没有一个人动手。野草一天天在疯长……

　　天快黑的时候，老张忽然脸色阴沉地走了进来，他对我说：
　　"小姐回来了。"
　　小姐回来了？我怎么没听到一点儿声息呢？我打开门，老张也跟了出来。这时，我看见了那辆停在门外的马车。
　　"小姐——"我朝外面叫了一声，眼里流出了泪水。
　　天哪！他们从车上抬下一具棺材……一个哭哭啼啼的姑娘走在后面——

发　现

岿然不动的阿喀琉斯大步流星。

——瓦雷里《海滨墓园》

南方旅馆之夜

1928年的暮春之时住进南方一家旅馆的那个人名叫石周山，他的祖先世代种植包括胡麻在内的高寒作物，已逝去多年。石周山住进那家旅馆后的傍晚，在一部尘封已久的旧小说的部分章节里，反复地回响着一种冰冷的金属的声音和一种腥甜而腐烂的气息。

那座扁圆的油罐形的古老建筑全部用整齐的红松和云杉混合搭制而成，其颜色和结构在1928年的晚霞中层层推进，变幻莫测。旅馆内部复杂的格局以一种平庸而密封的外表和轮廓呈现在那个时期。

在旅馆的深处，一面镜子，一棵苍老的桂树，用叹息删节着时光。

那天夜里，石周山在旅馆里雪白的床榻上和衣而卧。旅馆临河而建，窗外的桨声灯影、箫管丝竹使他一直难以成梦。从河面上升起的胭脂与肌肤之气总是破窗而入，在夜晚的一些环节里轻歌曼舞。

面对隐秘而破旧的南方岁月，石周山回忆起远在塞外荒原的老家，塞外山区蓝绿两种颜色的植物开得漫山遍野，村庄内外，鸡鸣狗吠，骡马成群，土黄色的炊烟年年不断，白纸的灯笼闪闪烁烁，草绳和藤萝陆陆续续地在一些寂寞的墙上浮动、飘扬。

现在，木制的旅馆如同一头残忍而沉没的巨兽蹲伏在夜幕下的河边，一动不动，毫无生气。深色的河水轻轻地拍打着岸边废弃已久的船只和部分风物。

旅馆里苍白的汽灯亮起来以后，白纱的灯罩映出了天花板上绘制着的一些优美而古风浓郁的莲花形图案，这种优雅的莲花形图案绘在天花板的中央，在花的四周，还分别隐现出龙的身影和凤凰的舞姿。在汽灯白炽的光芒照耀下，旅馆内部的墙壁上浮现出许多处紫色和黑色的斑点——那是南方霉湿时期的蚊子和蟑螂被手指摁死后留下的种种印痕。

在楼梯的转角处——汽灯照不到的几个地方，人为地自然地形成了一些黑暗的部分和无声的片断。

旅馆内部的棕褐色的木板地上水迹斑斑。许多傍晚归来的人正在洗浴、饮茶，他们的手里剥着花生或板栗，一些干燥的方言土语有如缓缓流动着的沙子和尘埃，一点一点地渗透到每一个木头的角落或某一道缝隙里，一直向夜晚的深处坠落而去。

越过那些黑暗的部分和无声的片断之后，仍可见寥若晨星的汽灯一盏、两盏地出现在旅馆内部的一些墙壁上。汽灯上的铁钩与墙壁上的铁钩紧紧地咬着、牵挂着，如同结实的牙齿一样相互交错在一起。汽灯附近的木板墙壁上一片温热。天黑以后，一些暗红色的、米粒大小的、身上带有某种隐形条纹的蚊虫一声不吭地飞在旅馆的内部，间断性地出其不意地袭击着某些梦寐以求的隐秘的部位。

房门被开启以后，一道阴暗的门影在房门旋转的过程中正在逐渐悄然逝去。当房门后来全部打开以后，那道阴暗的门影便逃入床下，完全消逝了。

房门又重新关上了。一道阴暗的门影在门旋转的过程中正在循序渐进地归来、消失。房门后来全部关上以后，那道阴暗的门影又重新布置到房门上，成为房门的一部分。

在房间的一张桌子上，这时出现了一把用白铁皮制成的水壶，在房门关上以后，水壶的壶嘴里就开始向房子里吐出陆陆续续的线条简明而弯曲的白色热气，有如一只吐丝的蚕。房间里出现的这种水壶除了盛水之外，也可以用来浇花，但不适宜盛酒。石周山住进旅店的这天晚上，走廊对面的几个人便用这壶从街口买了酒回来，还有人正在用它浇花。岁月如一张铺天盖地的网，疏而不漏。有时候，一把梨木梳子、一只白铁皮水壶，甚至一只鸟，都能使一些相去甚远的事物变得紧密难分，直至最后一切都面目全非。在民间，这种细小卑微的事物就是神的象征，就是那种源远流长的无所不在的时间。

现在，走廊里先前的阵阵水声已经基本上稀疏了，渐渐地微弱了下去。紫红色的算盘珠子发出噼噼啪啪的声音，从一道高大而漆黑一团的柜台后面传出来，在旅馆隐秘的内部四处溅落，时隐时现。

走廊里的一部分汽灯都先后熄灭了，只有寥寥的几盏还依旧亮着。低暗的光线使旅馆内部的景象变得陈旧萧瑟，昏昏沉沉。时间陷于一种极为混沌的状态之中，天花板上的风景黯淡无光，精致地绘制在上面的莲花形的图案上现在流泻着一种若有若无的雾气，龙和凤凰的身影早已隐退，真相开始趋于模糊和遥远之中，仿佛不久之前天空里集合起来的铅质的乌云。旅馆内部的那些黑暗的部分和无声的片段正在不断增多、蔓延、扩大。

几名从中原地区骑马而来的客人睡去以后，旅馆里的年轻的伙计走出旅馆内部，到马棚里添草加料。骑马的中原客人是在晚饭以后到达的，几匹枣红色的和雪青的马与骑马的主人一样气喘吁吁、大汗淋漓。旅途风尘的侵蚀使他们苍白如纸、疏松如泥，失去了捕捉、拖延时间的能力和机会。晚上，他们没有吃饭就全部倒头睡了。心事和精神的丧失殆尽，使他们不得不自愿地放弃一些必要的和不必要的东西。在此之前，他们曾疲惫不堪地谈论着一件结构相当严谨而复杂的事情——一件旁听者无法介入和参与的事情。几个人就在这种谈论中先后都逐渐入睡了。最后一个人睡觉的时候，听见旅馆里的年轻的伙计用一只白铁皮的水桶拎着一桶饮马的水，嘴里哼哼着一种哀怨婉转的地方小调向马棚走去。这个事实使得他在入睡以后，那张倦意密布的脸上一直保留着一种较为安心的笑容。

几根圆形的柱子竖在马棚的附近。黑暗中，柱子的四周环绕着很重的马的气息和草料的气息，马尾轻轻地扫来扫去。

房间里的熏热而潮湿的空气，常常使人疑心那些木制的墙壁和门窗都在像人一样地出汗。狭窄的百叶窗敞开了一扇。以后又吱吱呀呀地敞开了一扇。在这个过程中，几十只暗红色的、米粒大小的身上带有某种隐形条纹的蚊子从敞开后的窗户外面飞了进来，它们在房间里盘旋的过程，有如缓缓转动着的扇叶。不久以后，它们全部安安静静地贴到了房间的天花板上，它们共同组成了一个梅花形的圈子。

这时候，一支灰衣服的队伍从临窗下面的街上开过。街灯沉静如水。队伍中的那些挺着胸脯的女兵都穿着掐腰的瓦灰色军装，都描着眉，涂着口红，施着粉，女兵们乌黑明亮的鬓发从帽檐下探出来，有如一朵朵美丽芬芳的玫瑰花。

如潮的步伐渐渐远去之后，街上的声音小了。青色的街灯下坐着一个卖馄饨的老人。不远处还有一个香烟摊子，守摊子的是一个身躯肥胖的老妇人，穿着一件五成新的白色纺绸衫，手持一把竹伞。

不多时又刮来一阵风。风是从河面上刮来的，充满了湿气，中间仍挟带着脂粉和肌肤的气息。几只彩色的在白日里鲜艳招人的画舫停靠在岸边，船上闪烁着红色的灯火和笑声浪语。风从窗户外吹进来，吹皱了屋顶上的那个梅花形的圈子。

时光悄无声息，不断地漫过一些新的地方。现在，整个旅馆都安静下来。年轻的伙计手里提着一只杏黄色的灯笼锁了前门后门。锁子声“咔嚓”“咔嚓”地响过之后，伙计便折回身往里走，不慌不忙地迈着昔日的步子。到了门口，抬起一条手臂，吹灭了手里的黄色灯笼，咳嗽一声后便进去了。

被风吹皱吹散了的那些蚊子在房间里飞舞了一阵以后，又一次集合到了先前的天花板上，这一次它们组成了一个地堡似的阵势，自以为固若金汤、牢不可破、坚不可摧。

一只瘦长的南方的马桶立在门后，提手处缠着十几圈麻绳。

他仔细地望着那只式样古怪的马桶，望得久了，便感到小腹有些肿胀而酸涩。他翻身下来，用两个手指捏住那十几圈成就的麻绳，淅淅沥沥地响了一阵后，仍觉得意犹未尽，便一直捏着不松手，直到后来睡意漫卷而来，方才缓缓立起身子。

木制旅馆里的床铺雪白无瑕，这使所有来此投宿的人都异常满意而安心。到了床边，两只手掌在床边准备跨上去的时候，猛然发现雪白的床铺上印着一只漆黑的手掌。

是南方苗人著名的黑砂掌。

现在，旅馆内部异常安静，有如一台庞大而废弃多年的旧式机器，空荡荡的走廊里还剩下最后一盏汽灯亮着。

有一个背影很宽阔，不知道是谁。时间之水从临河的窗户下缓缓流过，木质的处所温文尔雅、安详如初。

黎明即起，洒扫庭除。很多年以前的一种穿衣服的声音窸窸窣窣地传来，由远而近，清晰可闻。零散的纽扣在昏暗中叽叽咕咕地响着，有如流星滑过苍茫的群山。

那把乌木的椅子上罩着一层轻纱似的浅显透明的尘埃，椅子的腿上分别挂有潮湿的露珠和干瘪的水滴。

突如其来的事物曾使他沉吟良久，怀想多时。他迅速地穿好早已卸去的衣服，在空着的椅子里坐下，那只漆黑如铁的手掌离他仅一箭之遥，深深的烦恼和不安有如密集的雀斑一样印在他的脸上。记忆中的那些蓝绿两种颜色的植物都漆黑一团了，花瓣坠落在风中，水沟里的水在旷野上盲目地流着。一匹老马颓然无力地守在一堆干草面前。

在南方，1928年，曾经布置了许多烟雨迷茫的故事和无头无尾的传说，猩红的树叶从黎明常常旋舞到夜晚。

石周山从一个天蓝色的包袱里找出一本可供消遣和逃亡的书，用来遮风挡雨，用来抵消黑砂掌的印象和记忆，用来删节黑暗、打发时光，逃出1928年的南方之夜。

现在，四周万籁俱寂，河岸边的灯火随着语言的稀疏而逐渐消亡。石周山背靠老家的天蓝色包袱，手里捧着的是一本名为《在1962年的山谷里》的旧小说。

现在，石周山正漂泊在逃离1928年的途中，他站在雨水中的一些石头上，向多年之后的远方久久眺望。

他的视线内，杏黄色的山谷绵延起伏。

在1962年的山谷里

现在是临近傍晚的时候，亡旗一个人坐在一道低缓的门槛上读书。

外面是杏黄色的秋天。

亡旗有一张瘦削的铁青色的脸，仿佛翻砂工们手中的某种面具的模型，他的目光里空荡荡的，寂静无声。

现在的季节是秋天，亡旗一个人坐在1962年杏黄色的山谷里。在他松软稀疏的记忆里，四周不断地重复回响着一种清脆的筷子敲击器皿的声音，声音里隐隐地浮现出一些眺望的人群，褐色的背影和一些温驯的眼睛。亡旗俯首而坐，他的膝上放着一本没有封面的旧小说，书中的所有章节已完全发黄并趋于褐色，细节和场景使人憔悴不堪。

这个季节里的风宁静而粗粝。

从1961年的冬天里起，亡旗就开始逐字逐句地阅读这本小说了。寂寥的天空下面按照某种法则绘制着一些铁器似的事物。在全部阅读过程中，隔三五日之内便有黑色的落叶成群成批地泛起、落下，完成着一种封闭无声的仪式。大雪纷飞的时候，书中不时地有一些生僻而彬彬有礼的情景闪现出来，突如其来的这种描写常常迫使亡旗稀松的想象呈现出空白和一些深深下陷的部分。暮色苍茫，山顶上的云彩呈现出几匹马的形状。形状是一种无情无义的东西，亡旗这样想道。他读这本书读得很累，疲倦吃力而又极不顺心。亡旗感到这本书在当初写的时候便布满了陷阱和各式的机关，后来的人在阅读的时候便不得不倍加小心，唯唯诺诺，光是书中的气候和地址就极不容易把握，没有一种身临其境的体验便会边读边重新退回到前面的叙述中去，造成黑白颠倒、阴阳错位。这是一本用繁茂的仿宋文字写成的小说，又排列成令人良莠不分、眼花缭乱的竖行，全书找不到一处有关诠释和注解的地方。整部书像一块密封完整的古代城邦砖头，能够找到它的精神脉络和内部光芒的人寥寥无几。至于书中的冥想和梦幻的部分，更是大雪茫茫，不见人影。冬天结束的时候，亡旗惊讶地发现他整整一个冬天的努力全部白费了，他的阅读在不知不觉中非但没有向前推进一点，反而重新回到了书的开头部分。这时，阅读变得温馨如初。

他看见一条柔韧有力的青麻的绳索长长地伸展着，紧紧地拽着行将逝去的时间，沿路留下了一些淡红色的痕迹。岁月之门布满重重的绿苔，书中许多陌生的词语典故在黎明的曙光中正襟危坐，牙齿在距此很远的一些地方久久闪烁着，上下磕碰着。

旧历年前夕，一段意境温馨的文字处于旧日灯笼的映照之下，许多熟悉的陌生的脸都乱纷纷地拥挤在夕照的门下。宿愿是玫瑰色的。在夏日的傍晚里，那些肢干发达的躯体都呈现出一种半透明的色彩。

面对那些陌生的语言文字和危机四伏的故事，亡旗如同面对着一群从未见过的远方亲戚时一样，浮泛的表情下似乎潜隐着一种亲切而熟稔的血缘。时间从1961年的冬天里开始，1962年的秋天到来的时候，亡旗只读完了这部小说的前面两章。这是一部具有无限往返意义的小说，且读且退。

这部小说很厚，有五百多页，结尾早已不知去向。亡旗曾经面对全书翻阅了无数次，全书共有三十六章，不包括已被排除在外的诗词部分。小说最后临近结尾时的几行文字亡旗早已记得滚瓜烂熟了，可是他能够诵咏如流的并不是小说的真正的结尾，真正的结尾，包括那种时间，早在很多年以前便被人撕掉了。

现在，晚霞如一桶酱油一样被泼洒到一些山形墙的房屋之上，鸟的羽毛在远处忽明忽暗、振振有词。

亡旗又看见山墙上的那道紫颜色的裂缝了，它如同一道伤疤或一种过程出现在夕照中的山墙上，令人沉郁而神色黯然。那年秋天的一个黄昏里，亡旗记得有一个平日很厉害的人突然瞎了一只眼，他的眉宇之间从此以后就一直浮现着一道紫颜色的疤痕。以后，每逢天阴下雨，那道紫颜色的疤痕便如同一条寂静得令人不安的山谷，四周回响起阵阵捉摸不定的响声。远在几年前，或者更远一些的年代里，亡旗便目睹了那道裂缝在四季里的种种变化。在这中间，屋檐下的几根柱子被更换过一次。原先的那些柱子都早已风化了，露出了酥松的米黄色的核心，风常常将那些黄沙般的木头碎屑四处吹散。那时，一群放学归来的孩子正从萧瑟的街上走过，铅笔和橡皮的摩擦声使得那个季节微微地涌动着一些暖暖的人烟。白日里的景象已经不太明显了，傍晚的故事正在有条不紊地展开着新的细节，语言逐渐漆黑，固定的场景逐渐冷峭。

晚饭正在进行，过程萧条而令人难忘。

倾斜在远处的一些竹筷正在礼仪周全地敲击着部分澄明的空碗，烧制在瓷碗边沿上的朵朵兰花在筷子的震动下翩翩起舞、含苞欲放。那时候，亡旗正一个人坐在那道杏黄色的门槛上一声不吭地读那本小说。书中的一个钱庄里的伙计因为与夫人的贴身侍女有私，事情败露后正在挨打。杏黄色的竹板噼噼啪啪地打在他的身上、脖颈上，留下了一种玫瑰色的印迹在那些皮肤上。那时候，钱庄老板和亡旗都做梦也没有想到在不久以后的某一天里，那位挨打的伙计会逃离钱庄，在附近的哀鸣山中削发为僧。他频繁地云游于市井和乡村，超度无数的宦门闺淑和良家妇女。他死后留下了一部名为《点桃》的禁书。从书的第七回至第四十三回，描写了一千名不同类型的妇女，为他一生中大量的经验与回忆。

一群蝙蝠又飞进那道紫颜色的裂缝里去了。有很多年了，那些蝙蝠每天都从那里面进进出出，晨钟暮鼓，显示出一种风调雨顺、安居乐业的太平盛世景象。

亡旗合上了书。书中的那位伙计已被打完了最后一板子，摇摇晃晃地回西边的厢房里去了。钱庄内外这时安静了下来，大部分的灯都灭了，只有悬挂在大门两侧的两只鲜红的灯笼还依旧亮着。主人在进屋之前，身上的一件海蓝色的长衫在门口闪了一下。昏暗中传来了那位侍女低低的嘤嘤的哭泣声。

书中的一条街上响起了梆声。

打更的一名跛子这时还行走在一些山墙之间，但梆声早已传到了漆黑的街上。亡旗最后读到的是小说的第二章的结尾，书中描写的黎明即将出现在远处的屋顶上了。亡旗合上书以后，听见清脆的梆声已渐渐从钱庄外面远去，断断续续地在另一条街上时隐时现。亡旗现在感到自己的袖筒里和脚趾间沾满了那个黎明里的露水。

亡旗站起身将书夹在腋下往家里走。他记起了书中曾经反复出现过的一条平滑如鱼的黑影，在拂晓之前一直紧密而柔韧地缠绕在屋檐下的一根朱红色的圆柱上面，四周冰凉如水的空地上旋舞着一些猩红的树叶。

他感到露水遍地之时，红白两种颜色的曙光早已埋伏在书中，并在不久之后彻底布置出来。时间上的毛病和场景以及工具上的一些漏洞，使他彻夜难眠。现在，他躺在家里，躺在黑暗中的一把红色的木椅子上，他用一件深颜色的衣服作为屏障和掩体，遮挡住了屋里团团的灯光。这样，灯光就在远离他的地方与灯光下的另外几张脸一起亮着。

"亡旗，你过来，到灯下来坐。"母亲在灯光下，在衣服的那面唤他。

他听见有一个女人正在那道杏黄色的山谷里舞蹈，形同落叶。

"妈妈，我眼疼，我不能看灯。"

他低远的声音从衣服的这边飘起来，远远地荡了过去，这中间如同经历了千山万水。他躺在衣服的后面，在椅子里看到衣服上的一枚纽扣正像一只圆圆的小眼睛一样在黑暗中盯着他，类似的情景使他尴尬而难堪，他扬起一只手推着那件空荡荡的衣服转了几圈，灯光在衣服的旋转过程中闪闪烁烁。

"亡旗，你不能再看那些书了。天气好的时候，到你舅舅家去走走，他捎过好几次信了，他让你去。"

他转过头，看见那个舞蹈着的女人长发飘扬，鼓动着一张鲜艳的唇。

"我不想去，妈妈。"

现在，书中描写的那个早晨已如期而至。山上杏黄色的树木安静得如一座边远地区的小城。山中的历史弥漫着白色的雾霭，杏黄色的门窗和铺面上都仔细而清晰地浮现着木头的条条花纹和色块。

他在那把骨质疏松的椅子上慢慢地闭上了他的苍白的眼睛，他把那本没有封面和结尾的书端端正正地放在并拢着的双腿上，又将自己的两只枯瘦苍白的手放在书的上面，这一切都进行得缓慢而安详，有如他平日里独自一人盲目地徐徐而行。

他的手掌下面压着一个故事，他一点儿也不清楚那故事最终要向什么方向发展，他只感到故事中一些枝蔓和触角正穿越他的手指。他曾经看见故事里的另一个无关紧要的人，那人只是一名漂泊者，他没有想到那个人会控制后半部分的所有时间和场景。在那一段秋风四起、落叶飘零的时间里，往事一片模糊，如烟似雾。一个腐朽的影子被罩在一片淡红色的霞光中，蟋蟀和路上的行人在一些高大的山墙下面无声无息地滑动着、出没着。

他辨别着那时的天空和落日，他听到一道青砖的山墙颓然倒下，这个细节是书中所没有的。青砖倒下后，露出了一些年久发黑的木头的断面。木头上的群像早已苍茫如水，成为遥不可及的往昔。仔细辨认，隐约可见上面刻有开花的植物和农具的形状。

人的身姿和行为在那上面夸张地扭曲着，有如受难，有如舞蹈。

在家族的山上

现在，众多的杏黄色的木头在阳光里显示出一种动荡不安的景象。

早晨已经全部结束。萤火山人站在一排淡黄色的树篱后面，望见田野里绿色的桑麻生机勃勃，一派丰收在望的动人景象。

一条清澈的大河缓缓地从山边流过，明亮的河水从一些青翠欲滴的浅草滩上漫过，河边的青石上晾晒着浆洗后的衣服。

河流的附近，能望见水边浣纱的女子和采药人山羊般的影子。

去年冬天，大雪纷飞的日子过去以后，一些饮食和居所的故事还一直栩栩如生地铭刻在当地人的记忆里。在一块菜地的旁边有一座棕黄色小型磨坊，磨坊的四周经常栖落着一些乌鸦和白鹭。磨坊前的水沟里日夜流淌着明亮的水，滋润着附近的菜地和农田。

一架式样简洁的水车在沟沿上日夜缓缓地旋转着。

民间的风水在远处的青山绿岭之间久久地浮现、流动，明媚的阳光里回旋着某种朴素而本分的情绪。砍柴的樵夫沿着磨坊前明亮的水沟走过，水沟里倒映出田野里锄禾的农民弯曲而持久的倒影。

萤火山人坐在那道浅黄色的树篱下面的一块麻石上，他的脸部，长长的胡须和身上的便装如同在阳光里仔细地洗过一样，干干净净，清清爽爽。他的筋骨舒展如歌，仿佛在轻轻地流动。院子里传来的单一而安详的织布机的声音，使他安心而自足。几只美丽的芦花鸡卧在一片明媚的阳光里，羽毛沉静，羽毛漆黑而绚丽。一只黑色的狗轻轻地从辽远的绿色的田野上跑过，狗的脖子上戴着一个银色的项圈，项圈下青铜的铃铛声飘过田野和山岗，遁入天空之中。一架用杏黄色木头制成的纺车发出了一种近乎羞怯的呢喃之声。

翻阅一些黄色的农事，萤火山人的记忆里一直风调雨顺、世事清白、五谷丰登、六畜兴旺。绿色的河水在不知不觉中流经了河两岸一个又一个安静的村落。

午后，穿过一片麻田和桑林，萤火山人身背一只柳筐去西山上采药、挖参。

阳光从树干上移开，全部照耀到了如伞的树冠上。树干失去光亮以后，变得宁静、冷淡，有如逃离红尘后的歌妓。树冠整齐地被阳光照耀着，如同浸泡在阳光里的绿色蔬菜。明亮而单薄的树叶聒噪不休。碧草连天的季节，隔断了外面的岁月。

萤火山人是一位农事诗的叙述者。他如树的一生在漫长的农耕岁月里开始，又在漫长的农耕岁月里结束，这中间的部分苍茫遥远的干旱之年对他至关重要，曾使他炉火纯青。他的一生刻满了农业的色彩，开花的植物和农具的形状。刀耕火种的古老年代已经远去，永不再现了。被天火烧焦后的草木得益于阳光和雨露的滋润，又在某一年的春天里重新泛起，吐出了淤积已久的郁结和农业的绿色情绪，弥补了他的种种缺憾和许多不眠之夜。

有一种故事在民间源远流长、经久不息。那是浩荡如烟的古代小说的一个共同背景。

　　在萤火山人有限的空白里，唯一能够使他安心沉湎于其中的一项事业就是在他的亲自督导之下由儿女们共同续写家谱和族史，用以告慰先知、启示后人。他曾无数次地谆谆告诫他的儿女们，不偷盗、不结党，民以食为天。

　　他沉浸在午后透明的阳光里，一只黑色的手掌浮现在他的眼前。淡黄色的树皮早已剥落殆尽，雪白的树身上铭刻着那只黑色的手掌。眼前的情形和标志使他猝然想到了一种灭亡的过程，有一种极其熟稔的山川地理一直铺陈在他的心中。面对这只冰凉如水的黑色手掌，他清晰地回忆起了那些南方苗人手掌上的简单的花纹和曲线，他们对那种象征着灾难或吉祥的相术极为看重，深信不疑。许多年以前，他们的轮廓分明的首级曾被悬挂在一些树上或高高的城楼上。更远一些的年代里，萤火山人曾与他们有过一些以物易物的交易之情。他们的马帮驮来了苗岭山中贵重的药材、兽皮和金银首饰，然后又驮走萤火山人的粮食蔬菜以及棉麻和布匹。在那些已逝的遥远的清晨或傍晚里，清脆的马铃声和急促的脚步声以及生疏的乡音土语，至今仍然清晰可闻。黑砂掌是他们用以自卫和看家的最后一个绝招。萤火山人此时面对树干上僵硬已久的黑砂掌，感到心潮起伏，难以平静。

　　"最后一个绝招已在某一年的一天里亮出。"

　　单薄的落叶纷纷簇拥着他，他想起了一些无情无义的事物。有一年夏天临近结束的时候，他在梦中得到了一本使他终生都痛心疾首的书。书的名字模糊难辨，只依稀看见书的扉页上有一座浅黄色的木结构的住宅。书中的人物名叫雨露，他在书中的那个年代里的一座房子中深居简出。那是1950年，深秋里枯黄的落叶堆积在房屋外部的山墙下面，远处时有辚辚的马车声响起，鞭子在寂寥的天空下滑出一道道转瞬即逝的黑色弧线。

　　从全书的第一页开始，一直到第十章结束的时候，书中的主要人物雨露在这中间的大段的时间里一直坐在庭院里的一根朱红色圆柱下面看着房上的瓦。房上有许多整齐而青色的瓦，那比较凌乱的一部分仿佛被

336

风刮过。圆形的天空里几乎望不见什么痕迹，一览无余，空得使人慌乱不安。当书中的一些灰色的鸽子栖落到松木的飞檐上以后，雨露便知道太阳已经落山了，日子又过去了一天。

这无疑是一部异常安详的书，各方面的东西都安详得令人难以忍受。写书的人选择了大量的紫色和灰色，还有一部分浅红色，这些边缘性的色彩都是人世间最为宁静的色调，所衬托的语言也具有同样的沉默表情。句子与句子之间的衔接关系异常光洁、自然，很难触摸到一处裂缝或断痕。在这种安详的背景之下，小说中的内容徐徐而行。

在长达几个月的时间里，他一直在这种紫色和黑色交替的内容里起伏沉浮、夜不能寐。书中平滑的语言和宁静的情节使他备受时间的折磨，而书中不断变换的光影和气候又让他欲罢不能。透过那些寂静的庄稼和具有浓郁地方特色的描写之后，他望见1950年的山坡上草木丛生，郁郁葱葱。一些身穿灰色制服的人手拉皮尺，反复地一遍又一遍地丈量着胜利的果实——土地。一个一个矮小而坚实的木头桩子在地界之间悄然竖起，上面工整而清晰地写着一个个人名和姓氏。

眺望书中丰富的意义，1950年，初春的田野里飘满了农民弯曲而欣欣鼓舞的身影和亲切粗粝的语言。无数脱去冬季棉衣的农民正在初春明媚的阳光下大声地咳嗽、扬眉、吐气。脸孔像红高粱一样的农妇坐在杂乱而辽阔的地垄间一遍一遍地数念着金黄的麦种。身穿深蓝衣衫的乡村财主打着灯笼从高大的草垛后面，从一些阴暗的墙外向山中落荒而逃。

1950年，锣鼓喧天，红旗招展，水塘里倒映出欣欣向荣的秧歌的舞姿。

岁月如烟。午后，萤火山人独自步态迟缓地徘徊在古代透明的时间里。他记忆中浮现着的某种形状正日益鲜明清晰起来。很久以前，他目睹过一些出没在雨中的木匠和泥瓦工匠，他第一次产生了建造一座宅邸的念头是在一次阴雨天之时。那天，浑浊的雨水漫进了他的房中和菜园，并漫过了那座小型磨坊的圆顶。面对潮湿的家族和许多发霉的事物，他挥泪如雨，他决心要在一个向阳的山坡上建造一座宅邸，房屋由无数根不同颜色的木头共同构成，杏黄色为主要色调。他找到了一些斧子，曾经无数次地伐木于山中。房屋的形状和结构如梦中所现，如一幅古代阵图。那时候，许多青石的阶梯和秘密的通道，在他的想象中初步形成，并一级一级地上升，又一级一级地下沉。第十二道阶梯上刻有天干地支、日月星辰。以后将陆续出现九龙的身影和粮食作物的图案。屋顶上的那些瓦的断面上都绘有猫的头像（或者传说中的巨兽），以此象征透明而强大的家族势力和动物般的火力。无数条形迹诡秘的通道由紫色和灰色两种色彩交替出现。

下面是廊。

下面是墙。

下面是裸体的肉身和牧羊之水。

布置在庭院里的那些杏黄色的门窗在一天中随着光影的不断变换呈现出许多不同的深度和距离。每次变幻之后，其形状和格局总令人生疏而难以亲近，久久不能适应。无数道交错蛇形的通道是整座宅邸的结构之一，七十二道拱门低垂如虹。

秋冬季刮风的时候，巨大的回音壁附近声色喧天、光怪陆离。

夜晚如期而至，夜晚如期而逝。

曙光初现之前，一位名叫晏的造型大师从萤火山人的梦里挥手而去，飘然隐没，晏长发散乱，一件青色道袍在风中飞舞、飘扬。道袍的一角上沾满了黎明的露水和旅途中的风声。在此之前，晏详细地向萤火山人陈述了宅邸的外部特征和内部结构，一批潮湿的木料源源不断地由晏的手指间徐徐滑过，萤火山人听到了大树被伐倒后顺着山坡滚动时的声音。晏是一位云游四方的道士。

梦境一片苍茫。大雾退去后，早晨来临，山清水秀，林木葱郁。紫色的燕子从堂前飞过，有如翩翩而来的古代少年。

仆人万安站在萤火山人的面前，他在这一天里神思恍惚，他奉命去寻找那位名叫晏的道人。萤火山人告诉万安，长发散乱、青色长袍的人就是晏。

萤火山人还提供了一个位于东南方向的地址，他告诉万安说那里霞光万道，紫气生烟，晏的踪迹常在那一带出没、浮现。

年轻的仆人万安从此踏上了一条崎岖坎坷的漂泊之路。

1950年丰收在望

午后，雨露的头垂在窗前的一张桌子上休息。他的鼻子抵到了桌子上以后，他看见桌面上有一些雨点般的小坑，眼前斑斑驳驳的现象使他立即想起了某人的一张麻脸。麻脸的人生活在一种稀松的记忆之中，他无数次像父亲一样缓缓地行走在雨露的梦里。梦中的沙地潮湿而狭窄，他声称自己是一位无家可归的浪子。然而，那些斑斑驳驳的麻点使他的面部表情永远难以慈祥起来，永远不具有父辈人的外表和特征。在他的鬓发附近，生长着部分橘红色的虬髯，杂乱而无章，这种细小的标志使他的身世和来历又蒙上了一层凶险的色彩。

私营作坊里的流水声和铁匠铺里的锻打声使雨露的梦一次又一次地绽开，出现了断裂的痕迹。有许多重要的令人难忘的部分都变得难以衔接弥合，残存下来的只是一种断断续续的富有萧瑟意味的形式。

现在，窗户外面的柳树如一位初涉红尘的女人正在缓慢而顾盼流连地梳头，柔软而浓密的枝叶仿佛她如云的黑发在轻轻拂动、飘荡。一种妩媚而妖娆的东西在这个过程中不时地从她的身上分离出来。

雨露的身体与窗前的桌子连成一片，形成了一种低缓的山丘形状。这种人为的鲜明的地理现象出现在1950年的锣鼓声中，在不知不觉中生动地再现了多年以前的一个情景。

麻脸的那个人生活在一本书中，在一些潮湿不堪的章节里时隐时现。那部书有一个雪白的墓园似的封面，四周绘有瓦蓝色的边沿。书的左上角有一座用紫色笔墨绘成的松木结构的古楼，隐约可见后面有一棵枝干弯曲的桂树。这部名为《南方旅馆之夜》的书，以每天一章的速度连续多日伴随着雨露的白昼和夜晚。雨露仿佛每日静坐在茶园或书场里聆听说书人的娓娓叙述，书中柔软的笔调和纯净的文风使他念念不忘。这部书运用了那种温馨纯粹的叙述风格，全书所有的章节里都没有刮过风，没有遮天蔽日的飞沙走石，没有风声鹤唳的原野和野渡，没有白雪茫茫的庭院和大道，只有南方连绵的阴雨每日下着，雨雾蒙蒙地贯穿着始终。书中的麻石路面凹凸不平，低洼处总是积满了淡黄色的雨水和落叶。在第六章的结尾处，有人在雨中看到了一只冰冷崭新的黄牛皮鞋和一封潮湿褶皱的信，附近的一面墙上贴着一张色彩艳丽的越剧《钗头凤》的大型海报。雨水使信封左下角上的一幅装饰性的《岭南狩猎图》一片模糊，难于辨认。

翻阅那些鸦雀无声的章节，书中的内容潮湿而低垂，到处都布满了宁静的语言的紫晕。许多颜色各异的伞如同四季里的花朵一样一起盛开在河边的码头上，或游动在潮湿幽暗的深巷里。深巷两边的老墙上布满了墨绿色的苔藓，悬挂在巷中各家门外的风铃有如一只只孤独的耳朵，聆听着绵绵的雨声。

在南方，在1928年，有许多的人都打着一把雨伞，伞下晃动着一张张形同仿宋体文字似的表情抑郁的面孔。

有一个谨小慎微的人物死于书中的第十章，那天黄昏，书中的叙述弥漫着丧事的烟云和白色的飘飘欲仙的引魂幡。雨露望见一些昔日的纷乱无比的脚在不知不觉中都先后踩进了深深的雨季里，绿头鸟蹲伏在附近的几棵香椿树杈上一动不动，似睡非睡。有人捡到了第六章结尾处的那只冰冷崭新的黄牛皮鞋和那封印有《岭南狩猎图》的信件。捡信的人行走在第十章的黄昏里，面部表情泛着微微的绿色，衣服上淌着水，雨水积满了一口枯塘，当一片茅草被一阵突如其来的冷风吹动着倒伏下去之后，他看见了漂浮在水塘里的一具尸体，死者平静的面部上保留着一种依恋和不尽的烦恼，头发有如灰色的水草。

白日里的内容简洁而疏朗，虚构的那几个情节文辞质朴、平易近人。全书有三分之二的事物全都通过一些意境不同的夜晚叙述出来，内容与题目的某种吻合，是本书的特色之一，这使得所有的阅读者都有一种身临其境的被夸张后的体验与回味，阅读者的头发温馨而温润地低垂着，无边的思绪里烟雨蒙蒙。

第十章里没有浮泛的笑声，没有华而不实的学院派文字和风格，瓦灰色的天空下面缓缓地游荡着一种生生不息的人间情绪。

岁月裸露。石头渐渐地浮出水面，将沉默的脸暴露在雨季里，暴露在几只船的附近。

现在，铁匠铺里的叮叮当当的锻打之声渐渐地消失了，只剩下手工作坊里的流水声还在哗啦哗啦地日夜不歇地响着。沉闷的汽锤的声音在远处，在东南方向一带隐隐地如牛皮鼓一样响起。一张张洗干净以后的皮子飘扬着，皮子上的水珠和碱渍在太阳下仿佛一个个大汗淋漓的人的背影。

远处的油坊里正在榨油，赤身裸体的榨油工人在水雾弥漫的作坊内闪进闪出，房梁下的石磨昼夜轰隆隆地运转着。

现在是1950年的夏天。田野里的庄稼密集如云，麦苗和谷物纷纷挺拔向上，向空中延伸，预示着不久以后的金黄和沉重。1950年的夏天，晴空万里，阳光灿烂，大雁以古老的象形文字的方式优美而严肃地从天空里滑过，鸟的羽毛在远处迎风招展，铜号的声音有如盛开的黄玫瑰，丰收的景象翘首可望。

雨露背靠着一根朱红色的圆柱长久地独自坐着，柱子的阴影在阳光里变得粗糙如风，放射出某种习惯如常的意象，毫无秘密可言。整座木结构的庭院绝大部分都裸露在夏日明媚的阳光之下，房屋外围的用以遮阳和防风的树木很早就消失了，只留下一些矮矮的枯桩。屋檐和柱子，以及山墙和门窗的色彩正在逐渐褪浅、剥落，一点一点地风化、苍老。晚年时的木头在阳光的普照下时常发出一种噼噼啪啪的类似骨头折断时的声音，这种最原始的声音在夜深人静的时候听起来尤为触目惊心，仿佛一个苍老的人夜不能寐，独自抚摸躯体上旧日的伤痕，往昔的时光正在隐隐作痛，铮然有声。一只昏昏欲睡的灰色鸽子出现在对面的一角高高的飞檐上，鸽子飞来的时候，飞檐下悬吊着的风铃曾经丁丁零零地响了几声。雨露背靠着那根朱红色的圆柱，他把自己的一条腿小心翼翼地放到圆柱下面的第二道青石台阶上，把另一条腿小心翼翼地放到圆柱下面的第三道台阶上。雨露这一行动的目的是为了让庭院中灿烂的阳光干干净净地洗涤他的肉体和精神，并加深那种极其细致入微的阅读和体验。他现在已能够初步回忆起那些已逝年代里的部分往事了。那天的黄昏里曾经飞来了许多只红颜色的鸟。他听说那个麻脸人的一把红油布伞就挂置在对面的一间房子里。夏日里，那间空房子被一棵槐树的浓郁的枝叶掩映着、覆盖着，雪白的槐花飘舞如蝴蝶。房间里空空荡荡，宛如一幅褪色的没有人烟的地图。东面的那道墙壁上钉着一些坚实的松木钉子，除去麻脸人的红油布雨伞以外，另外还有几张皮子、一串佛珠和两根雪青色的丝麻腰带，这些都是些没有任何实际意义的东西，但是它们都一一地挂在那些松木钉子上，连同钉子一起，全部尘封在一张铁青色的蜘蛛网里。当初几代创业的老年的蜘蛛们早已枯死离去，化为了残骸或烟尘，只留下一张空寂的苦心经营了多年的丝网，无法言明任何的东西。那是一种没有任何文字记载的往事，那种岁月无人知晓，无法回忆，许多凶险的温情的细部都在一种无头无尾困苦的时间中悄然逝去。阳光晒弯了那棵槐树，仿佛有阵阵艰难困苦的咳嗽和哮喘声从老年弯曲的树身里传出。初来乍到，麻脸的面部上写满了慎微和谦恭的细碎文字—— 一种工整而规范的蝇头小楷。对于1950年的自然气候和民间风俗，麻脸感到有些难以适应。叫他坐，他也不坐，始终背靠柱子站着。第一片瓦从高高的屋檐上掉下来以后，在庭院中央立即摔得粉身碎骨，形成了一种赏心悦目的梅花形的图案。至此，雨露对那句"宁为玉碎，不为瓦全"的古训感到了不以为然。那些碎片曾经千锤百炼、热情奔放、意气风发，清脆的声响也曾经回荡过整个深深的庭院和广阔的天空。

那只昏昏欲睡的鸽子在屋檐上闻风而逃，羽毛沿途凋零，有如片片陈年旧雪。柱子与飞檐的衔接处荡起了一阵微微的轻尘。

回忆那部朴实无华而含情脉脉的遁世之书，雨露感到那个夏天到处都沉浸在对于往事的回忆之中，充满了事物和时间的种种回声，到处都写满了大段大段的有关回忆和眺望的文字，到处都在用新的方法和方式布置新的回忆和新的往事。风从山谷里刮来，风声中和山谷里写满了回忆的痕迹，高地上站满了眺望黎明的人群，一些脸熠熠发光，一些脸昏暗如云。雪白的槐花纷纷坠落下来，飘进空寂的庭院里。雨露背靠在那根朱红色的圆柱上低声道，我老了，我现在一天比一天害怕那些漆黑的夜和潮湿的木头。（技艺和风范早已完全消失，油漆的色彩也正在剥落殆尽，雨露的这番话只蒙着一层苍凉的槐树叶片，他一生的颜色和标志都被苍茫的记忆之水覆盖着。）

一片又一片的成熟后的麻田被明亮的镰刀纷纷割倒，歌声幼稚而清脆地从倒伏后的田野上飘起来，有如青麻，有如雨帘。歌声熟稔而真挚，娓娓地诉说着代代血缘和时光以及梦想。绿色的麻秸浸泡在明亮的天空般的水塘里，塘水由清转绿，在秋日的某一天里完全乌黑，形同浓墨，形同暮色笼罩后的庭院。

那天午后，那个麻脸的人被风吹动着，在一座木结构的老式建筑外面仓皇而行。雨雾蒙蒙的麻石路面上，红油布的雨伞时隐时现。在南方，在1928年，许多的人都打着黑色洋伞，只有少数的人打着那种红油布雨伞，麻脸的人便是其中之一。雨露用一块毛巾反复擦拭着湿漉漉的头发和脸颊上的雨水，他听见雨声轻轻地敲打着临街的一些窗户，部分高耸的门楼上悬挂有橘红色的灯笼。灯笼的光影中旋转出一些吉祥如意的喜庆图画：肥壮的马，鹤发童颜的老人和熟睡的婴儿，新鲜的水果、蔬菜和粮食。一条曲折幽深的潮湿巷子里，从头至尾都溢满了浓郁的烧煮豆浆的气息，卖花的声音隐隐传来。雨露感到了那种黄梅雨天里的郁闷的气氛，他解开上衣的几道纽扣，露出了一件月白色的柔软的内衣。漫长的阴雨天气使他昔日里的一些信念土崩瓦解，遭到了来自记忆深处的粉碎性的打击。过了没多久，他从那根圆柱下面的石头台阶上站了起来。他走到一段残垣断壁前，站在一个青砖的垛口处向外面观望。雨露在1950年的夏天，在这个青砖的垛口处看见了一些冒着浓烟的工厂和郊外的大片郁郁葱葱的菜地，几处零零星星的坟地和一辆胶皮轮子的四套马车。天空中飘浮着美丽而芬芳的驻颜有术的团团白云。

马车上的农民欢欣鼓舞。

南方旅馆之夜

  1928年的暮春之时住进南方一家旅馆的那个人名叫石周山，他的祖先世代种植包括胡麻在内的高寒作物，已逝去多年。

  石周山住进南方旅馆的那个傍晚，南方的天空里正飘落着无头无尾的蒙蒙细雨，雨水使他有如白日做梦。他记得自己来自于一个草木稀疏的地方。在他苍茫的记忆中，他经常能间断性地隐隐地望见老家那里的炊烟在缓缓升起的过程中如同一些瘦削细腰的古代宫廷仕女，姿态袅袅，莺声燕语。

  他住在那家南方旅馆的二楼上，在走廊尽头倒数第二间阁子里。每天起来后，他便光着脚在阁子里的木板地上随意行走，观望着淡蓝色的墙壁和蓝色掩盖下的隐约可辨的木头花纹。这种毫无任何意义的行为持续了一段时间，他现在已经不再注意天花板上蚊子组成的各种图案了。一天中有三分之二的时间他总是躺在墙角里的那张藤床上睡觉（和衣而卧）。床榻上的黑砂掌的印迹已经消失，旅馆的伙计取来了雪白的干净的床单重新为他铺上。

  每天还有热水和薰衣草如期送来。

  现在，他在床上睁开了眼睛。外面的汽车疾驰的声音和轮船从远处驶近码头的汽笛的声音惊醒了他。他躺在床上，透过那扇高而窄的窗户望见了外面铅灰色的天空。天空里单调而寂寥的情形使他无法判断出时间的早晚，无法清楚种种变化。后来，一个报童操着一种奶声奶气的声音从旅馆临街的窗户下走过时，他知道卖晚报的时间到了。于是，他明白现在的天色已接近黄昏，一天又过去了一大半。轮船沉闷的汽笛声使他想起了老家的原野上那些耕牛的哀鸣声。

  拿到晚报之后，他又一次核对了那个地址，又读了几条令人作呕的花边文章。明知这样做没有必要，完全属于徒劳无益的重复，但他还是一如既往地不厌其烦地逐字逐句地读完了那个地址。他又一次精心地计算了时间和各种各样的可能性，他相信他此行的目的就要在8月左右实现，他对此深信不疑，但同时又有一种听天由命的感觉。后来，晚报上的一条消息引起了他的注意，那是一条带有广告色彩的新闻消息，排在国计民生的那一栏里的最下角，只有简短的几行字。大意是街上的一些山货铺里现在正在出售东北地区的黄豆，就营养价值方面来说，人体内摄入七粒黄豆等于摄入半斤牛奶，等于摄入一只蛋。

最初的那些日子里，他总在街上闲逛，目睹雨中的行人和建筑以及一些招牌，一边寻找着出售黄豆的山货铺子。有一天，他独自站在南方的细雨中久久地眺望很多年后的一座金黄色的山谷。在那座温馨如初的山谷里，一个瘦削而苍白的少年正在夜以继日全神贯注地阅读一个陈旧而魅力无穷的故事，书中朴素宁静的文风令人惊讶、令人难忘。在他的视线之内，那时候南方的一些装饰着红釉和流苏的建筑在细雨中更加鲜艳夺目。

许多日子以来，他过得无聊而空虚，心境一片灰暗。他已经彻底厌倦了做梦，再不愿看到梦中所呈现出来的任何的东西。某一天夜半时分，他被一阵流水声惊醒，他发现他的右手无名指上的那只蓝绿两种颜色的戒指不见了，这使他感到气候十分恶劣。

码头上和街道两旁堆满了流离失所的灾民和难民。饥饿的孩子和妇女像一些固定了的泥塑一样，几乎一动不动。老人昏昏欲睡，却又昼夜难眠。他们正在苦苦地期盼着一种慈善温良的自然现象的降临，但不包括雨水和阳光，不包括满天飞舞的纸花。

在街道两旁以及后面的那些阴暗霉湿的房子里，每时每刻都能听到主妇们刷洗马桶的流水声和相互之间的交谈声。主妇们手中的竹叶的扫帚拍打在木板上，警告那些厚颜无耻的士兵。这儿没有人知道谁是谁，驻军的士兵和街面上的主妇们共用同一个厕所，有时还相互之间长久地争夺一只马桶。厕所里传出来的尖叫声和街上卖牛奶、售药酒的声音几乎同样刺耳。街上的一些店铺几乎日夜都开着，甚至连吃饭的时候也不中断，一直到后半夜行人稀少时方才掩门打烊，时间一分钟也没有被浪费了。从旅馆内常能望见店铺里那些从乡下来的伙计嘴里咬着烧饼，笑容可掬地立在乌黑的柜台后面。

在一些弥漫着烟雾和汗水以及污物的街头小酒馆里，每天夜里都坐满了衣衫不整、浑身冒着热气的码头工人、脚力车夫和失业者。他们醉醺醺地喝着颜色发黄的烧酒，用污黑的手撕扯着炸鱼和盘子里的焦黄的小动物。几个郊外的农民挑着茶叶和香蕉担子从酒馆外面的屋檐下颠颠地走过，担子里是还没有成熟的绿香蕉。一位当地的烟农带着他的烘烤得褐黄的烟叶在酒馆的檐下避雨。

有无数个夜晚，他常常出入那些低矮、肮脏的小酒馆。那种时候，他独自坐在那些码头工人和脚力车夫的中间，他感到自己与那些人一样都只不过是一些泡沫，他沉浮在人类的这种泡沫之中，常常感到力不从心。蓝色的雨雾笼罩着狭窄的街面，街灯一处一处地亮着，在地下投出昏黄的光晕。每隔一个星期左右，便有一名社会活动家或工人运动的领袖来到那些街头的小酒馆里进行宣传和演讲。演讲者掌握着一些极为重要的令人惊讶的数字和思想，他们揭露东印度公司的种种黑幕，列举了失业人数和民族工商业的兴衰过程，以及示威学生的死亡情况。听众中还有一些漫画家和作家，消遣的小姐和肉类加工厂的工人。在这种场合下，有时他怀疑自己是在做梦。大学生驱逐校长和学监的事件时有发生。为此，教育总署和行政立法委员会不得不倍加小心，并且经常在暗中派一些秘密的人化装成工人或绅士深入到那些公众场合之中，充当一位听众。有一天晚上，他听到邻座的一位浑身黝黑、胡子花白的水手模样的老人自言自语地说道："险些儿中了那些婊子养的圈套。"此前，老年水手一直靠在咖啡炉前。

街口的几位盲人夜夜都在用二胡和三弦拉着一支永远欢快的曲子。

他知道剩下的日子已经不会再多了，只有一天天地减少下去。在那些阴雨霏霏的白昼和夜晚里，他似乎一下子发现了许多新的东西，这种发现和醒悟胜过他一生的全部经验。面对阴暗诡秘而杂乱无章的南方岁月，他感到自己先前所掌握的东西十分有限，这使得他对昔日的一切进行了种种半信半疑的推敲和冥想。有一段时间，他日夜在一条污黑破碎的河边流连忘返，河两岸是粉墙黑瓦的江南民舍，以及玲珑秀丽的旧式花园。在蒙蒙的烟雨中，这种类似古代中国水墨画一样的虚幻安逸的意境曾差一点儿消磨了他的意志。

从此他不再阅读那些道教主义和隐逸派的小册子，不再与失明占卜者长时间地闲聊。他想在那些盗寇出没的水边和世代阴暗的深巷里找到有关宿世报应的种种传说和证据，那些地方的冤魂比比皆是。有一天夜里，他被一阵悲戚的哭声所惊醒。他看到在一面粉墙的下面坐着一个白衣的女子，旁边是一块青石和一棵香椿树。那女子长长的一头黑发披散着，无法看清她的面孔。这情景使他忽然记起了他早年间在北方的深山古庙里阅读《聊斋》时的印象。第二天，他到达那道粉墙下时，一尊玲珑峥嵘的太湖石出现在他的面前。他在那道粉墙下站着，空气中隐隐地有一种香椿的气息，昨夜的那棵香椿树已不知去向。

白日里的时候，他常看见郊外的农民头戴破旧的斗笠或竹箬，挑着烟叶和青菜担子蹲在一些石桥上，注意着过往的行人。河边有几家终年卖汤团的作坊，里面涌出的团团白气常在污黑的河面上飘散消失。

在这地方，他认识了一位耍猴的卖艺人。卖艺人的脸上和手上都疤痕累累，包袱里带着硫黄、剑、响木，以及一部分动物牙齿和金属。那些日子里，他常与卖艺人在一起喝酒，用绿色的生香蕉喂那几只颠沛流离的猕猴。他努力要从记忆里的那寒冷而荒败的塞外荒原里走出来，他要取悦南方的雨季和工笔般的遗风。他在飞越最初的那片荒凉萧瑟的旧地之上时，望见某个时期的一个黎明时分，一位在南方开有大量票号的北方人在众多灯笼的映照之下无比憔悴。纸糊的灯笼在风中互相撞击、周旋，那个人的脸上写满了轨迹抽象的凶兆和血光之灾。淫雨连绵。平常他总坐在一把乌木椅子上，灰暗的日子有如深夜里的敲门声。许多的颜色都在雨中被打湿，褪去了原有的光晕。他怀念清白如水的太平盛世，每日的晚饭他都要面向北方而用，有时竟长达几个时辰。他那时尚不清楚他将在正午时分死无葬身之地，躯体被运送稻草和煤渣的驳船抛进污黑的南方河水之中。在他死后不久，他的远在北方山区里的亲人几乎都梦见了一家淡黄色的南方米厂和一家纱厂。他的手里拎着一个天蓝色的包袱，浑身血迹斑斑地站在一个黑瓦的门楼下，包袱里的血水滴滴答答。家人被山区里哀鸣的牛羊声惊醒之后，时间正是同样的一个黎明。河水由黑转青，越流越红。

午后，雨曾经小了一阵，石周山从一条坑洼密布的麻石路面上走过。石头缝里都积满了水，浑浊的黄色雨水像肝病患者的屎，像酒馆里出售的古越老酒。每隔几天，他便若无其事地绕着那家米厂的淡黄色的围墙走一圈。米厂的情形一如既往，既没有更名改姓，又没有关门倒闭的迹象。这种四平八稳的现象令他欣慰而激动不已。他在空隙的时间里先后拜访了一些深谙古事的民间郎中和江南遗老，从他们的描述中知道了时间的过程和部分细节。现在，他已不再毫无目的地飞越北方荒凉的山区和乡村。记忆中的高寒地区的植物纷纷倒伏，遍地衰败，浩浩荡荡的黄尘满山遍野。

他坐在南方古旧的屋檐下，雨中他清晰地闻到了一个女人的尸体的气味。气味仿佛来自一道灰色的高墙之下，墙内是一所远近闻名的教会学校，每到黄昏时分便有沉重的管风琴的声音飘出。他曾经听说，距此往西三百里的地方有一个辽阔的夏季牧场，一些体质瘦削的牛羊终日孤零零地在牧场上消磨时光，等待被车船运走。

有一段时间，这个地方人心惶惶，满城风雨。从西南滇缅公路的边境线上骑马而来的二十名蛮人沿江逆流而上，所到之处，夺门板，破坟墓，奸淫妇女，拦截运送粮食、珠宝、妓女和武器药品的各种船只。那一段日子，岸边的行人寥寥无几，码头上冷冷清清。他日夜焦躁不安，饮食不思，却又不知为何。后来，在一个漆黑的雨夜，一营灰衣服的士兵捕获了那十八名蛮人，另外的两位蛮人因水土不服，早在几天前便已腹泻而死。他们的马匹都被杀死在一座废弃的磨坊前。第二天天亮后，他从旅馆的窗户里看见那十八名蛮人被绳索紧紧地勒着，背后插着象征亡命的木头牌子。恐怖的锁链系着那队剽悍之人从雨中的街上走过。透过灰色的雨帘，他看到两边围观欢呼的人群里有许多张卑劣而邪恶的脸。

那天午后，河边响起了一阵排枪声，十八名蛮人的尸体顺着污黑的河水一直向下游方向漂去。河岸的上空飞满了成群结队的蝴蝶和苍蝇。

十八具尸体曾经流经了河两岸的一些城镇和村舍，装饰了1928年的江南水乡。

夜里，旅馆内外沉睡以后，石周山把从街上买回来的黄豆重新翻出来。黄豆装在一只潮湿的皮口袋里。他把手小心翼翼地伸进口袋里。他的一只苍白的手轻轻地在豆子里滑行，出没着，试探着，这使他产生了某种类似的快感，他心荡神移，仿佛是在干那种传宗接代、繁殖生命的事情。沙沙地滚动着的豆子使他信心百倍而又心惊肉跳，手忙脚乱。他不敢轻易抚摸那些黄色的小东西，他感到自己面对着的仿佛是一名初涉尘世的纤纤少女，他只能晓之以温柔和极大的耐性，任何的一种焦急和粗暴都只能使事情彻底败坏，土崩瓦解。他知道这是一个流传于民间的秘方，塞山区的一位盲人乐师指点了他，其中的虚无缥缈的神鬼之术深奥莫测，晦涩而玄妙，令人难以把握，难以置信。漫长的阴雨和霉湿的气候使口袋里的豆子变得潮湿不堪，肿大如枣，有的已经生出苍白而柔嫩的豆芽，有的已经发霉变绿。所有的迹象都不像是好兆头。

他把豆子倾倒出来后摊平到那块蓝色的包袱皮上，仔细地挑拣，久久地审视。他将那些生了豆芽和发了霉的豆子全部清理出去。他在做这些的时候，始终有一种腹背受敌的感觉。眼前的事物和周围的气候都令人难以抵御，难以适应。

这时候，他想起了那个姓顾的东吴人，他的米厂有众多的分号，遍布于江南城乡。谁也无法掌握他的真实行踪，他时常在转瞬之间改变一切，突如其来地出现在某一个分号的铺子里过夜，或通宵达旦地寻欢作乐。他的背影与天空相比显得过于狭窄。在一个雨天的黄昏，他撑着一把黑色洋伞，他的白色的丝绸衣衫上印满了无数轨迹缭乱的隐形条纹，状如安于修养的江南书画。夜晚来临之时，尚不知他乘船去哪一个分号里过夜，船停泊在哪一个码头。

那年夏天，有一个姓沈的鸭店老板每天让人挑一担青菜送来。送菜的人始于黎明，终于黎明。天亮之后，门外的一担新鲜蔬菜上总是缀满了露珠，像那位老板暗夜里独自怆然而下的点点泪水。

石周山背向窗户而坐，其实他一点儿也不喜欢这个地方，街道的背景阴暗凄凉，漫长而古老的时间上蒙满了厚厚的青苔。马路上每天都飘扬着一些旗帜，旗帜的构造与色彩频频更换，令人目不暇接，手足无措，来不及更换新的目光和心理。

夜幕降临之前，他望见许多的商船都停靠在污黑的河上。其中的几只腐朽而俗艳的画舫上坐满了荷枪实弹的士兵。

1928年是一个风雨飘摇的灾难之年，猩红的树叶从黎明旋舞到夜晚，从5月飘零到年底。雨季里来来往往的军队有如暮归的牛羊。其实，早在很多年以前，吉祥的语言、高山和长河的语言便已永久消逝，永不再回来。

仰望古老而封闭的天空，云彩的情形有如行军途中移动的粮草和仓皇撤离的行政机关。

冒着蒙蒙的细雨，他在那条支离破碎的河边久久徘徊、沉默不语，模样如同一个不谙世事的乡间哑巴少年。

他听到外面的雨声如同轻轻的鼓点，多少年来一直盲目不休地敲着。百叶窗映衬着微微发红的沙漠般的天空，守夜者的灯火风雨飘摇。夜晚中的那些情节由清一色的象征性的暗写的文字杜撰而成。"漏洞百出"这种现象几乎适合于任何一个夜晚。

在1962年的山谷里

舅舅是随着傍晚一起到来的，舅舅作为傍晚的一个组成部分，随之而来的还有满天拥挤的彩霞和饥饿的鸟群。

亡旗那时候正一个人坐在一个高高的草垛旁读书，微微发红的草垛映衬着他的一张苍白瘦削的脸，放射出一种瓷晕。

书中的月亮很大，很圆，弥漫着一种油汪汪的气息，有如民间的月饼。

书中的谷仓里流动着新鲜的粮食。

秋高气爽，风轻云淡，这是全书的主要气候和背景。

舅舅在这一年的某个傍晚时分顶着一张浮肿而虚幻的脸出现在亡旗他们家里时，亡旗感到往事不堪回首。所谓的血缘和亲戚只不过是一种建立在民间意义上的简单而琐碎的饮食关系。舅舅住在一个草木繁茂的地方，那里的民舍全部用清一色的圆形的黑石头筑成。那些作为村落背景的远山一直都黛蓝如海。山上出没着一些羊以及比羊大和比羊小的其他动物。有一条古老的河流穿插在那些黑石头的民舍之间，将无数光滑的沙石和几座砖塔留在了沿途。夏天一来，那河里就流满了水。

舅舅是徒步行走了四十里山路之后到来的。沿途多年来一成未变的自然风光他早已视而不见，早已认为是人生多余而无用的部分，在他途经一个红色的山岗前的时候，一阵风从附近的一片林子里刮了出来，其情形如同古代年间的埋伏于绿林中的剪径人，鸣锣呐喊地杀将出来。风刮走了舅舅头上的帽子，黑色的红嘴鸦在不远处的树上呱呱地叫着。舅舅远远地望着那只破旧而无力的帽子摇摇晃晃地向西边的另一座封闭的山中飘去。

回忆早年间的色味浓厚的酱油和翠绿的蔬菜，四十里僻静的乡土之上空无一人，只有在沿途看到一些稀稀落落的发青的果子，那种饱含着毒液的果子酷似一些饥饿成性的眼睛，舅舅心不在焉地行走在沿途多年熟稔的地理现象中，他的脑子里装满了大批的粮食和醋，他感到自己肩上的担子很重。

舅舅进门的时候亡旗看见了，但那时候亡旗正在读书。书中的这一章还有最后的一小部分，有二十多行。亡旗准备读完了这二十多行以后就进去看舅舅。亡旗知道舅舅并没有发现自己，舅舅只顾低头走路，有许多的东西都没有看到，似乎也并不想看到。

现在，书中的季节正是欢度中秋节的时候。一年一度的中秋佳节，月光如水，树影婆娑，书中的文字疏朗而温情，弥漫着怡人的情调。从倒数第八行开始，全部是对于饮食内容的陈列性描述，书中运用了不少色调明亮而鲜艳的词语，详细生动地记述了中秋节夜晚里饭菜的品种和式样。这些饭菜此时已在一张乌亮的八仙桌上一一排列开来，所以亡旗在阅读的过程中并没有受到厨房里的油锅及烟火的熏陶。亡旗只感到自己口中生津，面若桃花，他仿佛已应邀而至，面对满目的美味在八仙桌边飘然落座，彬彬有礼。

接下去的一段全部是对于整个吃饭过程以及赏月过程的描写，其中涉及了赏月的位置、设施以及月色带给每个人的种种欢愉之情。这中间似乎一直有零零星星的爆竹声在远处响着，月色里挟带着一种好闻的火药味。这一段文字写得神采飞扬而又徐徐如风，令人神往。古典诗词在这里表现了最原始的那种魅力，流尽了她的典雅和崇高。

亡旗艰难而吃力地读着这一段文字，他的胃五彩缤纷，拂天而过。书中句子与句子之间的那种光洁而流畅的关系像条条银色的索链，使他如一只柔弱的无家可归的羔羊一样被紧紧地牵着鼻子，一步一步地走，一个地方一个地方地看。书中的主客们都摇着古风浓郁的折扇，碧绿的清茶在扇子下面如同一湖被吹皱了的春水。石桌上摆满了鲜艳欲滴的果实，盛水果的盘子其实比水果本身更令人难以忘怀，爱不释手，更魅力无穷。

秋天的傍晚，树枝萧条冷落，透出一种生硬的钢笔画的色调。

亡旗合上书，夹到腋下，回到了家里。那座先前曾一度微微发红的草垛像一种已逝的过去的年代，远远地固定在他的后面。

多日未见，舅舅脚上的一双布鞋倾斜得如一叶扁舟，衣袖上还落着几片枯黄的叶子，肩头上有一根短小的草秸，旅途的风尘平息在他的脸上和微微张开的牙齿之间。

舅舅。

亡旗望着舅舅的一只鼓荡着风声的袖筒，轻轻地叫了一声。

舅舅说，亡旗，你表姐和表弟们都想你了，他们都盼你去呢。

我知道。亡旗说。

亡旗那时候一直没有看舅舅的脸，亡旗不知道这是怎么回事。他只听到舅舅说话的声音有如一盘沉闷的水磨。

那时候，天好像还没黑，但太阳已经没有了，天空里像是一片人群散去后的空地，只留下了一道道粉红色的晚霞，如绵延漫长没有尽头的沙丘。

走在回家的路上时，亡旗一直为书中的一个人的名字所激动不已。后来，他就远远地望见家里的门半掩着，里面大部分的情形一览无余。家里的人和舅舅都围坐在一张长桌的四周，长桌上空空荡荡，只有桌面上的一些坑坑洼洼的痕迹和虚泛的木头纹路。亡旗的弟弟正专心致志地趴在桌子上，用一根细小的手指伸进桌面上的一处凹陷的地方里使劲地往外抠着什么。后来抠了好半天以后，亡旗的弟弟忽然笑了，他的手里捏着一粒小麦。小麦是他从桌面上的一个小坑里抠出来的，小麦的颜色像土，瘪瘪的。亡旗的弟弟将那粒小麦放在手心里仔细地端详了一会儿后，就把那粒土色的小麦含进了嘴里。但没有用牙去嚼，也没有吞咽下去。弟弟含着小麦的那种样子，使亡旗觉得弟弟的嘴里含着一块糖。弟弟长久地抿着嘴，不时地发出一种细细的吱吱的声音，脸上的笑容有如一片透明的清水。

后来，亡旗便看见了舅舅的灰色的头发和灰色的眼睛。

天黑下来以后，亡旗的父亲裹着一身黑暗从外面弄回了一些陈年的土豆和红薯。父亲的衣服空荡荡的，一副失魂落魄的样子。后来，土豆和红薯都煮熟了，用一只浅红色的瓦盆盛着放到了那张长条桌上，大家开始围着瓦盆吃。亡旗看见母亲从盆里拣出几个土豆和红薯悄悄地放到了一个黑暗的角落里。母亲对舅舅说，把这几个给他们带回去。亡旗的舅舅那时嘴里正塞满了红薯，他翻着黑灰色的眼睛，声音混沌而模糊地说，不用。

之后，浅红色的瓦盆里一贫如洗，万籁俱寂，仿佛一个没有人烟的村落。

舅舅对亡旗说，我们家房后的几棵榆树上住了十几只麻雀，那些麻雀每次下了蛋以后，你表弟他们就爬上树去掏，有一次竟然掏了二十多个蛋，最大的有核桃那么大。

亡旗笑了一下。

亡旗站在灯后望着舅舅说：

舅舅，我知道你们家里又没有东西吃了，你不会算账。你步行四十里山路来，来回就是八十里，这中间要消耗掉多少粮食。

舅舅仿佛没有听到亡旗的话，只是用手搔了一下灰色的脸。

舅舅对亡旗的母亲说，姐姐，我非常怀念咱们家从前的那辽阔的菜园子和果树林，还有那些存放粮食的仓房。

亡旗的母亲说，那些都是过去的旧事了。

舅舅这时对亡旗说，我不光是为了来吃一顿饭，我告诉你一件事情，我老是在做一个同样的梦，有好多年了，很奇怪的。

你在梦里看到什么了？亡旗问道。

一条木头的街。舅舅说。很多年来一直就是从前的那一条街，杏黄色的，整条街的颜色都是杏黄色的。

亡旗说，街两边是不是有很多的店铺，店铺老不开门？

舅舅说，是这样，街两边全是密密麻麻的店铺，全用整齐的护板掩着门窗。

亡旗说，那些护板也是杏黄色的。

舅舅说，对极了，那些店铺的门窗好像从来就没有打开过。

亡旗说，街上总是一个人也望不见，总是那样静悄悄的。

舅舅说，我不知道这是怎么回事，你怎么也知道这些。

亡旗说，我想不起来了。

舅舅说，这事情真让人摸不着头脑。我总觉得我的寿命好像已经到头了，我说不定就会死在那条杏黄色的木头街上，或者那街上的某一间房子里。

母亲对舅舅说，别说了，你走了一路，天不早了，你早些睡吧。

众人纷纷从长桌四周散去。亡旗的母亲吹灭了灯，外面的月光稀稀落落地从窗户上渗漏进来，屋子里白一片，黑一片，斑驳朦胧。

亡旗平日一直一个人在另一间空房里睡觉。那是原来的一间草房，从前的草被腾空以后，亡旗就扛了一扇门板在房里架起来，每夜在那里读书、睡觉，十分清静。这天夜里，舅舅就与亡旗一起住在草房里。

月光下，四周的东西十分虚幻。树和房舍看上去都像是纸扎的布景，只有脚下的石头和沙沙作响的树叶才给人一种真实清晰的感觉。亡旗和舅舅并排着向草房里走。舅舅走路时老低垂着头，弓着腰，从后面看上去就如同一只老绵羊在直立着行走。

舅舅，等过了年，我就到你们那里去。亡旗说。

舅舅边走边说，现在才是秋天，离过年还早，你何必要等那么长时间。你表姐和表弟他们都盼你去。你表姐快要订婚了，男的家里以前开过豆腐坊和醋房，有些积蓄，如今不开了，就做了木匠。

表姐的一张美丽的脸立即浮现在亡旗的眼前。亡旗想起了那张使他浮想联翩的脸，包括雪白的牙齿和乌黑的头发。

舅舅，我听见狗叫了。亡旗说。

在哪儿?

河对面的村子里。

我记得那年我来的时候，这儿还有三间锁着门的瓦房。

前年下大雨的时候塌了。

我记得店主好像是一个罗锅。

他们兄弟两个，一个搬到外地去了，罗锅死了后，房子就空着，那房里从前经常闹鬼，没人敢住。每到夜里就听见有开门的声音、挑水的声音和叹气的声音，有时还听见有人在院子里来回地走，贴着墙根跑。

年久的瓦房都这样。

走进草房以后，亡旗划了一根火柴，从粗糙的泥石土墙上摘下一盏马灯，亮了之后，重新将马灯挂到墙上。

舅舅老了。

舅舅边说边在亡旗睡觉的那张门板上坐了下来，门板吱吱地响了一下。

墙壁与屋顶之间弥漫着浓郁的干草的气息和尘土的气息。很多日子以来，这种连大风都刮不走的气息一直去不掉、驱不散。

亡旗说，舅舅，这地方好不好?

好地方，哎，真是一个好地方。舅舅坐在门板上，四处打量着说。又暖和又凉爽，还有一股草味。亡旗你不知道，舅舅这一辈子最喜欢闻草味了。

舅舅，我看了一本非常好的书。

舅舅听了亡旗的话，一直没有说，只是抬起眼睛望着亡旗，又望望南墙上的唯一的一个窄小的窗户，窗户上钉着几根稀疏的木棍子，有一指宽的间隔。

后来，舅舅就说，亡旗，你比我那年来时瘦多了。

我现在觉得啥都没意思。舅舅说。

舅舅，我知道你心里想什么。那本书里写到了不少的粮食，还写了各种各样的饭菜，你不想听吗？亡旗从墙上摘下马灯，一边擦着灯罩，一边对舅舅说。

舅舅说，书上写的都是假的，就像唱戏一样空对空，能让死人重新坐起来。

那时候，夜已经很深了，亡旗与舅舅说了一会儿话以后就打算睡觉。舅舅对亡旗说他们两个人可以挤在一起共同睡。亡旗说不行。亡旗说门板太窄，两个人挤不下，弄得谁也睡不好，而且还有可能从门板上滚下来。于是，亡旗就让舅舅一个人睡在门板上。亡旗走出房门后，从外面的一个草垛上抱回一捆干草铺到了地上。他理平了草躺上去以后，对舅舅说，这真舒服，干草让太阳晒了一天，这会儿还十分暖和。亡旗说完话之后，便发现有一阵子没听见舅舅说话了，就以为舅舅因白日里旅途劳顿而睡着了。于是，亡旗便从草铺上爬起身，吹灭了墙上的马灯，草房里顿时黑了下来。

月光仿佛是过了一会儿以后才透过那个窄小的窗子透进来的。亡旗刚在草铺上躺平了，就听见那张门板吱吱呀呀地响了几声，舅舅在门板上坐了起来。

舅舅说，亡旗，我刚才听你说你看的那本书上写了粮食，还有各种饭菜，你念一会儿，我听听。

舅舅，你没睡着？

没有。你念吧，你多念一会儿我就睡着了。舅舅说。

于是，亡旗又从草铺上再一次爬起来，走到墙边摘下了马灯。亡旗将马灯点亮后便拎到了他的草铺边。

先念哪一段？

亡旗坐在簌簌作响的干草上，借着马灯的光，边翻书边问舅舅。

先念粮食吧。舅舅说。我听听都有些什么粮食，书上写得不一定对，说不定能把麦子和高粱给闹混了。

亡旗翻开小说的第三章，用一种徐缓的娓娓如诉的语气开始往下念。

舅舅披着衣服，在门板上正襟危坐，毕恭毕敬地注意倾听着。小麦、玉米、水稻、豆类、萝卜和薯类等一系列的农作物在亡旗安详的阅读声中依次闪现，栩栩如生。每出现一种粮食的时候，舅舅在黑暗中便发出咕的一声或呸的一声，脸上的颜色由黄转青。

书中的各种粮食都散发着秋日成熟而浓重的新鲜气息，暖风穿越谷场，树上挂满了红黄青紫多种颜色的果实。

亡旗，你念得再慢一些。舅舅眼巴巴地望着亡旗说道。

舅舅，这一段已经完了，你要是还想听，就再念另外的一段。那一段更好，主要写饭菜的种类和吃饭的过程。

舅舅，你还听不听？亡旗问道。

听，听，我听着呢。舅舅如梦方醒似的说道。我一点儿都没误。

亡旗省略掉了前面的一些对于自然风光描写方面的文字，他估计舅舅对这一段文字不会很感兴趣。他从那张摆满了杯盘碗盏的八仙桌上读起，这中间又省略了《西江月》和右调《月照梨花》两节古典诗词。

在亡旗读完第四道菜的时候，舅舅忽然挥手说道：

亡旗，且慢，第二道菜里放没放辣椒？

亡旗望了舅舅一下，之后便去翻书。书页如风，如低远的落叶。翻过之后，亡旗对舅舅说，舅舅，书里没提到辣椒。

舅舅叹了一口气，说道：

错了，这道菜完全做错了，厨师一定是个肥头大耳的没有用的家伙，这道菜要是不放辣椒，就一点儿意义也没有了。第四道菜要浇上滚热以后的糖油。

亡旗说，舅舅，你不要插话。这说的不是书上的事吗，下面还有呢。

我就知道总要出错的。舅舅嘀咕了一句后，便不再吭气了。

亡旗于是便又接着往下念，这中间出现了家庭成员以及室内布局。草房的屋顶上一片黑暗，马灯的光照不到那里，只能看清一半以上的屋子。房顶上时有一些泥土之类的东西掉下来。亡旗坐在草铺上，身子下面的草在簌簌作响。当亡旗读完书中关于赏月的一段文字以后，他听到了一阵沉重而暗哑的鼾声。他抬起头，发现舅舅已经半靠在土墙上睡着了。舅舅灰蒙蒙的一张脸在昏暗的光影里变得更加模糊不清，难以辨认了。

那时候，外面只能听见草丛里和墙根下的那些隐姓埋名多年的蛐蛐儿吱吱地叫着。除此之外，好像再没有任何别的声音。灰白的月亮正顺着西边的群山一点一点地往下面的山谷里滑，滑得很慢。寂寥的夜空像一块无边无际的毛蓝布料一样铺展得很辽阔。

亡旗吹灭了马灯，将书枕到了头的下面。睡在松软而暖和的干草上，亡旗就觉得是睡在了虚泛的阳光上。

那天夜里，亡旗梦见表姐了。

在家族的山上

古代一片苍茫。

天近黄昏，夕阳低垂，一队大雁聒噪着从山岗上轻轻掠过。

仆人万安心情颓废地行走在古代的社会制度里。暮色苍茫，四野沉寂，一些晚归的农夫带着农具在万安的视线中匆匆而过，晚风鼓荡着他们的衣襟和头巾。

三年前的那个早晨，仆人万安辞别了荧火山人，按照荧火山人描述的路线和方向去寻找通晓阴阳和建筑的古代道士晏。万安穿过一种起伏不定的地理环境之后，踏上了一条平坦而风光绚丽、行人不断的民间大道。

时值一位新的皇上登基大典，免除一年的税捐杂赋，特赦天下囚徒。太平年景，清平盛世，各地应试、赶考的举子络绎不绝，或独自一人，或三五成群地混迹于沿路的一些布匹、珠宝商人和卖菜的农夫之间。

沿途的茶铺、酒幌迎风招展，猎猎飘扬，令人欢愉而安心。天气正值一年中的暮春时节，阳光柔和，绿茵遍地。踏青的、进香的宦妇和淑女彩裙飘舞，金莲轻移。车声辚辚，人语花香，马蹄声隐隐可闻。

仆人万安随着来往不绝的行人商贾鱼贯而行。东南方向一带紫气丛生，霞光万道，那里正是仆人万安要去的地方，营造大师晏就居住在那里的一溜茅草屋中。门前、墙外有几枝稀稀落落的红杏和残枝，附近还有人栽种着绿杨和垂柳。遍体通黑的狗蹲在谷仓的旁边，守护着粮食和天气，守护着流年岁月。鸡和马有如画中的景物，逼真而安详。

万安到达那个紫气丛生、霞光万道的地方以后，只遇见一位白发的老翁在河边放猪，神态安详质朴。在河的上游，有几名浣纱的妇女，衣裙素洁，发髻高绾。一名牧童穿过一片浅浅的竹林，笛声在青翠的竹叶之间低绕徘徊，流连忘返。营造大师晏的三间茅草屋都虚掩着矮矮的门，昔日的气象依然如故。四周的树篱墙上落有凋零的铜钱大小的红杏。眼前温柔安宁的自然气象和生活格局使万安如归故里，但晏却早已离去，不知去向。

放猪的白发老翁后来告诉万安说，风水先生晏离去的时候正值一个阴暗潮湿的黎明。那时，天上下着雨，河流上下烟雾茫茫。风水先生晏在那个烟雨苍茫的黎明时分独自出门去远行，晏只带走了一支随身用的紫色的梨木手杖，他的蓑衣和斗笠依然如从前一样留在茅草屋中的一面墙上。

在那条闻鸡起舞的河边闲住数日，仆人万安没有找到一丝一毫有关风水先生晏离去的气氛和迹象，至于晏离去的真正原因，更加深不可测。那时正值河两岸采茶的季节，河岸边时常停泊着几只运送茶叶的木船。

仆人万安面对着缓缓流逝的河水和船头上升起的煮饭的炊烟，他感到一筹莫展，走投无路，皱纹就在那种时候悄悄地蹿上他的面部和四肢，成为他生命中的一些不可磨灭的符号和无可奈何的标记。

某日黄昏时分，一只上面晾满了衣物的木船抵达岸边，有当地在外做生意的人回来说，看见风水先生晏住在萍水城内的一家驿馆里，每日在街头测字卖文，卜卦度日。仆人万安听后便立即驱步赶往萍水城。

那时候，天空里乌云密布，四野如铅。河边和田野上一个农夫也望不见，只有一些瓜棚和草垛沉寂阴暗地堆放在视线之内。路边的池塘里水色墨绿，不住地泛出阵阵温柔敦厚的蛙鼓之声。沿路上大部分的地方都刻满了风雨的古老痕迹，那种剥蚀之后的破旧的情景正是岁月的流逝所致。以后，夜色渐渐浓重，天空如一只黛青色的锅，万安行走在锅的下面，他的脑子里反复地浮现着几个至关重要的地址和人间符号。晚风夸张着他的每一个脚印。

野渡无人舟自横。夜深的时候，万安非常清晰地目睹了那种由来已久的古老景观，视野中的茅草疏松而漆黑。

仆人万安抵达萍水城以后，时光已是三日后的一个午夜。

萍水城如一架破败无声的机器，城内清冷如水，砖瓦冰凉，木头和竹器散发着潮腐的腥甜气息，仿佛一座无人迹的空城或一幕虚假的骗局的背景和场所。所有的店铺都紧掩着颜色深红的高大木板，石狮子随处可见。白日里的茶、酒和饮食的气息仍旧在一些街角里继续飘散，余味无穷。穿过著名的"南岳""广陵"中药店，穿过一座座茶庄和酒楼，街对面的"宁馨"号棺材铺的大门漆黑如铁，一声不吭，门楼上苍白的灯笼映照出门口的几级乌木的台阶和一块青色的下马石。

三更天之后，仆人万安找到了风水先生晏居住的那家灯火通明的驿馆，万安无比惊异地发现那家驿馆原来竟是一家妓院。妓院里共有烟花女子二十八名，每个人的名字中都占着一个"兰"字。其时午夜已逝，青楼上仍有几只妖艳的红灯笼在亮着，楼内的叫声和笑声经久不息，使万安望而却步。

万安取出随身所带银两，通了各处关节。管事的一位婆婆告诉万安，风水先生晏已在三个月之前丧生，死于一场盛大的酒宴之后，几个同乡和旧友早已将其装殓下葬，埋到了城西的叔阳山中。

是夜，仆人万安心灰意冷，独自坐在青楼下愁肠百结。拂晓之前，一位名叫香兰的妓女下楼送客人，返回之后望见了抱头而泣的万安。众人劝说一番，万安又取出银两付了管事的婆婆，当下便随同妓女香兰上了楼内客房，身后响起了一阵笑声。

幽亮的红灯和低垂的纱幔使万安有如做梦，使他产生了一种类似迷路的感觉。万安想到今生今世再无颜面见萤火山人，连年的奔波和漂泊使他身心颓废，惶惶不可终日。而周围陌生的情景和气息又令他畏缩不前，盗汗不止。多亏了那位名叫香兰的世事洞明的女子百般温柔，渐渐使他显出一些平静。

万安的头仰卧在一片蜡烛的阴影里。她乌黑的头发披泻着，她的气息有如故乡的轻风，使万安一路平安，魂归故里。一道粉红色的纱幔有如拂过地面的天幕，有如宁静的晚霞垂落在他们的四周。一片蜡烛在即将逝去的温柔之乡里星星点点，光影摇曳。黎明的景色中充满了浓重的蜡烛气息。

之后，他舒展如歌。

他知道了那位名叫香兰的女子是他的同乡，都在广陵乡下。但他那时一点儿也不知道身边的这位与他共度了半宵的青楼女子竟是他的亲妹妹，他更不知道他的妹妹早在几年之前便已染上了席卷江南的花柳病和伤寒绝症，她将不久于人世。

曙光初现之时，他发现了一切。他无心去推敲，他从床上滚落下来之后，失魂落魄地抱头逃离了青楼，在萍水城黎明时空寂无人的麻石路面上跌跌撞撞地跑动起来。

他望见了一棵洞穴漆黑的老树。

张三是萍水城里为数不多的几个屠户之一。张三的肉铺坐落在城东的一条十分繁华的街上。早上天不亮的时候，张三便起来去河对岸的村庄里买猪去了。

河的两岸白雾茫茫，掩去了一切的风物和传说，只有一只乌黑的船头伸在雾外。一只鸭子浮在船头前的水里久久不动，四周是凌乱的绿色水草和雾气丛生的树。

田野上是南方古老的耕种制度。

张三穿过黎明中的弥天大雾，雾中回响着张三勤劳的脚步声和吱吱呀呀的车轮声。猪的喘息声时起时伏，猪毛上挂满了晶莹玲珑的露珠，如同老年人的颤颤巍巍的胡须上的水珠，如洞房花烛之夜的泱泱春水。

　　张三推着一辆独轮车从河对岸的村庄里运猪回来后，萍水城内依然沉寂如水，行人寥寥无几，只有一些卖早茶、早点的店铺开了门，睡眼惺忪的伙计正在生火。早晨的炊烟弥漫在萍水城潮湿而空寂的麻石路面上。在众多拥挤的房屋之间，在幽深狭窄的暗巷里回旋、飘散。在烟雾的深处，能望见几个早起的行人仓皇的背影，沉香寺红色的檐角隐约可辨。

　　走至自家门前的一道树篱边上时，一只猪突然挣脱了绳子从独轮车里蹿了出去。猪在清晨的烟雾里嚎叫着，抖动着满身湿漉漉的露珠向门前的一棵树下跑去。

　　那是一棵年代久远的枯树，早在很多年以前便已不再吐青，不再泛绿。枯死后的树木颜色酷似铜枝铁干，时光的流逝和变幻使树身上的洞穴变得漆黑而幽深，雨水和落叶常常叠压着浮动在里面，并夹杂着阵阵凄凉的蛙声。张三那时候听见猪突然发出一种尖厉的惨叫声，声音刺疼了他的眼睛，声音使他回到了遥远的童年岁月。他的视线模糊而迷离，他听见门前的那棵枯树被折断了，但听不到丝毫的伐木声，有一个沉重的东西在树断裂倒下的同时也砰然落地，听声音像是一口袋粮食。

　　张三后来用一只脚踢到晨雾里的那棵树时，他感到自己的脸上浮满了尘土，尘土的颜色和气息一改他平日紫红色的面孔。树干横在地上，树洞里的积水和落叶发出一种久远的呛人的腐烂气息，一只肢体残缺的青蛙在灰白的晨雾里袒露出灰白的带有黑色斑点的肚皮。溅落在树干上的鲜血有如梅花点点，鲜红的猪血涂染了萍水城的角落和部分晨雾。一阵潮湿的风刮过来时，张三看见了那个躺在树干下的人。那个人企图吊死在树上，脖子上套着一条千丝万缕的麻绳，腐朽的树干和猪的狂奔使他的梦想遭到了粉碎性的打击。张三看见那个人灰色的面部和眼睛里飘满了一种由来已久的烦恼和深深的绝望。

　　午夜时分，萤火山人梦见仆人万安手牵一匹白马，浑身血污地站在一片荒城之外。万安的神态如同一个迷途难返的浪子。萤火山人呼叫着从梦中醒来后，天上的月亮很大很圆。

手下的人告诉萤火山人，仆人万安此时正在山下的新宅里守夜。

1950年丰收在望

1950年的天空里飞翔着众多姿态各异的农具及它们的影子。

翻身后的土地争奇斗妍，硕大的农业的花朵挂满了视线。

天空里和大地上几乎印满了那些闪光的和生锈的农业器械，农具们在缓缓飞翔的过程中，发出了种种尖厉而明亮的哨声。那种金属和木头的声音呼啸着，使平原和山地上的那些曾多年世代租押土地、拖欠贷款的农民感到无比着迷。飞翔的农具的哨声回响在山区和平原上的那些蒙有土坯和茅草的农舍中，使得无数急于摆脱贫困和剥削压榨的佃户感到了极大的甜蜜和满足。他们都俯身在初春的田野里，与自己手中的农具正在轻轻交谈，语调温柔而情意绵绵，胜似兄弟和夫妻之间的情分。最初的那些日子里，姿态各异的农具曾经由他们粗粝的手中而出，不知去向，最终却又回到了他们的手中。他们的手里握着刻有自己姓氏的农具，如同捧着属于自己的肢体时一样兴奋而不可抑制。多年冷却萎缩了的情感在他们的面部和体内重又沸腾起来，变得炽烈而通红，以至于有些急不可耐。他们盼望群星熹微的夜空，又急于在太阳的光芒里尽情地发挥他们的肉体和想象。新一代的农具在他们的手中传遍全身。时光磨蚀了他们的感觉和农具的棱角，他们仍旧抱着农具和牲畜一遍遍地呻吟，狂奔至黎明。

公路上，土黄色的干草越来越多，部分的茅庐和羊徜徉在其间。阳光使一些皮毛变得松软透明。有一个身背褡裢的农民正面对着一堆干草撒尿，远处有一辆满载着女人和陶罐的马车正在渐渐驶近，天空很蓝，鞭声很远，鞭声如脆响的紫红色的山区扁豆。

远处还有一些冒烟的工厂。

雨露每次望见那些乌黑的浓烟之时，便感到胸中抑郁难遣，雨露眺望着那些高耸的烟囱和烟囱里吐出来的黑烟时，便会无端地想起"明人不做暗事"这句古老的俗语。雨露还望见田野里的农民正在大声地说话、咳嗽，相互借火点烟。在一些渠道整齐、灌溉系统良好的菜地里，有嘹亮的童年的歌声飘起，如同嫩绿的菜叶。儿童们的胳膊上戴着红袖套，手里握着雪白的柳木棍组成了护青队，一遍一遍地在1950年美丽的田野上巡逻。他们穿过如水的阳光和摇曳的青苗，丰收的气息明晰可闻。

　　在一些洒满阳光的村庄里，鸡鸣狗吠，白云舒卷，房屋错落有致地起伏着。雨露望见广大的劳动人民翠绿的情感澎湃起伏，兴高采烈的笑脸热情洋溢，如同一株株金光四溅的向日葵。眺望偏僻而隐秘的北部山区，一些恶贯满盈的地主汉奸提着灯笼，夹着紫红色珠子的算盘，逃亡在1950年之外的一些地区里。在此之前，他们曾经转移过粮食和财产，掠夺过当地的风水。在一些翻身之后的马车上，车辕和马鞍上都贴满了象征喜庆和吉祥的红色对联。马车的铃铛声激越而嘹亮，日夜回响在农业的岁月里。走过每一座城镇和村庄，热情的笑脸比比皆是，星罗棋布。近郊的一位身穿山羊皮坎肩的富裕中农将他的瓜皮小帽扔向空中，坠入污水之中。之后，又将他喂养多年的一只声名狼藉的恶狗吊在朱漆的门楼上，高声喊着："为人民打狗！"狗皮铺晒在低矮的短墙上，在阳光的照耀下嗞嗞作响。鞭炮声一串接着一串地响着，红色的纸屑飘满了天空，如同无数红色的树叶。那天夜里，雨露彻夜难眠，失眠一直持续到天亮。雨露听见有一些面色苍白、举止猥琐的人正在缓缓地翻阅着一些灰色和蓝色的笔记本，掌心内虚汗如雨，潮湿不堪。灰、蓝两种颜色的笔记本里记录了农业和纺纱业的漫长历史，其中的部分章节凌乱而残缺不全，词不达意，字迹模糊到了一种令人难以辨认的程度。在关于陶瓷业和冶铁业的记录中，他们厚颜无耻地杜撰了一个十分著名的瓷部和一个铁矿生产基地，那一段文字写得丧心病狂，写得浅薄轻佻而颇有色彩，只是毫无才智可言。他们喜欢用"蔚蓝色""青翠的"这一类型的字眼。对于世纪初的酿造业，那上面只有很短的一节，寥寥数语便使昔日的某一个风格浓郁醇厚的历史时期黯然失色，失去了无数芬芳而明亮的部分，一大批酿造工匠都被掩埋在那段文字以外的烟雨中了，直至永远化为乌有。记录这一段文字的人名叫周楚，他是京城里的一位市侩，在修辞学方面的才智使他声名远播，他还具有惊人的概括能力。他的两名助手唐盾和沈稻村都是江南一带的世家子弟，声色犬马无所不能，都能写意境优美的诗，都能涂浓浓淡淡相宜的江南水墨图。世上总有许多东西生活在文字之中，却消失在时间之外。另有一些文献中找不到踪影却总以其独有的方式存在于世代的流年岁月之中，这部分内容往往相沿成习，经久不息。

写作一部具有无限意义的小说，需要掌握若干个僻静的场所，并需要记录一些场所内外的有时甚至是闲置无用的东西，如一条飘扬着的绳子、一把雕花木椅，甚至一棵披头散发的生长在后院的树，这是雨露在阅读《南方旅馆之夜》时的体验之一。在那座旅馆的内部和深处，众多的恍若隔世的风物标志都令人惊叹不已，难以置信而又倍感亲切。

黎明之时，雨露推开湿漉漉的帐幔，他听见农民们吆喝着牲畜从外面走过。

在一部农业小说的结尾处，遍地的玉米都怀着一腔翠绿的情分，一位种玉米的人放声大笑，之后成为熊熊大火。

现在，雨露在深深的庭院里岿然不动。然后，他缓缓地行走在一条具有装饰性的市井格局的大街上，有如月光下的一条河流。

街两边的店铺如同一本书的目录。

一阵焦黄的烧饼的气味和烤白薯的气味混合着，远远地飘了过来。雨露望见那个卖烧饼的人满脸麻子，身材短小，下巴处长着一小撮土黄色的山羊胡子，腰间扎着皂青色的围裙。炉中的烧饼由白变黄，逐渐趋于焦熟，缀落在烧饼上的点点芝麻，一如他脸上的麻子。他一声不吭，安安静静地守候在烧饼摊子旁，几乎一声也不曾吆喝过。在他摊点的斜对面有一家生意兴隆的"赤县酒府"，过往的客商、行人和应试的举子都在那里饮酒、交谈。几位白发苍苍的老人坐在烧饼摊子旁，相互间说话的声音微弱而稀薄。早上天不亮的时候，卖烧饼的人便被他的婆娘从屋里赶了出来，他肩挑着烧饼挑子惶惶如丧家之犬，他的额头上堆放着一个鸡蛋大的血包，两眼乌青，他的万紫千红的脸颊上遗留有深深的利指的印痕。

街上的行人如鱼，如缓缓涌动的潮水，市声持久而嘈杂。街上流动着饮食、农具、瓷器以及布匹绸缎的气息。一位锔锅匠的嗓音本身就像锔锅一样沙哑而粗粝刺耳。"茂源"棺材铺里的几名青衣的伙计抬着一口巨大的黑漆的楠木棺材步履匆匆地向城东的一家钱庄票号里赶去，微风掀动伙计们皂色的衣襟，飘扬的衣衫使他们如一群黑色的蝙蝠。

雨露走在大街上，四处张望，市井上嘈杂的乡音使他有如做梦。街两边的木楼越来越多，布局和格调不尽相同。有一些木楼的窗户的格局和色调曾使他久久不能忘怀。阳光混合着市声，有如普照在唐宋年间的市井之上。雨露从一家久负盛名的武馆的大门前走过时，伫立在大门两侧的武士和石狮子使他怦然心动，他想起了很久以前的一家镖局，一家由八名女流共同主持的"翔远镖局"。一阵浓郁的脂粉气息飘然而落，仿佛淑女含笑回眸。雨露正在诧异之际，就听见头顶上方的一座临街的木楼上开了一扇细长的窗户。雨露退至街边，仰面观望，见一个云鬟蓬松的年轻妇人乌黑的头发下有一张粉白的脸，她将一半秀美的身子从窗户里探出来向街上眺望之时，雨露看见她穿着一件葱绿色的锦绣衣裙，薄施脂粉，双眉细如裁出的柳叶。一方雪白的云罗绫绢在她的手中飘扬之时，雨露看见一个年纪很轻的道士穿过下面的重重店铺直奔那木楼上去了。那位年轻的道士年纪不过二十，生得眉清目秀，只是面色有些苍白。雨露后来栖身于一家茶楼内以后，发现那扇临街的窗户已经关闭，窗户上挂着一只红灯。

午后，年轻道士摇摇晃晃地从里面出来，在一个铺子里买了些东西，用纸包着，之后便缓缓地向城外走去。雨露随着道士穿过拱形的城门来到城外，一直目送着小道士消失在一座山中。雨露望见那座山中白云缭绕，林木苍郁，许多的洞穴都掩映在一丛丛茂密丛生的灌木中，山中清亮的泉水如泣如诉。

街市上的人潮缓慢地流动着，一朵状如篝火的云彩穿越一些空隙之后，由北部的旷野里悠悠飘来，在那座临街的木楼上空停下后便再也不动了，仿佛一片会飞翔的草皮屋顶。

眼前的情景使雨露情不自禁地想起了那些绣像的话本。

那天夜里，天上下起了蒙蒙细雨，雨雾使一部分沉积已久的东西渐渐明晰起来。雨露透过苍茫的灰白色雨线，看见一些身强力壮的中年的和年轻的道士、僧人长久地出没于一些宁静的居所内外。他们的手中不住地玩弄着一些颜色各异的药丸和一些飘扬着的药方。在那些曲折迂回、温馨而隐秘的居所之内，日夜都在酝酿和发生着一些饮食及其器械的故事，故事的背景姹紫嫣红，一路平安。这一类的内容使得那些一向循规守教、冰清玉洁的良家妇女都不同程度地滋生了一种甜滋滋、懒洋洋的感情，深长的药力回荡在她们的四周，常常令她们情不自禁，魂销九天。在栀子花怒放的那些日子里，空气中始终弥漫着一种令人沉醉的长夜漫漫的气息。

就在那天夜里，他看见一名中年的道士将一条湿漉漉的白色汗巾小心翼翼地投入一只火盆之中。之后，便听见有无数赤裸裸的婴儿在火中号啕大哭，彻夜不休。汗巾在火中燃烧的过程有如翩翩起舞的鸟群，有如绚丽的夜晚的情节。

那年的雨水漫长而遥遥无期，很多人都以为是城中时常回荡着的女人和脂粉气息的缘故。一个夏天的黄昏，土改工作队队长刘青宇被人从梦中摇醒。原来是别有用心的人假扮他的身份与模样划着一条小船，护送着两名地主的妻妾驶进了一片苍茫无际的芦苇荡之中。土改工作队队长刘青宇自那个夏日的黄昏之后便一生落下了夜晚失眠的毛病。他们徒步穿越一些破败颓废的旧式房舍，冲上一道长满了紫云英的山岗。那个时候，雨露就坐在那个深深的庭院里岿然不动，他背靠着那根朱漆剥落的圆形柱子，一条腿放在圆柱下面的一片阴影里，另一条腿放在阳光中。几只喜鹊和乌鸦蹲伏在红色的飞檐上，目不转睛地盯着阴影里的那条垂死的腿和阳光里的那条温馨的腿，两条腿的距离那时候正在阳光与阴影之间大步流星。他听见黄昏的芦苇丛中铺满了彩色的锦绣似的晚霞，清澈明亮的水流漫过一些劳顿已久的情节，将几具芬芳四溢的胴体轻轻托起，起伏沉浮。野渡边有一辆墨绿色的国防牌自行车，此刻就胡乱地扔在一片草里，那时候，骑车的人都没有锁车的习惯，几只灰色的野鸭子围着那自行车来回走动，不住地发出一种叽叽咕咕的如同水纹似的叫声。

许多的人物都依靠着某种方式和文字生活得久而久之，都一味地苍白而弱不禁风，一阵风便能将他们的一切吹落得无影无踪。野渡边的一只小舟仿佛一只贼船，处于某一个阴谋的控制和笼罩之下。

那一段出没着河水和青草的民间传说里始终沉寂无声，偶尔可见剪径的黑衣人的身影隐现在其中。

南方旅馆之夜

雨季如此漫长。

连绵的淫雨耗尽了他的精力，他现在突然有了记忆。往昔的时光令他孤立无援而又难以平静，他感到自己在一次又一次的雨后渐渐地衰老了。红嘴鸦常常随意出没，凋落下漆黑的羽毛。一部分整洁的衣带和许多不规则的土黄色丘陵在他的视线中被风吹得杂乱无章，造成了种种的假象。很多年以前，曾经有一支队伍从最初的某一个地方出发，途经那些低缓的丘陵去远方打仗。连绵的淫雨和飞舞的风沙使他们感到生命毫无意义。他们像一些顽皮而胆怯的孩子一样将身体探出城壕之外，观看城墙下的蚂蚁似的士兵和徒劳地滚动着的车轮。在一次又一次的喊声和火光交替重复的过程中，他们一举攻下了一座空城，之后又立即甩手放弃了那座空城。沿途的自然尽管已不同程度地烙下了风雨的嘈杂的印迹，一位石雕的勇士伫立在那种灰黑色的背景中，花白的眉毛上布满了暗红色的铁锈。他们穿过了几个地方病十分流行的农业地区，沿途看到的都是三尺高的无枝无叶的老树和种种陈旧不堪的风光。许多的大骨节病人、佝偻病患者、麻风病人、"天苍"及红斑狼疮患者，还有众多的乞丐都在沿途列队欢迎到来的那支队伍。盲目而凶狠的蝙蝠成群结队地在灰暗的天空里盘旋，摇摇晃晃的姿势有如梦游，仿佛无数件农业地区的黑色的棉袄、棉裤被随意地抛向了空中，以一种荒唐无比的姿势呻吟着、旋舞着。

白日里的一切都如同一种随遇而安容易渗透的水分一样漏进梦里，石周山跟随着一群人进入8月的天气里后，睡意常常不期而至，梦中的尘土和苔迹遮盖了他的眼睛，空气中飘荡着令人心旷神怡的桂花的芳香，仿佛有无数个妖娆的女人在水中尽情地涂脂抹粉，尽情地放浪形骸。一些干净的和不干净的水流夜以继日地在千疮百孔的土地上继续漫无目的地流淌着，有如病体中绽破而出的脓血。

夏秋之间的距离相隔着如泣如诉的雨声和频繁出现的花期，雨水和花朵使一部分事物变得高大而厚重，使另外的一些东西支离破碎，难以成形。经常看见一些人修理被风吹毁后的篱墙，加固潮湿的地方，用绳子和稻草切割着岁月，删节着时间。

雨季改变了事物的形状和性质，远处常有沉闷的汽锤的声音传来，有如提示或召唤。平静的昼夜里，石周山打听到了一些祖坟坐落的位置和方向，在城外的一座月亮形的环形山上伫立着部分碑文，每一块碑都曾经是一副春风得意的鲜活的面孔，都曾饱浸过风月，以种种的姿势策马而行，风雨吹动他们的衣衫，露出密布的阴谋和诡计。

进入8月的那些日子里，石周山深居简出，他常像一个孩子似的倾听着缜密的雨声，注视着桥下的流水。他深知事关重大，一切的世仇宿怨能否烟消云散都取决于他的信念和行为。他感到箭在弦上，他几乎每天都要由于过度的紧张和焦急而尿湿裤子。我再也支持不下去了，他们的从容与安详使我生命的页码在急剧地减少、凋落。在一片肃穆而大片起伏着的紫叶草中，他东倒西歪地到了山下。他的内心被一种激情贮满。在他走上一座拱形的石桥以后，他低头看见桥下的水里漂动着几只雪白的汤团，以及他手中的天蓝包袱的倒影。在更远一些的地方，他看到了明亮的蜘蛛网一般的古老的江南水田和灌溉系统。

石周山东倒西歪地向山上走去。烟水四处弥漫着，包袱里的潮湿的黄豆使他感到了时间和事物的重量。他听见那家公馆里人声嘈杂，纷乱的脚步声使一些守候在大厅内外的人盗汗不止。人的影子围着红釉的茶碗和雕花木椅团团打转。盼子心切的米厂老板在一株叶子泛黄的吊兰旁无望地挥动长长的烟枪，视线内默念梵语的尼姑离他越来越远。他挥动烟枪，打落了吊兰。

在山中的一丛茂盛的马蹄莲旁边，石周山与一位赤足的道士不期而遇。雨水使他的瘦削的脊梁明晰地突起。老道士由最初的一个黑点化为人形，此前，雨水和腐烂的草根曾使他饥肠辘辘，他的赤足上涂染着龙舌草暗绿色的汁液。老道对石周山说，解除恩怨与制造恩怨同属一种浊流。朱红色的钟声飘起飘落之时，石周山望见不远处的一座湿漉漉的寺院，几名和尚和工匠正在修补寺院的红墙，从远处看上去荒唐而虚假，有一种极其不真实之感。老道离去之时，风将他的皂袍吹作一团，紫红色的里子飘扬起来。

此时，石周山突然有了记忆。老道被风鼓荡起来的下山的姿态使他感到从前曾一度嘈杂的公馆里现在平息了下来，他听到一名婴儿在通往来世的路上哭叫不休，粉红色的双腿出没在沿途的风雨和草木中。

雨季中的南方战事频繁，城墙阴暗，许多的河流支离破碎，尸骨遍野。眺望阴郁而低垂的年代，一些事物的表面上都贴着混乱不堪的时光的标签，毫无顺序可言。昼夜运行的日子有如腐烂的菜叶。

河水里木船上棕色的草包迎风展开的旗帜消解了石周山的疲倦。在山下匆匆行走着的老道看见石周山出现在山上的一尊墓碑前。他注视着带有魏晋遗风字体的碑文。当他打开那个天蓝色的包袱以后，他的脸上滴满了水。包袱里的冰凉的黄豆与那本旧小说散发出阵阵酥烂的霉味。碑文上明晰的年代被一层绿锈凸现出来，漫长的雨季和战事使他丧失了从前的书写能力，他甚至忘记了字体的笔画顺序。他把手中的黄豆撒向墓碑，恍然中看见墓碑上显出惨淡的血迹和光影。血痕渐渐地漫过碑文，湿透了精雕的文字和年月。

老道看见他做完这一切后，又将天蓝色的包袱皮揉成一团，扔到了寺院墙外的一条涧水里。墓碑后面突然出现的两名黄豆大小的僧童没有阻拦他弯成弧形的手臂。他们的谈话使他又重新失去了记忆。

石周山突然失去了身边的书，他的肢体不断地在墓碑周围的一些地方消失、浮现。几名黄豆大小的僧童提着水桶和雨伞从一些残败的旧日石桥上匆匆走过。炊烟上升，人影下坠，每一处风物上都悬挂着雨水和风声。忙碌而自在的小僧童们穿过一些昔日的稻田和排水沟，将一座座黑白分明的房舍远远地留在身后。僧童们谈话的声音稚嫩无比，谈话的内容涉及了从前的一只晾满了衣服的乌篷船，几个命薄如纸的旧人，还有很多年以前的一场著名而为时冗长的官司。有阵阵轻松的笑声不时地穿插在他们的交谈中，致使谈话显得图文并茂、栩栩如生。僧童们注视着漂流在涧水中的天蓝色的包袱皮，一个手持毛藜扫帚的僧童看见石周山出神的脸上空空荡荡，痕迹皆无。远处，两名抬水的小僧不住地抖搂着湿漉漉的僧衣。石周山感到雨水将碑文上的事件和时间泡得渐渐松动起来，血污和雨点逼到了忙碌而自在的僧童们的脚下，他们丢弃了手中的水桶和雨伞，在通往寺院的一条小路上跑动起来，手中的工具随着速度和姿势的变化而逐渐放弃，散落在沿途的草丛里和水坑中。曾一度聚集在墓碑下的黄豆这时都在雨中纷纷滚动起来。浮肿而透明的黄豆噼里啪啦地滚动在同样大小的僧童们的身后。他们从几座建在半山腰的白色的舍利塔旁跑过——里面安葬着已故高僧们的肉身和灵魂——他们袖珍的僧衣在奔跑的过程中如同一片片孤立无援的树叶漫山飘舞，他们的稚嫩如豆芽的喘息声回响在雨中。

石周山在老道专注的视线里显出满脸倦意，他像一只衰老无力的鸭子和田鼠一样被团团围困在浮肿而透明的黄豆之间。潮湿的衣服紧贴在身上，现出了他的峥嵘的筋络和瘦骨嶙峋的骨架。石周山看见跑在最后的两名小僧童的肩上还各扛着一把雨伞，一把黑伞，另一把是红油布伞。贮满了雨水和风声的雨伞使两名小僧童跑起来东倒西歪，摇摇晃晃。他们跑至寺院的墙外时，先前曾一度忙碌如蚁的僧人和工匠们早已收工，阴雨使他们不得不提前返回寺院，结束了修补山墙和加固檐角的事情。雨水将涂在寺院墙上的朱红冲刷下来，形成了一道道破碎的血流，那些涂满油彩的没来得及安放的木头旋子都浸泡在水里。

朱红的山门早已关闭。

下半年的气候似乎一如既往，雨中常常浮现出那家淡黄色米厂的冷落的门庭和阴暗的日常生活。大雨中的祖坟出现了难以弥合的水土严重流失的现象。碑文四周栖落着的乌鸦常常饥饿而死或暴食而亡。固定在雨季里的是山下的几只乌黑的木船和一座废弃已久的磨坊。那些木船的上面依旧残存着几片破烂不堪的篷布，时常垂落在雨中，或飘扬在风中。磨坊前的水沟里能听到鸭子的叫声。

那个麻脸的男婴从孩提时代就一直沉默不语地活动在老道的视线之中，他的面孔总是时刻罩在一把红油布伞之下，他无悲无喜地出入于公馆和载米的码头，每日走访城中的一些伞店。他时常撑着那把形影不离的红油布伞站在南方烟雨苍茫的码头上独自面河而立，久久地眺望。黄昏在风中展开以后，他在幽暗而潮湿的深巷里蹒跚而行。那把红油布伞就罩在他的头顶上方，或斜挎在肩上。他的种种行为弄痛了老道的眼睛，老道感到自己的视线越来越窄，日渐模糊而迷茫。很多年以后的一天，他终于走出了老道的视线。众多的从远处飞来的鸟雀一路伴随着他。秋日的寒风将北部山区的一片麦地和一片西瓜地连接处的一块洼地里的荒草吹伏以后，草棵和浮尘、不断地飞起飞落的鸟群一如从前，并没有使他们感受到什么不同的事物，他们只在秋天的光晕中平静地翻晒着粮食，脑子里折腾着一些简单而日常的事情。

1928年秋天，石周山提着那本旧小说里反复出现过的一种工具，肩上斜挎着一把满是褶皱的红油布伞，步履匆匆地逃离了诡秘而冗长的南方岁月。雨雾中的石周山如一只慌不择路的丧家之犬，广安寺嗡嗡回响不断的钟声使他东倒西歪地闯入了1962年的那条背景深远的杏黄色的山谷。昔日的一切记忆和经验在他盲目行进的过程中都被山谷里的一些形状各异的风物和枝蔓一一地牵挂住并滞留了下来，都一丝不剩地从他的身上分离出来。

在石周山失魂落魄、一无所有的视线里，面色苍白的少年亡旗正坐在一棵披头散发的树下反复读书，书中的天气阴暗如铅，书中的人物稀稀落落、沉默寡语，相互之间的言语十分贫乏而萧条。在亡旗的对面，有一座早年间废弃了的石灰窑，窑前丑陋的不规则的地段上堆放着一些粗糙而凌乱的劳动工具，但劳动的姿态和意义早已消逝，不复存在。

一切都在反复进行，回忆成为那一年里的主要活动方式。反复地运用同一种类型的词语，反复地再现某一个时期的同一个场面。那些有关回忆的语言都密密麻麻地铭刻在那个时期的风中，在秋日的阳光里明暗均匀地奔走、飘扬。回忆性的文字使一无所有的石周山有如望梅止渴，在他弯腰采捡山谷里的部分碎片和禾秸时，他听到了呼啸的声音，昔日沉寂多年的石灰如死灰复燃，纷纷扬扬地蒙住了他的眼睛。

少年亡旗坐在那棵充满回忆的树下，那些缺乏想象力的树枝如一只只腐朽的手臂，他周围的风景是虚构的，他自己也被虚构在石周山无望的视线里——

在1962年的山谷里

沿街两边的店铺都早早地关了门，都掩上了各自的褐黄色的木板。

整条街上望不见一个人影和一件事情。褐黄色的木结构的街面整洁如初，僻静无声，只有木板上的花纹在飘走、狂奔。

夕阳西下的时候，一个灰黑色的捡垃圾的人物出现在街的尽头，他从一座有着狭窄窗户的房子后面走出来。

灰黑色的捡垃圾者在宁静而整洁的褐黄色街道里盲目而行，他的出现显得十分虚假而浮泛，有一种极其不真实之感。但他的一双叽里咕噜地不断转动的眼珠子和他脚下传出的那种迟缓的"哧啦""哧啦"的脚步声却使他的出现和存在变得确凿无疑，而晚风中飘来的从他身上散发出来的一种腐烂的腥甜气息更使他有血有肉，真实如铁。

一切都入木三分，栩栩如生。

亡旗在这个残阳如血的黄昏里感到自己衰老的眉毛上长满了铜锈，风声呼啸着咝咝地穿越他牙齿之间的空隙，如同一些被摧毁后的杨木栅栏。夕阳蒙着他的眼睛，故乡的一道道低缓的褐黄色的门槛有如众多的纵横交错的田埂和水渠。许多部小说里的生活气息和写作背景都像疏密有致的蜘蛛网一样笼罩着他的脸和远行的计划，松散的文风和僻静的叙述覆盖着他的回忆与想象，支配着他的黎明与黄昏，暗写的情节和星罗棋布的想象使他的衣服不断地出现飘扬的现象或冰冷的状态。他被许多种小说的风格同时困扰着、影响着，他在季节和昼夜交替的空隙里用手指按住飘动的书页，但杏黄色的酒旗仍在一些隐晦的门楼上飞舞。对于形状和色彩方面的运用与把握，在不久之后亡旗便已炉火纯青。对于小说中工具的记录和描绘，以及工具所发出的劳动的声音也日趋完美，并能为所有的器具都找到合适的堆放地点和劳动场景，就像那座早年间废弃后的石灰窑前堆放着的凌乱而粗粝的各种工具一样，那是一种貌似漫不经心实则困难重重的堆放才能，它的里面充满了激情和心计。

黄昏里单调而熟稔的声音使亡旗产生了强烈的睡意。昨夜的一场大风吹落了榆树上团团的雀巢和山墙上的燕窝，继之而来的是遍地作响的落叶和干柴。亡旗面色苍白地在家乡古老的褐黄色的门槛上俯首而坐，枯黄的落叶纷纷逼至他的脚下。面对众多的一一向他展开的小说生活场景，他的记忆里第一次出现了淋淋的汗水，汗水有如陈旧而古色的铜钱。

夕阳使他的脸变得模糊而吃力。

在一条没有风声的歧路上，亡旗感到自己久已失去的记忆重新恢复了，书中的故事在进行到第四章的时候出现了重重的困难，故事停顿着不再往下进行了。路两旁的花朵和行人，失修的马车和沉闷的水磨随着停顿不前的情节变得越来越稀疏了，直至最后完全消失。第四章里全部是对于几处生活场景的精心描写，中间也涉及了一些必要的自然风光和气候方面的事情。第四章里一个人也看不到，视线之内只是那条僻静而整洁的褐黄色的木结构街道。那个灰黑色的盲目而来的捡垃圾者此时就像是那宁静画面上的小小的一个污点或指印，他的出现和存在来自于一种不慎和疏漏。

南面一家封闭的店铺门前堆着一堆鲜红的橘子皮，严谨而整齐的褐黄色木板赋予它一种如火如荼的轮廓和意义，它如一堆冷静而规范的篝火，但不具有丝毫的温度，类似的火堆在民间的夜晚里一直十分普遍，代代相沿。深夜焚烧纸张和祭品，对死者的声声呼唤和劝慰的纪念性的景象在民间经久不息。

北边一座房屋的门前没有堆放红色的橘子皮，却有一堆不久前刚刚倾倒出来的草药的残渣，黑色的形状各异的药渣堆积在一起，如同一座停火后的瓷窑。

亡旗按照顺序，依次向街里走去。沿街两边悬挂着各式的灯笼，却看不到茶馆的牌匾和酒楼的幌子。有一家屋檐下悬吊着几副血肉丰满的猪下水，红黄的水珠滴滴答答地滴下来后，在地上形成了一种风起云涌、变幻莫测的异常复杂的图案。

对于沿街景象的仔细浏览，使得亡旗的记忆受到了阻碍，他感到眼前的事物正在重叠起来。透过严谨而密封的褐黄色木板，亡旗看到了那些房屋里正在发生的古怪的事情，突如其来的这种现象使他再无法进行回忆。他在这个残阳如血的黄昏时分，突然感到眼前的这条他身临其境的街道似曾相识，有一种令他熟稔而亲切的气息正在缓缓地无形无声地反复涌动、浮现。

这时候，亡旗突然想起了舅舅，他觉得在这样的一个地方很可能也很应该遇见舅舅。在一株迎风摇曳的夜来香旁边，舅舅身上背着几十斤醋和一部分稀少的粮食日夜孤孤单单地行走在一种模糊不清的历史背景中。舅舅的一只耳朵被路上的风吹得又低又矮，像一只露出土层的陶罐一样呜呜作响。对于粮食成色及重量的回忆，使他接连多日总是不可避免地踩碎昔日里的一些日常器皿。众多的地堡似的谷仓几乎耗尽了他的精力和心血，他不得不坐在一些土围子的外面残喘定息。远处辚辚的车轮声隐约可闻，河边的风将他拦腰斩断。他喝着乡间明亮而圆形的水，迟钝的水纹有如他的笑容。接下来，他在水中看到了自己虚幻而吃力的脸，水纹和笑容刺痛了他的目光。

对于舅舅的松散的回忆，使亡旗感到街上还流淌着一种让人难以却步的温情脉脉的东西。舅舅背着来历不明的一小袋粮食和几十斤醋被一阵风从亡旗的记忆里吹落以后，夕阳的位置深深地凹陷了下去。与此同时，沿街两边的那些数目重叠的掩有黄褐色木板的房屋顿时高大阴暗起来。从街口突然出现的一阵风吹散了先前的那一堆宁静而鲜红的橘子皮，终于使它变成了游荡在傍晚里的星星点点的磷火。它的出现，使亡旗感到昔日的一切即将全部结束、消解。他已走到了尽头，看不到任何的一行文字。他吃力地撕开衣服的里子，越过细密的针线和母亲的裁剪技艺，他吃惊地看见了自己的生卒年月——那一行龙飞凤舞的笔迹使他如释重负，心静如水——

亡旗走着走着，便想起表姐了。

表姐在家中静坐，在一个看不见风景的位置上仔细地梳头，百叶窗的光影将她的头发弄得十分蓬松而凌乱。乌黑的头发让她感到无比孤独。在她的身体四周堆放着许多柔软而温暖的事物，疲倦和饥寒使亡旗不知道那是什么东西，亡旗的这种样子看上去就像是一个伤痕累累的人。亡旗看到表姐修长的十指弯曲着，如同某一部小说的一个结尾。亡旗知道表姐有许多柔软而芬芳的衣服，他一个人躺卧在那些衣服里时，街道上的那些房屋的数目和重叠的次数突然变得清晰起来。亡旗听到了天的声音，他听到天上有金属、木头、绸缎、瓷器和水。

亡旗走着走着，就想起表姐了。

亡旗走着走着，就听到天的声音了。他听到天上有金属、木头、绸缎、瓷器和水。

——那年夏天，在那座废弃的石灰窑的附近，亡旗被一阵低低的呼啸声惊醒。他穿好被风吹散的衣服坐起来以后，看见一个麻脸的外乡人正坐在一棵高大的绿杨树下面，身边和脚下的无数的蘑菇簇拥着他，使他看上去如同一根虽死犹生的树桩，似乎他仍有足够的水分和精血使众多的蘑菇赖以生存。他在亡旗的视线里吃着一包风干后的荷叶牛肉。

亡旗看见斜挂在外乡人肩上的那把红油布雨伞时，目光突然肿痛起来。亡旗似乎已经知道这个人是谁了，只是想不起见面的地点和场景，山中昔日的石灰的旧痕使他犹豫不决。在他一起一落地将荷叶牛肉送入嘴里的过程中，亡旗看到外乡人的手臂上镌刻着许多豆粒大小的褐色的斑点。有一条小河那时正在距离他们不远的一个地方缓慢地流着，河水轻轻地漫过一些石头，发出一种娓娓动听的声音。外乡人将一只空空的酒壶倾斜到蘑菇丛中时，壶中不久便灌满了风声，呜呜咽咽地响了起来。酒液使他脸上的麻子越来越白，手臂上的褐色斑点呈现出浓重的紫色和红色。他的目光停留在石灰窑前面的那些腐烂的工具上，有一些草和紫色、白色的花从散乱的工具之间生长了出来。外乡人面对着亡旗，扔掉了手中的荷叶和油纸之时，脸上露出了笑容。亡旗将那张油纸在风中展开以后，才发现原来是一部小说的封面，书名已被油污和辣椒所涂染，使人无法读出它的声音和含义。封面上仅存的一幅图画使亡旗感到这就是自己期待已久渴望已久的那部小说的封面。其时天近傍晚，暮色如铅。风将亡旗手中的封面纸吹落以后，一桩往事浸入了他的记忆之中。他看见那个外乡人穿过一些麦田和孤坟，许多地方色彩很浓的但没有任何实际意义的符号在他的四周隐现着。那种类似萤火虫一样的细微事物使外乡人变得慌不择路，身体在一片高矮不平的房屋之间飞舞着。时隔不久，有人在一片西瓜地和麦田相接处的一块洼地里看到了外乡人蜡黄的尸体。许多的草被压折在他的身下。一个清早起来赶牛的老人最先发现了那片东倒西歪的草，老人还看见有几垄红色的麦子很鲜艳地穿插在众多绿色的麦苗之间。奇异的生长现象使老人对麦种的成色产生了短暂的疑惑。老人抚摸着温驯的牛角，他望见四周比较平静，满地的西瓜有如众多绿色的头颅低垂着、熟睡着。清晨的山风吹不动任何一颗头颅，只能吹动那些耳朵一样的绿色叶片。几条绿色的蛇蜷曲着盘旋在外乡人的身边，蛇伸出粉红色的尖细的舌头，在外乡人祖露的胸脯上一下一下地舔着。蛇从外乡人的裤筒下面钻进去，又从衣领后面爬出来，地上布满了蛇的混乱复杂的阴险轨迹。赶牛的老人那时无意间发现了一种垂死挣扎的现象，外乡人在临死之前可能试图要在身边的土地上写下一行什么字，但最终却什么也没有留下。赶牛的老人后来用鞭子的一头撬开了外乡人紧握的拳头后，发现他手里原来什么也没有。那时候，远处的地里已渐渐可以望见一些稀疏萧条的人影——

　　亡旗一个人在街上走着，烧饼焦黄的气息和烤白薯的甜丝丝的气息远远地飘来。接下来的时间里，他看见临街的那座淡黄色木楼上的一扇久闭的窗户被打开了。亡旗看见表姐正用一根木尺将窗户支稳加固，街面上穿檐而过的燕子使亡旗没有看到悬挂在窗户外面的那只红灯笼。亡旗望见表姐穿着一身绯红云罗绣裙，满头的黑发依然如故，肌肤依然雪白如凝脂。更晚些的时候，亡旗踏上了那座临街的木楼。楼梯口的一个角落里堆放着几件陈旧的不成形的东西，似乎一触即溃。亡旗知道这些锈迹深重的东西都是表姐夫早年间的木匠工具，散发着一种难以言诉的雨水气味。

亡旗触响工具的声音惊动了呆坐在一盏灯下的表姐夫。这个昔日的木工已经拉不动任何一把锯子了，他常在睡梦中被一阵弹拨墨线的声音惊醒。岁月的流逝和生活场景的不断变幻已使他忘记了斧子的正确持法和木尺的用处。在昨夜短暂的睡眠中，他没有听到任何的声音。此时他听到亡旗触响斧子的声音后，绝望而灰暗的记忆立即摧毁了他的脸。

姐夫，烧饼的生意还好做吗？亡旗望着表姐夫的一簇焦黄的胡须问道。

还好。表姐夫说。那些当兵的和衙门里的人，还有街上的一些泼皮子弟，他们都给你表姐留着面子。兄弟，有你表姐在，我就什么也不怕。

亡旗微笑着听完了表姐夫的叙述。秋风吹动窗棂的声音使表姐夫不住地谛听着外面的动静。表姐入室沐浴出来，洗净了身体，手里玩弄着一条雪白的绫绢。

表姐夫对着窗外出神了许久。亡旗看着表姐夫的身影，感到一些铁锈正在剥落，他凝望了好长时间，才看清了表姐手里飘扬着的白色绫子。在表姐的注视下，表姐夫吃力地挑起烧饼挑子走下了楼梯。表姐夫是去赶夜市，他矮小的影子在出门后不久，便被紧随其后的一阵风吹得无影无踪了。

一辆华丽的马车在夜色里遥遥远去，留下了一道冗长的呛人的灰尘。表姐夫跪在街头，一个一个地拾捡着四处滚落的烧饼，他的影子渐渐地湮没在夜色里。

那时候，亡旗和表姐两个人谁也没有发现在楼梯口站着一个表情阴郁的人，楼道里的风使他的身体在亡旗的视线里飞舞起来。低垂的纱幔和摇曳不定的烛光使亡旗无法看清那个儿女的手中是否有刀。亡旗叫道：

"舅舅。"

"淫贼看刀！"亡旗的叫声使一道刀光呈弧形地切入了自己的头颅。

那个人试图掀起粉红色的纱幔时，低头看见一股血水已逼至他的脚下。难看而荒唐的脸色使他迅速地后退。他在楼梯口擦亮了那些杂乱无章的工匠工具。之后，成为熊熊大火。

表姐的一条腿从那些柔软而温暖的故事堆里伸出来后，腿上布满了亡旗生前的种种语言。

那是一些关于回忆与想象方面的暗写着的文字。抚摸那些字句，表姐听见远处回响着无数婴儿的哭声。

在家族的山上

秋天里的一个黄昏，营造大师晏风尘仆仆、千里迢迢地远道而来，他散乱的长发中挟带着旅途的风声。一路上，他不时地停下来在沿途的河水中洗手。

更晚一些的时候，他日夜行走在众多简洁疏朗的木头之中，他望见无数青色和红色的砖瓦重重叠叠，无边无际。营造大师晏应邀修筑一座巨大而别出心裁的迷宫式宅邸，其结构和建筑风格依据5世纪初期惠灵王石定国的府邸为蓝本，之后，再由萤火山人与晏两个人共同策划修订而成。

在他们经历了无数个不眠之夜，初步拟出了第一批隐秘而复杂的地下工程的模型之后，萤火山人突然大病缠身，卧床不起。

工期平静地停顿了数十年。

病中的树十年，平凡而琐碎。

萤火山人真正恢复精力和神志是在很多年以后的一次午睡之时。一位云游的高僧拂天而过，随之而来的一阵呼啸声将正在午睡的萤火山人惊醒。他比从前更沉默寡言了。云游高僧的袈裟在他的思绪中飘扬，他仿佛梦见了高僧手中的佛珠的数目。经过无数次的发现和彻悟，他落下了口讷的毛病，木讷的姿势锁隔着他心中众多的东西。在他努力回忆一些模糊事件的细节时，风水先生晏送来第三批工程的草图，那些曲折蛇形的通道和光影莫测的内室使他胆怯而虚浮，许久没有弄清房屋的数目和回廊的位置。数月之后，一座苦心经营的巨型迷宫已全部落成。栖落在红色檐角上的鸽子使它从外表看上去只是一片普通的砖木结构的民舍，与众多的住处并无两样。

府邸内外浮现出团团的紫晕之时，萤火山人感到一天的时光行将结束，剩下的时间将短暂而贮满了黑暗的传说。被树影和山色弄乱了的夕阳照亮了花园里峥嵘的太湖石和厅堂的弧形轮廓。风水先生晏摆完一盘残局后，拢起了袖子，收回了黑白分明的棋子。他走到正在纳凉的萤火山人面前，低声说道：

各处都已差人看守，今夜我将率领他们在新宅里守夜。

窗含烟水、远山衔黛的气象使萤火山人没有听见晏的声音。接下来的夜晚风清月明，树影婆娑。当萤火山人的视线里飘扬起晏的灰色道袍时，风水先生晏查点差人的声音早已传入新宅的里面。

萤火山人听见新宅的门楼下人来人往，脚步声轻盈而纷乱。仔细看时，却见一群黄豆般大小的小人正在往新宅里搬运东西。他们低声地说着话，相互之间打着各种各样的手势和表情。萤火山人听见了他们谈论丝绸和节日的声音。其中仿佛有许多异常珍贵的物品，有不小心摔坏或磕碰了的，搬东西的人便会立即招来一阵低沉而有力的呵斥声，但看不见发话的人，找不到呵斥声来自何处。小人们有着与黄豆同样色调的皮肤，都慈眉善目，都轻声说话，小心翼翼地走动。

过了许久，先前曾一度轻盈而纷乱的脚步声渐渐地稀落了，听不见了，大约是已经搬完了东西。众小人都走进深深的新宅里以后，只留下两名小人站在门楼下做瞭望的岗哨和门卫。这时，从远处有一匹白马飞驰而来。骑马的人仿佛在马上睡着了，他以一种十分荒唐的动作从马上下来后，大步流星地走到新宅的门楼下，对站立在门楼两边的那两个小人嘱咐了几句话之后，便大摇大摆地走进去了，门楼上的灯光照亮了他彩色的盔甲和腰佩，头盔上红色的缨穗在灯光里飘扬。

更晚一些的时候，数百名衣冠整洁的小人抬着数十口棺材从新宅里面陆陆续续地走了出来。那些小棺材有米粒般大小，通体都漆成一团黑色，棱角分明，周身绘有描金的线条简洁的图案。数百名小人抬着细小的棺材，边走边说着话，有轻微的咳嗽声和喘息声一直穿插在其中。

小人们抬着灵棺，越过一道上面生长着矮小苦竹的山岗后，便都消失不见了，夜晚的风中送来了油漆和木头的气味。

那时候，仍然有一辆袖珍的华丽马车依旧停在新宅的门前，马车上挂着一些龙飞凤舞的锦绣的帘子，车身上镶有翡翠和各种玉石。有一名身穿紫云英长袍的小人一直守候在马车的旁边，手里端着一个沉甸甸的精美贵重的礼品盒，注视着几只雪白的马蹄。系在礼品盒上的一条红绫丝带十分鲜艳醒目。

后来，从新宅里面走出四五个人，边走边寒暄着，说着一些告别的话和相互祝福的话。门楼上的灯光映照着他们的华冠丽服，走在后面的一个人像是久居在这新宅里的主人，正在出门送客。

宾主施礼告别的过程优雅而细致。

客人中有一位身穿鹦哥绿长衫的人，生得仪表堂堂、气宇不凡。他的帽子上镶着一颗价值连城、光芒万丈的宝石。他手中的骨伞上题写着吴道子飞舞的手迹。另一位身披杏黄色斗篷的客人面容生得十分古怪而离奇，身上有一种半人半仙的清风道骨般的色彩，他瘦削的面孔和万丈的精神酷似夏天的一只山羊。客人中另外的两位像是两名随从或侍者，都一直低着头，在原地站着，十分注意地倾听着主客之间道别时的谈话。

新宅的那位主人三十岁左右年纪，生得眉清目秀、一表人才，只是面色有些泛黄，有些苍白，像是久病在床。这位主人身穿一件带有金色皮毛的天蓝色大氅，胸前搭着一条雪白的狐皮领子，一直由颈上垂落下来。主人的手指十分白皙而无比修长。在与客人说话的时候，时常将一只手掩在脸的一边，像是弱不禁风的样子。

优雅而细致的告别仪式结束之后，客人先后上了那辆华丽的马车。

主人站在车旁，嘱咐客人明年的这个时候一定再来相会。主人说完话之后便放下了马车的帘子，马车在灯影里驰去，消失在苍茫而幽暗的夜色中。

风水先生晏这天晚上巡视完新宅的几个重要的局部之时，突然想起了晚饭前摆过的那盘残棋，无可挽回的僵局使他感到有些索然无味。他心事重重地在一道蛇形的朱雀回廊上走来走去，夜晚的光影在墙壁与阶梯之间织起了重重的障碍，形成了许多易于隐蔽的角落。对于这座由他本人亲手拟定并亲自监督修造的别出心裁的迷宫建筑，他一直怀有某种难以言明的思绪。多变而诡秘的建筑风格一直使他彻夜难眠。抚摸那些凸凹起伏的木制曲线和弧形风光，使他情不自禁地想到了自己身上的肋条和筋络。迷宫里的每一片瓦和每一根木头，都如同他身上的一块肉和一根骨头，地下工程里那缓缓而行的阶梯和水流，就是他晚年时平静而稀薄的血液和丹田。

临上床之前，他望了一眼窗外。夜晚中一动不动的树影和灯光使整座宅邸寂静得有些空旷，甚至萧瑟而凶险。晚饭之前，萤火山人告诉他新宅里将要雇用大批的仆役和丫鬟，用以填充那些众多数目的空房，使每一个角落里都能够有活生生的人的气息和踪影。没有人烟的空宅将更为凶险莫测，每一处都布置着难以预料的悬念和死谜。萤火山人早在新宅落成之始便想到了这一层，这使得风水先生晏分明地感到了一些什么。晏后来停止了咀嚼，晚饭的内容和室内外的气候使他有些烦躁不安。他在石桌上摆开黑白的棋子，借此排遣和抵消那种烦躁，但僵死的棋局和缓慢行动的棋子又使他索然无味。他走向灯火摇曳的新宅，横挑竖拣地训斥了几名忠心耿耿的仆役。

上床之后，晏打开了线装的《周易》，书中的文法和气息并没有使他轻松多少。多年漂泊云游的生涯使他习惯于在夜深人静之后一个人秉烛而读，千金难买的睡眠往往就由此而来，使他度过漫漫的长夜。

接下来，一阵刺鼻而恶劣的气息迫使他放下手中的书抬起头来，烛光烧焦了他的一缕白发。这个现象使他再无心夜读。

抚摸越来越稀薄的白发，他感到身体里的某些部位正消解为淡而无味的水。

在他迟疑不决的踱步声中，门外响起了一片欢声笑语。一阵轻盈而纷乱的脚步声平息下来以后，响起了咚咚锵锵的锣鼓之声。有人正在敲锣打鼓的过程中翩翩起舞。

风水先生晏开门之后，只看到厅堂的长桌上燃着几支寂然无声的红烛。烛光使正面墙上的列祖列宗的牌位变得肃穆而壁垒森严。两只青瓷的云瓶发出幽亮的蓝色光晕。

风水先生晏重新上床之前，看到了烛光中微微晃动着的一把雕花木椅。这个发现使一片疑云暂时停留在他的脸上。接下来，先前的锣鼓声消失了，重新弹起的是悠扬而淡雅的江南丝竹。

八音齐奏的迹象表明，有不少的人正坐在厅堂的烛光里。

三更天的时候，有一个声音洪亮的人从外面走进来对坐在厅堂里的众人说道：

诸位先请用饭，沈公子和程大人很快便到。

话音落后，便听见一阵杯盘碗盏之声。劝酒的声音，取笑的声音，对月当歌，吟诗行令，喧闹之声经久不息。

浓郁的酒浆之气从外面飘进来，弥漫在风水先生晏的枕边。突如其来的芳香使晏清晰地回忆起多年以前的一场盛大而豪华的酒宴。晏想起了促成那次盛大酒宴的一场著名而漫长持久的官司。谁也不知道那场官司到底进行了多少年，双方的诉讼者都已是各自的第五代传人了，他们双方对官司最初的起因和主要牵涉的事件一无所知，但官司仍然代代相沿，年复一年地持久进行下去。风水先生想起了酒席上的一个人，那个人多年来一直迫使风水先生晏不得不东躲西藏、四处漂泊，永远地陷于一种深深的烦恼和自相矛盾之中。

厅堂里的酒席行将结束的时候，果然有人前呼后拥地进来了。众人都起身相迎，彬彬有礼。大家都落座后，谈话便在红烛的光影之间开始。谈话的内容都由一系列十分具体的事物组成，中心是围绕着一桩生意。

在这个过程中，一直有人在厅堂的内外不断地进出，来来往往，但都轻手轻脚。厅堂外面四周的地方还有一些手提"巡按府"灯笼的淡黄色小人。

风水先生晏在四更天的时候听到了他们谈论的那一桩生意。这座宅邸的主人沈公子已受命钦点，即将便要奉旨启程，巡查湖广、岭南。临行之前，将要转手卖出这座耗资巨大而庞博复杂的迷宫式宅邸。

萤火山人吃惊地想道：怎么，这宅邸不是我的？

光阴荏苒，不觉又过去了许多年。

夏日里的一天，仆人万安沿路乞讨着千里迢迢地归来。多年的饥寒交迫的流浪生涯已使他变得疾劳缠身，年老体弱。多年未竟的使命令他羞愧难当，无颜而行，以至于当他终于望见昔日的旧居时有些犹豫不决，时走时停。他褴褛的衣衫和苍白的头发在风中飘扬。他不知道萤火山人已逝的消息，更不知道遗留的家眷早已别迁他乡。当他望见昔日熟悉的旧居已成为一片残垣断壁之时，只是含着两泓老泪，怆然地叫了一声"老爷"。

眼前陌生的迷宫式的新宅使年老的万安望而却步，他怀疑自己是在做梦，怀疑自己又一次迷失了方向。地上的草不安地刺痛着他的脚，风将一些石子从高处吹落下来，滚进了草丛里。万安的视线中飞舞着一些破损的丝绸和绳链，他听到两个云游而过的僧人正在边走边议论那座宅邸。

风水先生晏已经疲倦了，他正望着一片被吹落的瓦出神。当东倒西歪、衣衫破烂的万安出现在他的视线里时，晏不知道这是谁，晏以为是一个年老的疯子。

飘起的道袍使万安感到了一种什么。眼前的这位长发散乱、青色道袍的人此刻正在风中团团打转。

晏，你是晏？你让我找得好苦，整整四十年啦。

都说你早已不在人世了，都说你死于一次盛大的酒宴之后。

风将一片青草吹低，倒伏后的草丛里露出了一具不成形的尸体。

1950年丰收在望

这一年的阳光里夹杂着许多的小麦和蔬菜。雨露独自一人在8月的面粉中缓缓而行、徐徐上升，昔日的一切正从他的身上分离、剥落，如片片的羽毛或带孔的铜钱。

他见过许多的树上都叮叮当当地挂满了鲜艳欲滴的水果。在一些无风的夜晚，他还听到了许多关于农事方面的古老的故事。面对昔日的一些支离破碎的农业窗户，经常有数十件农具的响声里带着泥土和铁锈，慢慢地升起来，化入空中。他望见山坡上的住户重重叠叠，越来越多。石头的屋子和黄泥的窑洞高矮错落，层次凸凹模糊。天气晴朗如洗的日子里，常有金黄色的铜锣声在平静的田野上有如波动的水纹一样，一圈接着一圈地回荡，消逝。那些夹着口袋、背着柴草的农民终年如一地穿行在陈旧而寸步难离的故土上。数十里僻静而苍凉的旧土地上密布着众多的千丝万缕的亲戚关系。淡远而稀疏的联系方式像细密的血管一样遍布在他们的中间。他们黑色的本分而古老的棉袄、棉裤上钉结着同样黑色的布制的纽扣或裆襻，腰间的红裤带年深日久。他常听见他们在弯腰劳作时肚子里响起的阵阵哗啦哗啦的流水声，水声里漂浮着灰色的土豆和隔年的玉米。他听见羽毛凌乱的公鸡在他们的睡眠中长啼长鸣，彻夜不休。牛羊在他们的记忆里互相之间赖以生存，渐渐地都变得又低又矮。他们经常在半夜里的时候被自己的咳嗽声惊醒，经常站在草垛旁或树枝下小便。相互之间隔着墙头说话，谈论宅基地的面积和家织的土布，讲述一系列的农业和非农业故事。他们睡觉的时候都被农业的颜色轻轻地掩护着、覆盖着。他们终年笑眯眯地穿行在漫长而晴朗的或隐晦的农业岁月里，手里牵着不穿鞋的孩子去走亲戚、看戏，去收割地里的庄稼。

节日的时候，还得去上坟。

农闲以后，就躲在屋檐下一边避雨一边剃头。

眺望风雨兼程的农业岁月，他的视线一直被众多的山梁阻隔着，一直望不到很远，一直在昔日的乡土上生根发芽，开花结果，直至最后完全枯死，如一堆腐烂的菜根。后来的一些年月里，那些身穿黑袄、黑裤的人都脸朝下背朝上地从他的视野里一个一个地消失了，如同雨后的众多水泡。

污水在门外日夜油汪汪地流着，这总让人想起乡村过年时的种种情形。地上的一些绿树在水沟里映出了坚硬如铁的倒影。秋天的一个傍晚里，一位死无葬身之地的外乡人拐弯抹角地找到了雨露。

外乡人住在雨露的一片夕阳西下的房子里，他随身携带的一只包袱湿漉漉的，里面不住地有很脏的红黄色的水淋淋漓漓地流出来。污浊的水流几乎消解了他的脸和记忆。那天晚上，外乡人对雨露讲述了许多关于旅途方面的故事。雨露那时候对粮食和蔬菜比较陌生，雨露一直以为那些土地的里面都埋藏着油、花朵和房屋。当饥肠辘辘的外乡人提出要噬嚼一只蹄髈和一把青菜时，雨露突然站起身走到了他的后面，像一个雨地里的孩子。

外乡人的不期而至使雨露失去了记忆。外乡人在叙述旅途故事的过程中，听到了一种暗红色的铁锈的声响，这种声音使他的两只耳朵如狼犬一样警觉地竖了起来，警惕使他的脸变得透明而具体。雨露看到外乡人这副模样时，雨露就告诉他说在郊外湿漉漉的田野里，有许多的农民正在躬身耕作，他们的帽子里浸满了汗水和盐渍。

外乡人面色苍白地告诉雨露说，他来这里的时候，曾经徒步穿越了沿途无数古老的耕种制度，他看见昔日的一些法典像厚重的灰色砖头一样都整齐规矩地垒在一些高大古老的城墙上面，代代相沿下来的种种习俗像女人的辫发一样盘绕垂挂在沿途的那些树上。透过外乡人断断续续的叙述，雨露望见了雨中的故乡，望见了昔日大雪封门的家园。

雨露曾经做过许多带有尾巴和触角的非人之梦。对于一直都寄身于优雅生活中的雨露来说，粮食一直是比较粗糙的。漂泊多年的外乡人因此受到了某种刺激，他用一种类似猫的声音说道，我多孤独。外乡人的话使雨露清晰无比地回忆起一些米黄色的树叶，那些树叶上分别印有风的舞姿和时间的队伍。

那天夜里，天上下起了小雨。雨露听见外乡人睡在那间房间里鼾声如雷，喘息如云。雨露的两只脚那时候分别放在两本书中。那一夜，雨露彻夜未眠。从书中第二百八十三页上刮起了一阵凉爽宜人的清风，雨露的身体被风吹着，像一只思乡心切的地鼠一样迅疾而短暂地从一些旧地上跑过，头发像风中的龙舌草一样向一边倒去。后来，雨露便发现了书中第九十八页上描述过的那条绿色的蛇。雨露摇摇晃晃地跑动在蛇的狭长的视线里，雨水使他的两条腿粗肿痛痒，有如庭院里的那些朱红色的圆形廊柱。第四百三十页开始的时候，天气正值一个事物重叠的傍晚，残阳如血，风光迷乱。不久之后，檐角与树木的枝丫之间便织满了银灰色的雨线。雨水敲打着书中的一些年深日久的屋顶，冲走了灰色瓦片上的尘埃和鸟痕。雨声使书中的部分生活场景变得空虚而遥远，晦涩之中充满了无限的苍凉。

面对密集的雨水和泥泞的地址，书中的人物久久没有露面。

黎明行将抵达之时，雨露发现那个曾经一度熟睡着的外乡人突然不见了。外乡人不辞而别，冒雨离去，只给雨露留下了一口袋高粱和半碗土黄色的小麦。

雨地里的一行泥迹表明外乡人已经非常真实地走了，但外乡人的一条腿尚留在昨夜的雨季里。泥迹中若隐若现的一种丝丝缕缕的血迹使一片阴云出现在雨露看不到轮廓的脸上。雨露舔了舔牙齿，他感到嘴里充满了霉味。

那条异常孤独的腿被淅淅沥沥的雨水浇着，膝盖上和腿肚子后面都爬满了众多通体墨绿带有白色斑点的青蛙。

雨露在雨中往前走了几步，脚下突然传来的女人的哀鸣声使他变成了雨中的一尊不成形的泥塑。

太阳落山的时候，雨露像一片不起眼的树叶一样又出现在街上。突然消逝的外乡人使他神思恍惚，烦躁不安。

街上的一部分店铺已关闭了门窗，掩上了整齐而密封的褐黄色木板。另一些店铺的门还没有关，里面点起了灯，身穿蓝布长衫的伙计正在柜台后面打盹。灯光下能望见算盘珠子的幽亮而陈旧的紫红色光晕。

雨露远远地就望见临街的那座木楼上的一扇窗正在暮色中敞开着，那只悬挂在窗户外面的红灯笼远看就像是一只熟透了的绽开了笑脸的石榴。雨露望见那位年轻妇人的苗条的身影在窗户上晃了一下，乌黑的长发高高地绾起在雪白的面容上。

那个眉清目秀的道士是什么时候进入了那座木楼里的，雨露一点儿也不知道。外乡人突然失落的消息遮盖着他的目光。雨露只依稀记得曾经有一张苍白而瘦削的脸在他混沌的记忆里闪了一下，留下了一股檀香的气味。

广安寺沉闷的钟声在远处响起来的时候，他看到了暮色中渗透出来的点点红色，有如稀薄而寂寥的朱砂。他感到衣服的后摆被一种生硬的动作撩了起来。他听见另外的一些东西与他的身体一起呼啸着时，一辆华丽的马车正擦着他的影子飞驰而去。他被埋没在弥天的尘雾中，无法看到自己的被摧毁了的破碎的影子，他只听到一只受伤的燕子口里衔着泥被风吹过一些屋檐后再没有出现。

浮尘散去之后，他仍无法自拔。

他看到街角滚落着几只形迹可疑的烧饼，这个现象渐渐地开阔了他的视野。一个头破血流的人像虫子一样蠕动在他的目光里，悬殊的位置和姿势及明暗不一的光晕使他无法看到蠕动者的脸，只闻到一种土咸的血腥气息。他转身的时候，感到一条腿沉重如铅。

蠕动者的手抓住他的一只脚。

蠕动者说，告诉我的婆娘，我怕是不行了，马车轧碎了我的胸脯。

蠕动者的血流下来时，雨露感到自己脚上的筋骨正在逐渐紧缩，痉挛而扭曲，眼前飘散着浓重的烟火和面粉的气息。雨露俯身细看，蠕动者短小的身材和另一只手里握着的一只烧饼使他认出了这个卖烧饼的人。眼下，雨露看见他下巴上的几根陈旧而肮脏的山羊胡子正在夜风中软弱无力地飘动着。

蠕动者终于因气力不济而松开了那只手。雨露的影子湮没在夜晚的人流中，他听见整条街道上都灌满了风声，街门上的铁环在风中作响。雨露摇摇晃晃地走上那座临街的木楼，昏暗的光线和肿胀的目光使他的一只脚受到了一种坚硬的回击。他捡起那把生锈的斧子时，斧声惊动了里面的那个年轻道士。雨露的脸暴露在道士的面前时，道士正跑动在雨露的视线里。道士苍白的脸与雨露手中的锈斧不谋而合之时，雨露听见道士说了一声什么。但视线尽头的一道粉红色纱幔下的一具芬芳流溢的女人的胴体使得雨露没有听见道士的所言。

雨露踢翻了一只枯寂多年的木工墨斗，突如其来的声响使雨露分不清溅落在粉墙上的是道士头上的血还是他自己口中喷出来的血。

阅读与体验

在许多非常著名的小说里，全书往往只有一个情节，一切的想象都得不到应有的变换和延伸，毫无任何的空隙可以供人穿越。许多年前的空想主义并没有对现实主义发生影响。有一年春天，我依靠着一本黄皮书和两枝梅花从一些颓败的庙宇主义的墙外走过。这一带的天气在某种时候曾经像堆积的沙子一样微微发红。一些缓缓上下的阶梯从另一些同样的阶梯里面派生出来。在这个过程中，时间举足轻重，时间夸大了其原形的缺陷，最高一级的与最低一级的一模一样。在时间来临之前，一些部分是纯净的，以后则日趋衰落，这是一种建立在纯粹意义上的暗示活动。十年前，我在一次极为冗长的旅途中偶尔望见的一架巨大的水车更使我对这种暗示的风格迷信不已，终生难忘。

在那种时候，事物重复增加出现，同时又自动湮灭。当我们摧毁或放弃想象的时候，一切的树木都将不复存在。

在一本书的扉页上，有一座残阳如血的古老城门，当书中的人物鲁弗跪在城门下默默祈祷的时候，城门便高大巍峨，群星熹微，下面深色的河流漫过时光和树木，漫过大地上无穷无尽的事物和数目。开卷不一定有益。当那个一度跪着的人在开卷不久便死去后，那座城门也就不复存在了，包括所有的细节和痕迹。有时候，几只鸟、一匹马，甚至一只钟表都能折射出某个方面的风光和建筑，以及时间的轮廓和正反部分。

那位禁欲主义的老板是10月上旬的时候去世的。其时，他生前的稻田和矿产，他开办的窑子和码头，他手中的花园蓝图和密码，都委托给了一个名叫鲁弗的男人。

那个人患有严重的疝气和胃病。他来自一个三角形的农业地区，那个地区雨量充沛，人口和牛马都在每年的五六月间大量地繁殖。1914年秋天，那个辞别妻妾和家园、乘一条香蕉船南下的人是他的祖先，从此再没有回来。

那些年，鲁弗孤身一人，他的足迹如同无所不在的时间一样，几乎贯穿了全书。

战争日益逼近。

一些佛教徒都先后从各地逃到了那道朱红色的庙宇主义的墙下，寻求庇护和精神上的慰藉。那里还保存着一些昔日的梅花，保留着部分瘦骨嶙峋的文字。有人经常在那里发掘出一些锈迹斑驳的古代宝剑、石镜和贮存着雨水的陶罐。在后方的一座城市里，金菊花正在盛开。那时，战争的硝烟还没有弥漫过来——那黄白色的硝烟正在向国家的腹地深处飘移，浩荡回来——

鲁弗有限的记忆正在衰退。在日常生活中，他常为一种不真实感所累所苦，就像那个时候的许多人一样。鲁弗中等身材，脸上时常挂着某种令人抑郁的阴影，他的脖颈上有一处梅花形的疤痕。每隔几年，他就回到自己的出生地一次，去看望一架巨大的水车和一座带回廊的旧式建筑。很多年后的某一天，当我从那架巨大的早已废弃不用的水车旁走过时，鲁弗早已不在人世了。他出生地的一些顽童时常在那水车附近玩耍。一些由此经过的男女也常常停下来拍照，但所拍的内容始终被一种异常阴郁的沉默不语的东西笼罩着，即使在阳光奔放的好天气里，即使是一位举止优雅的夫人或聪慧伶俐的小姐，谁都无法驱散掉那种沉默的背景和不祥的戏剧效果。那种背景，其性质完全是幻想的，漂浮在时间之中的一些文字和传说也从不涉及现实。现实是污秽的，历史部分之所以显得迷人，就在于时间的流逝和洗涤，就在于推移和距离。

那些岁月里，在那座盛开着金盏花的后方城市里，鲁弗经常与我互赠书籍杂志，经常默不作声地下棋，人与人之间几乎很少出现什么对话，只有一些问候性的表情和礼节性的动作。我记得鲁弗那时常常一声不吭地坐在一道蛇形的朱雀回廊中，手里拿着一只老式怀表，时不时地望着天空中流逝着的各种颜色和声音，脸上的表情持久而少变。

前方的炮声那时已隐约可闻。每天夜晚和黎明之时，都有秘密地运载着军火或尸体的船只停泊在岸边，到太阳升起之时，所有的船只便又全部离去，谁也不知道那些船只最终都到了什么地方。那些船只最初抵达时，都打着商船或游轮的旗号，一些装载货物的箱子和麻包都摆设在最显眼的地方，船上押船的队长和士兵都以船长和船员的身份出现，他们都不同程度地佩戴有大副和水手的明显标志，黑色的安详的蝴蝶结、黄牛皮鞋、青布的短衫和棕榈草鞋。最初，岸上的居民常以为他们是某一家庞大的公司或教会组织的机构。他们宣传无政府主义和轮回学说，散发各种版本和颜色的小册子，纸张优良、字体规范。一位城里的牙科医生对那些小册子极为着迷，在无政府主义学说的影响下，牙科医生将自己孩子的衣服全部剥光，卸去一切必要的和不必要的附属物和装饰品，以使孩子能够身心自由地发展，无拘无束地生长，免去了一切被认为是枷锁和羁绊的条条框框。这件事发生在8月底。到10月的时候，孩子在一家纺纱厂的仓库前冻死了。这件事成了一桩影响颇大的公众舆论。那位失去了孩子的，并被丈夫解除了一切化妆品的医生太太疯了。当新闻机构和刑事侦查机构派人上那些来历不明的船上调查的时候，他们意外地发现了一只从船舱下面不慎伸出来的弹痕累累的手臂。他们顺藤摸瓜，掀起舱板之后看到了下面横陈着的无数具士兵的尸体。这时，船长不失时机地向他们亮出了一个蓝色的证件，船长愤怒地挥动手臂，对他们说，都滚，都给老子滚下去，滚回你娘的子宫里去。

有一天傍晚，密密麻麻的雨线循环在天地之间，视线之内无限苍茫。鲁弗忽然说道："瞧，那就是时间，是我追怀多年的一种现象。"他的这种语调令人惊讶。那时候，我们正在谈论《点石为桃》的写作环境和故事地点，灰红两种颜色的雨雾在这座战火日益逼近的城市上空环绕，盘旋在那些尖顶和圆顶的建筑上。那时候，或者更早一些的时候，鲁弗便与那位禁欲主义的老板有着过密的交往了，他们之间时常有书信来往不断，老板时常寄茶叶和袖珍的铜车马给他。出于礼节，他也赠送一个袖珍的古代锡兵给我。

那天晚上，我们谈起了漂泊生涯，谈起了五代时期的宫廷养生术和大将军邓焰的行踪，谈起了那位禁欲主义的老板所开办的窑子。我认识其中的一位名叫绿虞的妓女，她与著名的岭南隐士南山先生过从甚密，南山先生对她也有求必应。她曾答应送给我一张南山先生的真迹和一枚冬暖夏凉的奇异玉石，后来，由于战争的绵延和扩散，我再没有得到她的一星半点消息。有一年6月里的一天，那位禁欲主义的老板终于去世了，由于身体内部出现了大量的黑影而致死。在此前的几个月里，我居住在一条日夜徘徊的游船上。为了躲避战乱，游船每日都在几个固定的风景区重复运行。船上的人大多饱食终日，无所事事。一位古汉语教授因为其太太与别人调情而心脏病突发，不久便死去了。事情发生的时候正值一个雨雾蒙蒙的午后，教授的脸因嫉妒和愤怒而扭曲变形。那天傍晚，浙江籍的船长李约翰带领游船上的全体旅客为死去的教授做了祈祷。之后，便由两名年轻的国语系学生将教授的尸体用一面旗帜裹好，轻轻地从船上抛入河中。船长李约翰不住地在自己的胸前画着一个又一个的无形的十字，他喃喃说道，安息吧，苦难的灵魂，上帝无所不在，无所不能，他知道每一个人的善恶，他永远与你们同在。

那天晚上，我收到了鲁弗千里迢迢寄来的一只柳条箱子。其时，岸边灯火摇曳、人影飘零，那位教授的太太正倚栏而坐，倾心研读线装本的《唐璜》。

翻阅那只长途跋涉的柳条箱子，我头晕目眩，这种属于个人的小感情、小感觉我无须描写。我要说道的是那种背景，那种无所不在的时间。在一个军队与居民杂居的地区内，有一些夜晚被称为夜中之夜，那是一些姹紫嫣红的夜晚，单一的情节里存在着众多的各种各样的细枝末节，士兵与家庭主妇共同争夺一只马桶，双方最后都以失败而告终。怀揣着某一道秘密指令的军官在一声不吭地下棋，心不在焉地打量着靴子上的马刺，索然无味地饮茶。在那些不为人知的居所里，一部分手在雕花的木椅上徐徐而行，犹豫不决。烟土的曲线从一些雪白的丰硕的胴体上蜿蜒而过，缓缓缭绕。

在那只柳条箱子的里面覆盖着一层绫绢，上面有一个椭圆形的蓝色印章，我在那里面发现了一些有价值但非常棘手的事物。那些材料包括了迷宫般的建筑心理和火焰的图案，包括了水产资源和早期的粮食作物，包括了诗歌韵律和令人不安的古代算术，包括了伞形的兵器和一触即烂的方孔钱币，包括了无神论者的肖像和晋代隐逸者颇为推崇的阮氏格局，包括了《野叟》的形成过程及其内文绣像，它的庞杂和广博令人坐卧不安，但所有的一切又都温文尔雅、彬彬有礼，都源于最初的那个礼仪之邦，都历经了时间的淘洗。

距此两年前的一天，中原地区的一位良家妇女剪去了自己的头发。身体发肤受之于父母，妇人忍悲含辱，手捧自己的头发去孝敬一位当地的负责赋税和劳役的行政长官。不久之前，行政长官看中了妇人的美貌，便勒令妇人的丈夫去千里之外服劳役。妇人将头发送至长官的宅邸之后，其夫早已远去服役。后来，过了没多久，丈夫便客死异乡了。再后来，那位叫胡大海的行政长官也突然身亡，死于一场盛大的围猎之时。这件事发生在那一年的冬天。其时，中原地区大雪纷飞，百业萧条。到了第二年春天的时候，那妇人家中饲养着的一头毛驴生下一只小驴驹，小驴驹的身上清晰无比地刻着"胡大海"三个字，像一种难以驱除的胎记。至此，妇人每日手执一根皮鞭，呼唤呵斥着"胡大海"喂草饮水，推磨拉车。消息不胫而走。已故行政长官胡大海的子女们闻知此事，曾无数次托人并亲自前往，愿以高价重金索回驴子，但妇人执意不从。每次当他们来后，妇人便手执皮鞭，不断地鞭打着那头名叫"胡大海"的驴子，一边高声斥骂不止。驴子"胡大海"忍辱负重、艰苦奋斗。

1938年以后，我在一个流弹横飞的夜晚里删去了一些比喻，删去了一部分夸夸其谈的不着边际的形容词，我部分地保留了那些略具象征意义的内容。自从1914年《条约》生效以来，发生了那么多的事情，有人在时间的旁边写了大量的批注和释语，其性质是幻想的，并非针砭时弊，并非面对现实而言。在那些岁月里，名词的可能性出现了一种前所未有的生动局面，名词被作为动词的可能性愈来愈多、愈来愈大，这种空前的现象大量地运用在日常生活中，频繁地进入到一些书本里。当"尸体"或"时间"这样的正统而规范的名词被作为具有了重量和形状的动词来回拖运、跋涉之时，国家的机器也正在闻风而动，金属的碎片和思想的颜色正在振响和剥落。道德是苍白的，其起伏倾斜及其出入的程度令人惊讶，目不暇接。腹地深处的人民都怀着一腔翠绿的情感，爱国主义者临危不惧，挺身而出。亡国论者和敌人们策划的暗杀活动在几十个地区之内昼夜运行。

许多的人踏着一些形容词，高唱救亡之歌，他们在祖国的语言上晓行夜宿，匍匐前进。在那灿烂悠久的历史和文化上，少数手持怀表、掌握着时间的人，正在风声鹤唳、硝烟滚滚的国度里披星戴月，激扬文字。

1927年的一天深夜，一群持枪者洗劫了那位南方禁欲主义老板的花园。那天夜里，只有一名家庭教师穿越曲折迂回的地下通道，星夜逃往一座山中。持枪者在那座远近闻名的江南园林内找到了大量陈酿的米酒和一部分尸体。那些盛贮着米酒的瓷瓮上贴着"五谷丰登""国泰民安"一类的红幅楷书，字体是典型的乾隆风格。在一座亭台的一角，一名青衣的茶童面江而立，他已死去多年，容颜未改，衣服和头发一触即碎，纷纷扬扬。带队的军官是一名留着小胡子的无政府主义者，他穿过水榭和楼道，在粉墙黑瓦之下读那首著名的诗，语调时吟时顿，踟蹰不前。"窗含西岭千秋雪，门泊东吴万里船。"他独自喃喃地说着，他想起了从前的一条船。

那时候，有一场弥天大雾正笼罩在大河的上下，河两岸的树丛和壕沟重重叠叠，树影中黑白分明的农舍隐约可见。大雾中还可望见水沟里雪白的鹅毛翩翩起舞，情形如同丰收在望的棉田或雪景。一名竹器匠在附近的一片竹林里削竹子，砍刀声带着他的喘息声一起飘出竹林深处，遁入了那弥天大雾之中。

那时候，那位禁欲主义的老板正在窗前远眺。他望见"窗含西岭——千秋——雪"。他望见了"门泊东吴——万里——船"。他望见一些插有旗帜的船只正从远处的水面上驶来，旗帜在烟水之间迎风飘扬，有如一些空荡荡的质地单薄的纺绸衣衫。他听到船上的士兵们说着一种生硬而难懂的异地方言。他看见一些船在夜幕降临之时朝远处开走了，另一些又陆陆续续地开来。空气中弥漫着浓郁的火药和桂花的香气，这气息使他回忆起茶叶和酒。他看见一些鱼在碧绿的蔬菜之间活蹦乱跳，垂死挣扎。他看见一些手在时间之中死去很久以后又重新活了过来，正在试图伸向某些地方，手上的欲望使他不寒而栗。他看见一些脸在时间的顺序中先后都烂了，另一些脸则鲜艳如花，春风得意，如灿烂的成语典故和优雅规范的汉文字的偏旁部首。他听见一些声音低远地回响着，渐渐地沉下去了，另一些声音开始泛起来浮出水面徐徐上升，引吭高歌。他看见一些建筑在时间的轮廓里风化如泥，另一些颜色鲜亮的尖顶和圆顶则直刺苍穹、背负晴空。他看见了他一生中先后开办过的无数的窑子和烟馆、赌局，他听见窑子里那些女人夜以继日的声音青翠欲滴、姹紫嫣红，一如她们早年间闪闪烁烁、彻夜不休。他看见那些面带菜色、骨瘦如柴的人在精致而粗糙的死亡线上久久挣扎，久久不愿从这个时间顺序早已紊乱了的世界上离去。那些两眼深陷、形容枯槁的伤寒病患者、花柳病患者和告老还乡的人在他的粉墙外面的壕沟上掩面而泣，常常守望到天亮。在那些斑驳而迷乱的岁月里，窑子的景象蒸蒸日上，通达五湖四海。他曾秘密地差人在窑子外面散发各种禁欲主义的小册子，以及"六根清净"的道家学说。他崇尚古往今来的一代又一代的隐逸之士和炼丹大师。他常在风和日丽之时遇到那些鹤发童颜的山洞奇人和疾走如飞的江湖丹师，他期望一代仙丹在自己的手中炼成，但又深恐引狼入室、祸起萧墙。自相矛盾的日子耗光了他的所有精力和记忆，所剩无几的只是一种坐以待毙的时光。

转年的春天，冒着蒙蒙的细雨，我看见在一家名为"德懿馨"竹器店的旁边，一名退伍的老兵正坐在别人的屋檐下出售两只长颈大肚的青蓝色的宋代花瓶，这个塌鼻梁的退伍老兵的一条腿不在了，依靠两只木制的拐杖行走。他坐在别人的屋檐下时，双拐就放在他的身边。他守护着那两只长颈大肚的青蓝色宋代花瓶，如同守护着一对晚年间得来的同胞婴儿。这个塌鼻梁的退伍老兵，他是那次洗劫花园事件的参与者之一。那天晚上，南方连绵的淫雨天气使他感到时间犹如连续不断的噩梦，使他对那个仓皇逃命的家庭教师的背影感到索然无味。他将手中的枪竖起来，用紫褐色的枪托赶走了那个涂脂抹粉的管家婆——他只在她穿着白色绸裤的大腿上拧了一下。面对那些耀眼而难以计算的珍宝，他想到了自己凄凉荒芜的晚年。那时候，他的那条腿还没有失去，尚还健在。他曾设想他晚年时可以回归故里，耕作于田间村舍。那时候他一点儿也没有想到几天之后便发生了一场血战，他更没有想到自己的那条随他奔波跋涉了几近一辈子的腿会在那个时候突然离他远去，横空挂到了战场上的一棵石榴树上。他现在时常在恍惚之中望见自己的那条疤痕累累的腿鲜血淋漓地悬挂在那棵美丽的石榴树上，有如一只茹毛饮血的史前动物，有如多年之前他目睹过的一种现实或风景。

1929年4月6日出版的《每日新闻》周刊上发表了一则由三百名四川籍士兵共同签署的声明。士兵们在这个声明中声称从今以后永远脱离军队，不再为任何的一场殃及百姓的战争出力流血，以至最终完全献出生命。这项声明的措辞十分强烈，其坚硬的程度建立在大量运用的色彩荒芜的动词和形容词之上，此外，还少数地出现了几处方言，读来令人温馨而难忘，倍感亲切。由于编者的疏忽大意，文中居然原封不动地保留了三个错别字。时隔两个月之后，在6月出版的一期《每日新闻》周刊上，有一则简短的消息说，先前的那三百名四川籍士兵在脱离了某一支杂牌军队以后便星夜向老家一带开去。他们一路上遥望着巴山蜀水，高唱着川北小调和黔西民谣。后来，他们进入了一条空寂无声的山谷。夕阳西下之后，三百名士兵便突然之间全部消失了，谁也不知道他们去了哪里。

那些日子里，鲁弗度日如年。严重的疝气和胃病使他常常彻夜难眠，只能手握着怀表，独自坐到次日天亮。他告诉我说他正在努力地循序渐进地接近时间，时间是最难以接近的，时间犹如一只透明的老虎，离时间越近的人，生命的可能性也就越来越小，直至为零。鲁弗对我说这些话的时候，一般总坐在那道蛇形的朱雀回廊里，他手里的那只老式怀表也总是默默无声，似乎从未真正走动过。有时候，我怀疑鲁弗的那只表是一只被什么摧毁了的死表。附近常响起造船厂里的一声接一声的沉闷难堪的汽锤声。那些日子里，时间好像静止不动了，总在原地重复，仿佛世上什么事情也再没有发生过。

　　7月下旬的时候，河水开始猛涨。几乎每天都能看见咆哮的河水里漂浮出没着人类的一些生活必需品，有时甚至是人类本身。这种现象使得城内的一些怕死的人都闻风丧胆，都日夜龟缩在各自的巢穴里不敢露头，不敢越门槛一步。那些时候，还时常有尖厉的警报声在空中响起。汽阀厂的工人们三天两头就要拉响一次警报，有时一天中能拉响数次。这时候，那些怕死的人便都各自愁云满面、胆战心惊地从龟缩着的巢穴里出来，盲目地走向安全区。他们的神色灰暗无比，他们的叹息和哀鸣声如造纸厂里排出来的浓烟和污水，日夜流淌在街上，流淌在郊外的壕沟里和天空中。

　　有一天，我和鲁弗因为讨论《点石为桃》中的几个场景而误了一天中的最后一班游轮，我们被困在了河对岸的一个区里。夜晚的来临使我们体验到了乡村小店式的款待。小店的老板是一个鼻音很重的镶有金牙的秃顶人物，他长着一双异常色情的白眼珠（眼睛中黑的部分几乎没有），他的几个手指白胖而湿润，使人想到那双手刚从什么地方伸出来。那天夜里，我们睡在两张格格作响的竹床上，房间里堆满了兽皮和木桶。我们刚躺下不久，鲁弗便又立即坐了起来，他从被子里搜出了一只拳头大小的老鼠，老鼠的气力有些不济，尾巴几乎不怎么摆动，两只红红的小眼睛郑重其事地望着鲁弗。鲁弗告诉我说，他刚一躺下，便感到大腿下面隐隐发痒。后来，我们喊来那位秃顶的色情老板后，老板说开水已经没有了，很不好意思。他以为我们是在要水喝。当他后来看见那只老鼠时，他忽然笑了，他说："这家伙，我找了它一上午，没想到它会上这儿来。"这以后，老板便若无其事地拎着老鼠的尾巴，像拎着一瓶酒一样晃晃悠悠地出去了。

　　后半夜的时候，隔壁房子里的一个人喝醉了酒，忽而含糊不清地骂人，忽而又号啕大哭。那天夜里，我们几乎都没有睡着，致使鲁弗的疝气和胃病又发作了一次。小店的老板在数十年的风雨生涯中早已习惯了这种类似的场面或情形，他丝毫不受影响地熟睡了一夜。第二天早晨，当我看见老板精神抖擞、红光满面地出现在我们的面前时，我深深地感到了方法和状态的重要性。那是一种远距时间、远离悬念和中心的方法与状态，一种上乘的活法。我记起从前有一位庙宇主义者曾告诉我说，人生有七大悬念、六种险情，一个人要是能够安然地不出一点儿差错地从那十三个情节面前走过后，就等于是一个真正掌握了时间的人。事实上，迄今为止还没有谁能从那十三个情节面前经过，没有人能够真正掌握和操纵时间，大都头破血流、声名狼藉。回忆其实并不是挽留时间的一种方式，回忆是一种貌似倒退实则前进的过程。回忆不是挽留，不是返回，回忆只是一种想象，一次精神上的远行。他后来告诉我的那些话，我都一一地忘记了。

早晨一开始，人们就发现昨夜里那个醉酒号哭的人死了，他死在一根圆柱的下面。昨天夜里，他那暗哑沙涩的声音曾使人以为他是一个长醉不醒的老酒鬼，谁也没有想到他会是一个年轻得还没有长胡子的小伙子。他的青布短衫破烂不堪地敞开在冰凉的早晨里，有几个铜板掉落在他的身边，还有一封没有发出去的家信和一个紫颜色的护身符。

几年之后，鲁弗死了。他闭上一双苍白的眼睛，永远地睡了过去。

8月里星光灿烂的一个夜晚，一只鸟的悲啼将我从梦中惊醒。那时候，我对于一切都有了一种初步的轮廓和印象。

那天夜里，我梦见鲁弗跪在那道古老的城门下面，当他仰望着高高在上的箭垛和飘扬着的旌旗时，那城门便巍峨高大，群星熹微。当他在时间之中永远睡去以后，城门就消逝了。连一块布有绿苔的城砖也没有留下，只有守夜人不成形的影子在护城河外的壕沟附近出没、游荡。我梦见一些古老的消失已久的梆声，清脆而迟钝的梆声渐渐地向那座不复存在的城中走去。

我梦见了手持怀表（时间）的鲁弗，包括他的全部细节，我的梦使鲁弗成为一种明晰可触的现实。夕阳西下的时候，我们坐在那棵树下，安详的云彩从我们的空隙间穿过。

我们清心寡欲，永远活着，像尘埃。